紫川

紫川三杰

老猪 著

〔典藏版〕

[上]

图书在版编目（C I P）数据

紫川 : 典藏版. 1, 紫川三杰 / 老猪著. -- 青岛 : 青岛出版社,2016.9

ISBN 978-7-5552-4382-3

Ⅰ. ①紫… Ⅱ. ①老… Ⅲ. ①长篇小说－中国－当代 Ⅳ. ①I247.5

中国版本图书馆CIP数据核字(2016)第171112号

书　　名　紫川 : 典藏版. 1, 紫川三杰
著　　者　老　猪
出版发行　青岛出版社
社　　址　青岛市海尔路182号（266061）
本社网址　http://www.qdpub.com
邮购电话　010-85787680-8015　13335059110
　　　　　0532-85814750（传真）　0532-68068026
责任编辑　那　耘
选题策划　孙红彦
封面设计　小　贾
版式设计　孙顾芳
印　　刷　北京润田金辉印刷有限公司
出版日期　2016年9月第1版　2024年4月第5次印刷
开　　本　16开（700mm×980mm）
印　　张　34
字　　数　450千
书　　号　ISBN 978-7-5552-4382-3
定　　价　59.80元（全二册）

编校质量、盗版监督服务电话　4006532017
青岛版图书售后如发现质量问题，请寄回青岛出版社出版印务部调换。
电话：010-85787680-8015　0532-68068638

紫川

紫川三杰

第一卷 帝都风云

第二卷 紫川三杰

第三卷 远东风云

紫川

紫川三杰

目录

下

第四卷

帕伊血战

第五卷

叛贼英雄

第六卷

潜伏生涯

第一卷
帝都风云

第一章　贪睡将领

“是谁说魔族军队很强的？”罗杰副旗本（注释：旗本，家族职衔名称）得意地望着山脚下如同潮水般溃退的魔族精锐部队，“看起来似乎我们还更强一点。”

白川副旗本白了他一眼，没有搭理他。

明羽副旗本悠悠说：“前天某人不是还说我们这次死定了，大家赶紧逃命去吧！”

“这种阵前动摇军心的人，我是最痛恨的！”罗杰义愤填膺，好像事情与他根本无关，“让我抓到他，非把他处决不可！”

“你患失忆症了！说你呢，某人！”

“呵，我哪有说过这样的话啊？”他转向白川，“某人是在说你吧？”

白川冷眼看这对情敌相互攻击，却掉转马头：“我去看看大人有没有指示。”

两万黑衣骑兵静静地列队在高冈上，却听不到一丝喧哗，只有远方隐隐传来魔族败军后撤的嘈杂声，还有风掠过恒川平原低沉的呼呜声，仿佛战死者的亡魂眷恋着不愿意离开他们最后的生存之地。

一个全身银色盔甲的武将高高立于山冈最顶峰。他身形高大威武，挺直的身躯露出全军统帅特有的威严，夕阳照在他一身银甲上发出绚丽的光芒，在黑压压的骑兵阵中如同天神一般显眼——看那身招牌似的银甲就知道他是号称“紫川家族青年三大名将”中最年轻也最传奇的紫川秀旗本了。

白川远远地看到这个令全远东军（注释：远东，紫川家族统辖的古奇山脉以东的地域总称，共有二十三个行省）景仰的人物时，却无声地叹了口气。

她骑马奔近那个“紫川秀”，看看周围的警卫都是近身卫队成员，小声说：“古雷，你好大胆！敢穿大人的盔甲在这里冒充！”

“紫川秀”（近卫队长古雷）哭丧着脸：“白川长官，下官也不想的。只是大人非要让我穿着这身劳什子立这里不能动……好沉啊，我累得不行了，已经压垮三匹战马了……”

“交战正激烈，大人去干什么了？”

古雷：“他刚刚在后山洗了澡，吃了顿烧烤，现在已经上床睡了。”

“……”

“那他有没有留下指示？”

古雷：“哦，有的，他说了，如果打输的话，赶紧过去叫醒他，一块儿逃命去。”

白川在后山树荫下找到紫川秀的帐篷，他裹在睡袋里睡得正香，发出了阵阵有节奏的鼾声，呼——噜，呼——噜！

白川：“大人，快醒醒，快醒醒……”

睡袋里的人一动不动。

白川叹了口气：“大人，这可是你逼我的……”

白川转身出去拿了瓶开水回来：“我数一二三！”

“啊，不要倒，不要倒，我醒了。”

睡袋里钻出个脑袋，睡意满脸：这是一个很俊俏的年轻小伙子，或者看他脸上稚气的笑意，说是少年也行，很亮的眼睛迷糊着，柔软的黑发凌乱地披在额前，有种不羁的气质。

紫川秀打着呵欠：“什么要紧事啊？魔族杀过来了吗？”

白川：“……还没有。”

“那是士兵哗变了吗？”

白川：“那也是迟早的事情，等他们发现你用假人糊弄他们……”

紫川秀呵欠连连：“等他们吵起来再说吧！那些大兵也真是的，这点小事还那么斤斤计较。那么是不是罗杰和明羽为你决斗，结果都死翘翘了？”

“很遗憾，大人，他们都还厚颜无耻地活着。事情是，我们打赢了，魔族军正在溃退。”

紫川秀一脸的惊奇：“啊啊，这就出乎我意料了。我们居然赢了？”他把头又缩回睡袋，“让我好好思考一阵。”

白川耐心地等啊等啊等啊等……一直等到睡袋里又传出了鼾声：呼——噜，呼——噜！

于是她忍无可忍，将手里的开水……

“哇呀！”

帝国历七七八年，第五次恒川战役的胜利者，发出一阵绝对不会被载入史册的惨叫声……

白川给睡得半迷半醒的紫川秀分析战局——

“目前局势是魔族败军仍然有超过五万人的实力，而且其中有战斗力极强的装甲兽，刚才攻得我们几乎已经顶不住了——不知道为什么他们忽然退军了，还很狼狈的样子。我们几位带兵的副旗本都拿不定主意是否应该追击，请大人指示。”

紫川秀迷糊着问：“有谁想追击的？”

白川：“罗杰副旗本，他极力主张追击。”

紫川秀：“那就让他追去吧。”

“旗本大人！”白川又气又急，“下官理解你对罗杰那个从当上副旗本以后没干过一件好事的吹牛大王的心情，事实上我跟你的想法是一样的。只是罗杰部下的五千名远东军官兵是无辜的，没必要陪着他一起死吧？”

“哎呀，你怎么能这样猜想你的上司呢，白副旗本？”紫川秀眼里闪烁着狡猾的光亮，正是那种心事被人看穿的表情，“让他去吧，没问题的。”

“可是敌人有五万到六万啊，而罗杰部队却不到五千人啊。”

“白川，你想想，罗杰的部队是骑兵，机动性比魔族那些大块头强上很多——打不赢他总该跑得掉吧？”

“可是大人也知道罗杰那白痴冲锋的时候是从来不用大脑的，万一到时候他发起傻来……”

“放心吧，我已经做好了万全的准备！”

面对白川怀疑的眼光，紫川秀从帐篷里拿出一张宣传广告纸，上书：皇都殡仪馆六月一日到八月三十日，六折优惠，欢迎惠顾!

“我算好了，罗杰今天翘掉的话，还赶得及优惠期限，另外我跟那个老板也很熟，说不定他不收我们骨灰盒子的钱……”

白川憋着一肚子气骑马又回到阵前，其余两名副旗本投来询问的目光。

“秀川大人下令罗副旗本你进攻！”

罗杰一声欢呼：“万岁！”扭头对他的部下大吼：“跟随我！”策马飞奔而去。五千名黑色骑兵排成整齐的队形跟着他，从山坡上急冲而下，蹄声轰隆，回响着吼叫：“万岁万岁万岁……”整个队伍仿佛一条黑色的巨龙，势不可当地直泻而下，扑向后撤的魔族军队。

“那个白痴！送死还那么开心！”白川恨恨地骂。

“不见得是送死。”幕僚副旗本明羽说，“魔族那边的气息很混乱，不知道他们发生什么事情了，可能罗杰真的会成功。”

白川：“可能会发生什么事情呢，那边？”

明羽：“我们不知道，但是也许大人知道——每次大人一叫到罗杰出场的时候，就等于说：‘现在已经不必动脑子了，只管向前冲就是了。’我们会赢的，我对大人有信心。”

白川哼哼两声，心想：那是因为你没看到他在后山呼呼大睡，而且随时准备逃命。之所以没说出来，是害怕动摇军心，还因为……

这时候战场上局势出现了令她不敢相信的变化：罗杰的骑兵直冲而下，几乎一下子就插进魔族的大本营中——就像一把烧红的叉子插进奶酪中一样轻而易举——魔族士兵几乎没做任何抵抗就四散奔逃，丢盔弃甲，队伍散乱。八万魔族大军被不到他们数目一半的人类打得这样狼狈，那是历史上从没有过的！

两位副旗本同时发出惊叹声：“咦！”

明羽大叫：“太反常了——那是圈套！罗杰已经陷进去，被包围了！”

白川也叫：“不可能是圈套，看他们士兵跑得那么慌乱，那是装不出的！就算是圈套，那也大有机会！”

白川回头扬声发令：“全军！给我上！”

明羽阻止她：“你没权力发全军动员令——只有大人才有这个权力！”

白川一拳把他打得从马上滚落地面，将一把马刀架在明羽脖子上，低沉着声音说：“误了时机我宰了你！”扫了一眼四面看得发呆的卫兵和传令兵，提高声音发令：“还不去传令！”

四面八方响起了号角声，骑兵们集结起来，排列成一行行的散兵线。

白川在骑兵阵的最前面，平静地高举右手，雕塑般凝固不动。猛然间，她高举的手用力地向前一压，身后震天吼声响起：“万岁万岁万岁！”

一列一列的骑兵从她身边经过，从开始的小跑，一点点地加速，最后整列队伍以惊人的速度直扑山下的魔族大营，犹如一道铺天盖地的洪流，漫山遍野地倾泻而下，气势逼人！眼前，与魔族的军队已经接近到不足一千米了，只听一声清叱：“拔刀！”两万把马刀噌地同时出鞘，汇成一条高低不平的光带，反射着夕阳的余晖，喊杀声惊天动地……

震天的杀声惊醒了后山某位美梦中的好汉，他把脑袋探出睡袋细听了一阵，喃喃说：“是全军总攻击……看来白川已经发现了……真是的，叫得那么大声，吵得人睡不好觉。”他把头又缩了回去，试图继续刚刚被打断的美梦……

根据紫川家族的正式史料记载：“帝国历七七八年，第五次恒川会战中，紫川秀旗本亲临前线，身先士卒，奋勇杀敌，极大鼓舞了全军将士士气！麾下罗杰、白川、明羽三位副旗本不畏强敌，团结合力，指挥镇定，终于在此战中以三万骑兵大败八万魔族部队，击毙、击伤四万余，俘虏一万余。另号称魔族第一猛将的葛沙亦于此战中被秀川旗本亲手击毙，给魔族以沉重打击，成为卫圣战争的第一个转折点。”

“我们真的赢了吗？”面对满目疮痍的战场，紫川秀喃喃发出一丝疑问。

“毫无疑问，大人，我们大胜了！”近卫队长古雷激动得脸都通红了，“这都是您的功劳，请允许我向您祝贺，大人您肯定会因为这次战功而被提升为红衣旗本的！想想，二十岁不到就可以与各个行省的总督平起平坐啦，那是多了不起啊，家族历史上还没有过这个先例呢！”

“呵呵，同喜同喜。”紫川秀的笑容里面没有一毫克的喜悦，“据我记得，你还是小旗武士吧？副旗本的位置有望了。”

古雷大喜过望：“多谢大人栽培！下官一定对大人尽心竭力，以报答大人提拔之恩，赴汤蹈火，在所不辞……”

“嗯嗯嗯，”紫川秀打断了古雷的表忠，喃喃自语，“看来人活得单纯还真是一种幸福……”

“大人您说什么呢？”

“哦，我让你好好干呢。”

一队骑兵从前面出现，看到紫川秀的旗帜，立刻在马上行礼。

紫川秀停住马步，扬声问：“哪个部队的？干什么？”

骑兵队长回答：“回禀大人，我们是罗杰部队的第三大队第七中队，现在正执行运送俘虏任务。”

“哦？”紫川秀忽然动了好奇心，“俘虏多吗？让我看看。”

“遵命，大人！”队长回头吆喝一声，骑兵们用鞭子把俘虏们驱赶到紫川秀面前，卫队紧张地围在他旁边防止魔族俘虏忽然暴起伤人。

但那实在是不必要的，因为这一批俘虏全部是精灵怪——一种绿色皮肤的小矮人，他们在工艺方面极其心灵手巧，但战斗力却极差，性情温和，很容易屈服于强权——魔族军队拿他们多半是做劳役的，人类市场上也可出售做用人，在帝都（注释：帝都，紫川家族首府）据说可以卖到三万元一个。

骑兵队长看到紫川秀仿佛有点失望的样子，觉得很不好意思，决心要讨他欢喜一下："大人，您知道，我们在俘虏里面还发现了奇怪的东西啊。"

"哦？"

队长回头喊："带上来让大人过目！"

几个骑兵从后面提着个鼓鼓的麻袋上来，队长谄笑着解开了麻袋："大人，这可是难得一见的好东西啊。"

麻袋里面装着的竟然是个少女！她的衣裳有点凌乱，看得出是很名贵的材料做的。因为在麻袋里刚刚被放出来，神色间有点狼狈，却无损她那令人动心的美貌。大大的眼睛碧蓝一片，正是魔族女性的特征。尽管已经身为俘虏了，她还是很镇定——或者是装作很镇定，睁大了美丽的双眸怒视眼前的几个居然敢于囚禁她的人类，不出声就有种凛然尊贵的气质。

紫川秀皱皱眉头："远东军什么时候改行做绑匪了？"

队长觉得很委屈："大人，这可绝对不是一般的女孩子啊！我们是在一辆很漂亮的马车里面发现她的，她周围还有十几个卫兵保护，伤了我们好几十人才抓到她的！这个女孩子肯定身份不一般，还可能是魔族的高级人物呢。"

"盘问她没有？"

"她什么也不肯说，我们也没时间细问。现在将她交给大人您看管，大人可不要错过机会哦！"队长用种很暧昧的语气说。

紫川秀也很暧昧地笑着："嘿嘿嘿，放心，我一定会好好地盘问她的。"这是种男人与男人之间，一听就心领神会的默契。

等骑兵们的身影消失，紫川秀才奸笑两声："好在白川那婆娘不在，不然就麻烦了……"

转向古雷等卫队成员："白川问起来的时候……你们该知道怎么做的啦？"

古雷板着脸回答："大人放心，我们什么也看不到，什么也听不到！"

"那才是聪明人！"紫川秀开始东张西望，"哪里可以找个没人的地方搭个帐篷呢？那里不行，太空旷，没情调。这里，啧啧，蚊子太多，做起来不爽……"一边说一边用色眯眯的眼光盯着那个少女看，看得她浑身不自在开始发痒发冷颤抖打寒战起鸡皮疙瘩汗毛竖起，一直看得她……

"我是神族皇第三公主卡丹。我是皇族成员，我要求得到与我身份相匹配的待遇！"少女用带有颤音的、努力显得庄严的话语表白了身份。

卫兵们同时吸气，安静的夜晚中，声音显得特别刺耳。

古雷小声说："主在上，大人，对这个女人可不能乱来，不然军法处会找我们麻烦的。"

紫川秀头也不回："古雷，你笨得像猪头！"喃喃说，"这可是大收获。"

黑暗中，白川副旗本在骑兵队中默默地沉思着，白天胜利的喜悦并没有打消她的疑惑：为什么会赢得那么轻而易举？魔族在战斗正处于上风的时候，忽然间自动撤军了；当紫川家族的骑兵开始进攻时，几乎没遇到任何有组织的抵抗……今天的战斗中，魔族显得那么慌乱和惊恐，这并不是一贯强悍而且善战的魔族军队的作风。

当然胜利毕竟是胜利，是无可替代的，不容置疑的。地上像被收割的秋天庄稼般密密麻麻躺着的魔族尸体，那就是证据。这时候她才感觉到背后冷汗渗出了衣裳。要是那时候的判断稍有失误，那么现在地上成片躺着的就该是紫川家的骑兵了。而她，将要为此负上主要责任。就算能从战场上幸存下来，回去也绝对逃不过监察厅的宪兵行刑队……

不能再冒险了，幸运女神不见得那么慷慨，会照顾同一个人两次。

“停止追击。”她下了一个命令。

骑兵们如释重负地停住了马步。追了整整五个小时，他们都已疲惫不堪，可是没有谁敢来劝说一下这个女暴君。明羽的遭遇大家都看得清清楚楚呢，对士兵们而言，她似乎比号称当世无敌的大魔神王更可怕。

“各部队就地宿营，安排好斥候兵，夜班哨岗由四人一哨改为八人一哨，斥候防卫范围扩大一倍，火把预警！”

传令兵应声而去，白川吩咐说：“现在起大本营交由明羽副旗本负责，我要去见秀川（注释：秀川是紫川秀的号）旗本。”

明羽从骑兵队中出来，脸色很不友善：“怎么，交由我负责？白副旗本不怕我把你的功劳都抢走了？”

白川冲他嫣然一笑，笑得明羽气马上消了一半，另一半嘛……那是小事了，不值得一提。

“还在生我气呢？我给你道歉还不好吗……明羽，男子汉大丈夫，就不要跟我们女流一般见识了，好吗？”

明羽苦笑：每次都这样，他太了解白川的脾气了，每次道歉都不过是为了下一次的冒犯埋下伏笔。“算我怕了你，又不是没被你打过。”

“跟你说个事情，我刚刚讯问了些俘虏兵，他们的说法很奇怪，说是在他们进攻的时候，指挥官葛沙、副指挥云沈都被刺杀了，全军失去指挥，导致了军心大乱，不战自溃。”

“哦！”白川相当惊奇，“谁干的？帮了我们大忙了。”

“他们只知道是个人族干的——你知道，对魔族来说，我们人类长得都一个样子，就像那些绿皮怪物在我们眼里都是相同的一样。很可怕的人啊，把自己埋在沙子里，等着魔族主帅葛沙经过时，忽然破沙而出杀人，而且都是一刀致命的。”

白川惊讶：“远东地区有这样的高手？武艺极强还很坚忍、冷酷，把自己埋沙里……”她想着想着，打了个寒战。

明羽若有所思：“但我想，我们旗本必定是知道的吧？不然，他也不会叫我们进攻的……”

提起紫川秀，白川就一肚子气：“你把那白痴看得太高了！你知道我们在出生入死的时候，他在那边干什么吗？洗澡、吃饭、睡觉，就差没搞女人了！不过那多半也是因为他没找到女人罢了。他有哪点像个全军统帅的样子……”

明羽悠悠说：“只要能打胜仗，他爱怎么玩怎么玩，我是无所谓的。你为什么就这么生气呢？”他瞄了一下白川，目光中大有深意。

“这次是因为他运气好，碰到魔族那边走狗屎运了！”

“恐怕不止是运气。这次是运气好，那六年前的帝都反击战也是运气好吗？与流风霜的对峙，除了他，还能有谁可以不损兵折将地逃脱？魔族两次对远东进犯，只有他的部队能完好无损地跑回来——对一个十一岁从军，身经大小战役十几次，却一次也没败过的‘白痴’，他的运气也未免好得太过分了吧？”

“……”

白川在夜色下策马奔驰，明羽的话语一直在脑子里回响，自思着：是啊，他的狗屎运也好得太过了吧……难道他一直深藏不露？

对了，我要问他个清楚，揭开他又懒又好色又怕事面目遮掩下的真正面目！

前面就是中军的灯火，紫川秀的卫队还没来得及阻拦，白川就策马进了大本营。

近卫队长古雷上前迎接：“白副旗本，大人吩咐了，您不能进去！”

“为什么？”白川理也不理他，心里想：难道这时候他正露出了不为人知的一面？非得进去！

她大步跨进中军帐篷，却看到紫川秀正搂着一个美丽的少女准备亲……她立即怒向胆边生，拔出马刀就砍过去：“原来这就是你紫川秀的真面目！准备受死吧你！”

“哎呀，幸好我身手敏捷，差点被你给劈了！”紫川秀惊魂未定，“白副旗本，你也太莽撞了——难道本旗本看起来真的很像那种调戏无知少女的好色之徒吗？啊，古雷，你们几个那是什么表情啊？”

白川不服气地争辩：“大人，您想想，在夜黑人静的时候，在无人的帐篷中，你搂着个陌生的少女——你让身为部下的我该怎么设想你啊？”

紫川秀：“你应该这样子想，这个少女是魔族的第三公主卡丹，她对我军是很重要的俘虏，现在她是因为被俘虏惊吓过度而晕过去了，而你品行端正、人格高尚的上司秀川旗本正毫无私心杂念地准备为她做人工呼吸——这样想才是正常的设想！”

白川："……怎么可能想得到那里去？！"

紫川秀："那就证明你看香港电视连续剧还不够多，里面这种情节多的是。"

白川："大人，您说什么？"

紫川秀："哦，没事，我把时空弄混了，大家当没听到就是了！"

白川："就算是魔族的公主晕过去了吧——谁都可以帮她人工呼吸的啊，为什么是大人你来？"

紫川秀："既然谁都可以帮她人工呼吸的——为什么我就不能来？"

"……"

紫川秀："报告一下情况吧，白副旗本。"

白川："遵命，大人。经过五个小时的战斗，我们已经拿下了他们的大营和粮队。魔族伤亡可能在两万到三万之间。此次魔族出征的二十五个白披风（白披风指的是魔族的团队长，着装白色披风）被我部队杀了五个，明羽部队杀了四个，俘虏三个，有十三个目前还下落不明。"

紫川秀点头："罗杰副旗本刚刚送来战报，他那边拿到了七个白披风，估计杀敌数目也在万人左右，那就可以肯定魔族主力基本上已不复存在，余下的只是战场扫荡工作而已。"

白川弓身："这是一场大胜利，大人，恭喜您了，您真是辛苦了！"肚子里面骂：是啊，睡觉、吃喝、搞女人……好辛苦哦！

"哎呀，难得白副旗本你这么体谅本官……说真的，我还是真的很辛苦啊。劳累了一天，现在我也该休息了——白副旗本，有劳你了，大本营的警戒工作就拜托了！"

白川暗暗比了下中指，恭敬问："大人，下官有一事不明想要请教。"

紫川秀："哦？"

白川："根据俘虏说法，魔族军队之所以大败是因为指挥官和副指挥官遭神秘刺客刺杀，这件事我们几个前线指挥官都不知道，不知大人又是从何得知此事，而下命令让我们进攻的呢？"

紫川秀一脸惊奇："我下命令让你们进攻？有这回事吗？没有吧，这是白副旗本你自己下的命令吧？"

白川："大人，您当时不是说……"

紫川秀："哦，当时你来请示我，你说罗杰想去进攻，我说谁爱去谁去……是这样的吧？这件事从始到终都是你和罗杰决定的啊。我什么时候下过命令让你去狂飙了？"

白川回头想想，事实确实是这样，但当时紫川秀的口气……幸好是赢了，要是输了的话，责任就得自己全背，想到那后果……白川冷汗不停地渗出，背后的衣裳都湿透了。

“你也不用害怕，反正是赢了，难道监察厅还会来追究你误传军令的罪名不成？”紫川秀仿佛猜出了白川的心事，悠悠说，“明天我们就收队回沙加市，扫荡的事情就交给哥西旗本的部队完成吧。”

白川着急：“但是大人，我们好不容易打下来这个局面，应乘胜追击啊！”

紫川秀：“我们把所有的功劳都占了，别的部队会说我们不知进退的——那以后我们的日子就难过了。”

他懒洋洋向帐篷走去：“夜已经深了，白副旗本也休息吧。明天还要赶路呢。”

白川恍然大悟，以三万军队大破八万魔族军，紫川秀这个功劳之大，是谁也抢不去的，既然这样，就不妨做做顺水人情，让别人不至于太嫉恨他——真是考虑得滴水不漏！看着他的背影消失，白川感觉越来越看不清楚他……

第二天傍晚时分，凯旋的紫川秀部队进入沙加市区，受到市民们热情到几乎狂乱的欢迎。

沙加市靠近恒川战线，每次魔族来攻袭总是首先受到战火摧残。偏生紫川家族的远东军又不怎么争气，碰上魔族大军每次都是输多胜少，搞得市民疲于逃命，痛苦不堪。这次听说魔族大军压境，家族只派出个十八岁的年轻旗本迎战——还不是因为他姓紫川，不然哪可能升那么快，十八岁当旗本——大家早就不抱希望，开始收拾家当准备跑路。结果这个年轻的旗本不知道走了什么狗屎运，魔族军队不战自溃……消息传来，全城一片欢腾！

在紫川秀部队列队入城休整的时候，欢迎的人群几乎把队伍给冲散了。市民胡乱地塞给士兵们不值钱的礼物：煮得半熟的鸡蛋、有汗渍的手帕、镶银的首饰、会炸伤人的彩球……那些东西反正留着也没什么用，共同畅饮过期了卖不出去的劣质酒。城中因此有三十七家酒吧的老板因此而避免破产的命运，十一家酒吧老板却因为酒铺被喝醉了的士兵砸烂而宣告破产……

披着法袍、一身庄严的僧侣牧师为他们大做祈祷：“感谢你们啊，我们百战百胜的保护者！愿战神的庇护永远跟随你们！”平时也没有人信他们的神的，闲着也是闲着，难得今天有机会宣扬一下信仰又不被人扔石头……

年轻美丽的女郎挥舞着鲜花上去拥抱不认识的士兵，亲吻……根据统计，紫川秀部队在进城的第一个钟头，就有七千多名士兵失去了原本打算留给家乡爱人的初吻，可见损失之巨大，许多动人或者不动人的爱情故事也由此开始，教堂证婚的牧师得以小小地红火了一把。后来有人计算出来，紫川秀部队在沙加市驻扎不到一个星期，十个月后，该市的婴儿出生率高出平时百分之六十九！而且起名大多叫“怀军”“念兵”“爱军”……

入夜，罗杰、白川、明羽三名副旗本出来巡视街道，检查有无军纪不严的现象、乱兵滋事的行为。

明羽：“白川，我觉得你今天有点不对劲：居然过了十二小时，你还没有骂过秀旗本一句！你今天不舒服吗？”

罗杰装模作样地要去摸白川额头：“嗯，好烫，你感冒了吗……哎哟！”

白川收回拳头：“没什么，我只是改变了对他的一些看法而已……”

这时候大家都听到旁边一家小酒吧里传来紫川秀的声音：“绿地啤酒多少钱一瓶？”

服务小姐的声音：“三个银币，军官先生。”

紫川秀：“哦，比帝都贵了点……我要两瓶！”

服务小姐：“对不起，请问军官先生您是秀川大人部队的吗？”

紫川秀：“是啊！”

服务小姐：“哦，我们老板有吩咐，今晚秀川部队的军官先生不收钱。”

紫川秀：“为什么？”

服务小姐：“因为你们是英雄啊！”

紫川秀：“英雄……那我要四瓶！”

服务小姐：“……”

罗杰问白川：“刚才说你对他的看法……”

白川面无表情：“现在我的看法又改了……快走，我们不认识他！”

古奇山脉是远东地区与紫川家族内地腹地的分界线，那高险的崇山峻岭是几乎不可逾越的天然屏障。只有大陆通路长河公路通过古奇山脉唯一的缺口连接远东和家族腹地，雄伟的瓦伦要塞建于帝国历四五六年，就坐落在此缺口上，扼守着长河公路，号称大陆上第一要塞（除了魔族的大魔神堡外），其重要的战略地位不言而喻。要塞坚固无比，有传言说：“只要躲在瓦伦里，即使众神发怒也不怕！”

事实证明瓦伦是当得起这个美誉的，自紫川家族建立以来，魔族军队四次发动出兵百万以上的大攻击，紫川家族都是依靠瓦伦要塞的坚强厚壁来阻挡，强悍的魔族军队在它面前也只有铩羽而归。

家族前代总长、名将紫川远星曾说过：“如果没有瓦伦，我们早灭亡了二十次。”由此可见瓦伦的重要地位。

远东军的总指挥部、大本营还有远东军校等重要机构也都设在瓦伦。

紫川秀等参加恒川会战的有功之士，被远东军副统领（注释：统领，紫川家族高级官职名）罗波约到瓦伦远东军总参谋部见面。可是，不巧……

美丽动人的女秘书彬彬有礼地对紫川秀说："秀川旗本，实在抱歉，林冰副统领临时召开军务会议，罗大人还在会议中。他说如果各位来的话，请在会客厅稍等一下——实在抱歉。"

紫川秀表情严肃地凑近女秘书脸边，向左右小心地张望一下，小声说："小姐，你认得那边那个穿小旗武士制服的人吗？"他指着一个刚从指挥部大楼里面走出去的军官。

"哦，那是哥西旗本派来的联络官，他刚进我们罗副统领办公室交文件……"

"那是假的！"紫川秀斩钉截铁地说，"他是流风家族派来的刺客！"

女秘书吓得花容失色："可是他有军官证和关防令，还有文书……"

"你不相信我的话吗？也难怪你！我们在来的路上见到了真正的联络官，他已经快断气了，跟我们说了后就死了。"紫川秀不容置疑地说，"刺客的目的在于罗波大人！刺客刚才去过哪些地方？我们得一一细细检查！"

女秘书被紫川秀话语中表露出来的强大自信所震慑，不由自主说："他刚才去了罗波大人的办公室——但他只待了五分钟，而且我一直在旁边的……"

"把办公室钥匙给我！"紫川秀不由分说夺过钥匙，"五分钟？对方是专业的间谍，五分钟足够安上三十个炸弹！"

他走进办公室关上门："谁也不许进来，太危险了！"

远东军的参谋本部陷入一片混乱，宪兵部队急忙赶来，却被紫川秀命令不许靠近办公室，只听到里面翻箱倒柜的声音和秀川旗本的喃喃自语："在哪里呢？哪呢？快给我出来，我知道你一定藏有的！我就不信我找不到！"

危机持续了五分钟，直到秀川旗本满头大汗地出现在门口："没有发现，可能他藏在别的地方了！"

在场的军官、宪兵、文员无不对紫川秀旗本的勇敢和镇定万分敬佩，所以也没有人注意到他带来的公文包鼓了很多，而且还发出咕噜咕噜的水声。

罗波副统领直到会议结束才得知这件事情，他大惊失色地赶回，打开密柜的门，里面空空如也，他发出一声绝望的悲号！

部下们纷纷猜测：可能是绝密文件给流风家的间谍偷了……

罗波副统领咬牙切齿："阿秀，你干的好事！"

紫川秀诚惶诚恐："是！下官知罪！下官不该没看清楚就胡乱说话，搅乱了正常秩序，还害得兄弟部队的同事无辜被逮捕，受了不白之冤，下官一定很诚恳地道歉、反省！”

罗波吼道：“我管那个小旗武士去死！”压低了声音：“我的酒呢？三瓶百年的葡萄酒，一瓶皇家白兰地！”

紫川秀一脸茫然，仿佛今生今世未曾听过“酒”字：“什么酒？”

“少来装蒜！你从我办公室拿走的酒……”罗波忽然停住了。

“大人，不可能吧？远东军军纪严明，上班时间不许沾酒——难道大人办公室里有酒？那是绝对不可能的，大人遵守军纪，执法如山，乃我远东全体将士所周知的，怎么可能发生这种事情呢？这一定是有人无耻造谣，目的在于损害大人清誉。下官是绝对不会相信的，请大人放心！”

罗波哀求：“别做得那么绝嘛……把白兰地还我就行了。”

紫川秀的回答是一个神秘的微笑——这个微笑罗波很熟悉，他吃过多次苦头的了。

“算你狠！看下次的。”

“你听着，统领处有正式文件下来了：由于紫川秀旗本在恒川一战中的出色指挥表现，为家族鹰旗增光，统领处在请示总长、元老会后，决定给予秀川旗本嘉奖，晋升……”

罗波拖长了声音：“……副统领！命令下达者：总统领杨明华。通过：幕僚统领罗明海、远东军统领哥应星、边防军统领明辉、中央军统领雷迅、黑旗军统领方劲、禁卫军统领皮古。帝国历七七八年七月二十八日。”

紫川秀也惊呆了，副统领！从旗本越过红衣旗本级别，直接晋升副统领！他没想到这样子……

“阿秀，你可明白这次杨明华特意越级提拔你担任副统领的意义？”罗波的脸色沉重，一点没有部下被提拔后理应表现出来的喜悦。

“回禀大人，下官明白的。”

“哦？”

紫川秀的神情同样庄重：“这就意味着，下官以后也可以像大人一样可以找个美女当秘书养眼、在办公室里藏酒，再也不用怕监察厅吵三吵四了！”

“浑蛋，你就不用用脑子，看清楚了命令，是总统领杨明华发布的！”

“那么……”

“他是个什么样的人——你应该比我更清楚吧？”

紫川秀流利地背诵：“我们尊敬的总统领杨明华阁下公务上天生智慧、指挥明断、英明过人、高瞻远瞩，私德上道德高尚、人品可靠，对待部下亲切和蔼、严于律己、宽以待人，侍奉总长大人忠心不二，而且更难得的是他从无私心杂念，一心一意只为家族大局着想，受到全军将士衷心爱戴。无论从仁、智、勇哪个方面说，都是我等紫川军人的模范楷模，让下官无比敬仰！天降我家族以伟才，愿神赐予他永寿，那对全族上下都是莫大的……"

罗波打断他："够了，我这里没有'耳朵'的，你可以放心说。"

紫川秀又露出那种最纯真的笑容："罗波大人何出此言？刚才所说的全部是下官的肺腑之言啊，请相信下官对总统领阁下是一片衷心爱戴……"

罗波死盯着他，仿佛要在那笑容里面找出一丁点虚假来——"紫川秀的微笑"在后世成了一个流传很广的比喻，通常用来比喻假货推销人、保险经纪人一类的人物。像以往一样，罗波一无所获。

"七年前的事，你不会都忘了吧？"

帝国历七七一年三月，流风家族发动对紫川家族的大攻势，在正面军队大举进逼的同时，流风家族的一支偏师通过中立的林家的地段，绕开了边防军防线，长驱直入地忽然出现在帝都城外。上代的紫川家族总长紫川远星，认为流风军孤军深入，不可能有强大兵力，不等援军到来，就动员了帝都城里的中央军和禁卫军发动进攻，结果遭到埋伏，中央军、禁卫军几乎全军覆没，阵亡人数高达八万余人，紫川远星重伤。这时紫川家族才知道，偷袭部队是由流风家的第一顺位继承人、狡猾多智的流风西山带领，兵力多达十三万人之众！

流风西山认为大局已定，并不急于攻击拥有强大工事的帝都城，分兵五万回去夹攻边防军，五万步兵留下包围、进攻帝都。此时家族远东军正与魔族开战到紧要关头，边防军、黑旗军都被流风家族军队牵制无法动弹。帝都城内几乎无可用之兵，无将指挥，外无增援，人心惶惶，都认为家族灭亡就在旦夕。

此时还在远东军校做学员的紫川秀借口说"拉练"，在远东军统领哥应星（他也兼任远东军校的校长）的默许下带了一队八百名的骑兵学员，赶回帝都，只赶得及见到了他的义父紫川远星的最后一面。

紫川远星死后，家族内部群龙无首，元老会、总长府、统领处、军务处各方势力吵闹不休，互相指责、推卸责任，并且都说只有自己能够拯救家族于危亡——结果大家什么事情也没法干，只顾着开会、讨论、选举、投票，却没人知道怎么应付城外虎视眈眈的流风大军。

紫川秀一怒之下用带回来的八百名骑兵发动了兵变，控制了总长府、统领处、军务处等重地，取得调兵权。他当即向各路军团、地方守备队发布勤王令，命令他们一个月内务必到达帝都——这当然是不可能的，如果他们真的过来了，遭受一路追击，肯定损伤惨重，而且也会把别的地方的流风军吸引到帝都来。

流风家上下哈哈大笑，都说紫川家族的十一岁的新头目发了疯，要把紫川家全部兵力在帝都城下拼个精光——他们一直笑到了那个噩梦般的深夜。

就在命令发布的当天晚上，八百名精锐骑兵在紫川秀的带领下穿上流风家的制服闯入流风大营，杀人放火，一边散布谣言：“不好了，远东军主力杀过来了！”“紫川家族勤王军队已经全部到齐了，总兵力超过一百万！”

睡梦中惊醒的流风军面对黑暗、烈火、刀枪……无法做任何有效抵抗，再说他们也无从抵抗，每个人穿着的都是同样的服装，往往有人大叫：“不要打！我们是自己人，那边才是敌人！”然后一刀砍过来……

在这种敌我难辨的情况下，唯一的出路就是先下手为强——造成的结果是当晚的流风家族两万阵亡人员中超过一半是死在自己人手下。

就连流风西山本人也是死里逃生，到天亮，他刚集结败兵想反扑，但几乎就在他队伍将集未集的时候，紫川秀的骑兵就出现了，一阵砍杀，惊魂未定的败兵们一击即溃。到傍晚，流风西山又做了一次集结，企图控制队伍，又是人马刚集结，追击的马蹄声就响起……

同样的过程重复了七次！

到第八次的时候，流风西山已败退到了流风家族与紫川家族交界的边境，前面是三十万复仇心切怒气冲冲的紫川边防军严阵以待，后面是紫川秀带着精锐骑兵如狼似虎地追杀——他甚至宁愿自杀也不愿再回头与紫川秀交战了。他之所以能逃脱，只是因为他女儿流风霜的接应，加一丁点幸运——后来很多战史学家都认为，如果紫川秀不出意外还能指挥全军的话，就算有天才流风霜的接应，流风西山也不可能逃脱，更不用说回去继承流风家主的位置了。

但是与流风西山同来的二十万流风军士兵显然就没有这么好的女儿和幸运了，能活着回去的不到三分之一。

在紫川家族这边，胜利者的运气却比失败者还要差得多。紫川秀满怀着有美女拿着鲜花拥抱胜利者的期望，迎来的却是：半夜在军营里从梦中被叫醒，发现自己的卫队已经全部被缴了械，周围密密麻麻的都是家族监察厅的宪兵行刑队……

一个彬彬有礼的宪兵军官不无遗憾地告知他：“根据杨明华总统领的命令，阁下被控有‘非法兵变’‘以下犯上’‘擅自调兵’‘专权跋扈’等罪名，已经被下令剥夺军队指挥权。阁下有保持沉默的权利，可以到军法会议上陈诉理由……”

控告他的每一个罪名都是死罪。

后来因为紫川远星女儿紫川宁的极力营救，远东统领哥应星的暗中帮助，前线将士的强烈愤怒抗议，还有他好朋友——同样是紫川青年三杰之一的斯特林在军法会议上的慷慨陈词——“忠诚无罪”，才使得紫川秀免除死刑处分。

杨明华想将他终身监禁，可是远东统领哥应星却抢先淡淡说：“将他发往最艰苦的远东地区服役不是更好吗？我们那里也需要人。”

由于哥应星的威望很高，远东军实力强大，杨明华不敢与他翻脸，于是紫川秀就参加了远东军，从一名劳役士兵做起，直到记功升到武士、红衣武士、小旗武士、红衣小旗、副旗本、旗本……

现在杨明华忽然要越级提升他担任副统领!

“大人，我的记性一向不大好，不知您指的是七年前哪件事呢？可否给下官一点提示？”

罗波：“阿秀，你要知道，对于危险的东西，人们总是希望放在他们看得到的地方。你的才能和实力对某人而言是相当危险的。如果让你老老实实升一级当红衣旗本，制度上，你就可以统帅七万远东军了，某人夜里会因此夜不能眠的。”

紫川秀：“但下官如果升了副统领，某人岂不是更难入睡？”

“问题是现在远东军只有三个现役副统领编制，我们没有多余的编制来安置你——明白了吧？”

“下官前两天听说雷副统领与哥应星统领意见分歧，说要辞职。那不就有编制了？”

“今早他们已经和好了，雷副统领已经把辞职信收回。”

“听说我们的林冰副统领要结婚，要去度蜜月休假三个月？”

“准新郎在婚礼前跑了，只留下个字条说：‘我受不了！’现在因爱成恨的老处女正在安排敢死队追杀他……”

紫川秀叹一口气：“现在我只剩一个希望了：大人，您的胃溃疡有没有近期癌变的可能……”

罗波：“……”

“所以说你升了副统领后，就只有回到帝都、参加预备役军官候职这条路了。但哥应星统领也认为这样比较好，因为紫川宁小姐已经快十六岁了，快到法定继承年龄了——难保某人不会因此而起杀机——你回去可以就近保护她。”

“大人，可是下官打架很差劲的……”

“你就少在我面前装傻了！那套留着去哄罗杰那群傻蛋吧！在恒川刺杀魔族指挥官的人是你吧？我知道，你不想让‘某人’发现你的才能和武艺，但你以为能骗得过我吗？”

紫川秀惊讶地看着他：“大人，您……”

罗波露出一丝狡诈的笑：“我是紫川家族的家臣，不是杨明华的家臣。我宣誓效忠的对象姓紫川！”

“杨明华可是你上司啊……”

“我是远东军副统领，制度上，我的直属上司应该是哥应星统领。”罗波慈和地说，“哥统领一直叫我关照你。”

紫川秀回想起六年来罗波对自己的呵护和关心，心头涌上一股热浪，对眼前的老人深深一鞠躬：“紫川秀以菲薄之身，承蒙哥应星统领和大人您的如此关照……此恩此情，今生难报！大人但有所命，紫川秀敢不尽心竭力，无惜此身！”

罗波威严地站起来：“当前，杨明华总统领骄横跋扈，无人能制，隐然有不臣之心！紫川秀副统领，我以家族前辈的身份命令你：尽一切办法，保护紫川宁小姐！她是远星大人留下的唯一骨肉。”

他向紫川秀鞠了一躬：“阿秀，拜托了！”

紫川秀昂首回答：“遵命！紫川秀但有一口气在，绝不会让小姐受一丝伤害！请大人放心！”深深一鞠躬回礼，只觉胸中豪情激荡。

“哦，另外还有个事情：你刚才不是说用生命报答我吗？那你拿我的酒……”

紫川秀同样坚决地说：“没门！我也只是说说而已……三瓶百年葡萄酒，一瓶皇家白兰地，加起来比我的命值钱多了！杀了我也不还！”

在瓦伦市最高档最好的（也是最贵的）天梦酒楼里面，罗杰、白川、明羽三位刚晋升的旗本，联合请客为上司秀川副统领调往帝都饯行！

白川看了一下菜单，有点被吓到的感觉：这么贵！

她（小声）问罗杰：“你确信身上带的钱真的够？”

罗杰苦着脸（小声）：“大不了把你押下来顶了。秀川大人干吗选这么个地方啊，今晚一顿去掉我半年薪水，还是我们三个人分担了呢。”

白川（小声）：“我怀疑那个白痴故意让我们为难的，你看他点的菜：黄金烤乳猪、黄金烤龙虾、黄金烧鸡、黄金烤鸭、黄金水果派、黄金拔丝素菜、黄金白兰地……吃那么多金子，最好他便秘死掉算了！”

罗杰（小声）：“嘘！小声点！我看他好像用很怪的眼神瞄了你一下，我怀疑他听到了——啊，不好，他又要叫加菜了，是——豪华黄金宫廷八宝！完了，我明年的薪水也进去了！”

紫川秀与明羽谈笑正欢，忽然回头问：“白川、罗杰，你们两个在说什么悄悄话呢？”

白川：“大人，您要调走了，再不能做我们上司了——我们都很舍不得，心里好难过呢。”

紫川秀：“哎呀，你这么说，我也是很难过的——不过我看你们的表情……怎么都不像很难过的样子啊，倒像是……囚犯刚被释放的样子。”

白川：“哦，我们是面在微笑，心在流泪啊！”

罗杰、明羽纷纷表示同感：心在流泪——他们的心正在为他们的钱包流泪，无声地……

紫川秀揉眼睛，好像也非常感动：“有你们这样子的好部下真是我的幸运啊！我几乎想不走了……”

“千万别！”三人同时发出尖叫。

“大人，我们不忍心耽误您的远大前程啊！”（走吧，走吧，去害帝都的人吧！）

“是啊，大人，有空您回来看我们就是了！”（不回来更好！）

“就怕大人您到时候高升了认不得我们这些小人物了……”（管你认不认得，反正我是不会再认你的了。）

看紫川秀的样子，感动到几乎流泪了，抽泣着说：“我们曾经一同出生入死，患难之交——真朋友岂能相忘？来，就为我们的友谊，大家痛饮！哦，小姐，再开五瓶皇家白兰地，添个黄金烤全羊！”

……

等到大家饭饱酒足，满意地（或者装着满意地）摸着肚皮休息时，紫川秀忽然想起个什么事情：“瞧我这记性！有件事呢，忘了跟你们说。”

他从口袋里面掏出个公文书：“罗波副统领签发的，你们三个旗本的新任命。罗杰，你拿去自己看吧。”

白川心中泛起不祥的预感，但随即安慰自己：再坏也不可能比现在情况更坏了吧？

罗杰接过来，拆开，只看了一眼，这位曾面对上万魔族毫无惧色的无畏猛将当场昏了过去。

明羽抢过来：“这么没用，大不了就是派我们去攻打大魔神堡嘛，就吓成这样子了，没出息！”说完，他看了一眼，也昏了过去。

白川颤抖地从地上捡起任命书——紫川秀正在用很同情的目光看着她，建议：“要不要来点葡萄酒镇定一下？”

白川一口气打开，命令很简单，就一句话：“兹调派罗杰、明羽、白川三位旗本到紫川秀副统领麾下任职，同回帝都公干。远东军总参谋长罗波，帝国历七七八年。”

白川也觉得眼前一片白光闪耀……但她坚强地顶住了。

她的第一反应是摸刀砍人——但今天并没有带武器在身上。

她想扑上去拼命——但手无寸铁。

她想破口大骂——可是看到紫川秀那张刀枪不入的“真诚”笑脸，知道骂了也是白骂。

最后她想到了最致命有效的一招。

紫川秀惊奇地看到白川居然平静下来了，不由得啧啧称奇：难怪说关键时刻女人比男人坚韧!

紫川秀：“哎呀，白川，你看，这样真是太好了，我们又可以在一起了，难怪罗杰和明羽都欢喜得昏过去了……”

“咦？你怎么不说话？白川你干吗摸罗杰的衣服……你把他钱包拿走干什么？还有明羽的钱包……”

“难道你跟我有同样的业余爱好——把朋友灌醉了就偷他钱包？这样不好，我还清醒着呢——除非你跟我平分。”

“你开窗干什么，我们又不热……”

白川站在窗边，鼓足了丹田中气，全力大喊：“有人要吃霸王饭了！抓住他！”说完从窗口往下一跳。

后面天梦酒楼传来人声沸扬：“谁吃霸王饭了？快抓住他！”

“抓住吃霸王饭的小子！就是他，在窗口那发傻的那个！”

“还想跑，穿着副统领制服冒充军官来骗吃骗喝！”

“我早看他不对劲了——哪里有这么小的副统领啊！”

“大家合力把他打一顿再送警察！”

第二章　重返帝都

帝都城建于帝国历三三五年，本来光明帝国第十一任皇帝建设它的目的是在东南地区设立一个防止魔族进袭骚扰的重镇（那时瓦伦要塞还没修建），本名嘉山要塞。

帝国历五五三年，光明帝国最强的皇家军团在蓝河战场惨败于入侵的魔族军团，帝国最后的皇帝和元帅战死，五百多年的光明皇朝宣告覆灭，各地诸侯纷起，争夺天下，一时间，帝国境内狼烟纷起。军阀割据的混乱状态持续了不到二十年，绝大部分的弱小势力都迅速地被那些强大的势力所吞并，能留存至今的并不多。

其中以镇守帝国旧京的流风恒最为有名，他将帝国旧京改名远京，定为流风家族的首府。此外，本身为帝国东南镇守使的紫川云宣告独立，乘机夺取了嘉山要塞，易名为“帝都”，并以此为据点，向周边大肆扩张，创立紫川家族。紫川云本人就是家族的第一代总长。

就在帝国历五五八年，紫川家族的创立当日，流风恒率领流风家的三十万野战轻骑兵长驱东向！紫川家出兵二十万迎战，两军在洛克平原展开疯狂的厮杀，血战持续了七天七夜。流风军团因为粮草不足被迫撤退，被紫川军一路追击，伤亡惨重。流风恒本人因此而重伤，回到远京后不久就死了。从创立之日起，紫川家族与流风家族就结下了不可化解的深仇。又因为两个庞大势力同样以争霸天下为目标，各自拥有强大的武装，三百年来，两家都一直咬牙切齿地想消灭对方，交战不断，大陆上因此而掀起了腥风血雨。

除了紫川和流风世家外，大陆还存在着第三个人类势力，那就是位于大陆中央偏南方向的林氏家族。林家是由光明帝国最后一任皇帝的女儿林凤曦公主在帝国国师左加明王辅助下所开创。虽然并没有像流风家和紫川家那样拥有强大的武力，但无论是流风恒也好，紫川云也好，由于林家的背后有着人类有史以来最强的高手左加明王在撑腰，没有人敢与这位单枪匹马就能粉碎魔族大军的超级高手为敌。

从帝国历五五八年，家族开创之年开始，帝都城就一直牢牢控制在紫川家族手中，无论是流风家的大军，还是越过东方古奇山脉汹涌而来的魔族群落，面对帝都城坚固的城墙工事，七代紫川家族军人的浴血奋战，顽强抵抗，都不得不无功而返。一串光辉的名字与这座城市的历史连接在了一起——紫川云、沙加、紫川星、云山河、卡缪——后世还得加上紫川秀。帝都城历经三百年战火，始终屹立不倒。

经过百年的征战，家族领地不断扩大，帝都已经不再是前线了，成为西川大陆上的三大都市之首，排名还在流风家族的“远京”和林家的“河丘”之上，是大陆上政治、经济、文化的荟萃点，其繁华骄容，令紫川家族全体为之骄傲。

帝国历七七八年八月的某天，从远东前线归来的一行人进入帝都。其主要成员包括刚被提拔的副统领紫川秀、近卫队长古雷及其带领的四十名卫队成员，还有三个不情不愿的“倒霉蛋”。

白川：“大人，您究竟什么时候发发好心，放我们几个回远东啊？”

罗杰：“是啊，大家相识一场，您就当做好事吧。在你身边……我还是童子身啊，不想死那么早啊！”

明羽责备罗杰：“呸！你说的什么话，有这样子跟上司说话的吗？没礼貌！跟大人请求要恭敬有礼！”他掉过头来，对紫川秀一把泪一把鼻涕地哭诉：“就请大人看在下官上有八十老母、下有三岁小孩的分上，发发慈悲吧！”

紫川秀很无辜的样子：“哎呀，你们这么吵了一路了，还不累啊？我也很为难的啊，调动你们的指示是总参谋长罗波大人的意思啊。”

“看你的眼睛……还笑得那么贱，就知道你在说谎话了！”

“就是，罗波跟你还不是一伙的！”

“听人说，你对罗波用两瓶葡萄酒就把我们给全买下了，太瞧不起人了！我们每人起码值一瓶啊！”

“两瓶葡萄酒是买你们身上的装备！就罗杰你，最多值个瓶盖！”

一行人通过帝都巨大的城门进来。

“呵，我回来了！帝都，你的美貌依旧啊！”

帝都的道路十分洁净，道路两旁耸立着一排排笔直的梧桐树，一家家装饰华丽的商店，橱窗里各种商品琳琅满目令人目不暇接，笑容满面的迎宾小姐在热情地招揽客人，来往人流熙熙攘攘，显出一派繁华的景象。

紫川秀回想起，六年前，就为了保卫这座城市，初出茅庐的自己，第一次领兵就与强大的流风军激战，时光流逝，六年过去了，现在在这帝都城的人还有多少记得起自己呢?

紫川秀陷入了对往事怅怅的回忆，深深地体会到年华似水、前尘如梦的蹉跎感觉……

“少在那发呆了！快饿死我们了！”

“不供应伙食我们就回远东！”

“宾馆我们要住星级的！”

不用回头看就知道是谁说的了。

安置好了古雷和卫兵们，紫川秀和三人逛街。从战火纷飞的远东来到这种繁华之地，左看右看，什么都新鲜。罗杰扯住一个过路的年轻人问：“请问饭馆在哪里？”

年轻人看他们风尘仆仆，穿着土里土气，说话远东口音浓重，用帝都方言很不屑地说：“乡巴佬！”不理走了。

罗杰听不懂，回头问紫川秀：“大人，‘乡巴佬’什么意思？”

紫川秀若无其事：“意思是大陆上城镇区域居住民对非城镇区域居住民的一种统称，通常情况下不带褒义。”

罗杰：“……还是不懂。”

紫川秀叹口气：“那你总该记得我们是怎么称呼那些边境上村庄的那些穿兽皮的、从不刷牙洗脸的、一生只洗三次澡的那些土老帽的吧？”

罗杰怒气冲冲：“我是堂堂旗本，他敢这样瞧不起我？教训他去！”

五分钟不到，罗杰又垂头丧气地回来了，一只眼睛旁边罩上了黑框，肿得老高，鼻血流个不停。

紫川秀悠悠问：“怎么样？教训他了吗？”

罗杰顾左右而言他：“今天天气真是不错啊……”

紫川秀嘿嘿一笑，跟白川小声说：“在远东旗本算是很稀罕的高级军官了，但在帝都，这里满街随便乱走都是红衣旗本级别的，而且个个精通空手道。”

他声音大得刚好让罗杰听见。

明羽一边走一边左右张望：“听说帝都的女孩子都很大胆新潮的，看她们的衣着就知道了，啊！这个正点！”

他拦住了一个过路的女孩子，用他最优雅的姿态、最温柔的语气道：“小姐，你相信一见钟情吗？就在看到你的一刹那，有支箭射入我的心中……”

“打劫啊！救命！”小姐根本听都没听他的话，逃跑了！

明羽不敢回头面对同伴们的眼神……

“我认为，这个城市的女孩子肯定有男性恐惧症——除此以外没别的原因可以解释！”明羽慷慨陈词。

白川：“知道啦知道啦——她们都是同性恋行了吧？玉树临风英俊潇洒器宇不凡的明羽大爷，您能不能放过我们？一路说了四十遍，我耳朵都听出油了！”

罗杰：“嘘，对面又来了个很正点的——相貌清秀绝伦，气质高雅大方——我打98分！”

明羽：“我打99分，绝世仙女啊——就是年纪小了点。”

白川冷眼看着两个臭男人的嘴脸，不屑地哼一声：“瞧你们那样！刚监狱里放出来似的，一点风度没有！看我们秀川大人就多镇定，他一句话没说就……”

紫川秀一句话没说就跑了过去。

“没想到大人比我还抢先了。没办法啊，在远东憋了六年，他也是有血有肉的男人啊，急啊！”

“哈，你瞧他那样！忽然挡住人家女孩子去路，一句话不说，就死死地看着人家——准会挨个耳光！”

“看把人家女孩子吓得，脸色都变了？”

“没错没错，你看吓得她手上的提包都掉了——说起来我们大人也很可怜的，这么没有女人缘，难怪性格古怪啊！白川，你以后要多关怀他啊！”

“他们站着互相对望干什么呢？该到喊救命的时间了！”

接下来发生的事情让他们不敢相信自己的眼睛：那个高贵大方动人的女孩子抽泣着一下子扑到紫川秀的怀里！

紫川秀温柔但是坚决地扶住她肩膀，凝视着她的泪眼，缓缓单膝下跪行了个吻手礼。

罗杰看得目瞪口呆：“这么容易就求婚了？！”

明羽懊悔不已：“早知道我上就好了，原来帝都的女人真的很开放！”

“你们不许胡说八道！”

三人吓了一跳：隔着几十米他居然听得到小声说话？紫川秀的声音并不大，却清晰得像在耳边诉说一样。

紫川秀的声音有着从没有过的严峻：“这位是家族前任总长紫川远星大人的独生女儿、现任总长紫川参星大人的侄女、家族总长的第一顺位继承人——紫川宁小姐！马上行礼！”

罗杰、白川、明羽纷纷单膝下跪，低头行礼。

紫川宁的美丽是超凡脱俗的：飘逸的长发，如玉般光洁无瑕的瓜子脸，淡月般的柳眉，最令人心动的是那双灵动的眼睛，此时珠泪莹莹，但却无损于她的美貌，反而平添了一种扣人心弦的哀怨魅力。

她迎上紫川秀去，步伐姿势之优美无以复加，令明羽看得发呆、罗杰看得流口水、白川看得不爽。

紫川秀暗叹一口气，才十六岁就有这种烟视媚行的魅力，成年后该如何颠倒众生啊？

紫川宁：“哥，你回来了！”她已经控制了自己，短短一句话里面，蕴含的感情复杂到令紫川秀不敢去深究。

紫川秀苦涩一笑，恭敬说：“紫川秀参见小姐！小姐近来一切安好？”

紫川宁一呆，没想到紫川秀竟会用这种上下奏对来回答她，一双妙目注视了他几秒钟，也换成了公务语气：“还好！秀川副统领近况可好？几时回到帝都的？”声音中却早没有方才的欣喜。

紫川秀：“下官于今早刚进入帝都城区的，未能及时去拜见小姐，深表歉意。”

“哦，那秀川副统领一路真是辛苦了！”

“下官不敢当，愿为家族服务。”

紫川宁无语，仿佛不知道该说什么了。紫川秀也无言。旁边的人，就算是迟钝如罗杰也看出，紫川秀已经失去了往日的洒脱与灵气，显得很呆板僵硬——他们当然不会说话打破沉默，只要紫川秀不好受就是他们最大的幸福！

白川暗想：这对“兄妹”实在很奇怪……

“这几位是？”紫川宁仿佛第一次发现旁边还有人。

“他们是跟随下官调来帝都的远东军同事。大家快过来见过小姐。”

罗杰昂首挺胸地自我介绍：“下官罗杰·罗严格，原籍沙加，官居远东军旗本，年轻有为，奋发上进，前程远大，芳龄二十四，未婚，现欲寻觅一温柔贤惠善解人意之未婚女……哎哟！”

在他左右的明羽和白川目不斜视地收回拳头，仿佛那狠狠一击与他们没有半点关系。

明羽很有风度地行个军礼：“明羽·德里安，远东军旗本，现在秀川大人麾下任职。很荣幸能有机会认识小姐，请允许我向您致敬！”

白川行礼：“白川·加钠明，加西人士，现任秀川大人部下旗本。”

“哎呀，”紫川宁对罗杰和明羽不置可否，却对白川的介绍大感兴趣，“姐姐这么年轻就当旗本了，好能干哦，人又长得漂亮……”

白川不卑不亢地一个鞠躬：“全是有赖秀川大人栽培！”

“不知道白川姐姐这次来帝都住在哪里呢？”

“下官刚到，还没安排，估计可能是住兵站吧。”

“兵站不好，又脏又旧——不如你们住我家吧？”

“这个……”白川望向紫川秀。

紫川秀干咳一声：“这样不好吧，我们有四十几个人呢……”

“我家地方很大的——人多不怕，我爱热闹啊！”

紫川秀还在另外想理由的时候，罗杰已经急不可耐地开口了：“小姐既然这样诚意地邀请了，我看我们就恭敬不如从命吧？”

“就是就是，”明羽也很期盼，前任总长的住宅，不定有多豪华阔气，还有美女相伴——回兵站去住的就是傻子了，“人家一片好意啊！”

紫川秀无言地点了头，打定主意，一找到房子就搬出来，现在拒绝的话就让紫川宁太难看了：“那就叨扰小姐了！”

紫川宁欣喜地回头横了他一眼，仿佛在责怪他还在叫她“小姐”，那种说不清的风情万种撩得多少次出生入死的勇者紫川秀心头狂跳。

白川等人都走了，悄悄问紫川秀：“大人，我看，小姐不会是你的亲生妹妹吧？”

紫川秀苦涩地点头：“她是紫川远星大人的独生女，我是远星大人收养的孤儿——没有远星大人，我和我妈都要饿死了……”

白川心头触动，没想到这个看似整天无忧无虑的人也有这么惨痛的回忆……

“你是怎么看出来的？”

“哦，从遗传学上一看就明白了，紫川宁小姐美貌如仙，大人您却……”

坐在马车里面，紫川秀望着繁华都市的一路灯红酒绿，与远东仿佛两个世界，心中一下无限感慨：我们之所以拼死奋战，就是为了守护这一片和平与宁静啊。

罗杰他们在后面的马车里。

此时，车厢里面只有紫川秀和紫川宁两个人。

紫川宁：“这么多年，还好吗？”

紫川秀心头暗叹，六年啊，别的孩子在享受少年快乐无忧无虑的六年光阴，他却是在战场上度过的，多少苦难多少哀伤——他亲眼看过最亲密的战友被魔族生生撕裂了吃掉，那种惨叫多少个深夜噩梦中时时将他惊醒；也曾潜伏在水虫密集的烂泥塘中一天一夜不敢稍动来躲避魔族的追杀；曾经被围困得弹尽粮绝，只有从死人身上割肉充饥；更不要提数十次的受伤，疼得半夜里失声痛哭……你怎么将这般深重的苦难，跟一个生活中最大的烦恼就是脸上的青春痘的少女解释呢？

紫川秀点点头，淡淡说：“还好，就是伙食太差了。”说着转换话题，“家族现在局势怎么样呢？”

“很好，有了杨明华总统领的英明领导，我们得以朝地狱方向全速度前进。”

“哦？怎么回事呢？”

“他好大喜功，四年里连续三次向流风家族发动讨伐，结果都给人家流风霜打得屁滚尿流地跑了回来。元老会因此要他去做解释，他还装出一副忠心受委屈理直气壮的样子发表演说……”

紫川宁学着杨明华的口吻说：“‘流风家族必须灭亡！如果这是错，就让我错，我不会逃避承认，错不后悔’，结果居然骗倒了元老会，让他安然通过了。”

紫川秀不动声色：“很有魄力的演说。把第一句除掉，后面几句，倒很像未婚女子爱上有妇之夫的表白。”

紫川宁笑得几乎跌倒。

“流风那边局势如何？我们连战连败，他们居然不过来还礼？这不像流风霜的风格啊。”

“哥哥你就有所不知了，流风西山病得快要死了，他的三个儿子各拥兵权在等着抢位置呢，流风霜是女儿，没继承权，他们却都忌惮她，把她调离决策中枢，到习冰城堡去担任前线指挥官了。”

“总统领这就没公德了，流风家族正在犯错误的时候，我们干吗去打扰他们呢？想灭亡流风可以等他们窝里面打完了有空的时候，我们再过去啊！”

“才不是呢！我们总统领心里想的才不是灭亡流风呢，流风霜这个敌人的出现不知道让他多高兴！”

“怎么说？”

“以前他看谁不爽想免职，总还得辛苦找个理由‘贪污、渎职’什么的……现在好了，他只要拍拍他的肩膀说：‘给我把习冰城给拿下！’那个倒霉蛋算完了！从没人能在流风霜那赚得便宜的。这半年边防军的统领走马灯似的换，全是在流风霜手下吃了败仗被撤职的，而且全都是跟杨明华不和的——你说他是不是爱死流风霜了？”

“这样……斯特林没事吧？他是最反对杨明华的。”

“杨明华是很想让斯特林去跟流风霜好好‘谈谈’的，斯特林大哥也很想正面跟流风霜来一场正面对决的——听说他们在第二次讨伐的时候遭遇过，但没分胜负——但我叔叔紫川参星却死活不同意，把斯特林调入了禁卫军当副统领，使他没机会与流风霜再碰头了。”

紫川秀暗想：大家都说紫川参星平庸无能，可是这个决定却是非常明智的。

“那你叔叔——总长大人，就不理会杨明华乱来？”

“我怀疑他都快得老年痴呆症了！”紫川宁说起这个就一肚子气，“我跟他说了几次，要提防杨明华。可不到第二天，他又……”

紫川宁学着紫川参星老态龙钟的样子："这事啊，找杨明华去办吧，啊？你说什么，我听不见，大声点……哦，今天我精神不济啊，老了，趁早退休是正经，快不行咯！"

她模仿得惟妙惟肖，逗得紫川秀哈哈大笑。不过，他想，事情未必有紫川宁想的那么简单。他还记得六年前紫川参星新任总长时那锐气十足的样子，没理由短短的六年时光就让人老成一副这么胆小怕事的废物样子。

"以后，你就不要再去跟他说这种话了。"无论紫川参星是真傻还是装傻，这种话传到杨明华耳朵里面，紫川宁就有麻烦了。

"嗯！"紫川宁顺从地点点头，轻轻说，"你回来真好！把事情都交给你，我就放心了。"

紫川秀心头涌起一股柔情：紫川宁才十六岁，就已经显示出与其年龄不相应的老成了——可见一个孤零零的女孩子在这种四面敌意的环境下长大，承受了多大的压力。他也轻声说："你就放心吧。"

一时间两人无语……一股温情脉脉的气氛忽然充满车子，两人心头的屏障悄悄地消融……

"哇，这么阔气的房子啊！"罗杰看到紫川宁家的带花园游泳池的庄园式别墅，啧啧感叹说，"就我的薪水，三万年不吃不喝也买不了。"

明羽对紫川秀说："大人，您妹妹有没有男朋友？可不可以帮下官介绍一下？下官跟随大人出生入死多年……哎呀，罗杰你干吗打我？"

罗杰："大人您介绍我吧！大人，您别信明羽的，他经常在背后说您坏话的！只有下官我对大人一直忠心耿耿！"

"胡说！你才经常说大人坏话呢。上次在远东，不是你骂大人'净用膝盖思考'的吗？我当场就义正词严地批评了你！"

"你才没有呢，当时你说的是：'那是因为紫川秀的脑子就长在膝盖上啊'，然后还哈哈大笑！大人千万别相信他！"

"哎呀，大人，如果让宁小姐跟罗杰这种恶棍色狼结识，她会做噩梦的……"

"明羽是个花心萝卜头！大人我跟你说：我们留在沙加的那几个晚上，天一黑就不见他了，第二天早上才见他回来，累得跟连续打了几个恒川会战似的，脚都提不起来了！衣服上都是口红印……明羽，老实交代，你干什么去了？"

"我是去关怀失足女青年，让她们知道人间还有真情在、让世界充满爱！大人，事到如今，我就跟你说了吧：罗杰是个变态！他经常去女兵营那边偷窥——那边不是常丢内衣什么的吗？你去罗杰包袱里一搜就发现了，全都在那，一件不少！你说把宁小姐交给这种人，她能幸福吗？”

“这是很正常的业余兴趣爱好，我觉得跟收集邮票也没什么差别嘛！小姐跟我一定会幸福的！大人，我跟您说，我掌握着明羽不可告人的内幕……大人，别走啊。”

“大人，您去哪里，我还有罗杰的丑事要跟您说呢，他……”

家里的风貌还是和六年前一样，几乎没什么变化，紫川秀看着熟悉又陌生的庄园，走到那棵老橡树面前：童年时候用小刀刻下的痕迹依旧清晰。一切和六年前离开时一模一样，只是人变了……

就在这一刻，紫川秀深刻地感到了：原来造成衰老的不是岁月，而是经历。自己似乎已经跨越了青年阶段，从少年直接进入了中年、老年。

他抬步走进房间，仆人恭敬地问好：“少爷，您回来了！”

紫川秀和善地点头作答，却嘲讽地想：瞧，一模一样，连称呼都没变。

一走进儿时所住的房间，他呆住了，真的完全和六年前刚离去时一模一样——物品、书籍、床铺，甚至枕头上的枕巾。他在书桌前坐下，右手惯性地一摸，一方扁墨就出现在那里——甚至连位置都没变！

难道是没人进来过？紫川秀摸了下，却没发现灰尘的痕迹，看来房间经常有人打扫。他很迷惑……

“一模一样，是吗？”紫川宁不知道什么时候已经出现在门口了。

“而且连灰尘都没有，”紫川秀说，“怎么办到的？”

“这个房间我从不让别人进来，每个星期我自己打扫一次，然后再按原样子把东西摆回去，”紫川宁翘起鼻子，说不出的俏丽动人，“你那双臭球鞋我已经摆得怕了，每次动完它我洗七八次还洗不掉手上的味道！”

紫川宁说得很轻松，紫川秀却心头一阵抽痛，此般深情要怎样才能报答？

他下意识地想避开这次谈话，正在找借口……

“小姐，我……”

“肚子痛了要去卫生间是吧？你的肚子一到关键时候就出来帮忙！六年了，你找的借口一点长进没有，还是那么老套！”

紫川秀悲哀地发现：紫川远星洞察人心的过人才能已经由他女儿紫川宁全盘继承，而且还发扬光大。

“宁小姐误会了，我的肚子其实一点也不痛！不过我的头很痛啊，哎呀，一定是感冒了！我得马上躺一下子……”

“哼！”紫川宁往门外走，“就知道你会来这招！没用的家伙……对了，你床底下那堆黄色书刊我已经全部没收了，你另外再去买新的吧——出了街对面有个书店，老板一般把它藏起来，你就跟他说是我介绍你去的，我是老顾客了，他会拿最新的给你的。”

紫川秀真的觉得头好痛……痛得一个有两个大。

紫川家族的最高指挥体系分两个层次四个机构——

第一层次包括：总长府，总长是家族最高领袖；元老会议，成员由各个行省区域的民选代表组成；

第二层次包括：统领处，由总统领主持，下面是家族的六个统领，负责具体行政事务的执行；监察厅，总监察长也有统领职衔，但是地位比其余六位统领要高，又比总统领要低，总监察长不归统领处管辖，他独立负责执行监督行政，直接向总长负责。

名义上说，统领处的成员是经过元老会议通过由总长任命的，并对总长及元老会议负责，所以总统领不过是总长部下的一名高级干部而已，但实际上，由于现任总长紫川参星的无所作为和总统领杨明华的野心勃勃，家族的大权逐渐旁落到统领处去了。就像紫川秀等高级军官从外地回来，第一个要去的地方绝对是统领处而不是总长府。

值班侍卫彬彬有礼但却冷淡地告诉他：总统领杨明华大人的事务是很繁忙的，一个新任副统领要见他，起码得提前几天预约。

“明白了，”紫川秀说，“那我现在可以预约吗？”

侍卫翻看一下登记表：“总统领大人的行程表已经排到了下星期一，您能在那天午后三点过来吗？总统领大人可以给您抽出五分钟。”

“可以的！”紫川秀一笑，反正自己的事情又不急，这样等于多放了几天假期。

此时一个精干的中年军官走过大厅，看到紫川秀就忽然停住了脚步：“嘿，这不是阿秀吗？回来啦？”

紫川秀回头，恭敬地行礼：“方大人您好！真的好久不见了！”

方劲是紫川家族现任六位统领之一，担任黑旗军的军团长官，为人正直爽朗，曾经是紫川秀的战术教师，后来在反击流风的侵袭战役中两人并肩作战，交情很不错。能在这种充满敌意的统领处见到朋友，紫川秀也很高兴。

“好什么好！我的得意弟子回来都不来看我一下，你说我好在哪里？”

紫川秀心头一阵温暖，方劲明知道总统领杨明华很忌讳自己，还主动地来跟他打招呼，在这个杨明华权倾一时人人畏惧的时期，对比世道人心人情冷暖，实在很难得。

“下官是昨天才到的帝都，本想今天到统领处报到后就去拜会大人，没想到这么巧……”

"好好好，就别那么啰啰唆唆的了！"方劲一手揽住他肩头，"如何？住处还没定吧？住我家怎么样？反正家里面两个死丫头也到青春期了，整天叽叽歪歪就在那想男生呢，不如把你送去当一份大礼！"他打量着紫川秀挺拔的身材，啧啧称赞，"小伙子长得好帅！有没有兴趣当我女婿？那两个丫头随便挑……"

"大人，"紫川秀急忙打断他的话，"下官已经暂时住在宁小姐家里了。"

"哦！"方劲笑眯眯的，"难怪，跟宁小姐比起来，那两个臭丫头是没有竞争力了。不错不错，小伙子有眼光！"

紫川秀哭笑不得。

"今天是统领处开会的日子，阿秀你来干什么？"

"哦，我昨天刚调回来，现在要去报到，但是见总统领大人要预约……"

"这样子……"方劲一把扯住紫川秀，"我带你进去就是了！"

紫川秀犹豫："可是统领处会议，以下官的身份……"

"怕什么，有我呢！"方劲推推拉拉地把紫川秀带进了会议室。

会议还没开始，宽大的长条桌子边上稀稀拉拉坐着几个人。

"来，我给你介绍！"方劲推紫川秀上前，"这位是边防军统领明辉，我的老搭档！"

明辉的外形气质与方劲截然不同。他斯文整洁，文质彬彬，戴着一副金丝眼镜，一副博学的书生样子。他很客气地和紫川秀握手："恒川会战以三万人破八万魔族，秀川副统领很了不起啊！"

"哪里，大人威名远扬，下官是十分景仰的。"紫川秀说的不完全是客套话，别看明辉一副弱不禁风的书生样，但在最近对流风族的讨伐中，他表现得十分勇猛，身先士卒冲在部队的最前面，他的部队又冲在全军的最前面，第一个攻入了流风家族的边防重镇蓝岭——但在可怕的流风霜出现的时候，跑得最快的也是他，快得——据说流风霜有一次这样评价明辉的部队："刚见到他们的时候，拿马刀就能砍到他们了；等马刀拔出来后又觉得长矛才够得到他们；转身拿起长矛时他们已经跑远了，得用弓箭射才行；等你把箭搭上，他们已经跑得连加农大炮都打不到了！"近来几乎所有的边防军将领都吃过流风霜的败仗，只有他没有，所以一个月前被提拔了做边防军统领。

"这位是雷迅统领，中央军统领，也是家族的'第一高手'！"方劲说到"第一高手"几个字时，语气说不出的讽刺。

紫川秀知道雷迅是杨明华一边的死党，以一身"风雷神功"连续五年在紫川全军的竞技大会上夺得第一，所以称为"第一高手"。他还有一个出名的地方是：每次决赛前，他的对手都会莫名其妙地要不拉肚子、要不被车撞了、要不老婆孩子忽然被绑票，甚至在黑巷里面被人从后面用木棍敲傻了……结果都宣布弃权。

他皮笑肉不笑地和紫川秀握手：“小伙子很能干嘛！这么年轻就当副统领了。”暗中用上了“风雷功”，存心要让紫川秀叫痛求饶出丑，否则，就废了他一只手！

一边的方劲觉得不对劲，刚要阻止，紫川秀简洁地说：“全赖大人栽培！”轻松地把手抽了回来，仿佛什么也没有发生。

“这位是罗明海统领，大本营幕僚长。”罗明海中年模样，看起来冷冰冰的，黑着张脸，像全世界每个人都欠他两百块不肯还似的，他也是杨明华的心腹。

紫川秀本来想与他握手的，可是对方全无伸手的意思，他又犹豫了，干脆自我介绍：“紫川秀参见大人。”

罗明海依旧是冷冰冰的样子，半天才从鼻子里面哼出一个：“嗯！”再无其他表示。

“你别理他，他就是块木头，对谁都这样。”方劲不顾及罗明海就在旁边，说得毫不客气。

奇怪的是罗明海也没发火，只是从鼻子深处又发出一个：“哼！”

接下来介绍的是禁卫统领皮古，一个八十多岁的老人，老得早就神志迷糊了，紫川秀向他问好时，重复了三次他才听懂了：“哦，哦……你叫紫川秀是吧？哦，你这么年轻……我是皮古。”

在场的人尽了最大努力才控制住自己不至于大笑：他的口音模糊不清，把“皮古”二字读得就像“屁股”！

紫川秀满怀恶意地猜想：杨明华安排这么个废物当禁卫统领，该不会是方便将来造反吧？

“这里有个和你一样，都是从远东赶过来的，哥应星统领，你该认识吧？”

紫川秀还是第一次见哥应星，马上被他的容貌气质所吸引：他是个非常清秀的人，年轻时候必然是个美男子，柔软的头发不羁地散披在额前，已经有点发黄，淡淡的两道弯眉，看起来极其温柔。

看得出来，他是个病人——脸色惨白如纸，现时是八月酷暑，他居然整个人就裹在冬天用的厚厚的军棉衣里面，只露出个脑袋，还有点发抖，仿佛与病魔的搏杀已经耗尽了他最后一分生命潜能。但他的双眸，却依旧明亮如星，充满了深沉的智慧和疲倦，仿佛已经洞测了世间的一切，在望向紫川秀的时候，又带着那么深的温暖和关切……那是怎样的一双眼睛啊！紫川秀看得呆了，原来男人的眼睛竟可以这般的……无法形容的美。

紫川秀是第一次见到这么有魅力的人。

一股敬意油然升起：就是这个奄奄一息的病人，是整个远东的中流砥柱，抵御了汹涌而来的魔族进攻；就是这个病人，始终主持着家族的正流，使得骄横跋扈的杨明华六年不敢稍动；如果没有这个病人的庇护收容，紫川秀早在幼年就为杨明华所害……

紫川秀心头涌起酸痛的感觉：哥应星看起来是如此孤独、脆弱……

两人眼神交会，哥应星的嘴角露出一丝笑意："罗波跟我说过你的事情，"他的声音低沉而富有磁性，"在这里好好干，别给咱们远东军丢脸，知道吗？"

他用的是上司吩咐属下的口气，紫川秀听起来却觉得非常自然，许多没说出来的话透过那双有魔力的眼睛已经都传达了过来：我们是自己人，多加小心！

紫川秀没来由地一阵感动。他深深地鞠下一个躬："是，大人！"

两人心领神会。

"喂，我说哥应星，"方劲大大咧咧地拍着他肩膀，"怎么搞成这样——弄得个脸青唇白的样子回来？"

哥应星淡淡一笑："这几天赶路，有点不舒服。"

方劲笑嘿嘿地道："我说呢！知道的人呢，赞你操劳军务积劳成疾；不知道的呢，就在那纳闷了，不都说远东的娘们儿皮肤又黑个子又瘦，咱们的哥应星统领就一点不嫌弃，弄得这么个脸青脸白的样子回来还很耀武扬威的？"

他很关切地说："老兄，节制点吧？就算你身体受得了，这么副样子走大街上说你是紫川家族的统领，有损家族威名啊！"

在场人一起哄堂大笑，只有罗明海扯扯嘴角算是笑过了。哥应星边笑边骂："你这个流氓！"

大门无声地打开了，侍卫军官在门口叫："总统领大人到！"

全体人员起立恭候。

总统领杨明华实在是相貌堂堂。

端正而威严的容貌，正气凛然。因为练习波纹内功功力深厚，五十多的人了，还像三十岁左右的样子，自然而然就有其气度风采。眼神清澈明亮，目光中透露出关怀和慈祥，和蔼的笑容可敬可亲，怎么看都像个正直可靠的长者！

紫川秀微笑，因为他想起了紫川宁对杨明华的评价："杨明华卑鄙到，连把牙刷都不能交给他保管！"

杨明华对众人只是一挥手示意而已，却笑容满面地径直走到紫川秀面前，老友一样地重重拍他肩膀："我们的帅小伙终于回来了！"他上下端详着紫川秀，呵呵笑道，"不错不错，罗波没有把你给饿坏吧？什么时候回来的？不通知我一声好给你接风洗尘啊！"热情得有如慈父长兄。

紫川秀行礼："下官昨天刚到。今天来拜会大人，无意冒昧闯入统领处会议，实在惶恐无地自容，恳请大人允许下官先行告退。”

“欸，你既然来了，就坐这里听一下也无妨啊！”杨明华很豪爽地说，“反正你也是副统领了，进统领处那也是迟早的事情了！”

在进统领处之前先被你送进地狱！紫川秀一点不为他的热情迷惑，摆出受宠若惊的表情：“大人如此错爱，下官怎敢妄受？统领职位乃紫川军人之最高荣誉，是仁、智、勇三种美德的完美结合。如此高位，岂是我等出身卑微之人所敢奢望？”

“哈哈哈！”杨明华越发高兴，似乎紫川秀的马屁拍得恰到好处，“来来，坐下吧！”

但紫川秀死活不肯坐桌子边，找张椅子在墙边坐下观看，一言不发。

会议的第一个议题是明辉统领提出的，讨论如何应付与流风家族在边界上的冲突摩擦。

所谓讨论，其实也是杨明华一人自说自话，其余几位统领几乎都不出声发表意见。像哥应星统领干脆就闭目养神了。他身体有病，谁都不能怪罪他。

接下来的问题就比较琐碎了。如黑旗军军团长方劲就黑旗军士兵薪水拖欠、伙食差、没有蔬菜供应等问题向大本营幕僚长罗明海责问。

罗明海淡淡说一句“已向后勤部门查问”后就不发一言，任凭方劲吵得沸反盈天。

中央军军团长雷迅要求今年中央军可以优先挑选远东军校毕业的军官，理由是中央军素质比别的部队要差，这个提议马上就遭到了方劲和明辉的强烈反对。

方劲吵闹着：“士兵素质差那是因为指挥官是饭桶！”这几乎就等于是指着雷迅的鼻子骂蠢了。

明辉则冷静地阐述理由：“边防军是与流风家抗争的最前沿，没理由不把优秀的军官补充进来！”

三人吵得乱成一团，最后是杨明华支持雷迅，结束了这场争吵。

在整个争吵过程中，罗明海不发一言；哥应星闭目养神，不知道睡着没有；皮古已经睡得口水都流出来了。

接着又讨论了几个问题，杨明华几次问紫川秀：“阿秀有什么意见吗？说一下啊。”

紫川秀总是正襟危坐地答：“承蒙总统领大人开恩赐下官一席之地，得以亲见各位统领大人风采，聆听高见，下官怎么敢以一己低俗浅见来扰乱各位大人的高瞻远瞩、深谋远虑呢？万万不可！”

紫川秀明白得很，自己身处不恰当位置，只要开口，无论对错，都是错！到时候杨明华一个“妄言干政”的罪名就把自己扣得死死的！

本以为早睡着的哥应星睁眼睛看紫川秀一眼，嘴角露出一丝嘉许的笑容。

“我有个问题。”等到大家话都说完了，哥应星有气无力地开口了，“在恒川会战中，秀川副统领俘虏到了一万多魔族士兵，其中有魔神王的第三女卡丹公主。此女我们已经带回了帝都，要如何处置，请示总统领大人裁决。”

杨明华：“以往抓到魔族俘虏都是怎么样处理的？”

哥应星：“一般都是送到瓦格拉的劳工营去当劳役，有些危险性比较小的精灵怪、矮人之类可以归抓获者所有，在奴隶市场上卖掉。”

“但这个女孩子不同一般。她是我们抓到的地位最高的战俘，而且是魔族的皇族成员，如果也照老办法处理的话，我们恐怕会有大麻烦的……”

哥应星话没说透，但大家都明白了所谓“大麻烦”的意思：得知爱女被当奴隶贩卖的大魔神王怒气冲冲地带领几百万魔族潮水般杀过来，这种情形想想都叫人头皮发麻。

方劲一本正经说：“难道我们就要乖乖把她双手奉还，说：‘大魔神王殿下啊，喏，那就是您的女儿，皮肉完好无损，连处女膜都没破！劳您费心清点好了，下次可别让她到处乱跑了，现在世界上坏人多多，碰上就不好了！’”

满堂大笑，杨明华笑得直喘气，指着方劲：“你……你这个统领处第一流氓！”

“这问题确实难以处理。送回去，于家族威名有损，外人看了好像我们怕了魔族似的；留下来，又恐怕有后患……”边防军统领明辉也在低头考虑。

紫川秀听得一阵头大，当初抓到卡丹的时候，还以为是大功一件，可现在看……倒像是自己给统领处添了麻烦似的。

杨明华：“有没有得到什么口供？那女孩子的状态如何？”

哥应星苦笑：“她什么也没说，没有特许我们也不敢动刑逼供。每天她就是吃、喝、睡——吃只吃麻雀肝、龙舌兰的心、燕窝什么的，喝只喝三百年的蜜露、过滤十七次的凌晨雨水……睡就更麻烦了，我们得抓来三百多只孔雀全部拔光了毛给她做睡垫，周围五十米内不许有响声……一样做不到，她就要自杀，而且已经试过两次了，自己没死成，倒把看守吓得心脏病发死了一个了。现在我不敢奢望什么了，只要魔神王陛下肯把他女儿接回去，我都情愿倒贴他一年薪水了！”

众人一阵大笑。明辉说：“搞不好大魔神王也是因为受不了才故意让她被俘虏，好把包袱踢过来。”

方劲：“总不能白白放了吧？这样，我们不如拿她做人质，跟大魔神王来谈判停战如何？说实在的，我们家族要制霸整个西川大陆，主要敌人是流风家族。跟魔族打得实在很无谓啊。”

雷迅："好主意！不如就方劲你去跟大魔神王说如何？"

"你娘嘞！你这么会说，怎么你不去？"在座的全部是紫川家的一流高手，但无论是以方劲或者雷迅的勇猛和浮夸，都不敢夸口说自己敢去见号称当代"无敌"的大魔神王。

"我有个提议，"皮古不知道什么时候醒了过来，老态龙钟颤抖地说，"要不我们从魔族战俘里面挑些人，让他们带信去给魔神王？"

"好办法！姜是老的辣！"杨明华大声叫好，其余人也纷纷表示同意。

只有哥应星反对："我明天就回远东了，谈判事宜来来往往得拖上半年，我不能一直在这里等候啊！我看得换个人监护卡丹。"

紫川秀心头泛起不祥的预感……

果然包括哥应星在内，所有的人都把目光投向他。

老子可不想英年早逝！紫川秀恨得牙痒痒的，急忙推辞："下官以为不妥！因为下官刚回帝都，连自己的房子都没有，不便执行此任务。"

"你现在不是在宁小姐的家里住吗？"杨明华脸上满是慈祥的笑容，"就让卡丹也住那里吧，这样也不辱没她公主的身份啊！"

一群人全跟着起哄，方劲挤眉弄眼地跟明辉说："多叫人羡慕的差事啊！"

明辉跟着坏笑："可不是嘛！听说魔族的那妞水灵着呢！"这时候的他，看起来可一点不像统帅三十万边防军的家族重将。

"唉，这样子的美差咋就轮不到咱老方呢？"

"方统领，"紫川秀恨得想咬方劲一口，"您既然这么喜欢，不如您就接了去吧！"

"不行啊！家里母老虎厉害啊！"

哥应星也笑着说："阿秀，人既然是你抓来的，就由你监护吧！"很明显，他这时候只求脱身，要找替死鬼，也不顾跟紫川秀是"自己人"了！

紫川秀狠狠地盯了他一眼，哥应星装作没看到，把头缩进棉衣里面，又是一副要死不活的病夫样子。

"好吧，作为总统领，我就拍板了！"杨明华笑说，"不许抗命！"

"大人……"紫川秀哀号一声，却没敢再出声，命令已下，抗命不遵是很大罪的。

"不许监守自盗哦！"雷迅不怀好意阴恻恻地说。

"盗了也无所谓嘛！"方劲仿佛已经不记得刚才和雷迅的争吵了，"搞不好阿秀当了魔神王的女婿，我们也不用打得那么辛苦了！"

"对对对，为了家族大业，阿秀，你要多努力啊！"明辉笑得喘气。

满屋的人一起嘿嘿嘿嘿地发出男人特有的坏笑声，让紫川秀怀疑这到底是统领处还是大街上的春楼包间……

门口被无声地打开，一个冷冰冰的声音传来："紫川秀你还没死吗？"声音中蕴含着刻骨的恨意和杀气……

有人敢在统领处会议上向列席人员挑衅！

连一向不动声色的杨明华都变了脸色，沉声喝问："谁？！"

紫川秀已经霍然起立，怒目以视了。他听出这是帝林的声音了！

当紫川三杰之一的红衣旗本帝林走进来的时候，所有人都觉得会议室的温度下降了几度。

帝林身材颀长，昂首阔步，英气逼人，容貌却有点女性化：柳月细眉，汪汪的美目，薄薄的嘴唇，笔挺秀气的鼻子，娇嫩如雪的肌肤，若不是他高大的身材，走在大街上非给浪荡子搭讪不可。事实上他少年时期的追求者还真是不下一个中队，但悲哀的是，几乎全部是男的，唯一的一个女子追求者却是个同性恋。有人曾惊奇这样"柔弱美丽"的容貌竟然和他不羁的狂傲和冷酷气质配合得如此默契，形成他独特的魅力。

但在此时，没有人会把他当女人。女人绝不会有这么浓重的杀气和压迫力！此时的他，几乎全身上下每一个毛孔都散发出挑衅的味道。

他是杨明华的得力猛将。

轻蔑地扫了紫川秀一眼，他首先向杨明华道歉："下官听说'好友'紫川秀副统领已经从远东归来，由于急于与'老朋友'见面，兴奋不能自制，以至于打扰统领处会议进行，恳望总统领阁下责罚！"

帝林虽然是在跟杨明华说话，但充满恶意的眼神一直没有离开紫川秀的身上，仿佛怕他会不翼而飞逃脱他视线，可见对紫川秀这"老朋友"仇恨之深。

在场的统领们几乎都知道这段往事：往年紫川家族的青年三杰——紫川秀、帝林、斯特林三人在远东军校时期曾情同手足，后来却爱上同一个女子林秀佳，经过一番角逐，帝林顺利抱得美人归，三人却从此反目，势同水火，紫川秀、斯特林等失败者一边，胜利者帝林一边。双方多次暗中决斗，互有伤亡，从此仇恨不共戴天。

结果是斯特林效忠家族总长紫川参星，帝林马上就投靠总统领杨明华，并以其过人才干得到杨明华赏识，多次破格提拔，二十四岁就担任红衣旗本职位，成为杨明华身边的得力打手。

"帝林，你也太放肆了！"杨明华厉声严色，仿佛已经愤怒得不能自制，"这是什么地方？看清楚了：统领处！是你随意进出吵闹的地方吗？"

帝林再次行礼道歉："下官只是因为心急见到'好友'秀川大人，实在不能自控，实在罪该万死！”他说的是“罪该万死”，却没有一丝负罪人应有的惶恐不安，语气中透露着桀骜不驯的气势。

“不过这也难怪！”杨明华忽然换了口气，“你们年轻人嘛，就爱冲动，为了兄弟哥们儿义气什么事情做不出来啊？我就看在你是义气深重的分上，这次就不加责罚你了——下次记得不要了啊！”

“是，下官遵命！一定不会再犯了！”

他们两人就在那一唱一和地把个可以定死罪的擅自闯入干扰统领处会议的罪名大事化小、小事化无……

“帝林，你闯进来找秀川副统领有什么事情吗？”

“下官多年不见秀川大人，心里思念得很，想请大人去做个单独的长谈，交流友谊……就是不知道秀川大人肯不肯、敢不敢赏面了？”

帝林死死盯住紫川秀，嘴角挂着挑衅的微笑，两人对视一眼，目光如同两头饿狼在森林里相遇。这等于是个决斗邀请了！紫川秀低沉地闷哼一声，却没有回答，好像在考虑该不该接受挑战、有没有赢的可能。

这也难怪，帝林的快剑是出了名的可怕，如果排名的话，绝对可以名列家族十大高手之一。

杨明华：“哎呀，帝林，你也太性急了点，你就没看到阿秀正在开会吗？他一定会说：我公务在身不能奉陪的。当然，这是个很好的理由啊，特别是‘好朋友’来要求‘畅谈’的时候——阿秀，我知道你一定会以公务为重的，是吗？”

杨明华这样劝解，不如说是把油往火上浇。

紫川秀脸色晴暗不定。

帝林冷笑着说：“阿秀小弟，该不会是在远东跟魔族打得多了，学到了他们的本领——不如你买个硬壳子缩进去，那就真正安全了！”

雷迅阴阳怪气地说：“帝林，你不要把人家秀川大人逼得那么紧嘛！万一他哭了怎么办？”

帝林恍然大悟的样子：“对对对，我不该误解阿秀小弟的，以前我竟一直以为他是男的——你说好笑不？”

面对这么侮辱性的挑衅，连紫川秀也忍无可忍了！

他不顾方劲用力拉他袖子、哥应星连使眼色，昂首回答：“恳望总统领大人成全恩准，让下官可以与帝林红衣旗本好好地‘畅谈’！”

“这可真是令人感动的友谊啊！”雷迅阴笑着说，“我们有什么理由不成全这对友情深重的‘好朋友’呢？”

杨明华也点头赞成：“既然这样子，我就提前让阿秀离席吧！在统领处里面找个房间给他们好好地‘叙旧’！”

紫川秀和帝林同时鞠躬行礼：“多谢大人成全！”

帝林和杨明华交换一个眼色，转身首先向门外走去。

紫川秀正要跟上，后面方劲小声跟他说：“小心他的快剑！不要给他机会出手，封死他剑路！”又压低声音，“情况不妙，马上喊救命。我会冲进去干涉！没什么好丢脸的。”

紫川秀点点头，表示明白。但他倔强的嘴角却表明了，他已经打定主意，宁可战死决不呼救。

哥应星没有说话，望着他，眼神中满是关怀。两人对视一眼，哥应星缓缓地一点头，紫川秀感激地向他一鞠躬，神色已变得坦然，仿佛已经放下心头大事。哥应星已经许下千金一诺，如果紫川秀有任何不测，他将负责保护紫川宁小姐。

在大家的目送下，帝林和紫川秀一前一后进了一个无人的房间，关上了门，于是传出叫骂声、搏斗声、拳风剑风声、家具破碎的哗啦声音……

开门的时候，活着出来的，将是谁呢?

幽暗的房间中，两个威武的身影在作势对峙着，杀气溢满了整个房间，生死将决于一刻……

“紫川秀，明年今日就是你的忌日！”

“紫川秀，就让我们多年恩怨，就此做一个了结！”

“紫川秀，你没想到有今天吧？哈哈哈，老天有眼，终于让我等到了！”

帝林冲房间门口方向一阵大喊，回头不满地看着正在悠闲地吃朱古力饼干的紫川秀，小声说：“好会偷懒你！我嗓子都喊疼了，该你了！你怎么在吃东西啊！”

紫川秀往嘴巴里送入最后一块饼干，含糊不清地喊：“帝林，就让我们来拼个你死我活！”对帝林小声说：“听他们开会废话了半天，不吃点东西怎么有力气演戏啊？秀佳还好吗？”

“紫川秀，你这个好色无耻的狗贼！今天我要替天行道除掉你！”帝林传音入密：“她很好！不过你不要一见面就问候人家老婆好不好？还叫得那么肉麻。‘秀佳’——你应该改口叫‘帝夫人’或者‘嫂子’了！”

“哼哼，只怕你帝林没那个本事！”紫川秀传音入密：“真是小心眼的男人——当年要不是你赌骰子赢了我们，林秀佳怎么会嫁你呢！”

帝林传音入密：“那只能说明天意如此，林秀佳命中注定是我老婆的，你们要愿赌服输啊！”

紫川秀小声：“天意？才怪！后来我把骰子割开来，里面都是水银和磁铁！怪不得我和斯特林怎么抛都是‘一一二’，你随随便便就抛了三个六！骰子还没停稳，你就屁颠屁颠跑去跟林秀佳求婚了！要知道，她本来喜欢的可是我啊！”

帝林小声：“少来！就算大家公平竞争也轮不到你啊。你当时虚岁还不足十六岁，鼻涕都没擦干净，我老婆哪只眼睛看得上你啊？”

两人对视一眼，彼此都变了脸色：“卑鄙小人！”

“乳臭未干的毛孩！”

“无耻之最！”

“你淫荡——贱人！”

“去死吧你——下地狱去！”

“你先请！”

……

帝林：“杨明华可是想造反哦！”他一脚把张椅子踢飞到墙上，砸得稀里哗啦。

紫川秀：“这不算新闻了，这句话我在远东每天听十遍，回来刚一天又听了二十遍。”赶紧把自己坐的椅子挪开，生怕给帝林也一脚踢飞，那就只好坐桌子了。

帝林：“你在杨明华的暗杀名单上列第三，这算不算新闻？”

“哈哈哈！”紫川秀中气十足地吆喝着，声音震动整个统领处大楼，仿佛正在做生死打斗，小声：“哦，暗杀名单上还有谁？”

帝林传音：“哥应星名列第一，斯特林屈居亚军，还有就是家族总长紫川参星无缘前三名，排第四。”

“宁小姐没事吧？”

“你放心，小姐没事。杨明华还打算害死总长紫川参星后扶持她上台做傀儡呢！”

“要不要赶紧把这个消息通知哥应星大人呢？他或许还不知道……”

“他会不知道？！什么事情瞒得过那个老狐狸？别看他一副病快快的样子，告诉你，杨明华曾经总共派过四起共一十七名高手刺杀他！”

“结果怎么样？”

“没结果，那一十七名身精力猛的高手从此消失，就好像在这世界上根本没出现过！第二天太阳升起来，我们却依旧看得到哥应星，奄奄一息，好像下一分钟就要断气似的，或许我们大家都死了这病鬼还能活一百年！他太精明了，整个远东都是他的地盘，杨明华的人根本近不了他身边。”

“但他现在人在帝都，杨明华不是大有机会……”

“杨明华想都不敢想！哥应星带了六千名卫队回来，个个对他忠心耿耿，又骁勇无比，除非发动大军攻击，杨明华绝对进不到他住宅的半径两公里！”

“那名列第二的斯特林……”

“斯特林担任禁卫副统领，轻易不出总长府，再说杨明华手上也没有能够无声无息置他于死地的高手——当然，我就例外了！你顺便告诉他一声，他部下的禁卫副旗本云河和方歌已经给杨明华收买了。”

紫川秀转身把个名贵的花瓶胡乱地砸烂，好让外面人知道，决斗正激烈着呢！

帝林很诧异地看着他：“某人就一点都不知道害怕的？某个既不是禁卫副统领，也没有六千精锐卫队保护，却又不幸名列必杀名单的、无关重要的、死了也没有人管的预备役副统领——劝你还是赶紧搬离宁小姐的家吧！你横尸街头不要紧，别把宁小姐给吓着了，还要麻烦人家帮你收尸。”

紫川秀问：“杨明华手上实力如何？”

“极强！雷迅的十七万中央军掌握在他手上，如果真的打起来，一个钟头不到就能把斯特林的禁卫军连锅端！”

“有些什么高手？”

“中央军历来是家族第一精锐部队，军中高手如云，他们的统领雷迅虽然贪财好色爱慕虚名——不信每次你叫他‘第一高手’，他就马上满脸堆笑，但他一身风雷功确实惊人；幕僚长罗明海，一直深藏不露，到现在我还不知道他练什么武功；还有杨明华他本人也是一流的高手，他的波纹内功极其可怕……”

紫川秀托起下巴思考一阵，很认真地问帝林：“你看，我能不能跟杨明华说，大家忘掉过节交个朋友算了……既然杨明华有这么强大的实力，他还等什么？”

“公然造反的话，他顾忌哥应星、明辉、方劲等在外地统率重兵的统领。一旦哥应星举起‘勤王讨逆’的大旗，带领百万远东军掉转头杀回来，就算有中央军的支持，杨明华也招架不来的。”帝林用力地挥舞着佩剑。

“那他现在有什么打算？”紫川秀说着又把一古董屏风打碎。

“现在他有两个打算：第一，拉拢方劲和明辉：一旦两人中有一人被他收买，黑旗军和边防军就会相互牵制、纠缠，再无力干涉帝都动乱；第二，他派我到远东军去，接替你的职务，想从内部分裂远东军。”

“要不要我把你的身份告诉哥应星大人？远东是他的地盘，不告诉他的话，你在那边什么事情也没法做，他会把你卡得死死的。”紫川秀说着又把一个古董花盆砸碎，发出响亮的哗啦声。

“嗯……只能让哥应星知道，再扩散的话我就很危险了！现在我也不知道可以相信谁了。”

在分别的三年时间里，三个生死与共的朋友，一个鏖战碧血沙场，一个以身卧底伴狼共眠，一个赤胆无畏与杨明华正面抗争。现在帝林要走上沙场厮杀，紫川秀、斯特林却在帝都这个和平繁华的“战场”上进行另一种战斗，无声无息，却更加凶险……

两人对望一眼，都在对方眼中看到深深的关切，手紧握，能感受到彼此间男儿热血的温暖、兄弟间的深情；心潮澎湃，却不能放声哭泣，一句堵在心中却没说出来的话：“兄弟，多加珍重！”

同样的九死一生，同样的热血忠诚，为了一个许久以前许下的承诺，一份无悔的忠诚，一个已经离去却永远不会消逝，曾笼罩着整个帝都的巨大身影：紫川远星。

帝林忽然想起：“阿秀，你不能就这样完好无损地出去，他们会怀疑的。我看得……”

帝林一阵拳打脚踢，好给紫川秀留下点“决斗”的痕迹来。

紫川秀：“停停停！打够了没有？我看你怎么越打越上瘾的样子？”

帝林（悲痛地）：“你要知道，不得不对自己的好兄弟下手，我的心情是多么的痛苦啊！这种心灵上的痛苦，比你肉体的疼痛更难受啊！”

紫川秀：“你笑得那么开心——不如就让你的肉体受苦，让我来承担良心谴责好了。”

又是一顿死命的痛扁……

帝林：“还缺点伤口和血才逼真……”

紫川秀（奄奄一息）：“我不行了——你干脆真的捅我一剑算了！”

“唉，事到如今了，我就拿出来吧……”

紫川秀眼睁得老大地看着帝林从衣服里掏出来一个化妆盒子，一个颜料瓶……

“这是……这是……”

“哦，这是化装成伤员用的颜料，这是冒充鲜血的红墨水——都是稀罕东西哦！是我今天特意为你准备的。”

“我才没问你这个！既然有这种东西怎么不早拿出来，害得我……”

帝林诡异地笑笑，凑到紫川秀耳边小声：“答案A：‘因为刚才我忘了’，答案B：‘其实我是故意的’，答案C：‘因为某人在生日派对上趁吹灭蜡烛的黑暗时机偷偷亲了我老婆一下’，答案D：‘所以我等这天很久了’！你愿意相信哪个答案呢，我的阿秀小弟？”他在紫川秀耳上轻轻亲了一下。

房间的门终于打开，帝林红衣旗本从里面昂首挺胸地走出，弹弹笔挺制服上的一丝灰尘，轻松地拍拍巴掌——显然决斗赢得不费吹灰之力！

紫川秀满身伤痕奄奄一息地躺在血泊中，用尽全身最后力气大骂：“帝林，你这个卑鄙无耻的家伙！”

“阿宁，我爱你！”

晚饭后，紫川秀阅读了收到的邮件后，深情款款地对正在喝茶的紫川宁说。

哗啦一声，白川手上的茶杯掉在地上；罗杰一阵强烈的咳嗽，吃了一半的蛋糕噎喉咙里，喘不过气来；明羽的嘴巴张得可以塞下两个鸡蛋，吃惊得——连罗杰趁机摸了他钱包都没有发现……

紫川宁只觉得心头狂跳，呼吸紧张，脸上热得像有火在烧——那是喜悦的火焰在燃烧啊，一直以来，朝思暮想、苦苦期盼的不就是等待心上人说出这句话吗……今天终于……

“我爱你！”紫川秀神情庄重，“所以，借我点钱吧！该死的统领处，决斗明明是帝林挑起的，他们怎么把损坏家具的付款账单寄我这里来了！上个月的薪水都用去填天梦酒楼那笔烂账去了——说到这里我还没跟白川你这臭丫头算账呢！哎，阿宁，你去哪里，我话还没说完呢，不要走啊……”

“真是的，现在的年轻女孩啊，连人家告白都没听完就跑，对爱情一点诚意没有！世风日下啊！”

紫川秀叹了口气，转向白川，深情款款：“白川，我爱你……”

啪的一声响，紫川秀眼前出现无数颗金星——颗颗形状都像金币！

第三章　帝都风云

用人来通报，禁卫军副统领斯特林来访。

紫川秀大喜，迎出客房，久别三年了的两人见面，十分欢喜。

此时的斯特林年龄二十三岁，正处于人生最辉煌的青春巅峰时期，浑身上下散发出热烈的活力。他个子中等，精神的平头发型，浅棕色的皮肤，锐利的眼神，非常英俊——与紫川秀的纨绔子弟似的细皮白肉的散漫、帝林狂傲冰山似的冷峻不同，他是那种充满男儿阳刚气概的、军人特有的干脆利落气质的英俊。光明磊落的作风，端庄的举止，明快的风格，爽朗的气质。

后世的历史学家曾经崇拜地将斯特林称为“黄金时期的标准军人典范楷模”，而与其同时代的紫川秀对他的评价是：“斯特林天生就是当军人的！”

紫川宁也曾将家族三杰的气质做过比较：“斯特林是头猛虎，具有王者之风；帝林像条眼镜蛇，冰冷而残酷，难以亲近；至于紫川秀——无法形容，只好说他像条鼻涕虫……”

两人为求保密，在花园里面谈话。

“听说今天你去了统领处？都见到了些什么人呢？”

紫川秀将今天发生的事情一一描述，斯特林听得很仔细，最后长叹一声：“难为帝林了！他的处境最危险，他的心理压力一定很大。”

“不过他提供的情报确实很有价值。你那边的两个内奸打算如何处理呢？”

“我心里有数就可以了，现在动他们岂不是明摆着告诉杨明华，帝林是我们的人？”

“二哥，我心里一直有个疑问：既然谁都知道杨明华不是好人，紫川参星总长为什么还不调回远东军来对付他？难道参星总长真的像外面所说的那样……”紫川秀把一个“蠢”字吞回去。

“没有人知道紫川参星的真实面目，”斯特林发出一声感慨，“就算我可以算他最亲信的部下，我也常常觉得看不透他。”斯特林竖起一只手指，意味深长地微笑，“不过他绝不是蠢人！不也有很多人说你是笨蛋、纨绔子弟、花花公子、低能儿吗？”

紫川秀莞尔一笑，他想起了罗杰、白川和明羽。

“至于调回大军来对付杨明华的事，是不现实的。要对付十七万中央军，我们起码要在远东抽调二十万军队，在边防军抽调十万、黑旗军抽调八万部队，这么大的部队调动绝对瞒不过杨明华的耳目，只会逼得他狗急跳墙马上造反，那我们都完蛋。”

紫川秀苦笑：“那大家是各有所忌了！”

“对，谁都不敢撕破脸皮公开对抗，现在大家都是暗着来。”斯特林语重心长地说，“帝林对你的劝告是真的，多加小心！帝都最近有很多人在黑巷里被暗算了，每天清早起来垃圾工人都要收一大堆尸体，很多有头有脸的大人物就这样完了。上个星期我的副手舒副旗本就在酒馆里喝醉后被人带走，三天后我们在护城河那里发现了他的尸体。”

“那你……”紫川秀太了解自己好友的性格，他绝对不会就这么算了的。

“哦，没什么。不过前两天听说雷迅统领的干儿子雷小云旗本，被人发现死在情妇家里。治部少（注释：帝都的治安机构）认为这是一桩入室抢劫案，现在正在那些无业游民、地痞无赖中搜寻凶手呢！这真是不幸的意外啊！”

紫川秀哈哈大笑，平时一本正经的斯特林幽默起来更让人发笑。

“所以，阿秀，你有些什么打算？”

“哎呀，听你说得这么危险，老实巴交胆小怕事的紫川秀只好远远地躲开，等你们这两个巨头清算完了我再回来跟胜利者握手好了。”

“老实巴交胆小怕事？是说谁啊？”

两人对视一眼，都在对方眼里看到盈盈笑意。

“来帮我吧，阿秀！一同效忠总长。”

“斯特林，我记得很小的时候，你、我还有帝林，都已经在过世的紫川远星大人主持下宣誓效忠紫川宁小姐了，难道你忘记了吗？”

“我记得的。但现在的情况下，我们只有帮助紫川参星大人对付杨明华才能保护小姐啊，不是吗？”

紫川秀不出声地笑笑。

“我知道，你在为六年前那件事情怪参星大人——但那时候参星大人刚接任总长位置，政局都由杨明华操纵，他不得不和杨明华合伙对付你啊！不过事后他常跟我说，好后悔，不该让你这样的功臣受屈辱。何况，现在你和他都有共同的敌人杨明华，反正怎么样杨明华都不会放过你的，你只有跟我们联手才有活路啊！”

紫川秀笑笑：“让我考虑一下——听说你快要和李清旗本结婚了？”

斯特林也笑，紫川秀有一样绝招：谈到不喜欢的话题时就会“让我考虑一下——哎呀那里有个老鼠爬过、哎呀那只鸟好大哦、哎呀今天月亮很圆啊”！

他也不加逼他，点头说：“是啊，打算在处理完危机后再举行的。”

“听说李清旗本是李氏家族的成员，那可是帝都的名门啊！”

斯特林扬扬眉毛，平淡地说：“听说是吧。”口气并没有表现出应有的喜悦。

紫川秀敏感地听出了斯特林的不悦，立即转换话题：“我在远东带了一批精灵怪回来，给你们送两对吧！”

“太好了！我一直想找个精灵怪当用人，可是市价卖到三万元一个。还是你们这些在外面带兵的有钱啊！”

“说的什么话，整个家族军队就你们禁卫军的制服是镶金边的，还说没钱！说好了，这是当结婚贺礼的！”

“少来！一样算一样，你不要给我混了！贺礼另外算！”

“现在我们这边这么乱，真怕流风家趁机过来插一脚。”

“这你就放心吧！姓流风的也没空啊！他们家长流风西山快断气了，他们也在忙着争权夺利呢，跟我们一样腾不出手啊！流风西山的三个儿子没一个成器的，搞得老爸犹豫不决，不知道把位置传给谁好，每个看起来都比另外两个要蠢一点。”

“老天保佑，幸好流风霜是女的，没继承权，不然我们有麻烦了。”

“是啊，不过听说流风西山已经下令封流风霜为‘终身监国统领’了！”

“这是什么意思？”

“意思是说，流风西山对哪个儿子都不放心，无论他们谁继承，只要有流风霜的辅助，流风家族大概也亡不了吧？”

“真是用心良苦啊！听说你在第二次讨伐的时候遭遇过流风霜部队，怎么样？”

说到这里，斯特林一声长叹：“流风霜，真乃人杰！

“当时我们已经把流风明、流风清的将近十万人的部队给合围了，当时他们已经开始溃散了，就差一口气我们就可以开始打歼灭战了，就在这时候，流风霜的部队出现了，不打旗号，人数不到八千人，全部是骑兵。

“当时我、方劲、明辉，还有扬历（当时他是边防军统领）四个前线指挥官谁也没把那八千人放在眼里。方劲只是派了三个步兵方阵去拦他们——理论上是没问题的，三个步兵方阵应该是挡得住一个骑兵师团的。谁知道那三个方阵十分钟不到就给流风霜砍成了马刀碎片，她的部队太勇猛了！又把扬历的一个步兵师团给打散了，就这样一直冲入了包围圈中。

“我们才知道有点不妙，想调动主力来拦截他们，已经来不及了！一杆白底大旗高高升起，上面就一个血红的‘霜’字！被围困的流风军一看到这面旗帜，马上发出惊天动地的大喊:‘万岁！’‘霜大人到了，我们得救了！’‘杀光紫川家的狗贼！’他们打了一天，本来早已疲惫不堪失去斗志了，可是流风霜一到，马上就像吃了兴奋剂似的，杀声喊得我们这边都心惊胆跳……流风霜一个女孩子不顾箭如雨下，居然脱下盔甲赤膊站在大旗下，让整个战场敌我两方都看得见，高高挥舞着马刀，大喊：‘流风家的士兵们，你们难道连女人都不如吗？给我争气点！冲啊！’那种气概实在让人心服。她的卫队也是疯子，全部赤膊用身体来替流风霜挡箭，一个倒下另一个就马上替上……

“结果流风军疯了似的冲我们杀来，明辉那滑头蛋一见到流风霜的大旗马上就往回撤，速度飞快；扬历还不清楚状况，居然下令死守战线——结果他的部队损失惨重，溃不成军；幸好我和方劲联合断后，边打边跑，被她追了几百公里，一直到边防线上得到明辉边防军的接应，流风霜才停止追击。”

斯特林又露出一丝骄傲的神情：“不过我敢说，我的部队不比她的差，在她的强攻猛打下，别的部队都是一冲即溃，就我们还能保持着秩序！近千里追击，她始终拿我没办法，甚至在最后的一次交锋中，她还吃了我的亏呢！”

他转头看紫川秀：“哎，你怎么……怎么……睡着了？”

“废话了！听你那么多无聊往事，我不打瞌睡就怪了！”

一走进客厅门口，斯特林恍如电击似的一愣，呆住了。

“有刺客？”落后他一步的紫川秀马上反应，加速冲入客厅，做好了战斗准备，四下张望……

沙发上坐了白川、罗杰和明羽三个活宝，正肆无忌惮地分享紫川宁家里准备给客人的食品。

“没问题啊！”紫川秀顺着斯特林直勾勾的眼神望过去，发现了第四个人，虽然也坐在沙发上，却端庄正坐，对桌面上丰盛的食品毫不动心。

美丽端庄的魔族公主卡丹。

“没什么不对吧？”紫川秀捅捅斯特林的腰。

“啊，哦，什么？”斯特林语无伦次，“有什么不对？”

紫川秀古怪地朝他瞟了一眼，没说话。

斯特林马上恢复了正常，大步走进客厅。

看着他的背影，紫川秀眼中满是忧虑：“但愿不是如我所料……”

罗杰、白川还有明羽马上起身敬礼。斯特林的过人才干、迷人的风采和人格魅力一直是家族青年一代军人的榜样，像白川他们，可能不认识家族总长、总统领，但却不会认不出斯特林。罗杰等人对他已经是仰慕已久了。

虽然是第一次见面，但他们都有种同样的感觉：斯特林今天状态不正常……

摘自白川统领的私人回忆录——《在大人身边的日子》：

“……他（斯特林）回礼回得很端正，问候的话语也说得很得体，甚至还坐下来跟我们分享了一个冰冻西瓜，很亲切地指点我们在武学上的疑惑……一切都很正常，但不知道为什么我总感觉到他有一丝魂不守舍的感觉……十分异常。我对自己说，可能这就是所谓女人的直觉了吧？”

日后另一个在场人员——军务统领罗杰统领的说法是：“你别听白川那鬼婆娘又在那胡吹什么‘女人的直觉’了，她那本回忆录纯粹是为了骗钱找枪手写的，她自己连‘How are you？’什么意思都不懂！当时就是白痴也能发现斯特林大人精神不稳定了！否则的话，像斯特林大人这样的高手，怎么会在切西瓜的时候差点连自己的半只手掌一块儿切了下来？他又怎么会连续问了我们五次‘你们什么时候回帝都的？’‘你们回帝都是什么时候？’‘什么时候回帝都的，罗杰？’……每次我们都答得清清楚楚，但隔不到三分钟他又问‘什么时候……’”

幕僚长官明羽统领给他补充：“还有啊，我们的秀川大人一直站在旁边，一言不发，奸笑得像两个杨明华加一个雷迅——看他那坏笑就知道了，肯定有事情发生了！”

从紫川宁家里辞别，紫川秀送斯特林回家。

“今晚的星星很亮啊！”斯特林用下重大结论的口气，很郑重地说。

紫川秀抬头看看乌云密布的天空，扬扬眉毛：“没错！”

“月亮也很圆啊！”

“是的。”今晚其实并没有月亮。

“我们帝都的街道多干净！”

“正确。”紫川秀不小心一脚踩到只死猫身上。

“其实你不必出来送我的，你还有那么多事情要忙的……”

“废话。”

“……”

“……”

“真是很多谢你的礼物了，李清会很高兴的。”

“不必了。”

"紫川宁小姐还好吗？今晚我没见到她。"

"还好。"

"她叫什么名字？"

"卡丹。"

两人停住了脚步，紫川秀直盯着斯特林的眼睛，后者正在回避他的视线。

沉默。

紫川秀开口一字一句说："全称是卡丹公主，当代魔神王的第三女，于第五次恒川会战中被我抓获的，现在统领处令我监管。"

斯特林口唇颤抖，再无平时镇定自若的硬汉风范。

"你早发现了？"

"我不是瞎子。"

"觉得我很无耻是吧？"

"不，"紫川秀歪着头想了一下说，"一般的无耻而已。"

"我有未婚妻了，而且她很爱我。"

"我知道。李清是个很不错的女孩子。"

"她是大魔神王的女儿，魔族的人。"

"而且还是魔族中的皇族呢！"

两人又停住脚步对视片刻。

"怎么办？"

"你想听我阐述一下，作为家族的高级军官应该如何克己奉献、无私无我、牺牲小我完成大我的壮丽精神和豪迈气魄吗？"

"@#4#&&##！"

"……"

"抱歉，我太激动。"

"没关系，不过这种事情有好几种解决办法——你想听长期解决、中期解决还是短期解决办法呢？"

"先说长期的吧。"

"长期解决法又称'一劳永逸'法。方法一：在房顶天花板上挂条绳子打个结，踩在凳子上，把脖子伸进去，把凳子踢掉；方法二：单枪匹马跑到大魔神堡去指明找魔神王单挑；方法三：在每年一月一号的阅兵仪式上当众把杨明华干掉。你喜欢哪个？"

"……"

"不喜欢？不要紧，我们还有中期的解决办法呢！比如拿把剃刀把自己给阉掉——不过在技术上有一定难度就是了，在有效性和安全性方面不如上面所提办法……”

“闭上你的臭嘴！”

“或许你可以学那些鸟毛没长齐的中学生一样，明天就去买十一朵红玫瑰，送去给卡丹小姐，每天夜里在她窗口下守候到天亮，给她唱情歌弹吉他，看到她的倩影就心头狂跳——只是你未来的岳父可能是出乎意料地严厉的哦！”

“我叫你闭嘴！”

“也不喜欢？那就只好用最后一种办法了——反正卡丹是我监护的，我把她往哪个无人的房间里一关，再把钥匙给你……”

斯特林当面狠狠一拳把紫川秀打翻在地。紫川秀慢慢爬起来，接过斯特林递来的手帕，擦去嘴角的血，慢慢开口了：“至于我，我是宁愿你死也不愿你走这条路。死毕竟只难受一次。”紫川秀声音低沉，“放弃吧，兄弟，这根本是疯狂的。要知道，只要有一丝希望我都会帮你的，不惜肝脑涂地，但是这……你已经不是十五岁了你！这只是一时冲动罢了！她根本都不知道你是谁！”

斯特林一言不发，两眼无神，仿佛在认真聆听，又仿佛在神游九天……

“我是第一次有这种感觉，”斯特林声音微弱，口气却坚定，“我爱她。”

“见鬼了你！”紫川秀小声嘀咕，“那你又爱李清？”

“那是不一样的！我对李清那是……”斯特林欲言又止，忽然说，“阿秀，你知道，男人最大的不幸是什么吗？”

“不举！”紫川秀脱口而出回答。

两人都吓了一跳，面面相觑。

紫川秀小心翼翼地试探着问：“斯特林，你该不会是……你还这么年轻就，啊，真是不幸啊，你要看开点啊，人生在世，英雄豪杰多有不得意的……”

“你才那个呢！我说的‘不幸’不是这个意思！我问你，男人第二大的不幸是什么……”

“老婆跟别的男人跑了，临走前把房子卖了，还带走了家里的保险箱和钥匙！”

“这你就错了！”斯特林仿佛下定了决心，“比这还惨的事情有的是！比如说，一个血气方刚的男子下班以后去酒馆喝多了两杯，等醒来时发现自己在陌生的房间里躺在一张陌生的床上，旁边躺着一个往日很熟悉的女同事，她没穿衣服还哭哭啼啼地告诉你她是第一次本来不想的可是你实在太强壮了她抵抗不了没办法，接着房间门忽然就被打开了闯进了一个很威严的老头和一个身高超过一米九的彪形大汉自称是女孩的父亲和大哥，他们很和气很讲道理地给你两条路走：要不娶他女儿要不把自己阉了你可以自由选择……”

“哈哈哈哈！”紫川秀笑得弯腰，全身直颤抖，“哪里有人这么蠢会中这种现代仙人套的！”

斯特林一言不发，脸板得铁青。

“哈哈哈哈……”紫川秀看看斯特林的脸色，笑声越来越小，最后小心翼翼问，“斯特林，这该不会是……”

斯特林沉痛地点点头。

“真的？”紫川秀目瞪口呆，一脸的不敢相信。

“真的。”斯特林语调中含有无限的悲哀和无奈。

“哦，”紫川秀茫然地点点头，“我明白了。”

斯特林警惕地望着他：“你敢再笑出声一次，我杀了你！”

“没有啦，”紫川秀强忍着让脸部的表情不至于失控，“这个……我非常同情你的不幸遭遇，谨代表全体男性同胞对你表示哀悼和最真挚的慰问……”他飞快地向后一跳，躲过了斯特林满含着怒火的一拳。

一阵嬉笑追打以后，两人气喘吁吁地停住了脚步。

“斯特林，那现在，你打算怎么办呢？”紫川秀的语调转为严肃。

斯特林神情迷茫：“本来，没遇到卡丹之前，我想就这样算了吧。李清长得漂亮，和她在一起彼此也不讨厌，说不定相处久了就会有爱情了。”他苦笑，“谁知道，直到今晚我才明白，喜欢一个人的感觉，原来是这样的……”他语调渐渐低沉下去了。

紫川秀皱眉说：“可这不是解决问题的办法啊。”

斯特林惨淡一笑，看到路边一个小酒馆，回头说：“解决问题的办法？我倒是有，一醉解千愁啊！进来吧，我请客。”

“哎呀，不行啊！我明天还得去行政处报到呢！杨明华安排我去那当副处长，今晚不能喝酒的……”

斯特林理也不理他，自己先走进了酒馆。

紫川秀有了判断，不好，这家伙是认真的了！明明放着李清这么好的女孩子不爱，却爱上了魔神王的女儿——什么世界哟！爱情？分明是头脑发昏！

帝国历七七八年八月酷暑的这一天，斯特林二十三岁，帝林二十四岁，紫川秀十八岁。紫川家族的三杰还在时代大潮的旋涡中身不由己地打滚、挣扎，并没能主宰时代潮流的脚步和方向。不过，距离这样一天，也越来越近了……

“阁下自称新来的秀川副处长？”把门的警卫一副听到世界上最好笑的笑话的样子。

“是的。”紫川秀自知理亏，低声下气回答。

昨晚与斯特林狂醉后不知道为了什么理由，忽然和流氓打架——经过这件事情，紫川秀发现了两个真理：一、两个烂醉的一流高手加起来战斗力等于一头猪；二、帝都的水沟实在很臭——特别对那些打架输了被扔进去的躺了一夜的人。

结果早上被收尸的垃圾工人弄醒后，紫川秀也来不及回家换衣服就直奔行政处，结果……

“证件呢？”

“没带，放家里了。”更有可能是被那些流氓搜身时连钱包一起拿去了。

“哦哦，又是扔家里了。”警卫一副很理解的样子，粗大的警棍拿在手上摆弄着，“小弟，每个月都有三五个人到我们这里来捣乱，不过像你这个造型的，还真让我开了眼界啦！”他皱皱眉头，“这么重的酒味！天，你身上黄黄的是什么？屎还是泥？脸怎么给人打得跟熊猫似的？”

“拜托了，”紫川秀小声哀求，“我要跟你们哥珊处长报到，时间已经过了！”

“嗯嗯，昨天总长还来跟我报到呢，我都不急，你急什么？”警卫摆明是不相信的样子，当然，紫川秀不得不悲哀地承认，他不信得完全有道理。

紫川秀向四面看了一下，没人注意这里，他深呼吸一口气：“得罪了，兄弟！”轻轻一拍警卫的肩膀，警卫马上一声不哼地就软倒了下来，紫川秀赶紧扶住他，将他摆成靠墙打瞌睡的样子。

“处长办公室在哪里？”

被问到的工作人员无不大惊失色，只能把手胡乱地一指，而且方向各不相同，所以说紫川秀居然能找到正确地点实在只能说是奇迹了。

门口的女秘书被突然闯进的“野人”吓得花容失色，死命拦住他：“你不能进去！你没有预约……快来人啊，警卫啊！”

紫川秀已经闯了进去。

宽大的办公室后面，一个年轻女子低头在审阅文件，并没有因为紫川秀的突然闯进而受惊抬头。

依靠男性本能，紫川秀马上给她打了85分。

“请坐，秀川副统领，你已经迟到了十五分钟。”哥珊副统领抬起头来，紫川秀这才看清她的样子：三十岁上下，五官清秀，只是全无表情显得冷冰冰的，戴着一副粗框的近视眼镜，声音平板丝毫不露喜怒哀乐。哥珊挥手示意秘书出去。

“哦，大人，对不起，原因是这样的……”

“我无意干涉你的私人生活，但既然你是我处的一员，希望你能遵守我处的规章制度，不检点要有节制的，明白了吗？”

分数自动降到35，紫川秀马上把她归入渴望被爱却由于长期得不到满足而心理扭曲从而对别人的幸福充满仇恨的老处女类。

“大人，对不起，下次……”

“感谢你的对不起，它对我们相当有用啊，说不定可以追回因你迟到而浪费的时间。”哥珊讽刺地说，“另外，有件事情我要告诉你，我们的品级相同，都是副统领，所以你不必称我为大人。”

“是，大人，哦，不，哥处长。紫川秀现向您报到，服从您的调遣。”

“秀川副统领，有件事情……你是不是愿意帮我个忙？”

“听候您的吩咐，愿为大人效劳。”

“马上从这里滚出去，回去洗个澡、刷个牙、换身衣服再回来上班！”哥珊薄薄的嘴唇紧抿着，“因为你，我们要多用三瓶空气清新剂了！”

紫川秀端坐在沙发上，对面是白川、罗杰、明羽、紫川宁、卡丹几个人，个个神色庄重、表情严肃，绷着张脸，嘴巴紧闭，仿佛一开口就能从里面跳出只青蛙来。

紫川秀叹了口气，摆摆手：“无所谓，各位，请笑吧。”

“哈哈哈”“嘿嘿嘿”“呵呵呵”……

只有卡丹还保持点魔族公主的矜持，抿嘴浅笑。

“大人，您眼睛上的两个黑框……哈哈哈，就像只熊猫。”

白川展开张《帝都晚报》报纸，大声朗读：“今日趣闻：今日有一精神病人，自称从远东新调回帝都的秀川副统领，忽然打伤值班警卫，进入行政处捣乱，并闯入哥珊处长办公室，遭到哥珊处长的驱逐。目击证人之一，行政处的女职员金美丽小姐称——此处出现一个臃肿、一脸蠢相、奇丑无比的女人照片，正做出楚楚可怜状——‘好可怕好可怕哦，他还想非礼我呢！对我……哎呀，叫人家怎么好意思说嘛……’而此事件的主要当事人哥珊处长对此并没发表任何评论。根据治部少的初步调查结论，这可能是三天前精神病院围墙倒塌的后果，现已经展开调查，务必将此一具有攻击性心理的极其危险的精神病人抓回，让广大帝都市民安心。建议有关部门加强对这种民政设施的维护和投入。举报地址：帝都治部少治安维护科第三办公室。”

一阵肆无忌惮的狂笑。

紫川宁：“哥，你成新闻人物了，给我签个名吧！”

罗杰坏笑着：“大人，您的品位也太差劲了吧——这种女人都不放过？”

明羽在偷偷地问紫川宁：“去治部少往哪里走？”

紫川秀问白川：“文章登在哪里？头版还是二版？”

白川看了一下回答：“位置在——专家门诊治疗梅毒花柳病下面，金枪不倒丸广告上面。”

又是一阵幸灾乐祸的狂笑。

一直没开口的卡丹说：“秀川阁下，你眼睛上的伤——也许我能帮你点忙呢。”

紫川秀早就听说魔族皇族有种种不可思议的本领，兴奋起来：“你是医疗牧师？”

卡丹摇头。

“你有治疗的特异功能？”

卡丹摇头。

“你会治疗魔法？”

卡丹又摇头。

“那你能帮我什么忙？”

卡丹从身后拿出个盒子来：“这东西肯定对阁下有用，它可以让别人‘马上’看不到你眼睛上的伤，不过这东西价格很昂贵的，只怕……”

紫川秀吃惊问：“马上？”

卡丹肯定地回答：“马上！”

是什么呢？魔法药丸？神奇灵丹？恢复水？不管了，紫川秀只求能立即去掉眼睛上那两个框框，不然真的是没法见人了。

二话没说他就把口袋里最后两百元的钞票全部给了卡丹，卡丹摇头：“不够。”

紫川秀再找紫川宁借了一千元，也给了卡丹。

卡丹很惋惜地说：“唉，便宜你了，要不是我跟你妹妹紫川宁交情好……”

紫川秀一把夺过来，拆开一看……

是一副墨镜，标价十五元，地摊货。

斯特林从床上挣扎地爬起来，只觉得一时头痛欲裂。

洗了澡出来，觉得好受点，看看时间，已经是黄昏了。昨晚的事情，只记得是喝醉后跟人打架，然后就……连怎么回到家的都记不起来了。口袋里却有两个钱包——另一个是紫川秀的，至于怎么进自己口袋的，怎么样也记不起来了。

老用人来回报，说李清女士来过，留下张字条。

斯特林拿起来一看，李清娟秀的字迹：“君昨夜未归，参星总长与我都大为忧虑担心。直至君今晨回来稍为放心。君何人也，安能与一般贩夫走卒类，沉迷醉乡？参星大人吩咐，醒后请速去见他。”

斯特林一阵苦笑，李清还是老样子，十分温柔而理智、坚定，就连说责备的话也不愿意伤了自己的自尊心，有妻贤惠如此，夫复何求？如果没有昨晚的经历，她确实是非常适合自己的终身伴侣，几乎可以说是完美无缺。

几乎是，除了没有爱情。

斯特林已经在准备好说给李清听的借口了：“昨晚见到阿秀，心里很高兴，就多喝了几杯……没办法啊，他硬拉我去的。”斯特林几乎肯定紫川秀也会给紫川宁撒同样的谎——“斯特林拉我去的。”朋友嘛，就是这个时候拿来挡箭用的。

喝了杯茶后，斯特林马上觉得神清气爽，那个神采奕奕的斯特林又回来了。

来到总长府前，斯特林习惯地审视检查一下四面的防务：禁卫军中战斗力最强、忠诚度最高的“不死营”士兵三步一岗、五步一哨如钉子似的立在四面，处处岗哨森严。这仅仅是外面所能察觉到的。暗中还有潜伏的弓箭手密布总长府的每个制高点，屋顶、墙角、花园处处暗桩，墙头上安插有无数尖锐刀片，墙角、死角上下有暗器一触即发，机关处处——可以说是防卫得滴水不漏。这个防卫系统是由他一手设计，帝林查看后曾发出感叹：“除非发动大军攻击，否则绝无可能入内。”

值勤的禁卫军士兵没加检查为难就敬礼放行了，由于皮古年老精力不济，事实上早由斯特林一手主持禁卫军防务了。

斯特林直接来到地下几十米深的总长书房，敬礼后开口：“大人？”

“斯特林吗？”紫川参星从文件堆里抬起头来，扶扶额头上的老花眼镜，“坐吧。”

这位紫川家族的现任总长现年五十三岁，六年前他那个威名显赫的哥哥紫川远星在与流风军的作战中身亡，留下的继承人紫川宁还只有九岁，他也就顺理成章地接任，登上家族至尊之位。

从他平庸又俗气的相貌找不到当年伟大的紫川远星的一丝影子。小小个头，豆子眼，微驼的背，参差不齐的牙齿，不少人一见之下就大为失望，拿紫川秀私下评论的话是：“这是位激发不起部下忠诚感的君主。”

而他政务上的作为也没能给他的形象增添任何分数，“没有错得不可挽救，但也没有可以鼓舞人心的成绩”。

人们在他身上找不到期待的总长应有的王者霸气风采，一般的看法是：“这是个好欺负的，仅仅是因为运气好才坐上这个位置的平庸老头”。

而只有斯特林等少数亲信才知道，在那双无神的眼睛中，一瞬间掠过的光芒是多么锐利惊人……

“听清旗本说，大人您找我？”

“嗯，”紫川参星点头，“昨晚喝多了吧？”

“是！”斯特林马上起身鞠躬道歉，“对不起，大人……”

“我没有怪你的意思，年轻人，有时候放松一下是应该的。只是，不该在这个时候……要知道，这时候‘那边’对你可是盯得很紧的啊！我担心他们会借此对你下手。昨晚你一夜未归，我调了两个禁卫团去找你——如果你真出了事，就算马上跟杨明华翻脸动手我也要把你抢回来。”

斯特林心头一阵感动，哽咽说：“大人，对不起，下官任性妄为，实在是……承蒙如此厚爱，愿为大人赴汤蹈火……”

“不必那样，斯特林，我倒愿意你为我好好地活着。”紫川参星一笑，笑容竟然给那张呆板的脸添了无穷魅力，“见到了紫川秀？怎么样？”

斯特林非常明白这句问话的意义及可怕后果，立即回答：“他是倾向我们的，但还没最后下定决心，还在考虑。”

“嗯，这紫川秀就很不聪明了。”紫川参星站起来说，“他是我去世兄长的义子，杨明华怎么都不会把他当自己人，既然如此，为什么不直接干脆加入我们呢？”

斯特林立在一边不敢开口。虽然不是他的错，但因为紫川秀是他的朋友，他却未能说服紫川秀，显得他很无能而且没面子。

“要留意他！斯特林，我知道你和他是好朋友，但一旦他认不清楚形势，加入了杨明华一边阵营……我们恐怕就得先下手为强了。”

斯特林一阵战栗，但他只是应了声：“是，大人。”

紫川参星看出了他的心情：“希望不至于到那一步，我也不希望有紫川秀这样可怕的敌人。紫川秀的武功状况，你是否清楚呢？”

“我只知道，以前远星殿下曾经教过他波纹功的入门，后来他去了远东后，我就不清楚了……”

紫川参星表情严肃：“他肯定有别的师承！哥应星曾向我报告，他把自己埋在沙堆里闭住呼吸四个小时，于千军万马中刺杀魔族的统兵大将。两个一流高手都被他一刀致命，居然毫无还手之力！然后又在几千魔族的围困中安然脱身——这样可怕的高手，我去世的兄长恐怕还教不出来。”

斯特林不敢出声。

紫川参星换了话题：“你对杨明华把帝林调去远东，有何看法？”

斯特林正色回答：“下官目前只想到一点：杨明华把帝林调到远东去，说明他暂时还没打算与我们翻脸，因为帝林是杨明华的得力高手亲信，如果杨明华要动手的话，一定会用到帝林这种骁勇的猛将的。等杨明华什么时候调回帝林，就是说他要动手了。”顿了一下说，“下官愚昧，思虑浅薄，目前也只能想到这么多了。”

“嗯，好，想得也很深了。”紫川参星笑道，“只是有点太乐观。你有没有站在杨明华的角度想想？”

“请大人开导。”

“我们在担心杨明华翻脸，杨明华何尝又不在担心我们翻脸呢？在这个紧张的时候他居然敢把自己的得力亲信大将远远地发落出去，你不觉得很奇怪吗？”

“啊……是啊。”

“所以我想来想去，只有两个可能使杨明华敢这样做。”

“请大人明示。”

“可能一，是杨明华已经发现了帝林的真实身份，他要把帝林调开免得碍事——但这样做不符合杨明华的性格，他可不像这么有耐性和慈悲的人，把帝林杀了，尸体往护城河里一扔不更爽快吗？”

“那可能二是……”

“杨明华有我们尚未知道的隐秘实力！”紫川参星一字一句说，“他肯定有，不然他不会这么有恃无恐。而且这个隐秘的高手得符合三个条件：一、他武功足够高；二、他得常驻帝都；三、他引不起别人怀疑……你想到有谁符合这些条件了吗？”

斯特林心头一阵紧张，他已经知道紫川参星怀疑的人是谁了。

果然，紫川参星缓缓地说：“紫川秀回来的时机太巧合了，他一回来，帝林马上就要出发……除他外，最近也没有什么高手进入帝都……”

“大人，”斯特林斩钉截铁说，“我以人头担保，紫川秀绝对不是这种人！”

“斯特林，你们不见已经有三年了，人是会变的……”

“人会变，但是紫川秀和帝林两人……大人，如果他们有任何不妥，我会自尽以谢罪。”斯特林昂首回答。

紫川参星无言。

斯特林无言。

“好吧，斯特林，你最好赶紧说服紫川秀加入我们。他本人是高手，部下四十多人都是在远东久经沙场的，骁勇善战，人数虽少，战斗力却很强，可以算是一大战力。有他参与，我们的‘枪骑兵’计划就更容易成功。”

“是，大人！下官将尽力而为！”

“哈啾！”正摸进白川房间，想偷钱包的紫川秀打了个喷嚏，“谁又在背后说我坏话了？”

“哎呀，白川，你醒了，这真是巧啊！我居然在你卧室里见到你耶！”

“白川，不要用这种眼神盯着你的上司嘛！事情是这样的，我晚上起来上厕所，回房间的时候，我迷路了，一不小心走进你的房间……这是很合情合理的解释啊！”

“至于我手上的钱包——哈哈哈，那也是很合情合理的——你该不会以为我会偷你钱吧？哈哈哈……”

“哎，白川，你干吗要摸刀子啊，你等一下啊，我马上就给你个合情合理的解释啊……你不要逼得那么紧啊，总得给我点时间找借口吧……”

“救命啊……”

时间飞快流逝，帝都依旧和平安详，犹如暴风雨前的宁静，半年时间过去了。

遥远的远东传来惊雷般的震动，一颗耀眼的将星冉冉升起。帝林，继紫川秀之后，取得了对魔族战争的第二个大胜利。在第六次恒川会战中，击垮入侵的魔族常规军队，击毙七万余，俘虏近五万。这是人类与魔族开战以来的最大胜利。但此战最令人震惊的并不是骄人的战果，而是帝林的残暴：他下令将抓来的俘虏全部处死，不留一个活口。

当时远东军总参谋长官罗波闻讯后大惊失色，策马飞驰赶去阻止。等他到了现场，帝林一边恭敬有加地接待他，一边却暗中下令将最后一批五千名战俘砍头。等到罗波明白过来时，已经是尸横遍野了。

看到那一片尸山血海，罗波痛苦地闭上了眼睛，指责帝林说：“你这个阿修罗，家族近两百年七代人呕心沥血在远东创立的基业要被你一手毁掉了！”（历史上帝林就此得名修罗王。）

帝林则正色回答：“下官正在为家族开创千年的基业！”

消息传回帝都，朝野震惊。但由于帝林是打了大胜战的有功之臣，又是杨明华的心腹，而杨明华此时正权势骄人，所以也只是有人私下骂了几句难听的话而已，并没有人正式提出弹劾和谴责。不过私下的议论不断，就连杨明华本人也偷偷跟亲信埋怨了两句：“帝林做得太过火了。”

他埋怨得太早了，事实上，这仅仅是个开始。会战后，帝林不等休整，马上带领二十万紫川远东军乘胜追击，直扑魔神堡，打破了长期以来魔族主攻、人类主守的远东战略格局，打得疏于防备的魔族边境部队措手不及，仓皇后撤。帝林紧追不舍。

一路上，凡是有任何非人类的村落、乡镇、城市敢有一点抵抗的话，他马上下令屠城，不分老幼妇孺一律屠杀，然后放上一把大火烧掉整个城市。往往大军过后，身后只剩青天和焦土。

只有亲近人类的种族才能从这位长官手中求得活命。为了活命，他们必须贡献家产、供应粮草，甚至派出青壮年参加帝林的军队。帝林用铁一般的手腕和严酷的军纪把这群桀骜不驯的半兽人、龙人、精灵怪、蛇人……压得不敢大声喘气，生怕帝林怀疑的目光就此落在自己身上。

而帝林的严刑铁腕重压并非仅仅加在异族身上。紫川家族的人类士兵同样在叫苦不迭：遇敌后撤的一千多名骑兵在全军面前被处决；四十多个早上集结迟到的士兵被用马拖了足足五公里；站岗睡觉的哨兵被罚抽了五十鞭——实际上在二十鞭的时候那哨兵已经断气了，不过军法官不敢违命，还是老老实实抽到了五十，名副其实地是在“鞭尸”了。

于是，在帝林统率下，无人敢违命，无人敢玩忽职守，更无人敢退缩不前。凡遇敌人，甚至就是战斗力极强的装甲兽，帝林的部队都敢狠狠地扑上去厮杀，用长矛、马刀、佩剑、弓箭……甚至石头、空手、用牙齿咬都不敢退缩。魔族惊呼：“帝林的部队是疯子！”

于是他的名字成为噩梦和无敌的代称，传遍整个远东的魔族控制区域。在他血洗了格兰克、卡滋、恒兰、喀什来齐四座魔族城市后，再无一座城市敢违逆他。大军所到之处，魔族城市敞开大门跪拜迎接，城市守备队要么仓皇逃匿，要么缴械投降……

帝林一路剿平魔族小股正规部队，一面如海纳百川似的吸引归降的其他种族，兵力日盛，等到他挺进到魔族第二大城市格马拉的时候，兵力强达五十万之众！人类自开战以来从没有过如此凌厉的攻势、如此深入的挺进。

在格马拉，他遭遇了开战以来的首次强烈抵抗，魔族军的青年名将，具有皇族血统的云浅雪率兵二十万在格马拉，凭借坚固的城防工事严阵以待……

此时，当帝林正在建立不世之功勋时，与他同列紫川三杰的紫川秀，却正在行政处的办公室里面，兢兢业业地刻苦工作。

等他新来的漂亮女秘书走出办公室，副处长紫川秀庄严地举起个牌子：“38、21、37，我押一百元！”

罗杰举起个牌子：“38、21、38，我也押一百！”

明羽也举起牌子：“37、20、38，一百。不过我觉得你们对她胸围的估计可能有误，根据我多年经验，极有可能是用了垫胸的——等一下要问清楚啊，白川！”

罗杰：“对对，还有她的臀部，有点下坠了，我觉得大人估计得太保守了。”

紫川秀：“白川，你还等什么，快点出去问她啊！”

白川不满：“我拿什么理由问人家女孩子三围尺寸啊！”

“哎呀，这还不简单？就说是人口普查要填资料就是了。”

白川给了这群色狼一个白眼，出去后又回来，宣布说：“38、21、37！”

紫川秀一声欢呼：“我赢了！拿钱来！”

明羽很不服气地掏钱：“没理由的，我怎么会看走眼了呢？”

罗杰：“就是啦！真无聊，等一下我们玩什么呢，大人？”

紫川秀心满意足地数着钞票：“钱的味道真香啊，不如等一下我们来赌她究竟是不是处女吧？我赌不是，押一百！”

“啊，这才是我希望中的副统领生活！”紫川秀满意地看着装修得豪华一新的宽敞的办公室，威严的大办公桌（暗柜里面藏有美酒和色情书籍），舒适地坐在真皮椅子上，甚至可以大声地给穿着超短裙的漂亮女秘书下命令：“把柜子顶上那本十年前的日志给我拿下来！”等她爬上凳子了，紫川秀就托起下巴昂起头专心致志地欣赏……大家都是男人，没必要说得那么明白啦！

而且工作又不辛苦——紫川秀这个副统领显然并不受重视，每天的主要工作就是清点各军团还有多少后备的椅子、茶杯，还有哪里的玻璃窗坏了要派人去修啊之类，但是幸好哥珊处长虽然没有对紫川秀委以重任，但至少也没有给他不公平的歧视待遇。

紫川秀发出感慨：“天堂啊！”

忽然他的视线里出现了一些天堂不该有的“东西”。

“罗杰、白川、明羽，你们三个怎么会在我办公室里面的？”

“哎呀，大人，您忘了，我们是您的‘副处长助理’啊！”

“我不是说这个！你们不是有你们自己的办公室吗，怎么都……”

“别提了，我们的办公室又窄又破，光线也不好！”

“女秘书丑得跟魔族他妈似的！大人，您看过《午夜惊魂》吗？不用去电影院买票，到我们办公室看看我们秘书就可以了。”

“还有啊，他们居然不供应饮料！”

“大人，您知道，我们可是旗本啊！在远东，一个旗本可是管着百十万人的大官啊！”

“可是在这里，我们连上访的难民都不如了！”

……

紫川秀听得一阵发昏：“别吵别吵。那紫川宁怎么也在这里？”

紫川宁很镇定地回答：“哦，我是以家族继承人的身份来视察行政处工作的——难道秀川副处长有什么问题吗？”

“那卡丹公主怎么也来了？”

“哥，你们太自私了，都跑出来玩，就把人家一个女孩子孤零零丢家里，多寂寞啊——你难道就不内疚吗？你的良心难道就不谴责你吗？”

“人家看到这么多人聚在我这里，会有看法的……”

“哦，秀川大人，那您就不必担心了！”卡丹随手把一个“会议进行中，请勿打扰”的告示牌挂门口，“大不了让他们说‘秀川副处长一个星期开七天会’，还会夸你热心本职工作呢！”

“地狱啊！”紫川秀绝望地喊。

"阿秀你在喊什么地狱呢？"斯特林出现在门口，他含笑说，"打扰各位开会了！"

"哪里！"大家纷纷起立欢迎他，只有卡丹端坐不动。

自从那天告别后，斯特林几乎是每天造访紫川宁家一次。大家也不是蠢人，自然很快就明白了斯特林大人之所以频繁来访，并不仅是因为跟秀川大人交情匪浅——何况当事人斯特林对此也没有多加隐瞒：一到紫川宁家里他就睁大了眼睛四处张望，直到找到了卡丹的倩影才肯如释重负，长吁一口气。

罗杰曾经感叹地对白川说："瞧斯特林大人那样子，简直像个落入情网的中学生——他昏了头了。"

白川则回答："谁都是感情的俘虏，无人能免。"然后陷入沉思中……

只是当事人之二的卡丹对斯特林的痴情恍若不知，他来就见，他走不留，待他与其他人没什么区别。虽不至于拒人千里外，但也没有半分热情回应。

斯特林是帝都的名人，此事本应该颇为轰动，但在紫川秀的高压之下——他召集家中的用人和部下，恶狠狠地威胁："谁不想活了就只管往外说！"就连对紫川宁，他也少有地拿起兄长的架子，严禁她有只言片语向她的手帕交李清透露，因此这件事情才没有泄露出紫川宁的府邸。

众人含笑看着斯特林走近，坐在卡丹边上的明羽赶紧让开位置："您坐，大人！"

斯特林也老实不客气地坐下了，仿佛这是再自然不过的事情，连一向厚颜无耻的紫川秀也不得不佩服这家伙脸皮之厚。

"大家在聊些什么呢？"斯特林说的是大家，眼睛看的只有卡丹。

卡丹没有回答，紫川秀代答："谈远东帝林的战局呢！"说罢递过去一张报纸。

斯特林其实早看过了，他却装着第一次看似的展开阅读，口中嗯嗯有声，仿佛这则新闻十分有趣，过了几分钟，开口问："你们大家怎么看的呢？"

"我们都认为，帝林处境不妙。"罗杰抢先回答，期望给这位心目中的偶像一个精明的形象，"孤军深入，后援无人；强敌阻道，欲前不能。"

"嗯，阿秀你也是这么看的了？"斯特林望向紫川秀，两人目光交接，马上明白了对方意思。

紫川秀轻轻说："不，我认为这时候，帝林占有主动战略优势。"

斯特林简短地说："同感！"

"为什么？"几道声音同时发问。

紫川秀笑笑："你们只看到正面向东是格马拉城市，驻扎二十万魔族军队，由名将云浅雪带领把守，可以说是守得固若金汤，因此帝林必然得攻打格马拉，也必然攻不下，是吧？”

斯特林接口说：“但如果说，帝林不攻打格马拉，那又如何呢？比如，他可以掉头向西南方向防守较弱的伊卡市发动进攻，打下伊卡市，帝林就能与东南的雷洪副统领的边防军守备队联系上，不用担心后路和增援问题。同时还可以把近五千平方公里的魔族领土完全孤立起来，大可以慢慢逐步啃掉……”

紫川秀说：“假如帝林也不打伊卡市，他可以向东北方的果森草原进军，占领果森草原，就等于端掉了魔族的魔法晶体石和有名的果卡骏马的产地了。帝林大可以用缴获的果卡马和魔法石建立一支十万人的龙骑兵部队，那时候，魔族就更要叫苦不迭了。”

斯特林：“就算帝林也不打果森，他大可以直接以优势的兵力将格马拉团团围困，等待云浅雪的二十万人饿得受不了，乖乖投降。”

一片沉默，白川迟疑地说：“但这得有个条件，就是帝林的军团后援物资得源源不断地运来，不怕被切断粮草才行啊，不然他没办法长期作战的。但是现在上千公里长的运输线，又是在魔族的领地内，如何能保障？”

紫川秀与斯特林对视一眼，一起苦笑。

斯特林仿佛字斟句酌地开口说：“这个问题对你我而言，确实是个难题，但对帝林，那是完全不成问题的，他从来不会为粮草担忧的——也许这就是名将与庸将的区别吧。”口气中有难言的苦涩。

紫川秀也苦笑：“这与能力无关，纯粹是观念上的问题而已，你也不必太菲薄自己了。”

大家都不懂，望向紫川秀，希望他解释。

紫川秀叹了口气，只说了一句话：“就地掠夺，解决粮草问题。”

众人明白过来，帝林为了能长期作战，势必派出各路分遣队，把田间、乡村、城镇、都市所有能果腹的食物一掠而尽，他是决不肯让自己的士兵挨饿的。这样，如果说帝林能支持两个月，那被困在城市里面的云浅雪绝对连三个星期也撑不到。

卡丹尖声叫道：“那我们的平民怎么办？就这样让他们饿死吗？”

屋子里紫川家族的军官们都掉转过头来，不敢与少女明亮的双眸对视。只有罗杰小声嘀咕了两声“战争是残酷的”，但没有人理他。

“刚才的感觉真是罪恶。”当屋子里面只剩紫川秀和斯特林的时候，紫川秀小声说，“只顾说得高兴，差点忘了卡丹是那边的人。”

斯特林只是叹了口气。

紫川秀：“如果是别人，我还有大堆道理还击他，‘你就不看看几百年来都是魔族欺负我们吗？这么点小小回报，连利息都算不上呢！’但看到卡丹那双眼睛，我什么也说不出来了……”

斯特林还是叹气。

“说真的，帝林在远东这么搞法，将来这个烂摊子难收拾的。”紫川秀说，“他只顾一时的方便，把俘虏都杀光了，将来谁还敢投降我们？只有死战到底了。还有啊，屠杀平民，掠夺民粮，这些做法我也实在难以赞成，失掉了民心，我们家族如何在远东立足啊？”

斯特林无言，想起帝林充满霸气和魄力的声音：“我不需要那些贱民拥护，我只需要他们畏惧和服从！归根到底，我们之所以能统治远东，并非靠民意投票和选举，靠的是我们手上的剑！”

斯特林内心其实也不赞成帝林的狂暴做法，但帝林毕竟是他们的兄长，紫川秀这个小弟可以埋怨两句，站在他这个二哥的立场却不便谴责。

他再叹了口气。

“我说斯特林，你别老像个深闺怨妇似的一个劲地叹气啊，说点什么啦。”

“最近有什么消息呢，我是说你这里的。”

“没什么新鲜事情。一是杨明华不答应给明辉的边防军换新装备，结果那批装备落到了雷迅的中央军手里了；二就是我们处长哥珊为这件事情跟罗明海吵了一通，说杨明华不应该破坏惯例，历来新装备都是给边防军先配备的——我有点搞不清楚这个老处女的立场了。”

“哦，有这种事情？看来我可以在她身上花点工夫了，说不定能把她争取过来。”

紫川秀斜着眼睛瞥斯特林一眼，样子很古怪。

“干吗这样看我啊？”

“色狼，拜托你追女孩子时收敛一点好吧？你喜欢卡丹，也不要搞得这么明目张胆的，我怕传出去……我快镇压不住了！”

斯特林无言以对。

“李清知道了吗？”

“她只是怀疑，怀疑我在外面有了第二个女人，但还不知道是谁。”

“啧啧，女人的直觉真是可怕！她通过紫川宁来求我帮她侦察你的行踪，我好说歹说才把她暂时哄过去了，下次可不能这样轻松过关了。卡丹那边什么反应？”

“你都看到了，没反应！她从不给我单独相处的机会……”

紫川秀骂道：“这个小妖精！狡猾大大的！我说，你干脆跟总长直说了，只要他支持你，别人也难以干预。你也就不必偷偷摸摸的了！”

“我会说，但不是现在说。杨明华他们绝对不会放过这机会来打击我们的，搞不好，他会逼我因此引咎辞职的。再说，我也不想总长大人为我的事情在这个时候分心。”

“那也是。”紫川秀望着斯特林的脸庞，已消瘦了一圈，颧骨突出，两只眼睛深深地凹了下去。他不明白自己的这位挚友为情而苦竟至于此，外表上还得装着若无其事的样子每天处理繁重的军务，与杨明华一伙钩心斗角，劳心费力……

他同情斯特林，更深深佩服他的坚毅，甚至想：要是我，我做不到。幸好我也不会发这种傻，什么爱情，我呸！帝都大宾馆下面游荡的那些年轻女的，哪个不是美若天仙，三百元一晚，哪有爱情那么麻烦！

帝国历七七九年的二月严冬，远东的战局又发生了新的转折。

正当帝林的大军在冰天雪地中重重围困格马拉和云浅雪的二十万魔族军队时，魔族王国的纵深处出现了新的敌人。魔族二王子卡兰率领二十万亲卫禁卫军部队赶来增援云浅雪。

在试探性交手几次后，帝林明白这次所遭遇的对手不同以往，魔族的精锐禁卫部队无论在士气、战斗力、忠诚度上都远超于一般。由于担心遭到云浅雪和卡兰的腹背夹击，也因为人类军队不利于寒冬作战、粮草筹集越来越困难等，帝林当机立断，下令撤退。

由于帝林军队后撤得井然有序，军容鼎盛，“先行者不乱，殿后者无惧”，无懈可击，所以卡兰和云浅雪都不敢贸然发动攻击，与其说是“追击”不如说是“礼送”地追到了恒川一线，双方又恢复了原来的阵线，结束了这场历时半年，日后被称为“第一次大征讨”的军事行动。

此次战役，紫川家族阵亡军人五万一千三百多人，伤十一万六千人（阵亡者中有三万多是被帝林强行征入伍的非人类士兵，八万多伤者也属于非人类种族），而魔族军队为此付出的代价是阵亡二十七万三千，伤二十八万八千（阵亡者中有十五万六千是投降后被屠杀的），但这仅仅是军队方面的损失。

根据日后紫川家族战史学者唐川的说法：“在帝林红衣旗本的第一次大征讨行动中，魔族被血洗、焚烧的大城市五座，城镇七十二个，乡村超过两百个。直接（被集体屠杀的）或者间接（被夺取过冬的食物、御寒的物品而被饿死、冷死的）死在帝林军团手中的魔族和其他非人类种族的平民多达一百八十万。”

（后来经常有学者批评唐川的说法太过保守，认为他的立场太不客观。唐川本人也是领紫川家族薪水的，存在美化家族前辈帝林的嫌疑。）

整个魔族的西部边境被帝林用剑与火狠狠“巡回洗礼”了一番，元气一百年难以恢复，魔族及其他非人类种族对人类的仇恨之深，达到了前所未有的程度，即使在日后紫川家族大力实行仁政也无法消除。

此时的帝林，有人称颂他为家族的“新战神”、继云山河以后家族的第一名将，功高盖世；也有人大骂他是“冷血狂人”“刽子手”“杀人王”……他本人无动于衷地回到瓦伦远东军司令部，领取了晋升一级担任副统领的任命书和一枚战功勋章。

帝国历七七九年三月十一日，总统领杨明华代表统领处向总长紫川参星提出建议：“鉴于帝林副统领及其部下长期征战，功高劳苦，身心疲惫，家族应该对有功之士加以犒劳，提议调遣帝林副统领回帝都接受嘉奖和休养，其部下五万名立功将士亦一并归来接受嘉奖。”

三月十二日，总长紫川参星简短地回批：“同意。”

三月十九日，接到指示的帝林，从远东带了五万“立功将士”，浩浩荡荡地从瓦伦要塞出发，目标帝都。

统领处的密室里，杨明华慢慢喝下了一杯葡萄酒，踌躇满志地对罗明海说：“现在我们是万事俱备，只等帝林一回来……那时候，你就是新的总统领了。”

看看旁边有点嫉妒的中央军统领雷迅，杨明华安抚他说：“不要急，以后，总长的位置就是你的了。”

罗明海只是冷冰冰地一点头：“多谢大人栽培！”

雷迅感激地对杨明华说：“大人如此厚爱，叫下官如何回报？不过，下官觉得，行动由我们执行就足够了，不必要等帝林回来啊！这小子太傲慢了，难以调度……”

杨明华爽朗地大笑：“雷迅，你嫉妒了！哈哈……我调帝林回来自有用处，你就不必多想了，他现在还很有用的……哈哈哈……”

总长府里，紫川参星苦涩地开口对斯特林说：“杨明华把帝林调回来了，他要开始动手了。”

斯特林不解地问：“下官有一事不明，想请大人开导。在帝都城内兵力，杨明华掌握有雷迅的中央军，实力远强于我们，占有绝对优势，他为什么画蛇添足地又把帝林的军队调回来呢？这根本不必要嘛。”

紫川参星一笑：“斯特林，今天几号了？”

斯特林不明白紫川参星的意思，还是老老实实地回答：“三月二十号，星期二。”

“下个星期一，就是家族例行的每年一度的旗本级别以上军官大会，几乎所有高级军官都会出席，包括哥应星，他也得回帝都来。”

“大人，您的意思是，杨明华调帝林回来的目的是对付哥应星？”

“对！哥应星会带着他的六千名卫队回来，但帝林是五万人，几乎十比一的比例，绝对能置哥应星于死地。”

“杨明华这样大胆，就不怕远东军会造反吗？”

“那时候哥应星已死，他也无所顾忌了！就算哥应星的部下罗波和林冰他们有意见的话，反正凶手帝林是远东军的将领，动手的又全部是远东军的士兵，杨明华可以借口说这是远东军内讧，不关他事，大不了把帝林交出去平息哥应星部下的怒火罢了。计划得好不周密！”

斯特林一笑：“他机关算尽太聪明了！”

紫川宁的家里，紫川宁对紫川秀说：“哥，听说帝林带了五万大军，要回来了！你在找什么？”

“哦，上次决斗损坏家具的账单，那明明是该帝林赔的，怎么栽我头上了！好多钱哦，七千多银币，再加上半年的利息……”

“阿宁，你说我们计算利息是按官价利息计算呢，还是黑市价利息计算呢？看在多年友谊，我就不用利滚利计算复利了……不过就算利滚利也穷不了他是吧？听说他在远东那边当贪官刮地皮，刮得人家可怜的魔族一个个欲哭无泪……”

“大人，”亲卫队长哥普拉递给帝林一封信，“邮箱刚收到的。”

帝林拆开信，只有一句话：“园明公开央奇中帝后光会大天光明。”他皱皱眉头，点点头。哥普拉知趣地退了下去。

“什么信啊？追得那么紧，你刚回帝都就收到了。”林秀佳，他美丽的妻子走近身边。帝林本想把信藏起来，已经来不及了。

“情书啊？”林秀佳嗔怪地说。

帝林冷酷得犹如被严冰覆盖的俊脸上，罕见地露出笑容：“我只爱你一个人。”把信递了过去。

“开玩笑的了，你这人真是，一点幽默感没有！”林秀佳嘴上在怪他，心头却甜得像抹了蜜糖似的，“是公务上的信吗？那我不方便看的。”

“没关系，对你，我没有秘密。”

听了这话，林秀佳幸福得几乎融化掉，她深感当初答应帝林的求婚是她一生中最明智的选择，幸好选择了他……

帝林年少英俊又才华横溢、位高权重，不知道有多少漂亮姑娘都被这位“冷峻得说不出的性感”的红衣旗本所吸引（现在是副统领了），试图勾搭上他。但她们全部撞到了一座冰山上——由帝林的冷漠和沉静所构筑的一座拒人千里外的冰山。在帝都的未婚女子间曾流传着一句话：“帝林是座无法跨越的冰山！”

可惜她们没有看到他在家里的样子。林秀佳甜甜地笑了。

有哪个丈夫在婚后两年还对妻子抱有这般深切的爱恋和柔情的呢？别人都说婚姻是爱情的坟墓，林秀佳却觉得，这个坟墓是天堂，因为她嫁了一个几乎完美无缺的丈夫……

几乎是，唯一的缺陷就是他的身份，极其危险的双重身份——林秀佳为此常常日夜担心……

“‘园明公开央奇中帝后光会大天光明’，什么意思呢？”

帝林给她解释：“这是跳字密码，你试着跳一个字读一个字。”

“‘园公央中后会天明……’还是不懂啊！”

帝林调皮地眨眨眼：“倒过来试试。”

“明天会后中央公园……哦，我知道了，有人叫你明天会议后去中央公园见面！”她看到帝林含笑的嘴角，一下扑到他怀里，拍打他宽厚的胸膛，“我不来了！你一定又在笑人家笨了！”

帝林作势站起，气势汹汹地捋起袖子，左右张望：“谁！谁敢说我老婆林秀佳笨！给我站出来，我跟他拼了！”

林秀佳被他的样子逗得哈哈大笑。

帝林又坐下来温柔地拥林秀佳在怀中：“怎么会呢？我帝林的老婆怎么会不是最聪明的呢？”

林秀佳只觉得一阵幸福……但她想起一个问题：“是谁寄来的信呢？”

“哦，一个自以为很聪明的笨蛋！”帝林又泛起一个温馨的笑容，衬托得他一向冷峻的面容显得极为动人。

“紫川秀！”林秀佳一口就猜出。

帝林又笑：“真高兴，你我对他的看法一致啊！”

事实上紫川秀这种装神弄鬼的做法实在无用，信只要落到杨明华一伙的手中，不到一分钟密码专家就能解开这种初级“密码”。

只是紫川秀出自天性地喜欢搞麻烦，用他自己的话说：“这才像做秘密工作的样子嘛！”坚持要在与帝林和斯特林三人间的信件往来采取“密码”，而且密码方式次次不同，有时候跳一字，有时候跳两字，有时候是等差数列跳，有时候又是等比数列跳，甚至还倒跳，中间跳……

结果真正受害的是帝林和斯特林两人，拿着张天书般的来信不知所云。有时候费了九牛二虎之力解开“密码”，内容往往是：

“今天天气很好啊。我吃西瓜太多，差点拉肚子了。”

“天梦酒楼来了个很正点的小姐，就是有点假正经。”

“斯特林啊，欠你的钱，能不能缓三个月还啊？”

林秀佳露出不满的神色：“又是他，老找你去做危险的事情。我就不明白，当初你们三个人分工，为什么分配你去做卧底啊？你老说他们是朋友，最危险的事情却让给你去……”

她看到帝林已经整个寒下来的脸，知趣地不再说下去了。

帝林缓缓地看着窗外蓝天上的白云飘过，沉静如水。

林秀佳大气都不敢出。她明白了，自己的丈夫，就算平时对自己是如此百依百顺，恩爱无比，心中毕竟还存在着一片不容触摸的圣地。

好久帝林才叹口气：“紫川秀和斯特林不只是我朋友，他们是我兄弟。刚才你说的话，我没听见。”

林秀佳顺从地点了下头：“是我不好，不该多嘴的。”

“没什么，只是……”

帝林没法再说下去了，他轻轻吻了一下林秀佳：“该去休息了。”

等林秀佳的身影走出书房，帝林自言自语地把刚才的话说齐：“只是你不了解我们三个人的感情啊！不过确实也很难跟女人解释什么是生死兄弟啊！”

第四章　忠逆难辨

“真是壮观啊！”第一次参加家族旗本以上级别军官会议的罗杰惊叹于家族议事大厅的庄严肃穆，宽敞壮阔得令人害怕的大厅，已经容纳了一千多名高级军官还是绰绰有余，一色的高级红地毯，墙壁上过千的浮雕栩栩如生，顶层高得让人不敢仰望，无数的水晶吊灯悬挂得犹如天上的繁星点点……

“这个会议厅有多大呢？”白川问同坐的斯特林。

斯特林一笑：“我也不知道，不过有一个传说，说曾经有个旗本带一个步兵师团来这里开会。那个旗本迟到了，找来找去都看不到人，就回去了。第二天他的部下告诉他说：其实整个师团三千多人一直坐在会议厅的左翼边廊上等他……”

“哇！”明羽叫唤，“挂在正中央的那个大画像上的，那个很帅的长头发流氓是谁啊！”

“不要乱说！那是家族创始人紫川云阁下！”

“咦？我们秀川大人哪去了？”

“秀川大人，您蹲在墙角干什么啊？”

“哦，我原来以为这些装饰的金块可以撬得下来，谁知道它们嵌得那么紧……”

紫川秀看看四周，会议还没开始，一千多名高级军官正在无序地散步、聊天。他问斯特林：“今天不是你的禁卫军维持会场秩序？”

斯特林笑笑：“杨明华他怎么放心让我们来维持？今天负责维持秩序的是监察厅的宪兵部队。”

紫川秀点点头，监察长官萧龙一向保持中立，只有他来维持秩序才能让两边都能接受。

有人过来跟紫川秀打招呼：“好久不见了，阿秀！”

紫川秀回头：“德雷大人，真的好久不见。”

德雷是黑旗军副统领，曾在六年前对流风家族的反击战中与紫川秀并肩作战。他含笑地介绍他儿子德科旗本给紫川秀认识：“这是犬子德科，第一次见识这种大场面，以后还要你阿秀哥哥和斯特林大人多指点啊。”

德科是个非常年轻的小伙子，嘴角才长出细细的绒毛，看得出来有点羞涩和内向，对紫川秀和斯特林敬了个礼后就不知道该说什么了，憨厚地一笑。

斯特林赞许说：“令郎英气勃发，将来必然前途无量啊！”

紫川秀却坏笑着说：“小伙子长得好俊，都快赶上我了！德雷大人，真的是你生的吗？我看不像！”

德雷大笑：“什么时候把你这条舌头给割了，我们家族就少了一大半的缺德了！”

“还有一小半在哪里呢？”

“都在我们尊贵的总统领大人那儿了！”

大家会心一笑，德雷告辞去跟别的军官应酬了。

铃声响起，会议开始。主席台上已经坐了六位统领：罗明海、哥应星、雷迅、方劲、明辉、皮古，但总统领和总长的位置还空着。总长紫川参星已经很久没有参加全体会议了，所以这次大家也没有期待他出席。

杨明华准时出现在主席台，然而令紫川秀和斯特林有点吃惊的是帝林和他一起出现，在中间找了个位置坐下。帝林回来了，却一直没跟自己联系……两人交换了个眼色，都看出对方眼中的忧虑。

杨明华泰然自若地坐在了那张紫川云画像下面的专为总长准备的椅子上，脸上含笑，仿佛这是再自然不过的事情。

会场响起一阵不安的骚动，高级军官们用不敢相信的眼神望着杨明华，脑子里转着同一个想法：他疯了吗？

紫川秀小声对斯特林说：“他在为自己造反造声势！”

“对！”斯特林说，“同时还想看看高级军官中有没有人敢反对他！”

此时会场的中门打开，紫川参星总长的身影出现在门口。

会场一时笼罩在一阵令人难堪的寂静中，军官们看看紫川参星对这一公然挑衅侮辱，气得浑身发抖；再看看杨明华泰然自若，丝毫没有起身让位的打算……这种难堪的寂静仿佛会无限制地持续下去。

紫川参星一跺脚，转身出了会议厅的大门。

几乎所有的人都在暗中松了口气，庆幸没有当场发生冲突，庆幸和平的假象可以维持，也庆幸自己不必马上被迫做出选择……

斯特林的手捏得咯咯作响：主忧臣辱，主辱臣死，他实在不能忍受总长受到这般侮辱，立即就要冲上去与杨明华拼个同归于尽。一双坚定的手及时地压在他肩膀上，紫川秀沉稳的声音在他耳朵边响起：“留得此身，将以待有为！”

杨明华开始发言：“各位同事，现在开始今年的全体会议。”他仿佛什么事情都没有发生似的，宣布会议开始。

“总统领阁下，对不起，但是您可能是坐错了位子……”

参加会议的军官们都被吓了一跳：哪位好汉这么够胆说出了藏在他们心底却不敢说出口的话？大家扭过头去看声音的来源：一个稚气未脱的年轻旗本站起来，很羞涩地说。紫川秀和斯特林都一惊，他是德雷的儿子德科。

“哦，”杨明华扬了一下眉头，不动声色说，“这位同事很面生啊，说我坐错了位子？”

德科第一次在这么大的场面上发言，指责的又是如此位高权重的人物，他局促不安得几乎有点结结巴巴地说：“下官是、是黑旗军旗本德科，请总统领大人不必介意，下官无、无恶意的，大人可、可能是无意中坐错的，不过，下官的看法是，大人刚才是应该起来给总长大人让位的，毕竟制度上……”

他的父亲德雷马上站起来骂他：“阿科，你疯了吗？胡说些什么啊！还不快给总统领大人谢罪坐下！”

“好了，德科旗本，你的意思我明白了，但请不要干扰会议的进行啊，这是很严肃的场合啊！”说着，杨明华对帝林使个眼色，意义是明确的、可怕的。

“是！下官失礼了，向大人谢罪……”德科面红耳赤地道歉，连他自己也不知道道歉的理由何在，“下官……”

他再也说不下去了——一柄细长的利剑闪电般刺入他年轻温暖而宽厚的胸膛，又闪电般收回，带出一蓬血花。他呆呆地看着自己胸口上渐渐扩大的血迹，再看着在他面前慢条斯理地拭擦着剑上血迹的帝林，不敢相信地睁大了双眼……就这样直挺挺地倒了下去，睁大的眼睛依旧充满了稚气和憧憬……

他的父亲德雷副统领怒吼一声，扑向帝林拼命，背后却受了重重一掌，立即鲜血狂喷，啪的一声摔到地上，眼看是不活了。不知何时，雷迅已经不知不觉中已潜到他身旁，用风雷神功给予了他致命的一击。

惊变骤发，全场大哗！军官们几乎不敢相信自己的眼睛：在这么肃穆的场合杨明华一伙居然敢公然行凶，杀害德氏父子，两名家族的高级军官！

几个来自黑旗军的军官已经奋然起立了……

噼里啪啦！一声爆雷似的巨响在会议厅内响起，震得人人耳膜发痛，脑袋发晕。

雷迅傲然站立在会议厅的最中央，他的身体仿佛就是一个巨大风暴的源头，发出呜呜的气流响鸣，巨大的气流在会议厅内回旋，靠近他的人给逼得睁不开眼、站立不稳，紧锁的大门也无法承受这股可怕的力量，啪的一声被吹开！更惊人的是他整个人居然凭空升起来，高高凌空俯视众人，一股强大的杀气笼罩整个会场：这就是可怕的风雷神功运行到最高点的状态。

斯特林喃喃说："家族第一高手，果然名不虚传！"

紫川秀则是撇撇嘴："跟电扇差不了多少——他升在半空，那就算他是吊扇好了！"

军官们被雷迅的气势所震慑，不敢出手。

杨明华在高台上站起来，用威严的目光巡视会场，仿佛在寻找下一个不知死活敢于挑战他权威的家伙……没人敢与他咄咄逼人的目光对视，连紫川秀和斯特林也不自觉地移开了眼光……

原来凶残到了极点也能成为一种力量的权威，斯特林痛苦地想，那个少年到死仍然睁大的眼睛一直在他眼前浮现，死不瞑目。

帝林啊，你为什么会做出这种事情！

"好了，会议继续进行。"杨明华宣告。

所有人噤若寒蝉。

杨明华满意地笑笑，想：这群下贱坯子，不给他们点颜色看看，还真不知道什么是怕！

"接下来……"

"我控诉！"一个女声打断了他的话语。

"我控诉，远东军副统领帝林蓄意谋杀了黑旗军旗本德科！

"我控诉，中央军统领雷迅蓄意谋杀了黑旗军副统领德雷！

"我控诉，家族总统领杨明华背后指使了这两起冷血的谋杀，他应该对此罪行负责！

"下官行政处助理旗本白川，现向家族监察长官萧龙阁下正式提出控诉。如有虚假，愿意承担全部责任！"

白川清脆的，因为紧张而略带颤音的女声回荡在寂静的会议大厅。

在紫川家族的高级军官会议上，一千多名参与会议的堂堂男子，为一名女子的正义和勇气，感到汗颜。

会议召开的日期是：帝国历七七九年的三月二十六日。这一天，在后世要以"帝都流血夜"的名字，载入家族史册。白天在会议场上如同小溪般流淌的热血，在当天的深夜，将会汇成一片汪洋大海，将所有人淹没……

紫川家族百年的悲歌传奇，也将由这个鲜红的夜晚，就此拉开序幕。

此时监察厅长官萧龙的立场举足轻重。

不是因为他地位崇高——他是家族的第七位统领，位置却在其余六位统领之上；不是因为他权力很大——他独立负责监察事务，不受统领处和总统领杨明华的控制；也不是因为他平时处事公道，执法如山，德高望重，深得家族上下的尊敬和景仰；只是因为，此时控制会场的三千多名宪兵部队，完全由他一人指挥！只要他倾向哪一边，几千名全副武装的精锐宪兵就站到哪一边去，冲突起来，任你身手不凡、武功盖世也抵挡不住。何况大家在参加会议前都通过了搜身的安全检查，完全手无寸铁，更不是人数众多、武器犀利、组织有序的宪兵部队的对手。

全场的目光都投向坐在前排的萧龙，看他对白川的控诉做何反应。

斯特林的脸色惨白，他已经猜到萧龙的立场了——帝林的剑是怎样带进会场的？

萧龙威严的脸上铁青得像戴了个面具，面对所有人的期待，他慢慢低闷地开口说："谋杀命案不存在，没有调查的必要，控诉不予接受。"

明明就在他面前发生的谋杀事件，两具尸体还躺在那里，他居然说"谋杀不存在"！

这时大家都已经明白萧龙的立场了——历来是监察长官掌管刑律和监督大权，只要他说"没有谋杀"，那就算是有也变成没有了。

杨明华一脸愠色，他实在恨透了白川，明明所有人都屈服了，这个不知死活的婆娘还在这里捣乱！他向帝林使了第二个眼色。

帝林温和地微笑着，向白川逼了过去。

紫川秀和罗杰、明羽三人马上霍然起立，挡住了帝林的去路。

帝林看到紫川秀，犹豫地停住了脚步，有点不知所措。

斯特林却在全神贯注地注意着雷迅的一举一动，生怕他又故技重施再偷袭一次。

萧龙低喝一声："来人！"大门洞开，涌进一群手持弩箭和长矛的宪兵，杀气腾腾地围住紫川秀、斯特林一伙人，几十把张开了的弓箭瞄准了他们……

一场战争，一触即发！

一切局面尽在自己掌握中，杨明华得意扬扬，忽然面色大变。不知什么时候，一直没出声的远东统领哥应星已经闪到他身后去了，手轻轻地搭在他肩膀上。背后冰冷而强烈的杀气已经笼罩住了杨明华，使得他如同身处最寒冷的冰库中。

他立即明白了，只要自己稍有异动，马上会招来背后最猛烈最可怕的攻击！他心里懊悔，竟然一直没提防这个看起来病得快死的痨病鬼！

他压低了声音说："你对我如此无礼，就不怕我取你颈上人头？"

背后只是传来一阵轻轻的咳嗽，压制在杨明华身上的杀气却越加浓烈。

杨明华明白自己刚刚说了句废话，像哥应星这种在战场上曾多次出生入死的老手，怎么可能被这区区的恫吓所吓倒？他环顾四面情形：下面，紫川秀、斯特林一伙在与监察厅的宪兵对峙，自己的得力助手帝林和雷迅也在那里。这里自己被挟持的事情还没有被大家所察觉，只有坐在主席台上面的几个统领明白发生了什么事情。幕僚长罗明海哼了一声，想靠近来救援，边防军统领明辉微笑着有意无意移动下椅子，却刚好挡在了罗明海的前面；黑旗军的统领方劲面色铁青，看不出表情；连那个老家伙皮古也用一种很愤怒的目光盯着自己。

杨明华紧张地思考着：不妙，现在自己孤立无援，出声向雷迅和帝林等亲信呼救吗？堂堂总统领居然在这样的场合被人给挟持，那就脸面全失了，而且也不知道他们来得及回来救援吗……

背后哥应星温和镇定的声音响起，在整个会议大厅回荡，吸引了大家的注意：“刚才，关于白旗本的投诉，监察长萧龙阁下认为没调查的必要，我却很不以为然，此事有调查的必要啊！我提议不如大家就来个表决，认为有必要开展调查的人请举手！”他的一番话说得很有技巧，只是说让大家表决“有没有必要调查”，并没直接指责“杨明华就是凶手”，不至于把杨明华一伙逼得太急，给他留有下台阶的余地。

军官中有些精明的这才察觉主席台上的气氛有点不对劲。不知何时，远东统领哥应星已经站在了总统领杨明华的侧后，用杨明华的身体挡住了他自己的半边身躯；杨明华依旧端坐着，面色铁青，却没有出声；其余几位统领神态异常，好像都非常紧张——谁也想不到，在这不知不觉中总统领杨明华已经被哥应星挟持了！

台下来自远东军的军官霍然起立，举手赞成哥应星。他们早就愤怒于杨明华的暴行了，只是刚才群龙无首不敢出声，现在有了哥应星的威望感召，他们马上挺身而出。

远东军是家族第一大军团，此时会场上起立的人数几乎占了一小半，雷迅、萧龙等人脸色大变，纷纷回头向主席台上的杨明华望去，奇怪他为什么不做任何表示阻止。

边防军统领明辉冷笑着看杨明华：“在下也很同意哥应星阁下的意见耶！”

黑旗军统领方劲半句话不说就站了起来，脸上神色阴晴不定。被杀的人都是黑旗军成员，是他的部下，他愤怒至极！

就连一直被人以为老得已经糊涂的禁卫军统领皮古也颤抖着站了起来表示抗议！

台下一片齐刷刷的起立声音，几乎是全场起立了，一道道愤怒的目光投向主席台上的杨明华——他的跋扈残暴已经激起了公愤！就连杨明华的嫡系军团中央军中，也有不少人起立参加了表示抗议。

此时主席台上唯一还坐着的，就只有杨明华和他的亲信罗明海了。

他们面对的是一片愤怒的汪洋大海。

在台下紫川秀这边，许许多多来自远东军、黑旗军、边防军、禁卫军的军官，无论认识或者不认识的，纷纷都站到了他们身边，毫无畏惧地用身躯阻挡住了宪兵的箭路。他们排成人墙，团团围住白川，不让宪兵们近身。

面对这一片怒火，训练有素的家族精锐宪兵也在退缩。

斯特林激动得热泪盈眶，对紫川秀说："正义自在人心！"

紫川秀有点讽刺地说："对，正义像怕鬼的小姑娘，非得同伴足够多她才敢露面，单枪匹马的正义我倒是少见。"

面对这一片怒海，杨明华第一次发现自己是如此微不足道。被蔑视的愤怒顿时冲昏了他的头脑，他不顾哥应星就在身后，对萧龙比了个手势，用手掌在脖子下面一比画，意思很明确：杀！

监察长萧龙却在考虑：这已经不是远东军或者黑旗军的某个人的事情了，如果对这一千多名来自各个军团、几乎代表了家族全部武装力量的高级军官下手，那后果是非常可怕的，随之而来的报复也将是极其惨烈的。自己作为大屠杀的指挥者，那天下之大，将再无自己的容身之处。何况这一千多人中，不乏高手在，自己的宪兵部队未必就一定能赢……实在犯不着跟杨明华蹚这浑水。

他叹了口气，下令宪兵部队撤出，自己也跟着出去了。

会场爆发出一阵欢呼声，忽然不知是谁，大喊："杨明华——滚蛋！"

马上有几百个嗓门应和："杨明华——滚蛋！"所有人的声音汇成了一阵巨大的声浪，直扑上了主席台上来。

一下子情形逆转，杨明华反而冷静了下来。他小声地对身后的挟持者说："你想怎么样？"

身后传来哥应星的轻笑声，听得出他很开心，但压制在杨明华身上的杀气可一点都没有减弱："你又想怎么样呢，总统领大人？"

杨明华恶狠狠地说："别太放肆！不要看下面人多嚷得凶，我一句话就可以让这里血流成河！"

"那猜猜看，死的第一个人是谁呢？"哥应星毫不在意杨明华的威胁，"而且，大人您想，像我这么卑鄙的人，会单身一个人来参加会议吗？"仿佛是为了配合哥应星的话，会议厅门口方向传来大片大片的马蹄声、军队整齐的踏步声，还有兵器盔甲碰撞时的铿锵作响声。

一个会场的守卫跌跌撞撞地跑进来，惊惶地喊："是远东军！远东军包围了会场！"

刚才还喧嚣无比的会场顿时安静下来，与会军官们都把惊讶的目光投往主席台上站着的泰然自若的远东统领哥应星，大家都惊骇不已，心头转着同一个震撼的念头：要兵变了吗？毕竟嚷嚷"打倒杨明华"是一回事，真的要在帝都城内掀起一场血肉横飞的巷战，那又是另外一回事了，大家都没有这样的心理准备，一时不知所措。

杨明华的脸色一下子刷白。哥应星的卫队来了！自己虽然掌握着实力雄厚的中央军部队，但是并没有预料到这样的情况，远水救不了近火。冲突起来，现在第一个吃亏的就是自己。他小声说：“杀了我，你们出不了帝都城的！十分钟之内中央军就可以把你那几千人全部灭掉！”

哥应星的声音仿佛很惊讶：“总统领大人，这个误会可太大了！下官可没有那个大逆不道的念头啊！这些都是我的部下，看我这么久没有回去，就过来接我一下。”哥应星压低了声音，“再说了，红地毯可不适宜沾血啊！”

杨明华立即明白了哥应星的意思，今天这种家族集合全体高级官员的场合，无论是哥应星还是他，都不适宜大开杀戒，不但影响会非常坏，而且自己的名声将在历史上留下难以磨灭的污点。杨明华冷静下来思考，其实今天的本意只是想立威造势而已，并没有想杀人，现在情形已经有点失控了，也幸好刚才萧龙没有真的听命来一场大屠杀，那样的话，就等于与紫川家族的全体武装力量结下了不可化解的血仇，就算抢到了总长的位置也是坐不稳的。

杨明华轻声说：“明白了。现在就让我恭送哥统领回府吧！”一边说一边站了起来，笑容满面——他动作非常慢，生怕动作过快会引起背后之人的误会，招来猛烈的攻击。

“呵呵，总统领大人，您真是太客气了！呵呵！”身影一闪，哥应星的人已经从杨明华的背后出来，同样是笑容满面。

下面的人不了解发生了什么事情，但主席台上的几个统领都已经把刚才杨明华和哥应星之间的对话听得清清楚楚，个个手里捏着一把汗。刚才那个一触即发的局面只要稍微处理不善，现在会议厅内就是血肉横飞的场面，整个帝都就变成一个内战的修罗场！但幸好交涉的两人都是非常镇定的枭雄人物，能冷静地权衡利弊，达成了这么个不是协议的协议，把这种虚假的和平维持了下去。

哥应星微笑着向大家说：“兄弟身体不好，今天会议就先告退了！不知总统领大人可否同意？”

总统领杨明华和蔼可亲地回应：“哥统领请便，您身体不好，可要好好保重啊！”

哥应星微笑地说：“大人身系国运，您可也要保重好自己的身体啊！”

二人笑着应酬，礼仪周全，谁都看不出不到一分钟前，他们之间还在你死我活地相互威胁和恫吓。哥应星大步走向会议厅门口，那里已经有大群远东军的卫兵在等候着他了，大批来自远东的军官一言不发地起身跟上哥应星出了会场。紫川秀向斯特林使个眼色，两人领着部下也跟着人群一起走了出去。

看到哥应星的告退，边防军的统领明辉也起身笑眯眯地向杨明华请示说：“总统领阁下，下官的偏头疼忽然犯了，可否批准让下官回去休养下？”说是请示，其实没等杨明华说话他就径直向门口走了去，来自边防军的军官们也起身跟上他们的长官离开会场。

接着是禁卫军长官皮古和黑旗军长官方劲根本连话都不说就向外走，他们的部下也纷纷跟上。顷刻间，刚才还是热闹非常的会议大厅只剩下百来名来自中央军的军官，一个个神情惶惶，有点不知所措。

面对一下子变得空荡荡的大厅，虽然解除了身后的威胁，杨明华却并没有任何轻松的感觉，只感觉一阵无名的失落感。雷迅凑上来小声说：“大人，中央军还在我们手里！要不要我们马上把城门关闭，来个关门打狗，把他们都干掉？”

杨明华恶狠狠地骂句：“笨蛋！”使劲地往名贵的红地毯上吐了一口口水。

出了会场，又看到外面的天空白云，紫川秀和斯特林都有种重见天日的轻松感觉，刚才真是太险了！

在大批卫队的簇拥下，哥应星迎到紫川秀和斯特林面前：“斯特林，阿秀，我要马上出城回瓦伦去了，你们要不要跟我一起走？再迟，说不定杨明华就会把城门给关了！”

紫川秀和斯特林对视一眼，紫川秀摇头说：“不，大人，我们要留下。”

哥应星一点不觉得惊奇，这个答案早在他意料中。他向他俩伸出双手来：“今晚的帝都会有很多人掉脑袋的。多保重！”

紫川秀和斯特林紧紧握住哥应星羸弱而温暖的双手，一阵温暖。他们并不明白今天主席台上面发生了什么事情，但是心里却清楚，是哥应星，今天又保护了他们一次。这个衰弱不堪的病人才真正是家族的中流砥柱、无价瑰宝啊！现在他要赶回远东去，并非是贪生怕死，而是为了能掌握军队，可以更好地与杨明华斗争，正如紫川秀和斯特林选择留下一样，都是出于对家族的一片热血忠诚。

“大人，路途劳累，您要多保重身体！”紫川秀诚挚地说。

斯特林也感激地说：“大人救命厚恩，无以回报。一路请多加珍重！”

哥应星一笑：“我们会再见面的，一定的！”他把目光投向一旁的白川，“这位小姑娘很有胆色。你们今晚要好好照料她！”

英雄肝胆热血豪情，白川在一旁已经看得热泪盈眶了。她只能深深对哥应星一个鞠躬，以表达对救命之恩的感激。

看着哥应星的马队远去，紫川秀问斯特林：“现在我们去哪儿？”

“去中央公园见帝林！”斯特林回答，脸上已经出现了愠色。

一路上两人发现，往日宁静的帝都城已经是一派风声鹤唳的景象了。来来往往军队调遣频繁，都是打着中央军的旗号的。治部少的骑警沿街宣告：“奉统领处命令，今晚八点以后帝都进行宵禁！出门者一律格杀勿论！”路边行人纷纷走避，一派兵荒马乱的情形。

两人对视一眼，都知道杨明华发难就在今晚，心头沉重。紫川秀更在心头暗暗为哥应星担忧，希望他能尽快平安出城。

公园门口，帝林早已经到了，等得很不耐烦的样子。

看到斯特林一副气势汹汹兴师问罪的架势，帝林先开口了：“怎么了？这么生气的样子？”

“帝林，你太过分了！你杀害了一个无辜的青年军官！”

“哦？那要是你们的话，你们会怎么做呢？”

紫川秀和斯特林都呆住了，无法回答。

“当时我唯一的出路就是杀掉那个多嘴的旗本，不然杨明华马上就会怀疑我，我们多年的辛苦就白费了。”

“当时我们挡在白川面前，你怎么不把我们也杀了，好让杨明华更信任你呢？”斯特林冷冷地说。

帝林叹气：“难道一个旗本的性命，比我们三个人的性命还有整个紫川家族的未来更宝贵吗？为了我的安全和大家的安全，他必须死！”

斯特林很讽刺地说：“这只是你自己的想象而已！为了你一己利益，就可以滥杀家族的忠臣吗？”

帝林毫不犹豫：“只要我能活下去，我可以杀光全世界！”

两人说不下去了，都气愤地掉过了头：“哼！”

紫川秀不知道该站在哪边，理智上他知道帝林的做法是必须的，但感情上他却难以接受帝林杀人后那种冷血的若无其事的样子。

他打圆场：“好了好了，现在不是吵架的时候。斯特林，我们再吵死人也不会爬起来复活的，大不了我们逢年过节初一十五带把香去拜拜他好了。”

紫川秀又对帝林说：“都是你惹出来的祸！杨明华叫你教训德科，你怎么就不会刺他屁股、大腿那些地方啊，非要刺胸口！”

斯特林和帝林都忍不住一笑。

帝林无奈地叹口气说：“我可以杀掉全世界的人——除了你们俩。”对他这样高傲的人来说，这已经是某种认输道歉的表现形式了。事实上三人以前每次发生争吵分歧，最后总是斯特林赢，其余两人屈服，因为斯特林总是有道理的一方。

斯特林叹口气，将心比心，如果是自己在这种情况下，实在也找不到第二条路走。他体谅帝林身为卧底的苦衷和难处，也不忍心再责怪他了，出声问："现在你的情况怎么样了？"

帝林精神一振："我带了五万远东士兵回来，他们是绝对听命于我的！只要我喊声'杀'，就是天王老子他们也敢扑上去动手，就驻在帝都城外！"

"你的部队能不能进城？"

"不行！城防由雷迅的中央军把守，没有理由我们进不来。事实上杨明华已经给了我命令要我带队去追杀哥应星了，现在我和我的部队都应该在赶往远东的路途中了。"

斯特林失望地说："不能进城……那就没用了。能不能强行进入？"

帝林没好气地说："你试试用五万人去攻打驻有十七万精锐部队城防森严的帝都好了。"

"不，有用，"紫川秀露出一个诡笑，"我有个法子，大家看看如何？"

瞬间，三个头挤在了一起……

"难怪有人说阿秀是最难缠的了！"帝林满意地点头，"这小鬼头真阴哪！"

斯特林踌躇："不过这个计划与紫川参星大人的'枪骑兵'计划不符合啊，而且也太冒险了，成功可能性不高……"

"我呸！现在还在死守什么计划，眼看今晚大家都要完蛋了，有一丝希望总比坐以待毙好吧？"

"好吧，"斯特林也下定了决心，"那我们就干他娘的！"他少有地骂了句粗话。

帝林："太阳一落山，中央军就要封闭城门了。我们就在那时候开始行动吧！"

大家一起转身看太阳，夕照如血的映照下，整个帝都染上了一片鲜红……

斯特林坚定地说："这是个好兆头，义师必胜！"

帝林冷笑："谁的血，今晚将会染红帝都的长街呢？"

紫川秀则喃喃说："那肯定不关我事。我贫血，没那么多血给他们当油漆洒马路！听说杨明华倒是高血压啊……"

"我们的处境……现在大家都明白了吧？"在紫川宁的家里，紫川秀召集了罗杰、白川、明羽等部属来说话。

众部下都肯定地点头，表示理解。

"我与总统领杨明华是死敌，你们选择站在哪边呢？"

罗杰："我们本来与总统领杨明华无冤无仇……"

白川：“不过他既然是大人您的仇人……”

明羽：“那我们当然会毫不犹豫地选择……”

三人异口同声：“支持总统领，打倒紫川秀！”

“受了那么久的气，总算有机会报复了！”

“就是，别说杨明华，如果说你紫川秀跟地狱有仇的话……”

“我们也会毫不犹豫地投靠阎罗王的！”

“好了，大家不要冲动！我会给大家选择的自由的。我转过身去数十声，不支持我的人呢，就自己走出房间门算了，大家好聚好散。十声过后还留下来的人就算是坚决地跟随、支持我的人——喂，罗杰，我还没开始转身数呢，你就开始跑了，太不给面子了吧？”

“好了，我开始数了。一、三、五、六、八……”

“不行、不行，你数得太快了，还偷工减料！我还没来得及跑呢！再来！”

“一、二、三……”

“哎呀，明羽，这门我搞不开！”

“四、五……”

“糟糕，那个坏蛋把门上了锁！”

“我们出不去！他根本就没打算让我们出去！”

“七、八……”

“白川，快拿万能钥匙开门啊！”

“钥匙我丢房间里了，没时间了，罗杰，你块头大，快把门撞开啊！”

“罗杰，快撞啊，不然来不及了——我们又得落在这坏蛋紫川秀手里了！”

“九……”

砰！（罗杰撞门的声音）

“疼死我了，这是什么做的门啊！这么硬！”

“十！”

紫川秀回头解释：“这是用保险柜材料做的大门。看来大家一个都没走啊，真是让我欣慰。危难见真情，坦荡识忠诚——在这危难时机，各位对我紫川秀如此忠心耿耿，我好感动哦……眼泪都快要流下来了……”

紫川秀抹了一把鼻涕。

“大人，”秘书敲响雷迅统领办公室的门，“帝林副统领求见。”

“哦，知道了。”雷迅心头有些不悦。帝林那乳臭未干的小子越来越受杨明华的宠信，仗着跟魔族打了几场胜战就目中无人，二十岁出头就当上了副统领，将来说不定要超越我的地位呢……

他看看时间，已经晚上七点了，再过一个小时，宵禁就要开始了，围攻总长府的行动也即将开始。帝林在这个时候找来，有什么事情呢？

“请他进来。”

帝林进入办公室，恭敬地向雷迅敬了个军礼，一点没有平时那种傲慢嚣张的样子，让雷迅心里舒服了一些。

“帝林，现在是什么时候了，你该去干正经事情了！找我有事？”（雷迅所谓的正经事情就是去追杀哥应星。）

“哦，大人，事情是这样的，在远东期间下官与魔族作战时颇有点收获，现在想进贡给大人，聊表一点心意。”

雷迅一张绷紧了的脸马上缓和了下来，口气也顺了许多：“哦，这样……帝林阁下真是太客气了，有心了。”（谁不知道你在远东那里刮魔族地皮，刮得寸草不生，当然捞了很多油水了！）

“只是，本统领身为公职人员，实在不方便接受阁下您的好意啊！”（少拿那些不值钱的魔法石、闪光玉来敷衍老子我！不值钱的东西我是不要的！）

帝林对雷迅崇拜得有如高山仰止：“雷统领阁下高风亮节，实在令下官等晚辈敬佩不已！不过这些薄礼本来也只是为大人您一人准备的，就请大人您无论如何给下官点面子，就此收下了吧！”他凑近雷迅耳边小声说，“这可不是平常能见到的东西啊，是下官攻下了卡什来齐后从来不及逃跑的魔族贵族手上缴获的，绝对价值连城啊！”帝林一脸的谄笑。

这小子还挺会做人的！“哎呀，帝林阁下，你可真让本统领为难了……要知道本统领平时是绝对不收礼的……好吧，这次就看你面子了，破例一次，什么东西那么稀奇啊？对了，可下不为例了哦！”

帝林神秘地一笑：“绝对下不为例的，大人。请大人让候见厅里我的用人把东西扛上来如何？”

雷迅吩咐让警卫放行。

两个帽子戴得低低的士兵将一个半人多高的铁箱很吃力地搬了进来，雷迅在心里盘算：这么大，是什么呢？钻石？黄金？罕见的魔法宝物？看他们扛得那么费力，分量一定不轻啊……

箱子放在雷迅的办公桌上，帝林神秘兮兮地把办公室大门关好，才轻轻把箱子的锁头弄开，微笑说：“大人打开就知道了。”

雷迅按捺不住地掀开箱子盖，呆住了，箱子里面空空如也。

他机械地抬起头看帝林：“你……”

惊变骤发！

站在他左边的一个士兵猛然抽刀砍向他脖子！普普通通的可以说是毫无章法和架势的一刀，唯一的特点就是：快！快到了匪夷所思的地步，比电更猛，比光更快！更可怕的是这刀发动得毫无预兆，没看到什么动作，一瞬间闪亮的刀已经到了雷迅的头颈间了，就仿佛是从空气中生出来了一把刀！

雷迅也是一流的高手，面对这么可怕的一刀却只能靠本能做出反应：身子右倾，下意识举起左手想阻挡。

唰的一声左手被齐腕割去，刀的去势也稍微给阻了一下，深深砍入了他脖子下的颈动脉。

几乎在同时，雷迅右边的士兵轻轻一拳击在雷迅肩膀上——轻到雷迅几乎感觉不到。但马上一股麻痹感从肩膀处开始，瞬间扩散到全身，雷迅全身上下所有血管、脉门都给一瞬间冻结、凝固，就连他临时提起来准备反击的一点点真气也给封住了！什么人的武功这么强横霸道？在此生死一刻，雷迅只想到了一个名字：斯特林！既然是他来了，自己是必死无疑的了，但至少要通知外面的人！雷迅鼓动了最后的力气，想喊出声来……

但他只觉得喉咙一凉，却半点声音发不出来……帝林闪电般一剑刺入他喉咙，切断了他的气管。

雷迅意识模糊前所见的最后一番景象是，帝林手持一把滴血的剑，狞笑着望着自己，他忽然觉得，这个场景好熟悉啊，仿佛在哪里见过……

紫川家族的第一高手，显赫一时的中央军统领雷迅，就这样圆睁着眼睛，直挺挺地站立着死去——至于他到死的时候是否明白原因，那将永远无人能知了。

整个刺杀过程不到一秒钟，直到这时候，那只被紫川秀砍断的左手才啪的一声，落到地上。

紫川秀抽回刀子，斯特林退开一步。他们都是久经沙场的战士，不是没杀过人，只是采用这种偷袭并且以众欺寡的手段，却让他俩很——总而言之，他们不愿意和雷迅那张得大大的眼睛对视就是了！

帝林看起来却很轻松，就着雷迅衣服拭擦剑上的血迹，小声调笑说："什么第一高手，我们宰起来像宰只鸡！看他，死不瞑目呢！"

斯特林小声："报应！德雷副统领、德科旗本两位应该可以安息了。"

"喂，斯特林，你不要咒我好不好？德科可是我杀的，你让他安息，岂不是……"

斯特林横他一眼，没有回答，那个少年的死一直是斯特林心头的一根刺……

紫川秀在办公室门口倾听动静，回头说："外面还没有发现。"

三人都松了口气：这里是中央军的总部，刚才雷迅哪怕发出一点惨叫或者有一丁点打斗声音传出去，中央军中高手如云，他们武艺再好也杀不出去的。

接下来就好办了，把雷迅尸体装入铁箱里面，把打斗的血迹抹干净——这点很容易，因为在斯特林的寒冰真气下，雷迅体内的血液还没流出就冻住凝结了，撬开办公桌暗柜，找出统领印章和中央军的调兵符——暗柜里面还有很多钞票和贵重珍宝，某人当然不会客气了，但斯特林阻止了他说：“不要！我们杀雷迅并非是为了私仇！你这样就侮辱我们的行动了！”

紫川秀肃然应答：“是。”把东西又放了回去——然后偷偷留下了一半。

三人又大摇大摆地扛着铁箱子出去，谁也没有对他们加以盘问，因为帝林一副骄横的样子走在前面，谁敢来找麻烦啊。

出了中央军总部，三人一起松了口气，才发现汗水已经湿透了背后厚厚的制服。

街上人烟稀少，冷清寂寞，显是因为宵禁时间就要到了。

“接下来我们要分头行动了！”

斯特林不安地看着紫川秀：“阿秀你的工作最危险了，不如你负责去指挥禁卫军，让我来……”

帝林也点头：“我也觉得阿秀太冒险了。让我来吧，我是杨明华的亲信，他们一时不会怀疑我的……”

“不必了！”紫川秀对斯特林说，“二哥，你是禁卫军的中流砥柱，今晚杨明华要攻打总长府，那里不能缺了你的！大哥，那五万远东军只听你一人指挥，你也是不能离开的。所以，能去做这事情的只有我一人。大哥，你要记住了，红灯为号令！看到城头亮起三盏红灯，就马上带兵杀进来！”

三人紧紧握手：“明天见！”这是很平常的一句告别语，可是这各负使命、凶吉未卜的三个兄弟，真的能一起看到黎明的太阳升起吗？

斯特林终于按捺不住：“阿秀，你有没有什么要我跟宁小姐说的吗？她对你一直是……”

紫川秀慢慢想了一下：“有的有的……你叫她不要再穿那种超短裙了，她的身材像茅柴，一点不性感，不适合；还有啊，明天早上回家叫她煮鸡蛋粥给我吃——记得鸡蛋放多一点，不要老是一吨米一吨水一个鸡蛋，我都吃得淡出鸟来了……哎，大哥、二哥你们两个去哪里，我还没交代完呢，叫她快把那些藏起来的黄色书籍还给我，不然我真的对她不客气了！我是说真的啊……”

总长府内已经是高度戒严，一万多精锐的禁卫军士兵已经是全副武装地集结，不但在外围有重兵严守，整齐的队列刀光剑影显现出一派肃杀的气氛，内部也是三步一岗五步一哨，口令声不断，大家都明白，与杨明华长久以来的斗争，今晚就要决出胜负了，所有人的心头都充满了一种风雨欲来的紧张感觉。

总长的会客室被当成了临时指挥部，由斯特林来具体指挥作战，连一向深居简出的总长紫川参星也出现在此坐镇。

“斯特林，监察长官萧龙刚才来见我，递交了辞职书。他答应今晚不会介入我与杨明华的争斗中了。”

“这是总长大人您深得大家拥护的结果啊——经过今天的会议，他也明白杨明华实在不得人心了，杨明华实在太蠢，那么急忙地表示要造反。”

“不，你想想，开会前杨明华的实力有雷迅的十七万中央军、帝林在城外的五万远东军、监察厅的宪兵部队、他自己的卫队、帝都治部少的警察部队；而我们，却只有你的一万禁卫军——他不是蠢，是有恃无恐！这么好的造反机会，不把握可太可惜了！”

“大人，要是下官是杨明华——就不会让各部队的军官们安然地离开帝都……”

“关起城门来搞一场大屠杀是很容易的，但那样会使得远东军、边防军还有黑旗军都成为杨明华的死敌。他今天的目的只是想立威，也不想搞成那样。超过百分之八十的军队反对，就算夺了位置也坐不稳的。”

“但是……”

“只有哥应星是杨明华的死敌，所以他已经安排帝林去追杀了。其他的人杨明华可以等登上总长位置后慢慢分化、收买，这样可比一场大屠杀高明多了。”

参谋军官进入临时指挥部报告：“启禀大人，在总长府周围出现大批武装的黑衣人，防卫指挥官请求指示。”

斯特林霍然起立：“人数？！”

“四千八百二十一人。”回答的居然是紫川参星，“那是杨明华的私人卫队。”

斯特林并没有问紫川参星为什么能一口说出杨明华卫队的数字，这应该是极端机密的情报，连帝林也不得而知。他很清楚作为部下该守的分寸，不该说的一句话不多说。

斯特林下令：“不必理会他们，但要严加监视。”

紫川参星饶有兴趣地问：“为什么呢？”

“大人，这些只是乌合之众，请不必挂心。还有治部少的警察部队、监察厅的宪兵部队也同样不足为惧，只要禁卫军交下官指挥，保证一夜间将其全部扫平！”

“哦，那你在意的是……”

斯特林忧虑的目光转向南方，那里是中央军的城南大营：“下官唯一担心的是中央军！刚才斥候回报，街上的中央军部队忽然全部撤回城南大营集结，营门紧闭……”

“这么大的行动，中央军正在等雷迅做动员令呢。”

“大人英明，正如大人所言——不过他们恐怕会等上好久的。”斯特林不禁失笑。

“未必啊，”紫川参星摇头，“杨明华不是笨人，中央军没在约定时间出现，他自然会派人去接管雷迅的部队的。”

斯特林凝望着一片漆黑寂静的城南方向，喃喃说：“全靠你了，阿秀！”

“香烟、啤酒、八宝粥、饮料、花生米哦!”

在中央军一片肃杀的大会议厅里面，集合的三百多名中央军军官简直不敢相信自己的眼睛，一个穿着副统领制服的年轻小伙子推着辆装满食品的小车、一路吆喝着进来了!

副统领葛新怒骂：“紫川秀，你在干什么？”

“哦，听说中央军的各位最近工作很辛苦，三更半夜都不休息跑到这里来罚站，我来慰问下大家！”

葛新：“你个王八蛋！”

下面军官们也是一片叫骂声。

另一名副统领米海仪想到个关键问题：“你怎么进来的？卫兵呢？”

紫川秀亮亮手上的调兵令：“我用这个收买了卫兵。”

叫骂声忽然全部停息下来。

大家不敢相信地看着紫川秀手上的调兵令。有人小声说：“不可能，假的吧？”

但经过三位副统领的验证，结果却是真的。

一片肃静，所有人都不知所措，究竟怎么回事？

在场的军官都已经知道了白天会议上的事件，又接到直属上司雷迅的指示：“一、把兵力集结在城南大本营，全副武装，做好开战准备。二、七点半所有副旗本以上军官集中在会议大厅等我最后命令！”再蠢的人也知道将会发生什么事情!

有人欢喜有人愁，但绝大部分的人的心态是忐忑不安。身为家族军官，他们虽然对现任总长紫川参星没有很高的忠诚度，却也不希望背上背叛者的污名。而且在家族两百多年历史上，举兵造反的从来没一个有好下场的。但是雷迅又是自己的直属长官，他的命令不能不听，而且如果他造反成功了自己却没有参加的话，那自己的下场就会非常凄惨了……

大家怀着各种复杂的心情来集结，从七点半一直列队等到将近十点，雷迅却一直没有出现，也没有一个有足够权威的人来告诉他们该怎么办。正彷徨不安时，来了手持调兵令的紫川秀副统领!

“秀川阁下，请问有何贵干？”第三个副统领安宁出声问。

“哦，是这样的，最近大家工作都很忙，也很辛苦！听说很多人都得了痔疮、胃溃疡什么的，雷迅统领让我来慰劳大家，开个心连心联欢晚会，大家好好放松一下！”

鬼才信你的！

“哎呀，大家不信啊，那我只好说实话了，其实是因为今晚月色很好，雷统领忽然来了雅兴，要让大家一起赏月呢！”

葛新忍耐不住了：“请问秀川阁下，我们的长官雷大人在哪里？”

“哦，刚才我见他的时候是在城北的西山，但现在说不定已经到了城南的清秀山了，那地方风景好，很适合赏月的——你想跟他一起赏月啊？不必了吧，其实这里的环境也很不错的，清风明月的……好，大家都不说话就是没意见了！自由解散！赏月去吧！”

葛新怒喝道：“住口！紫川秀，你没有权力下解散命令的！这里是我说了算……”

紫川秀打断了他的讲话：“喂，葛副统领，你怎么说我没有权力发命令？我手掌调兵令符，你我又品序相同都是副统领，我怎么没权力发命令？起码比你有资格多了！”

米海仪副统领扯扯葛新的衣服，小声说：“他来头不明，先不要跟他吵。”

安宁副统领也小声说：“站了那么久，大家都累了，歇息一下也没什么的。”

葛新气鼓鼓的，不出声了。

“来，来，大家每人一份食品，自己挑喜欢的东西看——喂，那个，你拿了两份食品了，不许多拿！还有那个，不要把口水流到我杂志上面，这些书好贵的！”

在紫川秀的拉扯煽动下，列队站了近三个小时的军官们本来就疲惫不堪了，既然有个看起来很够权威的紫川秀（他副统领又掌握调兵令）给他们命令，而且这命令确实也很让人愉快（休息、吃喝），再加上在场的三位副统领上司也没有意见——反正雷迅统领的命令只是叫大家等，可没规定怎么等啊——哗啦一下，整齐的队列散开了，大家只管欢声笑语，吃吃喝喝，刚才还肃穆森严的会场顷刻间变成了联欢会场。

三个副统领脸色阴晴不定，脑子里都是一个问号：“怎么办？”

安宁提议：“不如就这样静观其变算了？”他本来对造反的事情就不太热心，只是迫于雷迅的压力才来的，现在雷迅不出现，那真是再好不过了。

葛新反对：“怎么可以，现在时机多么可贵！”雷迅事前已经给他打了招呼，如果成功，他就是新的中央军统领了。

米海仪冷笑：“情况不明，现在妄动等于速死。”造反对你有好处，可关老子屁事！输了就是抄家灭族之祸，赢了一点好处没有，这种蠢事你自己去做吧。

眼见无法说服其余两名副统领，葛新一咬牙，跺脚就要走出会议厅，他自己的部队也有近五万人，一样可以决定大局。

门口响起一声娇喝："站住！"

白川、罗杰等人领着紫川秀的四十多名卫队守住了会议厅门口。

背后，紫川秀悠悠地说："如此清风明月，葛新阁下急着去哪里啊？"

葛新嘿嘿回头一笑："秀川阁下到我们中央军来撒野，就带这么点人，少了点吧？"

他说得没错，这里就是中央军大本营，只要打斗声一起，惊动了外面的部队，紫川秀这边没一个人能活着回去。就算是大厅里的军官人数也远远超过紫川秀的卫队，而且他们都是全副武装的。

紫川秀也嘿嘿一笑，忽然大喝一声，声音之惊人有如雷霆怒吼："杨明华阴谋叛乱，大逆不道，已被诛杀！"

"雷迅伙同阴谋，罪大恶极，已经伏诛！"

"远东四十万勤王军队由哥应星大人带领，已经到达帝都！"

"何去何从，诸君自己选择！谁想去给杨明华和雷迅陪葬的，只管请！他们在下面也很寂寞呢！"

话的内容比蕴满真气的声量更具有震撼性，军官们被震得战栗不稳！

"他胡说八道！杀了他！"葛新好不容易回过神来，大声地命令部属。

"胡说八道？"紫川秀一手把个东西甩到葛新面前，"你自己看吧！"

那么熟悉的东西，不用验证大家都知道是雷迅最珍藏、最要紧的统领印章。

没有人理会葛新的命令了，大家都在考虑新的情况，杨明华、雷迅已死，远东镇压的大军已经开到……自己该怎么办?

米海仪温和地对紫川秀说："秀川阁下，打开天窗说明话，你到底想我们怎么办？"他的语气比开始的时候缓和了很多。

紫川秀肃容回答："不敢，只想请各位今晚不要出去，在这里等到明天早上就是了。"

众军官都松了口气，还以为是要他们去跟杨明华打仗呢，这个条件可以接受。紫川秀看准了这些中层军官的心态，要他们跟着杨明华造反，他们不情愿，要他们去平定叛乱，他们又没胆量，最好就是这样，静静地坐这里等着风暴过去。

安宁插嘴说："秀川阁下可了解如今的局势？"（意思是，我们这个时候反正，总长能否放过我们？）

紫川秀很理解他们的顾虑，举起右手宣誓："谨以我紫川秀父亲的坟墓起誓，只要中央军的各位今晚能留在这里不出这个房间，我担保各位都会没事的。如有违背此誓言，愿神剥夺我生命、荣誉、财产。”

大家都如释重负，这是紫川家族军官最重的誓言了，而且紫川秀一向信誉良好，没人听过他有发过誓言不算的事情。

安宁和米海仪对视一眼，安宁点头说：“希望秀川大人言而有信。”他从“阁下”改称呼紫川秀为“大人”，表示他愿意听从紫川秀的命令了。

米海仪站到大厅的右边：“我接受秀川大人的条件。同意我的人请站过来。”

军官们有爽快干脆的、有迟疑的、有犹豫的，但最后几乎都站了过去，只剩葛新等十几个人站立原地不动。

白川一声令下，紫川秀的卫队上前将他们包围起来。

葛新脸色变幻，紫川秀温和地对他说：“葛新阁下，识时务者为俊杰，我的承诺对阁下一样有效的。现在大错尚未酿成，回头还来得及啊！”

葛新小声含糊几句：“多谢秀川大人宽宏……”也站到右边去了，他的部下也全部跟去了。

紫川秀暗中松口气：现在好不容易争取到了中央军的中立！那斯特林的禁卫军不难击溃杨明华的私人武装了，今晚大局已定了！

“好了，没事了，大家就只管放心开怀玩乐就是了！喜欢吃什么请随便，爱看杂志的朋友来这边看，只要不出门大家干什么都没事的……”

“什么人！”

“站住了！”门口守卫的紫川秀卫队发出警告声。

啪啪啪几声，几个紫川秀的卫兵被摔得四脚朝天地跌进来了！

幕僚长官罗明海那永远阴沉着的脸出现在门口。

紫川秀心头大叫：不好！

只要罗明海一揭破紫川秀的谎言，说明杨明华并没有死、远东军也没有到，再以他幕僚长官的权威身份下命令的话，这群摇摆不定的中央军军官难保不会再叛变一次，那时候……

自己和部下将死无葬身之地！

只有用雷霆一击的快刀，在罗明海开口说话前就杀了他！紫川秀心中杀机萌动，暗中手已经紧紧握住了刀柄……

罗明海用很奇怪的眼神看了紫川秀一眼，仿佛他已经洞穿了紫川秀的打算——他很谨慎，始终不靠近紫川秀身边五米范围内，那正是紫川秀最有把握的出手距离。

“是谁负责的城门防守？”他冷冷问那群已经躲在一边的中央军军官。罗明海虽然是文官，但他特有的森冷气质却一直让军官们敬畏有加——倒不如说是畏惧有加。

一个红衣旗本战战兢兢地出来：“下官是、下官是城门防卫指挥……”

“马上把城门打开！”

红衣旗本一呆：“但是，这要命令的啊……”

“哼！”罗明海的哼声已经带了怒气。

“是，是，下官马上执行，马上执行……”红衣旗本几乎站立不稳地向外急忙跑去，根本不理会紫川秀先前说的不准出房间的禁令，可见军官们在罗明海的积威之下根本没想到反抗。

紫川秀却呆住了。罗明海想干什么？放帝林的大军进城吗？可是杨明华已经给帝林命令去追杀哥应星了，他不应该知道帝林的军队还在城外啊！莫非杨明华还有别的伏兵在城外？

紫川秀想起帝林对罗明海的评价——深不可测！

罗明海向紫川秀走来，手伸进口袋。

紫川秀提高警戒，防范他突起发难。

罗明海的手拿了出来，没有武器，拿着一个信封，递给了紫川秀。

紫川秀迟疑地接过，退后几步拆开阅读——

“为家族利益，本文件持有人罗明海阁下，根据我的命令，做他应做之事。家族上下文武官员，务必配合行事。紫川参星帝国历七七三年。”

紫川参星亲书手写的手令，加盖总长印章。

七七三年，是紫川秀大破流风军的第二年，也是紫川参星继任总长职务的第一年——比帝林混进杨明华身边当卧底还早了三年，紫川参星刚当上总长就已经在杨明华的身边安了个间谍！

可怜杨明华自诩聪明，六年了竟然一点不知他身边的文武心腹，几乎全部是紫川参星派去的。

紫川秀难以控制地心头发寒，紫川参星的城府和心计太可怕了！只有罗明海算是他的真正心腹，自己、斯特林还有帝林都不过是他手上的棋子而已。

第五章　流血梦魇

城外帝林远东军驻地。

“帝林大人，城门已经开了！”

“大人，城头亮起了四盏红灯！”

亲卫队长哥普拉不安地对帝林说：“大人，与原来约定的暗号不符合啊，应该是三盏灯的吧——恐怕是圈套？”

帝林一笑，露出洁白的牙齿：“天底下除了紫川秀，还有谁笨得会把自己定的暗号也记错的？”

哥普拉给远东军做动员令：“远东军的弟兄们，帝林长官奉总长密令，讨伐杨明华叛党！大丈夫建功立业，立千秋美名，勤王立功，荣华富贵，在此一搏……”

帝林打断了哥普拉的动员，把帽子一脱，秀美的容貌上布满了杀气。他大声命令：“听到了，街上有人的就给我杀！好好地打，老子我升你们官！杀光那些叛党，他们的女人、钞票就都是你们的了！叫啊，让帝都的那群窝囊废知道，我们远东军是狮子！”

士兵们给帝林鼓动得杀机已动，齐齐吼出远东军的战号：“万岁！”如雷鸣般的马蹄声，轰鸣着涌进美丽的、毫无防卫的帝都城……

此时是帝国历七七九年三月二十六日夜，十一点二十分。

接下来发生的事情将载入史册，成为历史永远的组成部分……

在紫川家族的正式史料上，关于帝都流血夜的记载只有寥寥几行：“帝国历七七九年三月二十六日，夜，原家族总统领杨明华于帝都发动叛乱。远东军副统领帝林奉总长紫川参星令入城平叛。午夜，大雪纷飞。杨明华败亡。天明时分，三万个人头落地。若干误伤。”

而紫川家族青年史学家唐川对帝都流血夜的过程描述得更为详细一点：“夜里大概十点半钟，禁卫军副统领斯特林发动对杨明华卫队的进攻。杨明华难以抵挡精锐的禁卫军，频繁向中央军、宪兵部队要求增援，均无回应。最后，他派出心腹罗明海幕僚长去接管中央军。十分钟后，帝都城门自动打开。帝林副统领驱五万远东士卒进城，喊杀声震撼全城。得知帝林进城后，杨明华及其部队大喜过望、士气大振，但只持续了一分钟——远东军开始金戈铁马地砍杀杨明华的卫队。杨明华部队全线崩溃。在卫队大部分被歼、少数逃走后，杨明华本人死战到最后一刻，大骂‘帝林狗贼不得好死’，惹恼了本来想活抓他的远东军士兵，将他乱刀分尸，结果给帝林带来了很大的麻烦——他无法向总长证明那一摊血肉模糊的肉泥就是曾经统治强大的紫川家族六年之久的无冕之王杨明华！得知杨明华身亡后，斯特林副统领感叹说：‘帝都之乱终于结束了，我们可以开始和平了。’说完出城追赶杨明华的逃兵——事实上，他这句话说得太早了！后来我们不得不惊叹历史的偶然：如果那晚是由治军严谨的斯特林或者个性温和的紫川秀来负责清剿帝都城内‘叛党余孽’的话，很多惨剧就不会发生……但我们又不得不敬畏历史的必然：斯特林必须指挥禁卫军出城追剿残余的杨明华武装，紫川秀只能‘坐镇’中央军大本营来威慑亲杨明华的中央军不敢异动，所以当晚在帝都城内清剿‘叛党余孽’的任务只能由帝林来执行！”

唐川的记录只写到了这里。当他正要详细写什么是“惨剧”的时候，深夜里他被家族监察厅的宪兵从家里“请”到监察厅去“喝咖啡”，回来以后他再也没写任何与帝都流血夜有关的题材了。

帝都全城马蹄轰鸣，到处响起远东口音的宣告：“杨明华大逆不道，发动叛乱，已被处死！”

“所有叛党分子，一律杀！”

“任何居民敢于抵抗远东义师的，与叛逆同罪，杀！”

“任何居民敢于窝藏叛党分子，与叛逆同罪，杀！”

“任何居民敢于不服从命令、拒不开门接受搜查的，与叛逆同罪，杀！”

杨明华的全家上下（包括佣仆）共二百七十一人，被全部处决。无头的尸体横七竖八地摆在帝都白雪皑皑的长街上，洁白无瑕的雪变成了红色。

已经表示辞职的不介入争斗的，而且当晚也确实约束部下没有参加杨明华叛乱的监察长官萧龙，被远东军士兵从家里拖出来，在他面前杀了他的父母、妻子、儿子共三十五个亲属（他的女儿是咬舌自杀的，因为远东军士兵企图强奸她），最后将萧龙用马拖了十里后还没断气，士兵们不耐烦了，用马蹄将他活活踩成了肉泥。

帝都治部少长官，副统领李亚及其部下奉统领处命令（现在看就是奉叛党杨明华的命令了）执行宵禁任务，等到帝林的军队一进城他们马上就弃械投降了，然后被集中在治部少的总部集体屠杀了。得知这个消息后帝林的反应是皱皱眉头，然后吩咐部下：“既然已经杀了——把李亚的家属也都杀了算了，省得将来有人找我报仇。”

杨明华的秘书，红衣旗本林路全家五十一人被反锁在自己家里，远东军只是放了把火，把房子烧了了事——他们已经杀得累了。

……

后来有很多人认为“帝都流血夜”的全部死者都是出于帝林的命令，这实在是冤枉了帝林。他其实只下令杀了不到一百名亲近杨明华一边的官员及其家属，最多不过五千余人，但当晚的死伤人数却达到三万之众！这其实也不难解释，远东军士兵已经杀红了眼，看到哪个家庭有钱的、有漂亮女人的，他们就大吼一声：“这是叛党的秘密基地！”当即就破门而入，接着传出的就是男人的惨叫和女人的尖叫……

在当晚的大屠杀中，最冤枉的莫过于罗明海家中的惨剧。不知真相的帝林派远东军去抓杨明华的“头号亲信”罗明海，士兵们在罗明海家里找不到他（他下令开了城门后又去总长府见紫川参星，当晚始终没有回家），就走了，临走前顺手把罗明海全家二十一口人砍了头，把他房子浇上汽油，扔了个火把过去——酿成了罗明海与帝林间的血海深仇……

一百多名家族高级官员成了杨明华的野心的随葬品，三万帝都的平民的血又成了“随葬品”的“陪葬”……难怪日后紫川秀副统领感叹：“杨明华可真是风光大葬啊！这么多的陪葬！”

整个帝都城市在帝林军团的铁蹄下呻吟、流血……从监察厅回来的唐川忍不住偷偷地写上最后一句：“二十六日深夜落下的雪花，呈现艳丽的绯红……”

凌晨五点，行政处长官哥珊副统领紧急求见紫川参星总长，请求制止帝林的暴行——她在从家里到总长府的一段短短距离竟然遭遇三起乱兵，第一次抢去了她的钱包，第二次抢去她的马，第三次碰到的士兵竟然想强暴她！幸亏这里离总长府已经很近了，一队禁卫军士兵出来救了她。

后来紫川秀听说这事后说：“就算远东军太久没见女人了，发生这种事情也是不可原谅的——他们的品位竟然那么差！”

总长紫川参星在接见了哥珊以后的反应是：凌晨五时三十分，一纸命令发到帝林手上，任命他代理监察长职务，进一步清洗中央军中的杨明华叛党的“余孽”。

黎明的第一缕阳光射进中央军的会议大厅。

三百多人聚集的会议厅里鸦雀无声。

军官们脸色苍白，眼中布满血丝，谁都没有合过眼。

一夜来，他们听到了远东军入城的喊杀声、马蹄的轰鸣声、激烈的兵器交击声、临死的惨叫声、杨明华已死的宣告、妇女的哭啼声和哀求声、燃烧房屋的倒塌声、平民的呼救声和怒骂声……还有雪花落地上的声音。

而他们，帝都城内最大的武装部队指挥者，应该说也是此刻帝都城内最有力量的人，却只能苍白着脸在听着、等着——他们丝毫没有意识到，即使在这个时候也是来得及的，他们手中的力量完全可以扭转乾坤，主宰帝都乃至于整个紫川家族、西川大陆的命运……

外面响起整齐的队列踏步行进声，远东口音的口令声、吆喝声，骑兵部队的马蹄声，铺天盖地的“万岁”声——远东部队已经开进、控制中央军大本营了。

本来苍白的脸色变成了惨白，军官们望向紫川秀的眼光让紫川秀联想起见到狼的兔子。

紫川秀很郑重地向他们点头，意思是：请放心吧，不会有事的。

大群的士兵涌进来包围了会场。

身着副统领深蓝色军官制服的帝林出现在门口，经过一夜的激战，他看起来却异常精神，极度女性化的美丽面孔上沾了几点血渍，看起来竟然十分“妖艳”！

紫川秀迎上去，笑说：“大哥，一夜激战，辛苦了！”三年来，这是他第一次可以公开叫帝林“大哥”。

帝林对紫川秀一笑：“你也是啊，阿秀。”紫川秀虽然没有动手，但精神上的压力并不见得比帝林轻松。

“阿秀，把你的人叫出去吧。”

等白川等紫川秀部下撤出会场，帝林轻蔑地扫了一眼惶恐不安的中央军军官们，下令：“拿下！”

远东军士兵如狼似虎地扑上去，几个对付一个，把并没有怎么反抗的中央军军官们捆得结结实实。帝林往中央一站：“现在我宣读总长手令。”

宽阔的会堂大厅里鸦雀无声，只有帝林清朗的声音在回响：“中央军诸位，尔等居于高位，干领巨酬，身受高爵，本应尽心思报，效忠家族。现竟阴附杨明华、雷迅等巨恶逆贼，残害忠良，欺君负国。天下之忘恩负义、狼心狗肺者更有甚于尔等？为确保家族神圣之鹰旗荣辉，特令代理监察长官帝林，前去整顿中央军之纪律，清除叛党余孽，以确保中央军悠久之光荣美名不受玷污！紫川参星，帝国历七七九年三月二十七日。”

读完手令后，帝林一挥手：“根据总长大人令旨，中央军众军官跟随雷迅作乱，罪大恶极。本代理监察长官下令，中央军自副旗本以上，全部处决！”

房间里顿时像炸了锅，喊冤声震天：“冤枉啊！我们什么都没干啊！”

“帝林大人，开恩啊！”

“我们昨晚就是好好地坐在这里而已啊。”

以葛新的吼叫最为惊人：“紫川秀，你这个狗贼！你敢骗我们！老子做鬼也不饶你！你等着好了！”

紫川秀站在一边，听得呆了，急忙上去跟帝林说：“大哥，他们真的什么也没有干。”

“这是总长的意思。”

“但是，他们真的很冤枉的……”

“阿秀，你真的是太天真了！这种政治斗争中哪里有冤枉的？差别就在于有人死得值，有人是白死的罢了。你怎么确定他们中间就没有人想为杨明华报仇的？那时候你我就首先倒霉！”

“但他们什么都没干，罪不该死啊……”

“阿秀，说了半天你还是不懂。他们罪就罪在他们什么也没干！手中握有十几万军队的实力，却在那坐观局势发展，观风望色，无论哪边赢了都不会放过他们的！你想想，如果是杨明华赢了，你过去跟他说：‘咱们忘掉过节交个朋友吧！’你想他会放过你吗？”

紫川秀深呼吸一口气：“无论如何，我不能让他们死，我发过誓要担保他们的！”

帝林冷笑：“誓言？誓言发了就是为了违背用的！你不要再跟我说了，这是总长的意思。”

“总长只是叫你来整顿，并没有叫你来大屠杀啊！”

“阿秀，做官有时候得揣摩上意，上官有些话不需要写到明处的！要不是为这个理由，总长他干吗叫我来整顿？你就坐镇这里，他不会直接发个命令给你就行了？”

“我不懂！总之总长没有……”

“好了，阿秀！现在我是代理监察长，是我在执行任务！你让开！”

“大哥！”紫川秀一声哀号，叫得铁石心肠的帝林也心软了一下。

“你等我一个钟头，让我去见总长问清楚！”

“阿秀，这样对你前途没好处，总长不会喜欢有人替叛党说话的！你的上司哥珊处长已经说过了，结果她被解除了职务，说她立场不坚定！”

“大哥，这么多年了，我求过你吗？给我一个小时，求你！”

帝林沉思了好一阵：“好！就一个钟头——如果总长不答应的话，你也不必回来了，这种场面毕竟并不好看。”

话声未落，紫川秀已经开始往外跑，丢下句话：“大家放心好了，不会有事的！”

在营门口他抢过一个骑兵手上牵的战马，往总长府方向急冲。

一夜工夫，帝都美丽的长街完全变成了地狱：横七竖八的尸体在美丽纯洁的白雪中显示着狰狞，有的街道甚至紫川秀只有策马踏过厚厚的尸体堆才能前进……

明朗的天空中无数烟柱在上升，那是被焚烧的房屋……

三五结群的乱兵在任意地砸烂店铺，抢夺物品。有一个看到紫川秀经过，竟然毫不顾忌他的副统领制服，想拦住他打劫。刀光一闪他的脑袋已经掉地。

远近不时传来女子的求救声：“救命啊！”甚至有一个就在紫川秀经过的路边，他不得不下马驱赶了几个正要做禽兽行径的士兵。

“帝林，你带的是什么兵！”紫川秀愤怒地回想自己在远东军担任将领时，远东军士兵军纪是何等严明：五米内有长官经过，马上跳起来行礼；对平民彬彬有礼；严禁奸淫掠夺……

现在的帝林部下，不要说军人，就是连人的称号也当不上！

到达总长府，紫川秀着急地跟值勤军官说要见总长。

军官并没给他通报，不过答应可以替他预约，大概在两个星期后吧。最近是特殊时期，总长的安全警卫要加强,可不是阿猫阿狗说见就能见的……

紫川秀急得直跳脚，他又要求见斯特林。

“太不巧了，斯特林大人已经出城追击溃敌去了。”

任紫川秀百般哀求劝告收买恐吓威逼——那个值勤的军官仿佛是花岗石制造的，就是不肯通报。最后，他叫来几个卫兵将纠缠不休的紫川秀赶出了总长府！

紫川秀深呼口气，没法子了，只有这样了。

站在了总长府门前，紫川秀朗朗地开口了：“家族行政处副处长、现役副统领，前代总长赐姓紫川单名秀，求见总长紫川参星大人，有紧急事项禀报！”

并不响亮但蕴满真气的话语传遍了宽阔的总长府每一个角落，大批禁卫军从大门涌出，将他包围在中间怒目以视就要动手……

一个声音从里面传出来：“总长宣紫川秀进见！”

禁卫军士兵们让开了一条路。

只是一夜工夫，紫川参星看起来就减了十年的岁数，添了十分的威严。

“哦，阿秀，是你啊！这么早，我才刚上床呢！有什么急事吗？”

紫川秀低头把事情说了一遍——看到紫川参星眉头越听越皱，他的音量也越说越小——但最后还是鼓起了勇气请求紫川参星赦免那批昨晚并没有参加叛乱的军官。

紫川参星眉头又舒展开了，和颜悦色对他说："阿秀啊，昨晚你的事迹，我都听斯特林说了，表现得十分出色、勇敢！你的功绩可不在斯特林和帝林二卿之下啊，不愧是先代总长看中的人啊，呵呵！"

"下官愧不敢当，但是大人……"

"你的功劳我心中有数的。以后我执掌家族朝政，还得要你多多扶持啊！"

"大人言过了，那是下官的本分所在，不过……"

"当然了，这么大功劳也不是随便一个'谢'字就能酬谢的。禁卫军长官皮古已经年岁很大了，过几天我会劝他退休辞职的，那时候，我就向元老会推荐你担任禁卫军统领了。"

"大人错爱，下官不胜荣幸，但现在……"

"我想元老会他们会给我这个面子的，哈哈，你就不用担心了！二十岁没到就进入统领处，参与家族决策，那是多大的荣耀啊！"

"是，全赖大人栽培！但现在这件事情……"

"好了，好了！今天就这样吧！昨晚我可一夜没睡啊，毕竟老了，精力比不上你们年轻人了。有什么事情改天你再进来说吧，以后我会给你直接晋见权的，现在你就先退下吧。"紫川参星说着就要离开接见厅了……

"大人！"紫川秀声嘶力竭地大叫，"求您开恩啊，三百多条人命啊！"

惨叫甚至惊动了在房间外面的禁卫军。

紫川参星的脸色像冻上了一层霜，一言不发。

房间里一片难堪的寂静。

紫川参星缓缓地开口了，语气十分冰冷严厉："紫川秀副统领，我有点搞不清楚了，你究竟是谁的家臣？是我紫川家的，或者是杨明华家的？"

"大人，下官对家族一片忠心耿耿，决无二心！"

"忠心耿耿？你的大哥帝林，对待叛党分子是一个不留；你的二哥斯特林，又是这般的坚定忠诚——你怎么就不向他们看齐，却一再口口声声替叛党余孽说话？"

"求大人明鉴，下官对总长和家族的忠诚，绝对不在帝林大人和斯特林大人之下。"

"是吗？那你回答我，自从你回帝都后，你一共来见了我几次？斯特林要你效忠于我，为何你竟然要拖延了整整两个月才做回答——作为家族军官，效忠总长本来就是天经地义之事，你竟然还说要考虑！这叫忠心耿耿？"

紫川秀一句话说不出来。

"小心啊，林河，你如此放肆，是不是恃功自傲了？"

紫川秀身体一阵颤抖，林河是他被紫川远星收养前的本名，但几乎十年没有人这么称呼过他了，紫川参星在这个时候叫出来，无疑在讽刺他：无论怎么样，你也没有紫川血统的……

“大人，下官决无恃功自傲之念，但恳请大人看在下官昨晚也有份参与勤王卫国，所立一点薄功虽微不足道，但如果以此能换取中央军众人的性命的话……”

紫川秀缓缓双膝下跪，匍匐磕头有声，抬起头来的时候，已经是血流满面，双眼定定地望着紫川参星，不语言。

紫川参星呆住了，旁边的侍卫也呆住了……

有人跪到紫川秀身边：“大人，请允许下官同阿秀一同请愿，今晚死的人已经够多了，不能再杀了！”

不知什么时候斯特林也进了房间，他显然是刚从城外追击回来，一身汗水血水，脸色惨白：“下官回来时，看到帝都城里到处是尸首，乱兵打劫、杀人、强暴……我们当务之急是整顿纪律安定人心啊！”

“那中央军的那些余孽我们就这样放过他们了？”紫川参星无论如何得给手下这名最忠诚的将领一点面子，口气已经松动。

斯特林抢着说：“只要将他们撤职，解除军权，再从禁卫军和远东军中抽调忠诚的将领去接替他们的职务，他们就是想作恶也无能为力了！”

紫川秀也急忙说：“而大人宽宏大量之仁君美名，必将感化众愚蛮不化之徒，使其归心收服！”

“好了，你们先起来！”

紫川参星思量良久，最后说：“既然紫川秀你请愿以功劳换取他们性命，还有斯特林你也一同请愿——那我就准予所请吧！”

紫川秀和斯特林都大喜过望，紫川秀急着说：“恳求大人马上签下手谕，好交帝林长官知晓。”

紫川秀拿了手谕，飞似的跑出总长府，斯特林在后面追着问：“阿秀，你额头上的伤，要不要紧？我们包扎一下吧？”

紫川秀一步都没有停留，翻身上马扬尘而去。

紫川秀一路奔驰回了中央军大本营，撞开阻拦的远东军士兵，直接冲到会场门口，欢喜地大叫：“还有五分钟！刀下留人，帝林！”

他走进会场，呆住了：三百多名军官的尸首横七竖八地摊满整个会场，血水汩汩地流出门口，一股强烈的血腥味熏人欲倒……

房间里尸体堆里唯一站着的人是帝林，他回头冲紫川秀灿烂一笑：“你回来了，阿秀！我等你好久。”

紫川秀只觉心头发甜，头脑眩晕，眼前一黑昏了过去……

等他张开眼睛的时候，第一个看到的就是帝林关切的神情：“阿秀，醒醒，醒醒，你不要吓我！你出事了，我可怎么跟宁小姐交代……”

紫川秀以微弱的声音问：“为什么这样做……”

帝林沉默。

“为什么这样做！”

“阿秀，我比你更了解总长。他是个很计较、猜疑的人。或许他被你逼得签了赦免令，但如果中央军的人就此逃过惩罚，他会对你怀恨在心的，我是为你好。阿秀，你要明白，这句话如果传到总长的耳朵里面，我必死无疑。还记得吗？我说过世界上只有两个人是我不忍心杀的，你，还有斯特林。我何苦要参加这么凶险的争斗？我何苦要做那么多年夜夜做噩梦的卧底？紫川参星有什么好，我何苦为他出卖杨明华？我又何苦沾那么多的血腥，惹一大堆仇家？阿秀……”

紫川秀看着帝林的脸，朦胧中仿佛看到了两个人：一个是脸上沾有血迹，狞笑着挥手下令屠杀，面对数千计的人头落地无动于衷的，非常“妖艳”冷血的帝林……

此刻将自己搂在怀中，目光中洋溢着真挚的关切和深刻的痛苦，能够感受他温暖的男儿热血体温的帝林……

两个形象渐渐合为一体。

紫川秀挣扎地爬起来，向外走。

背后传来帝林的声音：“你还刚醒，去哪里？”

“回家……”紫川秀喃喃说，“我要回家。”

他不顾身后帝林的喊声，在围观的士兵们诧异的目光中，摇摇晃晃地出了中央军的大营。

在他眼前笼罩着好大一片迷雾，好白好浓的迷雾，整个帝都仿佛已经给这阵突如其来的迷雾给吞噬了，看不到美丽的街道、行人、路边漂亮的梧桐，也看不到燃烧的房屋、遍地的尸首、滚滚的黑烟……

迷雾中出现几个若隐若现的身影，越来越近，越来越清晰——是白川领着紫川秀的部下们，他们走近紫川秀的身边，问：“大人，我们一直在等你呢。我们回家吧？小姐还在等着你呢。”

紫川秀缓缓地看部下们，一个个面色苍白，神色黯然。他点头：“好，我们回家去！不管了，什么也不管了。”

回应他的是部下们一阵轻声的欢呼。

紫川宁的庄园可能是这一晚帝都唯一平静的地方，尽管知道杨明华对紫川宁并没有杀机，但斯特林为了以防万一，还是派了一个禁卫团来守卫；帝林入城后，也派了一队骑兵过来巡逻，防止出现意外。

天色已蒙蒙亮，紫川宁居住的小楼房间窗口还透出灯光。

负责守卫的禁卫军官是认识的，他跟紫川秀报告说：“一切平安！”

接着又小声说：“昨晚灯光一夜没熄。”

紫川秀呆呆地看着灯光，心中反复吟唱着一首歌曲：

有位年轻的姑娘，
送战士去打仗。
他们黑夜里告别，
在那台阶前，
透过淡淡的薄雾，
青年看见，
亲爱姑娘的窗前，
一直亮着灯光。

（出自苏联民歌《灯光》）

不知不觉，他已是泪流满面。

第二卷

紫川三杰

第一章　郎情妾意

根据史书上的记载，帝都流血夜虽然惨烈无比，但确确实实只持续了一夜。到第二天上午，帝都的大街小路上开始出现帝林的告示：

兔崽子们玩够了没有？中午前给我滚回来！

帝林

三月二十七日

历史学家往往都是兼职的语法学家，他们都认为，这张告示存在很大的漏洞。首先是命令的指示对象不明：谁是“兔崽子”啊？人怎么能“滚”呢？其次，“中午”的说法也很模糊：所谓“中午”究竟是从几点开始？是今天“中午”啊，还是明天或者猴年马月的哪个“中午”？还有啊，什么是“玩”啊？

总而言之，他们认为这是张错漏百出、一无是处的告示，铁证如山，充分暴露了起草者帝林在小学没有认真学习、经常逃课的错误行径，从而进一步推论：如果帝林小时候认真接受思想道德教育，他就一定不会成为这么冷酷血腥的人——最后得出结论：思想品德教育一定要从娃娃抓起。

但事实是，在那天中午十二点前，远东军士兵绝大部分回到了营区——他们可是明白自己的长官帝林不是讨论语法学问的好对象。到一点钟时，各部队开始清点人数集合。

亲卫队长哥普拉带了帝林的亲卫队上街，看到还有远东军士兵逗留在街上“玩”，原因各种各样：没看到通知啊、看错了时间啊、对通知理解错误啊、“玩”

得太投入忘了回来啊，这样的人马上就把他吊死。

两点以后，斯特林的禁卫军开始出来巡逻，又镇压了一批惊魂刚过，就想趁乱浑水摸鱼打劫钱财的地痞无赖。在当天的下午，帝都城市的秩序基本安宁下来。

后世的人都不明白，帝林这样的一个名将为什么会如此纵容部下掠夺、杀戮平民呢？有很多解释，但以青年史学家唐川的解释最让人信服。

“帝林也是没办法的。他采取高压严刑的手段统治军队，如果不时常给部下一些发泄、掠夺发财的机会的话，他的部队早就兵变了！他的部队始终是全紫川家族军队中士气最旺、战斗力最强、忠诚度最高（是指对帝林个人的忠诚，并非指对家族的忠诚）的无敌军队！唯一的缺陷是：制造这么一支军队的成本实在太过高昂……高昂到令家族不能承受。”

平息叛乱以后，总长紫川参星开始论功行赏，发布一连串令人目不暇接的人事命令：原幕僚长官罗明海就任家族总统领职务！听到这个命令，紫川秀偷偷地跟紫川宁说：“还不如干脆去庙里请一尊佛像过来坐总统领位子算了，反正大家都是一样不开口的。比起来佛像的笑脸还比罗明海的臭脸好看多了。”

原禁卫军副统领斯特林代理中央军统领职务，负责整编、重组中央军工作。这是紫川参星人事命令中唯一让大家都赞同的，斯特林可以说是众望所归，人们都预测他会很快把官衔前面的“代理”二字去掉。

最让人不能接受的是，秩序恢复后，控诉帝林纵容部下、滥杀无辜的状子雪片般飞进监察厅，害得新任监察长官帝林每天得在几千份控诉书上一一签署批复，累得他犯了几天的指关节炎。但这也有好处，他从小起就一直见不得人的丑字居然在一个星期内变得可跟书法家媲美了，虽然只局限于有限几个字：“查”“无”“此”“事”“帝”“林”。

综合帝林与罗明海间的恩怨，这个任命让所有人难以揣摩紫川参星的真实心意了。他是否故意利用部下间的仇恨，好相互牵制，加以驾驭呢，还是……但看他那老糊涂的样子，又不像那么有政治手腕的人，或者只是单纯的无意呢？

结果在罗明海的就职仪式上，本该出席的将接任的监察长官帝林并没有出席；在帝林的就职仪式上，罗明海倒是来了，只是他眼中的那种如火般燃烧的仇恨之光，让在场人士觉得，他竟然没有扑上去咬帝林一口真是不可思议。

监察厅是负责监督统领处行政的，与统领处之间的传统关系本来就是：周一讨论，周二吵架，周三开骂，周四互扔西瓜皮，周五、周六、周日停战休息。现在大家预计将升级成全周无间歇作战了，统领处和监察厅的工作人员已经做好了得胃溃疡的准备，还有不少人预先跑去买了人寿保险。

原行政处处长、副统领哥珊，本来已经因为为叛党说话而被撤职了，但由于平叛后大量的民政工作堆积如山，缺乏高效率处理，经过罗明海的请求，紫川参星同意让哥珊“戴罪立功”，暂时主持行政日常事务。

原行政处副处长、副统领紫川秀，立场不清，见识不明，仗着自己在平叛过程中的一点点小功劳就狂妄自大，恃功傲慢，居然同情叛军——你有什么功劳啊，不就是在那陪中央军那群死鬼喝酒玩乐吗？你还真以为雷迅是你一个人杀的啊？还惹得总长紫川参星大人发了火，实在罪大恶极！不过由于监察长帝林和代理中央军统领斯特林的求情，宽宏大量的总长阁下决定不加追究，只是把紫川秀撤离了现职，编入了预备役——谁都知道，预备役的统领比不上现役的一条狗。

于是紫川秀就只好与装修豪华的办公室、舒适气派的家具还有漂亮的穿超短裙的女秘书挥泪告别了。他伤心万分，关于女秘书究竟是否处女这个疑问将成为永远的不解之谜了。

这个命令随之带来的后果是——

某天下午，紫川宁的家中。

白川：“有没有搞错！为什么我们也被编入预备役了？”

罗杰：“就是，我们又没有替叛军说话！”

明羽：“秀川大人，快帮我们查一下，是不是弄错了？不是听说斯特林大人现在重组帝都军务吗，您能不能帮我们走一下他的后门啊？”

紫川秀沉思：“现在……走后门搞人情很花钱的，再说我的人格和尊严也不允许我干这种事情……”

白川：“我呸！说得你好像有过‘人格和尊严’似的！”

罗杰：“大人，就看在我们跟随您多年的分上，求你了……”

明羽：“是啊，大人，大不了我们凑钱给你去‘运动’好了！”

紫川秀：“你们可真让我为难了……这不是钱的问题，就算你们拿出厚厚的一沓钞票给我的话……”

部下三人马上把长期以来省吃俭用攒下来的全部积蓄摆到桌子上。

“……就算白川肯给我亲一下又不打我耳光的话……”

这时候紫川宁出现在门口，紫川秀马上说：“我也不会亲的！怎么能干这种事情，乘人之危欺负女子，我是最痛恨这种人的！”

“好了，我就拿你们的钱去帮你们活动一下！不过成不成我可不敢担保哦，最近听说在搞廉政……”

三人千恩万谢。

“没关系的，只要大人您肯帮忙，成不成我们一样感谢！”

“大人，您真是辛苦了！”

“大人，您走好！”

……

晚上，紫川秀和斯特林在酒楼吃饭。

“阿秀，关于你编制的事情，过两天我会在总长心情好的时候跟他说声的。”

“我是无所谓，预备役也没什么不好，清闲。”

“对了，阿秀，你那几个部下，为什么忽然表示太累了，自己要求要编入预备役呢？我发布人事命令的时候都觉得好可惜哦。”

“哦，罗杰的痔疮犯了，明羽正在更年期，白川是要请生理假。”

“那真是太可惜了，他们几个都是人才啊！特别是白川那个小姑娘，很有胆色，我本来打算让她在新编的中央军里面担任红衣旗本的，不过既然他们自己要求……我也没办法了。”

“是啊，他们都是很难得的。跟我打了那么久的麻将，输了那么多，居然还看不出我出老千，这样的凯子哪里找啊？他们走了，我会寂寞死的，我又不好意思赢阿宁的钱。”

事实证明，罗明海、哥珊等行政文官都具有很出色的才能，他们在大灾难后组织扑灭火灾、抚恤死者家属、清扫街道、重建房屋、安排救济等一连串的重建工作，进行得相当迅速和有效。还加上斯特林对帝都治安环境的大力贡献，不到三天时间，帝都就从灾难中挣扎出来，秩序井然，人们开始抚平创伤，重新开始正常生活。

正当帝都的人们在庆贺灾难终于过去的时候——

帝国历七七九年四月一日，一个听起来很像是愚人节新闻的消息犹如晴天霹雳，把所有人震撼了：“远东统领哥应星战死。”

帝国历七七九年三月二十八日，哥应星统领从帝都返回远东的旅途中，在距离瓦伦要塞三百多里的黄石山遭到被杨明华收买的原远东军副统领雷洪率三万精锐部队埋伏偷袭，经过一番血战，哥应星六千名卫队成员全部战死。重伤的哥应星被几百名卫士拼死保护杀出重围，经历一路险阻，终于回到了瓦伦要塞，但因为伤势太重，不久就断了气。

噩耗传来，帝都震惊。哥应星是紫川远星时代留下的资历最老的臣子。他功勋盖世却能谦逊自律，位高权重却从不妄为。作为远东统领，他一手主持远东军政事务，每天过手的钱财数以亿万，却能廉洁奉公，分文不取，衣食简朴（相比于帝林、紫川秀之流，打场仗都要刮个几十万），严以律己却宽以待人、体恤部下；更令人感动的是他一直主持家族正流，以残病之躯与杨明华苦苦周旋六年，在军队和民众中都享有极高的威望！

当哥应星的遗体运回帝都时，等候在长长街道两旁的悼念者黑压压一片望不到尽头，百万追随者的热泪溅湿了洁白的大理石阶梯……

帝都民众发出愤怒的声浪："将叛贼雷洪千刀万剐！"

总长紫川参星为哥应星举行了连续三天国葬，在悼念会上宣布哥应星统领遗体将进入圣灵殿，那是紫川家族历代总长的墓室。这是相当高的破格荣誉了，在家族历史上，不要说统领，就是总统领也几乎没有过这样的殊荣。

紫川参星在读悼词的时候，长长一篇稿子他只读了开篇几句就泣不成声，连续哭说："英灵归来兮，归来兮……"最后哭昏在地，这使得帝都群众对这个很少公开露面的总长好感大增。会场内外哭声震天。

白川也跟随紫川秀参加了葬礼，虽然她只见过哥应星一面，但念及他的救命之恩，回想起他关怀的眼光、羸弱的身躯、温暖的双手……她已经连续哭湿了几条手帕了。这时候她忽然发现了一件很奇怪的事情：在她旁边的紫川秀一滴眼泪也没流，铁青着脸色，目光中透露的如冰般深沉的仇恨目光，令人不寒而栗。他森冷的目光投向追悼会的主席台，上面紫川参星正在念悼词。

白川打了个冷战，她一直以为这种眼神只能是帝林独有的呢。

"大人，不要太伤心了，哭出来会好受点的。"

"……"

"大人，叛贼雷洪绝对不会有好下场的，你这样，伤自己的身体啊！"

"……"

"大人，大人，您怎么样了？"

紫川秀慢慢开口，每一个字都说得杀气腾腾："哥应星大人好冤，死不瞑目啊！"

他站起来，深深对哥应星的画像一个鞠躬，转身，不管会议没开完，竟然自顾走出了会场！

在场人员一阵议论："忘恩负义的小子！哥应星大人几次救他，他居然追悼会没开完就走了！"

紫川秀在追悼会上的奇怪举动一直是白川心头上的一个谜团。哥应星为家族尽忠，遭遇叛徒狙击，力战而死，怎么能说是"冤"呢？

这个谜团困扰她好久，直到多年后她遇到紫川家族青年史学家唐川，她对他提起这个疑问……

唐川不假思索地回答她说："那是明摆着的事情，杨明华收买雷洪不可能瞒得过罗明海这个头号心腹的，然而却没有人通知哥应星要防范雷洪的伏击——这很明显是紫川参星的意思。杨明华死后，权力的均衡被打破，威望高、得人心又正直的哥应星就成了紫川参星的心头刺。哥应星对家族忠心耿耿，鞠躬尽瘁，等于说是死在自己效忠的对象手上的，这还不冤啊？你们当时就一点看不出来？不会吧，这么明显的事情……”

白川哑口无言，深深体会到一个真理：当局者迷、旁观者清。

得知哥应星死讯的当天，统领处发布讨伐令，要求远东军的另外两名副统领林冰和罗波立即去征讨叛徒雷洪。

事实上，早在讨伐令还没签发，哥应星刚断气的同一天，愤怒的林冰副统领没等远东军参谋长罗波同意，已经出兵去追杀雷洪的部队了。

雷洪的打算本来是想把哥应星和他的卫队全部杀干净灭口，他就可以安然地接受“新总长”杨明华阁下的任命担任远东军的统领了。他原猜想杨明华的叛乱一定会成功的。结果事与愿违，不但哥应星没能灭口，杨明华也在帝都败亡，这下子天下之大，却没有地方可以容他藏得下一只左手了。

面对林冰愤怒的复仇大军，他根本不敢招架，带军队跑回他自己的防区格洛克行省，下令当地驻军叛乱。

帝国历七七九年四月二日，原属于雷洪部下的二十五个师团的军队哗变，对紫川家族举起叛旗。

统领处闻讯后并不惊慌，比起刚刚结束的杨明华帝都兵变、六年前二十万流风军陈兵帝都城下、五十年前的边防军全军叛乱事件，这不过是边境地区的一次地方性叛乱而已，危害不到家族大局，根本不必大惊小怪，只要交给林冰和罗波两位远东副统领来处理就可以了，他们手上的实力比起叛军来具有绝对的优势，可能打得慢一点，但最后肯定会赢的。

整个帝都只有监察长帝林一人敏锐地预见到这场叛乱的可怕后果。他当天就建议从中央军或者边防军中抽调三十万军队进入远东，以泰山压顶的绝对优势兵力，务必在一个星期内击溃雷洪叛军，否则，后果不堪设想。

总统领罗明海拿了帝林的建议书，看都不看，说：“我刚好肚子不舒服。”当着统领处众人的面走进厕所。十五分钟后出来，手中空空如也——建议书已经被“使用”过，被水流冲进马桶了。

帝林直接向总长紫川参星进言。结果紫川参星的回应是：“监察处任务在于监督家族上下官员是否有违法犯罪、徇私舞弊、渎职不称行为，远东事务属于统领处行政职权范围内，已经超出大人职权，大人最好不要多加插手。”

就在帝都在监察厅、统领处、总长府三地之间进行公文旅行时，远东局势发生了没被任何人注意的变化——因为实在不值一提，连《帝都日报》都没有刊登这个消息。

帝国历七七九年四月十一日，就在远东正统紫川军与叛军之间大战一触即发之时，在远东沙罗行省一个小到连地图都没有标出来的村落——主要居民是半兽人，少部分是蛇族——宣布独立，脱离紫川家族统治，并成立不到一百人的“种族联合自由军”来武装保卫家园。

二十年后，（兼职的）家族副监察长官、（专职的）历史学家唐川，发表他的鸿篇大作《关于七七九年远东大叛乱之起因分析——从经济、政治、人文、历史、地理等方面看历史必然性与历史偶然性间的辩证联系的几点分析之再思考之我的一点看法》——他发表这论文的目的其实是想靠它拿个高级职称，好加一级别工资，而真正受苦的是那些审阅稿子的编辑，一口气读完他文章题目还能喘得过气没昏过去的，一个也没有。

唐川在文中认为，七七九年的大叛乱，看似偶然，其实却有其历史、经济、政治、人文、地理方面的必然性。

在光明帝国统治全大陆时期，远东地区其实本是荒芜之地，该地区与强大魔族王国接壤，却因居民民风剽悍、桀骜不驯，魔族王国轻蔑地把它们称为“蛮夷之地”，根本不加理会——说是完全不加理会也不是的，每次魔族侵扰人类居住的核心区域，魔族大军都要经过远东地区，顺手也烧杀掠夺一番。所以远东地区的居民，主要是半兽人、龙族、蛇族、精灵怪、矮人族等异族，还有少数魔族，对魔族王国并无好感。

在紫川家族开创初期，危机四伏。创始人紫川云深知保持实力强大的唯一途径是尽量扩大领土面积，所以他积极而频繁地不断发动对外领土战争。但在向西发展的道路上却遭遇实力强大的流风家族阻拦，双方激战数十年，伤亡战士数十万，紫川家族竟然没能夺得一寸土地！

在紫川云的晚年，他幡然醒悟，不顾所有大将、重臣的极力反对，掉转方向，竟然向历来被视为魔族势力范围的远东地区主动进军。在别人看来，这实在是找死，魔族不过来找你麻烦你就该烧高香庆贺了，居然有人不知死活去主动挑衅他们！但结果紫川云的计划却进行得极为顺利。

三十万紫川家族大军，打着“魔族残暴，欺凌各族！团结起来，抵御魔族！拯救远东，保护各族！”的旗号，浩浩荡荡进入远东！各种族欢声雷动，纷纷起来支持这支人类的“拯救大军”，并组成各种自愿部队、义勇军，与紫川家族军队并肩作战，一同抵御魔族侵略！恰好，那一年魔族的内部出现争权矛盾，没有工夫发动大军来处理“蛮夷地区”的小骚动，只是象征性派了几支讨伐队过来，结果给紫川家族赢得宝贵的喘息时间，得以在远东扎根立足，再经过两百余年历代总长的锐意进取，开疆拓土，远东领土已经占家族全境的四分之一强了……

远东地区的人口结构：远东地区的原居住民是非人类的各种族，有半兽人、蛇族、矮人、精灵怪、龙族等，占远东地区生物总数的百分之八十以上，人类占不到百分之二十——然而不到百分之二十的人类，却是远东的社会阶层中的“贵族”，其余各种族往往只有充当人类的奴仆、用人、苦力，担任最苦最累的活儿，替人类耕耘、建造，服侍人类……

不知从什么时候起，紫川家族的“拯救大军”忽然摇身一变，成了镇压大军。各种族当然不会就此罢休的，但在组织有序、武器精良、训练有素的紫川军很“耐心”地用血与火给他们“开导”几次以后，他们也就很诚恳地“认了错”，迷途知返，回到了紫川家族这个“慈父”的“温暖怀抱”中。

政治方面原因：远东大统领哥应星的死无疑是远东叛乱一个重要的导火线——不仅因为哥应星是远东军的总指挥，他死后，远东再无实力与威望都可以服众的大将，引起人心动荡——更主要的原因是因哥应星的死，导致远东紫川家族内战，本来驻扎各地的紫川家族守备队纷纷给抽调——要不是参加叛军了，要不就是去平叛了，导致各地的统治力量出现空白。那些桀骜不驯的半兽人、蛇族、魔族之类，一觉醒来，忽然发现长期以来压在自己头上的统治不过一张纸那么厚。他们当然觉得，比起挨管事的鞭子抽、在太阳底下辛苦地耕地之类，还不如举起爪子把人类主人撕碎更合乎它们的心意。当然，叛乱能够如此迅速地蔓延开来，不能不说，家族统治上层对此不加重视，处理迟缓是一个重要的因素……

在远东沙罗行省一个无名村庄开始的叛乱，第三天扩大到七个村落，第四天扩大到一百多个村落、六个城镇，第六天扩展到近千个村落，上百个城镇。

鉴于此，行省长官林威红衣旗本紧急派出讨伐军去镇压叛乱，但结果是三千名人类讨伐军面对十倍于他们的各种族联合大军落荒而败……

一个星期后，沙罗行省已经全面叛乱，叛乱民众包围了行省首府珑克市，还蔓延到周边的明斯克行省、雅加行省、云省……要求增援的紧急请求同时雪花般飞来。

在叛乱发生一个星期并且呈星火燎原趋势后，帝都终于也意识到事态的危急了。紫川参星紧急召开统领处会议商讨对策。监察长帝林虽不是统领处成员，但因为他曾对远东事务有过提议，又曾在远东待过，对那里的情形比较熟悉，紫川参星不顾罗明海的反对，把帝林也邀请过来一同商讨对策。

谁知道，会议刚开始，帝林的提议就让所有与会人员吃惊发呆……

“帝林监察长官，你刚才说的能不能再重复一遍？”紫川参星有点不敢相信自己耳朵。

“是，大人！鉴于在远东沙罗行省的叛乱已经呈蔓延趋势，需要用雷霆万钧的手段将其迅速扑灭！因此，下官建议，将参与叛乱的暴民全部处死，曝尸荒野，震撼心有不轨者，以此为戒！”

几位参与会议的统领均会意地一笑，又来了！杀人王帝林，他除了“全部处死”外好像就没有过别的主意。

罗明海总统领更是哼了一声，冷笑着：“帝林好像把暴民看成跟帝都的平民一样好杀了！不过你最拿手的不就是杀平民吗？”

方劲统领问帝林：“要全部处死几万暴民，需要动用多少兵力呢？”

帝林不理罗明海的挑衅，回答方劲：“估计要动用军队二十到三十万！”

“这么大的兵力从哪里来呢？”明辉问，“是不是要从中央军或者黑旗军中抽调？我先声明，边防军是不能动的，最近流风霜活动得好猖獗，频频挑衅我们，不知道这死婆娘打什么主意。”

“她的主意就在于牵制边防军，不让你们管远东！”帝林冷冷回答，心里暗骂：这都看不出来！真是蠢！

帝林对紫川参星恭敬地说：“一个星期前，抽调边防军或者中央军都是个好主意，但现在已经来不及了！部队从这里调到远东沙罗行省少说要三个星期，而叛乱必须尽早扑灭！”

“不从这里抽调部队，兵力从何而来呢？”

帝林轻轻回答：“格洛克行省！”

一阵沉默，众人惊讶得说不出话来。

“你是要我们把讨伐大叛贼雷洪的军队全部抽调回来对付那几个乡巴佬？你要他们在两军对峙的时候来个敌前大掉头好给雷洪踢屁股？”

帝林沉声说：“除此外还有别的选择，我们可以跟雷洪议和谈判，答应他条件，只要他肯出兵平定叛乱民众，我们就承诺赦免他的罪！他现在只求活命，肯定会答应的！”

几乎所有人都愤怒于帝林的提议，方劲站起怒声喝：“难道要让杀害哥应星大人的凶手就此逍遥？！”

帝林还是不动声色说：“承诺而已，又不一定要执行的。”

“这个计划不行。”紫川参星叹口气，“如果我们赦免了杀哥应星的凶手，不到今晚民众就会起来暴动，明天一早元老会议马上就会弹劾罢免我们。可惜了，很好的计划。”

他转向参加会议以来一直没说话的斯特林：“斯特林统领有什么想法呢？”

斯特林有点魂不守舍，听到紫川参星问话立即思考了一下，说：“下官同意从格洛克抽调军队，但不至于全军抽调……大概派几个师团过去也足以平息叛乱了。叛乱毕竟是乌合之众组成的，战斗力不会太强，也没有统一协调的系统指挥……下官想平定叛乱应该不会困难。”

斯特林折中的提议得到了大部分人的支持。

紫川参星宣布：“好，今天的协调会议就此结束了。下次统领处和监察厅之间要多加交流意见，大家不要动不动就互相弹劾什么的，伤了同事间彼此的和气啊……”

大家纷纷出了会议厅，只剩帝林一人在那里呆呆地站着。斯特林叫他几声，他也阴沉着脸没答应，斯特林也只好自顾走了。

“小叛乱？”帝林喃喃自语，对着空荡荡的会议大厅放声狂笑，“哈哈哈，小叛乱！这可是足以覆灭整个家族根基的大风暴啊！你们死到临头了，蠢货！”

“秀川大人，听说您最近都没有怎么看报纸吧？”明羽问。

“谁说的？！我一直都关心国家大事，每天坚持阅读《花花公子》《藏春阁》《龙虎豹》，还每天看二十分钟的www.happysky.com——不过你问我这个干什么？”

“哦，没事。最近听说‘那死大个’科技股票暴跌，通货贬值指数高得比罗明海的血压还厉害，银行利息低得不如白川的高跟鞋跟——最保值的就是投资房地产了！就是想知道大人有没有兴趣？”

“哦，这个……你说的也有道理。有什么好介绍吗？”

“啊，大人，太巧了，这你就问对人了！您看，下官刚好有一处宅子，13×16平方米，三层楼建筑，位于沙罗行省首府珑克中心市区，交通便利，环境舒适，发展前景好，必定会升值的！您看，这是地图和照片，我有房契。”

“嗯，看起来还不错，就是不知道价钱如何？我可没有很多钱啊……”

“大人，咱们什么关系？谈钱？太瞧不起人了！不过您既然提起来了，就将就意思个两万吧！”

紫川秀心头暗喜：这种地段房子平时要卖上二十万的——脸上还是装出很为难的样子：“这样啊，明羽……你知道你们大人也是个穷长官的，也没什么积蓄，一时间也拿不出这么多来……一万五如何？”

明羽犹豫了一下，最后很舍不得地说：“谁叫我最近缺钱用呢？欸，大人，咱们就马上交易吧！房契您请收好，钱……”

明羽这么爽快，倒让紫川秀有点怀疑，他拿起房契左看右看……

明羽很受侮辱的样子：“大人，您怎么能怀疑我的人格和信用呢？您看，房契是沙罗省珑克市政府颁发的，还盖有大印——您既然信不过我，干脆我就去找罗杰谈——”

“欸欸，别走别走啊，好好，我给你钱。”紫川秀从床底下的皮鞋里面掏出一沓发臭的钞票，一一数给明羽……

“好，这下我们就钱货两清了，不得反悔！”

两人同时说，一起嘿嘿笑起来——那笑容，说不出的贱。

五分钟后，罗杰和白川进来。

“大人，明羽说您最近对房地产有兴趣？下官在远东沙加市有一处祖业，最近打算把它脱手……”

“大人，我在明斯克行省有一处房产也打算变现啊……”

紫川秀一一审查了他们的财产证明文件，都无误。他奇怪：“你们怎么都要卖房地产啊，刚才明羽也是……”

“哦，大人，明羽是因为他去逛回春楼，给治部少的‘扫黄打非’办公室抓到了，要罚款。”

“那，罗杰是因为……”

“罗杰是因为赌输了钱，被高利贷追砍。”

“那白川你又是什么原因啊？”

白川眼睛一红，珠泪欲滴，拿出块手帕擦：“我妈妈的大姨的表哥的未婚妻的弟弟的邻居得了胃癌，做手术要好多好多钱……我没办法，预备役薪水又不高，只有把祖传的家产给卖了。”

她拿手帕捂住脸哭了。

紫川秀忽然觉得很对不起她，是自己害她进预备役的，还骗了她的辛苦积蓄去“走后门”……他所剩不多的良心居然有点疼了，这可是近年少有的事情啊！

于是他对他们开出的低价也只砍了一半就成交了，当场付款。

紫川宁进来：“大哥，你对着那堆纸在那里傻笑什么？”

“哦，阿宁，你还记得大哥以前说过要送你一个大洋娃娃吧？”

“记得，那是七年前的事情了！不过你一直都没有送！还有你答应送我的电脑啊、游戏机、化妆品、香奈儿套装……还有你借我的好多钱！还有这么久你没付过房租伙食费，还有……”

“阿宁，我不是常教育你吗，你是要接任总长的人，心胸要宽广！那些鸡毛蒜皮的小事你记那么清楚，真是的！别的就不说了，后天我就去二手市场地摊上转转，给你买个洋娃娃回来！等我把这笔地产转手……”

紫川宁凑近看房契地产。

“阿宁啊，我忽然发现自己很有生意才华啊！我在想该不该辞职下海做生意呢，反正这个副统领也做得要死不活的——哎，你去哪？我在跟你商量正经事情呢！”

紫川宁出去，拿了一沓报纸回来，一一摊开，标题一个比一个刺眼：

《远东叛乱成蔓延趋势，珑克市危在旦夕》

《特快！暴民攻破珑克市！沙罗行省总督林威红衣旗本殉国！五千家族子弟殉国》

《珑克市被暴民烧成白地！叛军开始对人类大屠杀》

《特级危机！云省沙加市被叛乱军包围》

《紧急请求！明斯克行省出现大股叛军，北海、桑龙等七地已经沦陷》

《远东军红衣旗本李科出任讨伐平乱军司令》

《五个师团大军出发平乱，军容威武》

《“叛军将很快被平灭！”——李科接受本报记者采访时发言》

《碧血悲歌！远东平叛大军喋血记》

《忠心丹魂！李科阁下将永远活在我们心中……》

《特讯：无耻之尤！在云省驻扎之半兽人师团守备队哗变》

《沙罗省全境已经陷落，再无一个活着的人类——采访死里逃生的小旗武士胡海》

《我与死神接吻——胡海谈历险过程》

《特讯：明斯克行省蛇族驻军兵变！行省首府明斯克安已经陷落》

《保守估计，参加叛乱人数已经达到三十万——军事学家谈远东事变》

《今接到统领处通知：“为稳定民心士气，今后你报将不准再报道远东地区战事新闻！”》

《以后本报的主题将是“男孩爱上女孩”之纯洁话题，欢迎作者踊跃投稿》

紫川秀脸色大变，由青而白，由白而黑……

“大哥，你不要这么急嘛！这都是我叔叔他们捅出的大娄子，让他们自己去填好了！”

“……”

“哥，你的脸色……好吓人哦！”

“……”

“我竟然一直不知道大哥你是这么关心大政，忧国忧民……好崇高啊！”

“哥，你冲得那么急出去——是不是吃坏肚子了要去卫生间啊？”

……

“罗杰，明羽，白川！你们三个浑蛋给我出来！敢耍我！今晚我要让你们欲哭无泪！”

“去哪里了你们？”

“那几个背包袱行李的，给我站住！别跑！”

“哎呀，大人您认错人了——我不是罗杰啊，我是罗杰的双胞胎哥哥罗筐！”

"是啊，这位大人好面熟啊？我们以前是不是在哪里见过？自我介绍，我是白川的表妹白皮！"

"哦，那当然我也不是明羽喽！我是明羽弟弟的哥哥！这位大人找我们有事？哎呀，大家都是斯文人，有话好说啦，不要这样啦……"

"就是啊，哎呀——大人你怎么可以踢淑女的屁股啊！"

"救命啊！"

由李科红衣旗本所率领的平叛讨伐队三万大军居然全军覆没，这实在出乎统领处的意料。这说明叛乱的民众并非原来所料想的乌合之众，而是有系统组织的可怕武装力量，也说明他们的首领颇具军事才华，利用李科自大的心理设下圈套，先小败引诱讨伐军深入，后伏兵尽出全线包围。这么纯熟的作战手腕，居然是出自一直被人类认为是徒具蛮力没大脑的半兽人之手。有识之士不由深思，如果半兽人具有跟人类一样狡猾的智慧再加上他们天生的巨力，所谓万物领袖的人类，前途将岌岌可危啊。

导致讨伐队失败还有一个重要的原因是：激烈的战斗中，讨伐队中的一个半兽人师团、一个蛇族师团突然同时倒戈，从而导致了战线的全面崩溃。这正是帝林最为担心的后果，远东军中很大一部分士兵都是来自远东当地的非人类种族，在这场人类镇压异族叛乱的战争中，他们的忠诚绝对是靠不住的。后来的局势发展也确如他所料，讨伐失败后，叛乱发展得如火浇油，派去镇压各地叛乱的半兽人、蛇族、龙人守备队士兵纷纷起来杀死队伍中的人类军官，整师整团地叛变，加入了叛军的行列。在短短一个月内叛乱由原来一个村庄扩大到七个行省区域，参加叛乱民众多达五十万！叛乱来势如此凶猛、蔓延得这般迅速，实在让大家都有种不知所措的感觉。

这时候有人想起了监察长帝林原先的预言，不由发出后悔的感叹："早知道……"

这时候紫川参星召开第二次统领处与监察厅间的协调会议，讨论如何应付当前的局势。此时统领们已经明白自己先前的失误和帝林的正确，做好了聆听帝林臭骂和尖锐冷讽的准备——他们使自己坚定得像石头一样。

帝林却偏偏一言不发，嘴角挂着一丝冷笑，沉默着，让统领处的众人好不难受。

最后紫川参星实在看不下去了，连续问帝林："监察长阁下有什么意见？说一下吧。"

帝林肃容回答："回禀大人，下官无意见，愿意聆听各位统领大人高见。"这简直要比杀了统领们还痛苦，罗明海的脸涨得通红。

会议没有达成任何结果，最后草草了事。

会后，斯特林找到帝林："大哥，我觉得你是有话想说的，是吗？"

帝林苦笑："说出来也没用。雷洪刚叛的时候，我就说要调中央军入远东了，没人听我的；叛乱开始的时候我说要赶紧调回讨伐雷洪的部队对付民变，甚至可以跟雷洪暂时议和，也没人听我的，却说要从瓦伦要塞以西抽调部队；下一步我猜统领处就会命令远东军不必理会雷洪叛军，全力对付民变。可惜啊，他们永远慢形势一个节拍。”

“那大哥你的意见是？”

“我的意见绝对能把罗明海老家伙吓出脑溢血的。”

斯特林微笑：“我血压不高，可以跟我说啊！”

帝林正视斯特林：“那好，你听好了，我的意见是——”帝林一字一顿说，“不必理会雷洪叛军和民变，远东军马上全面收缩，把所有边境上的守备队、对付魔族的边防卫戍军全部撤回到瓦伦要塞，放弃所有远东省份，这样说不定还能挽救点东西出来。”

看着脸色大变、已经震撼得说不出话的斯特林，帝林叹气说：“连你也吓成这样子，我说出来有用吗？”

统领处的反应果然一如帝林所料，对正在格洛克行省由副统领林冰和罗波率领的远东军主力下令，停止与雷洪交战，掉头全力对付民变！

此时远东军与叛军交战正到激烈的时候，双方战到难舍难分，这时候忽然下令要撤军，等于说是亮出自己屁股请敌人来踢了！

接到统领处命令后，林冰副统领愤怒地大叫：“罗明海懂不懂军事！这个时候掉头，等于自杀军队！”

沉稳的罗波一手捂住了她的嘴，开始部署退军事宜。

但幸运的是，在罗波的老谋深算计划下，这个本来是破绽百出的敌前大转身行动给布置得活像一个圈套十足的埋伏，让雷洪不敢贸然追击，在蒙受了很小的损失后，远东军顺利撤出格洛克省区，开始以三十万的人类主力军队讨伐叛乱民众。

开始时，讨伐进行得很顺利，几乎每天都有战绩回报统领处，让罗明海大大地松了口气。

但到七七九年六月份，大军进入叛乱中心的云省后，就再无一丝消息回报：三十万军队仿佛在一夜之间从空气中消失了！帝都统领处、总长府陷入一阵歇斯底里中……

只有监察长官帝林无动于衷地自言自语：“雷洪还没蠢到家啊。”

到七月五日，人们才重新得知远东军主力的动向：三十万人剩不到五万人，丢弃了所有的武器和重甲，狼狈不堪地逃回瓦伦要塞，在他们背后是如虎似狼追来的种族联合大军，还有十五个师团的雷洪叛军。

直到这时，人们才明白发生了什么事情，叛贼雷洪跟异族联合大军联系，主动承诺帮助他们切断远东军的后路和粮草。从种族联合军的角度看，这实在是有百利而无一害的好事。

他们一拍即合，当即在明斯克省区首府明斯克安签订了后来遗臭万年的《明斯克联盟协议》，商议在打倒紫川家族的统治后，瓦伦要塞以东的远东地区归各种族自由独立；瓦伦要塞以西的原家族核心部分归雷洪统制。

后人往往奇怪以雷洪曾经身为家族副统领的身份，怎么居然自大到相信有了几个半兽人、蛇族的支持，就可以彻底灭亡紫川家族？他应该了解家族究竟有多强大的。不过也有人认为，雷洪那时候根本做梦都没想到过要推翻家族在大陆上长达两百年的统治，他唯一的目的是保命，提出那个条件也不过是让双方协议看起来公平一点，让对方不至于怀疑他的诚意罢了。因为对方会想怎么有人类会平白无故来帮我们呢?

事实是，雷洪为了性命，确实很好地履行了他协议的职责，派军队切断了远东大军的后路，断了粮草，绝了信路往来，这也就是远东军凭空失踪的原因了。

当远东军主力在云省的赤水滩好不容易捕捉到一直飘忽不定的种族联合军主力时，罗波和林冰都终于如释重负，下令开始打一场正规会战。

士兵们虽然已经既饥饿又疲惫不堪，但想起打完这场仗就可以收兵，还是焕发起了生命力和活力，战斗得相当勇猛——一段时间里，远东军是占据了战场的优势和主动权的，那些半兽人、龙族、魔族、蛇族被铁甲骑兵军的汹涌冲锋打得溃不成军，狼狈四散。所有人都认为，胜利已经是唾手可得了!

直到日头西落时分，地平线上出现了明晃晃的马刀和长矛反光，如雷般轰隆鸣，同样是铁甲骑兵，只是旗帜和颜色不同：雷洪的叛军来了!

精疲力尽的紫川家族军队无法抵挡这支生力军的冲入。

本来已经溃散的叛乱民众又重聚杀回头——他们散得快，集得也快。

罗波亲自拿刀杀了十几个后逃的士兵，林冰冲到最阵前去鼓舞士兵继续作战，但败局已成，一切都无济于事。

赤水滩大战，远东军损失军队二十三万五千，三个红衣旗本、十五个旗本、四十六个副旗本阵亡，全军统帅罗波副统领重伤——自远东军建立以来，即使是对付精锐的魔族军队，也未有过这般的大败……

叛乱如同滚雪球似的越滚越大，最后席卷整个远东地区二十三个行省中的二十一个!

超过一百万的叛军对瓦伦要塞发动一次又一次猛攻！紧急求救文书如雪花般飞回统领处，口气一次比一次严峻。

“叛军攻击瓦伦，势力庞大！”

“请求增援，我军难以支持。”

“药材奇缺，伤兵无法医治！”

“弓箭、滚石已经用完，我们今天靠吐口水打退叛军，明天就要吐血了！”

“今天守卫司令部的宪兵已经调上去了！”

“远东军校的学员班也派上去了！我们现在是在靠童子军打仗了。”

“罗参谋长掩护，林副司令冲锋。”

最后一封是由林冰和罗波联合署名的血书：

“一个星期内援军如果不到，等到的时候，就可以帮我们收尸了。罗波、林冰。”

瓦伦要塞是远东与帝都间的最坚固屏障，瓦伦一旦失守，百万叛军将汹涌进入毫无防备的人类居住的核心地带，这种情况是家族绝对不允许出现的！

七七九年七月三十日，统领处下令，中央军代理军团长斯特林，马上率领十五万刚刚整编完毕的中央军，先行增援瓦伦要塞，方劲统领率黑旗军随后跟上（因为黑旗军驻地距离瓦伦比较远）。另外，家族还下令进入二级紧急状态，所有预备役军官，马上回归现役。

夏日的黄昏，夕阳西落。紫川秀舒坦地躺在屋前大树的吊网床上，喝着冰冻的美酒，看着天边火烧云，慢慢享受这难得的悠闲心态，心情大佳。忽然，他抬起了头，远远的灰尘滚滚，传来细碎又急速的蹄声。透过灰尘，可以把骑马人的轮廓看得清楚，一个汗水淋淋的轻骑兵，左手扶着马缰绳，右手举着一面小小的红旗子，一根红色羽毛箭准确地射在紫川宁家的门柱上，大喊一声：“警报！”

骑手从他面前一跃而过，毫不停留，只留下一抹黄色的马汗落在蹄子的印痕上。紫川秀慢慢地起身，看着骑手渐渐变小的身影，表情严肃。

一番吵闹惊动了紫川宁，她出来时，望着已变得很小的骑兵背影，忧心忡忡问紫川秀：“哥，出什么事情了？”一低头看到了门柱上的红羽箭，脸色马上变得惨白，“召集令？！”

紫川秀无言地点点头，假装没看见紫川宁目光中所流露出的痛苦神色。

晚上斯特林来访。紫川秀很平静地接待了他。

“明天我就要去远东了。”斯特林开门见山。

紫川秀皱皱眉头：“这么糟糕？”

“比你想象的还要糟糕，瓦伦快失陷了，家族的预备队还没召集完毕……”

“我是说你的品位这么糟糕，袜子都穿反了！”

“……”

“算了，不要在我这里换，臭气熏天的。那你今晚来找我是因为……”其实紫川秀早就心里有数。

“我想见一下卡丹。”

紫川秀沉默。

“阿秀！”

“斯特林，你就要带领十几万大军去远东跟魔族厮杀了，临战前你却跑来见魔族的公主！这合乎你中央军统领的身份吗？你就不怕部下知道了会兵变啊？就不怕统领处会告你叛国啊？

“还有啊，你见了卡丹你跟她说什么啊？哦，‘卡丹，你好，明天我就去杀你那些叔叔伯伯舅父姨妈了，给我点爱情的鼓励，来一个吻吧！’你又让卡丹跟你说什么呢？‘我的好情郎斯特林，加油杀，使劲杀，杀得好，杀得妙，回来我就嫁给你。’要不她抱住你的大腿使劲哭：‘不要啊，不要啊。’于是你就心软了，在远东看到魔族提不起劲来，给人家像头猪一样痛宰你！”

斯特林出现痛苦神色，这在他如同花岗石般坚毅的面容上显得特别动人，紫川秀马上就心软了：“好，我就给你十五分钟！”

宽敞的会客厅里，斯特林与卡丹面对着面，正襟危坐。紫川秀、紫川宁等人目不转睛地看看他，又看看她。他们吃着瓜子，窃窃私语：“你看，大人脸红耶！”

“对啊，卡丹也是啊。嘘，不要吵，看他们说什么！”

斯特林无奈地转过头来：“我说阿秀，你不是说给我十五分钟的吗？”

“是啊，我说给你十五分钟见卡丹——现在卡丹不就在你面前吗？”

“卡丹在面前是没错——但我觉得这房间好像窄了点，容不下这么多人啊！”

“我觉得还是可以的嘛，除了你和卡丹外，不就我们几个人吗？房间很大的，可以容得下的啦，你不要再拖时间了，已经过去一分钟了！”

“问题是他们为什么会在呢？”

“哦，白川是因为太闲了无聊，明羽想学点泡妞的手法，罗杰是想看有没有激情场面，我妹妹呢……阿宁，你干吗来了？”

“哦，今晚的我没有新的言情小说看，我就将就点，来看看有没有告白的场面……哎呀，斯特林大哥，你怎么能拧我耳朵啊！疼死我了！好好，我出去还不行吗？”

等紫川宁出去了，斯特林转向罗杰，很关切地问：“罗旗本，听说你最近肚子不舒服是吧？那可要早点休息啊。”

罗杰：“没有啊，我身体一向很好的，肚子从来不痛……哎呀，痛死我了！好好，我休息去了，你不要再打了！”

斯特林收回拳头，目送罗杰踉踉跄跄地出去，微笑："早点休息对身体有好处啊！"

"白川旗本，你……"

"大人，您不必说了——下官忽然想起来一件很要紧的事情，需要马上去办，请允许我先行告退！"

"哦，白川旗本有事情请自便。明羽旗本，你是不是很希望以后在远东战场上担任敢死队的重任啊？"

"大人您误会了，其实下官的头忽然很疼……请允许我失礼告退了！"

等他们都走出去了，紫川秀愤愤不平地说："我最讨厌这些人，就爱妨碍人家好事，可恶！"

"好了，斯特林，现在剩下的都是自己人，你有什么话就放心说吧！"

砰的一声门猛地关上，紫川秀被"自己人"一脚踢出了会客厅。

一片沉默，斯特林小声咳嗽一下，清了下嗓子。

"卡丹——哦，不，我应该叫你卡丹殿下的，最近好吗？"

"……"

"明天我就要去远东了，去打仗。不过不是跟你们国家，是平息我们家族内部的叛乱。"

"……"

"这次打仗可能很危险的，我有可能回不来的。"

"……"

"所以，所以……我想今晚来见见你。所以，所以，就是说，事情就是那个，我想就是这个了，所以……这么久了，可能你也明白我的意思了……"

"……"

"我很……我很……那个你，卡丹，从第一次见面的时候我就很那个……你。"

"……"

"我的出身也不是贵族，是平民……但我想，我的薪水可能够两个人生活的……"

"……"

"我知道，你是公主，出身高贵，是不会看得上像我这样除了把破剑外就什么也没有的穷大兵的。我今晚过来就是想看你最后一眼，跟你说说话就可以了。"

"……"

"你回国的事情，还要等上一段时间，现在远东很乱，不安全。你不要担心，我一定会想办法帮你回去的。"

"……"

“你一直不说话，是不是很累了——我是不是耽误你太多工夫了？”

“……”

“好吧，夜已经很深了，你就早点休息了——今后大家还是朋友啦，哈哈，你不用为我担心的，哈哈。我一点不难过，哈哈。”

“……”

“好了，我就走了，你好好保重，有什么难处跟阿秀说，我跟他说了要好好照顾你的，不要怕。”

斯特林伤心地起身欲行，背后传来了嘤咛小声：“斯君，沙场凶险，请务必珍重万千。”

他怀疑自己的耳朵，狂喜地转过身来：“卡丹，你……”

卡丹已经起身走了，留下一句几乎微不可闻的话语：“其实我并不是很急着回去的。”

在空旷无人的大厅里，斯特林双膝缓缓下跪，高举双臂：“神啊，祝福我吧！这样的幸福，只怕我不配啊！”

只是狂喜的斯特林和羞涩的卡丹都没有发现，本是完好无损的窗口不知什么时候，已经多了几个“小洞”……

紫川秀：“喂，明羽，看够没有？该轮到我了！”

明羽：“我呸！本来还以为斯特林大人这么高明的人，应该手段很不凡的呢，这么差劲，简直侮辱了我们泡妞族的美名！”

罗杰：“哎，白川，你也是女生，你说说卡丹那两句话是什么意思——答应还是没答应？”

紫川秀：“上！上！一把按住她肩膀，用力慢慢压倒，用居高临下的眼神、男人的强有力的臂膀征服她、迷醉她！坚定地抓住她的手，把她的纽扣一颗颗地……”

明羽：“大人，您输了！我早说今天不会有激情场面的啦，你不信！钱拿来！”

紫川宁：“大哥，你偷窥斯特林大哥和卡丹姐姐——做这种事情很不好哦！不道德的呀！”

紫川秀：“废话！你不一直占住个洞眼看得眼都不眨的！再说你跟我谈什么道德！”

帝国历七七九年八月一日，夜，远东大叛乱正如火如荼。紫川家族阵亡将士数以十万计，近三千万远东军民在叛乱中苦苦挣扎，家族最坚定的堡垒瓦伦要塞眼见就要沦陷，一百万残暴的叛军就要冲进家族中原核心地带肆虐，家族上到总长、统领处，下到每一个列兵武士、平民无不为此忧虑得夜不能眠的时候——紫川三杰之一，中央军统领斯特林，度过了他幸福的一刻……

第二章　蛮夷之地

帝国历七七九年八月二日，帝都城早早就醒了过来。今天是中央军统领斯特林率领十五万大军出发增援瓦伦要塞的日子。紫川参星总长为大军饯行，赐酒。

由于中央军士兵主要是帝都的子弟，上百万居民们夹道观看大军威武军容，试图在队伍里面找到自己亲人的身影。老母亲牵住儿子的手流出泪水，新婚的妻子紧紧拥抱丈夫泣不成声，一片哭声。

斯特林统领今天是众人焦点注目所在，总长和统领处全体成员郊送至城外十几公里，最后在斯特林的一再跪请下，总长才依依不舍地牵着他手说：“斯特林，就送你到这里了。要知道，家里日夜盼望你胜利的消息啊！”

斯特林感动得热泪盈眶，跪下说：“请大人放心，下官一定会早日扫平叛乱，恢复和平的！如不成功，斯特林宁愿战死沙场也无颜回见大人！”

紫川参星嘘的一声，小声对斯特林说：“说那么不吉利的话！胜负兵家常事，我只要你平安回来。要知道，我没有儿子，一直是把你当亲生儿子看待的啊……”说得老泪纵横。

“李清也来了，你要不要去跟她说上两句？”

斯特林早看到李清的身影也在送别的队伍中，但他只是跟她点一下头示意而已：“大人，下官肩负国之重任，此时不宜儿女情长，劳烦大人代向李清旗本转达下官问候之意。”

“唉，虽然说大丈夫为国而忘家，但斯特林你也太……不近人情了，刚强过矣！”

李清苍白着脸色，紫川参星在感叹，他们谁都没有发现斯特林统领今天一直都有点心不在焉的，目光不时投向欢送的人群中，然后又失望地收回视线……

“我说，卡丹姐姐，你既然跟了这么远来了，为什么不上去跟斯特林大哥说两句呢？”紫川宁不解地问卡丹。

卡丹戴着一个朦胧的面纱，一直凝望着被众人簇拥着的斯特林的身影，轻轻摇头：“以我的身份，这个时候上去，会让斯君为难的……”

一滴滚烫的液体滴到紫川宁的手上，她睁大了眼睛透过面纱看卡丹秀美的面容：“你哭了……”

陪在她们身边的紫川秀无声地叹了口气，感慨：“自古以来，战争的背后往往是妇人的热泪，就算是斯特林和卡丹这么优异的男女也不能例外啊……”

紫川秀一边深沉地思考、感慨，一边……

“大哥，你的手……怎么放在前面女孩子的……那个地方啊！”

“哦，我看她太伤心了，想安慰一下她……”

啪！一个响亮的耳光，站紫川秀前面的一个女子怒容满面地转过身来：“流氓！想占我便宜！我丈夫跟随斯特林大人出征远东，为国征战，他竟然就在这欺凌我孤身女子！世界上还有没有公理！”

女子的话激起了众怒，群众们摩拳擦掌地包围了过来……

“哈，哈，哈，大家听我解释，很明显这是误会！”

“我一向是最热爱保卫家族的崇高使者的……哈哈……怎么会做出这种事呢？”

“听我说，这完全是意外。”紫川秀一脸严肃，正气凛然，“在时间、空间、大气环流、地球磁场还有引力等种种因素作用下，刚才我的手无意之中与这位女士的背后下半身的突出部分，发生了某种程度上的位置重合，这完全是命运的安排啊，怪不得任何人啊……”

“哎呀，不要动手啦——阿宁，卡丹，你们两个去哪里？还不快帮我解释一下！”

“哦，我们只是路过的，不认识这个流氓，大家想干什么请便！”

“忘恩负义的家伙！哎呀，不要踢那个地方啦，好痛……救命啊！”

八月六日，瓦伦要塞争夺战到了最危急时刻，叛军经过十几天的连续攻击终于在瓦伦坚固的城墙上打开了一个缺口，十几万叛军哇哇高呼着从缺口涌入。此时瓦伦城中早已经是全民总动员了，再无预备队可以抵挡缺口。远东军副统领罗波和林冰眼看着城外铺天盖地的叛军，相对苦笑。到此地步，确实已经是山穷水尽了，他们已经做好了自杀殉国的准备……

林冰举剑感慨地说：“唯一的遗憾是没有看到杀害大人的凶手雷洪死在我们面前……天理不公啊！”

罗波一把握住她的手：“等一下！”

“到这个地步了，还等什么？该不会是你想告白吧？”

“死婆娘，什么时候了还说这种话！叛军的动向很奇怪！”

确实，叛军阵中传出急速的锣声，听起来不像快要胜利的喜悦，旗子到处挥舞，传令兵来回奔跑，军官们大声吆喝，声音带着惶恐。队列匆匆地进行调整，士兵们犹豫地停下了脚步，不知所措，非常慌乱……西北方向出现轰隆的声音！

两位本以为必死的副统领对视一眼，同时说：“难道援军到了？！这么快？”心情激荡下，他们的手紧紧地握在了一起！

“西北方向出现军队！”

“是人类的军队！大人，援军到了！援军到了！”

“全部是骑兵！数量不详！”

“大人，看清楚旗帜了！是中央军！中央军到了！”

“斯特林……是斯特林大人的部队！”

“万岁！总长万岁！中央军万岁！斯特林大人——万岁！”

仿佛是为了证明他们的话，骑兵们发出震耳欲聋的吼声：“乌拉！”

确实是中央军冲锋的战号！罗波和林冰很惊喜，怎么来得这么快？！

等大军出了帝都，斯特林把大军中机动性强的骑兵集中起来，组成十个骑兵师团，二十个步兵师团。然后他认为救兵如救火，不顾部属们反对，下令由军团副统领秦路率领步兵继续前进，而他本人带了骑兵马不停蹄地日夜兼程赶往瓦伦——结果创造了强行军的新纪录：仅用四天就从帝都到了远东瓦伦。

到达战场，斯特林眼见叛军由于匆忙掉头阵形混乱，马上下令：“全军给我冲！”

参谋们发出异议：“大人，敌我数目悬殊，我军远来已成疲惫——不如先进瓦伦休整后等大军到来再做打算如何？”

斯特林：“我军新到，士气正旺！叛军十几天久攻瓦伦不下，已失锐气，又因不知我军虚实而惊恐混乱，此时是千载难逢的好机会！”

叛军阵营匆忙掉头，慌乱之下，只来得及调了六个以半兽人为主力的步兵方阵出来抵挡——只要能阻拦斯特林部队一阵，大军就可以从容集合布阵以优势兵力围攻斯特林部队！

几千个强悍的半兽人挥舞着巨手，发出狂叫。

中央军巨吼：“乌拉！”马蹄如雷动，整齐的队列像一面黑压压的墙般急速压向半兽人。万箭齐发，前排的半兽人纷纷倒地挣扎，发出惨叫。

叛军和城头观战的远东军都惊奇：“怎么斯特林的部队全部是弓箭兵啊，一边靠近冲击一边射箭，弓箭部队怎么能冲击呢？”

冲击部队到了离叛军不到一百米内，斯特林清亮的声音传遍战场的每一个角落："前排换长矛！"

唰的一声，正在急速奔驰中的中央军骑兵同时卸下弓箭端上了长矛，其干脆利索整齐划一的动作显示出中央军不愧家族第一精锐部队，于急速奔跑中能做出这样的完美动作，令叛军心惊胆跳。马速丝毫不减，骑兵们开始压低身体，长矛整齐地超出马身一米半。

后半部的中央军骑兵依旧在放箭，增加叛军的伤亡和混乱。

两军越来越接近，五十米，三十米，十米……

一声如雷巨吼："乌拉！"

另一边同时在吼叫："哇！哇！"

血战开始了！

凭借着巨大的冲击力，骑兵用长矛毫不困难地刺穿半兽人坚硬的身体，有的甚至把两三个一起刺穿挑起来，第二排的半兽人开始用木棒、铁棍反击将骑兵打落马下，后面的骑兵又换上了适宜近身作战的马刀把半兽人劈成两截……一瞬间，几百名人类士兵滚落倒地——他们在远方苦苦思念的亲人将再也难以见到他们——同时上千的半兽人被刺死、砍死……

后续的部队丝毫不乱不惧，冲击不断——顷刻间已经全部冲入，混战开始！

斯特林部队在人数上也有绝对优势，武器装备也远远优于叛民的木棒、铁锹。为了对付半兽人的巨力，人类的士兵往往是采取阵形作战，三个一组对付一个半兽人，以有组织杀无组织，配合无间。叛军毕竟是草草成军，面对这种考验协作和勇气的混战更难以抵挡训练有素、配合默契的正规军，只能各自为政——

不到十分钟，六个半兽人师团被冲散，四处溃逃。

斯特林一声清啸，散乱的部队阵形梦幻般重新组成威严的方阵。

"不必理会溃散的部队，往敌人的大本营冲击！"

受到初战胜利激励的士兵又发出一声呼喊："乌拉！"如同饿狼般扑向刚刚从攻城战中撤回根本没来得及组队的敌人主力部队。看到杀气腾腾的骑兵不到一会儿就把强悍的半兽人杀了个寸甲不留，有很多蛇族、龙族、矮人已经开始脚底抹油了。他们毕竟是乌合之众，胜利的时候显得气势汹汹，战局稍有不利就惊慌失措，只想逃跑。

剩下的人有点犹豫，是听从军官们的吩咐去列队挡住冲击，还是学着人家的样子一起跑路？没等他们想清楚，骑兵已经冲进他们中间，惨叫声连连响起，于是大家都不再犹豫了！

蛇族："古来古的米！（跑啊！）"

半兽人："哇啦哇啦可！哇家！（你们这些懦夫！我也跑！）"

矮人："里轰特！米里轰特！（投降！我们投降！）"

龙人一声不吭地大步开走。

叛军中唯一的正规部队是雷洪的师团，但他们在前三天就走了，去对付远东那唯一没有叛乱的两个行省：得亚行省和伊里巴特行省。他怎么样也想不到，几十万的叛民居然被不到五万的骑兵打得这样狼狈……

八月十一日，一个几乎跑断马腿的信使给帝都带来了全城欢呼：

"瓦伦报捷！杀敌七万一千，俘虏十一万六千，叛军溃败一百公里，斯特林大人衔尾急追！瓦伦要塞安然无恙！"

总长紫川参星下令，全城为阵亡将士祈祷默哀五分钟。

统领处下令，正式任命斯特林为中央军统领（取掉了代理二字）。默哀过后，是百万群众狂欢之夜。斯特林的名字每次被提起，都会引起万人欢呼："万岁！"

酒馆里为祝贺大捷和"愿斯特林大人永寿"，碰杯三百万次！

帝都啤酒、鲜花、鞭炮、护身符、彩球的销售额巨涨，大大促进了有效需求，致使从去年起就一直萎靡不振的经济指数大幅度上升。

精明的书商当晚就来赶版：《名将斯特林传》《我与斯特林，不得不说的故事——李清旗本绝对隐私》《走下神坛的斯特林》。

记者为了显示报纸比出书快的优势，赶紧采访写出《朋友眼中的名将斯特林》《我身边的伟人——斯特林邻居访谈》《我和斯特林吃饭的经历》《当时我就知道他是名将了——斯特林幼儿园老师称从斯特林撒尿姿势就可以预见伟人》《当年他还给我递过字条呢！斯特林大人中学同桌女同学刘美丽小姐声明：我没有爱上他》。

也在帝国历七七九年八月十一日当晚发布的另外一条消息却无声无息，没有引起任何人注意。只在《帝都晚报》的寻物启事栏目下的一句话新闻里面："鉴于远东战事紧张，统领处拟委派预备役副统领紫川秀阁下前去摩索夫、基新、安幸三行省召集预备役士兵组建应变军队，新军命名为'秀字营'。"

帝国历七七九年八月十三日，在烈日炎炎下，负有拯救家族于"水深火热危难"使命的一行人离开了帝都，目标是家族中心腹地的摩索夫、基新、安幸三行省。

"大人，热死我们了！大热的天叫人家去赶路，让不让人活啊！"

"大人，罗明海总统领阁下是不是跟您有仇啊？叫您去干这种最辛苦的召集民军的事情，还把我们都给连累了！"

"你们不用说了，那白痴根本没在听！你看他又在对着张《帝都日报》傻笑了！大人，究竟有什么这么高兴的啊？"

"哦，白川你看，我上报了，还头版头条耶！好多年我都没上过头条了啊！"

“让我看看，‘根据名将斯特林大人的从小到大的某好友称，斯特林大人从小就是个品学兼优的好孩子，每年都得三好学生拿奖学金，从小就立下了报效家族的伟大理想。这个神圣的理想犹如一盏明灯，指引斯特林大人前程方向，使得他鼓起勇气克服任何艰难险阻终于成为一代名将！斯特林大人的立志道路教导我们，有志者，事竟成，理想是人生的灯塔和方向！这是我们无数有志青年学习的榜样和楷模’……大人，我没看到你的名字啊？”

“哦，那个‘某好友’就是我了——不过我的原话可不是这样的啊，我告诉记者斯特林从小就不学好，经常逃课跟帝林一起去打街头霸王，打输了他就耍无赖不付钱就跑！考试也是靠抄帝林，但帝林也不是什么好鸟，结果两个人就一起年年不及格，老师经常骂他们：‘错都错得一样！’怎么写出来就变成这样了？”

两天后一行人来到基新省区首府。该省的“预备役部”（简称预武部）长官金昌副旗本热情地接待了他们。

金昌三十岁上下，看起来样貌端正，谈吐不俗。第一次见面罗杰、白川等人就对他有种很面熟而且很痛恨的感觉：他的笑容跟某人太像了！

“不知贵省预备役民军集结情况如何呢，金副旗本？”

“哦，秀川大人请放心！我省对于国防大务从不耽误，坚持每周集训操练，进行军事化管理！大家精神饱满，信心十足，时刻等着家族的第一声呼唤就为国奔赴沙场，热血沸腾，不惜此身……”

紫川秀打断了他的滔滔不绝：“哦哦，现在我问的是，已经集合了多少人了？”

“自从闻知远东乱起、下贱无耻之徒肆虐我家族神圣的领土，下官为此而义愤填膺、热血沸腾，恨不能胁生双翅飞到万里外的远东，亲身与叛军一决死战！但奈何下官是家族守备官员，不奉命不得擅离职守，只能将满腔激情投入到紧张的预备役编制工作中去，以实际行动表达对家族的一片赤诚忠心……”

“好好好，我很理解大人高尚的爱国情操，但是究竟集合多少预备役部队呢？”

“经过我们预武部全体成员不眠不休的辛苦工作，预备役武装集结取得了很大的进展，成绩是显著的！当然，人非圣贤，我们工作中也会难免存在种种缺点和不足，但是我们应该看到，这是九个指头与一个指头的关系，成绩和贡献是主要的，是主流，是大局，缺点与不足是次要的，是……”

“到底集结了多少部队？！”

金昌犹豫了一下，小声在紫川秀耳边说了句话。

紫川秀跳了起来：“就这么点？”

“呵，贤明如大人应该明白我们下面预备武装部工作的艰苦，办公经费严重不足，福利没法发放，奖金不能保证，就连公费吃喝我们也只能规定每人每周报销不得超过三十次……辛苦啊！然而，就在这么艰苦的环境下，广大预备武装部工作人员还是发扬了艰苦作战的作风，取得这样的成就，实在是不容易啊。”

“但是也实在太少了点吧……”

“久闻秀川大人通晓军事，贤明如大人，当然会知道‘兵贵精而不贵多’的道理！我们集结的部队虽然在数量上是……是那个点，但我们在质量上占有绝对优势！精兵一百胜于庸兵一千啊！我们集结的士兵平均年龄是三十一岁！在结构层次上搭配科学，既有久经沙场、富有经验的熟练战士，也有初生牛犊不怕虎的勇猛小伙子，绝对的精锐之师啊！”

“既然这样，那贵官就叫他们来操练一下吧！”

金昌正要领命而去，紫川秀又叫住了他：“打听个事情——大人不会是现役的副旗本吧？”

“哦，下官本来是预备役的，后来远东事变后才加入现役的。大人，您……”

“哦，我也是预备役转的……”

两人相视一笑，心照不宣：原来你也不是好东西！

白川对罗杰小声说：“你不觉得这个副旗本，实在很像某人吗？”

操练场上，看到集合的“精锐之师”，几个帝都来客都傻了。

白川看得呆了：“怎么这么多拄着拐杖、牙都掉光了的老头子在排队？你看那个，连走路都要人搀扶——不好，走了几步后怎么就躺地上了？”

金昌解释说：“哦，王老的心脏病犯了，让他躺一会儿就没事了！大人请看，这可都是身经百战，富有作战经验的老战士啊！甚至有的人还参加过四代总长对流风家族的大讨伐呢！都是我们紫川家族德高望重的无价之宝啊！”

罗杰也呆了：“那边还有堆小毛头，我看最大不过十五岁，最小的……喂，小子，别靠近我，我的裤子不是给你擦鼻涕的！”

金昌：“这就是我们未来的年轻勇士了！他们虽然看起来还嫩点，但只要经历过几场战火的洗礼，必将会变得十分骁勇的！年轻人有无限的可能啊！绝对不能小瞧年轻人！”

明羽愁眉苦脸：“我看他们连一场战火也经不下。贵官所说的三十一岁的平均数字就是这么来的？有没有真正的二三十岁的壮年男子？”

金昌好像受了很大的侮辱：“明羽大人怎么能说这种话？你看，那不就有个壮年男子吗？正是三十岁！”

众人顺着他的指示看过去：一个独臂汉子正坐在凳子上把他一只假腿卸开来……

紫川秀转头对金昌说："贵官是不是误会了？我们可不是来开养老院、托儿所还有伤兵收容所的。"

一行人回到住处，大家唉声叹气。

"怎么办，大人？统领处给的集结期限是九月啊，我们没时间了！"

"大人，我有个提议，要不要下令给那个该死的金昌叫他一个星期内征集完毕？"

"这些该死的官僚！靠他们是靠不住的，看来得我们自己想办法。"

"大人，您在写什么？"

紫川秀："白川，你过来，你有没有把超短裙带过来？"

第二天，基新行省首府大街小巷到处出现了白川身穿超短裙的妩媚照片广告海报：

机会千载难逢！男人万万不要错过！

旅行团报名！欢迎青年男士踊跃参加！

帝都三日游！名胜古迹，辉煌无比！令你大饱眼福！

清纯学生妹白川小姐，将向您倾吐一片真情，愿与你度过一段难忘的激情时光！

车费、食宿全免！不收分文！

你不敢相信？但这却是事实！

心动不如行动，来吧！错过了，你的一生会因此后悔的！

请携带有效证件与我们联系。

地址：凤系宾馆123号房

联系人：紫川秀、罗杰、明羽

三天之内，以基新行省首府为中心的半径三百里之内，所有游手好闲的地痞、无赖、流氓、色狼、小偷、骗子……全都给吸引聚集在了凤系宾馆的大门口排成了长队，为抢夺一个好位置他们相互间甚至还大打出手。这群人共同的特征是：年轻、精力旺盛、身体强健还有热爱打架捣乱。秀字营的招兵行动之后，基新行省当年的社会治安形势大为好转，特别是盗窃、抢劫、打架等恶性刑事案件的发案比率直线下降。对于他们，紫川秀副统领是来者不拒，三天没到，就完美地完成了统领处交付的召集预备役的重任，带着家族未来的最强"军队"浩浩荡荡前往帝都。

这一天，在历史上的记载是帝国历七七九年八月十八日，紫川秀第一次完成了补充兵员的行动！这个非常吉利的日子，预示着这支军队的前途将会无限美好！

一行人回到帝都后，白川从统领处拿回了空白的旗帜，欢喜地说："大人，统领处批准我们给自己的新军起名了！”

“好！我提议这支部队就叫罗杰敢死队如何？”

“我呸！叫罗杰‘赶死队’还差不多！当然是叫帅哥明羽组了！”

“这娘娘腔有够恶心！白川，两个名字你喜欢哪个？”

“都不喜欢！我想叫白川红粉军就很好听了！”

“真是低品位——大人，您的意见是……”

“哎呀，大人你在干什么？！”

不知何时，紫川秀在一边已经端端正正在旗帜上写下一个大大的“秀”字！

“好了，以后我们的军队就叫‘秀字营’了！我有种预感，这支部队在将来一定会……哎呀，你们在干什么，玷污军旗是死罪的啊！”

在家族历史博物馆珍藏的秀字营的大旗，是很珍贵的历史研究史料。具体是这样的：

罗杰赶死队

第一帅哥明羽 秀字营 罗杰是色情狂！

骚包明羽 “紫川秀是白痴！”美女白川说。

瓦伦会战后，中央军统领斯特林没等到副统领秦路率领的中央军步兵部队前来会集，只把伤兵安置完毕，就马上亲率三万中央军骑兵主力，直捣叛乱中心云省——挺进速度之快，几乎到了可以称之为冒失的地步，引起帝都一片惊呼：“莫要再来一次赤水滩！”昔日三十万紫川军也就是在云省的赤水滩一败涂地，几乎全军覆没的！

来自总长府和统领处的加急传令几次追上斯特林，让他“小心谨慎，稳扎稳打”，在他们看来，以三万人的弱势兵力就敢于冲入台风中心的叛乱省区，这简直在找死！家族实在再也经受不起第二个赤水滩了！

但是一向稳重顺从的斯特林这次却一反常态，只是匆匆写了几行字回报统领处：“战机稍纵即逝，将在外，君命有所不受！”仿佛他忙得连写解释理由的时间也没有了。

此时的帝都城中唯有紫川秀和帝林明白斯特林的用意。

一、由于远东叛乱发展得极为迅速，以至于实力雄厚的百万远东军看起来像在一夜之间完全垮掉的。斯特林判断，在叛乱的省份中必然还存在着大股的边境守备队和边防军，只是由于被叛乱民众分割、包围而无法动弹。如果能将他们会合，积少成多下，将是一支可观的武装力量。

二、远东还有得亚和伊里亚两个省份掌握在紫川家族的守备队手中。因为在这两个省份的居民都是以人类为主，不受其他种族的叛乱所动摇。但从俘虏口中得知，叛军头目雷洪已经率领了十五个师的强大兵力开去对付他们。无论从军事战略还是人道主义的角度来看，斯特林都有义务去援救在这两个省份中被叛军重重包围却对家族始终忠心不改的五百万居民。

第三个原因，也是最主要的目的：从瓦伦城败退下来的几十万叛军已经成为惊弓之鸟，用紫川秀的话说是："看到这种场面不知道趁机赚便宜的就是白痴了！"斯特林也深知这种机会难得，如果让几十万叛军得到喘息机会重又杀回头，远东叛乱将旷日持久，等到家族军队与叛军都打得筋疲力尽时，如果外面一直虎视眈眈的流风家族或者魔族来插上一脚的话，就将大势去也！

但是根据此时斯特林手上的力量，根本没有能力打包围歼灭战。兔子急了还会咬狗呢！几十万败军逼急了反扑回来，三万人还不够他们塞牙缝的！这时候他想起了六年前紫川秀与流风西山的作战……

每次等惊魂未定的叛军停下准备休息进食，斯特林的骑兵追击队马上就出现，几千把马刀迅雷不及掩耳地杀进还端着碗的叛军士兵中间，叛军士兵们大败之下，人数虽然多，却根本无心应战，哗啦一声几十万军队扔下碗就四散逃跑。

斯特林的骑兵也不加拦截，他们只是全力围杀那些停留原地进行抵抗的。这样的傻子本来就不多，后来一个也没有了！被围杀的还有那些跑在最后面的（这给叛军士兵们很大的安慰，跑不过人类骑兵没关系，你只要跑过自己的同伴就行了）。

同样的过程重复多次后，看到斯特林的骑兵就跑，这几乎已经成了叛军士兵的条件反射。他们已经习惯了，还总结出种种规律：早餐前杀过来最好，这个时候空气清新精力充沛最适宜长跑，还有利于增进食欲胃口大开，有益身心健康……午饭时间过来嘛，马马虎虎，我们可以接受。五千名人类骑兵挥舞着马刀喊打喊杀追在后面，几十万奇形怪状的各种族叛军端着饭碗漫山遍野地夺路而逃，有的甚至锻炼到了能边跑边吃……

"我们最不能忍受的是斯特林晚饭后偷袭！"叛军士兵们宣称，"这是最不人道的勾当！"肚子里面塞得满满的，还得满山乱跑乱跳，你想想这是多么痛苦啊！在追击过程中常常会出现这种场面：跑着跑着忽然一个半兽人停下脚步捂着肚子打滚直叫唤，他跑得犯阑尾炎了，害得追击的骑兵笑得差点从马背上滚下来……

如果仅仅是在吃饭时间也就罢了，但事实证明斯特林对于叛军真是"礼仪周到"而且"关怀备至"。早上起来他会过来道"早安"，中午他会来"问候"，下午他会请大家"吃下午茶"，晚上睡觉前他还会过来说"晚安"，甚至在半夜他还会"关切"地过来看看大家睡得是否安稳，当然，方式是粗鲁了些——几千把马刀挥舞着，表达着"亲情"和"友好"。

斯特林的出击越来越频繁，往往一支部队刚刚离去，另一支部队已经出现，结果有很多筋疲力尽的叛军士兵宁可做俘虏也不愿意再跑了。其余的人在奇怪："难道斯特林的部队就从来不累的吗？"

斯特林把三万骑兵分成六队，每队五千人，轮番出击。所以每支部队在出击时都保持有充沛的体力，而且他也特意叮嘱："不必赶尽杀绝，要让叛军有路可逃。"就凭借着骑兵机动性高的优势，无论叛军如何狂奔乱跑，斯特林都保持主力离他们不到十公里的距离。

以弱势军队追击远比自己强大的敌人居然还自己分散军队，这实在是违背了军事学上的任何常识。这种安排若不是出自名将斯特林之手而且还取得成功，定会给后世所有的军事学家、战史学家异口同声地痛骂："蠢材！"现在他们只好叹口气说这是"奇迹"，然后再七手八脚地忙乱着找理论依据来证明斯特林统领的英明过人。反正任何事情只要发生了，总会有老资格的历史学家出来说这是必然会发生的。

斯特林本人却知道这场追击看似危险，实际却是安全的。在这样的穷追猛打下，就算叛军想耍什么圈套或者埋伏也是有心无力的。因为叛军的联合军队一天遭受十几次偷袭、骚扰，食不能进、睡不能眠，人数和士气都在一天天地衰弱……他们根本没有设圈套的空暇和余力，整天就忙着跑了！

这场被后世称为"远东大赛跑"的追击战役途经远东六个省份，三千多公里，历时二十三天。自八月十二日叛军在瓦伦城下还号称"百万"（根据远东军副统领罗波和林冰的估计至少有七十万），到九月五日只剩不到十万叛军狼狈不堪地退回叛乱源头的云省。

斯特林就是这样为家族军队在赤水滩的败绩复了仇雪了耻，几十万的叛军部队就像是土豆皮般给他一点点地"削"去了。

人们仿佛看到一颗耀眼的新星正冉冉升起于大陆的远东边陲！强烈的光芒照耀下，从大陆最东方的魔族王国的魔神堡皇宫一直到最西方的流风家的首府远京大会场，从帝都的统领处到远东的叛军山洞和树林……

大陆上各地的人们用各种语言、各种心情、各种神情重复着同一个名字："紫川之虎斯特林！"

帝国历七七九年的九月上旬，应统领处的征集令，来自家族五十六个行省的第一批二十万应征预备役后备军部队集结于帝都，将要奔赴远东沙场。

预备役的军官和士兵们来自不同省份和地区，操着古怪的口音和方言，留着吓人的大胡子，服装更是千奇百怪。城市的贫民士兵衣裳褴褛活像乞丐；公子哥儿穿着华贵的燕尾服风度翩翩，像是来出席晚宴；乡下的土贵族披着生锈的战甲，历史悠久得让人怀疑是从博物馆珍藏中偷出来的，骑着的战马已经有资格进敬老院安度晚年了。

紫川秀甚至有一次还看到有个老头扛着把五十公斤重的大砍刀吃力地走着，一步一喘气，他满怀恶意地猜测：他拿这把刀干什么呢？就算是用来自杀也心有余而力不足啊！

他们举着各种恐怖的旗号列队参加检阅仪式：什么“死神敢死队”啊、“骷髅复仇军”啊，甚至从洛克辛威行省过来的队伍就起名叫“斩尽杀绝义勇军”。单就外在表现而言，他们比前线的将士勇猛十万倍，而他们的信心更是前方将士的一百万倍，整天挥舞着手杖不屑地说：“远东那些贱民，根本不必要劳动我们贵人动刀子！大爷我只要动动手杖就把他们全部钉死了！”

罗明海总统领一向认为自己是个很有涵养很能忍耐的人。他现在每天的主要工作就是检阅一大批来自天南地北的征集部队：每个歪歪扭扭的步兵方阵从主席台前正步走经过后，光秃秃的阅兵场上总要留下一大堆鞋子（列队操练时后排的士兵把前排士兵的鞋子给踩了下来）。

参加检阅的其他官员一个个都神情古怪，想笑又不敢笑，憋得脸色发青，唯有罗明海总统领能不动声色地给鞋子的前任主人们训话，赞扬他们的“勤于操练、不忘国防大业”，感谢他们的“赤胆忠心，在家族最危难的时候挺身而出”，并且激励他们“奋勇杀敌、建功立业”。士兵们回礼，高呼“家族万岁”“总长万岁”！就好像那摆在光秃秃的操场上被太阳正晒着的鞋子根本不存在。罗明海实在觉得自己修养好得像个圣人！

但是九月十日这天，当从基新行省过来的民军穿着休闲装，抽着雪茄烟，三三两两逛街似的吊儿郎当走过检阅台的时候，“圣人”终于也忍耐不住了！他们的旗帜被涂抹得像抓鬼符似的，非得拿放大镜仔细观察，才能隐隐约约看到旗帜上写的好像是个“秀”字。

“上面那个脸色发青的老头是谁啊！怎么觉得好像很面熟啊！”

“你真笨啊！难道你就从不看新闻的吗？那是罗明海总统领啊，大人物啊！”

“哎呀，我怎么不知道我们‘秀字营’旅行团还有这样的节目安排呢？早知道我把相机拿来合影了。”

“总统领大人，笑一下，好！OK！”

“哎呀，大家快看，总统领会笑的耶！笑起来鼻子还一动一动的，好稀奇哦！”

“你看你看，他还会说话的啊！两片嘴唇一开一合的，就像条快渴死的鱼！喂，你去哪里？”

“机会难得，我去找总统领签个名！”

罗明海抑制着怒火，尽可能平静地问紫川秀：“大人能否告诉我，下面的那些是什么？！”他一手指着下面的民军，那手势就像指着人行道上的一坨狗屎。

紫川秀肃然起立，给了总统领一个高度概括而且无比正确的答案：“人！”然后迅速从后门跑掉了。

深沉的罗明海并没有当场发作，他只是斜眼瞟向在旁边参加检阅的监察总长帝林，然后抬头望天开口（仿佛他在跟上帝交谈而不是跟监察长帝林说话）：“对于紫川秀副统领在征集民军工作中明显的玩忽职守行为，监察厅将采取何种意见？”

帝林一笑，喝了口浓茶，淡淡说：“有性格，我喜欢。”起身离开了检阅场，故意不看罗明海的脸色。

紫川秀狼狈不堪地跑回家，长舒一口气：“好险！差点当场给罗明海抓住！”

紫川宁给他端上一杯热茶：“听说我们的总统领罗明海大人在阅兵场上忽然高血压发作昏倒了。跟你没关系吧，大哥？”

“天气好热，总统领是高血压，又那么操劳，应该注意保养身体啊！”紫川秀一副很痛心的样子，心里在企求所有认识的无论相信或者不相信的神灵，保佑保佑，最好总统领就此一病不起，死翘翘算了！

白川急急忙忙地进来：“大人，不好了！我们的士兵又兵变了！”

“他们有完没完？上个星期一埋怨伙食不好，星期三说没有艳舞看！已经兵变过两次！现在他们吃香的喝辣的还可以每晚去看脱衣舞，还要闹兵变？”

“哦，大人，他们说跳舞的小姐身材不好，不够那个……性感！这群浑蛋，居然说要让我去跳那种舞蹈！该杀！”白川怒气冲冲，忽然又有些扭捏，“但是不得不承认，这群浑蛋的眼光还是不错的……”

“我呸，什么眼光！真是的，当兵不到三天，母猪也变仙女了！”紫川秀不理白川的脸色，自顾说，“不过作为长官来说，应该体恤部下，不然将来谁来为你卖命啊！白川，不如你就做出点小小牺牲——这完全是为了家族大业，为了远东早日恢复和平，为了人民的期望……”

“大人，拜托你以后在说这么冠冕堂皇的话语时，口水不要流出来好吗？一点说服力没有！”

“哦，我想到家族大业，心情太过激动了。总之我会尽量满足那些将要奔赴沙场为国征战勇士的要求的！他们还要求什么啊？”

“他们还说要紫川宁小姐也来跳艳舞……”

“……”

“大人，您没事吧？”

“通知我大哥帝林，叫监察厅的宪兵去镇压这群下流痞子，全部杀光算了！”

瓦伦会战后的第二个星期，继斯特林之后，家族统领明辉率领来自家族西部边境的强大军团黑旗军也通过了瓦伦要塞，进入远东平叛。本来原定是由方劲指挥的，但是他突发疾病不能领军，只有改由明辉指挥黑旗军了。

自从明辉军团进入远东以来，家族统领处就面临着两个极端不同的烦恼：一边是斯特林指挥的中央军在北路狂飙不止，拉都拉不住；另一方面是明辉的南路黑旗军如同老牛拉破车似的缓慢不前。两个星期过去了，十二万黑旗军居然还是停留在瓦伦城外的第一个省区伏名克来回磨蹭，跟小股叛军打打停停，走一步又退两步。紫川秀形容明辉的速度是："一头健康的蜗牛都跑赢他了！"

总统领罗明海恨不得飞过来在明辉屁股上抽上几鞭。

但是明辉本人却振振有词："如果因为贪功冒进而重蹈赤水滩覆辙，谁来担负此责任？"

没有人负得起这个责任，于是明辉磨蹭得更加理直气壮。在与可怕的流风霜作战时，他因为小心谨慎和跑得快而得以"不败"，现在他似乎要把这种谨慎的精神发挥到极点。每一个山头都有可能是叛军的巢穴，每一个树林都可能有伏兵隐藏，每一条道路都可能有设下的陷阱，甚至随便掀开路边的一块石头，都可能会蹦出两三个神出鬼没的叛军士兵冲你诡异地咧嘴一笑。

但绝对不能说明辉在无所事事，碰上十几个从瓦伦城败退下来的迷路的散兵游勇，他大笔一挥："遭遇叛军主力二十万！"一个哨兵被草丛里的蛇咬伤，第二天明辉就敢报告统领处："蛇族大规模进袭，我军伤亡惨重，需要停止前进，进行休整！"

到后来统领处拿着明辉的战报简直是哭笑不得："我军第一天杀蛇族一百万，第二天杀半兽人两百万，第三天杀三百万……"相比之下，斯特林的瓦伦大捷简直不值一提，整个远东所有种族数目加起来再乘以二都不够明辉在两个星期内杀的！可是前面却偏偏仍然还有"五百万叛军在顽强阻拦"他的前进！

相形之下，斯特林的战报就显得可信了许多，闻者动容、泪下……

"致以最高敬意至家族统领处总统领罗明海大人：

我军已于九月十五日到达云省赤水滩。

中央军代理统领斯特林"

云省赤水滩并非军事要地亦非战略要塞，但军务繁忙的斯特林统领（他还不知道自己已经是正式统领了）却特意破例抽出时间来给统领处写战报，表明此地重新被家族军队所控制，具有多么重大的历史意义。在帝国历七七九年的夏天，这个小得在地图上都懒得标示的地方带给紫川家族噩梦般的惨痛的回忆。一个月前，三十万精锐的家族远东军就在这个被河丘分割得支离破碎的狭窄平原上与五十万叛乱民众、十五万雷洪叛军展开了空前规模的百万人大会战。

家族战争历史学者唐川曾如此评价赤水滩："就在此地，紫川家族失去了二十三万忠诚而善战的士兵。紫川家族对远东地区长达两百年的统治、七代人的光荣与梦想、称霸西川大陆的资格……一切的一切，都在雷洪军队出现在赤水滩平原的那一刻，被马蹄无情地粉碎了。赤水滩败战导致紫川家族实力衰弱，也是引起家族后来一系列灾难的因素。赤水滩也可以称为紫川家族由强而衰的一个命运转折点。”

斯特林被眼前的修罗场所震撼。

山脚下的广阔平原，目光所及，到处是披着残破战甲的尸体。家族最引为骄傲的铁甲骑兵的下场就是这样曝尸荒野。不知是出于仇恨还是炫耀，赤水滩会战的胜利者们并没有好心到给失败者掩埋残骸，隔着几公里远，空气中传来的浓烈的腐尸臭味就让人难以忍受。

密密麻麻的断墙残垣一直蔓延到天边，远方一面残破旗帜斜斜地立在夕阳中，晚风猎猎卷起旗布，还隐隐可见“远东第××骑×军”字样。旗犹在此，持旗的战士却早已化成了白骨。

大群大群的食尸秃鹫铺天盖地，此起彼落，哇哇地怪叫着，仿佛在庆贺它们的好运。

斯特林一阵无名火发，拿出箭嗖嗖射掉了一只怪叫的秃鹫，怅然地吁出口气。

身后的高级军官们不安地看着平日这位稳健冷静的青年指挥官，不明白他为什么如此暴躁。

“停止前进，为友军掩埋遗体。他们为国战死，我们不能让他们就这样曝尸荒野。”

军官们一阵骚动。第三骑兵师旗本马远提出：“大人，这样会耽搁很多时间的。我们会追不上叛军的。”

斯特林冷冷地说：“现在我们就追得上吗？”

十天前，斯特林带领两万中央军骑兵追击叛军主力进入云省。

自从追击进入云省以后，叛军就像鱼儿得了水般灵动，这里是他们的地头，他们的家乡，他们熟悉这里的地形就如同熟悉自己的房间一样。相反，云省陡峭的高山和崎岖的山路却让追击的人类骑兵举步维艰，再加上地形不熟，整路大军早上在云雾中动身起程，在崎岖盘旋的山路中七转八转辛苦一天直到暮色降临，最后大家发现自己又回到了前天晚上睡觉的篝火堆前。

他们前进的唯一向导是一本二十年前的《远东旅游手册》。在标有公路的地方出现了一条大河流，说有桥梁的地方只剩下几个木桩子，还说某地“风景优美，环境宜人，最适合野外露营”！结果当晚要不是跑得快，两万大军就要被泥石流给活埋了！斯特林恨恨地发现，这本错漏百出的地图册是盗版的！

斯特林也考虑过雇佣当地的土著向导，但是无论他出多高酬劳，村民们也只是冷冷的像白痴似的（或者像看白痴似的）看着他，那种呆滞的眼神叫人心头发麻。好不容易有个半兽人老头“自愿”为大军领路，结果却把一个中队的骑兵领进了沼泽地里，连一个活着回来的都没有。于是斯特林只得打消了雇佣当地向导的主意，眼看着敌人的溃兵离自己越来越远，最后在视野里消失……

大军前进缓慢还有一个重要的原因是当地民众对紫川家族的敌意。远东大叛乱发起于沙罗省区，却是在云省获得最大的发展。当起事的消息一传到，全云省团结得如同一个人似的迅速响应，青壮年马上抄起简陋的武器向当地驻军扑上去，随即围攻行省首府，将被围困的十几万人类军民全部屠杀完毕。行省总督红衣旗本杨力在城破的时候投降，结果被叛军折磨了足足三天才终于开恩把他杀了。可以说，全省上下不是叛军就是叛军家属。

尽管斯特林事先已经有了心理准备，但还是没想到云省居民对他们的到来的欢迎是这般的“热烈”——十二小时内前锋斥候队遭遇了上百次攻击、偷袭、陷阱，规模从上千人的大队伍到一两个人的自杀性攻击。队列前进时，时而草丛里射来支冷箭，时而树林飞出支标枪；大军停下宿营时，周围更是锣鼓喧嚣，没有一刻安宁；当派哨兵去查的时候，要不是什么都找不到，要不就是派出去的人无一回归。斯特林查看战俘的时候，深感震惊，几乎全部是老弱妇孺的平民，没有一个青壮年男子。男子干什么去了？答案是很明显的。

斯特林才明白，为何以当日罗波的老谋深算辅以林冰的勇毅，再加上远东军士兵的英勇善战，还是有了赤水滩的败绩。当一个种族已经下定了殊死的决心来反抗的时候，他们所爆发出来的破坏力量是非常可怕的。

斯特林曾思考：什么原因，使得紫川家族在对这片土地施行仁政两百年后，却使得土地上每一个活着的生灵都拼尽了最后一口气地来反对我们？我们错在哪里？但身为家族忠实臣子的良好自觉却阻止了他继续寻找答案。斯特林一直信奉着这样一个观点：军人不应该干预政治。军队有了思想，那是亡国的先兆。

马远马上闭嘴。军官们交换个眼神，明白今天斯特林大人的心情很不好，告诫自己千万不要去触霉头。只是大家都有点摸不清楚斯特林的打算，既然不追敌，难道是准备撤退吗？

军官们早想撤退了，这么一支全部是骑兵的孤军弱旅前进得太过深入了，把步兵和补给全都远远地抛在几千公里后面，方圆一千公里以内除了叛军还是叛军，杀不完的叛军，各种各样的叛军，粗鲁的半兽人、阴险的蛇族、爱放冷箭的矮人族、残忍的魔族、狂啸的龙族……

支持全军继续前进的唯一动力是斯特林坚定的意志。他以中央军统领之尊，与士兵同衣同食，啃着难以下咽的野菜，在泥泞的草泽地里打滚，就像普通兵似的战斗，夜里不辞劳苦、事必躬亲，查岗、轮哨，每晚最后一个入睡的是他，每天最早起来的，也是他。士兵们热爱斯特林，全身心地拥戴他，死心塌地地执行他发出的每一个命令。

中层军官们却感到了危险，无论部队士气多么高昂，军队毕竟不能光凭士气打仗。不停地有军官前去劝说斯特林："大人，是该撤的时候了！""我们已经立下了很大的战功，打垮了几十万叛军，功劳够大的了！""大人，让军队休整一下吧，他们已经连续战斗了将近五十天，跑了五千里路了！"每次来人，斯特林总是很认真地倾听，不时发出赞同的语句："嗯！""是这样的！""我和你的想法一样。"

但一说到明天的行动安排时，他总是回以轻描淡写的一句话："按原计划不变。"

于是军官们怨声连连，有人认为斯特林太刻薄，有人认为斯特林是为了立功升官而拿士兵的性命去当筹码，甚至统领处罗明海也三天两头来信警告他："统领究竟所为何事？！一意贪功冒进，若有类赤水滩之事，军事法庭正为尔设！"

面对部下的误会、统领处的责难，斯特林不为自己辩解。在他心目中，一己荣辱实在不足挂齿。他苦闷的是为何打了那么多的胜仗，打垮了一路又一路叛军，局面却没有一点改善，远东依旧烽火处处，叛乱依旧此起彼落。正如帝林在来信中所言的："百胜不足扭乾坤，一败则致祸不复。"他现在的处境实在是如履薄冰，以微薄的兵力牵制、威慑几十万叛军（还有几百万想成为叛军的远东民众），只能胜，不能败！虽然说已经打垮了几十万叛军，但斯特林知道这没有任何意义。叛军是条九头龙，砍死一个头，又长出来几个！他们垮得容易，但只要一有风吹草动，聚集起来也很快。究竟决定性的战场在哪里？

于是他坚信，平息叛乱唯一的办法就是直捣叛乱源头，与叛军决一死战，将叛乱的根源一举消灭！现在叛军虽大败显得十分衰弱，但斯特林深知，叛军实力依旧雄厚，他们只是被斯特林迅雷不及掩耳的快速进攻给打蒙头了！等他们回过神来，以后家族要平息叛乱，将要付出百倍的鲜血代价。

在这个时候，唯一理解斯特林的只有紫川总长紫川参星了。他来信给斯特林，只有一句话："吾忧卿解，卿心吾知。"读信时，斯特林忍不住热泪盈眶。付出虽然不求回报，但自己为家族这一片鞠躬尽瘁的良苦用心总算被总长所理解。人生在世但贵一知己，沙场鏖战的艰险、鞠躬尽瘁的悲壮、日日夜夜的操劳、不被了解的痛苦，现在看来全都没有白费。

一阵犹豫后，第一骑兵师的指挥官文河问出了大家最关心的问题："大人，那以后我们……"

斯特林没有回答，他转身望向身后黑压压的士兵们。士兵们饥饿、精瘦、疲惫，衣裳褴褛，笔挺的制服已经被撕成一条条的，行路像是幽灵不像是人，战栗的手只能勉强持矛握枪，瘦得仿佛一队身披铁甲的骑士骷髅骑着骷髅马——与当日从帝都气势昂扬盔甲鲜明地出发时相比，已经变得大不相同了，这支部队变得多么小啊！

看着一张张年轻而憔悴的面孔，坚定的眼神，想到还有更多的同样年轻而坚定的小伙子已经长眠在远离亲人和爱人的土地上，从瓦伦要塞的城下一直到云省的赤水滩的三千多里路上，平均每五十米就竖立着一个帝都子弟的十字架，斯特林突然有一种惶恐。

他有什么权利，让这些孩子为他的固执付出生命的代价？

利用士兵们对自己的爱戴，将他们引向死亡之路，这是否一种罪恶？

为了家族的强大统一，为了远东早日恢复和平、化剑为犁，是否中央军做出的牺牲已经太大了？

自己的判断是否准确，真的有一场能够转变整个远东战局的决定性会战吗？

这样的军队还能经历一场会战吗？

转身面对全军，斯特林沙哑低沉的声音清晰地传进每一个士兵的耳朵。

“士兵们，在我们面前长眠的是家族的远东军的同袍。他们英勇作战，为国捐躯。现在我们要做的是，为他们掩埋遗体，然后……”斯特林闭上眼睛，两滴热泪慢慢滚下，“我们撤军。”

士兵们起了阵骚动，但在良好的纪律约束下，没人喧哗。

“士兵们，一个多月来，你们经历会战七次，野战二十五次，突击战两百一十一次，无一败绩！你们击败的敌人数目，是你们自身二十倍！你们的表现，令整个紫川家族骄傲，在天涯海角为家族鹰旗增添了荣耀！

“青春不会荒度，热血无谓浪费。请相信家族，不会忘记各位的忠诚和勇气！也请各位，一如既往地努力，在此危难之际，紫川家族需要你们！我谨代表家族向各位说一声，辛苦了，弟兄们！紫川家族感谢你们！”

斯特林庄严地向全军敬了一个漂亮的军礼。

回应他的是海浪般的怒吼：“愿跟随大人！”

帝国历七七九年的九月十五日，斯特林率领中央军一部占领云省的赤水滩。

当日，斯特林主动从赤水滩撤军，离开云省，结束了这次疯狂的大追击行动。九月二十一日，从叛乱中心重新得到增援的叛军部队疯狂地反扑过来，企图再次席卷远东全境。但斯特林得到休整和增援后，如同钉子般死守着云省山脉的大公路，掐住了叛乱巨龙的咽喉，将它锁死在云省境内。

五万中央军与二十万叛乱民众又在云省山脉的丛林中打起了你来我往的拉锯战，一旦叛军突破这个出口，前面就是一马平川的平原地带。统领处命令明辉部队紧急增援斯特林，决不能让叛军主力冲出云省，同时命令第一批民军部队向远东进发。

第三章　不速之客

九月十六日，帝都城内，在风雨交加的深夜，一个不速之客突然造访了紫川宁的家。

来人很直接地问紫川宁：“阿秀是在这里住吗？”

紫川宁戒备地看着来客，一风姿绰约的成熟女性，开口就阿秀长阿秀短的那么亲热……她忍不住开口问：“请问您找他是因为……”

“哦，我是他的前任情妇，现在来找他要抚养费和青春赔偿金了。”

紫川宁手中的茶杯啪地跌个粉碎。

看到紫川宁煞白的面容，来客豪爽地一笑，轻描淡写说：“开个玩笑。不过你还真没有幽默感啊！”

没等紫川宁的心脏和脸色恢复正常，来客已经放下茶杯，端坐肃容地开口：“您就是紫川宁小姐吧？深夜打搅，实在冒昧。下官远东军副统领林冰，有急事求见紫川秀阁下，相烦通报。”

紫川宁长舒一口气，刚放下心来，林冰的下句话又让她回到了地狱：“此次前来纯是为了公务，至于抚养费、青春补偿金问题改天再说了。”

紫川宁起身吩咐用人前去叫醒紫川秀，喃喃自语说：“现在我算明白了，为什么远东要造反了……”

当紫川秀一见到林冰，条件反射似的马上跳起来敬礼。在远东时期，他对林冰这个豪爽开朗的女上司是一直心存敬意的。

林冰还礼：“不敢当，秀川阁下。大家品序相当，都是副统领，你不必这么客气的。”虽说品序相同，其实副统领之间也是存在着很大的不同的。像林冰这种大军团的实权副统领，统率几十万部队，掌管上千万人口，几乎等同于一方诸侯；而像紫川秀这种副统领，连能不能拿到下个月薪水都不知道。

紫川秀诚挚地说：“无论什么时候，您都是我的长官。”

林冰一击掌：“你不忘本，那就很好了！”她开门见山说，“我要你帮忙救罗波，他有麻烦了！”

在远东叛乱中，罗波和林冰以残兵败将抵挡百万叛军，死守瓦伦要塞，苦苦期盼援军到来，山穷水尽到几乎要自刎的地步，终于等到了斯特林的中央军。但跟着中央军而来的还有监察厅的军法调查组。一群冷酷的军法官穷凶极恶地要追查赤水滩败仗的罪责。为了不连累大家，远东军参谋长罗波一个人把所有责任都背了。尽管远东军的军官们一再分辩、士兵们大声抗议，军法官们还是二话不说地把重伤未愈的罗波从病床上抓了起来，押解帝都接受军事法庭审判。

林冰马上跟着军法组的脚步也来到了帝都，试图营救罗波。

但是由于统领哥应星的战死，此时的远东军系统在家族的决策中枢已经失去了最有分量和威望的代言人。林冰愤愤不平地说：“远东军现在就像是后娘养的孩子，没人管没人疼了，谁都可以来欺负一把！”尤其当得知这件案子是总统领罗明海在背后操纵的，更是没有人敢插手帮忙。

多方求救无门之下，林冰忽然想起来，罗波还有个经常偷酒喝的部下紫川秀也在帝都当副统领，虽然听说他混得也不怎么得意，但现在是所谓的“急病乱投医”了，不妨试试……

紫川秀的脸色沉重下来。罗波是他远东时期的直属长官，当年杨明华想害他，是罗波、哥应星等远东军将领庇护了幼年的他。他能从一个戴罪的流放犯人在短短六年里升为旗本级别的高级军官，除了他本身的才干外，罗波的有意栽培也是重要的原因。可以说，除了去世的哥应星统领之外，罗波对他有最大的恩情。

他坚定地说：“罗大人对我恩重如山，我定当全力以赴！”

林冰愣愣地看着紫川秀坚决的神情，心头一阵温暖。几天来，她遇到了太多人情冷暖，世态炎凉，每次求助，对方回应总是虚伪地推托：“啊，啊，这事情啊，你先回去吧，让我慢慢考虑下。”

“要相信家族统领处和总长大人是英明的，不会冤枉好人的！你回去慢慢等消息好了。”

有人冷言冷语：“三十万人都死了，罗波没罪？那是你有责任喽？先担心你自己吧！”

甚至还有个下流坯子一脸坏笑：“你跟罗波什么关系啊，为那个糟老头子这么卖力……”接着用很暧昧的眼神打量着林冰丰腴的身材，挨近身来，“林副统领，我觉得跟你很有缘啊……只要你答应我，罗波的事情……”没等说完，林冰两寸长的高跟鞋跟已经砸到他脸上了。

几天来，这是她第一次听到这么坚定的支持表态，虽然只是来自个没权没势的小小副统领，但已经给她很大的精神鼓励了。

紫川秀和紫川宁惊异地看着林冰的眼睛渐渐珠光晶莹。

紫川秀不明所以："大人，您……"他有点手足无措了。

同为女性的紫川宁虽不明白事情原因，却很理解林冰此时的心理状态，她阻止了大哥的刨根问底，默默递过去一方手帕。

林冰接过去擦了下眼睛，很快控制住了自己："不好意思，风吹沙迷了眼。"

紫川秀与紫川宁一齐点头，接受了这个很笨拙的借口。

林冰话题一转："阿秀，罗波没有看错你，哥应星长官也没有看错你，他可对你抱有很大的期望的。"说到那位已经去世的远东统领的时候，林冰神情无比景仰，怀念中还带着种说不出的惆怅（紫川秀暗暗猜想：林冰与哥应星之间的关系可能不单仅是上司、下属关系而已）。

"哥长官去的时候，我一直陪在他身边；（紫川秀：可不是吗？！）这时候他有提起你，说将来能安定紫川家族百年的，唯有你。"

紫川秀喜滋滋的，口头上却还在谦虚说："那是哥大人错爱，怎么可能呢？"脸上却扬扬得意，努努嘴示意紫川宁，分明在说：看看人家是怎么说我的！

林冰点点头："我也认为不可能的——那时候哥大人神智已经不怎么清晰了。"

紫川宁哑然失笑。

"哥大人还说到，他死后，恐怕杨明华就无人能制，担心你们斗不过他。他说：'如果真有那一天，把盒子交给紫川秀，让他找到盒子的主人，杀掉杨明华！'这是哥大人的原话，我也不懂什么意思，不过他说你会懂的。"林冰递过来一个黑色的小匣子，面上刻有一个金堇花图案，一看就知道是历史悠久的古董，两百年前强盛一时的光明帝国林氏王朝正是以金堇花为标志。

紫川秀郑重地双手接过，他被深深震撼了。哥应星在生命最后一刻，心中想的仍旧是家族大局，仍旧是如何维系紫川一族的传承，这份赤胆忠诚，该如何评价啊！只是世事之奇，往往出人意料，帝都之乱中紫川参星的胜利与杨明华的迅速败亡，连睿智如哥应星也难以预料。

林冰走后，紫川宁按捺不下心头的好奇，一把抓住紫川秀问长问短："哥大人让你去找谁啊？当时杨明华权倾朝野，谁能说杀就能把他杀掉呢？这个盒子，是古物吧？它主人是谁啊？"

紫川秀珍重地把盒子收好，缠不过紫川宁，只说了四个字："左加明王。"

紫川宁倒吸口冷气，马上停嘴。

江山代有俊杰出，各领风骚数十年。

在西川大陆战火纷飞的历史上，曾经有过无数的武学强者，英雄辈出。武风昌盛的紫川家族，每一代都有个“第一高手”——就像不久前的雷迅。从这个意义上说，联手杀掉雷迅的紫川秀、斯特林、帝林三人，每人都可以算“三分之一”的“第一高手”。

同样的，与紫川家族抗衡数百年的流风家族也有自己的“第一高手”。

紫川秀曾经开玩笑说：“几百年累积下来，所有的‘第一高手’加起来可以组成一个师。”

但在这么多的高手中间，唯一能得到整个大陆上所有势力、所有人公认的却只有一个：林家的第一高手，左加明王。

一个寿命超过三百年的第一高手。

左加明出道于光明帝国末年，惊才绝艳，年仅二十一岁立即被当时的帝国皇帝（也就是帝国的末代皇帝）林坚毅破格任命为国师，且十分倚重，甚至还给他封王，称“左加明王”。左加明亦感激帝国的知遇，宣誓效忠。

只是左加明王与光明王朝的关系很快出现了裂痕……至于真实的原因现在已经永远无人能知了。有人认为是由于当时的帝国元帅鲁单言嫉妒左加明王的受宠，故意设计陷害他；有人则坚信说是左加明王与林坚毅的一个风华绝代的妃子间发生了什么事情（这种讲法是最传奇的也是最流行的版本，毕竟大家都愿意听英雄美人、奸夫淫妇的故事）；也有人说根本没那回事，大家一直和和气气的……但是有一件史实是确凿无疑的，当决定整个光明帝国命运的蓝河会战进行得如火如荼时，帝国最强的高手左加明王正在距离战场一万里外的嘉西海岸钓鱼。

帝国最后一任皇帝林坚毅、帝国元帅鲁单言、帝国军团五十万主力统统战死于蓝河战场。

会战后一个星期，获胜的魔族军队营门口站着一个白衣飘飘的年轻人。他大声呼喊着魔族主帅的名字，要求与他决战。此举引起了魔族军团的哄堂大笑，没有人把他当回事。魔族刚消灭了人类最后的也是最强的军团，眼看就要统治整个人间了，还有这样的“白痴”来要求单打独斗！

听到部下含笑着报告时，魔族主帅云龙正在批阅公文，头也不抬地说：“杀了他。”

顷刻间，三千名魔族士兵尸横就地。魔族如云的阵列，无边的刀山剑林，竟然不能稍微阻拦白衣人片刻步履，只在他身后留下了遗尸累累。当白衣如雪的身影持剑大步踏入主帅帐篷时，云龙还能保持镇定：“壮士如此身手，请问尊姓大名？人族衰弱，气数已尽，何不加盟我神族以共创未来？荣华富贵，随心所欲……”他用的是魔族语言。

左加明王皱皱眉头，很坦白地承认：“我听不懂。”拔剑，刺，拭擦，收剑回鞘，转身扬长而去。

旁观的十万名魔族士兵噤若寒蝉，被其气势所慑，竟无一人敢上前阻拦。

一个懂得人族语言的魔族军官把经过都记录了下来，收录在魔族的史册《神典》里面。

自从光明帝国灭亡后，左加明王成为大陆上各个势力争先笼络的人才。他却很客气地一一回绝了紫川云、流风恒、明林等各方霸主的邀请和收买，说：“我无意仕途。”

但是当林坚毅的女儿、七岁的林凤曦公主在被人追杀时，公主历尽艰苦找到他，说：“左加叔叔，我们已经走投无路，帮帮我们。”

左加明王深深凝视了这个稚气的小女孩一会儿，开口说：“好的。”

此举让大家跌破眼镜，要求被拒绝的明林愤愤不平地骂道：“搞不懂！林家又没钱，又没实力！左加明那家伙一定是个变态恋童狂！”

听到这话，左加明只是冷冷地哼了一声。一个星期后，明林在自家警备森严的城堡里不明不白地死了，浑身上下一丝伤痕不见，也验不出什么病症。虎视眈眈的紫川云和流风恒马上趁机联手把明林家族给灭了，瓜分了他的地盘。

大陆上，军事并不强大、经济空前富有的林氏家族得以确立。在那个以强凌弱、以大吞小的诸侯混战时代，这样的林氏家族简直跟一头在大街上乱走的肥猪一样引人觊觎。只是每个人都知道，林家的背后，有绝代高手左加明王在撑腰。

当然了，几百年了，也有人不怕邪的，像流风家族的四代家长流风锐看着林家没有军队却占有大陆中心最肥沃的土地，拥有这么多的财富，他实在经受不住诱惑了，下令吞并林家。

流风军队毫不费力地攻进了几乎没有抵抗的林家首府河丘。

左加明王也毫不费力地杀掉了全力抵抗的流风锐。

接任的是流风锐的弟弟流风利，他的格言是：“吃进肚子的肉绝对不吐出来！”坚决拒绝从林家领地撤军，并且把流风家族的精锐“流风骑士团”全部调进来守卫家族皇宫，要与左加明王决一死战。

结果流风利也死了。代表流风家族武学、实力最高水平的十字军七千多名骑士死一半，伤残一半。

一个星期内流风家又迎接了第三个家长：流风迪。他的抽签运气不好，哭哭啼啼地被他那些毫无怜悯之心的同族兄弟们逼着坐上了那个发烫的位置。

他说：“我宁愿死也不愿意做这个家长！”

流风家的元老大臣和贵族们异口同声说：“哪怕死你也要先做这个家长！”

他上任的第一句话就是：“马上从河丘撤军！”生怕说迟了一秒钟，可怕的左加明王又杀了进来。从此再没有人敢于冒犯林家。经过此事，左加明王也奠定了他牢不可破的“人类第一高手”地位。

这是一百多年前的故事了，但仍旧是大陆最经典、最传奇的故事之一。从那以后，左加明王也离开河丘，从此浪迹天涯，不知所终，再没有人知道他的下落，但是所有人都坚信，他一定活着，一定还在忠诚地守候着自己的承诺，默默地担任着林家的守护神。无论什么时候，只要有人胆敢对林氏家族有任何侵辱，那他就要准备面对一把绝世无双的名剑……

紫川宁小心翼翼说：“这么多年了，明王……他老人家还健在？”

紫川秀漫不经心说：“应该还活着吧？那老鬼还欠我一屁股赌债没还清楚呢，怎么能就这样死了！”

紫川宁目瞪口呆。

紫川秀却在苦恼，当时心情激动夸下海口，现在自己怎么去救罗波呢？

现在帝都最有势力的人无疑是总长紫川参星，可是……紫川秀摇头，他相信紫川参星对他的感觉正如他对紫川参星的感觉一样“良好”。

总统领罗明海？紫川秀吐吐舌头，想都懒得想他。

看看旁边的紫川宁，紫川秀又摇头。虽说紫川宁是家族的未来家长，可现在还没有谁把这个十七岁的“预备役总长”当回事——甚至连紫川秀自己都不把她当回事。

中央军统领斯特林无疑是很好的人选，他是自己的老朋友，最近又立了大功，得总长信任，对紫川参星很有影响力，唯一可惜的是他在万里外的远东作战，远水救不得近火。

统领处的其他成员中，唯有方劲跟自己有交情，可惜的是他病了在家休养，人不在帝都。

想来想去之下，紫川秀只能找到一个人。这人深得总长信任，权势如日中天，手掌监察大权，军事法庭正是他的职权范围，更重要的是他还是自己的“好朋友”！

家族监察长官帝林。

只是在帝都事变后，紫川秀一直在有意无意地回避着与帝林这个“好朋友”来往，现在有事了才找上门去，帝林会答应吗？

在帝都，若论安全保护的严密程度，第一算总长府，第二就轮到帝林了。这也难怪，谁叫他仇家多得连他自己都数不过来呢？

夜晚，当紫川秀去拜访监察长帝林阁下时，尽管他已经出示了副统领的军官证，忠于职守的宪兵们还是把他搜了又搜，严密到让他难堪的地步。紫川秀愤愤不平地吵着：“你们要不要搜内裤？”对方很幽默地回答：“不用了，我们没戴防毒面具。”

是林秀佳开的门，她惊喜地说：“阿秀，是你！”

紫川秀痴痴地看着她的如花容颜，少女时的清丽现在添上了一份少妇的容光焕发，接着才移下目光发现她的小腹已经微微隆起，有身孕了。

一时间，心头涌起如真如幻、如梦如醒的感觉。

他干咳一声："咳，嫂子。"感觉复杂到真是难以形容。

对他的来访，林秀佳显得由衷高兴，领着他走进屋子，一边说："你大哥刚刚不知道去哪里了，你就先在书房坐下等他吧。他应该快回来了！"

紫川秀客气说："不用了，我在客厅等就行了。"

林秀佳摇摇头，朝客厅方向努努嘴，做出个俏丽的调皮表情。紫川秀顺着望过去，看到客厅里面已经坐了好多人，看他们制服肩膀上的星光晃动，都是品序不低的家族官员，却没有一个认识的。

紫川秀苦笑说："好吧。"向客厅的众人客气地点头示意，跟着林秀佳走进了帝林的书房，却没发现身后的众人露出愤愤不平的表情：这小子什么来头，我们等了这么久，连杯茶水都没有，他却大摇大摆地进了书房！

在书房里，林秀佳一边招呼紫川秀坐下，一边给他亲手泡茶水、上糕点，平时这种活都是用人干的。

紫川秀惊讶说："好多客人啊，平时都这样吗？"在他印象中，这与帝林孤傲清高的为人不相符合。

林秀佳笑着说："平时更多！今晚你大哥已经送走了一批。只是刚才监察厅里说有急事，催你大哥赶着回去办，就让他们在这等着吧！"

"哦，那他们找大哥都是干什么的呢？"

林秀佳撇撇嘴，做个不屑的表情："谁知道？来走后门打关系的吧。自从他当了这个劳什子监察长后，就没一天清闲过，来人总是没停过！"林秀佳口气虽是抱怨的，表情却很满足。妇以夫贵，哪个妻子不希望自己的丈夫大权在握、受人尊重呢？

紫川秀却一阵脸红，尽管他明知林秀佳的本意不是说他，但他却正是来"走后门打关系"的。

林秀佳一点没察觉紫川秀的尴尬："说真的，那些人赶都赶不走，让人烦。你是我们的老朋友了，却总也不登门来看看我们！连斯特林都来了几次，你却一次都没来过。现在已经不像从前，又不用担心杨明华知道。"

紫川秀无言以对，林秀佳显然还不知道他与帝林在帝都流血夜的冲突。他笑笑说："一直忙……现在不是来了吗？"

"好了，不说这个。阿秀，你也老大不小的了，快二十了吧？听帝林说，你还一直没有女朋友？这可不好，你想要找什么样的，告诉嫂子我一声啊，我帮你介绍。"

紫川秀很想说"就想找你这样的"，话一出口就变成了："我还没这个打算，嫂子你就不用操心了！”

林秀佳狡黠地歪着脑袋看他，那种狡猾的神情和少女时代一模一样，让紫川秀看得心里发痛……

“我知道，你心里有个模子，标准高，也看不上一般的。”林秀佳压低声音问他，“是不是前总长的那个小姑娘阿宁啊？你要是不好意思开口，我可以出面帮你提亲呀！”

紫川秀喝的一口茶水全部喷了出来，咳嗽连连，慌忙摆手：“千万不要，好意心领！”

这时候用人进来小声在林秀佳耳边说声什么，林秀佳皱起眉头。紫川秀趁机说：“嫂子，你要是有事情就先去处理吧，我在这等就行了。”

林秀佳犹豫下，说：“好吧，那你就自便吧！你可以随便找点东西看，我去去就来。不过估计你大哥也快要回来了。”

林秀佳出了书房，顺手把门给关上了，显得她对紫川秀极其信任。

紫川秀看着她的背影消失，露出了难以形容的表情。他回过头来打量帝林的书房，在书桌前坐下，书桌最显眼的地方看到了一张照片：帝林、斯特林和他三人在远东军校拍的。三人亲热地揽在一起。紫川秀居左，一副嬉皮笑脸的表情；帝林在中间，摆了个很酷的姿势；斯特林右边，温和地笑着。冥冥中，这样的顺序仿佛预示了某种历史的残酷。

背景是一片桃树林，正是春天，漫天绯红缓缓落下。紫川秀记起来了，正是在那个春天的日子，他们一起遇上了林秀佳。

照片背后是斯特林题的诗：“花正当春，人亦年少！”字迹苍劲，下面是紫川秀、斯特林、帝林三人的签名。

同样的照片紫川秀和斯特林也每人有一张。紫川秀没想到帝林如此珍惜，把它放到了书桌的最中央。一股温暖的感觉在他心头流淌。

紫川秀并没有翻动桌子上的文件，起身走到窗前，拉开窗帘，打算欣赏一下帝林的花园。

书房的灯光泻进花园里面，紫川秀远远地看到花园的深处有两个人在谈话。一个就是帝林，另外一个人却让紫川秀小小地吃了惊，是黑旗军统领方劲。

两个人都是高手，同时产生感应回头望过来。帝林泰然自若地看了下书房的灯光，又转回头继续说话。

紫川秀轻轻地放下窗帘，但那一瞬间，方劲慌乱的表情已经深深印在了他脑海里面。为什么他会在这里呢？他不是说病了在家休养吗？

过了一阵子，紫川秀听到外面传来一阵喧杂声，许多个声音同时在说：“啊，监察长大人回来了！”“加班到这么深夜，大人真是辛苦了！”“大人您好！下官是……”

帝林含笑地一一回应着家中的客人，林秀佳上来帮他脱下军外套，嗔怪说：“怎么搞的，这么晚才回来！没看到这么多人在等你啊！”接着小声在他耳边说：“赶紧打发他们，阿秀在书房等你。”

帝林微一颔首，朗声对众人说：“有劳各位老兄久等，失礼了！只是今晚还有总长大人交代下来的紧急事务要处理……”

众人马上就知趣地表示他们的事一点都不急，当然是总长大人的事情优先了！纷纷告辞而去。

帝林进书房来，对紫川秀抱歉地笑笑，说：“没办法。”

紫川秀打趣：“那是！监察长大人担负国家重任，日理万机啊！”

帝林摇头：“以前还好点，这阵子忙得不得了！主要是那群召集来的民军，军纪太差了，整天就酗酒、打群架，甚至还有偷盗、调戏妇女的，搞得一片糟糕。帝都这个月的发案率比上月增加了五倍……你知道，凡是碰到军人犯罪的案子，治部少那群懒蛋都是转来让我们监察厅处理的！”

紫川秀正气凛然：“该去追究他们部队长官的责任！怎么带兵的！”

帝林不动声色说：“说得好！犯案最多的就是某个叫‘秀字营’的部队，有一半的酗酒闹事打群架调戏妇女都是他们干的……明天上班我就把他们部队长官抓来问清楚！”

紫川秀马上不敢出声。

林秀佳在一边听得笑弯了腰，帝林搂住她轻轻吻了下。林秀佳不好意思地推开他：“不要啦，阿秀还在这里呢！你这做大哥的乱教坏小弟！”

“怕什么，阿秀又不是外人！何况他什么场面没见过？”

紫川秀在一边叫：“哎呀，我受不了了！我很纯洁的，经受不了这种场面！”

“去你的，跟我在这儿装纯情！小时候的黄色书籍不都是你借给我吗？”

林秀佳在旁边喜滋滋地听着：“你们慢慢聊，我给你们上点酒菜……阿秀吃了吗？”

帝林说：“吃了！”

紫川秀：“没吃！”

帝林叮嘱她：“记得，等下只用上一双筷子就够了！”

紫川秀马上说：“对！我习惯用勺子和刀叉了。”

酒菜很快就摆好了，帝林跟林秀佳说：“好了，你就赶紧下去吧，不用在这里陪我们了……免得某人只喝了半杯酒就硬说自己醉了，趁机占我老婆便宜！”

紫川秀抗议：“难道你就这么不相信我？！”

帝林毫不犹豫："就是这么不相信！"

林秀佳笑颜如花："好久没看到帝林这么高兴了。你们慢慢聊，有事叫我。"

目送着林秀佳出了书房，笑容同时从两人脸上消失。

帝林慢慢说："你看到了？"

问得没头没脑，紫川秀却马上明白他是指刚才与方劲在花园的谈话。他大摇其头："没有，我什么也没看到！"

"你看到了。"句式从疑问变成了肯定。

紫川秀只得承认："是的，我看到了。"望望左右，"该不会是已经在'酒席后埋伏三百刀斧手，只等主人抛杯为号'了吧？"

帝林哈哈一笑，把手中的杯子一摔，哐啷一声，微笑说："刀斧手的耳朵不大灵光啊！阿秀，你有心事，我看得出来。"

紫川秀老实地承认："是的。"

帝林凝视着他，轻轻说："罗波？"

紫川秀为帝林敏锐的判断而惊奇，他反问："你知道了？"

帝林笑笑："怎么会不知道！逮捕他的手令就是我签的，林冰那婆娘还来烦过我十几次，不过我没理她就是了。"

紫川秀直截了当地问："有救吗？"

帝林沉思了好久，才慢慢吐出几个字："我会尽力而为。"

紫川秀忍不住问："真的？"话一出口他就后悔了。

果然帝林已经冷笑着："做人真的是要诚实啊！我只对你说了一次假话，看来这辈子你都不会原谅我了。"

紫川秀沉默，他明白帝林的意思。帝都流血夜那晚的经历已经给他们本来牢不可破的友谊划了条裂痕。刚才大家都一直在有意无意地回避着这个裂痕，努力修复着友谊，最后还是不得不赤裸裸地面对那幕惨痛的回忆。

这种事情也无法解释。他只能举起杯子向帝林敬酒，两人碰杯，一饮而尽。

帝林吐出口酒气："在这个世界上，少点实力，连从地上拔起根草都不行，更不要说活着了！"他望向紫川秀，"我的实力就是我够狠！"

紫川秀静静地听着，他知道帝林的这话不光是给他听的，更是说给自己听的。

"你知道我的出身吧？"

"嗯，你出身的帝氏家族是显赫的名门……"

"哈！"帝林嘲讽地笑一声，打断了紫川秀的说话，"显赫的名门？多了不起的门第啊！知道吗？如此高贵的家族,连送我进贵族子弟学校读书的两万元学费都拿不出！

"我家虽然也算帝氏家族的一个旁支，但早已经没落，好面子的父亲还是非要摆出副阔绰的排场来跟人应酬！他常常跟我说的是：‘可以饿死，不可丢脸！’就是这样爱面子的父亲最终还是要丢脸了。

“七岁那年，虽然我有资格进专收贵族子弟的学院读书，却交不起大笔的学费。为了帮我筹集学费，父亲卑躬屈膝地带着我奔走于我那些阔亲戚家中，父子两人赔着笑脸点头哈腰地向那些有钱的亲戚哀求，好求得可怜巴巴的一点施舍！我哭着问：‘爸爸，为什么要这样？我不去读贵族学校了！’父亲打了我一个耳光说：‘我这一代是没出息了，被人看不起没关系，但是你不能跟我走一样的道路！贵族学校的教育可以改变你命运，让你成为人上人！’从那个时候起我就发誓，有朝一日，我要把所有看不起我的人全部踩在脚底下！我刻苦地读书、练武、学习宫廷礼仪，为那一天的到来做好准备！从贵族学校出来的第二天我就报名加入了家族军队担任下级军官，期望有一天能通过军功飞黄腾达。

“但在军队里待的第一个月我就明白了，虽然我有才能，但是我的上司们却都是饭桶。没人会欣赏一个没后台、没背景的毛头小子的才干的！假如我像其他人那样老老实实、兢兢业业地干活，不出意外的话，三十年后说不定我会升到个旗本的位置，以后拿上一笔养老金安然地退休。那不是我要的！我要的是那种光彩夺目、万人瞩目的权力！要想这个，就必须要迅速地向上爬！

“怎么样才能爬得快呢？有人是靠真刀真枪地拼杀，有人是靠对上司溜须拍马，有人什么也不靠，就靠他有个当统领的老爹！我不屑溜须拍马，但我也不光是靠埋头死干拼命冲，那样死得很快的！我靠的就是我手够黑，心够狠！我之所以有今天的高位，是十几万家族士兵和几百万魔族的死尸给我垫出来的！在远东，提起我‘修罗王’帝林的名字，连小孩都不敢哭出声！

“我知道，你和斯特林不喜欢我这样。你们是仁人君子，是正义之士，尽忠家族……但是又有什么好处？眼前的例子就是远东的哥应星，够忠吧？可是你看紫川参星那个老狐狸是怎么回报他的？！进‘圣灵殿’，我呸！他自己早该进去了！”

帝林一边说，一边猛地喝酒，看来这番话已经憋在他心里很久了。

紫川秀听着帝林内心的表露，感觉内心深处有某一部分被深深地触动。从某种角度上说，自己的童年和帝林的景况非常相像，穷苦出身却置身于那种权势的人群之下，那种心理上的刺激是特别深刻的，只是自己更加幸运点，遇上了紫川宁……

他插嘴轻轻地问了一声：“那现在，帝林，今天你坐到了这样的位置，是不是跟你当初期望的一样呢？现在满足了吗？”

帝林手中斟着半满的酒杯轻轻地摇晃：“确实，当年那些傲慢的亲戚是再也不敢小视我了。现在，哼哼，只要我打个响指，他马上就得跪地上笑着舔我的脚趾！只是现在我早没什么兴致为难他们了，说到底他们当年还是帮了我的。但你问我满足了吗……”

帝林在苦笑着沉吟："权力之路哪里有满足的时候呢？我升得越高，我的仇家就积累得越多，我面临的对手就越强，我只要稍有后退他们马上就会扑上来把我咬成碎片了！为了保护自己我必须巩固自己的权力，为了巩固权力我必须要心狠手辣地杀人，那样就会结上更多的仇家——这是一个死循环，我走上的是这么一条不归路，只能这么一直地走下去不能回头！只是这个就不必跟阿秀你说了，省得你婆婆妈妈地来劝诫我……"

帝林转换了个话题："看到方劲和我在一起，你是不是觉得很奇怪？"

紫川秀点头："是的。"却没有问"为什么"。

帝林眼神变得狡猾了："考你个问题，最近一件不该发生的事情却发生了，你认为是什么事情呢？提示，是大事！"

紫川秀毫不犹豫回答："杨明华的败亡！他既然敢公开示威，不应该垮得那么容易。"

帝林一拍桌子："正确！还记得那次在统领处我跟你说的吗？杨明华公开造反必须要满足两个条件：一、从内部分裂远东军。二、收买拉拢明辉或者方劲中的一人。现在回头看，雷洪的叛变满足了第一个条件。"

紫川秀眼皮直跳："被拉拢的是……"心头泛起不祥的预感。

帝林慢慢说："在搜杨明华家的时候，我发现了方劲写给杨明华的效忠书。"

紫川秀一下子跳了起来，带翻了面前的酒杯："不可能！"

帝林拿起抹布拭擦流出来的残酒，一边平静地说："在那夜，方劲还带了一万多黑旗军埋伏在城外，不过我的部队抢先进了城，他见没办法，偷偷地撤走了。"

紫川秀还是摇头，不敢，或者是不愿意相信，自己从小尊敬的、对自己又十分疼爱的前辈师长，勇敢豪爽的猛将方劲竟然是杨明华的走狗。从感情上说，他更愿意相信被收买的是明辉。

"其实在那次会议上我们就应该看出来的，死了两个黑旗军的高级军官，火暴脾气的方劲竟然没有当场跟杨明华翻脸，居然还要靠远东军的哥应星来为他们出头。这事情很反常，只是当时大家都太激动，居然没有察觉。"

回想起那天方劲的表现，紫川秀其实已经相信帝林的话了。他问："你为什么不揭发他？"心情十分沉重。

"这件事情极端机密，连罗明海都不知道……我为什么要揭发他？"帝林轻笑说，"紫川参星对跟杨明华勾结的人是决不留情的，这件事情说出来，肯定有一大批人脑袋掉地的，让这些脑袋留在原处为我做事不是更好？"

紫川秀睁大眼睛望着帝林："你要挟他？他同意了？"

"他没有别的路走。"帝林很体谅地说，"我知道，你对方劲很尊敬，但这是他自己站错了队，怪不得任何人。世界不是游戏场，没有‘重来’二字，无论谁都一样！”

紫川秀沉默了。是的，帝林说得一点没错，世界不是游戏场，选错了路不能重来。只是，他实在不能接受这个事实啊！他还能回忆起来小时候，方劲那双厚实又粗糙的大手把自己抱起来那种感觉，好温暖好舒适，那时候最爱做的事情就是坐着听方劲叔叔讲各种经历过的战斗场面，心中充满了激动和憧憬；稍微长大以后，又是方劲手把手地教授他如何看军事地图、如何制定作战计划、怎样迂回偷袭……那时候，方劲的身影在一个稚童心中是如此高大……

紫川秀回到了现实中。他琢磨着帝林刚才似乎话中有话，问：“无论谁都一样？”

帝林没有立即回答，他站到窗前说：“有些事情我也是做到了监察总长这个位置后才隐约知道的。”

紫川秀屏息静气，他知道自己将要从帝林口中听到一些不为人知的秘密了。

“一直以来，监察厅都秘密设有第七司，这个秘密部门是用来专门监督那些掌握实权的重臣大将的。几乎在每一个他们觉得有必要重视的人身边都安插有人。以前杨明华就是通过萧龙的第七司来获取情报，并且控制家族上下的。同样，紫川参星也有他的一套情报系统，同样在家族上下大小官员身边安插奸细，其中也包括你，你亲信的部下中也有他们双方的人。他们的名字是……”

紫川秀马上截断了帝林的话：“这鸡蛋炒得不错，你试试。”

帝林凝视着紫川秀：“你早已知道了？”

“这个汤做得就咸了……自从跟了你后，秀佳的手艺都退步了！”

“你怎么知道的？”

紫川秀只得叹口气：“她既不是功勋大将，也不是贵族出身，怎么可能一下子年纪轻轻就做到了副旗本而且还恰好派到我身边来任职？还有那小白脸根本没上过战场，屁都不懂又怎么能担任幕僚职务？一看就知道肯定有人在背后安排的。”

帝林笑笑：“我还真是小看你了，原来你早心里有数……要不要我帮你处理下，保证干脆利索不留痕迹。”说到“处理”二字时，他露出洁白的牙齿，笑容里带出丝丝杀气。

紫川秀一副天真无邪的样子：“处理？处理什么？”

帝林扬扬眉头：“差点忘了你不喜欢杀人……还有种办法，就是我去揭破他们说他们是杨明华的残党，你来把他们保下。保证他们从此对你死心塌地。”

紫川秀摇头：“无论他们俩以前的身份是什么，在那晚，他们已经以自己的行动与杨明华决裂了，为自己赎了罪。如果揭破的话，就算我不介意，他们也不能坦然地在我部下任职了，那我就要失去很优秀的部下了。”

“现在的他们只有一个身份，那就是我紫川秀的直属部下。”他停顿了下，直盯着帝林的眼睛说，“最忠诚的部下。”这无疑是一个警告，警告帝林不得去骚扰白川等人。

帝林也沉默了良久，最后开口说：“我不如你，阿秀。”

紫川秀诚挚地说：“大哥，我一生都是以你为荣的！”

帝林痛快地大笑：“得你叫回我一声大哥，是我最高兴的事情！”

他坐回来：“现在罗明海一心一意想要我的命，我一定要栽培自己的实力来自保，无所不用其极。虽然我有信心不会输给他，但是世事难料，谁说得准呢？如果真有那么一天，林秀佳和她肚子里面的孩子就要拜托你了。”

紫川秀一阵感动，帝林知道他的个性不喜政治斗争，并没有用多年友情来勉强他卷入与罗明海的斗争中。尽管他对别人是残忍无情的，但是对自己的这份感情却是十分真挚。

紫川秀一饮而尽杯中酒，许下千金一诺：“我答应你，大哥，只要我不死，决不让林秀佳和她的孩子受一丝伤害。”

帝林长感激地伸出手来，两人用力一握，目光一同投向桌子上的三人的照片，只见漫天落花中，三个好友紧紧相拥。一时间，两人的思索一齐回到了那个充满朝气和希望的远东军校时代……

七七六年五月七日，远东军校。

“各位学员，现在开始上课！大家坐好了。”

五十多名来自各军团参加军官进修班的新任旗本军官学员正襟危坐，聆听十六岁的副旗本教官紫川秀讲课。

“今天我给大家讲解兵法，‘其疾如风，其徐如林，侵掠如火，不动如山！’是什么意思呢？很简单，就是说，夹起尾巴逃跑的时候要快得像风一样，看到树林就往里面躲。万一敌人要是放火烧树林呢，那你就‘不动如山’死翘翘算了。大家明白了吧？好，下句。

“‘兵者，国之大事，死生之地，存亡之道。’意思说呢，打仗这玩意啊，是各位的命根子啊……没仗打了各位就得失业，下个月薪水领四成……我们的总长大人是仁君，不忍心看着大家没工作，所以才经常跟对面流风家的闹着玩的，以后大家可不要误会他的好意了，谁一不小心错手把流风家给灭了，那大家的饭碗都玩完！

“另外一篇文章的‘入则无法家弼士，出则无敌国外患者，国恒亡。’大家明白了吧？要想保持国家不亡呢，就是多惹麻烦，找多点‘敌国外患’回来，国就‘恒存’了！打不过怎么办？打不过就跟敌人讲道理……这位学员，你可真是笨了，是不是走后门当的旗本啊？讲什么道理不可以啊？讲国际公法，讲国际公约，讲全人类友爱，讲我们热爱和平不跟你一般见识，都可以嘛！但是流风家的听不听你说那又是另外一回事了。”

下面的旗本军官们窃窃私语：“哪来这么个白痴给我们讲课？”

“是哥应星大人特批进远东军校当的教官，听说他们有亲戚关系……明知道是白痴你还选他的‘战术理论课’啊？”

“还不是冲着他的学分给得高来的，考试的给九十八分，不考试的给八十九分，交白卷不要紧，名字写错扣三分；上课从不点到，每节课只上半节，不留课堂作业……这么好的教官哪找啊！”

一个学员举手提问：“教官，请问书上所说的通形、挂形、支形、隘形、险形、远形六种地形有什么含义？在作战时候又有什么具体要求呢？”

“好！这位学员的问题提得好，提得有意义，提得很及时，提得很有水平，提得有见地，提得……”

“教官，请回答啊！”

“不要急嘛，这么简单的问题教官我怎么会不懂？这个，这个，问题的问题就是这个问题啦，我的意思是，哈，一说你就明白了，很简单的……现在你明白了吧？”

“没有！”

“哎呀，没想到你理解力那么差劲，没办法了，只好找个笨点的人给你讲解了……斯特林，快醒醒，别打瞌睡了，帮教官回答下问题啦！”紫川秀赶紧去摇醒斯特林。

“秀川老师，我很笨的，这个问题我不懂。”大声答完，斯特林小声说：“一个星期晚餐，上金台吃！”

“斯特林同学，不要着急，慢慢想一下嘛！”紫川秀小声说：“浑蛋，你不如改行抢！今晚请你地摊吃炒面！”

“老师，我忽然发现自己还是不会耶！”斯特林小声说：“跳楼价优惠，五顿晚餐，金台大酒店吃！”

“斯特林同学，我知道你一定行的！”紫川秀小声说：“你敲诈啊！三顿炒面，多一顿都没门！”

“啊，我要昏倒了，老师！”斯特林白眼一翻，就要躺下。

紫川秀慌忙扶住，大力摇晃：“醒醒，醒醒，坚持住！斯特林同学！”小声说：“算你狠！金台就金台！”

“啊，老师我想起来了！”刚才还奄奄一息的斯特林瞬间变得神采奕奕，朗声回答，“所谓通形就是敌我都可以自由进出的地形，在这种地形呢，要抢先占领高处和向阳面，保护好补给路线；所谓挂形是指易进难出的地形，在这种地形呢，对突击没有准备的敌人是有利的，但是如果敌人严阵以待就很危险了；对敌我都不利出击的地形叫支形，在这种地形，最好是坚守，不要理会敌人的挑衅……”

“嗯，说得也勉强可以了，要点基本上都答对了……那位同学，你明白了吧？”紫川秀转向斯特林，声色俱厉：“斯特林同学，我对你很失望！答这么简单的问题都要考虑这么久，日后在战场上，你掌握数万家族士兵性命，生死决于一瞬，难道你也希望敌人给你这么长的时间考虑吗？”

于是斯特林惭愧地低下了头，对辜负紫川秀老师的期望表示无比的歉意。

紫川秀越说越气：“天才是什么？天才就是九十八分的汗水加两分的灵感！你啊，仗着有点小聪明，不思勤学，玩物丧志……这样是永远成不了大器的！来，你跟我来教导处好好反省下！其他同学，自习！”

两人出了教室。

“我说阿秀，你也太狠了吧？一节课只上了十分钟就逃了。还有啊，这个逃课理由好像上次已经用过了吧？我都不知道跟你进多少次教导处去反省了。”

“哪里啊，你记错了！上次是说你帕金森症发作了，我得送你去卫生室……这课再上下去我不得破产啊！帝林哪里去了，今天他没来上课啊？”

“他收保护费去了。”

在死巷子里，几个远东军校的低年级学员缩成一堆，畏惧地看着容貌秀美的帝林微笑着逼近：“各位，下午好啊！喝过下午茶没有？”

一个壮着胆子说：“帝老大，我们上个星期已经交过钱了……”话没说完，帝林的大头军靴已经一脚踹到了他脸上。

帝林递过去一张餐巾纸给他擦鼻血，和颜悦色地说：“上个星期拉过屎了你这个星期要不要再拉啊？上次收钱是为了悼念卡缪殿下一百二十五周年忌辰，这次是为了庆贺伟大的紫川星大人两百五十三周年诞辰，性质根本不同嘛！你身为未来的家族军官，难道就不为这个伟大的日子感到无比欢欣吗？各位难道就一点爱国激情都没有吗？这样的话，就让我太失望了……”

帝林把拳头捏得咯咯作响——充分地表达了帝林旗本是多么“爱国”，而他对几个“不爱国人士”又是多么“失望”。

这个时候斯特林与紫川秀出现在巷子拐角。几个军校生如见救星，赶紧大叫：“救命啊，秀川教官，帝林要收保护费！”

“帝林同学，你又在欺负新同学了！看来我非得对你动真格的！”紫川秀义愤填膺，“各位同学，不要怕，如果帝林再敢欺负你们的话，去教务处告诉我，我剥他的皮！记得啊，一定要报告啊！”一身正气的紫川秀教官边说边拉着斯特林向外走，走得飞快。

帝林看着几个失望的士官生嘿嘿发笑：“告诉你们个秘密，我的皮给阿秀教官剥过不下一百次了……好了，废话少说，现在是拿实际行动表现你们爱国热情的时候了！我最痛恨那些不爱国的人！”

在校园后面的桃林里面，帝林找到紫川秀与斯特林，递给他们一人一根冰淇淋。

紫川秀不满地说：“就这些？”

帝林：“没办法，经济不景气，做流氓也不行。保护费收不上来。”

斯特林一边吃得飞快，一边含糊不清说：“我觉得你们这样不是很好啊，欺负学弟是不对的……”

帝林横他一眼：“觉得不好你可以不吃啊……每次吃得最快的不就是你！”

斯特林马上闭嘴，飞快地把剩下的吃完。

紫川秀：“听说了吗？你们军官进修班的学员下个星期就要提前毕业了！”

“哦！”斯特林说，“我们早知道了！最近各个军团都缺军官嘛，不得已只好让我们马上进入岗位。我自愿分配到了边防军系统去，帝林，你要去哪里呢？”

帝林微笑着：“边防军系统好啊！那里是与流风家对抗的最前沿，立功和升职都是很容易的，非常有前途。我的去向还没决定呢！阿秀，就你还可以舒舒服服地留在军校当教官，真让人羡慕啊！”

“哈哈，”斯特林笑说，“他也不行了！有人去告状，说这个家伙不学无术，误人子弟。现在听说连哥应星大人也考虑把他调出军校系统，据说要把他派到罗波大人部下去。”

“哎呀，斯特林，你说话不要那么实在嘛！”帝林笑得直喘，“看我们阿秀的脸，都红得成什么样子了，小心他要翻脸哦！”

“我翻脸了！今晚不请你们吃了！”

“你敢反悔？！你小子皮痒了！”

“就是！揍他！看他老实不！”

金台餐馆是远东军校附近最高档的（也是最宰人的）餐馆。斯特林与帝林大模大样地抢先踱进去，吩咐说：“今天我们要铁公鸡拔毛！尽管上好菜！”

紫川秀愁眉苦脸跟在后面，一张脸上清清楚楚写着“苦大仇深”四个字，整个一副被压迫了三千年的嘴脸。

三人饭饱酒足。

帝林摸着肚皮满意地笑："好久没这么爽了！我觉得吃阿秀的饭特别有成就感，吃得特别香！"

紫川秀把手插进口袋里面又伸出来，脸上露出古怪的表情，问帝林："请问流氓帝林，吃霸王饭通常有几种方法？"

帝林想了一下回答说："一、蟑螂苍蝇法；二、脚上抹油法；三、食物中毒法；四、凶神恶煞法……不过你问这个干什么，该不会你要跟我说没带钱包吧？"

"谁说没带，但口袋里除了钱包以外还有样东西……"紫川秀把裤子口袋翻出来，露出个很大的洞，大小刚刚好可以掉出个钱包。

斯特林惊奇："上次付钱时，你的钱包不是已经掉过了吗！你的钱包还真是掉之不绝啊……而且每次都掉得恰是时候！"

紫川秀分辩说："这怎么一样呢？上次是假装的，这次可是真的掉了！"

三人对视一眼，帝林唉声叹气说："没办法了，像我这么高级的流氓，本来是不想用这么低贱的招数的……"一边说一边把自己的衣服纽扣解开，袖子捋起，忽然挺身而去，一把将一盘糖醋鱼打翻在地，再狠狠地把酒瓶一摔，"这是给人吃的还是给猪吃的！老子还没吃过这么难吃的菜！把厨师给我叫出来！"

紫川秀在一旁捂着肚子叫痛："啊，我食物中毒发作了！"

斯特林若无其事地闪开，免得给碎玻璃砸到。

跑堂的伙计赶紧上来，一副见多识广的架势："明白了明白了！几位大爷，少安毋躁，有不满意的地方，厨师马上就来给各位道歉。"

就在这一刻，紫川三杰命运中最大的转折产生了。

七七九年九月十六日，帝林府宅。

监察长帝林微笑着说："我还记得林秀佳穿着厨师围裙出来的时候，你都看得呆了，口水流得比吃糖醋鱼时还多。"

紫川秀抗议："当时口水流得最多的绝对不是我！你不也是，刚刚才摔了人家碟子，马上就装出副温柔的样子：'小姐，这道菜是你煮的吗？味道真是不同凡响啊！好得没话说！小姐，我想一辈子都吃你煮的菜，你愿意吗？'刚见面就这样，你还真是把肉麻当有趣啊！"

帝林大笑："你懂什么！女孩子就是喜欢肉麻，越肉麻她们越喜欢！最可恶是斯特林，当场就做了叛徒：'小姐，我跟你说，他们两个都不是好人，想吃霸王饭！只有我是好人！'把我俩气得！"

紫川秀也不禁莞尔："是啊，险些就在当晚产生了紫川家族打架大赛的第一名。"

夜色已经深了，紫川秀告辞而去。走在回家的路上，紫川秀一路慢慢回味着帝林最后的话，越想越觉得深不可测。

帝林说："阿秀，我知道，你马上就要出发到远东去了。你带的秀字营都是些什么货色，你应该也心里有数，我就不说了。远东目前局势，你要心里有个底。我们可能会赢一场、两场、三场甚至一百场战役，但是却不可能赢得这场战争，无论我们增加多少军队都一样。因为还缺少种能扭转全局的决定性因素，而这种因素却是不可能从战场上获得的。这句话我对斯特林也说过，但看他现在冲动的样子，显然没听进去。他要试图以人力挽回天意。"

紫川秀："那你认为，能决定战局的因素是什么呢？"

帝林摇头："我不知道。要不要听听我给你的忠告？"

"说吧。"

"绝对不要离开离瓦伦要塞三日马程的距离，随时准备应变不测。"帝林神情郑重。

回首望去，原来灯火通明的帝林府宅，已经笼罩在一片深深的黑暗当中，令人无法看透……

两天后，发生了件令帝都众人很不解的事情，监察长帝林阁下突然一反常态，积极插手参与了远东军原副统领罗波的失职案子，摆出副要严加追究的架势，声色俱厉地表示："这次非要砍几个统领处的脑袋，让罗明海知道知道我帝林的厉害！"甚至还放出风声，在军事法庭上，他要亲自担任控诉官，"我倒要看看谁敢保罗波！"

消息很快传入了罗明海总统领阁下的耳朵里面。他只考虑了几分钟，马上就改变了立场，大力为罗波辩解，还要出席由总长紫川参星主审的军事法庭担任罗波的辩护人。

军事法庭如期开庭，现场几乎成了总统领罗明海一人的表演专场，他慷慨陈词，字字掷地有声铿锵有力："赤水滩之败，乃人力不可抗拒之原因！败兵如潮中还能力保瓦伦要塞不失，罗波副统领不失名将风度，更是有功无过！家族对功臣不施分毫奖励反以铁索加身，岂不令前方百万将士心寒？！"赢得大厅里面旁听的林冰等远东军官们一片热烈的掌声，罗明海更是得意，雄姿顾盼左右。

相形下帝林的表现就很让包括紫川参星在内的众人失望了，话说得语无伦次，结结巴巴，论证自相矛盾，甚至在起诉书里面都没有搞清楚到底罗波是犯了失职罪还是指挥不当罪，当场就被罗明海驳斥得体无完肤。

结果，紫川参星当众宣布罗波无罪。帝林一副被打败的公鸡样子，垂头丧气，似乎站都站不起来了。

罗明海不屑地望了帝林一眼，接着就扬扬得意地接受部下的祝贺，恭喜他"又挫败了那个可恶的帝林"！欢喜得他当晚多吃了一碗饭，还破例喝了酒。

第四章　左加明王

“哎呀，这话你们是从哪里听来的？”紫川秀大惊失色，一副秘密被揭穿的惊惶样子。

“大人您就别装了，我们跟紫川宁小姐打听得很清楚了，您是人类第一高手左加明王阁下的第五关门弟子，已经得到了他的十足真传，精通波纹神功、闪电刀、霹雳脚、铁头功、独孤九剑、如来神掌、葵花宝典、神龟冲击波、超级赛亚人三代。总之厉害得没得说就是了！”

“唉，我不是已经叮嘱过阿宁，叫她不要到外面乱说了吗……”紫川秀深知女人跟孩子一样，如果想她帮你广为传播某消息，最好的方法就是多叮嘱几次“千万不要说啊”！果然，效果是立竿见影的，不到第二天罗杰三人就带着一脸贼兮兮的笑容来了。而且谣言在传播过程中还会自动繁殖，越来越活灵活现，最后定型为：紫川秀是左加明王的亲传弟子！

“唉，事到如今，我只好承认了。没错！我就是左加明王的第五弟子！”

“大人，您就放心了，我们会替您守口如瓶的啦！只是，我们有个小小的要求……”

“哦，是这样……你们三个想跟我学武功！”紫川秀恍然大悟。

三人点头如鸡吃米。

“你们知道，这事情很难办的……”

白川拿出了一大沓票子，罗杰搬出了大堆的色情杂志，紫川秀叹口气说：“你们老是这样，我有什么办法呢？”

“好，既然你们这样有诚意，我就把我们左加门派最高奥秘的武功传授给你们！乾坤无敌霹雳掌秘籍！只卖一千元！谁要？”

白川："这么便宜？"她第一个拿出钱，抢了秘籍就跑。

措手不及的罗杰和明羽哭丧着脸："大人，不行啊！如果恶婆娘练成了那什么霹雳掌，我们不被她欺负死了？"

"呵呵，不要怕！那霹雳掌的秘籍是不完整的，还存在着破绽！我这里还有大日神功秘籍出售，专破霹雳掌的，现在售价八千八百八十八银币，练了包你能打赢白川！对了，你将她打败时，顺便跟她说声，我这里还有霹雳掌的升级改进版和补丁，只卖一万，问她要不要？"

清晨，统领处内务官员李清红衣旗本踏进了秀字营的驻地大门的第一眼就看到了罗杰旗本，他蹲着像只蛤蟆似的，面对初升的太阳张大了嘴巴，喃喃细语像是在念什么口诀："我是蠢驴……我是蠢驴……我是蠢驴……"

"罗杰旗本，你在干什么？"

"……我是蠢驴，你别干扰我，我正在练习大日神功，吸收太阳的元气……我是蠢驴……练成了就可以无敌于天下了！"

李清吐吐舌头："那请问下，你们秀川长官在哪里呢？"

"……我是蠢驴……大门进去右拐，我是蠢驴……门口贴着张裸体女人照片的就是了！"

"谢了。"李清谢过，往里面走，只听到背后罗杰扬声开气，一声暴喝传九里。

"我是蠢驴！"

"知道了，不用说那么多遍！"李清头也不回。

"明羽旗本，你这又是在干什么？四肢着地趴地上，舌头吐出来老长，大口喘气，一只脚还翘起来搭在电线杆子上，看起来很像一条……一条……那种哺乳类动物啊！"

明羽斯文的脸上一红，赶紧从地上爬起来："哦，这是目前最流行的自然疗法！"

这时候白川走过，目不斜视，口中又唱又念的："阿里，阿里爸爸是个快乐的青年……左三圈右三圈大家起来做运动……一是一，十是十，十四是十四，四十是四十，不要把四说成十，也不要把十说成四……"

两人傻傻地看着白川一边说一边走远，明羽尴尬地笑笑："白川最近打算改行说相声去。"

紫川秀看到李清进来，热情地起身迎接。因为李清是紫川宁的手帕交，大家平时熟悉，交情一直不错。

李清打量着秀字营司令部里到处张贴的美女画像、地上成堆发臭的垃圾、脏衣服、空酒瓶，甚至还有两只死去多日的老鼠。她啧啧抱怨说："阿秀，你们秀字营这里真是乱啊！你们的人是不是一个个都刚从监狱里放出来的？”她下定了决心，以后不带着一个大队以上警卫就绝对不进秀字营的大门，因为那群士兵“火辣辣”的眼神实在太吓人了。

紫川秀嬉皮笑脸说：“哪里有这样的事情啊？你看我就很正常啦！”

李清的表情似笑非笑：“一大早就拿着本色情杂志在那看的人敢说自己很正常？！”

紫川秀赶紧把黄色书塞屁股下面，干咳一声说：“清阁下大驾光临，有何指教？”

李清收起笑容：“紫川秀阁下，我奉统领处命令而来，请集合部下，让我宣读统领处命令……欸，你怎么把我的命令抢过去了，不要拆，不要拆……唉！”她埋怨说，“我是钦差大臣，你这样让我很没有面子啊！”

“‘秀字营马上出发赴瓦伦要塞，听候方劲统领指挥。’奇怪了，不是说新征集的民军都有一个月的时间训练吗？我们才两个星期啊！而且装备什么的都没有发齐，有几个中队甚至连越冬的帐篷都没有齐备。”

“这是总统领阁下的意思，表面上的理由是说远东战事吃紧，要赶紧支持斯特林，实际上的理由是帝都治部少长官揭副统领的意思，他哭哭啼啼地跑到罗明海那里说：“‘秀字营一日不除，帝都一日不宁。快把那群畜生赶走！’阿秀，你知道帝都民众是怎么评价你的部队的吗？”

紫川秀一本正经说：“帝都民众看着秀字营威武的大军经过，一个个发出衷心的感叹：‘威武雄壮，正义之师……真不愧是秀川阁下带的兵，纪律严明，风纪无双！’”

李清微笑：“你还真能瞎掰！你明知道现在大家说的是：‘帝都三害：苍蝇、老鼠、秀字营！’”

李清起身告辞：“好了，就这件事情了。有什么事情没办妥当的，赶紧处理下。装备没齐的部分，可以来找我的。你可知道，为了能把你们尽快打发走，后勤处是不惜代价的，你可以趁这个时候多敲诈他们点油水。”

“还有件事情，我有封信要给斯特林的，你要去远东了，帮我带下吧。”

紫川秀心头一震，一直以来他都知道斯特林爱的人是卡丹公主，不提的话，他都忘了在名分上李清才是斯特林的未婚妻。

“记得哦，要亲手交给他哦！”

他默默地接过信：“好的。”心里却在感叹，女人真是没见识，以为去远东就像是去自家的后院似的。却不知道远东战场方圆近百万公里，斯特林部队又飘忽不定，如此广阔的区域如何能一定保证自己可以见到斯特林？

他送她到驻地门口。李清掉过头来，深深凝视着他意味深长说：“多加小心了，为了阿宁，好好保重自己。”

紫川秀心头震撼，却不露声色："对，为了家族的下代总长，确实应该保重自己。"

李清秀眉微蹙，似是不满意他的说法，却没说什么，转身离去。

"哥，你回来了？"紫川宁对他的突然出现有种特别的欢喜，"你买了花回来……哇，哥，你好棒哦！我还以为你不记得人家的十八岁生日了呢！"

今天是紫川宁的生日！紫川秀吓了一跳：他买花纯粹为了准备与紫川宁的谈话做衬托，却没有想到歪打正着，今天还是紫川宁的生日。看着紫川宁抱着束花欢喜得不得了的样子，他说不出话来，难道要在这个时候跟紫川宁进行那种谈话吗？

卡丹从房间里面出来："让我看看……怎么还有人拿黄菊花当成生日礼物送人的？"

"啊，真的呀！我哥老是糊里糊涂的，真是的！"紫川宁虽然在抱怨，但表情却很陶醉：只要紫川秀能够记得她的生日，哪怕在路边摘把草回来她也高兴得不得了。

罗杰、白川、明羽也都来参加今天的生日聚会——他们嘴巴上说："我们为了友谊和祝福而来！"紫川秀却一眼看穿他们是为了不要钱的美食而来。白川送了一个音乐盒，罗杰和明羽两个"一到月底就穷得叮当响的臭男人"合伙送了一包瓜子。

紫川宁的心情很好，无论收到什么她都真诚地道谢。紫川秀知道，紫川宁平时品位是很高的，也很少有什么东西看得上眼的。

酒菜很丰盛，令远东来的几个土包子大开眼界。卡丹微笑说："都赶得上我们以前的宫廷宴席了。"

吃饭的时候紫川宁给紫川秀敬酒，祝福阿秀哥哥"旗开得胜，平安归来"。紫川秀这才知道，原来李清早把他要出征的事情通知了紫川宁。他默不作声地把酒一干而尽，众人陪同，就连平时不沾酒的卡丹和白川都喝得两张俏脸红扑扑的。

大家兴致很好。罗杰专门挑那些漂亮的女士敬酒，一会儿提议为在远东的斯特林干杯，一会儿又提议为家族早日平息叛乱干杯，隔不到三分钟又提议为出征人员平安归来干杯，殷勤得让紫川秀怀疑他的动机，他是不是想把女士们都灌倒了好浑水摸鱼干些什么勾当……随后又释然，不可能，罗杰太蠢了，还想不到这个办法，如果是明羽的话就很可疑了。

议论的话题老是离不开远东战事，紫川宁因为有李清这个朋友，得以知道许多有关远东的新闻。比如说统领处有意向成立远东战区统一司令部啊，只是关于最高指挥的人选一直无法确定。从战绩来看，统领处和总长都很属意斯特林，只是斯特林当统领的资格太浅，他当总指挥的话，恐怕难以驾驭那个与他同级别的老油条明辉，如果要找个在斯特林与明辉二人级别之上的人的话，也只有总统领罗明海合适了。

说到这里，几个家族军官都笑了，罗明海不懂军事是出了名的。明羽给大家说了个关于罗明海的笑话。一次他去指挥作战，眼看流风家的骑兵就要冲进司令部来了，罗明海依旧端坐不动，一言不发。眼看指挥官如此镇定自若胸有成竹，部下们勇气倍增，一口气打退了敌人的进攻。大家欢呼“万岁”时，罗明海才偷偷扯过一个勤务兵来问：“我们到底赢了还是输了？”笑话并不是很好笑，大家却笑得不行。

卡丹偷偷地扯他袖子，紫川秀会意地走到外面走廊来。卡丹递给紫川秀封信：“请帮我交给他……”这个“他”指的自然就是斯特林了。

紫川秀木然点头接过，心头叹息，却下定了决心：“帮我把阿宁叫出来好吗？”

卡丹暧昧地看着他，打趣说：“啊，要说悄悄话了！好，我帮你叫。”

不一会儿紫川宁出来：“哥，什么事情这么神秘啊？”不知道是喝了酒还是别的什么原因，她的脸红扑扑的。

紫川秀笑而不答：“等一下。”反手抽出军刀，向后一掷，刀子毫不费力地穿透了门板，门后传来罗杰和明羽的惊叫。

紫川宁这才意识到他们在偷听，笑得弯了腰。

紫川秀再用内息察看了下周围，确定真的没有人偷听了，深呼吸了口气，接下来的谈话是需要勇气的。

夜空晴朗，天上繁星点点，仿佛无数好奇的眼光在窥视着人世间。清爽的夜风吹来，让有醉意的人感到一阵清醒。

“哥，我觉得你今晚好像不怎么开心似的，都不怎么说话。”紫川宁清醒了很多。

紫川秀慢慢地开口了：“阿宁，我还记得，你小时候怕黑，又爱哭，眼泪老是流个不停，你爸爸远星大人临去的时候，吩咐我说要照顾你，可是你哥哥是个没出息的，倒好几次反而要你照顾了。”

“哥，咱们自己人，你怎么说这种话呢？你一直在暗地里保护我，我又怎么会不知道呢？那一年，帝都暴乱，我爸爸不在家，凶神恶煞的乱民冲进总长府，侍卫都吓跑了，我吓得躲床上被窝里直哭，你只有八岁，握着把剑彻夜守在我的床前。我记得的，从被窝里面偷偷看出去，你的身影好威武哦，看了就让人安心。”

紫川秀摸摸脑袋说：“别提了，看到第一个走进你房间的人，我就啊地一剑劈过去，结果被人一脚踢得葫芦似的滚了出去——原来是你爸爸回来了，我足足躺了一个星期。”

紫川宁咯咯笑说：“可是我觉得你滚得也很帅啊！”

回想起那段往事，两人都一阵感慨。紫川秀微笑说：“一转眼，当年那个挂着鼻涕的小姑娘已经这么大了。我总算也是不负远星大人的重托……阿宁，就让我们做一辈子的好兄妹，好吗？”

紫川宁睁大了眼睛：“我们一直是好兄妹啊！”

紫川宁没理解他的意思，紫川秀只得叹了口气，换个角度说：“阿宁，过两天我就要去远东了，可能要去很久。”

紫川宁平静地说：“不管去多久，我等你。”

紫川秀硬着头皮说：“也有可能回不来了。”

少女的双眸明亮如星，注视着紫川秀英俊的面庞：“不会的，我等你。”

紫川秀绝望得几乎要自杀，她怎么这么迟钝！他支支吾吾说：“嗯，我们是好兄妹，你当然等我啦！只是，在等人的时候，还可以做点别的事情，比如，比如……”

紫川宁不明所以地看着他，印象中这个潇洒自如的大哥从没有过这样的失态。

紫川秀鼓足了勇气：“比如说，多出去走走，认识些同龄的男孩子。我发现，你好像都没有异性朋友的，对个十七八岁的女孩子来说，这样不怎么正常。”

紫川宁诧异说：“我有很多异性的朋友啊。像斯特林大哥、罗杰、明羽他们，都跟我玩得很好的。”

紫川秀哭笑不得：“我不是说凡是异性的就算是朋友……哦，不对，我的意思是说不是异性的朋友都算是那种‘朋友’。”

他绞尽脑汁下终于想到一个很好的例子：“比如，那种‘朋友’就像是卡丹和斯特林那对狗男女那样了。”

紫川宁睁圆了眼睛：“那种‘朋友’？”

紫川秀肯定：“那种‘朋友’！”

“你让我去找个那种‘朋友’？！”

紫川秀低下了头，沉默。

紫川宁定定地看着他，一言不发，目光中渐渐波光流动，难以形容的表情，就像快要哭出来似的，纤细的身躯开始发颤。

紫川秀铁石心肠地装作看不见，他忽然对花园里的玫瑰花产生了浓厚的兴趣，转身低头细细研究。

僵持的沉默仿佛可以一直延续到宇宙的尽头。就在紫川秀快要忍不住转过身来的时候，身后脚步声响起，渐渐远去。

远去的还有一份最珍贵的眷恋。

他转过身来，黑暗中，白色裙子在渐渐远去，消失在走廊的黑暗之中。他定定地站着，面前不停地闪现着少女当时的表情，凄婉又动人。

他自嘲地一笑，喃喃自言：“紫川秀，你这个恶棍，你该下地狱的。”

抬头望天，远方明亮的星光中，仿佛有一双威严的眼神在注视着他，时光的流逝丝毫没能减弱这双眼神对紫川秀的威力，耳边仿佛又响起了雷霆巨吼：“林河，弄清楚自己的身份！”

紫川秀的嘴角抽动。是的，我很清楚。这等高门望族，岂是一个没来历没父亲的孤儿所能般配？我也清楚，紫川这个姓氏，不过是镀在自己身上的一层金子，稍微一碰，就看到里面寒碜的黄铜。再怎么说“视同己出”，对于紫川这个姓氏来说，我始终是外人。

否则，为什么，看到我与紫川宁的感情好，您马上就把年仅九岁的我远远地发配到远东军校去？如果自己真的具有家族血统，当年杨明华敢不请命就悍然抓我吗？以自己的才干，家族总长这个位置，又怎么轮得到紫川参星占据？

镀金始终不是真金啊！远星大人，这样的结果，是否就是您乐意看到的呢？

星光忽然又变得像少女的双眸。对不起了，阿宁。今天是你的十八岁生日，我不该让你伤心流泪的。从今天开始，你将开始女人一生中最美丽最耀眼的青春时光，女人一辈子漂亮的时光能有多少年？我不想你把这么珍贵的年华浪费在无谓的等待中。

再见了，阿宁，原谅我的铁石心肠。当你的视线不再被我的身影局限，你会发现世间原来有更优秀的男子，值得你去爱；当有那么一天，你真的继任总长，你是否会明白我的用心良苦呢？

当有那么一天，你与你心爱的人步入婚礼殿堂，那时候，你心里是否还会惦记着曾经喜欢过的人？

那时候，我将在遥远的地方，默默地关注你的身影，只等你的第一声召唤，我将出现，无论万水千山。

我爱的女孩啊，愿你不老不死，永远美丽。

而我，将永远地守护着你，纵九死而无悔。

秀字营八千官兵于当晚午夜出发，开拔远东战场。紫川秀走的时候没有惊醒紫川宁，只是在客厅的桌子上留下了一年多来的食宿费用和房间钥匙，悄悄地离开了紫川宁的庄园。

回首望去，紫川宁的房间一片漆黑。他叹口气，策马奔驰，离开了这个他生活了一年多的地方。

漆黑的房间里，窗帘被偷偷地拉开条缝，一双明亮的眼睛一直追随着紫川秀笔挺的背影，直到他深蓝色的军官制服渐渐淹没在浅褐色的士兵队列里面。紫川宁轻声祈祷：“神啊，我的十八岁生日愿望是，请你保佑紫川秀哥哥平安吧。”珠泪如雨。

“埋伏！”斥候兵的警告在下一秒变成了惨叫。一支土制的投枪准确地穿透了他的胸膛。投枪如雨点般继续飞来，惨叫声接二连三地在队列里面响起。

遇袭的中央军士兵迅速聚拢起来，围成个圆形防御圈，一手拿刀一手举盾的盾牌手们自动站在最外围，上百面方形盾牌自动结成一个圆阵，半蹲着的弓箭手从盾牌的上方向密林的深处射箭还击。投枪仍然不停射出，却再难以伤害盾墙后所躲藏的士兵们。

队伍的大队长，小旗武士杜克拉怒吼一声："第五中队，上！把那些暗箭伤人的兔崽子给我揪出来！"

三十几名手持马刀的士兵大吼一声："乌拉！"猛然向茂密的灌木林后发起了冲锋。他们原来都是骑兵，丛林战中不能骑马，却没改变他们剽悍的作风。三个士兵在冲击过程中中枪倒地，其余的人却顺利地冲近身去，围住十几个半兽人砍杀起来。

半兽人抵挡得同样坚决，他们毫不理会"哇西里瓦路！（投降不死！）"的喊话，勇猛地用简陋的标枪与锋利的马刀对杀。在雨后的丛林泥泞地，双方不断有人溅血、惨叫、倒地，双方都没有人后退，胳膊被一刀砍掉了就换只手拿枪，肩膀被木棒敲碎了咬咬牙照旧扑上去，还有个中央军士兵腿被打断了，他就滚在烂泥地上继续挥舞着马刀砍敌人的腿。

杜克拉看到半兽人已经伤亡过半，回头喊道："弓箭手，上！解决他们，你们先退开！"

弓箭手们轰然应答开始挽弓拉弦，正要上前，哇的一声吼叫，四面密林中又涌出来了数以百计的半兽人，高举着标枪和木棒，凶狠地围杀上来。士兵们马上又结成了圆阵抵御，在阵形的外围又开始了残酷的搏杀。

杜克拉的脑子轰地一响："中埋伏了！"高声叫唤："第五队的，快向大队靠拢！"

离开大队的第五中队的三十几名士兵拼命地往回突，却被上百名拿着巨棒的半兽人狂吼着包围了，到处是挥舞着的兵器，寸步难进，一个个被打得血肉横飞、脑浆迸裂，惨叫声密集地响起。

大队的士兵也奋力靠过去想接应他们，却被几百名叛军挡住了去路，双方激烈地交锋，每一秒钟都有人溅血倒下。他们与被围士兵隔不到三十米，双方可以互相看到喊话，却没办法接近一步，看来等不到大队过去接应，那些没法结阵抵御的士兵就要伤亡殆尽了！

一声清越的呼啸，一个人影一晃，不知如何竟穿过了几层的包围圈，冲入被围困的士兵中。这个个子不高的人身法极其快捷又干脆利落，赤手空拳，但是举手投足间就有敌人一声不响地扑倒在地上，竟然没有人看得出他是如何出手的。素以巨力著称的半兽人在他面前似泥捏纸糊般不堪一击，一下子把半兽人的包围撕开个口子，被围的士兵就势一冲，回到了本阵。

眼见埋伏不成，一个高个半兽人指挥官哇哇几声，刹那间刚才还气势汹汹的大群半兽人狼奔兔脱地四散逃走，纷纷钻林藏草消失无影，消失得就如他们出现得一样突然。

厮杀声一下消失了，深秋的密林重又变得寂静无声，安静得可以听到小鸟的鸣啾声、雨水从树上滴下来的滴答声、伤者躺在地上轻轻的呻吟声。深秋午后苍白的阳光无力地透过树叶进入密林，斑斑点点地照在绿绿的青苔上，照在汪汪的积水潭上，照在战死者年轻而苍白的脸上。

士兵们大口地喘息着，手指还是用力握紧刀子，肌肉绷紧，杀红了的眼睛仍旧四处搜寻着下一个厮杀对象，他们还不敢相信那场惊心动魄的厮杀已经结束了。

杜克拉第一个清醒过来，大声吩咐："一个个傻呆呆地立那儿干什么啊！还不帮受伤的弟兄们包扎下！你们几个，砍几棵小树，准备担架。"

士兵们如梦初醒，一个个答应着拿出医药包裹伤口，检查地上的人是否还活着，看看是否可以抓到个俘虏。

杜克拉想起来了："刚才是谁那么勇敢冲过去救了我们弟兄啊？"

几个弓箭手一起指着个东张西望的年轻士兵："是他！是他救了我们的弟兄，他立大功了！"

"是我。"年轻士兵不好意思地笑笑，露出口洁白的牙齿——那也是他脸上唯一白的地方了，面上溅满了污泥，个子不高，给人精悍的感觉，目光锐利又很沉稳，军服已经脏得看不清楚本来颜色了。他光着脑袋，因为帽子在厮杀中已经掉落了，他正在四处张望着找寻。

"好样的，小伙子，好样的！干得漂亮！你不是我们部队的吧？"

"对，我刚经过这里，你是部队长吧……"

"对你个头！"杜克拉勃然大怒，"你们长官就一点没教你吗？跟上级说话要加尊称，要干脆利索，要说：'对，大人！是的，大人！'重来！"

年轻人好脾气地笑笑，立正说："是的，大人！"

"嗯，这才像个当兵的样！好了，告诉我你的名字、职务、所属部队番号，我会帮你请功的！"

"那可真是麻烦您了，大人。"年轻人笑容可掬，"名字全称：斯特林·左那，隶属家族中央军，职务：中央军司令长官、统领处委员。您可打算什么时候帮我请功啊，大人？"

他终于找到了自己的帽子，吹吹上面的灰尘，拭擦干净，露出了明亮的金鹰徽章。

“大人，今天您又不听话了！”中央军参谋长唐平副统领埋怨说，口气就像是医生埋怨不肯吃药的小孩，“您是下去视察部队防务的，怎么又冲到最前面去了？万一有个闪失……”

“对！”军团副司令秦路副统领也帮腔说，“下面的师长们纷纷抗议说：‘我们欢迎斯特林大人来我们防区视察，但是能不能让他不要老冲到最前面去？万一大人在我们防区出什么事情，我们承担不起啊！’大人，您神勇无敌大家都知道的，但是作为军团的统帅的职责和士兵是不同的，我们负责的是运筹帷幄，制订计划，指挥……”

“好了，好了，我知道就是了。”斯特林赶紧岔开话题，“今天我看了下左翼的三个师，卢宁的师防务还可以，战壕也挖得很好；文河的师就差了，从上到下都不知道自己在干什么，我走了半天居然没个哨兵来盘问我下，战壕挖得跟水沟似的，浅得根本藏不住人，甚至还有个二百五大队长带了三百多人就要冲进维斯度森林里去找叛军麻烦。我不是已经下了禁令‘追击不许进入森林’了吗？”说到这里，斯特林已经是声色俱厉。

秦路忙解释说：“文河师原来是骑兵师，善攻不善守，他们的军官都是习惯进攻的。我会马上跟文河说这事情。”

“不能再进攻了，我们的伤亡太重了。那个该死的鬼林子，死多少人都不够！”斯特林叹气，口气转为严厉，“督导不严，文河是要承担责任的，你告诉他，他被降职了，从红衣旗本降为旗本，依旧担任第三师的长官，告诉他，要是敢再犯，自己找军法处报到去吧。”

秦路和唐平都不禁失笑，文河两个星期来已经是第三次被降职处分了，每次斯特林都是声色俱厉，可是隔不了几天又找个理由帮他升回了原职。不但文河如此，几乎所有军官都知道，斯特林作风雷厉风行，在他部下任职，很容易就可以获得提升，但跌也跌得很快，因为斯特林是从不宽容懈怠的，以至于军官们每天早上起来都要打发人来问参谋部：“今天我是旗本还是红衣旗本啊？”“什么，我已经降到小旗武士了！前天我还是副统领呢！”

唐平这才找到机会告诉斯特林，黑旗军代理司令长官明辉已经到了，就在司令部等着斯特林。斯特林大喜。明辉的到来意味着强大的黑旗军团就在附近，一直孤军奋战的中央军将士终于可以喘口气了！

在木板和树枝搭建的简陋的司令部里，家族在远东地区最高级别的两位指挥官会晤了。

斯特林举手敬礼：“向您致意，大人。我奉命坚守。”

明辉回礼：“向您致意，大人。我奉命增援。”

明辉及其随员一个个深蓝色制服笔挺，雪白的手套上一尘不染，军靴擦得乌黑发亮，肩膀上金色的肩章在阳光下闪闪发光，精神饱满神情昂扬；相形之下，中央军的军官们制服则破破烂烂，肮脏不堪，神色委顿，很多人绑着污黑的绷带，光着脚丫耷拉着烂了大半的靴子，有几个军官甚至光着膀子参加会议，就连身为军团长的斯特林也好不到哪去，一身污泥水，连帽子都没戴，光着脑袋很不成体统地会见来客。

黑旗军军官们交换了眼色，嘴角都露出难以察觉的笑意。这就是家族第一精锐部队的风采？比群叫花子强不了多少。

两大军团高层会面，本来是很有历史意义的一刻，可是给明辉很煞风景地破坏了，他嚷嚷说：“斯特林，难道中央军就从不吃饭的吗？我们走了老远的路，累坏了，来了这么久也没有人给我们点什么吃的。”

斯特林苦笑，连忙道歉：“对不起，下面人不懂事。马上给明大人和各位贵客做饭！”

军团副长官秦路露出为难神色，他是主管后勤的，口号是：“要命可以，要粮没有！”这次看到斯特林的命令坚决，他赶紧下去吩咐：“做饭！”

热腾腾的米饭很快端了上来，几个中央军军官转过脸去，不让客人看见自己脸上流露出的馋意。米饭香味对他们的刺激实在太大了。

明辉奇怪说：“斯特林，你们不吃啊？”

斯特林解释说：“在下面部队我们已经吃过了，明大人请尽管慢用。”

明辉笑笑说：“斯特林也学会去下面打秋风了，下面的伙食确实不错——不过没有点菜这饭可是怎么下咽啊！斯特林，你也太小气了，好东西都藏起来。我知道你们前线生活艰苦，也不要求你们新鲜鸡鸭鱼肉了，不过一点腊肉总该有吧？”

主人们面面相觑，最后还是斯特林苦笑说：“抱歉，也没有——改天等我们打到点兔子什么的野味再给明大人您送去吧。”

明辉确实也饿了，埋怨了两句就埋头大口扒饭，还不忘一边教导斯特林：“士兵们吃不好，士气就起不来，所以啊，军队打仗啊，供给问题是关键！斯特林，你还得多学学啊！”

言下之意是老子我吃盐多过你吃饭，你小子乳臭未干，还嫩着呢，远东战区司令的位置你怎么跟老子我抢！

一旁的中央军军官都露出愤慨之色。当初军情紧急，中央军根本没来得及筹集补给就上了战场，又一直深入敌后，供给线常常给切断；而明辉所带的黑旗军不但姗姗来迟，把沿途各省的粮草都搜刮一空，又一直躲躲藏藏的不与敌人正面交战，现在倒站在一边说风凉话！

中央军的参谋长唐平忍不住说："明辉大人的战报下官也拜读了，贵部于一周之内杀敌七百万，神勇得前无古人后无来者，功勋卓著啊！"

一众中央军军官都笑出声来，对于明辉的虚报战绩他们是恨得牙痒痒的。既然叛军都给你杀得光光了，那我们还剩什么功劳啊！

明辉抹抹嘴，满不在意地说："哪里哪里，谈不上什么功劳，都是为家族效力罢了！"竟似一点听不出来话中的讽刺意味。

斯特林摆摆手，阻止了唐平的进一步讽刺。早在西部与流风霜作战时，他就领教了这位"明大人"的脸皮厚得可以顶上斯特林、紫川秀和帝林三人加起来的，讽刺他就像拿根火柴戳铁甲似的，根本无关痛痒。否则的话，他也不会远远地见到流风霜就马上跑得比兔子还快了。

吃完饭，马上开始会议。

斯特林给明辉介绍中央军的情况。中央军从帝都出发时总兵力一共十五万人，其中五万骑兵，十万步兵。经历了瓦伦战役、远东大追击、云省维斯度森林阻击战等苦战后，损失兵员将近四万，其中骑兵的损耗特别大，五万骑兵已经剩不到两万，军队中也没有了替补的战马，几乎已经失去了机动能力，士兵疲惫、伤病严重。因此，他请求明辉让黑旗军暂时接替中央军的防务，让中央军部队有个休整的时间。

明辉托着下巴听着，咂咂嘴皮子："这事情……难！斯特林大人，您知道的，我们的黑旗军本来是防守林家的二线部队，我们的士兵都没有什么战斗经验，恐怕难以承担此重任。还有啊，我们的部队走了很远过来，也需要休整啊！再说了，我们不是远东本地人，水土不服，很多人都拉了肚子，严重影响战斗力；还有啊，最近我们都没有新鲜水果供应了，大家都很不满意……"

听着明辉一条条地列数着理由，斯特林心头一阵火起。黑旗军部队水土不服，难道中央军就是远东本地的吗？我们全军半数以上都感染痢疾了！你们只是没有水果供应，我们却只能吃野菜；说你们没有战斗经验，难道我们就是一出娘胎就会打仗的？何况，这也根本不可能，上几次对流风家的战争黑旗军不都参加了吗？

斯特林压落了火气，问："然而统领处命令明大人贵部增援我们，大人到底打算如何增援法呢？"

"哦，来之前参谋部给我说了个计划，我觉得，这计划，行！来啊，打开军用地图。"

明辉在地图上比画："这里是维斯度森林，叛军主力就在其中；这蓝带子是贵军的防线，我军呢，就打算在这条红带子一线布防，与贵军并肩作战，一同消灭叛军！"

斯特林一看几乎气得骂娘：明辉所说的黑旗军布防的红带子几乎全部在中央军的蓝色防线后面，他嘴巴上说得好听，"并肩作战"，实际上是躲在中央军后面袖手旁观，保存实力。

然而他马上控制了自己的情绪。明辉并不是自己的部下，自己并没有权力向他下命令，只能通过自己的上级统领处或者紫川参星给他命令，但是此地距离帝都数千里之遥，公文一来一往起码要花上几个星期；还有统领处和紫川参星是否同意自己的建议还是个问题，就算他们肯发命令，但你有你的理由，如果明辉也提出他自己的理由抗命呢？大家都是统领处成员，他有这个权力的。到时候公文来往官司真的不知道打到什么时候了。

可是眼前急需休整的中央军真是度日如年了，每天都会因伤病和饥饿等非战斗原因损失几百士兵。坚持战斗的也不过是勉强还能站起来罢了，一个个饥肠辘辘，瘦得骷髅似的。

斯特林只有与明辉好声好气商量，可是不管他如何动之以情晓之以理哀求许诺保证，明辉油滑得像个玻璃弹子，只是以不变应万变："这事，难啊！"

斯特林几乎丧失了信心，甚至产生了这样的念头：等你明辉部署好了，我就在某个月黑风高的晚上带着部队一走了之算了，让叛军直接跟你打交道好了。但是想归想，他知道自己是不会做这种事情的。万一明辉那个浑蛋也学着他的样子跑掉了，谁来防守维斯度森林？好不容易平定了几个省份，叛军再度冲出来蔓延远东全境，责任谁来负？

不知不觉中，夜色已经降临了。明辉起身告辞说："好了好了，这些事情改天再说，我得回去了。"

斯特林拿他没办法，总不能扣押他吧？剩下一群中央军军官愁眉苦脸地坐那里发呆。

斯特林强打精神，对部下说："没什么，没有黑旗军，我们仗还是一样往下打，饭还是要吃的。"

勤务兵把大家的"晚饭"端上来——一大锅稀得见人影的野菜汤。本来菜汤里面应该有点粮食的，可是今天的粮食定额早给明辉几个吃光了，大家就只有光吃菜了。

斯特林舀了碗汤水，里面没几根野菜，他苦笑着，想：吃野菜汤的秘诀就是，使劲喝汤，喝到肚子鼓鼓为止就算是饱了，然后一泡尿又饿了。

大家正愁眉不展地进餐时，门口传来明辉欢快的声音："好啊，斯特林，你这个坏蛋！好东西都藏着，等我走了再拿出来开小灶啊！今儿个，我是来得早不如来得巧啊！我也要一份。"天黑了，黑旗军官们找不到来时的路了，只得又返回中央军，打算过一晚明天再说。

斯特林还没来得及掩饰，明辉已经探头过来了："让我看看斯特林开的什么小灶啊？"

只看了一眼，他的脸色就变了："你们就吃这个？"

斯特林羞得都不好意思出声了，唐平小声嘟囔几句："不吃这个吃什么？今天的粮食都给你吃完了。"

明辉沉默了，好半天才开口说："拿个碗给我。"他也舀了碗汤水喝起来，刚一进口就露出难以下咽的表情，把碗一搁，直盯着斯特林，"这样多久了？"

斯特林眼看瞒不过去，老实回答："两个星期了，我们的供给早断了。"

明辉眼中射出冷厉的光芒，让人难以相信他与刚才那个打哈哈的油滑官僚竟然是同一人："为什么不报告？"旋又改口说，"谁捣的鬼？罗明海？为什么不向总长告发他！"他心头明白了，一定是罗明海嫉妒斯特林战功卓越，生怕他会取代自己的位置，故意如此捣鬼。

斯特林正色回答："事无巨细，凡令总长大人烦心的，皆我等臣子的罪过。"他不想在这个国势正危的时候跟罗明海闹官司。

明辉沉默了好久，才缓缓开口："斯特林，你是好样的，但我明辉也是条汉子！时间长了不敢说，顶上个把两个星期，我们黑旗军还办得到！你们就撤下去休整吧。"

斯特林大喜，深深一鞠躬："明辉大人高义，斯特林谨代表中央军全军将士谢过！"

三天后，黑旗军部队进入阵地，接替中央军部队防务，从远东战事开始就一直激战不休的十万中央军士兵得以喘了口气，撤向远东的得亚行省休整。

第五章　秀字营兵

“大家看清楚了——”白川战战兢兢在黑板上画了个长条的椭圆，在椭圆的上面添了个小圆代表脑袋，再在椭圆上插上四条粗粗的直线代表四肢，想了下觉得不满意，又在小圆圈里面添上了眼、嘴、鼻，最后如释重负，很满意地拍拍手，对士兵们说：“这就是半兽人！大家都得认清楚了，这就是我们的敌人！以后看到长这样的就动手好了！”

士兵们在窃窃私语：“怎么看起来像棵树？”

“谁说像树了？这分明就是个冰糖葫芦啦！”

“看着像罗杰长官——难怪他那么凶，原来是半兽人化装的！”

“真的耶，越看越像，咱们揍他去！他上次刚好欺负我来着！”

此时“半兽人”正以“久经沙场的老战士”身份给新兵们讲述他的战斗经验：“那一次，我只有一个人，在我左边有三千个魔族兵，在我右边也有三千个，在我前面有一万个，我后面……”

“没那么多，罗杰，没那么多，你记错了。”一旁的明羽以实事求是的口吻纠正他说，“当时我数了下，记得只有九千八百九十五个——就那么多。”

“敌人大声喊杀着扑了上来，张牙舞爪的，嘿嘿，要是你们啊，碰到那种场面啊，非尿裤子不可——”

“现在的年轻人胆子确实不行了。”明羽插嘴说，一副久经风霜举重若轻的口气。

“可像我这种沙场的老兵就什么都不怕了！当时我好整以暇地点了根烟，斜眼都不望那些魔族兵一下——我不记得当时是什么牌子的烟了，明羽，你还记得吗？”

“瞧你这记性，那天你抽的不是‘555’吗？”

"哦，对！然后我朝他们吐了个烟圈——好圆好圆的烟圈，眼皮都不眨一下，伸出中指比了下，努努下巴，意思是，你们一起上来吧，省得老子我费事。"

"唉，"明羽叹口气，很惋惜地说，"罗杰老是这样，举止不文明，你们可不要学他。"

一个新兵听得紧张，赶紧问："然后呢？然后怎么样了？"

"然后那些兔崽子就一起扑上来，然后老子我就满不在乎地一下……"

"然后罗杰满不在乎地一下被魔族搞死了，身子撕成五六截，肠子脑浆流得满地，躺那里发臭，几个过路的蚂蚁好心帮他收了尸，啃得只剩一副白花花的骨头架子摆草丛里，你现在去还见得着。"不知什么时候，秀字营的长官紫川秀已经过来了，在一边冷冷地说。

"大人！"罗杰和明羽赶紧跳了起来行礼。

秀字营的士兵们尽管在帝都的大街小巷里打起群架来骁勇无比所向披靡，但他们更爱的却是吃喝享乐，冒着烈日在太阳底下行军实在让他们难以忍受。

"哎哟哎哟累死了！老子没受过这样的苦！"

"太阳太猛了，会损害我洁白无瑕的肌肤的。"

"真的，骑马太累了，我大腿上的皮都给磨破了！"

于是他们纷纷抗议，威胁说要兵变，以为这样就能吓倒那个软软的紫川秀——以前拿出这招来是百试百灵的，尽管白川一再好心地告诫他们："阿秀长官这两天脾气很坏的，最好不要惹他。"他们还是执意要如此，贴出抗议书，赖在斯托夫市坚决不走了。

当天深夜，在大营门口处出现一个阴森恐怖的身影。紫川秀低沉着嗓子问："说要兵变的中队就在这里吧？"

白川、罗杰、明羽三人鸡啄米似的点头，不敢说错一句话。

"嘿嘿嘿嘿，"紫川秀发出一阵令人毛骨悚然的笑声，"你们在这等着。"

他一个人拉开营门，轻手轻脚地走了进去。

接连不断的惨叫呼号声划破了整个城市的夜空，孩子在梦中被惊醒吓得号啕大哭，母亲赶紧把他抱起来："宝贝，乖，乖，再哭的话就送你到秀字营去！"小孩马上闭上了嘴巴。

其他参与兵变的士兵更是听得胆战心惊，拿几张被子都挡不住那声音，直往耳朵里钻，想了又想，赶紧爬起床偷偷把抗议书撕了下来。

半个钟头后，惨叫声忽然全部停止了，又静得让人心里发毛。门口打开了，紫川秀蹑手蹑脚地从里面走了出来，淡淡说："他们睡着了。"拍拍手上的灰尘，走了。

一个士兵奄奄一息地挣扎着爬了出来："报……告长官，刚才，一只长得很像阿秀长官的怪兽袭击了我们，弟兄们都……”话没说完，他吐出口血昏了过去。

白川大声喊：“卫生兵，快过来啊！”

罗杰小声说：“看到了吧？惹了失恋中的阿秀长官就是这个下场。”

明羽心有余悸地看着那个士兵的惨状，开始祈祷：“上帝啊，你快帮那个小白痴再找个女朋友吧，不然我们都完蛋了！”

“阿门！”三人同声应和。

第二天天没亮，不用军官催促，士兵们就自动集合列队了，队伍又前进了，只见口号嘹亮，军歌飞扬。紫川秀所到之处，士兵们纷纷大声相互交谈说：“哎呀，我浑身有使不完的劲！”

“是啊，骑马真是太有意思了，我越骑越喜欢了！”

“我觉得啊，一天只走一百里路太少了，一天走三百里才合适啊！”

流氓的世界里，拳头大就是老大。既然紫川秀的拳头大到可以顶上一个中队五十多双拳头加起来，那他当然就是无可置疑的老大！

何况紫川秀这个“老大”还是很照顾“小弟”的，也很“罩得住”。在凯格市的酒吧里，士兵们跟当地的流氓打群架输了，紫川秀马上带了一个大队五百多人过去帮他们“讨回场子”，打得那些流氓鬼哭狼嚎，鸡飞狗跳。在达玛行省的首府，当地的后勤部官员拒绝给他们提供粮草，说：“秀字营？没听说过这个新成立的流氓团伙。”紫川秀当即下令动手，用棍子把几个官员包括一个旗本揍得四脚朝天，最后不得不乖乖地给了粮草，还加了一半。

那群流氓围在一边乐不可支，他们最爱听的就是受苦人的叫疼求饶声，说：“嘿，我们长官硬是一只狮子！谁要是亏待了他的羊羔们，他可饶不了他！”

行军每经过一个大城市，紫川秀还主动地放士兵的大假，士兵们欢呼：“秀川长官万岁！”纷纷跑去了酒吧间、歌舞厅——他们确实是很真心地欢呼，走遍天下也找不到比紫川秀更“体贴”的上司了。

白川气急败坏：“大人，统领处要我们赶往哥伦要塞听命……”

“我们不正是在去哥伦要塞的路上吗？”

“可是时间……”

“他们只是命令我们去，又没规定我们什么时候到。”

“但是军法处……”

“监察总长官帝林是我大哥，你还担心什么！”

于是谈话结束。

每次休假夜色降临，紫川秀吩咐白川三人留守空空如也的军营，自己大摇大摆地把军官制服一脱，哼着《独自去偷欢》的小调走出军营消失无踪，总是天快亮了才拖着疲惫的身躯回来。

白川大骂："白痴透顶！看你怎么死法！"

罗杰感慨："自从阿秀长官被宁小姐甩了以后，他就化悲痛为性欲了！"

明羽不满："阿秀大人真是不够意思，有好门路也不带我去。"

他试着跟踪，第一次被几个流氓打劫缠住了失去紫川秀踪影，第二次跟踪又碰上拉客的妓女扯着他不放，等他好不容易脱身了，紫川秀又不见了；第三次是被治部少的巡夜警察把这"在可疑地方逛来逛去的小白脸"当成男妓抓回去关了一夜；最后一次在黑巷里莫名其妙地被人一棍子打晕了，醒来时候钱包什么的都没有了。

白天的时候总有不少人来找紫川秀，有男有女，一个个神色诡异，眼光不正，鬼祟得活像要进行毒品交易的黑手党，跟紫川秀在屋子里面把门一关就是老半天，最后躲躲闪闪地从后门走掉了。

接着每次秀字营起程时，后面就跟上了那么一队神神秘秘的人，赶着长长一列马车，日夜尾随，军队走他们也走，军队停他们也停，不远不近就隔着那么一百米。而且每经过一个城市都不断有人加入，最后竟达到了三千多人，近千辆马车，浩浩荡荡俨如一路大军。

白川疑惑大起，跑去问紫川秀，结果紫川秀羞答答地说："真不好意思，那几次过夜我囊中羞涩，答应等发了薪水就还，他们是跟着来讨债的……"话没说完，白川的马刀已经砍了过去。

明羽对紫川秀的说法嗤之以鼻："白川是无知少女，不懂这些。大家都是男人，难道你还以为这种伎俩能骗倒我经验丰富的明羽大爷吗？"

他对罗杰说："你想想，我们从帝都出来才几天？这么短时间里，阿秀长官就欠下了一千多人的过夜费？！难道他真是超人啊？！"

罗杰恍然大悟："对啊，怎么可能有人这么厉害的！那你的意思是？"

"很明显，只有一个可能，"明羽无比愤慨，"他一定偷偷地藏有伟哥！太过分了，也不分点给我！"

七七九年十月六日，秀字营八千多名骑兵到达瓦伦要塞。

哥伦城下，一个骑马的信使交给紫川秀一封命令书。在信中，统领处派来负责指挥民军预备队的方劲统领命令紫川秀不必进城，直接前去扫荡古迪撒行省残余的叛军部队。

呼吸着饱含植物气息的清新空气，眺望着古奇山脉一望无际的青翠，紫川秀与三个旗本都有了感慨，却不知如何说起，只能在心底轻呼一声：又回远东了。

从瓦伦要塞以东一路过来，到处可见战火给远东这块美丽的土地造成的满目疮痍。战线已经前移了，激烈的交战中，恬静的村庄燃起了熊熊烈火，繁华的都市变成了废墟，青翠的山林变成了死气沉沉的焦土，良田变成了荒漠，白骨遍地。

路上到处可见大群大群的难民和乞丐，踉踉跄跄地往西走。中间有人类也有远东的其他种族，大多是妇孺和老人。他们骨瘦如柴，目光呆滞，看到大队的人类军队经过也不过眼皮抬一下，然后蜂拥而上围着秀字营官兵讨吃的，有些时候，甚至只有用马鞭驱赶，军队才能通过。对他们而言，无论是种族联合军所高唱的“远东独立，建立我们自己的家园”，还是紫川家族所宣传的“平息叛乱、恢复和平”，都不关他们事，他们要求的仅是一块一百克的面包，如果有，今天就可以活下去；如果没有，那就死。

在斯特林部队经过的时候，斯特林也为难民的惨状流泪，努力把他们安置到瓦伦要塞以西地区，那里没受战火蹂躏，总还能挣扎着活下去。但是斯特林军务倥偬，也没有很多时间来处理这事情。最后还是有很大部分难民无家可归流离失所。

就是雷洪的野心，给远东带来如此的灾难。

罗杰、明羽等远东出身的军官面色沉重，他们已经从难民那得知，自己的家乡明斯克等地区已经被夷为平地，家人生死未卜。白川看到难民的惨状更是不住地流泪。最后紫川秀决定，从军粮里面拿出部分来，给难民点救济。大家都知道这是很愚蠢的做法，并不能解决根本问题，但却没有一个人反对，看到难民们捧着食品欢喜的样子，大家都觉得心里好受了点。

就在三个星期前，斯特林军团还在古迪撒行省与雷洪叛军发生了激烈的交战，结果是雷洪部队扔下了三万多具尸体败退，还有好大一部分败兵被打散了，纷纷躲在深山老林里面不肯出来。他们大多沦为了占山立寨的盗贼，看到大队紫川家族军队不敢招惹，但是碰到运送补给的车队、邮差队伍，他们就上前打劫。这些山贼多如牛毛，剿不胜剿，又大多躲藏在地势险恶的密林深处，看到大军到来就跑得无影无踪。坐镇哥伦要塞主管后勤的方劲统领为此伤透了脑筋，这个时候又没有多余的正规王军，最后想到紫川秀是远东出身，对地形比较熟悉，就把秀字营派过来。

就在进入行省的当天，马上有信使前来报告：一群半兽人刚刚袭击了运输补给的车队，请秀字营马上增援。紫川秀当即率部赶去，只来得及看到半兽人的背影消失，一地狼藉的车队残骸。在骑兵们紧追不舍下，半兽人躲进了密林中，秀字营马上把整个树林包围得水泄不通。

“联合军的弟兄们，你们已经无路可走了！赶紧出来投降吧，家族王军优待俘虏，不要再躲了！”罗杰一个人站在密林前面，扯着大嗓门喊。

“对！就这样，喊大声点！”

“跟他们说，出来的我们给饭吃！不出来就格杀勿论了！”

“还有啊，记得换成半兽人的语言喊！你这样喊他们听不懂的。”在他身后远远的地方，紫川秀躲在盾牌后面，一边修指甲一边给罗杰加油鼓励。

白川和明羽在认真地对话："听说半兽人的土制投枪很锋利的，一枪能把人扎个对穿。"

"他们力气那么大，而且听说投枪上面还抹有毒液，见血封喉耶！"

"那——让我们开始为罗杰的灵魂祈祷吧！"

在他们三人后面，几千秀字营的官兵屏住呼吸远远地看着罗杰旗本的勇姿，也在议论纷纷："你看你看，罗杰长官的脸色越来越白了，白得跟死猪肉似的！"

"这么凉快的秋天，他背后的衣服竟然湿透了，还冷得发抖似的。"

"他喊话的声音好小，好像生怕谁听到似的，声音像哭似的！"

"秀川长官，是不是再派两个弟兄过来跟我站一起，显得更有威势点……这样，我觉得有点势单力薄啊……"罗杰的声音有点发颤。

紫川秀回头看看士兵们："你们有谁愿意上去跟罗杰旗本一起喊话的？"

士兵们一齐坚决地摇头。

紫川秀勉励罗杰说："不要怕，我们虽然离得远，在精神上，我们和你站一起！"

罗杰："长官，我想站回来一点，大家说话不用那么费力……"

紫川秀想都不想："不用了，我耳朵很好使的。"他转向白川和明羽，"你们听得到吗，要不要站上去点？"

两人立即表示，他们听得清晰无比。

罗杰："秀川长官，喊了这么久还是没回应，敌人肯定跑了！我站回来算了。"

"你走近树林点，再喊大声点。"

明羽偷偷跟白川说："那晚吃饭时，罗杰不知怎么的惹恼了大人，第二天大人就跑去帮他买了二十份人寿保险，受益人都填上了自己的名字。"

在罗杰喊了将近二十分钟后，树林里面响起了窸窸窣窣的声音，一群手持标枪大棒的半兽人出现，向他们冲过来，嘴里喊话："哇古里哇古里！（杀啊！）"

罗杰连滚带爬地跑回紫川秀身边："大人，他们来了！"

紫川秀大喊："冲啊！罗杰你打前锋！"一脚把罗杰踢到了最前面。

双方很快接近，紫川秀喊话："投降不杀！你们还不投降，我们有几千人呢！"

后面传来了大片的喧嚣和叫喊声："跑啊！""没命了！"轰轰烈烈惊天动地，然后越来越小，越来越远。秀字营的八千士兵一溜烟跑得没影了——速度之快令人惊叹，一眨眼工夫就只残留下地平线上一线淡淡的背影和大片扬起的灰尘，风吹过，还隐隐传来声音："逃啊！快跑啊！"

现场只留下了紫川秀和三个部下，几十个杀气腾腾的半兽人把他们团团围住。

双方都被那场景惊呆了，好一阵子半兽人里面才有人出声，而且用的是人类语言：“你们要我们投降？”

“不不不……”紫川秀赶紧把马刀放下，“我是问，你们接不接受投降啊？”

“可是刚才你们喊话的时候不是说什么‘格杀勿论’吗？”

“是他喊的！”紫川秀、白川、明羽三人一齐指着罗杰，“不关我们事！”

“呵呵呵，光明秀，这么久不见，你还是那么坏。”一个个子魁梧的半兽人越众而出，黝黑的脸上满是笑容。

紫川秀惊喜地喊了一声：“老德伦！”话没说完，已经被这个半兽人一把抱在怀里。

紫川秀在担任小旗武士时，曾驻扎在瓦格行省的布卢村。他给村里面人传授医药、农种等知识，教授孩子们学习人类语言，与村里的半兽人结下了深厚的友谊，被村里人称为“哇格丹伊姆”（带来光明的人）。德伦是村长，当时他得了重病，是紫川秀帮他找来军医才救回来一条性命的。两人的交情很好。

两人亲热地你打我一拳我打你一拳。紫川秀说：“你这个老家伙，好事不做学人家跑来造反打仗！”

“咳，你不知道，你走后，换了个驻军头目。他和领主都不让人活了，明明遭了灾，他们还是让我们交那么高的税，交不出就打，都已经打残好几个小伙子了，我们没办法才这样的。”

紫川秀听得皱眉：“村里人还好吗？”

“不怎么好。家里只剩老人和女人、孩子。农活没人干了。男的都出来了，很多死在了外面。像穆迪家的两个孩子都在瓦伦城下死了，山姆家的男人也死了，还有德鲁家的，四个孩子出来，三个都已经死了，还有一个失去了音讯，现在还不知道在哪里，死了还是活着……对了，你看，村里的很多人都在这里了。”

紫川秀细细分辨下，果然发现了很多熟悉的面孔。他苦笑着跟大家打了个招呼，心头苦闷，当初奉命调离驻扎的布卢村的时候，村人是多么难过，哭着一直送他送出几十里。没想到再见时却是在战场上刀兵对立了。

半兽人很友好地回应紫川秀，他们很多当年都受过紫川秀恩惠的，有几个辈分小的年轻人没见过紫川秀，但也听过他的故事，怯生生地用不熟练的人类语言叫声：“光明秀叔叔。”

大家很久不见，都有很多感慨，故旧重逢的一幕本来是很动人的，却被罗杰打断了：“大人，你们叙完旧以后，可不可以把我从树上放下来？”他被一群半兽人士兵吊在树上，抽了十几棍，奄奄一息。

当紫川秀和德伦一行人回到军营时，秀字营那群下流痞子正在写唁文：“我们怀着无比悲痛的心情，沉痛悼念我们最最最敬爱的好上司、忠诚的家族卫士、勇敢的战士、紫川秀副统领大人！在十月八日与叛军激战中，紫川秀大人身先士卒，奋勇杀敌，终于不幸英勇战死！他的遗言就是，‘弟兄们把我的家产都分了吧！’我们满怀着对大人的怀念，将接过大人的旗帜，继续坚定地战斗下去！紫川秀大人的精神将永远鼓励我们前进！他将永远活在我们心中……”

唁文到这里就断了。因为紫川秀马上就让写文章的家伙“无比悲痛”而且“沉痛”了，然后又把他交给了身上皮肉发疼正一肚子火的罗杰，说：“随你处置了……给他留口气！”

罗杰马上心领神会地提着那个士兵走了。

德伦摇头说：“这样的家伙，你还让他活着？按我们佐伊人的规矩，临阵脱逃的家伙都要被吊死的。”半兽人自称佐伊族。

紫川秀苦笑：“人头不是韭菜，砍了不会再长出来。何况……我总不能命令部队的一半去吊死另外一半吧？”

德伦大笑，宽阔的大嘴咧开：“我还是第一次见到这样子的紫川军啊！要是紫川军队都像你这样的就好了！像你们这样的，要是碰到斯特林，他一个中队就可以把你们几千人全部打垮了！”

紫川秀饶有兴趣地问：“你们跟斯特林部队交过手？怎么样？”

半兽人们一齐摇头：“太可怕！”脸上现出心有余悸的表情，“他们不是人，是战神转世！”

年轻的半兽人争先恐后地说着关于斯特林的传闻：斯特林足足有两棵松树那么高！他的眼睛亮得跟灯塔似的，每到晚上就会喷火！他有分身法，能在相隔几千公里的不同地方同时出现；他浑身上下刀枪不入，吼一声能把一个师团的人震死！而且他还会黑暗魔法，每到晚上他就拿出根笛子吹啊吹啊，于是白天战死的紫川家士兵的尸体就会自己爬起来，回到队伍里面去，而且打得更厉害！

关于斯特林的故事他们足足说了十几分钟，有个半兽人还当场唱起了个关于斯特林的曲子。

“你说——”德伦最后总结似的说，“跟这样一个神打，我们怎么可能赢‘他’呢？！”意思是，我们佐伊族人并非不勇敢，但是对手是“神”的话，那打输也不能怪我们了！

“是啊，我们怎么可能赢呢？”一群半兽人可怜巴巴地跟着重复。

白川忍住笑：“既然这样，为什么你们不干脆跟随斯特林大人算了，还要造反呢？”

“嘿，要真是能跟上你们斯特林，那倒是一件美差事！”

"嘿嘿，咱们敬谢。老人家说了，俺们佐伊族人哪怕敢正眼看斯特林大人一眼，立杀无赦。"

"俺倒是听说斯特林大人是个好样的长官，他不糟蹋我们佐伊人的村子。"

紫川秀不理会那群年轻人的争论不休，问德伦："那你们下步打算怎么办呢？还继续造反打仗吗？家族会向远东派来越来越多的军队的。"

德伦想了一下说："咱们不想打了。打不赢斯特林的。"他说，"我们现在只想回家，出来这么久，不知道老婆孩子怎么样了，村子还在不在。"

他们告诉紫川秀，这群来自瓦格行省布卢村的半兽人早就想回家了，只是沿途的道路都给紫川家族的军队给封锁了，在得亚行省、拉凯斯行省还有云省的大通道附近，云集了大队的紫川王军，数目不下几十万，无论是东西向还是南北向的通路都被他们给截断了，而且每天还源源不断地开来新的增援部队。像他们这样几十人的小部队，离开躲藏的森林走不到十公里就会被人发现并消灭了。

紫川秀拍手道："这好办！我带你们回去就可以了！"

半兽人们一片欢腾，德伦搂住紫川秀使劲地抱啊抱，白川转过脸去，不忍心看紫川秀被抱得喘不过气来脸涨得通红的样子。

欢喜过后，紫川秀才忽然想起个什么事情："但是我现在也没空啊，我还要负责扫荡这一带……"

德伦一拍胸口："光明秀，你是俺们佐伊族人真正的好朋友！没说的，俺帮你！天下佐伊族人都是一家！这一带的人俺大多认识，地形也熟！"

第二天，秀字营重新开始了清剿盗贼的工作。德伦并没有说谎，附近的半兽人果然都很熟的，而且相互间还带点不远不近的亲戚关系。

德伦首先去找他的表哥德昆，他是布卢村附近一个村子的村长。德昆眼看几千大军过来了，又有自己的表弟保证说投降就可以回家，很爽快地就答应带着他的人投降；德昆又找自己的表弟德布，他也答应了投降；于是他们又一起找他们共同的表哥德林。白川被那一大堆德×和他们间的亲戚关系弄得头昏脑涨。第一天就招募了投降叛军近千人。

紫川秀非常温和地对待投降的叛军士兵，来了，什么也不问，先让他吃碗饭。这些叛军士兵自从打败仗后一直提心吊胆地躲在深山老林里面，吃树叶草根充饥，现在捧着碗香喷喷的米饭，他们感动得几乎要流泪了。

叛军是真的饿急了，有些地方，有些死硬的叛军坚持不投降的，紫川秀只下令煮上一大锅肉汤，风把香味一传过去，叛军士兵马上从躲藏的地方爬出来喊："哇西里！（我投降！）"甚至还有大队大队的叛军士兵闻风日夜兼程从其他行省赶过来这里向"光明秀"投降的。一个星期下来，紫川秀的"战绩"连他自己也吓一跳，一共接纳叛军七万余人，几乎是他自身兵力的十倍。

白川对这种情况深为忧虑，数目如此庞大的叛军俘虏，万一要是反抗，一个小时内就能把秀字营连锅端！

她决心要尽自己辅佐的义务对那个“小白痴”进行一番劝诫。

白川：“大人，我跟你说个笑话吧？”

紫川秀惊奇：“哎呀，难得白川你也会说这个啊？内容要刺激点的才好啊！”

白川不理他，开始说：“一次战斗中啊，一个远东军士兵喊道：‘队长，我抓到一个魔族俘虏！’队长说：‘好样的！把他带过来。’士兵说：‘不行啊，他正要把我带走呢！’”

紫川秀目光呆呆的：“然后呢？”

白川气得要死。怎么有人这么蠢的？她耐心地启发他：“大人，听了这个笑话后，有没有点感想呢？你不觉得，这跟我们现在的处境很相似吗？”

紫川秀摸着脑袋很认真地想了好一阵子，回答说：“不觉得，没感想。”走了。

剩下白川大骂：“白痴！大白痴！超级大白痴！超级超级大白痴！”

但是主管后勤的明羽担心的却是另外一个问题，他跟紫川秀报告说，由于吃饭的人太多，粮食只能再坚持一个星期了！

紫川秀想了下，命令说：“马上召集大队长以上军官，开始秀字营第一次军务会议。”

按照家族军队正规编制来说，十人为一小队，五十人为一中队，五百人为一大队。一个骑兵师团有十个大队，一共五千人；而一个步兵师团有二十个大队，有一万人。

秀字营有八千余骑兵，本来是只勉强够编两个骑兵师团的，但是罗杰、白川等人吵吵嚷嚷说他们的身份是旗本，任职应该起码是师团长，紫川秀没奈何，只得将秀字营编成了三个师团。第一师团三千人，由罗杰担任长官；第二师团也是三千人，由明羽担任长官；最后是紫川秀的直属师团，由白川担任师团长。于是大家皆大欢喜，紫川秀却忽然发现他自己手下还是只有三个人，基本上没变。

在秀字营的第一次军务会议上，紫川秀语惊四座。

白川嘴都合不上了：“大人，您刚刚说了什么？那个……那个……什么的。”

紫川秀很谅解地回答：“哦，我说我们要成立秀字营股份有限公司。”

罗杰：“大人，什么叫作……那个那个，屁股有限公司？”

明羽：“‘屁股有限公司’？罗杰，你这个蠢货！大人明明说的是屁股有限公鸡！不过大人，我还是不明白，我们干吗要一个屁股有限的公鸡啊？”

“所谓股份有限公司呢，是指现代企业的一种资本组织形式，是指将公司资产分为等额股份，公司以其资产为限对公司债务承担有限责任，股东以其所持有股票为限对公司债务承担有限责任，利润分配在扣除法定公积金、公益金后按照股东所持有的股票进行分配，一份股票获得一份红利——明白了？”

三人异口同声说：“不明白！”

紫川秀叹口气说：“那我只好简单点说了，就是说骗钱的！先起个好听的名字——比如说秀字营国际宇宙无限投资实业公司集团，想个吸引人的名目——我在远东发现了个大宝藏，就是缺点钱挖，找个凯子骗钱——‘你给我一块钱，我一年后还你十块’，然后就申请破产——钱到手赶紧跑路去吧，这就叫股份有限公司！”

师团长、大队长们一齐恍然大悟：“你早这样说不就明白了！你一向不就是这样的吗？”

只有明羽还有异议：“大人，这荒山野岭的哪里找有钱的凯子去啊？这里有的只是难民，把他们剥光了也搜不出一个铜子。”

紫川秀嘿嘿奸笑：“不要担心，凯子我早找好了！你没看到后面那长长的车队吗？我们还愁什么没有粮食？！”

在秀字营行军过程中，每到一个城市，紫川秀马上去找当地的商会组织，跟他们宣扬一个真理：远东内战是个发家致富的好机会！大家想想，远东内战打了这么久，以往远东的食盐、粮食、医药、生活用品都是依靠家族中心腹地输入的，现在一定奇缺；同时远东又是金矿、钻石、魔法晶体、水晶石的出产地区，现在又由于内战而无法进行交易，囤积了老大老大的一堆金光闪闪的财富在那里。大家想想，如果你们是第一批进入远东进行交易的商队，那利润将是多么……

商人们的口水都流出来了，但他们很快清醒了过来，远东战区很不安宁，且不要说叛军控制的省份了，就是在家族军队占领的地区，也是遍地盗贼多如牛毛，如果没有师团规模的军队保护过境，岂不是送羊入狼口？

紫川秀就很爽朗地大笑：“在下就是家族精锐部队秀字营的长官紫川秀大人啊！部下兵多将广，足有三个师团之多，足以保护各位那笔货物的安全了！”他没说一个师团多少人。

商人说：“秀字营？没听过，卖什么的？该不会是刚刚组建的民军吧？那些家伙靠不住的……”

紫川秀生气地说：“怎么可能呢？秀字营历史悠久，战斗力极强，纪律良好，忠诚度特别高，是家族的皇牌战斗部队之一！各位，你没有听过秀字营不要紧，但你总该听过斯特林大人率领的中央军不死营和帝林大人率领的铁血宪兵团吧？”

商人们交头接耳，纷纷同意：“斯特林大人与帝林大人都是当代名将，他们的大名我们当然是如雷贯耳的了！但是紫川秀阁下你……”

这个时候紫川秀就拿出那张与斯特林和帝林的签名照来：“各位，看看！如果你们的狗眼没瞎的话，应该可以看出这两位是谁吧？良骏不与拙骑为伍，理所当然地，与名将合影的人当然也是名将了！将你们那几毛钱身家交给这么一个能与斯特林和帝林两位大人合影的当代名将，他人品端庄，道德高尚，为人诚恳……你们还有什么放心不下的呢？”

就靠这套把戏，一路来紫川秀骗了无数的商人心甘情愿地掏钱投资或者亲自带着货物赶着车子过来（当然，要交纳保护费的）。到了这个时候，紫川秀觉得应该给商人们点交代了，或者说，给他们看到点似乎要盈利的希望……

在一片鞭炮声中，经过秀字营第一次军务会议的全体同意，秀字营国际宇宙无限股份投资实业公司集团正式成立了！

公司章程规定：凡是秀字营的官兵，皆自动享有一股股份权，小队长享有两股，中队长享有五股，大队长享有十股。年终凭股份参与利润分配。

紫川秀对商人们说：“为了适应远东如此广大的市场以及市场变化的复杂性，满足多种市场细分要求，实现产业化、国际化，适应市场经济的要求，增强我们的风险抵抗能力、盈利能力、科技创新能力，实现产业布局合理化，资产结构科学化，我们要走多元化经营的道路！”

商人们听得赞叹不已，夸奖秀川长官有商业头脑，有见识，有预见，高瞻远瞩，具有开拓市场的意识！

罗杰听得头昏脑涨，赶紧问紫川秀：“刚才你说的是什么啊？”

紫川秀：“我的意思是说，一个骗局不够，我们要设多几个骗局！何况鞭炮好贵的，烧一捆鞭炮只成立一个公司岂不是太亏了！”

于是当天紧接着成立了罗杰粮油食品有限公司、白川化妆品股份有限公司、明羽钻石收购股份有限公司、罗杰帽子股份有限公司、明羽长裤发展投资银行、白川裙子科技咨询公司、白川内裤进出口贸易有限公司（后来因为当事人反对改成了美女白川进出口贸易有限公司）、明羽是个色狼金融实业公司、罗杰笨蛋信托投资公司……一共五十六家公司！

公司的牌子多得钉满了秀字营驻地的大门门板和墙壁，最后没地方摆了，只得把“罗杰远东大饭店”的牌子钉到了男厕所门口，把“白川香水公司”的牌子钉到了女厕所门口。

罗杰担任了二十一家公司的总经理、法人代表、董事长、执行董事……明羽名下有十九家公司，而在白川名下有十六家公司。于是大家彼此都以总经理、董事长相互称呼，叫得好不快活。

紫川秀并不担任任何公司的经理，但每一家公司的股份他都占有份额，从百分之百到百分之五十一不等。

半兽人们看得眼馋，派德伦过来交涉，要求也给他们一两家公司。紫川秀马上就满足了他们，当场成立了阿里巴巴与四十大盗股份有限公司、佐伊天使股份有限公司，还允许他们在他们家乡的瓦格省区享有“秀字营股份有限公司”的独家代理权——当然了，老规矩，紫川秀占有百分之七十的股份！剩下百分之三十股份是你们的！

就这样半兽人们也觉得很满足了，如获至宝地抱着几块公司的招牌欢喜地走了：这下可有东西带回去炫耀了！整个村子谁见过这样的稀罕物啊，何况我还当了总经理，那更是光宗耀祖的事情啊！虽然他们也不怎么懂什么是“股份有限公司”，什么是“董事长”——附近村的那些傻帽还不嫉妒得眼珠子都喷出来了！

“大人，您刚才说的，能不能再重复一遍？”

“哦，事情是很简单的，白川。我们的公司间的基本关系是这样的：罗杰贸易股份有限公司被罗杰帽子股份有限公司占有百分之四十七的股份，又被白川裙子科技咨询公司占有百分之三十八股份；罗杰帽子公司通过融资方式又吸纳一万股罗杰美食城的股票，但他们二者都受一家叫作明羽裤子投资发展银行控股，是通过股份交换形式的；但是明羽裤子银行又有百分之十八的股份被罗杰笨蛋投资信托公司控制，罗杰笨蛋投资信托公司在财务是个空盒子，这主要是为了对付税务局的，它的主要财务依靠还是罗杰贸易股份有限公司，但是它的纳税却是在明羽裤子银行的账面上体现，怎么样，很简单吧？我一说你就明白了吧？”

白川听得发昏，终于明白了一件事：她一万年也不可能明白。

明羽气急败坏地进来：“大人，不好了！我的两家公司和一家银行都被‘吞并’了！”

“怎么回事？”

明羽喘了口气：“事情是这样的，刚才不知道哪里来了条野狗，把我的皮包给叼走了，于是我的公司就这样被它吞并了！”

十月二十日，秀字营开始向远东腹地移动。沿途的紫川王军大惊失色，纷纷发出警报：“数目惊人的叛军大队在向得亚行省前进！”“发现大股叛军在向云省集结！”一座又一座的烽火台被点燃。

他们战战兢兢前来拦截，却看到秀字营的长官紫川秀很神气地出来说：“弟兄们辛苦了！我是秀字营长官紫川秀，他们是我的俘虏！”

其他部队的士兵们眼看着浩浩荡荡的连武器都没有解除的叛军大队，惊讶得目瞪口呆。

紫川秀趁机说：“各位，你们出来很久了吧？是不是很怀念故乡的食品？你们多久没有尝过美酒的滋味了？干面包一定很难以下咽吧？是不是感到在这里生活很不便利？生活很苦闷吧？欢迎你来到秀字营！”

士兵远征，生活本来就艰苦，在这个地方连牙膏都没个地方买。秀字营给他们带来了美食、美酒、新的衣服、鞋子、生活用品——当然，价格是稍微那个了点，但当兵的饷银还是不少的，就是怕在野地里没处花。一传十十传百，整个远东的家族王军都知道了，秀字营有全远东最好的伙食、最陈的美酒、最全的货物、最新奇刺激的玩乐……一时间，来客如潮水，特别是刚发薪水的日子。

当然，也有秀字营不能满足的需求，像有其他部队的几个军官就偷偷扯住紫川秀问：“有没有……那个……那个花姑娘的干活啊？”

紫川秀很遗憾地回答：“抱歉，鄙公司暂时还不开展这方面的业务。”看到军官们失望的样子，他又同情地说：“不过，也不是没有办法……”他把自己的一本《花花公子》卖了个天价。

但是光赚士兵和军官的钱还是不能让紫川秀满足，他还打发大批的叛军俘虏到各地村落进行宣传：“十月二十五、二十六两天在XX山坡上进行商品大展销！”

如他所料的那样，整个行省都惊动了，成千上万的半兽人、蛇族、精灵怪、矮人纷纷拿着自家出产的钻石、金沙、晶体石来换取食盐、药品、食品、布匹等生活必需品，盛况空前。在各个矿产地，由于起义军队赶跑原来的主人，开采出来的钻石没人征收了，于是采矿的工人们就拿着一箩筐一箩筐的钻石来交换生活用品。

商人高兴得不得了，他们积压的商品很快销售一空，紫川秀打发明羽师团保护商人们回去继续进货再来，继续向东挺进，卖个不亦乐乎。秀字营就似一股旋风，从西往东，经过之处所有的财富都给刮得光溜溜的，无分敌我……

最后，远东战区的最高司令明辉知道了此事，他部下的军官跟他哭丧着脸说三个月的薪水不到一个晚上就在某个“明羽娱乐大世界”输了个精光。

他极其愤怒，当即就义正词严地写信去痛骂紫川秀：“时势多艰，家族上下务求团结一心，以渡国难！前线战士正在舍生忘死，浴血奋战；而紫川秀你，身受家族两代国恩，竟然在此危难时刻，一心只想到自己的蝇头小利，置家族大局于不顾，对自己同僚下黑手，私下用战略物资通敌！你，你，若不悔改，小心军法无情！”信的结尾还有几滴颤抖的墨水，显示了明辉大人在写信的时候是多么心情激愤！

紫川秀的回信只有一行字：“给你百分之四股份！”

明辉回信措辞更加愤怒：“紫川秀，你真的是无可救药了！枉我对你好生开导，你竟然还是不知悔改，竟然区区百分之四就想收买贿赂我，堂堂统领处委员，远东战区最高司令员明辉统领！这是对我人格的最大侮辱！”

紫川秀回信：“百分之五！不干拉倒！”

明辉回信：“成交！”

秀字营的生意越加红火，向远东腹地纵深一步步推进，在各行省开设分公司，设立办事处。在远东进行战斗的各部队当中，唯有秀字营是最让其他部队羡慕的。在别的部队啃干面包喝脏水时，秀字营官兵吃的是牛排西餐喝的是白兰地；别的部队都是衣裳褴褛破旧不堪，唯有秀字营是衣服光鲜笔挺，气色红润。原因无他，就是因为秀字营的后面总是跟着几千辆补给的车子（受利润的吸引，参加的商人越来越多了），上面满载着新鲜美味的食品，还有就是秀字营每个月都会发下大笔大笔的股票红利，士兵们腰包里塞满了钞票。全军上下像崇拜神一样崇拜紫川秀。

当然，也有亏损的时候。某天，在伦郎行省，一群蛇族打劫了罗杰贸易股份有限公司的运输车队。紫川秀勃然大怒，在账本上“营业外开支部分”写上了重重一笔，然后找来罗杰骂了个狗血淋头。

憋了一肚子气的罗杰召集部下，宣布：“这个月大家的红利被扣了！”

罗杰师团的士兵们愤怒得像狼一样嗷嗷直叫，然后在罗杰的带领下追杀那群蛇近千公里，哪怕直到深入叛军占领区域都不怕。经过一番恶战，用马刀将对方砍得尸横遍野，抢回了货物。

蛇族的叛军总算见识了什么叫“流氓本色”，但事情还没有完。秀字营的另外一个股东明辉愤怒于红利减少，派来大队步兵将他们的老窝给端了，一把火烧掉。好不容易逃生的最后残余几个蛇族不幸又碰上了一群怒气冲冲扛着标枪、狼牙棒的半兽人，自称是什么阿里巴巴公司的经理们，将蛇族残兵一个个全部剥了皮。

消息传开了，整个远东的叛军和盗贼团伙都在相互告诫：“千万不要惹秀字营啊！”

眼盯着白花花的银子、黄澄澄的金沙、明晃晃的钻石一堆堆潮水般涌进自己的口袋，紫川秀乐开了花，把它们全部塞床底下，觉得压着这么一堆财富睡觉起来特别的香……

十月五日，斯特林率领中央军离开了云省，进入了得亚行省。

得亚行省和伊里亚行省都是以人类居民为主体，当席卷全远东的大叛乱爆发时，行省总督古蓝颇有名将风度，处险不乱，招募当地居民组织了近十万人的行省守备队，与邻近的伊里亚行省的守备部队互为呼应。兵力虽不足以平叛，守备行省却是足够的了，终于使这两个行省成为远东唯一没有遭受战火蹂躏的地区，人们生计得以维持。

自云省的山泽泥沼中跋涉出来，斯特林终于得以喘了口气。回到了烟火人间花花世界，看不到两军白刃相交性命相搏的惨烈场面，眼见乡村和睦恬静，繁华都市车水马龙，灯红酒绿，沿途商家吆喝叫卖……种种世情俗态，入眼都觉得陌生新奇，脑子里血腥的刀光剑影这才渐渐散去。

他是以统领身份指挥军队的高级官员，所经过之处，家族各地守备官员无不远接近送、极力奉承，万民空巷烟火爆竹香花美酒，前来瞻仰王师军队威武队列。而且每到一地，当地贵族、士绅、官员纷纷前来宴请这个“中央军统领大人、战功卓著的家族第一名将且深受总长宠信的、前途无量的重量级人物”，个个热情似火，口吻亲热得仿佛跟斯特林一出世就是光屁股的好友，口口声声：“大人务必赏光，给个面子！”

斯特林又是个好脾气的，谁也不想得罪，结果是往往给人半请半绑票似的架走。但是，他在前线习惯了清汤寡水，一下子每顿都是山珍海味、觥筹交错的，肠胃实在难以承受，不到三天就开始上吐下泻……不单是他，中央军从副司令长官、参谋长官直到下面的师团长们都一个接一个地在宴席上倒了下来。

这群帝都出身的军官这才晓得远东贵族生活奢华得厉害。

直到到达得亚行省的首府得亚市，斯特林的病情才稍有起色，然而一张帖子就催命鬼似的发了过来：“得亚行省总督古蓝、省长柳子风、伊里亚行省总督伊林宁、省长罗林双及行省官员、贵族为钦命平乱大使、中央军统领斯特林大人及麾下众位将领接风洗尘！”

斯特林实在不耐烦见那群龌龊官员，问参谋长唐平：“能不能不去？”

唐平摇头：“大人，他们职位虽然说只是红衣旗本，但现在我们的粮草供应还是要靠得亚和伊里亚行省两个省区，而且就说古氏家族本就是远东的名门望族，远东二十三个行省的总督和省长中他们家的人就占了九个，还有那个古蓝和罗林双都是元老会成员，过去的哥应星统领大人在世时候听说也得对他们客客气气的，这个面子不能不给。”

斯特林苦笑着说：“知道了，这又是个不能得罪的。大家准备下一齐过去吧。”

当地的官员和贵族确实礼仪周全，在府邸的大门外远远地就列队恭候斯特林一行。斯特林深感不安，还没来得及讲话，好几捆鞭炮同时就噼里啪啦地轰响起来。一群人就如同苍蝇找到屎似的轰地马上围了过来，一张张笑脸，一句句问候。

“大人路途车马辛苦了！”

“大人旗开得胜，名震天下！”

“大人为吾等万民操劳辛苦，远东民众同感恩惠！”

“斯特林大人少年高志，将来必定前途无量，鹏程万里！”

斯特林忙着一一回应的时候，一个着军服的官员上前行礼：“下官古蓝参见大人。”

斯特林忙回礼：“古蓝总督阁下辛苦了！”细细打量面前的中年人，肥胖而臃肿的身躯，白白胖胖的脸，保养得很好，隐隐透出抹酒色过度的苍白，红红的酒糟鼻子，双眸无神，眼珠里泛着血丝。第一眼，斯特林就把他归进了酒囊饭袋、纨绔子弟的类别，却在暗暗称奇，传言中古蓝总督在危难关头处变不乱、镇定自若，难道就是这么一个酒色之徒吗？嘿，还真是人不可貌相哩！

古蓝以主人的身份给斯特林一一介绍宴会的其他参与人员。得亚行省的省长柳子风，一个干巴巴的老头，一见到他斯特林就联想到了军队中储备用的风干肉片。他的年纪比古蓝大上很多，但是不知道为什么他却事事唯古蓝马首是瞻，连问好几句话他也不时偷偷望古蓝的脸色几次，让斯特林不解。按理说，行省总督与省长是平级官员，只不过一个管军务一个管民政罢了。

伊里亚行省的省长罗林双，一个脸色苍白的青年。

斯特林友好地说："罗阁下，你好！"

罗林双迫不及待地炫耀地说："斯特林大人，或许你还不知道，算起辈分来的话，罗明海大人是我的远房二叔父哩！"

斯特林再打量这个浑身上下贵族骄横气息十足的年轻人一次，叹气说："罗明海大人的远房侄子阁下，你好！"

这么几个人中唯一让斯特林看得比较顺眼的是伊里亚行省的总督伊林宁。他中年，身材魁梧，器宇轩昂，举止干脆利落，措辞有礼而有分寸，相对于其他官员表现出的那种奴颜婢膝的嘴脸，斯特林倒是对他观感不错：这还像个军人的样子，就是嘴边老挂着丝冷笑看起来很阴。

在座的红衣旗本级别的官员除了他们外，还有几个来自沦陷省区的省长和总督，他们自己的辖区已经叛乱糜烂，都是前来得亚行省避难的。

一阵鞠躬、作揖、行礼、问好、握手、抱肩、拉手、寒暄后，大家终于都入了席。古蓝敞开了嗓子喊："今日为斯特林大人和中央军诸位大人接风洗尘，请各位随意！"

在丰盛的宴席上，斯特林表现得不矜不持，随和平易，和贵族们一一述话，轮番劝酒，口中侃侃而谈，风采照人，大家无不倾倒。

席间有人提起当前的大叛乱，在座人士无不对叛军的无耻狡诈、背信弃义、残忍无道而表示痛恨。

从边境省区逃难来的总督鲁海痛恨地说起自己本来拥有七个半兽人师团、三个蛇族师团将近四万余人的军队的，后来叛乱一起，他们马上就反叛了，令他损失惨重，否则他也有力量与叛军一搏，不至于狼狈逃离了。大家同声安慰他说："是啊是啊，那群贱民叛军就是这样无耻，不讲信义的。"

坐斯特林右边的伊林宁嘴角露出一丝笑意，斯特林猜想这其中大有文章，轻声问："怎么？他说的不对？"

伊林宁吓了一跳忙说："没有什么，下官多事了。"

斯特林含笑，词锋却锐利得如刀："怎么，伊林宁阁下不肯跟我说？"

伊林宁顶受不住，凑近他耳朵边轻轻说："鲁海逃难来我们这里的时候，光是大小老婆就有一个中队，行李中金条钻石足足有几车子。"

斯特林皱眉，轻轻说："他一个守备官员怎么这么有钱？"

伊林宁小声说："他的军队名义上是五万，实际上不到两万人——那三万多人的薪水都落他口袋里了！就算那两万士兵也只发他们三分之一的薪水。我要是他部下，不反才怪！"

斯特林一惊："喝兵血、吃空饷？"

伊林宁点头，斯特林的脸色沉了下来，两人都不再出声。

有个老贵族哭泣着说他想不通为什么他对其他种族的人如此友好，"照顾得他们无微不至"，他们却如此忘恩负义，竟然要造反！伊林宁冷笑着跟斯特林说："确实是无微不至了！在他领地里，半兽人连刷个牙都要交税。"

还有几个贵族在议论他们家乡那里的非人类种族凶残异常，见人类就杀。大家一起赞同，都说这群贱民不知好歹，家族对他们如此大恩，居然不思回报，还忤逆犯上，侵犯人类，特别是人类贵族的神圣权威！该全部杀光了事！

还有人说："以前的哥应星统领，他人都死了，本来不应该说他坏话的，可就他不好，对那些贱民心软手软的不够强硬，老是偏袒贱民欺负我们贵族，如果那时候对他们更狠一点的话，今天说不定就不会有这样的事情了。"又恭维"斯特林大人对叛军真是杀得好杀得妙，坚决果断，跟那个胆小怕事的哥应星真的不一样"。

说完以后大家都看斯特林的表情，见斯特林脸色淡淡的不置可否，于是大家都知道这个马屁拍在了马腿上，没有人附和笑。拍马屁的人自己干笑两声，就赶紧埋头吃菜不敢抬头了。

斯特林轻声问："这是个什么人？"

伊林宁同样轻描淡写回答："郎格行省的省长唐过。"轻声说，"他平时剥削蛇族敲诈半兽人伸手要钱的时候劲头十足，乱子一起，下令全省官员'坚守岗位不得擅离'，自己却脚底抹油溜了；跟着他笑的那个大胡子是加林行省的总督，当初叛乱才起来，叛军势力还不强，眼看明斯克行省首府被包围的时候他带着三万多部队近在咫尺却不敢去救援镇压，借口说：'我们要保卫加林，绝不离开一步！'结果明斯克总督林威战死殉国，叛军真的大股大股地扑向加林，这位'绝不离开一步'的好汉半夜里居然丢下城池、部队和百姓跑了，军队没打就散了，叛军进城去杀了几万人，尸体摆得满街都……"

“不要说了！”斯特林厉声打断了伊林宁的说话，眼看着眼前的这群衣裳华丽、举止优雅、笑容可亲的“家族栋梁”，只觉得一阵说不出的郁闷、恶心。

席间的喧嚣、欢笑、谈话声突然一下平息了，大家不知道斯特林大人为什么突然生气，惊得都不敢出声。无数愤怒的目光一齐投向斯特林身边的伊林宁，这个浑球，居然惹斯特林大人生气了！

眼见席间一下寂静无声，斯特林觉察了自己的失态，挤出个笑容，夹了口菜慢慢品尝，说：“这鸡有点咸了。”

气氛一下又活络起来，大家都表态坚决拥护支持斯特林大人，一个个说：“不错不错，这鸡确实咸了！”表情认真严肃，仿佛刚领会了斯特林大人的重要指示。有人还做报告似的当场总结个一二三点出来：关于鸡为什么做得比较咸！

身为主人的古蓝看得清楚，明明是那个伊林宁跟斯特林窃窃私语，不知道怎么的斯特林发火了。他本来今天还有点嫉妒伊林宁可以坐在斯特林身边跟斯特林套近乎的，现在却很幸灾乐祸了。好啊，伊林宁你这个家伙平时阴阳怪气，这回马屁拍错地方了吧?

他决心要趁热打铁，凑近前去：“大人，今天的菜味道是重了点，回头我叫人抽那个浑蛋厨子去。大人，我们远东有味特色菜，味道是很鲜美的，也不油腻，我们这就给你上来。”

斯特林哭笑不得，没想到随意一句话他们却闹成这样。只见两个用人端着一锅白花花的豆腐似的东西上来。

伊林宁惊讶道：“是这个！”他望向古蓝冷笑，“你还真是舍得啊！”

古蓝矜持说：“没什么，斯特林大人大地方出来的人，见多识广。咱们远东偏僻地方也没什么东西拿得出手的，这也就是我们下面的人对大人的一点心意罢了。”

斯特林听得惊奇，问：“这东西，很名贵吗？那我可怎么受得起？”

伊林宁和古蓝一齐说：“不名贵。”

伊林宁阴恻恻地说：“这材料现在倒是很好找的。”

古蓝笑容满面：“咱们乡下土包子，拿不出什么好东西，家常菜而已，就请大人尝下吧。”

斯特林看这局面，自己势必要第一个尝，不然大家都不肯动筷子的，微笑着说：“那我可就不客气了。”伸手拿勺子舀了一勺，细细品味，果然是美味，滑嫩而不腻，鲜美可口。同来的中央军军官们也尝了，同声赞好，只是大家都说不出来这是什么材料做的，这般美味。

古蓝热情说：“没什么，大人觉得还能入口的话，以后大人在我省区停留期间，下官每天都给大人送一份过去！”

斯特林连忙推辞："不行不行，那太麻烦了。"不过他也好奇，问："这到底是什么材料做的呢？似豆腐，比豆腐更嫩；似鸡蛋，又比鸡蛋更鲜美。我竟然吃不出来。"

"也没什么。这么一锅，也不过是十来个半兽人的脑子罢了。古蓝大人，我说得对不对啊？"伊林宁冷冷地说。他已经摸透这个斯特林的性格，深知古蓝就要倒霉了。

古蓝笑道："单是半兽人的脑子还做不出这般美味，我这次还加上了蛇族和精灵怪的脑浆。大人，您就别推辞了，就让我给你天天送吧？要不，我把做法写给你？这东西材料不稀奇，我们有好多奴隶，又抓了大堆的战俘。关键是做法，要新鲜，要生生地把脑壳敲开还得让他们活着，拿个特制的勺子舀，才能取出新鲜的——大人，您的脸色怎么不对？"

斯特林脸色苍白地站起来："洗手间在哪里？"唐平等中央军军官早已经飞快地跑到门后大口大口地呕吐起来了。

就在这个时候，远处传来轰隆的声音，越来越大声，宴席中大多是军人，已经听出来了，这是大队大队的军队在行进的声音，而且这声音越来越逼近！大家不禁面面相觑，互相询问："怎么回事？谁的部队进城了？""我没有啊！""我也没有。""那是叛军吗？附近没有叛军大队啊？何况城市里面驻扎有三万守备部队还有斯特林将近十万的精锐中央军，哪里有这么不上路的叛军敢来找死啊？"

古蓝的一个卫队士兵匆忙冲进宴席中，凑近古蓝耳朵边上说了几句话。古蓝立即脸色大变，连话也来不及说就跟着卫兵出去了。

斯特林觉察势头不好，转身吩咐唐平："拿我的调兵令，把我的直属师团和文河师团叫过来。"

唐平立即带上几个军官，快步出去，但不一会儿他就回来了，向斯特林报告："大人，总督府被武装士兵包围了，我们出不去！"

斯特林一惊，问："他们是哪里的部队？"

"他们不肯说，不过照衣着来看，应该是得亚城的守备部队。"

斯特林心头惊骇。得亚城的守备队？那不就是古蓝的部下吗？他想干什么？后悔当初来赴宴时太过放心，竟然连警卫队都没有带来。

他起身四望："古蓝总督在哪里？"宾客们都一齐寻找，却不见了古蓝的踪影！

斯特林心头震撼，脸上却若无其事说："不要紧，副司令员秦路还留守大营，看到事情不对，一会儿他就会带人来接应我们的。"

听到斯特林这话，宴席间众人都松了口气，安下心来。参谋长唐平却依旧愁眉不展。秦路就算觉察事情不对马上带人过来，也要半个钟头后，但眼前如果古蓝马上发难的话，就凭席间这十个不到的中央军军官绝对撑不到援军到来。

斯特林转头回看大厅众人，包括行省省长柳子风在内一个个脸色发白惊惶失措，颤抖个不停，那个刚才还很嚣张的“罗明海大人的远房侄子”罗林双现在竟然怕得坐都坐不稳了……斯特林嘴角露出一丝轻蔑的笑容，却也明白了，事情跟他们没关系。

但还有一个人在若无其事地大口吃菜、喝酒，啧啧有声——伊里亚行省的伊林宁总督。

斯特林心念一动，凑近去问他：“你一定知道是怎么回事吧？”

伊林宁停下手恭敬地回答：“大人，您就等着看好戏吧！古蓝的守备队兵变了！”

斯特林冷冷看着伊林宁得意的笑容，说：“你跟我来。”转身首先向饭厅外的走廊走去。

伊林宁一愣，连忙起身跟上。

走廊里静悄悄的没有人。

斯特林站定了：“你煽动的兵变？”他头也不回地问跟在背后的伊林宁。

伊林宁大惊，连忙辩解：“大人，这可跟下官没关系啊！下官怎么也算是家族官员，怎么可能干这种大逆不道的事情啊？何况，士兵都是古蓝的部下，我怎么指挥得动啊？”

斯特林仿佛根本没听见伊林宁的辩解，转过身来笑吟吟问：“你策划的兵变？为什么要干这种事情？”

“大人！下官只是碰巧知道古蓝的部队不稳，随便乱猜的，当不了真的……”

“碰巧？”斯特林微笑，“你‘碰巧’就坐在我边上，别人说话时又‘碰巧’笑了，让我‘恰好’看见，又‘不小心’说了很多事情给我听——真那么‘碰巧’啊，他们的事情你都知道得一清二楚……更‘碰巧’的是，古蓝的部队要闹兵变，他自己都不知道，你却未卜先知了！”

斯特林微笑着：“总督阁下，我的朋友帝林跟我说过句话，我一直都记得很清楚的：一次是偶然，两次是巧合，第三次就是——”他凑近伊林宁的耳朵边轻声道，“恶意事件了！”

“现在，策划恶意事件的伊林宁总督阁下，你到底有什么打算，现在可以说出来了。”

伊林宁脸色苍白：“大人，下官真的没有什么恶意的，下官只是想……”

“你只是想，第一，远东本来有三个副统领编制的，雷洪叛变了，就有了一个空缺；第二，副统领历来是从红衣旗本提拔的，远东二十三个行省当中，唯有你镇守的伊里亚行省和古蓝镇守的得亚行省没有沦陷，功劳最大，你们两个是最有资格竞选副统领职位的；第三，如果古蓝部下搞兵变，就算平息下去也必然惹得我很不高兴，他也失去了和你竞争的资格，那远东副统领这个肥缺就稳稳当当落你手中了。你想的是不是这个呢，伊林宁总督阁下？”

斯特林脸上还是挂着温和的微笑，说出的话却句句诛心。伊林宁被他轰得方寸大乱，这才知道，这个总是挂着和善笑容、仿佛一心只知道打仗、对政治很迷糊的年轻统领竟然有这般洞察入微的判断力。“君子可欺之以方”这句话对他根本不适用。伊林宁一直以精明强干自诩，可是在斯特林面前一站，感觉就像个赤裸裸的婴儿一样不到一秒钟就被对方看透，可笑自己还沾沾自喜，以为已经将这个“初出茅庐的毛头小子”掌握在了手中。

在这样一个对手面前，最好的办法就是说老实话。

“大人，下官承认，确实有过你说的这样的想法，妄想升任远东副统领。”

斯特林的口气和缓下来：“水往低处流，人往高处走，你已经是红衣旗本了，想百尺竿头更进一步那也是人之常情，你为家族孤军坚守死地，保护了几百万人的安全，是有很大功劳的！但你不应该采用这种手段，诬陷同僚，甚至要煽动部队兵变……”

“大人，”伊林宁打断了他的话，“您认为我刚刚所说的是污蔑？”

斯特林不出声地看着他。

“大人，我承认，我的动机确实龌龊，想升官发财，想故意表现让您注意我记得我，想要您在统领处会议上提上那么一两句‘我看伊林宁那人不错，值得做个副统领’。我承认，比起过世的远东统领哥应星，他清廉刚正一文不取，我不如；比起在明斯克坚守城池殉国的林威总督，我也不如。我承认，我也吃点空饷，大概虚报十五个士兵的名额，不然红衣旗本的薪水实在也太少，不够应酬开支；我也贪生怕死，打仗时候老躲在士兵后面喊‘弟兄们，向前冲啊’。这些，我都承认！”

“但是，”伊林宁露出咬牙切齿痛恨的神情，“比起屋子里面那群人渣，老子就是拉泡屎也比他们干净一百倍！大人，您不信？您问我要证据？简单，这群浑蛋自己坐那里本身就是证据！唐过是郎格行省的省长，现在郎格行省已经陷落了，死伤军民无数，为什么他就安然地坐那里？鲁海是杜莎行省的总督，是负责守卫该行省的守备官员，他为什么跑到得亚行省来了？大人，您还需要什么样的证据啊！这就是他们丢弃民众、丢弃军队、丢弃领地逃跑的证据！林威总督死了，讨伐军司令李奇红衣旗本死了，三十万远东军士兵死了，上百万无辜的百姓死了，可他们为什么还能活着在这里逍遥快活？他们可是造成这一切的罪魁祸首啊！

“他们平时横征暴敛，半兽人已经穷得连裤子都穿不上了，拿块树皮遮羞，就这样了还是要征税！交不出的就被打得嗷嗷直叫，狼哭鬼嚎的！他们简直是——畜生！对，就是畜生！刚才您已经看到了，活吃人脑对这群人渣来说算不了什么新鲜事情，有些事情光是听着都觉得让人毛骨悚然了，我就不说了，免得吓着大人您了！

“好了，他们惹得民愤处处、狼烟四起，惹得每一个半兽人、蛇族、龙人都对我们人类恨得牙齿咯咯作响时，他们就赶紧开跑了，坐着轻便马车，带着卫队、带着百万身家、带着大小老婆跑，剩下了根本没有抵抗能力的老百姓，给叛军杀了泄愤！他们作了孽，却让普通的百姓和士兵承担！远东有几个省区，本来是最繁华的区域，现在大人您去看，除了死人骨头外连个屁也找不到！”

斯特林安静地听着伊林宁激动的演说，心里却掀起了一阵又一阵波浪。结合一路过来的见闻，他知道伊林宁所说的是真话。其实就看着伊林宁激愤得通红的脸也知道，这个人现在说的不可能是假话。

他平静地说：“还是有不错的官员的。除了林威总督以外，古蓝总督不也是坚守了岗位没有逃离吗？”

“哈哈……”伊林宁夸张地笑笑，“古蓝？！他比上面那几位还要无耻！如果他真那么‘忠于职守’，他的部下吃饱了撑得闹兵变啊？”

伊林宁接着告诉斯特林，远东叛乱一起，古蓝就慌了手脚，下了个荒谬绝顶的命令，把得亚行省内全部非人类种族全部杀掉，理由是怕他们成为叛军的内应。守备队中的一个平时很有声望的师团长带领大家抵制不肯执行这个命令，告诉古蓝，如果真这样做了，只怕外面叛军还没有打进来，里面的就先起义了！

斯特林点头同意：“说得好。这个师团长叫什么名字？”

伊林宁回答：“他叫加西亚，任职是旗本。”继续说下去，“接着就传来王师在赤水滩大败的噩耗了，古蓝吓得手脚都软了，连夜收拾家产准备逃往瓦伦要塞。那个师团长加西亚知道如果让总督古蓝真的跑了，那整个行省上下就军心涣散，不用打就散了。他当机立断，带人连夜把古蓝抓了回来，软禁在总督府里，不让他与外人接触，自己以总督代理人的身份，发布命令，征集民军，又把古蓝的家产都拿了出来做军费，好不容易组建了支将近十万人的军队，全省上下团结一心地将来犯的叛军击退，甚至在危急关头他们还过来救援过我伊里亚行省。”

斯特林赞叹说：“有胆有识！这个人在哪，今晚他有没有来？你介绍我认识下。”

伊林宁摇头：“大人，他已经死了。”

斯特林惊讶：“与叛军战死了？”

“不，给古蓝秘密杀了。”伊林宁感叹道，“危机一过，古蓝又摆起了总督老爷的架势，把加西亚召进了总督府，说要给他发勋章晋升。加西亚满心欢喜地带着几个有功的军官过来受勋，却让古蓝埋伏下的卫队给全部抓了杀了。古蓝是为了报仇泄愤，也害怕加西亚将他的丑事报告你。至于孤军坚守、力挽狂澜的事迹，不好意思，就全部变成了古蓝总督大人的功劳了。这个事情是秘密，外面还不知道。现在外面的守备队是加西亚的部下，来找古蓝要他们的旧长官的。我倒是想看看古蓝怎么跟他们交代？！”

斯特林沉默了好久，问到一个最关键的问题：“你是怎么知道的？”

“大人，古蓝动手杀加西亚前问过我，想我派些人过来帮他，因为加西亚在士兵中很有威望，他不敢用自己的守备队。我没答应。守备队兵变前，也联络过我的部队，想两个行省的驻军一起干，声势更大点。大概我平日待部下还不算很坏，我的部下也没有答应，还通知了我。”

“你明知道古蓝的部队要兵变而没有通知他？”

“大人，我不是古蓝的爹，他也不是我儿子，我干吗要通知他啊？大人，您不用担心，这次的兵变完全是冲着古蓝一个人来的，只要您亮出身份，那群大兵是绝对不敢得罪您的，您可以放心地回去，没有人敢拦您路的。”

斯特林深深地凝视着伊林宁，问出最后一个问题：“你为什么要跟我说那么多？你不也和他们一样，是远东的总督吗？”

面对着斯特林的锐利眼神，伊林宁毫不回避，坦荡地回答：“大人，除了总督以外，我还是个人。”

第三卷

远东风云

第一章　远东兵变

大门开了，兵变士兵们看见一行人走出来，领头一个青年人个子中等，神态微有疲惫，顾盼间自有种不怒而威的气质，让人不敢正视。最显眼的是他肩膀上一枚闪亮的金鹰徽章——在整个远东，只有三个人有资格佩戴这个徽章，而在如今的得亚行省区域，只有一个人。

士兵们自动地齐刷刷地敬礼：“斯特林大人，向您致敬！”

斯特林还礼：“辛苦了，各位。”

一个领头的军官站出来敬礼，问：“请问大人要去哪里呢？”

斯特林平静地说：“我想，我没有要向阁下解释的义务吧？”

军官一时语塞。他想了下说：“大人，我们无意与您为敌。我们只是想要古蓝交出我们的长官而已。对您以及您部下的无礼，我们表示歉意。”他回过头挥手，“给斯特林大人让路！”

后面的士兵齐刷刷地让开了一条道路，那军官躬身做个“请”的动作。大家一齐松口气，总算可以走了。

但斯特林却停住了脚步，说：“我想知道，各位在这里干什么呢？”

一群中央军军官急得在后面直跺脚，什么时候了，不走还这么啰唆！

那军官微微提高了声量：“大人，这与您无关吧？您还是赶紧离开吧，趁我们现在还能约束部下……”

斯特林截断了他的话：“我是统领处成员，可以说，家族境内发生的事情我都有权过问。莫非得亚行省已经不再是紫川家族的领地了吗？莫非各位已经不再是家族军人了？”

军官皱起了眉头，后面的士兵们也起了不安的骚动，他们只是不满古蓝的行径，但是并没有想造反的念头。

军官无奈地说："大人，下官已经向您报告过了，我们在等古蓝交出我们的长官加西亚旗本。您还是快走吧，大人，这是因为我们对您非常敬重，不想有人冒犯了大人您的千金之躯……"

斯特林再次截断他的话头："谢谢阁下的好意，但是我只是家族的一名普通军人，谈不上什么'千金之躯'的。我还想请问，如果古蓝不肯交出你们的长官，你们打算怎么办呢？"

那名军官坚决地说："那我们就继续等下去，直到他肯为止！"语气坚决，斩钉截铁，让人相信他们既然说到了就一定会做到。

斯特林心头震撼，那名素未谋面的加西亚旗本竟然有如此大的人格魅力，即使他死后，他的部下仍旧是对他这般忠心耿耿，甚至不惜发动兵变来解救他！假以时日，这样的人无疑是家族的无价之宝，将来的将相之才，当然了，假如他还活着的话……

斯特林叹口气，说："加西亚旗本已经死了。"

全场震惊，士兵群里嗡地响起了议论。伊林宁在后面直扯自己的头发，这个消息怎么能在这个时候说出来！愤怒的士兵一旦失控，那后果……

那名军官惊讶得不敢相信："怎么可能？怎么可能？加西亚大人那么好的人，怎么可能……"看到斯特林凝重的脸色，他明白过来，这是真的。五大三粗一个汉子，当场就垮了，慢慢地蹲了下来，抱头痛哭。

士兵们呜咽着说："加西亚大人不在了？以后我们怎么办？谁带领我们？谁来保卫得亚行省？可恨的古蓝啊！"

有人高呼："把古蓝揪出来杀了！"

一呼立即万应："对！冲进去！把古蓝宰了！"几个人带头，士兵们群情激愤，拔出刀子就要往里面冲。

"住手！"一声暴喝如同雷霆震怒镇住了所有的人！斯特林身影矗立如山，正挡在大门前："士兵们，你们可知道你们在干什么？你们是在造反啊！你们失去了可敬可亲的长官，家族失去了优秀的军官，我们同感悲痛！我理解你们的心情！但你们可知道，你们是在干什么？你们这一冲进去，你们的刀上一旦染了血，你们就成了叛贼！罪无可赦的叛贼啊！

"我们都是军人，我们并不畏惧死亡！但是世界上还有比死更甚的事情啊！你们战死了，你们在远方的亲人会难过，会为你们流泪，会怀念你们，但他们也会每年在你的坟前献上洁白的花朵，骄傲地说：'我的好丈夫，我的好儿子，他为国捐躯，面对上帝和祖国，他问心无愧！'你的儿子将以你的姓氏为荣，在众人面前挺起胸膛！

"但如果你们是以叛贼身份死去的话，谁来怀念你们？谁会为你们痛心？你的尸体甚至不允许进公墓埋葬，只能抛尸荒野喂野狗！你的名字会让你的整个家庭蒙耻，你的家人面对邻居和亲戚，将羞愧难当，不敢抬头！士兵们，好好想想，克制自己！”

斯特林响亮的话语有如天雷轰鸣，在每个人的耳朵边嗡嗡作响。兵变士兵们都停住了脚步，凝神倾听。有一个士兵喊：“那加西亚大人的仇就不能报了吗？那大人不就白死了？”

斯特林神色庄重：“愿加西亚大人英灵永存！士兵们，我在此谨向各位保证：行不义者必将自灭！这是我，斯特林·左那，中央军统领对各位的一个承诺！”

“加西亚旗本为国戍边，不幸遇害，我代表统领处追认其二级晋升，任副统领衔！”

“士兵们，跟我走，听我的命令！我代表紫川家族！回到你们的军营里面去，相信我，会给你们一个交代的！”

士兵们犹豫不决，一阵议论纷纷。最后还是那个痛哭的军官站了起来，抹着眼泪对斯特林说：“大人，你答应过我们的！”

斯特林毫不犹豫地回答：“是的，我会给你们一个交代！这就是我的承诺！”

“好！斯特林大人，我们相信你，我们等着！”那个军官深深地凝视着斯特林的双眼，转身喊口号：“全部列队！向左转！齐步走！”士兵们一一遵命而行，大队的人马往回走，渐渐消失，只听见传来嗒嗒嗒有节奏的步伐声，越来越小……

大家都松了口气，总算没有当场发生流血事件。唐平等中央军军官上前埋怨斯特林太鲁莽了，万一出事了可怎么办？

斯特林微笑说不会有事情的，他理解士兵们的心态和感情。

伊林宁呆呆看着斯特林，眼睛发直。刚才那一刻，斯特林那凛然的气势、不怒而威的气质深深地将他震撼。他感觉，只有一个词语可以来形容当时的斯特林：英气逼人。忽然间，一个想法突然冒了出来：此人必将立于万人之上！

斯特林的笑容突然僵硬，因为他看到一群远东的官员从门后躲藏的地方走出来，领头的就是刚才一直“失踪”的古蓝！

他带着一脸的谄笑快步走近，大声说：“哎呀，斯特林大人，刚才可是太惊险了，幸亏大人您大义凛然，从气势上就压倒了那些下流丘八！真是让人热血沸腾啊！大人以一人之力就把他们给赶跑了，勇猛盖世、豪勇无双啊！下官今天这算开了眼界了！”

后面一群人七嘴八舌说：“是啊，是啊，真是当今第一勇士啊！”

一众中央军军官交换了个鄙视的眼神。刚才你们都躲到哪里了？现在一齐出来大吹大擂！

斯特林倒是不在意地笑笑。

伊林宁实在受不了他们的无耻，讽刺说："各位大人出来的时机刚刚好啊！"

古蓝厚着脸皮说："下官本来是想早点出来与斯特林大人一齐并肩作战的，可是这肚子不争气，刚才吃坏了，只有去茅房。等出来时，幸亏斯特林大人神勇，以一敌千……"话没说完，长街尽头又涌出了大批的士兵。

古蓝脸色发白："不好，我的肚子，哎哟哎哟，又出毛病了。大人，您稍等，我这就来……"转身欲逃，被斯特林有力的大手一把钳住肩头，顿时动弹不得。

斯特林微笑说："古蓝总督不必惊慌，看清楚了，那是我的队伍！"

古蓝脸皮虽然厚，这下也只有嘿嘿讪笑，说不出话来。

中央军的副司令长官秦路带着一个师团的步兵过来了，他笑着对斯特林说："刚才听说有些不稳定的士兵包围了总督府，我就带人过来看看。现在一切都很好嘛，看来我是白来了。"

斯特林也微笑："谁说你白来了？我给你介绍下，这位是得亚行省的总督古蓝，这位是省长柳子风，这位是罗林双省长，这位是总督鲁海阁下，这位是省长唐过，还有这位是名门贵族……"他微笑着把那些人一一给秦路介绍，对方受宠若惊地满脸堆笑赶紧上前握手。

最后，斯特林还是笑着说："这几位都是我们远东的名门、高官，是我们远东的精英啊！秦路，你可认清楚了？"

秦路不明白斯特林的意思，老实说："是的，都认清楚了。"

"好！"斯特林笑容一抹，眉宇间露出森森杀气，"把他们几位都给我拿下！"

一下子抓了十来个高级官员，斯特林却有点不知道怎么处理了。征求部下们的意见，众说纷纭，弄得斯特林自己都有点糊涂了。他写信去问帝林和紫川秀的意见。

紫川秀大吃一惊，他深知道古蓝这些人本身并没有什么，但他们背后所代表的势力却非同小可，惹上他们斯特林会有很大麻烦的。

他连忙回信给斯特林，提出的解决方案只有两个：一、立即把他们全部放了，由斯特林向他们道歉，就算是事情没发生过（斯特林看得直摇头）；二、把他们全部杀掉，把账赖在叛军身上，否则的话，留下一个活口都是后患无穷！

斯特林对紫川秀的意见很不以为然。古蓝等人诚然有罪，但有些人罪不至死，再说了，他们也应该有得到公平审判的权利，应该经过合法的司法审判，确立罪名，明正典刑，以让天下人心服。自己就这么偷偷摸摸杀了，怎么能体现正义的伸张？跟古蓝偷偷摸摸杀加西亚有什么区别？

帝林的做法就很让斯特林欣赏了。帝林很正式地派了一个军法官，带着大队宪兵过来，让斯特林把犯人都移交给了他们。

斯特林对他们的到来很高兴，他交给军法官一张诉状，这是他花了好大力气收集证据、证词，几个晚上不睡觉才赶出来的。他正气凛然地说：“军法官阁下，这是我写的，对他们各人分别控诉以临阵脱逃、贪污、谋杀、渎职等罪名，麻烦您在审判的时候交给法官大人过目，当庭宣读。”

军法官彬彬有礼地说：“请大人放心吧，军法处一定会依法给予他们正式的审判，必定会做到公平、公正，让他们得到应有的惩罚！”

他很有礼貌地告辞，带着人犯离去，在出了得亚行省的第一个拐弯路口的第一个树林里面就把古蓝等人全部吊死在树上了。

看着古蓝的两脚在半空晃悠晃悠地摆来摆去，哥普拉，兼职的军法官，真实身份是帝林的亲卫队长，拿出斯特林的控诉书点着了火，问部下的宪兵们：“谁抽烟要火？”

然后哥普拉全速赶往瓦伦要塞，以监察长信使的身份求见方劲统领，立即得到接见。两人在密室里商议了一阵，哥普拉告辞，悄悄离去，同行的宪兵们则被留下当作敢死队，被方劲派到最前线去了。

第二天方劲起草报告：“得亚、伊里亚两行省遭受不明身份的叛军攻击，全体军民同心协力，奋勇作战，终于将叛军击退！得亚行省总督古蓝、省长柳子风、守备队师团长加西亚、伊里亚省长罗林双等一十三名高级官员在作战中身先士卒，奋不顾身，不幸以身殉职，三军将士无不悲痛落泪。建议统领处对以上有功人员追认晋升嘉奖。附：作战牺牲的有功人员名单以及牺牲经过。”

报告被送了上去，罗明海很快将它送呈紫川参星阅读。

紫川参星由衷感叹道：“谁说我紫川家族官员贪生怕死？谁说我家族当今已经再无豪杰人物？这就是一份明证！虽然时势多艰，但只要我们还保留有这份豪迈正气，只要我们还有这样的豪杰壮士，就没有跨不过的山，没有蹚不过的河！这都是难得的优秀官员，一定要对他们重重嘉奖啊，勉励后来者，以彰显公义！‘公义’二字，正是我紫川家族立国之基……帝林，你的意见呢？”他把头扭向帝林，报告送来时，后者刚好在向他汇报监察厅工作。

帝林谦卑地低下了头：“伟哉圣言，殿下明鉴！使善行得其彰，恶者得其报，此正为正义伸张！”

当哥普拉回到监察厅的时候，帝林正穿戴整齐准备出发，对一群监察厅的军官们训话：“听好了，眼神放凶狠点，表情绷紧点，口气粗野些，手按刀子上。今天哪怕路上有人问个时间，回答时也给我带上点杀气！”

军官们轰然答应，纷纷捋起袖子横眉立目的，来回走动的时候腰上锃亮的军刀铿锵作响，一副凶神恶煞杀气腾腾的样子，仿佛流风军已经打到了帝都城下。

哥普拉明白，帝林这是准备出发去参加所谓的联合报告会了。这个联合报告会是由紫川参星提议并主持的，其目的据说是“增进统领处与监察厅部门间的沟通、了解，减少摩擦，团结一心，群策群力，共渡难关”。

但是照哥普拉的看法，紫川参星压根就不想统领处和监察厅之间相安无事！如果单独把罗明海和帝林两人关在一个房间里面，他们不用酱油调料就能把对方生吃了！把这样的两个人聚一起谈什么“群策群力”？！

也因为这个，所以每次的联合报告会总是遵循着以下不变的会议程序：

一、大家就座。

二、紫川参星开场白（“时势多艰，大家务必化开私人恩怨，以大局为重！”）。

三、罗明海报告。

四、帝林冷嘲（“做得跟猪一样聪明！”）。

五、罗明海反击热讽（“不要脸的人妖！”）。

六、开始对骂。

七、说到激烈处，为表示对对方的无比轻蔑，大家隔着宽大的会议桌互相吐口水。（大家都是内家高手，肺活量充足，口水吐得既急且劲，就是准头差点，有好多都浪费在了紫川参星身上。）

八、拿起茶杯砸过去。（为了节省经费开支，每次开会前内务部都要把陶瓷茶杯换成不锈钢的，但还是弄坏了不少。后来哥珊做了幕僚长以后，对内务部说：“笨啊！你们就不会用纸杯吗？”）

九、相互挑衅。（“丫挺的你敢动我下试试！”“老子动了你又怎么样？”“丫挺的你敢动我下试试？”“老子动了你又怎么样？”“丫挺的你敢动我下试试？”“老子动你又怎样？”——类似“鸡生蛋”“蛋生鸡”似的哲学问题，可以循环往复直至无穷。）

十、动手开打。（紫川参星提醒大家：“会议时间不多了，大家赶紧回到正题来！”还沉浸在哲学讨论中的双方这才恍然大悟：“是啊，不能再浪费时间了，该干正经事情了！”因为不能带武器进场，一个个赶紧抄起椅子动手。但有一次大家坐的都是沙发，而且是红楠木的，特别沉重，结果那场架打下来大家可累死了，相当于帮内务部搬了一次家。）

十一、紫川参星拍着桌子怒骂：“你们这样胡闹，成什么体统！”（伴着说话声，大群禁卫军拿着警棍冲进来乱敲，管你位高权重，哪怕总统领、监察长什么的也照打，将群殴双方隔离。）

十二、各受一顿训斥，作出深刻检讨。

十三、会议圆满结束。（收工下班，回家吃饭。）

帝林对军官们凶狠的样子很满意：“对！就是这样！要从气势上压倒他们！”扭头发现哥普拉，眼中一亮，招呼他过来，问：“回来了？休假玩得还愉快？见到你伯父了？他身体还好？”口气很随意。

哥普拉明白帝林的意思，恭敬回答：“有劳大人费心了。下官的假期过得很愉快，没留下什么遗憾。伯父身体好，他向大人您问好。就是最近因为我堂兄在远东打仗，所以我让伯父对那边，特别是得亚和伊里亚两个行省来的信件和人都多加关注，问清楚看仔细。”（“大人，事情办得很干净，没留下什么把柄。方劲统领对您依旧听命服从，我已经让他最近对从远东得亚和伊里亚两个行省的来信和来人都要仔细盘查，务必不使走漏风声。”）

帝林看看哥普拉一身黑色的军法官制服已经被路上的黄沙风尘染成了褐色的样子，显然是刚回帝都没有回家休息就马上赶来复命了，点点头，心里赞许：我并没有吩咐去检查信件，他却自己想到了。

可是帝林也知道，哥普拉正是紫川参星安排在他身边的探子。两人之间一直维持一种很奇特的心照不宣的默契。帝林明知道哥普拉的身份却不揭破，有什么见不得人的勾当都派他去做；而哥普拉也很清楚该如何完成对紫川参星的任务，每次给紫川参星写秘密报告时候都先拿去给帝林过目，借口说：“大人，这个字该怎么写？我不懂，您能不能帮我看看？”

“哥普拉，你累了吗？可以回去再休息阵子。”帝林问他。

“不用了，大人。这种场合，下官不在您身边的话就太不自然了。”哥普拉的言下之意是：我身为大人您的亲卫队长，在外面被称作“帝林的影子”，这种场合我居然不在您身边，万一紫川参星这个有心人见不到我，见了起疑心来追查我动向的话就麻烦了。

帝林略一思索下已经明白了哥普拉的意思，安慰地拍拍他肩头，意思是，辛苦了！

哥普拉观察下随行人员，发现有几个身体瘦削、面黄肌瘦的人，跟帝林说：“大人，我们应该带点强壮点的人过去吧？这几位……”

帝林笑笑：“哥普拉，你还记得吗？上次开会的时候，罗明海故意挑衅，有一个好恶心的家伙口水吐得又多又远，我们吃大亏了！今天我们非报这个仇不可！”

哥普拉惊讶，不明白这几个看上去面黄肌瘦的家伙如何能“报仇”，迟疑着说：“他们很会那个……那个吐口水？”

“那倒不是。”帝林凑近哥普拉的耳朵边小声说，“他们都是肺结核传染病患者。”

双方都到场坐下。罗明海和帝林自动在屋子里面相隔最远的两个位置坐下，隔在他们中间的是一排统领处的官员和一排监察厅的官员，双方壁垒分明，好像两排绝缘层似的把罗明海和帝林两个正负极隔开。紫川参星坐会议桌的首席，威严又慈祥地看着大家，好像一个大家长看着他不听话的两个倔强儿子。

帝林皱眉，他在统领处的官员中间看到了紫川秀以前的长官哥珊副统领。哥珊素以能吏著称，以前开会都没有她的，这次罗明海却把她带来了，这可能说明罗明海今天真的打算正正经经地开个会议。

帝林叹气，如果真这样的话，原来准备的战术就派不上用场了。

紫川参星做开场白，内容几十年如一日不变，一如既往地空洞无味。大家已经听过一千零一遍了，每次听还是得做出深受启迪、受益匪浅样子，表示总长殿下说话意义深远，令人回味无穷。

接着罗明海开始向紫川参星报告统领处最近的工作，其中的主要内容就是远东战况。罗明海刚说："现在我读一下远东战区总司令明辉统领的报告。'回禀总长大人及总统领大人……'"

另外一边的监察厅众军官马上就异口同声接上去："远东战局又到了最关键的时刻！"

罗明海怒视帝林："帝林，总长殿下驾前，你也不约束一下自己的部下！"

帝林漫不经心地回答："怎么？我监察厅的同事就不能在殿下驾前发表自己对远东战局的看法？碍你什么事情了？"

罗明海气得条条青筋暴起。他素来深沉，自从当了总统领后，更是讲究宰相城府，凡事不动声色，唯有碰见帝林的时候，什么"深沉""城府"全都给抛到了九霄云外，因为帝林特别善于挑逗人生气。只要他用那种很特别的谁也模仿不来的拖长了的、带尾音的贵族腔调，带着副"老子就是这样，你拿老子怎么样"的神态，漫不经心说上几句，再用眼角末梢轻蔑地扫对方一下，"能把死人气得爬起来再死一次"，紫川秀曾经这样形容说。

紫川参星打圆场："好了好了，帝林，你就让部下安静点。罗明海，你就继续读吧。"

罗明海狠狠盯了帝林一眼，继续读："……回禀总长大人及总统领大人，远东战局到了最关键的时刻！"

监察厅军官那边哧哧笑个不停，连统领处这边的人也泛起无奈的苦笑。自从明辉在罗明海的极力推荐下当了远东战区的最高司令以后，远东战局逢星期二星期四就会出现一次"最关键的时刻"，每到这种"关键"时刻，当然不用说是吵着要增兵增饷增补给了。

罗明海："明辉十月七日的报告是，'在这关键时刻，如果再不给我们增援——哪怕一个师团也好，我们的战线就要崩溃了！'"

紫川参星不悦："这个兵痞子，又在威胁我们了。跟他说，没有！"

罗明海点头："是的。我当场就回复他，'如果战线崩溃了，我第一个送你上军事法庭！'"

紫川参星赞叹道："说得好！就该这样！不过后来你为什么又派了增援过去？"

"因为他后来又来报告说，'在这关键时刻，只要再给我一个师团，我就能让叛军崩溃！'"

帝林在一边冷笑："只不过换个说法而已，就被人家骗倒了。"

紫川参星也微带责备地说："是啊，罗明海，他只要一个师团，你也不用从西部边境一下子抽调了三个整编师团给他啊！"

"他一共来了三次同样的报告……"

帝林冷笑，抬头望天花板，一副"你蠢得没话可说"的神态，却不出声——那样子比说了什么更让罗明海生气。

紫川参星也哑然失笑，摇头感叹说："远东真是个无底洞啊，前前后后我们都派了四十多个正规师团、近三十万民军过去，花了我们几百个亿的军费，现在还是看不到点结束的迹象。难啊！帝林，你在远东待过，你的看法呢？"

帝林恭谨地回答："大人，下官认为目前已经不能再从西部边境抽调兵力了。目前西部边境我们与流风家的兵力对比已经达到2：3了，在有些防线地段已经出现了1：2的危险比例。如果再抽调兵力的话，西部防线就显得太空虚了，万一引得流风霜那个女魔头起坏心的话，我们就得不偿失了。"

紫川参星点头："言之有理。虽说流风家目前内部不安宁，但是我们也不能太大意。但是如何回复明辉的增援请求呢？"

"这就要从新组建的民军师团中想办法了，殿下。"帝林明知道罗明海是负责民军筹建工作的，故意把难题踢过去。

罗明海硬着头皮回答："大人，最近由于已经是收获时节，民军大多都留在家中收割庄稼，来应征的越来越少了。这种状况等收获时节过了以后可能会有好转。"

紫川参星皱眉："这样啊……军情如火，不能等啊！能不能筹建一两个师团的雇佣军呢？这样比较快点，战斗力也比一般的民军强。"

罗明海一时不知道如何回答："这个……具体情况，能不能批准哥珊来谈一下？"

紫川参星同意。

哥珊站起，先向紫川参星鞠躬致意，神态自若，语音响亮："回总长大人、总统领、监察长三位大人的问话，如果要成立雇佣军团的话，估计一个雇佣军师团的成立费用为一亿一千万，每个月的常规维护费用为三千万。而一般常规部队的成立费用不过五千万左右，维护费用仅仅为每月七百万左右。而经过元老会的审核，我们今年的军费开支是一百七十八亿三千二百万，由于远东战事严重超支，已经花到了三百三十二亿五千一百万。现在还只是十一月初，到来年一月新的财政年度的时候，还有将近两个多月时间，我们估计会花到超过四百亿。如果还要成立昂贵的雇佣军的话，只怕到时候我们难以跟元老会交代。"

哥珊说得干脆利索，十几个详细数字脱口而出，无愧统领处第一"能吏"之称。

帝林听着哥珊简练的报告，心思却不在报告上：哥珊与罗明海之间的关系颇有意味，哥珊素来以才干和大胆直言著称，凡是有她看不顺眼的，无论对方地位多高，她照样让他下不了台。有次甚至因为意见不合，她当众就敢把自己的直属上司罗明海骂个狗血淋头，两人吵得面红耳赤，旁观者看得脸色发白。但事情过后，罗明海还是照样维护哥珊，甚至在上次帝都动乱的时候哥珊表态失误也是由罗明海保了下来，现在还极力推荐她接任幕僚长的位置。如果真的是这样的话，那她就是统领处第一位女性成员了。

帝林沉思：除去和自己间的恩怨不谈，不得不承认，罗明海倒是很具有爱惜人才的宰相胸怀的，而且善于民政、军务后勤工作，也不怎么贪婪，不弄权——他当这个总统领倒也不算差劲到哪里去，至少比他的前任强上好多，只可惜，他与自己势同水火……正在沉思中，却听见紫川参星对哥珊发问："那照你的意思，我们现在是不宜成立新的雇佣军队了？"

"是的。"哥珊毫不犹豫回答，"不然赤字太严重，无法跟元老会交代。"口气硬邦邦的，毫无其他臣子回答时候那种委婉、恭敬和谦卑的神态语气，"总长圣明，容下官发表一点浅薄俗见……"

帝林苦笑，心头猜想：难怪！即使有了罗明海的大力推荐，这样的脾气，她也是很难坐上幕僚长的位置的了。

紫川参星果然不悦，没有出声。

罗明海赶紧转换个话题："总长殿下，明辉还有个大规模作战计划来让我们批准实施。计划代号'蓝月'，估计要动用到将近四十万部队，包括了黑旗军、中央军的全部主力，还要加上二十万左右的民军。这么大的行动明辉自己一个人不敢自作主张，要请示总长殿下。计划如果顺利的话，有望在今年结束远东战事！"

如他所料，紫川参星的注意力马上被吸引过来了："哦？什么计划？说给我听听。"

“是，殿下！”罗明海回头招呼个参谋军官：“把作战用地图打开。”

明辉的计划是这样的——

远东叛乱军队的中坚和死硬分子大多已经集中在了云省的广袤的丛林和山地里，正想冲出云省来。明辉和斯特林的部队都曾经在云省的森林边缘地带布防拦截他们。由于家族王军大多是来自家族腹地，在森林地区由于不适应环境，作战相当困难，伤亡也大。明辉的意见是，干脆放开路，由黑旗军佯败把叛军引诱到蓝河与灰水河交叉的三汊河平原地带。然后黑旗军渡河，把桥梁拆掉，再在河的对岸布防，让叛军无法渡河。中央军和方劲指挥的民军从叛军后面出现包抄。三汊河平原两面临水无路可走，叛军唯一的出路又被中央军和民军围困了，不用一个月，叛军就会被饿得撑不住而自动投降的。把这批叛军的主力除掉的话，远东各地的叛乱就不难平息了。

帝林还没听完就明白了，冷笑一声：“真不愧是明辉的计划啊！”

他接着跟紫川参星解释说：“殿下，下官以为这个计划很不公平。明辉的部队过了河，只要把桥一毁，叛军势必难以渡河追击。而当叛军在三汊河平原被围困无路可走的时候，为求生路，势必做困兽之击，那时候承受叛军拼死反扑压力的就是在平地布防、无险可守的中央军了！而明辉只需要在蓝河对面悠闲地‘布防’，拍着手喊‘斯特林——加油’就够了。这样来说对斯特林太不公平了。”

紫川参星还没有说话，罗明海已经抢着说了：“斯特林统领阁下深明大义，已经同意了这个计划。”

帝林强辩：“那是斯特林阁下知其难而为之，精忠报国一片苦心！总长大人乃当今仁君，最为体恤臣下，必然不会同意让斯特林独力承担如此苛刻任务。”

“怎么是独力承担呢？不是还有方劲的民军在协助防守吗？”

“哈，罗明海，你搞的那些民军！我一个师团就能把你们十万人打得满地找牙齿！总长殿下，民军虽名为协防，但是主要的重担肯定会落在斯特林那边。可怜斯特林部队一直战斗不息，经历诸次战役，伤亡已经很重了！光让帝都子弟流血这样不公平啊，殿下！斯特林部队负责诱敌好了。就让明辉的部队来担任这个任务如何？”

“帝林你胡说八道！中央军不是刚刚结束休整从得亚省区回来吗？黑旗军杀敌数目也不少啊！上百万呢，比斯特林还多！”

“罗明海你这个猪头懂个屁！全世界都知道明辉在虚报军情，就你还一意维护他，你到底有何居心？！中央军伤亡率在35%以上，这么大的损伤岂是一两个星期的休整能补回来的？你不懂军事就给我乖乖闭上你的鸟嘴！”

“帝林你这狗屁凭什么说明辉虚报？就你这厮你也敢说自己懂军事！不就是杀了几个老百姓吗？嚣张个屁！我……”

“够了！”紫川参星一拍桌子，“都给我住口！”

帝林和罗明海一齐鞠躬行礼，为御前无礼表示谢罪。

紫川参星出了口粗气："早晚被你们两个浑蛋气死。"扭头看哥珊："哥珊，你怎么看？"

大家都很意外。紫川参星刚才神色间还对哥珊很不满似的，现在竟然放着在座那么多高官将领不问，特意征求她的意见。

帝林却是心下雪亮。在座那么多人中，不是罗明海派别的就是自己派别的，也唯有哥珊不依附任何人，立场最为客观公正。

哥珊站起来回答："大人，下官不懂军事。不过大人既然垂询了，下官只能说，此地距离远东前线万里，文书来往得半个月，我们无法及时知道前线实情，实在不宜妄下命令，以免贻误战机。"

此番话说得有理而且不偏袒任何一方，争吵双方都不由得心中赞同。

"那你的意思是……"

"大人，远东前线明辉、斯特林还有方劲三位统领大人都是久经沙场熟知兵事的老行家，并非无能之辈。我们只需要做好后勤补给工作，指挥作战的事情就交给专家来做好了。跟他们说，以尽快结束战事为目的，一切相机行事。我想三位统领大人身临其境，应该知道如何应付处置，不必我们多加饶舌。"

"这话说得在理！帝林，你还有什么要说的吗？"

眼见紫川参星主意是已经打定了，实在不适宜再反驳了，帝林躬身道："哥珊阁下言之有理，下官敬服。"心中遗憾，罗明海这个庸才竟然有这么出色一个部下！明明是帮他说话了，却不露半点痕迹，理由还很光明正大。我部下怎么就找不到这样一人呢？

"好，那这件事情就这么定了，我批准实施蓝月计划，马上起草文书加急送过去。还有，哥珊，军粮补给的事情你得一手抓起来，这真的是关键时刻了，不能出娄子，否则就真的前功尽弃了！难得今天大家的会议开得这么和睦成功啊！这就对了，要顾全大局，要……"

这时候内务部的李清红衣旗本匆匆闯进会议厅来——会议进行中且总长正在说话，这是很失礼的举动。大家正惊讶，她走过去在紫川参星耳朵边说了句话。

"什么？"紫川参星失声叫了出来，当即站了起来，立即又坐了下去，脸部肌肉不受控制地抽搐着，很明显是来了个很坏的消息。

面对部下们询问的眼光，紫川参星一字一句说："元老会萧议长通知我，三年一次的元老评议会在今年提前召开，就在下个星期二开始。"

罗明海、帝林同声痛骂，这还是家族总统领和监察长首次达成了一致意见。

紫川参星脸色沉重："真是不幸，屋漏逢下雨，米少又粘锅。事不宜迟，马上把命令传下去！加急通知明辉，一定要在元老会议开始干预前把蓝月计划给执行了！”

远东瓦伦要塞，方劲接到八百里加急文书，拆开看，马上就骂开了：“元老会又要开了！”

云省前线，联合指挥部。一个勤务兵快步走过来：“回禀两位统领大人，八百里加急！”

明辉接过来先看，只说了一个字：“×！”转而把信递给斯特林，“你看看，那群浑蛋在帝都瞎搞！”

斯特林默默地看完了信件，却不出声，抬头望天，只见乌云密布，眼看着就有一场暴雨将至，心头忽然起了一个念头：难道真的是天灭我紫川族吗？

二百多年前，家族第一代总长紫川云铁血戎马半生，开创紫川一族的根基，称得上是不世出的枭雄人物。但在晚年时候，他的精神、体力都逐渐衰弱，渐渐难以再承担家族首脑的重担。可是他对权力实在太执着了，明明神智已经不怎么清醒了，还喜欢事必躬亲，整天指手画脚地乱指挥，而且喜怒无常，动辄就大喊大叫：“杀了他！杀了他！拖出去砍了！”死在这种命令下的近身侍从多达百人，有时候还祸及家族的文武官员。

战功卓越的大将明兰前一天刚刚凯旋，就因为在觐见时鞋子弄脏了总长府漂亮的地毯，紫川云立即像个玩具被人搞坏了的小孩子般又哭又闹，连声吼叫：“杀了他！杀了他！”结果一代名将明兰就这样莫名其妙地被处决了。更冤枉的是，第二天一觉睡醒，紫川云问左右：“明兰怎么还不来见我？我等他好久了！”侍卫们面面相觑，他完全不记得昨天的命令了！

随着时间的流逝，紫川云的健忘症越发严重了。帝都的功臣贵族们最怕的事情就是接到紫川云的传话：“老朋友，好久不见你了，进来陪我聊聊天吧！”听命进去的话，万一他已经忘记了自己的命令，就会大喊大叫：“刺客啊！你不宣而入，是想举逆行刺我吗！”不进去的话，万一他还没忘记自己的命令，就会很生气：“你竟然无视我的旨意，对我如此轻蔑！赐你自尽好了！”

在他的积威下，无人敢反抗，家族上下无论官员还是贵族，无不战战兢兢，度日如年，心中都存有一个不能出口的愿望：紫川云早点死就好了！偏偏事与愿违，紫川云晚年虽然身体很差——夏天会感冒冬天会中暑——却就是不死，苟延残喘地活到了九十八岁！很多盼他死的人都等不及了，只好自己先死了。

结果旧王去世新王即位继承交接的时候，贵族们联合发动了政变，说：“权力不能单集中在你紫川一姓那里，不然我们的生命、地位和财产都毫无保障！”

事情眼见要演变成流血内战了，幸好接任的新王紫川星英明，他深知如果在此时爆发内战的话，成立未久根基不稳的紫川家族会就此覆灭的。何况贵族们的要求也不过分，权力过于集中在一个人身上无法节制将会形成腐败和专横，也不利于紫川家族将来的发展。

他通情达理地与贵族们商量，同意改变家族政治制度，成立元老会。元老会议由来自各个行省的民意代表组成（绝大部分是大贵族和当地豪门）。同意元老会议具有监督家族行政运作的权力，对总长的命令觉得不妥当可以修改，甚至在必要时候可以弹劾、撤换总长。

为了保证家族血脉传承，紫川星加了一条："无论如何弹劾撤换也好，坐总长位置的人必须具有紫川一族的血统！"贵族们也同意了。

后世的历史学家大多认为：元老会议等于悬挂在当权者（历代总长、总统领）头顶上的一把锐利的魔剑，让他们明白自己头上还有更高的权威，时刻警惕自省不敢太过胡作非为。在制衡总长权力、防止官僚系统腐败、主持正流、反映民众心声、提高民主程度、维护家族统治等方面都发挥了重要作用，在危急关头，还确实起到了维护家族历史传承的重大作用。例如在紫川远星战死后，元老会议破除父子继承的陈规，确立紫川远星的弟弟紫川参星为总长，确立紫川宁为第一顺位继承人。

唐川写道："如果不是这样，而是墨守成规让年纪轻轻且不通事务的紫川宁继任的话，上台不到两年就肯定会被心狠手辣的杨明华篡位害死。而元老会慧眼选定的继任总长紫川参星不但坚忍深沉，在手段的狠辣方面也与杨明华不相上下，唯有他才能对抗狼子野心的杨明华。元老会议在此过程中功不可没。"

尽管后世给予了元老会议如此崇高的评价，但是当时的人们，可没有一个对元老会感恩戴德的，他们对于元老会议的普遍评价是："这是一群妨碍我们做事的苍蝇——绿色的大头苍蝇。"甚至名将斯特林在听说元老会议已经召开的时候竟然有"在这个时候开元老会，真是天灭我紫川家族啊"的感想。

第二章　元老会议

帝国历七七九年的十二月初，紫川家族第七十八次全体元老评议大会提前召开。

本来应该是在明年八月份才召开的会议，然元老会的萧平议长这样子说："因为今年发生了杨明华叛乱、远东事变这么多的事情，在这个风云变幻、历史转折的关键时刻，代表紫川家族广大民众利益的、被广大人民寄托以厚望的元老会以及各位元老怎么能袖手旁观？！"

各位参加会议的元老都表示："对，我们说，是这样子的！"五千名元老每人表态说一句话，第一、二天的会议时间就这么过去了。

而帝林的说法是："他们只是太闲了无聊，在家里待不下而已！"胆大包天的他这次也只是敢跟亲信哥普拉偷偷摸摸地说。

不只他，就连当年跋扈一时的杨明华在风头最劲的鼎盛时期也不敢得罪、违背元老会，因为元老会议不但在制度上是家族的最高机构，具有最高决策权，在现实中，如今的元老会议也是汇集了来自家族七十九个行省的贵族、豪门的实力代表，无论是在政治、经济各方面他们都拥有强大的实力，足以左右家族命脉。就连现任总长紫川参星当年也是由元老会大力扶持而上台的，对他们也不得不毕恭毕敬。

会议的第三天终于可以进入了正题。来自洛克辛威行省的元老发言，提出一个大家都很关注的问题：今年家族的经费开支严重超过预算了！虽然说远东叛乱了，但也不至于这么夸张吧，超支了一倍多！前几年与流风家大战，动员的兵力比这次还多，但也没见超支这么厉害的。这里面是不是有什么猫腻？会不会统领处的某些人在某些时间某些环节上借机中饱私囊，大发国难财？

元老们都同意：这里面肯定有什么猫腻！有人提议："彻底清查军务处、后勤部等花钱大户今年的来往支出账目，弄个水落石出！"经过连续两天的举手投票，通过此决议。

萧议长宣布："从现在起，后勤部、军务处的所有物资、金钱都被查封冻结，等候元老会派人检查！成立'检查军务处、后勤处财产委员会'，委派十名元老担任委员负责此事。直到检查完毕，两部门才能重新开始运作！"

元老会一片欢欣雀舞。他们倒也不是对军务处和后勤处有什么深仇大恨。只是因为元老会议三年才开一次，平时也没什么人理会他们，现在终于"一朝把权掌，便把令来行"，他们迫不及待地找个机会想试一下手上的权力到底好不好使——就像小孩子有了双漂亮的新雨鞋就天天盼着下雨好穿出去，如果实在不下雨的话，晴天他也穿了。元老们急切地想知道自己第一次行使权力的结果。

结果很让他们失望。第二天，前去查封的元老们就鼻青脸肿地回来了，向同事们诉说自己作为尊贵的元老会使者所遭遇的不幸。他们来到后勤部，还没来得及把话说完，一个看起来很冷的女人上下那样把他们打量一下（像看马路上的性病专家广告那样看他们），然后下巴一努，几个膀大腰圆的卫兵就走了过来，提着他们的脚丢垃圾袋似的往门外一扔，砰地把门关上。

元老会因为愤怒而沸腾了！有人敢于公然挑衅元老会的尊严和权威！要知道，连总长紫川参星都要对他们恭恭敬敬啊！这个行为要比把十万人腰斩还要罪不可赦，比流风霜、杨明华和全体远东叛军加起来还可恶！经过迅速调查，终于确认这个罪大恶极的女魔头叫作哥珊，目前是行政处处长，战时兼理后勤部。

元老们立即开始投票表决，通过临时决议：撤掉哥珊的一切职务，把她开除！行动十分迅速，一天一夜再加八个小时不到就做出了决定！顺带着还成立了"调查哥珊罪行委员会""惩治哥珊罪行委员会"，并且命令总统领罗明海必须马上到元老会接受质询，给个交代："你到底是怎么样管教部下的！"如果交代得不够满意的话，他们就连罗明海也一块儿撤了！

罗明海来得飞快，他可知道这群大爷是得罪不起的。

罗明海由衷地赞成元老会撤去哥珊的职务（那有什么关系，只等会议一结束，他就可以把她官复原职），痛心疾首地表示，自己居然一直没有发现哥珊是条隐藏很深的美女蛇，让她卧在自己身边那么多年，幸亏各位元老阁下神目如电，一眼识破她的伪装，纯洁了家族队伍。他代表统领处感谢大家！

掌声如雷，元老们交口称赞："这位罗明海总统领还是很识大体的嘛！"

"但是，"罗明海话锋一转，"哥珊诚然罪无可赦，但她背后还存在着更大的元奸巨恶！此人心狠手辣、杀戮无辜、野心勃勃、满手血腥——这些都算了，我们可以不计较！最让人难以忍受的是他经常捏造事实、恶意中伤、污蔑诽谤我们最最最神圣的各位元老大人！是可忍，孰不可忍啊！可以肯定，哥珊的行动就是他在背后指使的！我罗明海身为家族总统领，听到此种狂徒恶言，激愤痛心到彻夜难眠，却因为此人手握重权、一手遮天，我官轻职微，无力对他进行惩治，十分内疚啊！”

会议大厅内五千条嗓门雷鸣般狂吼：“他是谁？！说出来，将他碎尸万段！”

罗明海很为难：“这样不好吧？他毕竟也是我的同事，外面人不明真相，还当我喜欢在背后乱说别人坏话呢……”

“说出来！说出来！不许你包庇他！”

罗明海被逼得没办法了：“既然你们非要这样的话，那我就只好……”

那个狂徒的名字叫帝林。

元老们当即成立了“帝都流血夜罪行调查委员会”“远东大屠杀罪行调查委员会”“帝林贪污受贿罪行调查委员会”“帝林目无法纪罪行调查委员会”等二十一个委员会。四百多名元老欢天喜地地担任了委员：“终于有事情可干了！”

元老们发出质询文，要求帝林马上来到元老会进行听证。

帝林按时出席了听证会。并非想象中那种满脸横肉、粗俗不堪的狂徒，帝林衣裳朴素整洁，举止娴熟优雅，元老们一见就大有好感：“此人相貌秀美，语调温柔，还很容易害羞，面对面跟人说话时甚至会脸红。就这么个比女孩子还要女孩子的人，真的是罗明海嘴里的满手血腥的暴徒吗？”

帝林的话也很让人相信。他诚恳地说：“真的不关我事的。大家想想，哥珊是统领处的官员，我是监察厅的首脑。而统领处历来和监察厅势同水火，怎么可能是我指使哥珊干下这种万恶不赦的罪行呢？”

说得似乎也有道理，但是——

“为什么总统领罗明海一口咬定是你干的呢？”

帝林比女孩子还要光洁的脸上染上了一抹绯红：“这个……大家能不能不要问了？这事情有关罗明海与我的隐私啊！”

元老们的好奇心被煽动了起来：“不行不行，你非要说！”

帝林犹豫着、迟疑着，口张了几下，最后开口说的还是：“我怕啊……说出来罗明海会杀了我的。”

元老们一齐保证：“我们全体元老为你做主！”

劝说了好久，帝林最后才吞吞吐吐地给元老们提示：“大家有没有注意过罗明海的眼神呢？有没有在里面看到点很……很那个的东西？有没有发现，当罗明海提到我的名字时候，他的整个表情、神态、说话语气都变了？”

经他这么一说，元老们才回忆起来：“是啊，那个平时很深沉很冷静的罗明海，一说到帝林名字的时候，整个人都变样了，就好像公牛看到块红布似的，眼睛里都要喷火了，难道说……”

帝林郑重地点头："你们猜得没错！是这样的！"

"真的是那样的？"

"就是那样的！罗明海是个性变态！他是同性恋！"帝林坚决地说，"他对我怀有种很不正常的感情，对我多次进行性骚扰！甚至对我提出种种无耻的要求，要挟我说，如果不答应的话，他就要打击报复我，让我好看！"

元老们张大了嘴："所谓'无耻的要求'是……"

帝林鼓足勇气红着脸说："他最喜欢的是骑木马！"

"哦！"

"还有滴蜡烛！"

"哦，哦！"

"甚至喜欢人家将他捆起来用皮鞭抽，跪着来说'女王殿下，惩罚我吧'！"

"哦，哦，哦！"元老们听得如痴如醉，一个个露出悠然神往、很羡慕的样子。

帝林语气一变："当然了，我帝林身为堂堂好男儿，家中还有贤惠的妻子，当然不可能答应干这种无耻下流的勾当！从此他就对我怀恨在心，处处找机会打击报复我！甚至还派手下哥珊来侮辱各位元老大人，却诬陷是我指使的！"

元老们恍然大悟："对啊！哥珊明明是罗明海的部下嘛！刚才怎么我们就没想到呢？"

再看看帝林的"娇艳容颜"，已经气愤伤心到"花容失色"了……

他们当场就相信了！

大家破口大骂："罗明海这个衣冠禽兽！"前一天跟罗明海握过手的元老赶紧去找消毒水洗手，生怕已经被传染上那种以"A"开头"S"结尾的不治之症了。语气虽然愤怒，心情却很激动。堂堂家族总统领竟然是个变态的同性恋？！这下子回到家乡可有大新闻跟左邻右舍说了！

大家鼓励帝林："不要怕，都说出来！元老会为你做主！罗明海敢动你一根寒毛，我们阉了他！"

在大家的鼓励支持下，经常被罗明海性骚扰淫威压迫已久的帝林，壮着胆子告诉主持正义的元老们——

罗明海道德败坏私生活糜烂，他常常找些未成年的女生一起玩"皇帝"游戏；晚上还喜欢穿上水手裙抹上胭脂口红在公园逛来逛去问人家："朋友，你寂寞吗？"而且他在公务上也是极端不称职的！在远东叛乱初期，他拒绝了帝林提出的合理建议，故意旁观坐视叛乱势力坐大，以达到他不可告人的罪恶目的！

"大家好好想一想，罗明海的目的，到底是什么呢？"帝林意味深长地说，用炯炯有神的目光启发元老们。

“是啊，到底是什么呢？”元老们议论纷纷，经过长达五个小时的讨论，终于得出结论，“很明显，罗明海是大叛贼杨明华的余孽！他继承了杨明华的罪恶野心，与远东的叛贼勾结，借叛乱之机抽调家族主力军队前往远东，严重削弱家族的实力，只待时机一到，他就要像雷洪一样，对家族公开举起叛旗了！同时他又利用总统领身份，网罗党羽，大肆侵吞贪污家族的经费，为将来的反叛做准备！这次的哥珊事件就是一个信号！”

帝林却有些不敢相信：“你们说罗明海贪污、受贿、调戏女生、玩SM游戏、在女更衣间偷窥什么的我都相信，但是说他想造反……我看他还没那么坏吧？”

元老们很生气：“帝林啊，归根到底，你是太容易相信别人了！在统领处潜伏着那么一条野心狼，你身为监察厅首脑，对此居然丝毫没有觉察！失职啊！”

面对元老们语重心长的批评，帝林惭愧地低下了头，表示没办法，自己就是太善良了，把别人设想得跟自己一样好，所以常常受骗。“各位元老大人明察秋毫，看出罗明海大奸大恶的本质来，揭发了这么一条野心狼。国家之幸啊！”

会议一直开到晚上，元老们迅速通过决议，成立了“罗明海性骚扰案件调查委员会”“罗明海造反谋逆调查委员会”“罗明海贪污腐化调查委员会”“罗明海道德败坏调查委员会”……一直到“罗明海随地吐痰事件调查委员会”“罗明海大便完毕不擦屁股调查委员会”等六十一个委员会，一千三百多名元老喜气洋洋地当选了委员。

落选的元老有点垂头丧气，但萧平议长安慰大家：“大家不要急，慢慢来！面包会有的，牛奶会有的，新的委员会也会有的！”

等帝林疲惫地走出元老会会议厅的时候，天已经很黑了。等候在门外面的哥普拉上前迎接，目光躲闪着不敢与帝林对视。

“干什么那种眼神？”帝林马上发觉了。

“没什么，大人。不过您刚才说的，罗明海对您那个，还想和您骑木马滴蜡烛什么的……是不是真的啊？”

帝林一拳把他打飞到街的对面去，揪着他领子厉声说：“下次你敢再提起这件事情的一个字，我杀了你！”他秀美的脸上布满杀气。

哥普拉大气都不敢喘一下，点点头，和着血吞下了两颗牙齿。

眼看家族的最高层的两位官员总统领和监察长在元老会纠缠不休，大打官司，下面的官员也有样学样，纷纷跑到元老会去，把自己的仇家给告了。每天来到元老会告状的人络绎不绝，元老们忙得不亦乐乎，成立了多如牛毛的委员会，很快元老的数目就不够了，只得辛劳一些元老，一人兼任几个委员会的委员。

一时间，帝都官司成风。熟人相见，相互招呼：“今天你告了吗？”

人人都是原告，同时人人也都是被告。以总统领罗明海为例，他要在七十一个委员会担任原告出庭指控，同时他又要在八十三个委员会里面作为被告受审，每天要接到厚厚一沓的传票，内容五花八门。他不满地大吼：“为什么‘保护未成年女童身心健康委员会’和‘大力提倡母乳喂养宣传委员会’都要把我当作被告叫去？！”整天就在这样一个又一个委员会之间疲于奔走，再无余力处理统领处的事务。

唯一可以让他得到安慰的是，帝林比他还要惨，控告他的委员会多达一百五十六个！忙得帝林连进厕所的时间都没有！

在这种情况下，家族上下大小官员整天忙着就是出庭、听证、辩论、控诉，无人再专心公务，各部门运行陷于瘫痪。唯一还能勉强坚持运行的只有哥珊领导的后勤部，她知道自己部门的工作关系前方几十万将士衣食饱暖，是至关重要的生命线，绝对不能有一日停顿。虽然她已经被免职了，但在部下们的支持和罗明海睁一眼闭一眼的包庇下，她还是勉力支撑大局。最后被元老会发现：“哥珊这个死婆娘还赖在那不肯走！”一纸公文下去，她就被投入了治部少的拘留所里面，“看她还能耍出什么花样来！”

两个星期后，官司风发展到了巅峰。连一向颇有清誉民间口碑很好的中央军统领斯特林也被告了，原告是从远东千里迢迢赶来的一群半兽人、蛇族、矮人、精灵怪等各种族的长老代表，他们哭哭啼啼地向元老会诉说着：“俺们是对家族最最最忠实的臣民了！虽然和家族王军之间发生了些不愉快的事情，可那完全是误会！那真是不幸的误会啊！俺们所针对的只是当地的贵族，可是对俺们的仁君总长殿下，可是全心全意地爱戴啊！哦，刚才俺忘记说了，俺们伟大的仁君总长殿下光芒普照大地，温暖了俺们的身心！太阳有一天会失去它的光辉，可是俺们远东各种族，是永远不会忘记仁君殿下的恩德的！俺祝愿最最敬爱的总长殿下永寿！刚才俺又说到哪里了？等下，让俺看下稿子，哦，是这样的，俺们和家族王军之间发生了些小小的误会，俺们已经认识了自己错误，幡然悔改了，不信看俺们忏悔的泪水！”代表们使劲地憋眼泪，憋啊憋啊憋啊憋，憋出了鼻涕和一个很响亮的屁，“总之，人非圣贤，孰能无过呢？俺们一再提出，大家不要再计较过去的那点小恩怨，和好算了，俺们不过一时走上了歧路，明明已经很真诚地在悔改了，请再看俺真诚的眼泪。可是，就有某个斯特林，就是不依不饶、死追烂打的，整天跟在屁股后面撵啊撵啊撵，凶残得很啊，把俺们杀得血流成河的，俺们明明已经说，俺不来了！不想打了！不要误会，俺们远东人是最勇敢的，不是说俺们怕了那个斯特林，那是因为俺们尊敬总长大人，不与他计较，可是他为了立功，还是穷追不舍、死缠烂打的！

“总之，都是那个斯特林不好，要是他不抵抗的话，哦，不对，俺说的是要是他不故意挑衅的话，就什么事情都不会发生的，天下马上就太平了！俺们实在受不了了，请各位高贵的元老大人为俺们这些老实巴交的家族忠实的臣民做主啊！狠狠惩治那个斯特林，然后大家和好，齐心合力，把远东变成一块美丽的乐土！”

远东的叛军想和谈！正在为居高不下的军费伤透脑筋的元老们大喜过望。经过一天一夜的和谈，元老会与叛军的代表达成了临时停战协议。

元老会往远东发布军令，令家族王军在远东的所有部队，一律保持原有战线不得移动；不得主动向叛军攻击，一切等候元老会与叛军代表们会谈有了结果后的进一步指示！

同时元老会还召回了在远东的中央军军团长斯特林，要他回帝都接受质询：为何对远东民众如此凶残，是否为立功心切缘故，有意挑起战争？

七七九年十二月，斯特林接到元老会的质询令，从远东前线赶回帝都。途中经过秀字营的驻地，他特意去探望下自己的好友紫川秀。许久不见的两位挚友在战火纷飞的远东战场上终于会面了，出现了久别重逢的感人场面……

“恭喜发财啊，秀老板！听说最近财源广进啊！”

“呵呵，同喜同喜！白川，快给斯特林老板上茶！最近生意如何？有没有发财啊？”

明羽向斯特林递过来张名片，鞠躬：“请多关照敝公司的生意！”斯特林粗粗看一下明羽的名片，密密麻麻写上了几十个公司董事长、总经理头衔。斯特林看得惊叹不已，难以想象一张人的皮竟然包得下那么多的头衔。

部下们都知趣地出去了，只剩紫川秀和斯特林两个。

紫川秀问：“斯特林，你怎么有空到我们这来？中央军不是还在前线吗？你不在，谁指挥部队啊？”

斯特林苦笑着把事情跟他说了，掏出张质询令：“我得马上回去，这下有得受了。那群家伙烦死人了，但是又没办法，毕竟制度上他们是……啊？！”他惊讶地看着紫川秀从垃圾桶里找出满满一桶的废纸，张张都是跟他一样的元老会质询令。

“你，你，这可是亵渎……”

“哎呀，时间就是金钱！我现在生意这么忙，谁有空回去陪那群苍蝇聊天啊！不过不要紧，我已经请了一个中队的律师帮我出席听证了！”

斯特林笑：“这么有钱了？听说你现在生意做得很大了，帮我个忙如何？”

“没问题！咱们什么交情？”紫川秀一副慷慨大方的样子，“想借钱的话，三毛五毛尽管开口跟我说好了！”

斯特林摇头：“不是借钱。最近帝都那群浑蛋瞎搞，最近我们都快断粮了！我想向你买一百万公斤大米。明辉介绍我来的，他说你们办得又快又好，还送货上门。”

“没问题！”紫川秀一听顿时眼睛发亮，“价格在军需粮食的基础上加百分之十，定金百分之二十，十五天内送到你指定的地点，超期一天违约金按合同金额千分之三算。你们要在交货后十天之内把货款全部结清，超期一天也要加收千分之三。至于交货条款你喜欢适用FOB条款还是CIF条款呢？”

斯特林听得头脑发昏，老实地承认：“这些我都不懂。”

“呵呵，你不懂就更好！哦，我说的是你不懂，我懂就可以了！来来，你身上带了支票没有？先把定金交了。还有在这个合同条款下面签个字，就在‘对于本合同条款我已经全部理解并同意’的下面签上你的名字，对对对，就写上中央军统领斯特林！对了，还有日期！OK！”

斯特林糊里糊涂被紫川秀摆布着签上了自己的名字。

紫川秀满意地吹吹墨迹：“我说，斯特林，你早该把供应的事情交给我们办了！你看明辉不早就让我们全权负责他的补给供应了？比后勤部办得好多了，黑旗军的伙食就比你们中央军要强！再说了，后勤部他们也乐于这样啊！最近他们在忙着跟元老会瞎搞，根本没空干活。喂，你这是什么眼神啊？好像很怀疑我骗你似的？咱们是老交情了，怎么可能呢？”

紫川秀赶紧把合同藏了起来，不让斯特林再看。他转移话题：“前线最近什么情况呢？”

斯特林长叹一口气：“停战了！我们失去了迅速结束远东内战的最后机会了！”

“本来叛军已经中了圈套，被我们引诱到了平原上。在平地上打野战，他们根本不是我们的对手！眼看包围圈就要合上口子了，就在这个节骨眼上，忽然元老会来命令说停战！不许攻击！于是我们就只有一动不动眼巴巴看着叛军的大队人马就这样从容跑掉！太可惜了！这都是叛乱的中坚和骨干啊！如果把他们消灭了，那叛乱就完结了！就差那么一点啊！”

紫川秀听出斯特林口气中隐藏着深深的痛苦和惋惜，想起他日日夜夜操劳的辛酸，无数次沙场血战的危险，现在就因为轻飘飘的一纸命令下来，全都被断送了。一时间，紫川秀也想不出什么话来安慰他，两人都沉默了。

还是斯特林先开口：“帝都最近有什么新闻啊？我那里连报纸都看不上，真的跟你说的那样，落伍了。”

“老样子，总长说，‘大家加油干、好好干！’帝林和罗明海在那相互吵闹。你看看帝林在元老会的演说。”紫川秀递过去张报纸，“罗明海提议说就当作家族给远东的叛军施恩，宽恕他们好了。帝林马上起来反驳，‘战胜者施恩，可以得到尊敬；战败者也来谈什么施恩的话，得到的只是轻蔑！’”

斯特林粗粗看了下报纸，奇怪地说：“我们并没有战败啊。”

“帝林的意思是我们在经受了赤水滩等几次失败后，家族的体面和威严已经丢光了，如果眼看着打不过就招安，那会招惹天下人耻笑的。现在远东派系的贵族大力地支持他的意见，主张对叛军严加镇压惩治，杀一儆百，维护贵族的尊严！而来自家族内地的贵族们就只想早日结束战争，好减少军费开支的压力。罗明海是主和派意见的代理人。现在双方闹得不可开交，帝林大骂罗明海是叛军派来的奸细和卖国贼，两个人在元老会差点打了起来。”

斯特林皱眉：“帝林不应该这样子。无论是主战还是主和，都是出自公心，都是为了拯救家族，只是大家走了不同的道路而已。”

紫川秀暗暗偷笑斯特林的天真。哪里有什么公心？罗明海赞成和谈的唯一原因就是要和帝林作对。如果帝林明天说“大家和谈吧”，罗明海准会说“不！为了维护家族尊严，我们一定要死战到底”。

“好了，斯特林，看了这么多，你有什么看法？”

斯特林一笑：“这不应该是军人考虑的问题。那些事情应该是政治家的工作。我现在只有在等待，等待元老会或者总长做出命令发布给我们，如果是‘战’，我们就继续打；如果是‘和’，我就撤军。服从，这才是我们的工作。”

想了下，斯特林再加了一句说：“军队如果有了自己的思想，那就将会凌驾于整个社会之上，那是极其危险的事情。”

紫川秀细细地回味斯特林的话，笑笑：“你又来了！我并不是问中央军军长斯特林的意见，我是问我的老朋友斯特林对局势有什么看法。”

斯特林考虑了好久才慢慢说：“我不怎么懂政治，也对什么‘贵族的尊严’不感兴趣。不过像现在这样，两个政治集团有如此巨大的利益分歧，又各自拥有强大的武装力量，我不怎么相信靠谈判就能换来和平。就算是，那也是非常虚假的和平，难以维持长久。最终还是要通过战场上的实力较量来见分晓。说来是很矛盾，但是我认为的真正的和平，只能通过战争获得。流血和相残是我们都不愿意看到的，但家族要统一远东，要走向强大，就必须付出代价。”

紫川秀肃然起敬，他没想到斯特林在前线军务倥偬时候还进行着这么深刻的思考。

“阿秀，你的看法如何？”

紫川秀说：“你说得很有道理。但我和你们不同，我虽出身帝都，却是在这里长大的，远东可以说是我的第二故乡。当年，我是亲眼看到了人类贵族是如何毫无怜悯地压迫和欺凌各种族的居民，现在，我又看到了当年的被压迫者又是如何残忍地回报主人。无论谁输谁赢，这都是一场同室操戈兄弟相残的悲剧。这场战争打下去的话，不会产生什么胜利者的，只有两败俱伤。如果元老会可以通过不流血的方式解决问题的话，我是赞成的。这话我也只敢在你面前说，不然别人会骂我是卖国贼了！”

斯特林听得很认真，笑笑："我说过了，无论战还是和，都是为了挽救我们的家族，只是走了不同的道路而已。我不会因为这个跟你吵架的。不过在帝林面前你可要收敛点啊，我们大哥可是个火暴脾气的。"

"我知道啊！对了，差点忘记个事情，李清和卡丹都让我带信给你。你等下，我找给你……"紫川秀找了好久，才在一堆上厕所用的草纸堆里面找到了那两封信，"喏，拿好了！"

斯特林颤抖地接过了卡丹的信，崇敬地吻了一下封皮。拆开，还没来得及看，又吻了下信纸，忽然疑惑，信纸上有水浸泡过的痕迹！他可是太清楚紫川秀的习惯了，揪住他问："老实交代！你是不是偷看过？这水是怎么回事？"

紫川秀知道现在一个回答不好自己马上就会血溅五步，慌忙回答："这是泪水！是卡丹公主由于思念你而流下的泪水啊！你可知道，你走的那天，卡丹是多么伤心啊！写信的那天，更是哭得死去活来的，晶莹的泪珠一颗颗地湿透了洁白的信纸……"

"哦！"斯特林释然，开始读信。

斯特林君：

这是我第一次用人类的语言写信，如有不妥之处，望君见谅。君安否？远东地势高寒，请君务必留意身体。自君别后，我一切都还好，请不必为我挂念。宁小姐对我很照顾。前天，我去了个神庙，人家都说，那里的神灵是专门保佑出征的战士的。阿宁小姐告诉我，以前她就常常去那里祈祷，为秀川阁下平安祈祷，结果很灵验的，秀川阁下真的平安地归来了！现在，是我在那里为你祈祷，就如同宁小姐为秀川阁下祈祷一样，希望你能早日平安归来，希望我的祷告也能像宁小姐的祷告一样被神灵听见，希望神灵也能像庇护秀川阁下那样庇护你。我的看法是，既然秀川阁下那么坏的家伙也能得到神灵的保佑，那斯君你那么好的人就更有资格请求神的怜悯了……

紫川秀趁斯特林看信入迷的时候，蹑手蹑脚往外边走，只走了两步，忽然间斯特林锐利的军刀已经架在了他的脖子上。紫川秀干笑两声，赶紧又坐回了位置上，不明白斯特林明明根本没有抬头的，怎么能发现自己呢？

斯特林长嘘一口气，看完了卡丹的来信。他锐利的目光审视着紫川秀，仿佛要看透他的五脏六腑："真的没有偷看过？"

"真的没有偷看过！"

"那信封口上为什么有个口子？"

“那是老鼠咬的！”

“老鼠咬的缺口为什么会这么整齐？”

“那是只镶金牙的老鼠！”

“那信纸上为什么有好多黑黑的手印？还有点什么东西，黄黄的带点褐色？”

紫川秀无言以对的时候，外面传来罗杰和明羽的对话。

罗杰（捏尖了喉咙）：“君安！远东地势高寒，请务必留意身体！”

明羽（模仿着女声）：“罗杰，我为你祈祷！既然秀川阁下那个坏家伙都能灵魂得救了，那你罗杰这么好的人就更有资格下地狱了！”

罗杰大声地道：“斯特林大人，我向您揭发！那信纸上那黄黄的水迹是这样的：一次大人上厕所的时候没有新的报纸，他就拿了那封信进去边看边笑，结果笑得太厉害了信掉了进去，好不容易才捞了上来……”

他已经不必再说了，屋子里面已经传出了惊天动地的打斗声和紫川秀凄厉的呼救声：“救命啊！快来人啊！罗杰，你这个浑蛋！救命啊！”

告别了紫川秀，斯特林日夜兼程赶回帝都，不知为何，他的速度之快，大大超过了接受元老会听证期限的必要速度。由于今天是元老会开会的日子，几乎全国的贵族和豪门都赶来帝都看热闹，越接近帝都，道路就越拥挤，在有的地方，斯特林只有亮开中央军统领的身份才能迅速通过。他没想到的是，他自己已经作为紫川家族的第一名将广受公众关注了，尽管他尽量不张扬，但是，他回帝都的消息还是飞快传开了……

“阿宁！”卡丹一阵风地冲进客厅，激动得脸通红，“我在街上听到个消息！听说了吗？斯特林回来了！他回来了！满城都在说这个消息，到处都在说，他要回来了，他要回来了！怎么办啊！他要回来了！”她激动得都有点语无伦次了。

忽然间，她呆住了，正在客厅里背对着她的人转过身来，正是斯特林！两人四目相对，都傻住了，在巨大的欢喜中呆呆的，都发不出声来。

斯特林的变化多大啊！不过几个月工夫，他老了许多。远东灼热的太阳把他的脸晒得又黑又粗糙，年轻英俊的脸刻上风霜的痕迹，双鬓已经出现了丝丝白发——苍老而憔悴，他才二十五岁啊！

卡丹心头涌出股温柔的怜悯，泪水盈眶。当时依依惜别的心上人已经成了紫川家族最坚定的捍卫者，万众瞩目的英雄，但自己对他的期望只有一个，就是平安归来，神明啊，你终于听见我的祈祷了。

她控制住了自己，对斯特林深深一鞠躬：“好久不见。君安！君之风采更胜往昔！”

斯特林同样郑重地鞠躬："卿安。卿却能保持青春之光彩永不凋零，永如鲜花般美丽！"双手奉上一束如火般鲜艳怒放的红玫瑰，目光中流露出无限温柔和爱恋。

卡丹再也忍受不住了，接过鲜花，眼泪夺眶而出，却还能把话说完："鲜花会凋零，容貌会衰老，世间万物，唯有勇气最美。君拥有无限的勇气，君最美！"

紫川宁一直在旁边安静地看着，眼看着有情人终于能见面，她也很为他们高兴，却也感觉好笑。双方明明都已经爱对方爱得要死，却还是要装作一本正经地对答，真是不坦白啊。她饶有兴趣地想继续看下去，却发现斯特林锐利的眼睛和卡丹美丽的双眸一齐望了过来，目光柔和但是坚定地透露出这么个信息：你紫川宁小姐无疑是美丽的、可爱的，但是如果现在你能给我们个方便出去的话，那你就够得上伟大了！

"嘿嘿。"紫川宁干笑一声，向门口移动了一步。

斯特林和卡丹无声地望着她，什么也没有说，目光中蕴含了无限丰富的思想。

"嘿嘿嘿嘿嘿嘿嘿嘿！"紫川宁刚刚踏出门口一步，就惊讶地发现门已经在她后面无声无息地自动关上了，她看到屋里最后的景象是：卡丹一下扑到斯特林的怀中，两个人已经紧紧拥抱在了一起。

卡丹是幸福的。

紫川宁默默地在心中下了结论：斯特林具有男性的一切优点，他正直、勇敢、温柔，对爱情忠诚，前途远大。这样的人值得卡丹付出一切去爱。

她感到一阵失落惆怅，为什么有人会爱上一个不正直、不勇敢、不温柔，对爱情不忠诚，又毫无前程可言的男人？

天空一片碧蓝，一直延伸到遥远的东方，到远东，到所爱的人战斗的土地上。我想你啊，阿秀，在远方的你，可曾知晓？

帝国历七七九年十二月十日，当中央军统领斯特林在家族总长紫川参星的陪同下步入元老会殿堂大厅的时候，元老会响起一阵欢呼声！元老们全体起立欢迎，潮水般热烈的掌声持续了好几分钟，一阵又一阵呼声："向我们的不败名将致意！""万岁！万岁！"千万人景仰的目光同时集中到了斯特林身上，认识或者不认识的元老都纷纷上来跟斯特林握手致意。

"在下是来自基新行省的伍祈，担任本届元老。很荣幸今天能目睹我们当今第一名将的风采！"

"在下是来自远东的元老，感谢斯特林大人为我们惩治了那些无耻逆贼，维护了家族尊严！"

"斯特林大人，您的辉煌战绩为家族鹰旗增了光，元老会代表整个紫川家族感谢您！"

担任大会主持的萧议长大声地说：“到高台这来，斯特林大人，到这儿来！让大家都能看到！给大家讲几句话吧！”

受到如此隆重的欢迎，斯特林深觉不安。自己是和总长一齐进来的，单是自己受到如此欢迎，总长却没人理睬，置总长紫川参星于何地啊？何况，现场还有比自己阶级更高的官员罗明海总统领和帝林监察长在场，自己却先上去说话，那也是很不礼貌的。

紫川参星觉察到了斯特林的困窘，微笑着说：“上去吧，斯特林。这不单只是对你，也是代表了大家对远东前线几十万将士的敬意。你代表他们，当之无愧的。”

眼见四面八方都是一片喊声：“上来啊，上来啊，斯特林！给我们讲几句话吧！”斯特林无奈，只好对紫川参星歉意地一笑，不好意思说：“殿下，下官失礼了。”

紫川参星含笑着拍拍他肩膀，表示鼓励。

斯特林走上了高台，四面立即又响起了雷鸣般的欢呼掌声。斯特林谦逊地低了下头，等掌声稍有回落，他做个手势，示意他有话要说，会场一下子安静了下来，只听见斯特林清朗的声音在大厅内回荡。

“今天很荣幸，我被邀请出席神圣的家族元老会，得以目睹各位高贵的元老大人的风采，倾听你们充满智慧的谈吐，领略你们是如何睿智地制定家族政策，决定我们伟大家族的命运，并且还能参与其中过程，贡献一点浅见，为此，我感到无上的光荣，感谢各位元老大人给我这个机会！（掌声如潮）

“在刚才，我受到了元老大人们热情的欢迎，我十分荣幸并且感谢大家！但是，各位大人给了我过高的荣誉，我斯特林只是一介军人，不配如此殊荣。如果说我们有功劳的话，那也应该归功于总长紫川参星殿下的无上威德，归功于总统领罗明海大人的运筹帷幄，归功于前线将士的英勇奋战和无私奉献。至于我个人，只是没有犯下很大的错误而已，实在不值得大家如此看重。

“战争的乌云笼罩在整个紫川家族的天空。我们将何去何从？战还是和？生存，或是死亡？这些，都将有赖于在座的各位元老大人的明断，你们的手中，握有我们家族的未来！请各位大人为此务必团结合力，为家族，为跟随我们、信任我们的千万民众做出明智的选择！

“至于我，只能说，军队将始终是忠诚的！过去如此，现在如此，将来亦不变！请各位元老相信，我们已经做好了执行命令的准备！无论元老会议最终的决议是战或者是和，我们都将听命，都将一丝不苟地执行！军队，始终是家族手中最忠诚的利剑，这把待命的利剑，将为了捍卫我们伟大的家族而随时出鞘，锋芒闪耀，让敌寇血染疆场！”

斯特林简短的演讲结束，会议大厅内响起了经久不息的掌声和欢呼："斯特林，好样的！"

斯特林想下去，但是大家用掌声挽留他，逼得他不得不停留在高台原地向众人致意。他虽然谦逊，却也感到非常自豪：作为军人，一生中还有比这更为荣耀的时刻吗？

在一张张热情的脸孔中他看到罗明海冷漠的面孔，斯特林点头致意，罗明海生硬地点头回礼，只是那么僵硬好像脖子抽了筋。斯特林心中暗笑，他知道罗明海此刻心里一定很不爽。转移了目光，他又发现了监察长帝林。

帝林笑着对斯特林跷起大拇指。他对斯特林的受拥戴是由衷的高兴，不单是因为斯特林是他的好兄弟，也因为斯特林的成功会让罗明海难受。他心下盘算着，现在军方有三位掌握重兵的将领，其中方劲已经偷偷地站在自己一边了，现在再加上斯特林的得势崛起，现在罗明海的手中只有明辉了，而明辉那个逃跑大王又是个很靠不住的墙头草——当然，依斯特林的性格他是不会公然参与他与罗明海之间的政治斗争的，但无论如何，目前他至少会保持种善意的中立，在将来斗争激烈化非要他做出选择的时候，那他肯定会倾向自己一边。呵呵，谁能料到，我已经不知不觉地在军方中建立了自己的优势力量呢？

他泛起个念头，为什么不帮助斯特林从罗明海那里把总统领的位置给夺过来呢？这并非不可能的事情。斯特林有名望，有战功，既受军方系统的拥护，又深受民众和元老会的爱戴，紫川参星对他也很宠信……如果成功了，那真是给罗明海一个最致命的打击了。

他忽然想到个事情，不由笑出声来，心里想：斯特林也学会了玩政治演说了！刚才洋洋洒洒的似乎很慷慨激昂地说了一大堆，其实等于什么都没说。究竟是赞成战还是和的这个关键问题上，始终没有表露自己的观点，哪方面谁都不得罪。他什么时候变得这么高明了？谁教他的？

夜幕降临，一天的会议终于结束了。斯特林和帝林联袂走出会场，一齐长嘘一口气。遣走了跟随的侍从，两人并肩漫步在帝都深秋的街道上。

斯特林感叹："终于结束了！"

帝林微笑："只是今天结束了，明天还得再来。多点耐性啊，兄弟，你今天好像有点控制不住自己的样子，我隔着好远都听见你把拳头捏得咯咯作响。"

斯特林失笑："是吗？当时我的表情一定很吓人了，那几个什么洛克辛威行省的元老吓得面色都发白了。不过他们确实也在无理取闹，居然从后勤部搬来半米高的账本一页页一项项地盘问我，从武器装备直到粮食补给。问我：'你看，这不明明白白说了，后勤部九月初已经供应了中央军五万捆箭。你们怎么现在又说没有了？'我说：‘全部拿去射叛军了。’他居然板着脸说：‘在哪里？什么地方？射了哪些叛军？他们叫什么名字？射在什么部位？有没有医生证明？他们有没有给你开收条？没有？这些必要的证明都没有，究竟你是不是拿这批装备给贪污私吞了？’”

斯特林愤慨地说：“我怎么可能去找那些被射死、射伤的叛军开收条啊？我贪污五万捆箭干什么，拿回家也当不了柴火烧啊。”

帝林还是笑：“忍耐点。没听说过吗？‘当天才出现在这个世界上的时候，有一个特征可以帮我们辨认出他来，就是所有的傻瓜都联合起来向他进攻。’不过他们倒也不是成心跟你过不去的，他们都是主和派的元老，而你是主战派心目中的英雄，他们不过是想通过打击你来打击主战派势力罢了。你如果大发雷霆，倒正是中了他们的圈套。”

斯特林平静下来：“我明白的。现在究竟元老会是个什么态度？战还是和，无论哪样，都得赶紧拿出个主意来啊！现在几十万军队就在远东那儿等着，一天的军费就是近亿啊！”

帝林摇头：“你知道，元老会势力一向分成了两派，远东嫡系和家族内地的。本来元老会中远东贵族的势力一向是占优势的，但是因为在叛乱中很多远东贵族都丧命了，他们在远东巨大的领地和财富也灰飞烟灭了，远东派系实力大挫，内地的贵族趁机抢夺那些名额席位，力争在元老会内取得控制权。而远东派系则寸步不让，极力反击，现在双方正相持不下呢！此次的战和之争就是他们两派角力的一个关键战场了！”帝林没说，其实这也是他与罗明海争斗的一个关键战场。

斯特林有点明白了，又问：“为什么他们不来一场投票表决呢？输赢最多一个下午就可以得出结果了！”

帝林微笑：“政治斗争其实跟战场是差不多的，一样要讲究战术谋略。投票表决，那就相当于是一战决生死了！就比如说斯特林你，在这种实力相持的情况下，会不会投下全部兵力来打一场生死会战？”

斯特林摇头：“不会。我会耐心地等，等到敌人露出破绽，等待我们的后续部队赶来，同时我派出部队骚扰，引诱敌人分散兵力，然后打击对方的侧翼和后方，直到我们确立了优势，那时候我才肯投下主力军队与其决战，一战将其击溃。”

帝林点头说：“道理是一样的。元老会里面现在双方也都在避免正面决战，也是在等候援军，比如拉拢中立势力的元老，分化收买对方的人，也是在寻找对方侧翼打击。比如说打击你斯特林就等于打击主战派势力的侧翼了，直到有一方确信自己已经占到优势票数了，那他才会要求立即表决。”

斯特林明白了，感叹：“几十万大军的伤亡，几百亿军费的耗费，想不到是这个原因啊！”他有一句话没说出来：难怪我们空有大陆上最强大的军队，历代总长勇猛如狮，又是名将辈出，偏偏却是向西不能克流风、向东难以抵御魔族。家族的疆土自从第三代总长以后就几乎没有增加过。

他望向帝林：“大哥，我有个问题想问你，但不知道……”他停下了话头。

帝林停住脚步回望，两人目光相交。帝林的目光清澈而明亮：“你想问我为什么要极力主战，其中是否也像那些元老一样，带有肮脏的私人动机？是吧？”

斯特林老实地承认：“是的。”又抗议说，“不过‘肮脏’什么的这个词语我可没有想过啊，是你自己说的啊！”

帝林失笑：“自家兄弟还这么不坦白，你真是不可爱。”他语调转为严肃，“我反对议和的一个原因是我察觉叛军一点诚意都没有。他们口口声声说要和平，说要既往不咎，但对于一些关键问题却含糊其词。比如，我们要他们交出那个大叛贼雷洪来，他们却说，雷洪已经失踪不知去向；

“我们要他们停止骚扰我军的补给线路，他们却说那不关他们的事情，是盗贼干的，而他们的种族联合军对盗贼没有命令权。这很明显是说谎，盗贼绝大部分都是被打散了的联合军败兵；我们要求说，既然家族王军已经停止下来了，那种族联合军是否也应该表示诚意停留在原来战线上呢？他们却借口说秋天到了，种族联合军的士兵必须回家收割庄稼，然后把部队分解，派遣到了整个远东每个村落去——在我们还在那里傻乎乎等着的时候，他们已经在招募、动员来年再战的新兵了；还有他们口口声声说要建立所有人和平的‘远东乐园’，但是这个‘乐园’究竟是什么样子？谁掌权的？还承认紫川家族的主权吗？还算不算家族的领土？这些问题他们都只字不谈，看不出一点诚意来。

“综合起来，其实叛军要求停战的目的已经很明显了，眼看冬季就要来临，远东的土地就要被冻住了，无法再挖壕沟。而没有了壕沟到了平原开阔地带上，叛军就成了废物，兵力再多也根本不是我们骑兵的对手。他们在拖延时机，等明年春季雨水绵绵泥土泥泞，那时候我们重甲骑兵难以机动，死猪肉似的陷在一堆烂泥里面等着他们砍。

“对一个全民皆兵、如此好战的民族来说，我们杀他个几十万根本无关痛痒，只要他们愿意，随时可以补充几百万军队。而经过议和以后，家族将会更加衰弱，当他们重新带领更加强大的军团来与我们再战，重新围困瓦伦要塞的时候，我们拿什么去与他们对抗？”

斯特林听得悚然惊心，问：“刚才那是原因之一了。那原因之二呢？”

帝林傲然，一字一句道：“叛逆是最大罪行，绝对不可饶恕的！也许远东贵族暴虐、也许远东官员贪婪，但是我们必须让所有民众知道，无论出于什么理由，反叛家族只有死路一条！如果我们今天可以宽恕远东叛逆，那明天我们就要面对第二个、第三个、第一百个远东叛乱，整个紫川家族就会像当年的光明帝国一样分崩离析！”

斯特林摇头：“要把几千万远东民众全部杀光是不可能的。”

“是不可能。最终我们必须还是要宽恕一部分的，但那必须是在胜利以后。唯战胜方能施恩，那时候宽恕他们，可以显出家族的仁德和宽容，于家族威信无损；但是眼看像现在那样打不下来就赶紧和谈也说是‘宽恕’‘施恩’的话，那就叫笑话了，让天下人都看到了我们的软弱。这样只会招来更大的祸害！

“斯特林，你很有威望。元老们都很敬重你，你说出话来是很有分量的。到时候你一定要站到我这边来。这是为了家族百年前程着想！像罗明海那样的绥靖政策是行不通的。”

斯特林本来是打定了主意保持中立的，现在听帝林说得诚恳，而且也很有道理，心里也不禁动摇了，他犹豫再三，最后说：“好的，如果我非要选择的话，我一定站你这边来。”

这个承诺还是带点模糊不定，但是已经让帝林很满意了。他明白斯特林的个性，一诺千金决不悔改，承诺到这个地步已经是他的最大极限了。这对帝林已经很有利了。

他们一边说着一边走到了分岔路上。

帝林心里十分轻松，停住了脚步：“怎么样？一起去看看你嫂子秀佳吧？她一直念叨着不知道你和阿秀在远东怎么样了，吃得好不好，去尝下她的手艺吧？”

如果是往日，斯特林对这个邀请是求之不得的，但是今天他只有婉言谢绝了：“改天吧。今天约了人。”

对邀请被谢绝，帝林也觉得意外，仔细打量下斯特林，突然笑出声来：“是啊，月上柳梢头，人约黄昏后。我说呢，今天看你一脸的笑容，原来是春意盎然啊哪——人家那是小别胜新婚呢啊哪——大哥我还真是不识趣了！”

每句话的后面帝林都用咏叹调拖长了唱出来，最后不伦不类加个“啊哪”。斯特林脸红，还在嘴硬：“哪里的事情啊，大哥你不要乱说了。”

“好好好，我不说这个了。”帝林凑近来，很严肃地说，“要不要大哥我给你个忠告？”

“啊？什么？”

“‘干体力活’可千万不要太辛苦了，不然将来回远东的时候连马都爬不上去了，那可怎么办啊？”帝林眉头紧皱，一副很是忧虑担心的样子。

好一阵斯特林才明白过来，举拳欲追打他，帝林早已经一溜烟地跑了，远远地留下句话：“找个时间把李清带过来跟你嫂子一块儿吃个饭吧，大家都快是一家人了还怕什么羞啊！”

笑着望着帝林远去的身影，斯特林眼睛里却出现了一抹淡淡的愁云。李清，是啊，差点忘记了，自己还有一位很贤惠的未婚妻，怎么办啊？！

第三章　卡丹公主

当斯特林快步来到约定的公园亭子看到卡丹俏立的身影时，所有的不快和忧愁马上被抛到了九霄云外。为掩人耳目，卡丹围上了围巾戴上了墨镜。现在是初冬了，这个装束并不惹人注意。斯特林从她背后接近，忽然冲上去一把搂住她肩头。

卡丹啊地惊叫一声，回头看见是斯特林，手抚胸口露出个“你吓死我了”的表情，甜甜地笑了下。斯特林看得心头荡漾，对着娇艳的红唇正要吻下去……

“警告，以下内容含有不健康成分，未满十八岁人士请在家长陪同下观看。”

斯特林身后传来紫川宁悠悠的声音，她坐在亭子的长栏上荡着脚探着脖子看两人亲热，悠然说：“两位请继续，就当我不在好了。”先前斯特林太过专注于卡丹竟然没有发现她的存在。

斯特林大失所望，松开了卡丹，投过去个嗔怪的目光：你怎么把这个坏蛋带来了？

卡丹满脸通红，小声说：“我不认识路。”

斯特林无奈地叹口气，昨晚与卡丹约定在外面见面就是为了避开这个紫川宁。她的调皮捣蛋是与紫川秀一脉相承的，结果还是没办法。

“对不起，我迟到了。等很久了吧？”斯特林握着卡丹被冻得冰冷的手关切地说。

卡丹轻轻摇头：“才一会儿。”

“撒谎！”紫川宁很生气地说，“他迟到了一个小时二十分！我算过了，平均每十分钟有个蚊子在我胳膊上叮个包，现在斯特林大哥你看，一个两个……一共九个！”

斯特林不看紫川宁的包，对着卡丹问：“饿了吗？”

卡丹还是摇头："不饿。"

"我饿了！"紫川宁赶紧说，然而没人理会她。

斯特林："你渴吗？"

卡丹习惯地摇头，然后又点头："有一点点渴。"

紫川宁不甘落后地说："我也渴了。"

斯特林领卡丹进入路边的一家饮料店，紫川宁觍着脸跟在他们后面也进去。

斯特林问卡丹："你喜欢什么饮料？咖啡？茶？果汁？"

紫川宁抢着说："我爱喝咖啡，加糖加奶的！"

卡丹考虑一下："果汁就很好了。"

斯特林招呼服务生："一份果汁，一份茶。"

紫川宁嫣然笑着说："斯特林还真是体贴啊，知道女孩子不宜吃太多高热量的东西。茶也很好嘛，清淡。"斯特林发现她还真是不愧为紫川秀的妹妹啊，起码脸皮的厚度绝对比得上他。

不过他还是不理她，等饮料一上来，他大模大样地端起茶杯就喝，故意不看紫川宁的脸色。

卡丹看不下去了，偷笑着把果汁推到了紫川宁面前。她正要喝，斯特林眼疾手快地把杯子又放回卡丹面前。

紫川宁很委屈地叫道："斯特林大哥哥！你好过分哦！这样对待淑女很不礼貌的啊。"声音甜得让人想去自杀。

斯特林假笑得像个竞选中的元老："这样吧，紫川宁小妹妹，你口渴了吧？来，斯特林哥哥给你钱，你到对面去买冰淇淋吃哦，乖！"

斯特林拿出张一千的钞票："快去吧，不用找了！"

紫川宁："可是人家想吃的冰淇淋好贵的啊！"

斯特林加了一千："好，斯特林哥哥给你钱。快去吧！"

紫川宁："听说那种冰淇淋里面有很神秘的配方啊！"

斯特林再加一千。

紫川宁："听说那种冰淇淋原料是从外国进口的，好贵哦！"

斯特林再掏钱。

"可是人家吃完以后还得买手巾擦手呢！"

斯特林再次摸腰包。

"然后人家一个人怎么回家啊？"

斯特林想掏，可是发现钱包已经空了。他叹口气说："阿宁，你到底想怎么样啊？敲竹杠也不要敲得太狠啊！"

紫川宁笑得又甜又可爱："说得好过分哦！人家是怕你们年轻人，血气方刚容易冲动犯错误。酸酸的青苹果摘不得啊，后果是很严重的啊！"

斯特林小声嘟囔说："我都已经摘了你还想怎样啊？！"

卡丹满脸通红地在桌子下面猛踢他一脚。

紫川宁失声："什么？！"

斯特林马上警醒："我是说，摘不得就不摘。劳您费心了！"

"嗯，你们知道就好！总之，我是为你们好啊！多谢就不用了，请我吃点东西吧。"

斯特林眼看没办法摆脱这个小魔头的纠缠了，只有使出最后一招："阿宁啊，在远东的某人托我给你带个话，啊，你不要激动，话的内容是什么来着，好像挺重要的……糟糕，我最近心情不好，记不起来了，你看这怎么办好呢？"

至于怎么样才能让斯特林大爷心情舒畅……

那也是非常简单的……

卡丹笑得弯腰："斯君你真坏，亏你想得出那种点子！宁小姐本来还很神气的，一听你提到秀川阁下，马上就蔫了！不过秀川阁下真的有话带给宁小姐吗？"

斯特林回忆起在远东与紫川秀见面时，自己确实也问过他："有什么话要我带回去给宁小姐吗？"紫川秀沉默了好久，最后回答说："她如果问起来，你就说，没见过我。"

他们之间发生什么事情了呢？斯特林摇头："没有，其实我根本没有见过阿秀。不过你可千万不要跟阿宁说，不然这招就不灵了。他们之间发生什么事情了？"

卡丹瞄他一眼，神情很复杂。斯特林奇道："怎么了？"

"斯君，你刚才说谎了！如果你在远东没见过秀川阁下，那你就不会察觉他们之间的异样，那你也就不会问出那句话来。事实是不是你见过了秀川阁下，而他要求你回来说没见过他呢？"

斯特林大吃一惊。没想到卡丹只从自己一句话的漏洞中，便能看出自己说谎，而且把事情的真相推测得有如目睹。生平所见人物中，若论反应的灵敏、思维的缜密，当以帝林为第一。但是现在看来，就连帝林恐怕也不及卡丹这个来自魔族的少女了！

他心头忽然泛起这么个念头，幸好她被俘在我们这边。如果她是在魔族那边能委以重任的话，那必定也是个不输于流风霜的名将！如果魔族那边的皇族指挥官都跟她一样机敏的话，那将来我们的远东军就会有大麻烦了。无论如何，不能把她还给魔族。

随即又觉得自己敏感得可笑，卡丹是自己的情人，怎么会跟自己为敌呢？

卡丹看见斯特林的脸色变幻不定，赶紧说："对不起了，斯君，我不该乱说的。

你生气了吗？”

斯特林深呼吸口气，把种种念头排出脑外，笑着说：“没有，我确实没说实话，是我的错。”把事情跟卡丹说了，最后还是叮嘱她，“千万不要跟阿宁说！”

“好了，我们不要老是说他们的事情了。谈谈我们的事情吧。卡丹，过来我们这边这么久了，你感觉怎么样？还适应吗？”

卡丹犹豫了一下：“怎么说呢？刚刚来到这里，我简直有点不敢相信，太美好了！你们这里的气候温和，物产丰富，生活也舒适很多。”

斯特林感兴趣地问：“哦？你们那里是什么样的呢？”话一出口他就有点后悔了。

果然卡丹摇摇头，没有回答。斯君，你不会明白的，与我们相比，人类简直就是身处天堂了。大自然对我们非常冷酷，我们的土地贫瘠，荒漠一片，气候异常恶劣，白天酷热难当，夜晚却是寒冷入骨。自然灾害频繁不断，地震、台风、磁暴、沙暴，一场冰雹能毁掉我们一年辛辛苦苦的收成，然后全国上下陷入饥荒。斯君，即使跟你说了，你也不会明白的，死亡对于我们而言，就像空气、天空和土地一样，不可分离，在这个泪水之邦，死亡就如同呼吸般自然。

斯君，如果你了解这个，你就会明白，为什么我们的战士无数次西向征战，并非我们残酷好战，只因为从人类手中夺取食物和肥沃的土地，那是我族唯一的生存之路啊！啊，人类是多么幸福啊！为什么他们不必流血、死亡就可以享受这么温暖的气候、湛蓝的天空、盛开的鲜花？而我，也将作为人类的一员，与我所爱的人一起分享这一切了，可我为何还是念念不忘着那灰暗的天空，荒沙万里，还有我的爸爸……心里好难受啊！我的故乡！

卡丹的眼睛里充满了泪水，斯特林一阵心疼，安慰她说：“不要紧，等我们平定了远东，就可以送你回去看望你的家人了。”

“可是那样的话，我就不能再见到你了。那我会更难受的。”

斯特林微笑：“怎么会呢？我们不是发过誓，永远不离开彼此的吗？我会陪你一起回去的。”

卡丹睁大了眼睛：“不可能的，我爸爸和哥哥们会杀了你的！他们常常说了，神族与人类不两立！”

斯特林一惊，差点忘记了心上人的父亲是盖世无双的大魔神皇了！卡丹反而安慰他说：“何况，我被俘那么久了，家里人都当我已经死了吧？就让他们这么想吧，最多难过一阵子就没事了。我也习惯这边的生活了。”

斯特林一阵感动，眼前的女孩为了自己宁愿放弃锦衣玉食的公主身份和亲人、故土，这是何等难得的真情。他柔声对卡丹说：“你放心好了，我会一辈子对你好的。

我发誓，一生一世，都会对我老婆卡丹公主好！如背誓言，叫我万箭穿心而死！”

卡丹一手捂住了他的口不让他再说，眼睛里满是喜悦。两人的手在底下紧紧地捏在一起，彼此感受着对方手中的温暖。两人沉浸在喜悦之中，卡丹脸上却流露出一点愁意。斯特林马上问：“怎么？你不高兴？”

“不是。我想到，我的身份是神族的人，而斯君你却是紫川族的高级军官，娶我为妻的话，恐怕会对你的前程有碍……”

斯特林微笑：“我想问题不会很大。总长殿下对我很好，我去恳求他的话，想必他会答应的。”

“万一他不答应呢？”

“那我就辞职好了。”斯特林的语气斩钉截铁毫不含糊。

“这么些年下来，我也略有积蓄，咱们可以开个面包店。我呢，就在里面做面包师傅——你不知道吧，我做面包也很拿手的！你呢，就在外面招呼店面，你这么漂亮一定会引来很多客人的……”斯特林望向卡丹，目光中充满歉意，“就是太委屈你了。”

卡丹轻轻在斯特林脸上一吻，红着脸小声说：“怎么可能呢？我一点不好看，又笨手笨脚的，一定会把客人全部吓跑了。”

斯特林继续说：“我最担心的就是阿秀那个小色狼，一定会天天来想要吃白食，我们一定要坚决地把他赶走！”斯特林做出个猛踢一脚的姿势，卡丹咯咯笑个不停。

“然后呢，等我们生意红火以后，我们就可以请两个工人来，你就可以专心地做你的老板娘了，再然后呢，我们会开一家、两家、三家……好多好多家分店，就跟我们生的孩子一样多，那时候我们两个都不用做事了，整天就是旅游啊，逛街啊，然后都老了，等着孩子们长大，那时候我们就跟他说：‘大毛、二毛啊，你们知道爸爸妈妈当年都是很了不起的人哦！你爸爸是家族统领，你妈妈可是个公主哦！’你说他们会不会相信呢？”

卡丹心头甜蜜，笑着说：“那时候他们肯定会说：‘两个老不死的在那胡说些什么！’”

“这样的生活，不用再打仗，不用再钩心斗角，不用再担惊受怕，你喜欢吗？”

卡丹装着很严肃的样子：“你让我考虑下……嗯，将来店里面请来了年轻漂亮的女侍应生，你会不会调戏她们呢，面包店的老板斯特林？”

斯特林也很严肃地托着下巴思考：“你让我考虑下——有多漂亮呢，面包店老板娘卡丹？”

“你坏死了，看我收拾你！”

“哈哈哈哈……”

花丛中，相爱的一对沉浸在甜蜜中，却没有发现，远远地有几双阴沉的目光一直冷冷地盯着他们……

罗明海阅读了手下密探的报告，拍案而起，吩咐："不惜代价，无论手段，务必把那个女孩子的身份给我搞清楚！"

第二天，一份关于卡丹身份、来历以及与斯特林相识经过的调查报告就放到了罗明海办公桌上。罗明海冷冷问："情报准确吗？"

"回禀大人，我们是拿了二十万收买了紫川宁的用人得来的情报。他不敢说假话的。"

罗明海阴沉的脸上露出微笑："这二十万花得值！我要马上去见总长。"

日常汇报完毕以后，罗明海漫不经心地跟紫川参星提起："殿下，昨天晚上我去公园散步，真巧，在那碰见了斯特林统领。他跟一个姑娘在那很亲热的样子！"

紫川参星微笑："斯特林跟李清也很久没见面了吧？他们也该好好聚聚了！呵呵，年轻可真好，让我们这些老家伙嫉妒啊！"

"可是，"罗明海说，"下官看那个姑娘不像是李清旗本啊！"

"哦？"紫川参星的神情有点重视了，"那是谁呢？"

"下官不知。殿下可否批准让下官去打听下？"

紫川参星想了好一阵子，慢慢说："行，你去打听下。"他的口气很随意，但双方都知道，这句话决非随口说出的。

不到两个小时，罗明海就"打听"回来了。不出声地听完报告，紫川参星不动声色："好了，没什么大不了的事情嘛！罗明海你就先下去吧，记得不要在外面乱说。"

罗明海有点失望，没想到紫川参星对这个重大的情况是这么淡然。他没有看到等他刚刚退出，紫川参星马上就吩咐近侍："马上请李清旗本过来。"

经过与李清一个多小时的谈话，紫川参星的脸色冷得像是覆了一层霜，说出话来却还是那么和蔼可亲："你过去，问问斯特林统领今晚有没有空，愿不愿意抽出点时间陪我这个糟老头子吃顿便饭呢？"

晚饭时间，斯特林按时到了总长府，紫川参星热情地迎接他，领他到饭厅来。斯特林发现，这确实如同紫川参星所言，是一顿家常便饭，因为除了他以外再无其他客人。而菜肴却是很丰盛的，斯特林心中奇怪，这不符合紫川参星的习惯。担任内务官员的李清曾经笑着跟他提过："我们的总长是历代总长中最不奢侈浪费的。"暗示着紫川参星在某些方面是很吝啬的，他可以毫不犹豫地花三千万武装一个军团，却舍不得给自己晚餐上多加一条鱼。

“殿下，太丰盛了，殿下，您太破费了，我们吃不完的。”

紫川参星毫不在意地说：“没事，吃不完我下顿继续吃。”呵呵笑道，“来来来，既然来做客，就不要那么拘束了。放松点，把胃口敞开使劲吃！唉，这阵子在远东真是苦了你了，斯特林你看看自己，几个月工夫下来，就又黑又老了。”

“愿为家族服务！那是臣下应尽的本分职责，实在不敢当如此……”

“哎呀，我不是跟你说不要拘束吗？斯特林你就这点不好，老是放不开。今晚不许你说‘大人’‘殿下’什么的。你就把我当作你的长辈，叫我参星叔叔如何？”

斯特林本来心里一直有点忐忑不安，见到紫川参星如此和蔼的样子，心头一块石头也落了地，笑着说：“那下官就僭越了。”

两人就座，紫川参星不停地给斯特林介绍各种菜肴：“这是来自西部的花纹鲫鱼，一年只有几个星期能捕捉得到，还要把它活生生地送到帝都来，很难得的。”一个劲地给斯特林夹菜。斯特林应接不暇，也感到很不自在，只是总长一番好意，实在难以拒绝，一顿饭吃得满头大汗。

饭后两人在客厅喝着咖啡闲聊。紫川参星关切地询问了在远东的战况。他尤其关心的是各路征集来的民军的士气和战斗力，这些民军占了在远东紫川王军的一半多。

斯特林考虑了下，坦诚地跟紫川参星说：“民军队伍大多是各地的贵族武装和农民，他们虽然草草成军，但凭着那股血气之勇和悍不畏死，一旦他们杀起了劲头，一时间可以跟正规师团打个不相上下。但在落于下风进行防守的时候容易惊慌失措，我听到个事情，一路民军去剿匪，半兽人只出来那么几十人应战，就把我们几千民军吓得夺路而逃。还有一次是在半夜里，是在方劲的大营里，一个民军士兵晚上发噩梦喊了句：‘魔鬼啊！’结果马上就炸营了，士兵们哭着喊着：‘不好了，魔族来了！人哪，快逃命吧！’黑夜里大家一群无头苍蝇似的乱窜，搞不清楚方向只是在哭号：‘逃啊！逃啊！’方劲想把他们弹压下来，举着火把喊：‘镇定镇定！大家向我靠拢，向我靠拢！’却根本止不住潮水般的人流，要不是他的卫队拼命抢救，当晚方劲就会被人群踩死了。天亮以后，发现昨晚被自己人踩死的、被淹死的足足有几百人。方劲足足花了一个星期才把溃散的士兵再次集合，可是已经少了几千人，要不是当了逃兵，要不就是落单时碰上叛军被杀了。

“现在家族王军在远东有四路人马：我的中央军，十万人左右；明辉的黑旗军，也是十万人左右；方劲统率的各路民军，二十五万人左右；还有就是原来远东军的余部，经过整理后还有个二十万人左右，不过比较分散，包括了在瓦伦要塞的守军和得亚、伊里亚两个行省的守备队了。我们几个带兵的统领都认为，方劲的部下人数最多，但论起作战能力来，方劲却是最弱的，因为他部下连一个正规师团都没有。叛军如果要打开我们的缺口，肯定会从方劲那边下手的。我和明辉都打算调派一到两个师团去充实方劲部队作为支撑。”

紫川参星听得专心，不住地点头：“是啊！兵得练过才行啊！我已经安排了五万民军在瓦伦要塞接受正规训练了！”

斯特林点头附和：“殿下英明。”

紫川参星随即转换了话题：“对了，斯特林，你的年纪也不小了，跟李清的事情也该抓紧办了吧？”

斯特林一惊，马上回答：“下官感谢殿下挂怀，但是目前山河破碎，远东国土不靖，叛乱未息，几十万叛军甚嚣尘上，我斯特林身受总长及家族重恩，在此国难时刻正当尽力回报，实在不宜分心考虑个人事情。”

“这你就不对了，斯特林。”紫川参星很郑重地说，“平息内乱，外御敌寇，那是家族上下全体都有责任的事情，你不能把它说成你一个人的事情啊！难道没有你，我们就平不了远东的叛乱了？”

斯特林惶恐，起身行礼：“是，下官狂妄，望殿下恕罪。”

紫川参星挥手让他坐下：“所以说啊，你也不要自觉负重太多，千斤的担子大家一起分担就是了！从你的角度说，固然尽忠家族是本分，但是家族又何尝忍心让忠臣受苦受累还要耽搁了青春年华呢？你说要等叛乱平定以后，我看如果议和不成，这场仗我们可是有得打。难道还真的迂腐到非要等个十年八年后再来结婚吗？那就是笑话了。”

斯特林勉强说：“可是下官军务紧急，马上就要赶回远东部队中去……”

“欸，不急。现在反正是在议和谈判，你回去也没什么事做。不如就在帝都多留上几天，把婚事办了才走。当然，时间上是仓促了点，可是你就交给我好了，我来主持，保证办得风光体面！”

总长赐婚并主持婚礼，那是很大的荣耀了，如果一般情况下，斯特林就该跪谢应允了。可是斯特林此刻脑子乱糟糟的，竟然找不出话说，呆住了。

紫川参星也不怪他无礼，自顾自说：“那时候啊，大家名分定下来，才可以安心厮守等候啊！不然的话，人家李清可是女孩子啊，你就忍心让她在等待中度过青春年华吗？

“斯特林啊，战场杀敌诚然重要，但是为家族培育下一代，那也是很要紧的。你和李清都是很出色的人才，而且对家族忠心耿耿，我相信你们的后代也一定是非常优秀而忠诚的！

“好，斯特林啊，我看你也没什么意见，那就这样定了吧。嗯，我刚翻过日历，后天的日子是很吉利的，斯特林，你没什么意见吧？那，就定在后天吧。然后你度一个星期的蜜月再回去远东。

"你手上有多少积蓄啊？够不够办婚事呢？如果不够的话，我可以帮你出一部分的，李清是名门出身，我们可不能办得太寒酸，委屈了她。"

斯特林脑子乱哄哄的，却始终有一点是清醒的：现在绝对不能松口答应。他嘶哑着嗓子开口说："殿下，下官恳望能推迟婚约。"

紫川参星的脸色沉了下来，这可是斯特林第一次违背他的意旨："斯特林，你怎么这个态度？难道是认为自己身份不凡，清旗本配不上你吗？"

话既然说出口了，斯特林的胆子就大了很多："下官不敢。李清小姐出身高贵，容貌秀丽，为人贤惠大方，又相当能干……"

紫川参星不住地点头："是啊是啊，那你还有什么不满足的啊？"

"不。下官只是认为，以李清小姐如此容貌人品，应该可以选择更好的归宿。下官只是一介武夫，又出身贫寒，身份、家底无一足道，不配如此贤妻。"

紫川参星霍地站了起来，一字一句问："斯特林，你是不是想悔婚呢？"低沉着声音，仿佛正在压抑着怒气。

斯特林咬紧牙关，轻轻说："是的。"

话出口以后全身一阵虚脱，他硬着头皮闭上眼睛等待即将到来的雷霆震怒。

然而却是一片平静，紫川参星的语气出奇地和蔼："斯特林，你不喜欢李清，是不是因为看中了别的女孩子呢？告诉我，我帮你做主。"

"大人？"斯特林有点弄不清楚紫川参星的想法了。

"无论是谁，你只管说好了。"

"确实，下官已经心有所属了。"斯特林眼见紫川参星态度和蔼，壮着胆子说了出来，"我喜欢的人是卡丹。"

紫川参星扬扬眉毛："卡丹？她是谁？"其实对于卡丹的身世来历他早就一清二楚，但是现在还是不得不做出毫不知情的样子来。

斯特林鼓起勇气把事情说了一遍。紫川参星听得很仔细，却不发一言，在屋子里面走来走去，最后他在窗台立定，缓缓开口说："我已经老了。"

斯特林不明其意，只得接口说："大人您才六十不到，还算年富力强、精力充沛的。怎么谈得上个'老'字呢！"

紫川参星不理他，继续说下去："照理说，活了那么大把年纪，还当过了总长，算是赚到了，应该是什么都看淡了。但是唯有一件事情我是放心不下的。"

斯特林不出声地望着紫川参星。今晚这个老谋深算的总长好像放下了一直戴着的面具，显出少有的坦诚。

"从我家族始祖紫川云披荆斩棘开创紫川一姓，一直到当年从我兄长血战而亡临终托危，我紫川家族血统历经风雨沧桑，传承达七代之久！'紫川'一姓绝对不能从我手而灭！否则的话，七代人的血战成果亡于我手，那我死后实在无颜见我兄长，无颜见我家族列祖列宗！我不惜一切，所作所为，都是为了维持家族长久百年。所犯下罪孽，我甘愿一人承受，即使死后因此坠入万丈地狱，我敢言无悔！”紫川参星神情十分坚决，却难以掩饰其中流露的一丝愧疚。

斯特林有点明白紫川参星所言的“罪孽”是怎么回事，却不得不出声安慰：“殿下言重了，远东叛乱虽然严重，不过手足之患，不足以威胁到我家族的生死存亡。”

“我所言并非指远东。”紫川参星的目光炯炯，手指轻轻地敲击茶几，“我敢预言，在我死后的十年间，我们家族的传承将处于最危险的时期。紫川宁年纪既轻，见识又浅，兼身为女流，并无半点威望，如何能够压制众多反对势力，威慑群臣呢？野心勃勃的重将文臣，眼看主少国疑，肯定会有人起不轨之心；各地诸侯，眼看中央王权衰弱，也会有人铤而走险，试图取而代之！就如我紫川家族当年之于光明帝国境内崛起一般，谁能预料，不会出现第二个、第三个紫川，从我家族境内分疆裂土，自立为王呢？你想想，那时候的紫川宁，既无军队支持，又不得文臣拥戴，单凭她一介弱质女子，将如何应付这从内到外遍布朝野的乱臣贼子呢？”

斯特林听得悚然，随即又安慰紫川参星说：“我认为殿下还是过于忧虑了。目前虽有若干宵小之徒，但我想家族上下绝大部分臣子、文武官员对家族都还是忠良的。愿殿下永享天年，但若有日不幸山崩陵，我相信家族的臣子们必定还是会像爱戴殿下这般爱戴宁小姐，对她忠心耿耿的。”

紫川参星摇头：“斯特林啊，你把人想得太好了！现在我在世，他们当然一个个很乖啦。只要等我一死，哼哼！我还记得，大叛贼杨明华在我兄长在世的时候，不也是显得非常忠良吗？”

紫川参星说得非常有道理，斯特林默然了，然后问：“那殿下的意思是……”

“紫川宁是女流，需要个强悍的男子掌握摄政大权，守护在她身边。他就像一把锋利的剑，震慑乱臣贼子们，让他们望而却步，不敢妄动，如此才能保护紫川宁安然度过执政最初十年的危险时间！这个人既需要才干魄力，才能威慑群臣；又需要忠诚赤胆，否则就会起适得其反的作用。斯特林，你看谁担任这个任务比较合适呢？”

斯特林考虑一下回答：“这是家国传承大事，本来下官不宜多嘴。但是既然总长垂询，下官只能说，照目前的情形看，总统领罗明海对家族对您都是忠心耿耿，又勤劳王政，善于民政，深得众人拥戴。我认为他比较合适。”

紫川参星微笑道：“我相信罗明海是不会有什么二心的。但是他有一个致命的弱点，他不懂军事，缺乏军方的拥戴。他现在看起来很不错，那只是因为有我在背后为他撑腰，到那时候我不在了，他根本应付不过来。”

紫川参星心头暗暗说：首先他根本就不是帝林的对手！罗明海啊罗明海，你始终对你家人的死耿耿于怀，仇恨蒙蔽了你的双眼和理智，这不应该是担当大事的政治家的器宇啊！如果我是你的话，我会难过，会伤心，但我会把它当成一场天灾，就如同海啸、地震会死人一样，战争中的误伤也是常有的事情。你为什么就不能平淡地对待，以至于跟帝林弄得不共戴天？只要有必要的话，一个冷静的政治家可以毫不犹豫地和杀父仇人合作。你居然看不出这一点，看不出作为总统领的你如果要图谋任何大事，都必须要有监察厅长官帝林的支持。当年的杨明华，不也是在取得萧龙的支持后才敢公开造逆的吗？如果你们两人联手的话，足可以为所欲为，横行无阻，甚至可以将我架空、罢黜——不过话又说回来了，如果不是为了这个原因，我也不会选你和帝林分别担任总统领和监察长了……

斯特林沉思说："大人，那监察长帝林又如何？他能干且强悍，通晓军事，坚决果断……"

没等他说完紫川参星就挥手打断了他："帝林有才干我是知道的，但是他杀戮过重，仇家太多了，实在也难以服众。不宜考虑他。"

他有一句话忍住了没说出来：斯特林，你有没有注意看过帝林的眼神？里面燃烧着野心勃勃的火焰啊！我从没有看过谁对权力有这般赤裸裸的热切渴望的！我怎么敢把我侄女的性命、我家族的命运，交托给这么一个野心家和杀人狂魔呢？之所以还让他活着，是因为我需要他来制衡罗明海。在死之前，我一定要把他除掉！不然他将成为我紫川家族最大的威胁，比杨明华还要危险一百倍！

但安排谁去执行好呢？嗯，罗明海一定会很乐意地去办的，然后斯特林和紫川秀一定会哭哭啼啼地为他们的大哥报仇，又和罗明海斗个不亦乐乎……这样是最好的结局了，让他们在下面纠缠着牵制着吧，那样我侄女紫川宁的位置才能稳当，我紫川家族的气运才能长久。过去两百多年的风风雨雨，我们紫川族不是一直都是这样过来的吗？再过两百年，我们也将如此……

接着斯特林又提议方劲和明辉，紫川参星笑着说："我怎么可以放心把家族的命运交给那个逃跑大王呢？"

斯特林也笑了，接着说："有一个人，他对宁小姐忠心耿耿，又智勇双全，能征善战——我觉得如果是他来掌握摄政大权的话，那是再合适不过的了！"

"哦？是谁呢？"

"紫川秀。难得的是他与宁小姐相亲相爱，将来他们成亲以后，紫川秀就以总长夫婿身份担任摄政亲王，掌握统领处。他们既然是一家人了，当然不会有什么争权夺利的事情，将来他们的后代儿女就理所当然地成为下一任总长，权力可以顺利地交接，也保证了家族血统的繁衍。而且如果是紫川秀掌权的话，我和帝林一定会全力支持，再不会出现目前这种统领处与监察厅之间这样钩心斗角的局面，上下团结和睦，一心对外，离我家族称霸大陆之日就不远了！殿下觉得如何呢？”

先前斯特林所提议人选，紫川参星都在心中嗤之以鼻，但在这个时候，他确实有点怦然心动了。特别是保持家族血统繁衍和称霸大陆这两条，确实诱人。成为天下霸主，那是七代人的梦想和辉煌！

但是他迅速地冷静了下来。紫川秀太狡猾，太难以捉摸了！所有人都有目标，帝林的目标是权力，罗明海的目标是帝林的人头，斯特林的目标是尽忠家族还有卡丹公主……有目的的人，他们的行动和意图也比较容易揣摩，他却不知道紫川秀的目标是什么。他为了帮叛贼求情居然放弃了进统领处的机会；他也不近女色，虽然与紫川宁相处得好但却始终保持一种若即若离的态度……他想要的，到底是什么呢？

帝林危险，但是帝林毕竟还是可以看透的，但我却看不透紫川秀。说他胆小怕事吗？当年他敢以八百骑兵直闯流风西山的大营，敢孤身潜入魔族的中军刺杀对方的统军大将，敢在中央军大营里把家族的第一高手当场格杀，敢冒被乱刀砍死的危险去说服叛乱的中央军军官！

但又不能说他勇敢，当年自己和罗明海联手把刚立功的他放逐到远东一去六年，他回来居然一点怨言也没有，故意激怒他把他闲置到预备役去，他居然也乖乖听命，不出一声。这样深沉的城府太可怕了！这样的人干出什么事情来都不稀奇，今天他可以效忠你，明天他可能把整个紫川家族都卖给流风。

紫川参星收回了自己的思绪，和颜悦色地说：“阿秀是不错，但是他年纪太轻，恐怕难以服众。我觉得有个人比他还更合适。”

斯特林没能帮紫川秀求情成功，觉得有点失望，强打精神：“下官聆听总长明示。”

“嗯，我觉得斯特林你就很合适了！”

所有的血一时都涌上了大脑，斯特林摇摇晃晃地起身：“大人，不，殿……殿下，如此重任殊荣，我斯特林如何敢当？”

“斯特林，你坐下听我讲。”紫川参星更加慈祥，“你的人品和忠心，我是信得过的。你战功显赫，出身行伍，军方肯定会极力支持你的！在民间你的口碑也很好，清廉刚正，民众也爱戴你，甚至元老会那帮挑剔的老家伙提起你来也是交口称赞！你又是帝林和紫川秀的好兄弟，你来掌权，他们也是一样支持的！你看看，满足这么多的条件的人，非你莫属了！”

斯特林的脑子嗡嗡作响。他虽然正直，但是也并未清高到无欲，眼看前面为他展开了一派无比光耀夺目的前程景象，他也不觉呼吸加快心脏怦怦直跳，一阵眩晕。

“到时候，你任总统领兼中央军统领，手中掌握家族第一精锐部队，坐镇守卫京畿！只要有你在，内部叛党乱贼绝对不敢妄动！对外，你又是我家族名扬天下的头号名将，威名之下，流风小贼安敢犯我？！如何，斯特林，为了家族，为了我，你就答应了吧？”

斯特林心情激荡下，颤抖着声音说：“斯特林出身卑微，如此高位，本不该是我所敢于企望的。但既然总长如此重托，身受家族如此隆恩，斯特林也难惜此身，唯有鞠躬尽瘁，死而后已，以图报家族万一！”

紫川参星拍案叫好：“这样我就放下心来了！有你担当大任，即使死我也瞑目了！你有这般忠心，相信将来我侄女紫川宁也不会亏待你的，将来你斯特林家族必定将与我紫川族同进同退，兴衰与共！你和李清的后代也将绵延百代，富贵荣华……”

斯特林像突然给人泼了一盆冷水，苍白着脸色说：“殿下，您所言的，我与李清成亲之事，臣实在难以应允。臣已经与卡丹有了白首之约。”

紫川参星慈祥地看着他，温和地说：“我并不是对卡丹公主有何偏见，我相信她必然也是个难得的好女子，才会让你如此动心。我也不是一定要你娶李清，家族境内，无论你看上了哪家的闺秀，我都可以应允你一定帮你玉成——但你绝对不能娶卡丹！”

“为什么，殿下？”

紫川参星叹口气：“斯特林，你怎么就不明白呢！清醒一点！魔族又是我们的大敌世仇，你是将来要成为统领处首领，统率整个家族军队的人物，你娶他们的公主为妻的话，那就将威信荡尽了！你将如何服众？那时候远东方面的军队就第一个不答应了！

“再想一想，你和卡丹生活经历差异很大，彼此的生活习性都有很大的不同，你们现在还不觉得，但是在一起生活，肯定会不自在的。爱情与婚姻是很不同的！

“何况，以你的人品地位，哪里找不到般配的女孩子呢？甚至说，如果你愿意的话，我都可以把阿宁许配给你！那时你就是总长的夫婿，堂堂的摄政亲王了，你将屹立于万人之上！

“好好想一下，斯特林，男儿当以事业为重，以国家为重！儿女私情不过是过眼云烟，转眼而逝的！哪样更重要，一个魔族的女子，还是你将来千秋不朽的伟名和功业？你是聪明人，斯特林，应该可以为自己做出明智的抉择！”

斯特林的脸色红一阵白一阵的，两种想法正在心里进行着殊死的搏斗，耳朵边紫川参星充满诱惑的话语轰隆作响，千秋伟业！一人之下万人之上！眼前又出现了卡丹含泪的双眸……一时间他只觉得天旋地转，头痛欲裂！

“殿下，我已经拿定主意了。”斯特林站起来深深一鞠躬，沙哑着嗓子说，“我将娶卡丹为妻。”声音中透出义无反顾的坚决。

紫川参星软软地依在椅子的靠背上，不出声地望着他，目光中并不显得如何愤怒，却有一种悲哀的感觉。

“对于殿下的盛情恩宠，斯特林实在十分感激。实在抱歉，让殿下您失望了。我也希望殿下能原谅我的任性，但是请殿下您相信，无论如何，我对家族的忠诚始终不会更改，将一如既往地……”

紫川参星挥手打断了斯特林的说话，疲惫地闭上眼睛。

两人间一时出现了沉默。

好久，紫川参星才睁开了眼睛，轻轻地问：“你主意已经打定了吗？真的要辞职？”

“是的，十分抱歉，殿下。但是我不会放弃自己的职责的，如果您允许的话，我想等平息了这次远东叛乱以后再辞职，然后才结婚。我不会让殿下您为难的。”

紫川参星神情迷茫，仿佛在专心地听，又仿佛一句话没听进去，最后他怅然地叹口气：“人算不如天算啊——你走吧，斯特林。”

仿佛突然间，他一下老了很多，精疲力尽、气喘吁吁，表情很疲惫，脸上一道道皱纹都松懈了下来，脸上的老人斑越加明显。就在这一刻，斯特林第一次发现总长其实已经是个力不从心的老人了。

斯特林起了怜悯之心。这个老人的身上压着副多么沉重的担子啊！他本来是期待自己能帮他分担一下的，却被自己无情地拒绝了。

斯特林有了种很内疚的感觉：“殿下，您……”

“你走吧，斯特林。”紫川参星第二次说。

斯特林泛起个念头：眼前的老人好虚弱、好孤独啊！

他深深鞠了躬，诚恳地说：“斯特林告退了！请殿下务必保重身体，那是万民之福啊！天下大事自有其气运，请殿下也不必太过劳累伤神了。”

紫川参星没有回答。

走到门口斯特林再次回头恳切地说：“请殿下千万保重。斯特林告退了。”转身欲出去，身后传来声音。

“等一下。”

斯特林回头：“殿下？”

紫川参星颤颤巍巍地打开一个抽屉，拿出一个黑色皮小盒子：“拿着。”

斯特林不明其意地接过来，打开看，是一个镶钻石的蓝玉手镯，手工精美华丽。斯特林虽然不是行家，却也知道这么一个东西是很珍贵的。

“拿去送给卡丹吧。我知道，你手头也不阔绰，人家的身份是公主，你拿不出什么像样的定情礼物的话，就太委屈她了。”

“殿下，我不能收的，这太珍贵了……”

"没什么的。这手镯子我本来就打算是在你结婚时候送给李清的，现在送给卡丹也是一样的。就当是我这个老头子对你们的祝福吧！祝你们白头到老，幸福美满。"

斯特林想推辞，但喉头像是给什么噎住了发不出声音来。

"你不用难过。我也明白了，每个人都有每个人的命运，不能勉强的。就按你说的办吧，等远东打完了仗，你就辞职成亲。我就不参加你们的婚礼了。结婚以后记得要赶紧远离帝都，不要再回来了。你太善良，这里不适合你。

"等孩子出世以后，你和卡丹就可以带孩子回来看我了，来帮我扫墓地，上烛香，除草，擦一下墓碑。你和卡丹都是很漂亮的人，孩子一定也很漂亮可爱吧？记得跟孩子说，下面躺的人是参星爷爷。我想，那时候也只有你还会记得我，还来看我了。记得到时一定要来哦……"

斯特林再也忍不住了，眼泪夺眶而出，放声痛哭："殿下……"扑到紫川参星怀里，泣不成声。

紫川参星紧紧拥着斯特林的头，低声说："我一直想，如果你是我的儿子，如果我有个儿子像你一样，那该多好，那该多好啊……"老泪纵横，一滴滴地溅落在斯特林乌黑浓密的头发上。

第四章　家族内讧

帝国历七七九年的冬天来得特别晚，直到十二月，第一股寒流才滚滚地越过瓦伦要塞，由东而西，席卷整个大地。气温在十小时之内降到了零下，第一场雪却迟迟不见踪影，反而雷声滚滚，一个霹雳将总长府门前值勤的两个卫兵劈倒，旗杆被劈断，然后下起了倾盆大雨。三天三夜的暴雨之后，终于雨过天晴，在东方出现了一抹亮丽的彩虹，同时却在西方天际出现了一个巨大的十字架。

人们记忆中还没见过如此反常的气象。见多识广的老人们回忆起五十年前那个冬天，也是同样的冬雷滚滚暴雨不断，而在那年的开春，发生了三十万边防军集体叛变的事件，就在离帝都不到三十里的古度平原上，紫川军与得到流风军助阵的叛军展开惨烈的大战，死人多得一层层地叠满了上百公里的战场，野狗吃得眼都红了。老人们信誓旦旦地说：这必定昭示着来年家族王军与远东叛军将会有一场空前规模的大战，死人多得恐怕还要超过五十年前的那次。人们听得纷纷点头，尽管元老会已经通过了与叛军和谈的决议，议和谈判正在进行中，但是从家族官员、贵族到普通民众，几乎所有人都有这么种预感：与叛军一场惨烈大战不可避免，空前的灾难就要来临。

帝都市民人心惶惶，流言四起，都认为这必然是因为有人罪孽深重，导致愤怒天谴。关于究竟是谁罪孽深重的问题就众说纷纭了，比如说总统领罗明海和监察长帝林就有不同的说法。

一时间，帝都的大小寺庙教堂、各种宗教团体得以红火了一把。帝都所有的神甫、毛拉还有先知和教主们都宣称：是因为帝都市民你们贪婪、无知，不信奉神灵，作恶多端，现在我的上帝、佛主、真主、神灵、圣徒（或者管他什么东西）生气了，他的怒火将降临大地，洗清一切罪恶。忏悔吧，你们这群罪人，你们的罪孽深重啊！（重得跟你们的钱包似的！）只有诚心相信我们的才能得救！至于如何表达你们虔诚的心意呢？（这个时候一个穿白衣服的圣洁的少女捧着功德箱出现）来来，大家，拿出你们的诚意来！记住，吝啬的人是进不了天堂的！上帝早就说过了，富人想进天堂跟骆驼想通过针眼一样困难。钱财是罪恶的象征！是魔鬼用来诱惑世人的！想得救的唯一途径就是把这些“罪恶”交给我们来替你承受……不要误会了，我们一心侍奉神灵，世间的荣华享乐早已不放在我们心中，怀疑我们这些神的使者，那就等于怀疑神啊！你要下地狱的！

帝林每经过一个街口就看到有个奇装异服的人在路边指手画脚或者哭天抢地地高呼：“神救世人！”“信我者得救！”在一条街道上，两个不同宗教的传道者还因为要抢地盘当街气喘吁吁地对骂开来：“你是魔鬼！”“上帝要消灭你的！”“神的怒火要降于你！”这样骂了半天，不知道他们的神和上帝是没听见他们的召唤呢，还是没空，好久都没有过来。结果为了实践他们的诺言，他们两个就只有代替自己的神来惩罚对方了，当街扭打起来。旁边围了一大群人在那观看这场“诸神之战”。

开始的时候，帝林以为那些人都是疯子，后来明白了，冷笑着：“这真是各种盛行宗教的极大收益，我们民族心智的极大摧残啊。”

一个长着大胡子的托钵僧不知道从哪个角落里突然蹿出拦住帝林：“朋友，你愿意听听来自上帝的意旨吗？”帝林的卫兵们敬畏地对托钵僧敬礼。

帝林头也不回地道：“不用了，上帝住我隔壁，有什么话他自己跟我说好了。”大步地走过。

托钵僧愤怒地追上来：“你这个不信神的家伙！你这个魔鬼！你要下地狱受烈火煎的！你会被诅咒的！”他大声叱骂，口沫飞溅，卫兵一个个惊恐地在胸前划着十字，不敢靠近。

帝林猛然回身将那个托钵僧一下推到了墙上，压低声说：“其实我真的是魔鬼，上帝是我的对头。现在既然被你发现了，那我就只好来个杀人灭口了……”

帝林薄薄的嘴唇浅笑着扭曲，眼中闪着诡异的光芒，如同剃刀般锋利的杀气直压过去，不出鞘的剑柄压在托钵僧的喉咙上。

托钵僧脸色发白，一瞬间他就明白了：眼前这个人真的会杀人的！他当场就失禁了，裤裆湿淋淋的。

托钵僧连滚带爬地逃走，哭喊着：“魔鬼啊！魔鬼啊！上帝救救我们吧！”

帝林放声狂笑：“哈哈哈哈哈！”转向卫兵们说：“开个玩笑，哈哈，魔鬼，哈哈哈！”

卫兵们一个个脸色发白，心中一齐泛起个念头：真的是玩笑吗？

仿佛是为了验证不祥之兆，年末的十二月二十一日，帝都发生了流血事件。

事情的起因是很简单的，在帝都的双龙酒吧里面，几个喝醉了酒的军官闹事，和巡逻的宪兵打起了群架。究竟打群架的原因如何，已经无从调查了，因为最初的当事人都已经不能再开口了。

宪兵们大多是帝林从远东一手带回来的远东军士兵，他们饱经战火，经验丰富，一会儿就把那些个本来就喝醉了的军官揍得鬼哭狼嚎的。其中一个军官跑到街道上大喊："统领处的快过来啊！监察厅的在欺负我们的人哪！"这天正是周六晚，帝都所有的酒吧里面都坐满了喝得脑子发热、拳头发痒的军官们，那一声呼喊就如导火线般引爆了统领处与监察厅之间多年的积怨，他们从四面八方的酒吧里面出来冲向双龙酒吧，那副劲头就像双龙酒吧已经被魔族军占领了，他们要马上去解救一般，呼喊"打倒帝林的走狗"，把宪兵给反包围在了双龙酒吧里面，用酒瓶和砖头雨点般投掷进去。

宪兵们眼见形势逆转，敌众我寡，一面死守着酒吧的门口，一面吹响了警哨。

附近的几支宪兵巡逻队赶来的时候，眼见的是大群的"暴徒"（帝林是这么说的）正在围攻他们的同伴，立即怒火中烧，掏出警棍上前参战解围。战团进一步扩大，从一个酒吧扩展到整个街道，空中是横飞的啤酒瓶、火把、砖头，暴怒的男人们一边拳打脚踢，一边咒骂声不断，一方高呼："打倒罗明海的走狗！"另一方马上回敬："打倒帝林的走狗！"双方都在不断地呼叫，招来自己的援军。

二十分钟后，帝都治部少的警察赶来想制止混乱——在后来的调查会上他们说自己是"很公正地对待混战双方，试图使他们冷静下来"，却专挑那些宪兵的后脑用警棍"轻轻"地打。这一点不奇怪，因为帝都警察是听命于幕僚长命令的，也算是统领处方面的人。不过帝林的部下们可也不是挨打不还手的和平主义者，宪兵们马上连治部少的警察也一齐打，混战扩大了。

这个时候统领处方面在人数上占了优势，但是帝林的部下却因为勇猛而占了上风，越战越勇，眼看就要取得帝林对罗明海的大胜利了。在这个时候大批唯恐天下不乱的民军士兵们闻风赶来。他们一向最爱的就是斗殴、群架，眼看面前有这么大场面的一场群架，马上激动得全身颤抖，根本不问原因、不管理由，兴高采烈大呼小叫地加入了战团。民军士兵时而高喊"总统领万岁"，帮着统领处一块儿打监察厅的宪兵；时而又高呼"打倒罗明海"，掉头和统领处的军官们和警察混战；时而忽然什么也不喊自己人跟自己人又打了起来。本来壁垒分明的双方因为他们的加入乱成一团。

帝都本地的地痞流氓们眼看着机不可失，也加入进来。他们喊着："我们爱戴总统领！"一边砸开了路边商店、民居的大门，蜂拥而进掠夺一空，一边又喊着："帝林万岁！"威迫经过的行人把钱包交出来，趁机非礼女性。

善良的市民和业主们不甘受损，街区的居民委员会叫着："罗明海大人万岁！帝林大人万岁！女人和孩子不要出来，男人们拿起武器，保卫我们的街区！"对于两个争斗的巨头他们是谁也不敢得罪的。男人们响应着号召，用菜刀和铁锅把自己全副武装了起来，战战兢兢地抵抗着入侵者。

战火从商业街扩展到了民居，又到了公园，在那里两个对立的宗教主正号召他们的信徒投入一场圣战，惩罚对方那些不信神的异教徒；帝都最大的两个黑帮团体也借着这个难得的机会来解决他们之间的地盘纠葛，几百名穿黑西服戴墨镜的黑手党杀得血肉横飞……

几十家商店被点燃，火光冲天，映得帝都的夜空一片红亮。暴徒们在燃烧的废墟旁边肆无忌惮地欢呼、纵情喝酒。从这里到那里，到处是混战，军官打宪兵，宪兵打军官，然后他们又一齐合力痛打警察和流氓。楼上的居民往下面扔花盆把下面人砸得脑袋开花，下面的人拿着火把烧掉整座大楼作为报复……

到处是横飞的棍棒，伤者在呻吟、女人和小孩在尖叫、男人们杀气腾腾地在寻找下一个目标。回忆起七七九年年末的那一个夜晚，人们只有一句话形容："那一夜，帝都疯了。"

事件发生不到半个钟头，罗明海得到了报告："帝都发生大骚乱！"

他马上出发赶去总长府，一路盘算着该在紫川参星面前如何告状："我的部下是遵纪守法的良好公民。这完全是因为帝林纵容部下，向我们这边恶意挑衅，引发事端！我们有确凿的证据证明，是他们先动的手！帝林及其部下应该对今晚所发生的一切不幸负全责！请总长殿下对他们藐视法纪的行为严加惩治！"他在心里准备好了一段完美的说辞，自觉很满意。

他刚进会见室，就听到帝林对紫川参星严肃地说："总长殿下，下官的部下都是遵纪守法的良好公民。这次骚乱完全是因为罗明海纵容部下，向我们这边恶意挑衅，引发事端！我们有确凿的证据证明，是他们先动的手！罗明海及其部下应该对今晚所发生的一切不幸负全责！请殿下对他们藐视法纪的行为严加惩治！"

罗明海气得几乎晕了过去。

像往常一样，他们在总长面前又展开了各种争辩、挖苦、谩骂。直到紫川参星一拍桌子："够了！现在不是来追究谁对谁错的问题！现在我们要做的是马上把这次骚乱平息下去！"

两人一齐闭嘴。帝林开口："总长殿下，这次事件请交给下官负责吧！维护帝都秩序正是下官宪兵部队的职责。下官保证在天亮以前，让帝都恢复秩序！"

罗明海听得不寒而栗，他明白，只要紫川参星一点头，帝林会马上带着他的部队冲进城来，重演一次帝都流血夜，天亮以前，站在罗明海一方的所有官员都会被屠戮殆尽。

抢在紫川参星开口前，罗明海抢先说："殿下，我觉得此次参加骚乱的人员不但有军方的还有民间的，不宜出动宪兵部队。让治部少的警察部队来执行平乱任务如何？”

“现在很明显你治部少的那群饭桶已经控制不住局面了！”帝林马上反驳，“殿下，无论如何，警察是难以和正规部队对抗的。不要延误时机让骚乱进一步扩大了！我的部下已经做好了马上出发的准备！”

“浑蛋！这次的事件就是你的那群部下搞出来的！你还让他们来平什么乱……”

“放屁！明明是你拉的屎现在我好心帮你擦屁股你居然还说三说四！”

“够了！”紫川参星再怒喝一次。他转向罗明海：“罗明海，现在在帝都附近有没有可以马上抽调的驻军？”

罗明海略微思考下回答说：“从西部战线抽调往远东的五十一步兵师团正经过帝都，有八个大队就在城外宿营。还有远东军校的三个学员大队也在城外，不过学员他们都没有武器。还有水军有三艘军舰也停留在瓦涅河上。嗯，大概就这些兵力了。”

“通知五十一师团马上进城，发武器给那些学员兵，把水兵从船上调下来，嗯，再从禁卫军中抽调五千人，把兵力集结起来，应该也可以了！帝林，你的宪兵部队也集合起来，兵力不足的时候作为预备队。”

“是！遵命！”两人一齐行礼。

二十一日晚上深夜十一点，在燃烧的火光映照下，来自瓦涅河的水兵静悄悄地从西城门涌入帝都，他们冒着密集如雨的砖头和火把，默不作声地对暴乱的人群发起了冲击。刚毅而勇敢的水手们以寡敌众，与暴徒展开了激烈却又无声无息的搏斗，黑色的水兵枪刺在夜晚中闪亮着光芒。经过十几分钟的激烈搏斗，水兵们将人数是他们几倍的大群暴徒驱散。

在城东区，远东军校的学员们握着刚发下来的刺刀和长枪武器，呐喊着冲入了居民区，受到居民们热烈的欢迎。他们与居民们一齐并肩作战，将掠夺的暴徒驱赶了出去。居民区上空回响着一片欢呼：“军队万岁！”

在城北区，这里正是暴乱的中心地带，在这里混战的不仅有普通市民、业主、流氓、黑帮分子，还有不少是职业军人，人数多达近十万人，挤得大街水泄不通！五十一师团的步兵们只有四千余人，加进去的话，只不过使混战再增添多点混乱，根本无济于事。师团长很异想天开地从城外找来几十头公牛，在它们屁股后面烧上一把火，发狂的公牛群直冲人群，大街上顿时鸡飞狗跳，顷刻间就清开了一条道路，大批禁卫军跟着冲入，用皮鞭见人就猛抽，打得人群鬼哭狼嚎。

天亮时分，帝都终于恢复了秩序。尽管骚乱造成了很大的损失，死了不少人，但是活下来的帝都市民们都感到：太刺激太过瘾太爽了！为了纪念那个尽情狂欢、为所欲为的激情夜晚，从此每年的十二月二十一日大家都举行一个游行来庆祝，为了求得效果逼真，还每次都找上几十头公牛屁股后面绑上火把追在人屁股后面乱跑，然后大家就像当年举火把烧房子一样每个人拿着根蜡烛满街乱走。后来这成为帝都每年最大的节日了。据说后来这个风俗还流传到另外一些大陆去，他们那边的国家有样学样也跟着发疯……

事情过去了，但是统领处和监察厅之间的关系变得空前紧张，发展到双方首脑连上下班都要全副披甲大队警卫保护，他们的部下针锋相对，在街道上设起了街垒对立，冲突随时一触即发。大家都感到，不能再把帝林与罗明海两个冤家放一起了，否则同样的骚乱随时还会发生的。罗明海上书，请求将帝林派到远东前线去——其实在此之前，早就有元老提出帝林这样的名将闲置在帝都是一种很大的浪费。

本来紫川参星一直存有顾忌，帝林是头凶猛的鹰鹫，放飞他是很容易的，但是想收回来就很难了！他是把锋利的双刃剑，在杀伤敌人的同时也会让自己人流血。但是现在眼看帝林与罗明海已经势同水火，已经是不得不将他们隔离了。

他征求帝林的意见。帝林说："殿下，我又没做错什么事情，为什么要远远地被发配走呢？"一副十足无辜的表情。

紫川参星安慰他说："这怎么是发配呢？这是家族对你的信任啊，远东战局复杂，需要有一个高级的监察军官去督战，这完全是战事需要啊！"

帝林表示非常不愿意放弃帝都的繁华舒适的生活前去远东，紫川参星好说歹说劝了好久，一再解释，这并非流放，而是家族对他的重用，帝林才不情不愿地抹抹眼泪点头答应了，心里却乐开了花。罗明海你这个蠢货！到了远东后，天高海阔，就数我的阶级最高，几十万家族军队就自然落在我手中！只等紫川参星一断气，那时候我统率五十万紫川军回帝都，左有紫川秀，右有斯特林，你拿什么与我对抗！要你狗命轻而易举！

"殿下，既然您都这么说了，下官同意去远东。不过有个事情下官放心不下……"

"哦，有什么事情你就尽管说吧。"

"下官的妻子林秀佳已经怀孕，即将生产，殿下您知道的，罗明海那个人渣对我恨之入骨，什么勾当都干得出来的！万一他趁我不在帝都的时候对我妻子有什么不利的话……"帝林的意思其实是想紫川参星批准让林秀佳也随军离开帝都，免去自己的后顾之忧。

"哦，"紫川参星很爽快地说，"原来帝林你是担心这个啊！不要紧，我已经帮你想好了，就让林秀佳搬进总长府跟我一起住吧。罗明海胆子再大他也不敢进总长府骚扰秀佳吧？保证你妻子不会掉一根毫毛。"

帝林一惊，立即回答："殿下真是太体贴了，但是这样实在太麻烦殿下了，臣不敢当。臣本意是想让林秀佳随我一起走就可以了，怎么好意思去叨扰殿下呢……”

“欸，帝林，这你想得就不对了。林秀佳已经有了身孕，怎么可以长途跋涉呢？何况，让佳丽冒刀兵之险，又岂是智者所为？莫非你不放心我这老头子？呵呵，我的年纪都做得了你和林秀佳的爸爸了！”

帝林的额头渗出了汗水，强笑：“殿下开玩笑了。”心里不断地叫：糟了，糟了，偷鸡不成蚀把米！怎么办呢？怎么办呢？怎么办呢？

“好了，那事情就这样办了。帝林，你如果再推三阻四不肯答应的话，我可是当你在怀疑我的哦！”紫川参星的口气转为严厉。

帝林浑身一震，低下头来：“既然这样，那就叨扰殿下了。”后背上汗水湿透了厚厚的衣服。他微笑着礼仪周全地告了退，一直笑着走出总长府，笑着回到了监察厅，吩咐所有人离开然后把办公室的门关上，然后他砸碎了房间里所有可以砸碎的东西，口中痛骂不断：“该死的老狐狸！”

帝国历七七九年十二月二十八日，监察长官帝林率领四万宪兵部队离开帝都，前往远东前线督战。

七八〇年新年的一月一日，远东瓦格行省山区，一个半兽人骑兵映着拂晓的阳光沿着山路狂奔，冲进秀字营的驻地，人和马都是汗水淋淋的。他跳下马，用字正腔圆的人类语言跟醉眼蒙眬的哨兵说：“八百里加急！我要当面交给光明秀！”

秀字营昨晚彻夜狂欢庆祝新年，刚刚才睡着的紫川秀又被白川叫起来：“阿里巴巴股份公司的总经理德伦有紧急消息。”他马上就清醒过来，文书里面德伦向他报告：在沙加行省地区新出现了大股身份不明的叛军，已经捣毁了秀字营的三家分公司，损失十分严重。

紫川秀马上派人去通知了斯特林。

斯特林高度重视这个情报，结合他手中所掌握的信息，他认为情况已经到了很危急的程度了。他不但命令自己的部队立即集结警戒，而且立即写了一封长信给驻扎在杜莎行省的远东战区最高司令长官明辉。在信中，他认为近期叛军的动向相当反常，应该马上加强戒备，把部队收缩集中，以防任何突变。

本来是应该让传令兵把信带过去的，但是中央军的参谋长唐平正好有事情要找明辉，斯特林就把信交给了他，托他带过去。

但是唐平最终并没有能够到达明辉的司令部，在距离杜莎行省不到七十公里的野外，他遭遇了魔族先遣队的埋伏。锋利强劲的箭一下子射穿了他的肺部，把他从马上射了下来。躺在冰冷的雪堆里，唐平口里不断地咳着血，面对着步步逼近的魔族龙骑兵，他颤抖着把斯特林的信撕成碎片，随风撒向白雪皑皑的远东平原……

就在这天晚上，烽火染红了五更的夜空。魔族的大军越过了魔族王国与紫川家族的国境线的界碑，无敌的大魔神皇御驾亲征，兵力共计四百一十七个团队，一百三十二万人。七十多万远东各种族联合的叛军在他们前面开路，作为先导。

灰蒙蒙的天空，雨雪不断。

远东叛军破坏了停战协议重新挑起了战火，他们突然袭击了家族王军的巡逻队，然后逃窜。急于立功的方劲统领率领十多万民军前去追击，大军行进到了月亮湾平原，漫天飞舞的雪花中，前方的地平线上出现了一大片阴影。

气喘吁吁的士兵们犹豫地停下了脚步，张望着："那是什么？枝枝丫丫的一大片，是树丛吧？"

"看起来很像，只是怎么越来越大了似的？"

老兵张起眼帘来张望，忽然高声嚷道："都还在动！这哪里是树啊！那是一路大军朝我们过来了！"

队伍起了骚动，民军士兵们纷纷嚷嚷："好大一路兵马啊！是叛军吧！""怎么办啊！"

指挥官方劲骑在马上巡视着吆喝："怕什么！叛军不过乌合之众，人数再多也不是我们对手！摆好阵势等着他们过来！"他的镇定和威严压制了全场的骚动，军官们劈头给了慌张的士兵一个耳光，打得他眼冒金星："你！慌什么？站回队列里面去！"拳打脚踢地把他们赶回了原地。队伍安静了下来。

一路路师团开出来，在平原上展开阵形。一个个巨大整齐的钢铁方阵顷刻间形成，布满了整个月亮湾平原。传令兵骑着马奔驰于各个方阵之间，高呼："准备！"步兵们整齐划一地竖起长矛，方阵的上方一片钢铁冰冷的闪光。骑兵纷纷上马，在两翼作为反冲击的预备队，一排排高举的马刀明亮如雪，仿佛一条耀眼的光带，雪花安静地落在战士的头盔上、肩膀上，积了浅浅的一片。

闷雷般的蹄声传来，大地在轻微地震动。黑压压的敌群在迅速地接近，犹如浪涛，犹如海啸，那如云头样的轮廓，也越来越清晰，那黑压压的阵头，拥着长长的刀枪，还有那成千上万的马蹄溅起的雪粉，漫天飞舞，那威势，仿佛整路大军是踏着一朵云，在地上飞！就如同传说的黑暗深渊中出现的恶魔，驾起云朵，要把所有敢于阻拦它去路的人和物一口吞下！

"扎稳阵脚！"传令兵奔来喝嚷，"第一排，蹲下！"士兵们把长矛的杆杵在地上，矛尖前指，弯腰迎敌。军官们在他们的耳朵边上大叫大吼："为了保卫紫川家族，为了你们的荣誉，勇敢地去战斗吧！"

"扎稳阵脚！"传令兵再次号令。听命的士卒们，更加把脚牢牢地钉在地面上，紧握着长矛，所有人的心都在怦怦狂跳。前排士兵的牙齿不由自主地发出咯咯的碰击声，脸色发白。在方阵的后面，督战的军法官指挥宪兵们排成了散兵线，亮晃晃的箭头对准了前面的士兵的背后。

敌军在以难以置信的高速度压近！每一眨眼，就贴近一点！可以看见了，那如云的旌旗，那密密麻麻的刀枪，骑兵那狰狞的面孔，马鼻孔喷出的白气，兵马奔腾向前，势如风暴，厉若狂飙，以密集的阵形卷杀而来，成千上万地汹涌而至！

风吹开一片雪幕，人们的眼界清楚了些。

突然，一个恐怖的嗓音在方阵中嚷起："天哪！那是魔族啊！"

所有的方阵一下出现了混乱，士兵们不顾军纪地叫唤着："是魔族！魔族杀来了！"

"天哪，快跑吧，我们会没命的！"一个接一个的士兵丢下武器，从队列中跑了出来。

军官们大喊大喝地拦住他们："不许跑！谁跑就杀了谁！""站住！我命令你站住！"

"放！"面无表情的军法官一挥手，宪兵们开始射箭，逃跑的士兵一个个中箭惨叫着倒下，但是逃跑的士兵却越来越多！

方劲骑在马上大声呼唤："不要怕！这是叛军伪装的！不要怕，回到队列中去！为了保卫我们的……"

一声巨大的呼喝，忽然裂天而起，将他的话淹没："塞姆嘿林！（吾皇万岁！）"魔族兵狂啸着："瓦格拉！（杀！）"再无疑问了，这正是魔族王国军队冲锋的战号！

大地在崩裂，天在塌！对于魔族那些绿色皮肤、长着狰狞面孔的怪物，人类有一种来自内心最深处的恐惧。人们不会忘记，三百年前，就是他们的先辈毁灭了强盛一时的光明帝国文明。不到二十万的魔族军团横扫整个西川大陆，让光明帝国最后的皇帝和元帅战死，皇家军团陈尸五十万于蓝河战场。魔族，传说中会吃人会喷火的怪物，代表了人世间最凶残、最强大的邪恶！

所有的方阵立即土崩瓦解了，士兵们不再理会命令，争先恐后地丢下了武器，转身逃跑。那溃散的兵勇像开了闸的水，像江河浪头，人潮汹涌，一下子把后面的督战队伍冲垮。到处是一片喧嚣声："逃啊！逃啊！""没命了！"人们四散逃走，互相踩啊挤啊轧啊，冲撞着，武器白花花地丢了一地，到处是被丢弃的旗帜。顷刻间，整路大军烟消云散，不复存在。

魔族骑兵冲进了溃逃的人群中，欢呼着开始了一场大屠杀。成千上万魔族的欢呼声与成千上万人类临死的惨叫同样高入云霄。

方劲停止了无用的呼喊，这时候已经再无任何力量可以挽救大军的溃败了。他静静地看着面前自己的十几万大军在整个平原上狼奔兔脱，看着一群又一群的溃兵从自己面前跑过，看着魔族在他们后面放声地狂笑，开始屠杀，看到满地的旗帜被践踏。

耻辱啊，尚未交锋，十几万大军就不战自溃！相比之下，赤水滩算得了什么？

他的亲卫队长明柯气喘吁吁地跑过来：“大人，魔族已经杀过来了，我们也赶紧撤吧！”

方劲扭头看了他一眼，沉默，目光脱离杀戮的战场，投向茫茫的天际。

明柯以为他没听清，重复：“大人，我们撤吧！留得青山在……”

“你走吧，明柯！”方劲翻身上了自己的战马，望向明柯，“回去以后，告诉我那两个女儿，她们的爸爸是个胆小鬼，但是，幸好他还没有做出玷污自己名字的事情。”长叹一声，轻轻说，“生死，不过就这么回事！我真是太傻了！”

明柯扑上去拉住缰绳：“大人，您要去哪里？”

方劲笑而不答，拔剑噌地割断了缰绳，策马奔驰。方向与所有人相反，他直直对着魔族军队的阵头冲了过去。明柯呆呆立在原地，目送着一个伟岸的背影慢慢消失在逆向的人流中，那么平静，那么安详。忽然间，他感觉到，在纷杂喧嚷的战场上空，有一个伟大的灵魂出现。

这就是后世人称“忠烈”统领的方劲留在人世的最后一面。没有人明白他那句遗言的意思，除了帝林以外，后者明白，方劲正是以这种方式，避免了受自己要挟而身败名裂的结局。他小声骂句“笨蛋”，然后脱下帽子，面对远东方向久久伫立。

方劲是在卫圣战争中阵亡的第一个统领级的军官。他死得完全像个英雄：孤身一人冲击魔族的阵头，在五十米外连人带马被射成了一只刺猬，他却依然活着，挂着满身的箭背依一棵大树只身抗击许多塞内亚骑兵。魔族兵看出他是一个高级军官，原来想把他活抓的，但是每个靠近他五步以内的魔族兵都被他一刀砍倒，尸体围着他环成了一个圈。最后看实在没办法近身，指挥官一声令下，十几把长矛同时刺入他的身体，鲜血喷涌溅出。方劲倒下了。一个浑身上下长着绿毛的步兵和一个皮肤黝黑、满口烂牙的骑兵同时上前抢着割方劲的人头，方劲忽然站了起来，一剑把那个绿毛步兵砍成了两截，然后再一次也是最后一次地倒下。于是那个失去了竞争对手的骑兵非常高兴。他小心翼翼地把方劲的脑袋割下，和自己的马鞍下的那串人头挂在了一起。

当天的月亮湾平原上空，阴沉沉的，雨雪不断，仿佛是上苍也不忍心看着这一场大屠戮的展开，用彤云遮住了自己的眼睛。十几万人类逃，二十几万魔族追。空中回荡着魔族兴奋的欢呼和人类士兵的哀求、惨叫。尽管人类士兵已经举手跪下了，哀求着企求活命，魔族骑兵仍然毫不留情地把他们从头到肩膀猛劈下去。他们心里有数，只有很少一部分人付得起高昂的赎金的，带着俘虏只会妨碍自己杀敌，不如直接割脑袋去领功的好。

为了逃过魔族鲁帝军团的追杀，大群大群的士兵争先恐后地跳进了结着薄冰的河流，拼命地向对岸游过去。但是远东叛军早已经在对岸严阵以待了，箭如雨下，人们在水中挣扎着发出阵阵惨叫和哭号，河水马上被染成了绯红，湍急的河流把上下浮沉的人体不断地冲走……

参加月亮湾会战的十一万五千名紫川军，逃过当天屠杀的不到五千余人，由于遭受魔族和叛军的一路追击，最后活着回到瓦伦要塞的只有八十七人。雪仍旧下个不停，掩盖了十几万具无头的尸体。月亮湾平原依旧那么宁静，那么洁白无瑕。

在接下来的三天里，魔族军队展开了闪电般的突然袭击。从鲁帝军团所突破的缺口中，各路魔族精锐部队潮水般涌入。面对着由于处在和谈时期松于戒备的各路紫川军，凶狠剽悍的魔族兵犹如狼群扑向一群瞌睡中的羊羔……

二更时分，几乎在哨兵警报的同时，魔族龙骑兵迅雷不及掩耳地闯进了黑旗军的西部大营，对睡梦中惊醒的紫川军展开屠杀。赤手空拳、惊惶失措的士兵们被马刀砍死、被长矛戳死、被箭射死、被自己人踩死、被大火烧死、被水淹死……清晨第一缕阳光照过来的时候，西部大营已经遍地尸骸，两万多人连一个活口都没留下。

远东军总司令明辉经过超人的努力，仓促集合了三个师团的兵力——那是他手上仅有的兵力了——企图遏制魔族的攻势。他下令反攻。杜莎平原上，一万多名人类步、骑兵绝望地看到了世间最恐怖的事情：代表着魔族的神皇的黄金大旗下面，将近二十万的宫廷近卫旅士兵（装甲兽）在铺天盖地地慢慢逼近……

杜莎之战后，战线崩溃了。前线步兵们先是零散地、没有组织地三五成群地开小差，接着就是整师、整团地从阵地上撤走了。有组织的抵抗彻底瓦解了。由于接受不到统一的指挥，一个又一个的民军部队在惊慌失措中被突进的魔族部队大片大片地切割包围。草草成军的民军士兵毫无战意，在发现突围无望后往往马上举手投降了。缴械后，魔族立即把他们全部砍了脑袋。在堆积如山的尸骸边上，魔族塞内亚士兵在兴高采烈地欢呼嬉戏，饮酒作乐，把死人脑袋当球似的抛来接去玩乐，把血淋淋的肠子扒出来套在同伴的脖子上取笑……

跟在败退的紫川家族军队后面，各路强大的魔族纵队在紧追不舍。魔族的皇太子卡顿亲王亲自率领北路军团，迂回包抄，企图对仍旧停留在伊里亚行省和得亚行省的大批人类有生力量形成合围。沉默寡言的魔族凌步虚将军从南路突进，沿着远东大公路一线，深入地突进了兵力空虚的紫川军的后方腹地。当几十名魔族龙骑兵先遣队突如其来地出现在蓝河渡口的时候，聚集在此渡口等候通过大桥的十几万人类军民惊慌失措，纷纷自相践踏逃命,造成了极大的惨剧……特别是当河西岸的人类守军误以为是魔族主力已经到达而急忙砍断桥绳索的时候，东岸响彻一片呼天抢地的惨呼……

有人打开了窗子，清晨的第一缕阳光伴随着雪后清冷的空气一同进入房间。

从瞌睡中惊醒的斯特林马上从桌子前抬起头来，问刚进来的中央军的副统领："有消息了吗？"他憔悴极了，眼睛满是血丝。

秦路摇头。斯特林不死心，追问："我是说明辉和方劲两位大人的下落，还有两军的主力所在——难道一点消息都没有？"

秦路还是摇头："对不起，大人。到处是魔族的先遣队在活动，他们专门挑军官和传令兵下手，派出探听的传令兵都一去不回了。我们的消息已经被隔绝了，到处都是乱糟糟的。"

斯特林站起来反复地走来走去，脑子里在急速地思考着。魔族究竟来了多少人？他们的目的是什么？是想夺取远东？还是想牵制我们对远东叛军的军事行动？或者不过是大魔神王午觉后的一时心血来潮？他们的主力何在？开战三天了，我们对此仍旧是一无所知，蒙着眼睛挨打！更糟糕的是，连自己友军的去向所在都不清楚。

斯特林不由得说出声来："我要魔族的活口！哪怕一个也好！"

秦路不出声地看着他，两人面面相觑。因为中央军所处位置比较纵深，很幸运地没有成为魔族第一轮打击的目标。虽然斯特林早已经把部队集中警戒防卫了，但是不断遭到魔族先遣队的骚扰偷袭，还是损折了几路斥候兵马。两天前，中央军的斥候队长卢真副旗本已经前去侦察魔族动向，出发前向斯特林应口说十小时内保证给抓个活口回来。现在已经过了两天两夜了，没有一点音讯回来，怕是已经给魔族抓了"活口"。

糟透了，斯特林心想，一切都乱了套！

他强打精神，问："有没有秀字营的消息？"

"大人，秀字营整路人马都已经不知去向，驻地已经给烧成了一片白地。恐怕紫川秀阁下已经……"

"不要乱说话。阿秀精明又能干，一定不会有事情的！"

秦路自知失言，忙说："是的，希望一切正如大人所言。"

斯特林深呼吸一口气，把对紫川秀的担忧排出脑外："好了。秦路，不能再这样等下去了。我们马上去杜莎行省与战区司令部会合，你认为如何呢？"

秦路犹豫了一下，还是说了："大人，看来这次魔族的来势很凶。若依下官所见，最稳妥的方法还是马上向瓦伦要塞后撤，这才是最安全的。"

斯特林摇头："我们不能放着友军不管就这样跑掉。马上出发吧，去杜莎行省。"

晨光中，战马在迎风长啸，伴和着武器的铿鸣，车声辘辘，中央军开始向东方前进。大军行进在远东大公路上，斯特林看到了终生难忘的一幕：一眼望不到尽头的人流犹如一条长龙，从东边滚滚不断地涌来，一直向西。人们都知道，凶残的魔族就要过来了，只有向西走，进了瓦伦要塞才有活路。

有人赶着马车满载大箱小箱，有人气喘吁吁地扛着全副家当，有人空着手什么也不带，穷苦的老人赶着两头羊脚步蹒跚。一只手抱小孩的妇女一手提着沉重的行李在冰冷的雪地上艰难地跋涉，跌倒，孩子在怀里号啕大哭，母亲在抽泣着，不断地有人经过，却没有人伸出手去帮搀扶一把。战争深沉的苦难使得人们的心灵都变得自私和麻木了，一个个目光中透出茫然和呆滞，失去了生活的家园，失去了土地，失去了亲人，未来将会怎样呢?

人流中，也夹着许多士兵。重伤员在路边的担架上昏迷着哭着叫唤："妈妈，妈妈！"伤了条腿的士兵拄着拐杖一边瘸着走一边骂，他的同伴已经把他抛下不管了。一个满身泥污血污的士兵坐在雪地里不断大声地哀求："我是七十一师团的！有谁知道我们部队在哪里？！求求你，把我带走！我的腿断了！求求你！"人们大步从他身边走过，没有人停下脚步。直到喉咙嘶哑喊不出声来，他无声地哭泣着，手抓住露出雪地上的草，像虫子般一点点地挣扎着挪动着爬行。前线已经崩溃了。士兵们零散地、三五一伙地开了小差，他们已经很识羞耻地把制服和帽子脱下，装成平民的样子耷拉着脑袋走。更多的是整营整团地从阵地上撤退下来。看到他们的这副样子，不用任何解释斯特林已经绝望地明白了：前线的形势比想象中还要差。

见到这些溃兵，着实令人心痛。不久前，他们还是顶盔贯甲、制服笔挺，嘴边唱着战歌，眼里闪烁着傲气，满心要报效疆场、保家卫国的，而今，他们衣裳褴褛，满身泥污，与其说是军人，不如说是一群乞丐。这些丢脸的家伙如果说还有什么可以自慰的，那就是说丢脸的不只是他们几个，同伴还有成千上万。也有毫无廉耻的，一个军官骑着高头大马吆喝着："快让路！我是XX旗本大人！"士兵们毫无反应，军官大怒，挥鞭子胡乱抽打，结果被几个愤怒士兵转身合力将旗本大人连人带马推下了山崖，惨叫声久久回荡。

在一个拐角路口的树荫下，一个浑身血污的军法官宣布他奉有远东最高司令部的命令，要拦住从这里经过的每一个士兵，将他们重新组织起来投入战斗！

"士兵们，不要害怕！站住，回来！"他的声音沙哑，"人类遭受侵略，紫川家族面临强敌！保卫家族，保卫人类！士兵们，这是一场圣战！绝对不再后退！勇敢点！回来！"他说了一遍又一遍，溃兵群从他身边毫不停留地走过，他拉住一个士兵的手，后者头都不回地把他甩开，他愤怒地抽出武器，大喊大叫地威胁、咒骂，又去拦另外一个士兵，那个士兵一把把他推了个大马趴……

中央军队伍穿过人马密集的公路，穿过乱七八糟的车队，穿过逃难的溃兵和平民，以战斗队形穿插向前。这支部队秩序井然，军容焕发，与逃难人们的方向刚好相反，他们直直向东。经过之处，麻木的人们都给唤起了点活力，有人喝起彩来：“好样的，中央军！”

但是也有人喊：“咳！弟兄们，不要给当官的骗了！他们要派你们去送死！”

斯特林到处询问败兵们，所得却很纷杂。

“嗯，我的部队是在沙加被打垮的。”

“我们是在明斯克省区被打垮的，我们的旗本死了。”

“方劲统领？我们不知道，听说是死了，要不是被俘了，反正我们没见过他。”

“明辉？听说也死了吧？我们不清楚啊！我们的部队被魔族包围了，几千人就我们几个跑了出来。哪里有空管那么多闲事？”

至于魔族到底有多少兵马的问题，那更是说法不一了。有人说，多得很，他亲眼看到了几十公里长长的一队魔族；有人嗤之以鼻，说最多有那么几个团队，那些逃兵被吓破胆了乱吹；甚至还有人说，他亲眼看到了大魔神王在那杀人，好不吓人，足足有我们平常人四个人加起来那么高，头有石磨那么大，眼睛里直往外喷火，血盆大口，一口吞下一个活人！

各种各样的小道消息纷纷流传，有人说在前线的家族王军已经全部覆灭了，方劲和明辉都已经被杀了；有人说明辉已经开始了大反击，沿着灰水河一线开始进攻，魔族已经仓皇败退了。

最后还是一个伤兵告诉斯特林，明辉的远东司令部已经过了灰水河西岸，从杜莎行省撤退往了伊里亚行省的首府伊本市。斯特林经过反复盘问与证实，再与幕僚们商讨，觉得这个情报的可信度还是比较高的。当即下令大军转变方向，转向伊里亚省区。

一天后，斯特林部队进入伊本市。这里同样充斥着一派兵荒马乱的景象，从杜莎前线溃败下来的大批逃兵纷纷涌入伊本，人流车马，昼夜喧嚣不断，乱成一锅粥似的感觉。各个部队的建制已经被打垮，广场上到处是溃兵和仓皇的市民，都在说：“魔族就在后面！”却没有人担起指挥城市防卫的任务。人们恰似一群无头苍蝇般乱窜，仿佛在城市里面做着无目的的布朗运动。

中央军的进城，引起了全城的轰动，伊里亚行省的总督伊林宁一闻知斯特林到来，马上过来见面。

“情况如何了？”斯特林刚下马还没寒暄就马上问，又追问：“明辉和方劲两位大人是否在这里？魔族到哪里了？”

伊林宁样子很疲惫，眼睛由于缺乏睡眠而发红，声音沙哑：“斯特林大人，情况很糟糕，真的很糟糕！您来了真是太好了，明辉大人在市政厅，您要不要见他？”

“好！你带路！”斯特林干脆地跳下马，穿过广场上人群和伤兵，进入了市政大厅。在里面的一个房间里，他见到了远东战区的总司令明辉统领。

明辉已经垮掉了。他浑身缩成一团，缩在墙角里把脸埋在手里，肩膀颤抖着，不出声地抽泣着，浑身上下衣服邋遢不堪，发出难闻的臭味——往日那个文质彬彬、神采飞扬的明辉统领，已经完全崩溃了。

在他旁边的黑旗军副统领给斯特林解释说：“明大人三天前自杀过一次，但给我们拦住了。从那起他就这样了，缩在这里米水不进，谁都不理。”

斯特林走过去轻声说：“明辉大人，是我，斯特林。”叫了三次，明辉才有反应。

他慢慢抬起头来，面色惨白得可怕，鼻涕口水淌了一脸，目光空洞又充满了恐惧，看着斯特林就像看着个不认识的陌生人似的，不出声。

斯特林看得心头难受，问：“大人，贵部的状况现在如何呢？”

“知道方劲大人在何处吗？”

“正面一共有多少魔族部队？”

明辉呆滞地看着斯特林，却一直不出声，最后还是那个副统领回答：“斯特林大人，三天前，司令部遭受了魔族的突然袭击，我们是死里逃生出来的。”

斯特林转向他：“西部大营还在吗？各路兵马都还在吗？”

“西部大营给魔族拿下了。四个师团都给砍成了碎片。我们已经失去了和所有部队的联系，已经知道的十几路部队都被打垮了。”

“方劲和他部队的下落呢？”

“民军队伍全都垮掉了，没死的也都跑了。我们昨天问了一个逃兵，已经证实方劲的民军在月亮湾确实已经全军覆没了，死了十几万人。至于方劲……有传言说他在月亮湾已经被杀了，也有人说他被俘了，我们都还不清楚。”

斯特林觉得脚在一点点地发软。他已经预感到前线的情形不妙了，没想到竟然败得如此凄惨。整整一路大军被全灭，一路被击溃，一个统领战死，另一个被吓成了白痴。他强行镇定下来，问：“魔族到底出动了多少兵力？他们已经到了哪里？”

那个军官思考着慢慢字斟句酌地回答：“全部兵力我们还不清楚，不过目前可以确定的是，不会低于三十万。”

斯特林倒吸一口冷气：这已经是中央军目前数目的三倍了。

“至于他们到了哪里，我们也不知道……”

斯特林一直压抑着的愤怒终于爆发了，责问：“这都不知道？你们一直在干什么？魔族杀到窝里了才发现？连现在也不知道人家到底多少人？”

军官畏惧地吞了下口水：“大人，您知道，在叛乱以前，远东军本来在边境上设有数目庞大的半兽人师团、蛇族师团，专门是预警侦察魔族的入侵的。现在他们都叛变了，站到了魔族的一边，我们倒成了瞎子，直到魔族扑到鼻子底下才发现……而我们的部队都是叛乱后从家族腹地抽调来的，不像原来的远东军，他们没有对魔族的作战经验，突然遭遇上了，大家都慌了手脚，损失很大，现在连明大人都这个样子，司令部已经乱成了一团，我们都不知道怎么是好……”他看看斯特林已经铁青的脸色，不敢继续往下说了。房间里一阵令人难堪的沉默。

斯特林压抑下怒火，转向伊林宁：“你们这边怎么样？吃紧吗？”

一直在旁听的伊林宁小声说：“大人，其他的事情都还好，但是现在必须马上决定一件事情，像我们行省，守卫还是撤退？我们都在等候一个指示呢，但是明辉大人这副样子……”

斯特林想了下，吩咐同来的秦路：“你们拿出纸笔来记录。”

等秦路准备好了，斯特林一字一句慢慢说：“鉴于原远东战区总司令明辉阁下的精神和身体状况极差，我，中央军统领斯特林认为，他已经不适宜继续担任此项职务。根据作战条例第三十二条第二款的规定，作为在场职位最高的家族军官，我将接替明辉阁下的职责，继续指挥远东境内的全部家族军队。斯特林·左那，帝国历七八〇年一月八日。”

斯特林接着说：“此命令一式三份，中央军保留一份，一份交由原远东司令部保存，一份送交统领处。对此命令，你们有没有人有异议？”

在场所有人，包括黑旗军官们和伊林宁等远东方面的军官，一起摇头：“没有！我们愿意服从大人您的命令。”

“好。你们听好了。”斯特林转向那个黑旗军的副统领：“你叫什么名字？”

“下官叫蓝齐，官职是黑旗军的……”

“听好了，蓝副统领，我现在任命你为黑旗军的代理统领。”

蓝齐一愣，随即面露喜色：“下官感谢大人栽培！下官一定会尽心尽力，努力……”

“蓝齐，黑旗军现在还有多少人？”

“大人，我们与下面的各个师团都失去了联系，现在只有司令部的警卫中队……”

“你现在马上带上警卫队到街道上去，宣布我的命令，把所有散兵集中起来，不管他原来是哪个部队什么职位的，统统编进新的部队里面。各个新部队的长官由你任命。编好以后，去找伊林宁要武器。天黑以前，我要街上再也看不到一个游手好闲的人。不听命令的，就地正法！我的军法队也交给你使用！”

被斯特林语气中斩钉截铁的坚决所慑服，蓝齐一个有力的敬礼：“是，大人！”转身出去。

斯特林转头吩咐秦路：“从我的警卫队里派一个中队，护送明辉大人回瓦伦。”

秦路明白了斯特林的意思，名为“护送”，实际为“押送”。他出去招呼一声，几个膀大腰圆的警卫进来，斯特林好声对明辉说：“明大人，请上路吧！”

明辉眼睛睁得圆圆的，充满了恐惧，小声说：“不要，不要……”身子使劲地贴在那个肮脏不堪的墙边上，仿佛在那里他感觉到最安全。

斯特林不忍心看下去了，使个眼色，警卫们七手八脚地把明辉给架起来往外抬。明辉凄惨地大叫：“不要啊，我不想死，我不想死啊！不要送我去军法处啊！不要啊！”

斯特林面无表情地说：“吩咐他们，不许对明大人无礼！”把头转向一边，不忍看明辉的惨状。

看着明辉挣扎着被强行架走，在场的军人们都不禁流露兔死狐悲的黯然。大家心里都明白，这位红极一时的统领，将再也看不到了。在瓦伦要塞，等待着他的将是军法处的行刑队。

斯特林坐了下来，问伊林宁：“你手上还有多少部队？”

明辉临走的惨叫太吓人了，伊林宁还处在心有余悸中，一愣，赶紧回答：“大人，我伊里亚行省本来有守备部队七万余人的，现在只剩不到三万人了，其余的部队我们都联系不上了……”

“那也够了！”斯特林一口打断，“你现在马上向南北两个方向派出斥候队伍侦察，主要任务是看看魔族的先头部队到了哪里，主力又在哪里。可能的话，尽量抓个活口回来。还有，把你手上的部队都集结起来，派几个大队到城市里面维持秩序。把城市里所有的车马，不管军方、民间的都给我征用了！”

“是！”伊林宁听得分明，马上转头出去执行。

在危急惊惶的时刻，人们都需要一个坚强又自信，可以听命和依靠的人。军官们都安心地返回了自己的岗位开始工作，司令部的慌乱逐渐停息了，街道上出现了安民告示和巡逻队，浪荡街头的大批散兵游勇开始重新组队，一队又一队的斥候部队被派出去左右地区侦察敌情。临战准备开始走上正轨了。

傍晚时分，司令部的外面响起一阵兴奋的叫嚷：“斥候队抓到俘虏啦！魔族的俘虏！”士兵们都跑过来兴奋地观看，议论着。

“啧啧，看他这个毛茸茸的脑袋！够吓人的了！”

“天哪！看他那眼睛多凶狠哪！那爪子，那粗粗的胳膊！”

“这还是被我们抓到的呢，那边的说不定还更可怕！”

斯特林十分高兴，夸奖了伊林宁几句。守备队的军官中有几个懂魔族语言的，由他们审问和翻译，斯特林亲自到场旁听。

事实上要这个魔族兵开口并不是什么难事，他已经吓坏了，稍微放在火上一烤就受不了，马上就同意招供。

问："你叫什么名字？"

魔族兵小声回答了几个字音，翻译们马上同步翻译："穆左西。"

"在魔族军队中是什么职位？"

魔族兵又回答："卡拉米。"翻译解释说："大人，这个职位相当于我们的列兵。"

斯特林有点失望，从这样的人身上是挖不到什么重要情报的。

"你什么时候参军的？为什么参军？"

"今年秋天。是为了响应至高无上的神皇陛下的命令。"

"魔族军队为什么要进犯我们紫川家族？"

"神皇说，人类中有个叫帝林的大魔头，屠杀我们神族的儿女，让我们血流成河。紫川家族还把我们美丽的鲜花卡丹公主殿下也害死了，我们必须要报仇。"

"你是哪里人？参军前是干什么的？"

"我是忽求林山区的一个农夫。"

这时候，斯特林等得不耐烦了，插嘴问："这次魔族一共来了多少军队？"

军官翻译过去，俘虏展开双手做个鸟飞翔的样子，咕噜咕噜说了几句。翻译回头跟斯特林说："大人，他说他不知道一共是多少。反正多得就像是天上的鸟群飞过一般。"

"问跟他一同参军的有多少人？"

"他说他也不清楚，他说，从去年的春天就开始征兵了。他们村子里，每七个男的就有一个参军了，城市里的更多。"

斯特林问："问他，魔神王随军出动吗？他在不在军中？"

回答来得很快："皇在。"

斯特林深吸一口气，站起来说："没事了，你们继续问。"

他走出房间，脑袋里嗡嗡直响。事情已经很明显了。魔族王国为了这次战争是蓄谋已久了！他们在冷眼旁观紫川家族跟远东叛军消耗兵力，等到紫川家族的国力、军力都已经严重衰弱了，他们才挑选了最适合魔族作战的寒冷冬天，由号称当世无敌的魔神王带领，以雷霆万钧之势，闪电般一举将紫川家族的主力军团击溃！无论时机的选择，战略、战术的运用，均是那么完美无缺，不出半点差错。印象中的魔族是一些头脑简单，就会一个劲地喊着"瓦格拉"前冲，输了就抱头向后跑的家伙，这次怎么变得这么聪明了？

伊林宁走近："大人，往南北两路的侦察部队都回头了，距离不到三百里，他们在公路上都发现了大批的魔族军队向西前进，没法子再前进了。"

斯特林冷静地问："估计有多少部队？"

伊林宁脸色发白，回答："无法估计，太多了，铺天盖地。"

"把各个斥候队长都找来，我要当面问他们。"

询问只花了半个钟头。情况已经相当危急了，云省、明斯克省、沙加、杜莎甚至到已经很纵深了的瓦格行省，都已经出现了魔族的大部队。作战地图上，两个狰狞的黑色箭头已经深深地插入远东的纵深腹地，代表还在人类手中的得亚和伊里亚两个行省的一块红色被两个箭头夹在中间，就像铁钳中的一个鸡蛋，随时可能被压得粉碎。但他们为什么不直接攻击已经很接近了的驻扎在伊里亚行省的中央军呢？稍微思考下，斯特林就得出了答案："魔族企图要来个钳形夹击，要把在包围圈中的几百万人类军民一口气吞掉！"

斯特林猛然说："这城市不能再守了！伊林宁，你带领你的人，连夜组织伊里亚和得亚两个行省的居民撤退！要快，赶在他们合围之前！"

伊林宁抗议："大人，我只有三万人不到，这么几百万人撤退起码也要两个星期，魔族不会放过我们的……"

"你动作尽量快，能救出多少救多少！中央军为你们断后。"

伊林宁心里想：那也不够啊！中央军只有那么点人，魔族军那么宽阔的进击面，怎么挡得住？但听出斯特林沙哑的声音中透出深切的焦虑和紧迫，他没有再问，马上出去准备。

当当，连续不断的钟声敲响，响彻整个城市的夜空。伊里亚行省的官员们连夜开始组织民众撤退。

审讯魔族战俘的秦路出来跟斯特林说："大人，已经问出来大魔神王的驻地了。王驾就停留在杜莎的枫叶丹林。"

"好！现在你马上把师团长们都集合起来，我有命令。"

秦路二话不说地马上出去召集部下，二十分钟不到，中央军的二十个师团长全部集合了起来。斯特林往中间一站，扬声说："我们的时间不多了，你们马上回去自己部队去！两个小时内做好出击准备！"

师团长们面面相觑，部队才刚刚行军歇下，士兵们还没休息够，马上又要出发？最后还是文河师团的长官问出了大家心里的疑问："大人，下官能否知道，我们这是要去哪里呢？"

斯特林一字一句地说："去杀大魔神王！"

哐啷一声，有人从椅子上摔了下来。

第五章　计退魔军

前进，前进，向西！在明斯克行省蜿蜒的远东公路上，一眼望不到尽头的魔族大军正在向西前进。这就是刚刚在月亮湾会战中赢得大胜的鲁帝军团。目光所及，一片旌旗飘扬如海，刀光似雪，长矛如云，远东大地的新的征服者气势如虹，军容鼎盛。

靠近公路的山坡上，鲁帝公爵正在观望着他自己意气风发的大军。一瞬间，权力无边的感觉充满了他的头脑：无比强大的力量握在我的手中，用这支军队，我要摧毁号称永世不落的瓦伦要塞，我要将强大的帝国踏在脚下，我将要征服整个大陆，将人类的尸体垒成高山，在上面建立我不世的伟业！

仿佛洞察了他的想法，羽林将军云浅雪微笑道：“好威武的大军啊！公爵阁下可真是了不起！”

虽然是赞扬的话语，但云浅雪这么似笑非笑地说出来，脸上挂着让人琢磨不透的笑容，鲁帝弄不清楚那个阴阳怪气的小白脸到底是在赞扬还是讽刺。

鲁帝出身低阶魔族，对比云浅雪这种很有教养的皇族子弟，他有种很深的自卑感。也因为自卑，他就格外傲慢，时刻在人前显露他那一身粗壮的肌肉和伤疤，摆出一副样子：老子是大老粗，瞧不起你们这些吃软饭的小白脸！试图以其粗鲁来压倒对方那种自己羡慕不已却又无法模仿的优雅风度。他鼻孔向天哼了一声，仿佛没听见云浅雪的说话，也不搭理。

作为钦使的云浅雪相貌端正，儒雅的书生气质中又带着几分军人的英气勃勃。他出身云氏家族，云家历代名将辈出，被认为是魔神王国中“名门中的名门”。而云浅雪的表现也很令家门添彩，一向被认为是这一代皇族子弟中的佼佼者，其气质、风度就连当代魔神皇帝见之也赞赏不已，并亲口将爱女卡丹许配。若不是去年卡丹公主殿下在与紫川军的交战中不幸遇害，云浅雪就是被人称为“驸马亲王”的人物了。尽管如此，神皇陛下对云浅雪仍然恩宠不减，封其为统率近卫部队的羽林将军。

看到鲁帝的无礼，云浅雪不怒反笑。来之前，二皇子卡兰曾对他说过：“鲁帝以三个特点闻名于世，粗鲁无礼、在战争中残暴，还有一个……”卡兰故意停顿了下，“他长得实在实在实在很丑！”

现在从侧面近看，鲁帝像猴子一样毛茸茸的面孔，像牛一样的耳朵，像狗一样的鼻子，像金鱼一样的眼睛，像山羊一样的角，像马一样的脖子，像熊一样笨重的身躯——“再加上像猪一样聪明的脑子”，云浅雪赶紧把脸转开，不让鲁帝发现自己脸上开心的笑容。

整理了一下表情，云浅雪肃然开口：“公爵阁下，您这次在月亮湾首战告捷，大长我神族威风，陛下十分欢喜！”

既然提到了至高无上的神皇陛下，就算鲁帝傲慢无礼也不能装作没听见，想起眼前这人的身份，既是深得神皇亲信的近臣羽林将军，又是那只“疯狗”的心腹，更是不能得罪的。鲁帝勉强地谦虚：“全部是有赖陛下洪福所……”

“但是你既然歼灭了紫川的整路大军，却唯独放跑了敌酋方劲，使得我军不能完胜，神皇陛下对此很是不满，言：‘鲁帝素称能干，想不到竟然如此疏忽无能！’”

够了，就是这样。云浅雪满意地看着鲁帝猴子般的脸迅速地赤红得像猴子的屁股，连脸上那一层厚毛也遮掩不住他的怒气。云浅雪心道：其实这话全是我编出来逗你的，其实神皇只是淡淡地不置可否地哦了一声，根本没有什么“十分欢喜”，也没有什么“很是不满”。不过我谅你这头熊也不敢真的跑去跟神皇对质吧?

鲁帝愤怒地咆哮着：“羽林阁下，我已经说过一万遍了！方劲确确实实是给我们杀了，我可以拿出他的军服和金星统领肩章给你看！”

“我看过了，一具无头的尸首。”云浅雪淡淡地说。

“那就是……”

“可是我们怎么能拿这个向神皇陛下证明这就是方劲呢？”

“有肩章和军服可以……”

“也有可能是方劲狡猾地把制服脱下让部下穿，他自己趁机跑了。人类都是很怯弱又卑鄙的，您不是常常这么说吗？”

“可那确实是……”

“我知道，也相信。可是您怎么能让神皇陛下也相信呢？”

无论鲁帝如何暴跳如雷，云浅雪始终淡淡地浅笑着，轻轻地捻着手上的野花把玩。这更让鲁帝怒不可遏。当时砍下的人头十多万，堆积如山，怎么可能在其中找出一个根本没见过不认识的人来！如果眼前这带着可恶笑容的小白脸不是神皇钦使而是自己部下的话，早一刀砍掉他的脑袋了！

眼看已经戏弄得他差不多了，云浅雪悠悠说："其实也不是没有办法的……"

"哦？"鲁帝停止暴跳，等着云浅雪说下一句。可是云浅雪忽然眼望天，望地，看路边的小树，看草地上的野花，就是不开口，脸上神情明明白白写着四个大字：来求我吧！

鲁帝勉强地说："羽林阁下，您怎么不说话了？"

"哦！"云浅雪仿佛刚刚想起来身边还有人，眼望蓝天悠然说，"天气多好啊！"

鲁帝干笑着附和："嘿嘿嘿，是的，是的。"

"风景也真是不错！"

"嘿嘿嘿，不错不错，是不错。"

云浅雪自顾自说："其实远东这块美丽地方早该属于我们神族的了，可恶的紫川狗贼竟然胆敢霸占了这么久，而且还一直抗拒我神族天军，实在是罪无可赦！幸好我皇陛下神武雄才，以其不世英姿，将横扫天下！紫川跳梁小贼，将全体死无葬身之地！我神族荣光，将永远照耀整个大陆，光垂千古！距离这一天，已经为期不远了，我族全体臣民，无不欢欣雀跃，感谢天赐我以伟才，庆贺吾皇万岁……"

云浅雪忽然开始东拉西扯，称颂一会儿神皇万岁，又骂两句紫川狗贼，说得又长又臭又累赘，足足扯了半个钟头，鲁帝在一边干笑不敢打断，一边急得跺脚。最后好容易逮住云浅雪喘口气的空子，他赶紧问："敢问羽林将军刚才所言之事……"

"我刚才说什么了？"云浅雪一点不明白，"是说我神族将一统大陆吗？"

"啊，不，前面一点，前面一点。"

"哦！那就是说紫川小贼卑鄙无耻，末日已近了，是吗？"

"还要更前面一点，更前面一点。"

"那一定是称颂吾皇万寿无疆了——难道公爵阁下对此有意见？"

鲁帝吓了一跳，忙说："哪里哪里，我是陛下最最忠诚的部下……"

"嗯，神皇陛下一定很高兴得知公爵阁下您如此忠心耿耿，小使的任务也已经完成，就此告辞了。祝贺公爵阁下旗开得胜，再立新功！"云浅雪说完转身欲走。

鲁帝不得已只得出声挽留："羽林阁下请留步。刚才所言的，似乎方劲一事还有可能挽回的余地，不知……"

鲁帝故意停顿了下来，想等云浅雪接口，谁知道他仿佛忽然得了白痴症，傻呆着就是不出声。鲁帝没办法，只好自己说下去："希望钦使指点一二，鲁帝我感激不尽。"

"哦，是这事啊！公爵您早说嘛，您不说我差点就忘了！"云浅雪恍然大悟的样子，心里一阵得意，"公爵阁下您想啊，现在的问题就是难以辨认方劲的首级是吧？"

"正是。"

“那就干脆不要辨认了！您随便拿上一个脑袋，和肩章、制服什么的一起交上去，说这就是方劲的首级和衣物就可以了！”

“但是，但是，万一被戳穿，这可是欺君大罪啊！”

“呵呵，公爵您糊涂了！您想，在宫里面，有谁是真的见过那个方劲的？唯一能辨认方劲面目的，也只有平靖侯而已。只要平靖侯说，‘是的，这就是方劲本人！’那谁还更有资格出来反驳呢？”

“平靖侯？那条狗？”提起这个名字，鲁帝的话语中充满了轻蔑，“可是他怎么会帮我说谎呢？”

“呵呵，公爵您又糊涂了！您不是说，方劲确实已经死了吗？这怎么能叫作说谎呢？为人臣子，努力取悦陛下，使陛下安心，这难道有错吗？”

“钦使所言极是，但是我与平靖侯素无往来，他又怎么会帮我……”

“嗯，公爵所言甚是。但平靖侯对二殿下一向极为尊敬，只要二殿下出面说一句话的话，想来平靖侯必然会答应的！”

二殿下就是卡兰，魔神皇的第二子。因为整天沉迷酒色，疯疯癫癫，行事荒诞不经，魔族当面称他为“疯少”，背后则称他为“疯狗兰”。不知为何原因，具有皇族血统的前程一向被人所看好的青年名将云浅雪却婉言谢绝了魔族太子卡顿的邀请招揽，而与这个人称“疯狗”的卡兰玩得亲密无间。

听到卡兰的名字，鲁帝脱口而出：“疯狗兰！”

云浅雪的面色一寒，目光突然变得阴森冰冷。接触到对方冷若冰霜的目光，鲁帝一阵没来由的心寒，竟然不由自主地打起了寒战。

云浅雪迅速压抑了自己的杀气：鲁帝，你竟敢在我面前这样侮辱殿下！一年前，就凭这句话，我就要你血溅五步！鲁帝，你尽管嚣张跋扈好了，真的打起来，我二十招以内绝对取你脑袋！但是，殿下吩咐了，现在还不是杀你的时候……

云浅雪露出一个笑容说：“公爵阁下所言正是。尽管公爵阁下与二殿下交往不深，但是殿下却是久仰阁下的武勇了，十分希望能结交像公爵阁下这样的豪杰之士！他愿意首先表达自己的友谊，让平靖侯作证，那只是举手之劳而已。”

鲁帝心头还在惊惧不已：刚才那一阵突如其来的寒意是怎么一回事？凌厉的杀气？怎么可能，我身经百战、杀人无数的鲁帝将军，怎么会被这个文弱的小白脸给吓倒！错觉吗？对，一定是的。嗯，最近天冷了，得多穿点衣服才行。

对于云浅雪的提议，他还是在考虑中。鲁帝虽然鲁莽，却也知道，欺君瞒上是大罪，特别陛下睿智无比，万一被看出破绽来……

云浅雪倒也不勉强他，朗朗笑道：“想不到豪勇的鲁帝公爵竟是个方正的君子，在下十分佩服！这个功劳既然将军不感兴趣也罢了，当我没有说过好了。我另外去找南路的凌步虚将军去谈了，听说他也击杀了不少紫川军，想必会很感兴趣的。”

效果是十分立竿见影的。想到自己辛辛苦苦打了一个大仗，结果击杀敌方大将的首功却要让凌步虚那个可恶的死哑巴不声不响地拿到手了……鲁帝肺都要气炸了，嚷嚷：“这怎么可以呢！羽林阁下，就照你说的办好了！至于二殿下那边，就拜托您多加美言了！”

“呵呵，好说好说，爵爷可能还不知道，我们殿下一向是最敬重豪杰之士的！大家都是自己人了，这个小忙，我现在就敢打包票，殿下是非帮不可的！”云浅雪微笑着说，想：不同的鱼要用不同的诱饵，对于那头狗熊，呵呵，最好的方法就是在他面前挥舞一块蜂蜜了。嘿嘿，殿下，您真是太英明了，世界上还有什么事情是你猜不到的呢？鲁帝，只要你吞下这块蜂蜜，你这头笨熊就一辈子随着殿下的手势翩翩起舞吧！

“嘿嘿，嘿嘿。”鲁帝干笑了两声，隐隐然觉得有哪里不妥，自己什么时候跟这个小白脸成自己人了？

云浅雪不给他时间思考，催促说：“既然如此，爵爷就请马上起草奏章，把人头和物件交由在下转呈交陛下，以免夜长梦多，有人先一步抢功了！”

鲁帝无暇细想，赶紧起草奏章，信誓旦旦说在月亮湾一役中，是自己亲手把敌酋方劲击杀，使得紫川军闻之丧胆，当即全军崩溃，“其中详情，托由羽林云君转呈述陛下”，并且把所有的证物都交给了云浅雪。

云浅雪匆匆浏览了下奏章，嘴角露出冷笑。这个亲笔奏章，只要日后翻出来，随时可以证明鲁帝的欺君死罪！当然了，如果他肯识趣乖乖听殿下话的话，那这面底牌倒也不用那么急忙地打出来的。

他也有点悲哀。欺负这头没什么大脑的狗熊，自己不落得了跟驯兽员同等的水准了？实在找不到什么乐趣。其实，统率大军，跟具有更高水准的人物在战场上斗智斗勇，那才是自己的生平夙愿。

云浅雪望向遥远的西方，暗暗祈祷：帝林啊帝林，在我一洗前耻之前，你可千万不要败在别人手里了！那样的话，集合二人之力才能与你战个平手的殿下与我，就太没有立场了。但在击败你之前，我先要拿下与你齐名的斯特林，用他的人头，为你我宿命的一战，增添行色！你可千万不要让我失望啊，帝林！

一名骑兵传令兵匆匆出现在视野里的山坡下，笔直奔来。鲁帝的卫队正欲上前拦截，云浅雪看出这名传令兵汗水淋淋的样子十分着急，心念一动，跟鲁帝说：“爵爷，让他过来吧！”

鲁帝一挥手，卫队放开了拦截。骑兵跳下马，连汗水都来不及擦就匆匆跑近，单膝下跪：“紧急军情禀告爵爷！”

鲁帝哼了一声：“讲！”

“人族的中央军部队大举进攻，已经强渡了灰水河，打垮了我族的三路兵马，共十七个团队！穆伊男爵战死！目前斯特林已经逼近了陛下御驾所在的枫叶丹林！”

鲁帝和云浅雪同时大惊。云浅雪抢先问：“陛下可安全？斯特林兵力如何？”

“陛下安然无事。斯特林兵锋极强，有传言说他已经继任了远东战区的总司令，统率全部远东军，兵力多达五十万之众！”

鲁帝和云浅雪对视一眼，都看出对方眼里的恐惧。为了消灭人类的有生力量，在最高的御前军事会议上，总军师黑沙先生布置了一个横跨七省区的空前巨大的包围圈，目的在于全歼集结在得亚和伊里亚两省的人类败兵，魔族兵和叛军在总兵力上虽然超过两百万，却早按计划分散各处。

本来以为人类兵力不过五六十万，经过头一轮的打击波后已经支离瓦解，不足为惧了，却没想到斯特林的手上还掌握有那么强大的实力。这样魔族分散的各路大军就有被处于内线作战而且拥有机动优势的斯特林以局部优势兵力逐一击破的危险了。

更为可怕的是，斯特林的目的似乎就是御驾！此时在御驾跟前，随行兵马不过二十万而已。万一那个紫川之虎真的如传言中那么可怕的话……

鲁帝咆哮如雷，破口大骂：“平靖侯这条死狗！给的我们什么烂情报！说什么紫川家只有那么六十万不到的兵力！回去看我剥你的皮！还有黑沙，你这个装神弄鬼的家伙，你拟的什么烂计划！”

云浅雪一言不发，翻身上马，火一般炽热的战斗激情在他体内熊熊燃烧：紫川之虎啊，你果然没有令我失望啊！来吧，你是我的！

鲁帝看着云浅雪急着要走，赶紧问：“羽林将军，我的军团怎么办？按计划继续前进，或者还是……”

“爵爷，指挥军团是您的职责，请您自断好了！军务紧急，我告辞了！”云浅雪毫不停留地领着一队羽林骑兵策马奔驰而去，只留下满天灰土飞扬，呛了鲁帝一鼻子，惹得他又是破口大骂了一阵。

等到云浅雪的身影已经绝尘消失，鲁帝停止了骂骂咧咧，开始思考该怎么办。不像云浅雪等高等皇族，鲁帝之所以能从最低阶的魔族一直爬到公爵和军团长之尊的高位，是凭着他的强悍和残暴以及对魔神皇死心塌地的忠心。用脑子思考并非他的长处，他习惯的是听命和执行。

但是现在情形突变，神皇不在身边，二位殿下不在身边，总军师黑沙也不在身边，没有一个可以听命的对象，鲁帝就不得不求助于他本来就少得可怜的脑子认真地思考。怎么办？进或是退？

也许是福至心灵，鲁帝头脑中突然灵光一闪，这不是天赐良机吗？立功的大好机会啊！如果能击败那个号称紫川第一名将的紫川虎的话，那这次的首功就非我莫属了！杀再多的溃兵和老百姓也比不上这个功劳啊！更何况，如果再幸运点的话……

鲁帝已经在头脑中幻想这么一副情形——

斯特林狂涛般的大军汹涌杀来，那个可恶的小白脸云浅雪已经被吓得逃之夭夭了，神皇身边无人护驾，陛下着急地大喊："来人啊！来人啊！哪位卿家快来护驾啊！朕重重有赏！救命啊！"这时候，自己率领一队大军如同神兵天降忽然杀到，一下将斯特林击退。自己单膝下跪："臣鲁帝护驾来迟，请陛下不必惊惶，一切交给臣好了！"

于是神皇安心地抚胸："果然还是鲁帝卿家最为赤胆忠心啊！朕就封你为鲁帝亲王！什么云浅雪啊、凌步虚啊、黑沙啊其他人都是靠不住的！你看他们哪个不顺眼就只管杀好了！"于是自己第一个要杀谁呢？凌步虚还是云浅雪呢？这可真是伤脑筋啊！干脆两个一起杀好了……

鲁帝脸上神情变幻，忽然眉开眼笑，忽然咬牙切齿，忽然又眉头紧蹙，不时发出嘿嘿的傻笑声。卫兵们不安地交换着眼色：他该不是疯了吧？这次不知道又是谁倒霉了。

"好了！"鲁帝已经下定了决心，反正瓦伦要塞又不会长腿跑掉，以后再攻打也不迟。这种护驾的机会可是百世难逢的，放过了就太可惜了！

鲁帝发布命令："传令下去，全体掉头，我们原路返回！"长长的大军听命掉头，后队变前队。

鲁帝暗暗佩服自己：我真是太太太聪明了，竟然能想得出这么好的主意！这下等我立了大功，看谁敢说我鲁帝没有脑子！只是这事可得保密，不然让其他部队的人知道了也来抢功，那就麻烦了！他不知道的是，这时几乎所有的魔族统军将领，都与他得出了几乎同样的结论——这可是千载难逢的立功机会！

或者为了抢夺危难关头紧急护驾的功劳，或者为了击败人族的第一名将斯特林的荣誉，或者为了向魔神皇显示出自己的忠心耿耿，已经深入远东纵深的魔族统军将领们纷纷撤军掉头，争先恐后地杀向杜莎行省，要赶在其他人之前把中央军击溃，拿下斯特林的人头。魔族的总军师黑沙在面罩后面气得喷火。本来是完美无缺的包围圈，结果将领们一个个吐着舌头大呼小叫地跑回来："陛下没事吧？臣救驾来迟！都交给臣好了！"然后就摆出一副忠心耿耿要以身体当盾牌的架势。他们都"受宠而惊"地挨了伟大的魔神皇陛下的玉趾痛踢和一句天音怒叱："饭桶！"

黑沙跺脚喊着："回去！快回去！"可是将领们怎么舍得这个立功的好机会？一个个磨蹭着死赖着，赶也赶不走。白天他们装着要出发，晚上就偷偷摸摸地又跑了回来，埋伏在了魔神皇御驾的周围，为了强占一个好位置甚至相互间还大打出手。他们忍冻挨饿，忍受蚊叮虫咬，不眠不休，枫叶丹林每一个雪堆里、水沟底、粪坑下、高树上都藏满了立功心切的魔族兵，就为了一个伟大的梦想：勤王保驾的一定是我！他们望穿秋水地盯着地平线，就如等待梦中情人一样苦苦期盼着斯特林的身影出现。魔族的骄兵猛将们一个接一个长吁短叹着：“斯特林，你怎么还不来呢？”哀怨得像个老公死了十年的寡妇。

也因为这样，得亚和伊里亚两行省的总数为四百万的人类军民得以勉强地逃出包围圈，纷纷通过瓦伦要塞逃往家族腹地。七八〇年的一月二十一日，三十万平民，也就是最后一批逃难的居民进入瓦伦要塞。在他们身后不到十公里，负责断后的两万多远东守备部队与魔族凌步虚军团——凌步虚是第一个醒悟过来的魔族将领——且战且退，在此战中，伊林宁红衣旗本战死，此后被统领处追认晋升为副统领。在林冰副统领的瓦伦守军的掩护下，伊林宁守备部队的余部也全部撤退进了瓦伦要塞。

而这个时候，斯特林军团还是停留在距离瓦伦要塞上千公里的杜莎行省那里吸引魔族的注意力。以他为中心的一百公里半径内，上百万的魔族和叛军的联军已经聚集，而且新的部队还在日夜兼程地不断赶到……

帝国历七八〇年的一月九日，深夜，一轮发红的大月亮从一片光秃秃的树林后面托上来，月亮映射着战争和火灾的血红的折光，烟雾朦胧地照耀在灰水河两岸白雪覆盖的山脊上。

半夜里，在灰水河西岸瓦加渡口的魔族驻军感觉到身下的大地在不停地震动着下沉着，在睡梦中惊醒的魔族兵仓皇地赤脚跳出帐篷，不由自主地一起发出恐怖的尖叫：“格路西！（救命啊！）”

犹如黑夜中突然出现的鬼魂，一万名重甲骑兵组成的方阵毫无预兆地突然出现，正向他们冲来。整齐密集的黑甲骑兵仿佛一面钢铁的墙壁，又仿佛一座迎面扑来的刀山，阴沉、漆黑的两翼无声地伸展开去，阴森可怕。干裂刺耳的马蹄声如同霹雷滚滚而来，他们就如同一阵旋风袭来，横扫、摧毁一切。在这股可怕的毁灭洪流面前，魔族的围栏、帐篷、房屋、人马如同纸糊的一样，摧枯拉朽，四散逃命的魔族兵发出一片死亡的绝叫，被这股钢铁的洪流压成齑粉……

斯特林军团开始向魔族发起了反攻。凌晨时分，一万重甲骑兵首先抢夺了瓦加渡口，把惊慌失措的几千魔族砍成了碎片。随即，在魔族的遗尸旁，五座浮桥架起在灰水河水面上，强大的步兵集团迅速地渡过了宽阔的远东第一大河。拂晓时分，斯特林部队出人意料地出现在灰河东岸的帕伊城下。

节节胜利冲昏了魔族指挥官穆伊男爵的头脑，整个部队前一天晚上刚刚纵酒狂欢，大意到连岗哨都没有安排。在黎明前最黑暗的时候，大群大群的人类步兵静悄悄地涌入了熟睡中空荡荡的城市，无数的刺枪尖在黑暗中闪烁着光芒，就如同草原上的点点火星。他们迅速占领了城市中的交通要道，封锁了两个城门，五千支利箭瞄准了敞开的营门。

一切都准备好了，斯特林统领一声令下：“动手！”士兵们开始倾倒燃油和投掷火把，魔族大营突然间陷入了一片冲天烈火中。只有很少数保持点清醒的魔族士兵能火海逃生，一个个从营门口里面跳出来大喊：“度莎拉？（怎么回事？）”回答他们的是一根正中眼睛的利箭。两万多魔族兵被封在了大营里面活活烧死呛死，有一些好不容易赤手空拳地逃了出来，出现在他们面前的是成千上万手持利刃、满腔仇恨的人类士兵。斯特林本想制止这场狂热的屠杀行动，但是没有效果，就连表面上接受命令的各个师团长本人也是阳奉阴违，暗地里偷偷鼓励士兵们：“给我杀！”最后斯特林只能派自己的卫队出去，从自己部下疯狂的屠刀下抢下了十几个魔族兵的活口，这也是魔族穆伊军团最后的幸存者了。

从俘虏的口中得知，三个团队一万多人的魔族新部队正在赶来，他们是前来帕伊城市与穆伊男爵集结会合的，估计也是在今天到达。得知这个珍贵情报的斯特林当场亲了那个脏兮兮的魔族长毛兵一口，然后又觉得恶心，吩咐：“把他推出去砍了！”他又赶紧下令，马上扑灭大营的烈火，特别是想办法抢救出军需仓库里的魔族制服和盔甲……

其实那个俘虏还是没有说实话，到来的不是三个团队，而是魔族欧乐军团的全部兵力十个团队！等长长的魔族队伍来到帕伊城下的时候，并没有发现什么异常。城门打开着，下面懒洋洋地立着几个卫兵，城头上还有一些在晒太阳，一切都很正常，除了城市上空一道粗黑的烟柱扶摇直上，空气中弥漫着焦肉的味道——不过这也是正常的，特别是在魔族大军刚刚占领的地区。

军团长欧乐皱眉头。穆伊那个家伙，玩了那么久还不腻啊！真是有够血腥的，把人类的俘虏都杀完了，我们来这里拿什么消遣啊？他闷闷不乐，竟然没有发现那几个看守城门的魔族士兵一个劲对他又眨眼睛又做鬼脸。因为这里是魔族的大后方自己人的地盘，也因为开战以来，所向无敌的魔族大军根本没有遇到过什么像样的抵抗，欧乐犯了跟穆伊男爵同样的毛病，连派个先头部队进城察看的行军程序都省去了，三万多大军就这样毫无戒备地进城，队列松松垮垮的，士兵们说说笑笑，连武器都放在马袋里没有拿出来。

眼看着欧乐的部队已经进城了一小半，连欧乐本人都快要进去了，关门打狗的惨剧又要重演一次，一个十分爱国的魔族俘虏实在受不了了，大呼：“欧乐大人，有埋伏……”一支不知从哪里射出来的利箭迅速射穿了他的喉咙，他喉头发出咯咯的响声倒下。

部队乱成一团，搜寻那个胆大包天的刺客。就在这时候，嘎吱嘎吱的可怕声音响起，沉重的城门闸突然落下，将正在下面的几名魔族骑兵压成肉酱！此时，欧乐本人也在城道里，差一点也成了肉制品。他愤怒地退出来，破口大骂：“上面的怎么回事！压死人了，快开门！不然老子就一箭射死你！”应声一箭飞来把他射死了。

城头上出现了一排又一排密密麻麻的弓箭手，箭如雨下地倾泻到毫无防备的欧乐部队头上，一时间，人仰马翻，突然关闭的城门把欧乐部队截成了首尾不能相应的两段，部队失去了长官无法决定进退，乱成一团。在城内也上演着同样的场面，人类士兵埋伏在屋顶上、水道里，突然出现对毫无掩护地行进在街道上的魔族兵用箭射用矛戳用刀劈，魔族军惊慌地四散逃跑，却更是全落入了各个陷阱中。

城头上有人用魔族语言大喊：“你们这些该死的人类想冒充我们神族！让你们瞧瞧厉害！”

欧乐部队的副长官是个反应迟钝的二百五，到现在了他还以为这是个误会，高呼：“不要放箭，我们是友军！”结果却是引来了更密集的箭雨和一阵哄堂大笑。等他终于明白过来：“上当了！是人类！”被愚弄的怒火顿时烧昏了他的头脑，他高呼：“为大人报仇！杀光他们！”强行命令自己已经是伤亡惨重了的部下们攀爬城墙强攻中央军。这样做的唯一结果是在城墙下又留下了几千具摔死的尸体，并且错过了逃跑撤退的时机。等他终于觉察到似乎不妙的时候，身后风云雷动，黑压压的人类重甲骑兵又从后面的密林中出现，排山倒海卷杀而来……在这次战斗中，欧乐军团能逃得掉的不多，特别是已经进城了的那批先头部队，连一个都没跑掉。

二十四小时之内连续消灭了魔族的三路部队超过四万人的兵力，斯特林还是没有满足，为了震撼魔族，他把部队一路路派遣出去“示威”，吩咐他们：“尽量打多点旗子！”

军需官抗议：“大人，我们没那么多军旗啊！”

斯特林不耐烦说：“谁说一定要军旗的？只要是一根竹竿上面顶着块布的就可以！”

有你这句话就行了。当天傍晚，杜莎行省的几条公路上同时出现了人类的大部队。晚霞中，浩浩荡荡的大军队伍气势如虹，马如龙，人如虎，士兵们披坚执锐，杀气腾腾，在他们头顶，一片旗海迎风招展——

“伊本市第一百货公司开业一周年大优惠！”

“吐血价！跳楼清仓大拍卖！”

“靓诗洗发水，乌黑又光亮，没头屑！”

“小痘痘不见了！洁白化妆品系列！”

一路上，魔族的小部队被这远处飘扬的一片旗海吓得魂飞魄散。按照人类军队的惯例，一个大队一面军旗计算，那这起码有……他们落荒而逃之前把自己的手指加脚趾数了又数，还是数不出来，最后只得找同伴“把你的手指也借过来一起数”——他们跑得太早了，竟然没有发现这些气势汹汹很吓人的空壳大军只等太阳一落了山，就赶紧卷起旗子抄小路跑回了帕伊城。

第二天太阳出来，斯特林的部队又跑到原来的地方上逛来逛去，头顶飘扬着好多面广告旗，让魔族心惊胆跳，又一路增援开来了！

探子们回去跟魔族统帅部描绘了这么一幕可怕的情形：数目惊人的人类大军猛扑而来，铺天盖地。欧乐部队的残兵为了逃避临阵脱逃的惩罚，也过来帮腔："是啊是啊，我们实在是英勇地战斗了，可是敌人实在太多了，多得整个灰河平原都挤得站不下了，我们又有什么办法呢？"斯特林军团的十万余人在层层逐级汇报中不断地自动繁殖，逐渐变成了二十万、三十万、四十万……而且数字还在不断地上升。

而且，根据情报，源源不断的大军正向魔神皇的驻地所在枫叶丹林开近！令神皇陛下的护驾军官们发狂的是，这些大军只要接近到某一个距离，马上就销声匿迹，不知去向了！这更证明了这些狡猾的人类居心叵测，他们一定已经潜伏在了某个隐蔽的密林里面，只等陛下的皇驾经过，他们就将突然杀出，与盘踞在帕伊城的斯特林部队里应外合，来个前后夹击！人类的兵书上不是常说吗？擒贼先擒王！首先打击对方的指挥中枢，使得全军动摇溃乱，最后就逐一击破对方的外围部队！这是兵法上的ABC了！

紫川之虎啊，你真是狡猾！幸好我们已经识破了你的诡计，你的阴谋绝对不会得逞的！负责统率全部护驾兵马的禁卫总帅雷欧公爵战战兢兢向魔神皇恳求："目前敌将斯特林嚣狂，兵锋极强，陛下一身以系天下，实在不宜亲冒矢镞之险，微臣斗胆恳请陛下先行回避……"

神皇淡淡一笑，言："朕无须回避任何人。"

文武官员齐声赞叹，异口同声："吾皇神武，天下无敌！斯特林跳梁小丑，不自量力，竟胆敢来犯，必将自取灭亡！"

一片歌功颂德之声中，侍立在神皇身后的黑衣黑纱的神秘军师在面具后轻轻地吁叹："陛下，来的如果是左加明，那又如何呢？"

魔神皇转过头来，声音轻得只能让黑沙听见："即使明王亲至，我同样将他斩于马下。"神皇浅浅一笑，瑰丽的双眸一片碧蓝，深邃不可捉摸有如浩瀚的大海，迷离又如冬日清晨的浓雾，美得让人沉醉。

其实魔族完全是多虑了。斯特林再疯狂，也不可能以中央军一支孤军去进攻魔族最精锐的二十万宫廷近卫旅，何况这支精锐部队的后面还有号称大陆无敌的魔神皇在压阵。

他原本的计划是在杜莎行省招摇三到四天，吸引魔族的注意力，然后在魔族的外围部队赶回之前撤退。他赌的是魔神皇不可能敢冒风险和自堕身份，主动向他进攻。四天过去了，魔神皇强悍的护驾兵马并没有出现，似乎当初的宝已经押对了，斯特林松了口气，吩咐部下："放弃帕伊城，准备撤离。"

就在这个时候，云浅雪率领的羽林军出现了。

侦察部队向斯特林汇报，一路魔族兵马在五十里外接近，五万上下的兵力。起初时候，斯特林并没有把这路兵马放在心上，既然不是魔神皇全力来攻，那自己完全可以应付得了。一月十三日上午，大军秩序井然地撤出帕伊城，向西行进。这时敌军兵马突然逼近，距离已经不足十公里了，摆出一副要全力攻击的架势。

中央军停止撤退，在灰水平原上布开阵势防御，静静地等候着敌人的到来。可是太阳一直从东边升到了正中，地平线上敌军已经隐约可见了，就是不接近，竟然就停在那里不动了！

斯特林一声令下，主动发起了攻势，中间的步兵组成庞大的钢铁方阵，整齐地逼近，骑兵在两翼保持着跟步兵同样的速度，缓缓推进。斯特林并不想在这里耗费宝贵的兵力和时间与对方对决，他只是想让对手看到中央军可怕的气势，知难而退。

果然，对方看到中央军阵势森严，马上撤退了。中央军转而继续西撤，可是走不到十公里，那支敌军又出现逼近，中央军大军掉头准备攻击，敌军又开始后撤了。

同样的过程重复了好几次，云浅雪的兵像条打不退的癞皮狗似的死跟着斯特林，呐喊作势虚张声势。斯特林走，他就追上去，斯特林停下，魔族兵也停下，斯特林回头赶，他们就赶紧后退几步，就如同一贴膏药似的死死贴在中央军的后背，尾随不舍，死搅蛮缠地一直追到了灰水河边。斯特林心下凛然：自己是碰上那种最难缠的对手了。对方指挥官已经完全看破了自己急于西归的想法，目的并不在击败自己，却是把自己拖住，等候他们的外围兵马赶回合围。

斯特林心下也明白了对方的目的，敌将等候的就是斯特林军团后撤横渡灰水河的那个时机。用兵家都知道，一支军队在渡河的时候是最脆弱的时刻，此时不但军队分处河岸两端首尾不能相顾，而且士兵的心理这时候也最为脆弱，如果这时候被敌军冲击，那非全军溃乱不可。中央军想安全地渡河后撤，必须要先解除掉后面的这个威胁。

斯特林让大军主力继续前进，自己亲率铁骑埋伏在树林里，如果敌军敢继续追来，就给他来个前后夹击。结果云浅雪发现了铁甲军留下的大批蹄印，竟然就把部队围在密林的外面不走了，并且还打算放火烧树林，让藏身在密林中的斯特林进退不得，十分狼狈，幸好统率主力军队的中央军副统领秦路发觉不妙，马上带领大批步兵回来增援，云浅雪马上撤退。斯特林得以解脱。

连续设了几个圈套来埋伏，都给敌将识破了，斯特林真是非常恼怒，并非自己在谋略、战术上不如对方，只是对方抓住了自己急于抽身、时间不多的弱点，无论斯特林如何千变万化使出浑身解数，对方只用一个“拖”字，就足以以不变应万变了。现在对于中央军十万将士而言，时间就是生命线。想到这一点，斯特林心急如焚。

就在今天，对面人嚷马啸，已经有一路兵马赶来与对方会合了，从旗帜上看，好像是属于叛军的。这是个危险的信号，说明更多的增援兵马也随时可能到来……

紫川

紫川三杰

老猪 著

〔典藏版〕

[下]

第四卷

帕伊血战

第一章　羽林将军

云浅雪猛然惊醒，从行军毯子上一下坐了起来，那一阵喧嚷是怎么回事？

“劫营！”卫兵冲进来，“大人，敌人来偷袭了！”

“谁！是谁！”云浅雪厉声喝道，“斯特林部队吗？”心下难以置信：不可能！我明明已经安排人马严密监视中央军的部队了！对方即使调动一个中队也瞒不过我的眼睛，怎么可能会让他来袭营呢！

“不知道，大人，是后面打过来的！快起来吧！敌人快过来了！”

云浅雪跳起来，冲出帐篷，只见后军营寨那里火光冲天，到处是一片惊恐的呼叫和报警的吆喝：“敌人袭营了！后军完蛋了！”

云浅雪着急地嚷嚷道：“给我备马！快！”但在这慌乱之中，各人要找到自己的坐骑也并非易事，营地帐篷之间，一片漆黑，到处是人碰人，慌乱的士兵胡乱地跑着，散布着一个比一个可怕的消息：“人类全部杀过来了！”“他们来了！我们被包围了！”全营变得人心恐慌，军官们呼号：“集结！集结！向我集结！”却没法整军，没法布阵，甚至没法分辨敌我。成群的步行的士兵，跟骑马的士兵在黑夜里瞎碰瞎撞。云浅雪身边只带了十几个卫兵，催马狂奔赶去喧嚷声最大的地方，他要马上制止慌乱的扩大。他们屏息疾走，黑暗中，有人被暗中的篱笆所绊倒滚落马下。

喧嚣声首先响起在大营的后方，这里已经燃起了冲天大火，军需仓库和物资车队都已经笼罩在一团烈火中了。云浅雪一赶到，马上抓住了一个慌张的军官：“怎么回事？值班军官在哪里？叫他来见我！”

“大人，特柯威已经被杀了！”

云浅雪怒喝："谁干的？斯特林部队吗？"

"大人，不是中央军！袭击来自我们背后！好像是平靖侯的部下干的！"

云浅雪不可思议说："平靖侯！他竟敢……"今天一路远东种族联合军的兵马前来与羽林军会合，云浅雪当时是很高兴的，安排他们驻扎在自己羽林军大营的后方，没想到……云浅雪实在不敢相信这个念头，平靖侯又叛变了？那会连累到一力保举他的二殿下，连同自己的立场都会变得岌岌可危了……

此时，马厩已经燃着了，火光通明，趁着这火光，云浅雪隐约看到了好多人类骑兵在追着砍杀着自己的部下。从睡梦中惊醒的羽林军勇敢地抵挡着人类猛烈的进攻，但是阻击时间并不长。对方全副武装，而他们赤手空拳，这简直就像一场屠杀。云浅雪愤怒地带领了几百个集合到的士兵，呐喊着开始反击，但是不一会儿就被打退了，他两次奋力整理兵马，两次都给打散了。敌军像那不可阻碍的怒涛，猛扑中军，中军行帐已经被一把火烧掉了，根本挡不住！他开始后撤，而且越撤越快。地面上遗尸狼藉，魔族只得依靠弓箭来掩护撤退，眼看就要演变成一场大溃败。

幸好这个时候，羽林军负责监视斯特林部队的前军赶回来。这支部队因时刻在警戒中，所以能保持着比较好的秩序投入作战。在他们步兵的弓箭掩护下，他们猛扑向来敌。黑暗中，双方骑兵拼杀成一团，马刀的光芒在漆黑中不时一闪而逝，随即响起凄厉的惨叫和骑兵的落马滚地声。双方就像两个大力士似的厮搏，你卡我的喉咙，我踢你的小腹，杀得难分难解。

云浅雪已经恢复了冷静，现在还不到考虑自己和殿下立场的时候，要紧的是赶紧把这路袭营兵马击退。他的嘴唇咬得出了血，心头充满了被羞辱的愤怒。平靖侯，你这条卑贱的狗！你竟敢阴我，把我搞得如此狼狈！

定下神来他就发现了，敌军虽然因为出其不意而占了上风，但是他们的骑兵并不是很娴熟，白刃格斗的本领也并不高明，有时候羽林军只要后退个几百米敌人就不敢深入，这说明他们的兵力也很薄弱。尽管局势还很混乱，但是云浅雪已经确信，胜利一定是属于自己的！

他大声吆喝着，叱骂着脱逃的士兵，驱赶他们重又投入作战，在他身边聚拢了许多惊惶的士兵，他指挥他们，各就各位，纷纷进行攻击。羽林军也不愧为魔族精锐的禁卫部队，他们刚刚挨了打，一回过神来，马上又悍不畏死地扑杀上前。战局逐渐向魔族一边一点点地倾斜了！

黑暗中一个传令兵出声问："哪位是羽林阁下？有紧急军情通报！"

"我就是！快说！"

满身盔甲的传令兵一边跑近，一边扬声说：“有消息说平靖侯已经背叛了……”这个声音引起了魔族士兵一阵不安的骚动。

云浅雪冷哼一声，这个消息并不出乎他的预料，他已经猜到了。那个反复无常的小人，迟早会死在他的手下！他忽然觉得有点疑惑，羽林阁下？一般由低级魔族担任的传令兵怎么会用这样文雅的词语……

云浅雪猛然把身边的一个士兵推了过去，借势后跃。几乎是同时，漆黑中雷光电闪，雪白的刀光犹如一道耀眼的闪电突然裂过空间，像根火柴棒被轻易折断似的，那个士兵一下被凭空拦腰斩成了两截！云浅雪人在半空，还没来得及庆幸，身子一晃失去了平衡，重重地摔在了地上，他想站起来，才发现右边肩膀处凉飕飕的，接着，被撕裂的剧烈疼痛潮水般淹没了他的脑神经。他难以抑制地发出惨叫：“啊！”他还是没有躲过那可怕的一刀，整个右手连胳膊已经被砍去了，伤口处鲜血喷涌如泉，整个人疼得在地上不断打滚。

“传令兵”全身披甲的可怕身影从黑暗中浮现，他没有料到云浅雪可以躲得过这必杀的一刀，追上来要再补上一刀。一个卫兵奋不顾身地冲上去阻拦，刀光再闪，那个卫兵的脑袋已经落地了。他踢开无头的尸体再次冲上去，又一个魔族卫兵从后面死死地抱住了他的腰，另外两把长矛同时刺过来。雪亮的刀光在黑暗中凭空划了一个几乎完美的圆弧，无形无影的刀气离刃射出，矛折人亡，接着“传令兵”一侧身，左手一个刚猛的肘击把抱腰的魔族兵击得脑浆迸裂，干脆利落的一个后踢脚把他的尸身踢飞。

但就这下的耽搁，卫兵们已经在受伤的云浅雪面前排成了密集的人墙，对着“传令兵”竖起了密密麻麻的一片盾牌和长矛，黑暗中到处响起尖锐的呼号。

“刺客！”

“保护大人！”

急速的脚步声从四面八方传来。“传令兵”有点不甘心，他犹豫地向被卫兵们所密集保护着的云浅雪望了一眼，最后转身一跃，没入了黑暗中。

卫兵们一起吁口气，心有余悸。这个刺客太可怕了！有人虚张声势地朝黑暗中吆喝几声，装着要追赶，却被军官制止了：“不许离开，保护大人要紧！”一切发生得那么突然，结束得也突然。那个被腰斩的魔族兵到现在也没有断气，半截身子在泥里翻来覆去地挣扎着，惨绝人寰的叫声让人听得牙根发软。直到他自己的同伴实在受不了了，发慈悲一刀了结了他。

此时候有人来报，袭营的兵马已经被打退，请示大人是否追击。云浅雪强忍着剧痛包扎伤口，尽可能镇静地说："不必了，我们也马上撤退。"这场袭击让他以及部队伤亡惨重，他已经无力再跟踪斯特林了。

此时，咬着牙忍受着剧痛，云浅雪努力保持清醒指挥部队撤退，但却没法冷静，那刀光，灿烂到近乎辉煌的一刀，已经灼伤了他的眼睛，不停在他眼前闪烁出现。脑海中盘旋不去一个念头，是谁？那个可怕的刺客是谁？对方面目隐藏在盔甲下，但在那回头一望的瞬间，重伤后的恍惚中，云浅雪已经看清了对方那赤红的眼神，充满了无比炽热的疯狂，犹如地狱最深处浮现的绝望。他不由自主地打了个寒战，多么可怕的人！断臂处又一阵剧痛袭来，他呻吟一声，不可抗拒地坠入无边的黑暗中……

七八〇年的一月十四日的深夜，魔族羽林军青年将军云浅雪在杜莎行省遭受身份不明的军队袭击，损兵折将，并且后来人称"安国将军"的云浅雪本人也在此役中身负重伤，终身残疾……因为云浅雪是魔神皇的亲信将领，此事引起轩然大波。根据云浅雪本人的证词：该支兵马所打番号是远东种族联合军的571团队，出面接洽的人员确实是远东的半兽人，旗帜、口令也均验证无误。怒火中烧的神皇第二子"疯狗"卡兰甚至手持利剑到处寻觅平靖侯。后者眼见不妙，马上改投入魔族太子卡顿亲王麾下求得庇护。

双方争执不下，只得在魔神皇面前求得裁决。平靖侯向神皇发誓说当云浅雪遇袭的时候，自己的所有部队都还在灰水河以西并没赶回（卡顿亲王也为其证明其时远东种族联合军的主力确实与他同行），并且拿出所有部队花名册佐证，并无所谓的571军团。考虑到远东叛军在此时对于魔族而言还是不可缺少的战力，魔神皇陛下接受了平靖侯的解释，恕其无罪。但是因为此事，魔族军队与远东联合军队之间本来融洽的关系已经出现了不小的裂痕。魔族历史上将此次事件称为杜莎夜袭事件，而那支神秘出现又突然消失的部队则成了魔族历史上一个不解之谜……

黑暗中，一路兵马在灰河平原上行进，他们的前方就是灯火灿烂的中央军大营。

明羽："大人，刚才是你叫得最大声，'冲啊！冲啊！'"

罗杰："结果一开打就不见你了！幸好老子我机灵，不然跑都跑不掉。"

白川："紫川秀，你这次非得给我们个交代！每次都是这样，一到关键时候你就不见了！我们实在是忍无可忍了……你在我的衣服上擦什么？你手上黑黑的，那是什么？"

"哎呀，不好意思各位，刚才事情是这样的，我忽然肚子疼，哎哟哎哟受不了了，只得找了个没人的地方来解决……"

“浑蛋！你居然拉了两个小时的——那个？”

“啊，我也想快点解决的，但，没办法，这实在是个很荡气回肠的——那个。”紫川秀神情肃穆，“但各位请相信，和你们一样，我同样做出了自己力所能及的贡献，为我们的胜利，尽了自己的一份努力！”

“你干了什么？”

“哦，刚才我一边那个，一边远远地、默默地为你们英勇的身姿加油喝彩，祈祷你们平安归来。我一边使劲地拉啊拉啊拉，一边大声祈祷啊祈祷啊，终于，神灵听见了我的声音，保佑了你们几个……”

“浑蛋！去死！”

“吃屎去吧！卑鄙胆小的家伙！”

一月十四日的深夜，灰水河畔，秀字营的骑兵与中央军的大军会合。

两位好友刚刚再次聚首，斯特林见面第一句话就是：“阿秀，你不应该来的。这下我没办法向宁小姐交代了！”他的面色十分沉重。

“呵呵，大哥，不用担心，后面那个跟屁虫我们已经甩掉了！我们马上就可以连夜渡河了！”

“你不该来的，阿秀。”斯特林还是重复着那句话，他拉着紫川秀走上了一个高坡，指点着河的对岸，“你看吧！”

对岸，漫山遍野的火把，布满了视野所及的河岸、山峦，无数飘扬的旗帜迎着夜风猎猎飞舞。而且还可以看见，在更远处，几条不见首尾的火把长龙正连夜赶来汇集，数量之多，令天上的繁星也黯然失色。

卡顿亲王的部队第一批及时赶回，封锁了灰水河的西岸，截断了中央军和秀字营的后撤道路。

帕伊城原是属于杜莎行省的一处驻军要塞，当然，此帕伊要塞不可以与号称大陆第一的瓦伦要塞相比，在防御工事的程度上也要简陋很多，但作为一个要塞起码的城墙和护城河也是有的，虽然城墙也不是很高很厚，护城河连个孩子都淹不死。

在远东内战中原来驻扎此地的远东军眼看叛乱狼烟四起，主动放弃了它，连同城里的居民一起跑掉了。由此，这座城就曾多次更换主人了。远东叛军的各路部队曾经进驻这里，把它当作攻打伊里亚行省的司令部基地。不久明辉统领的黑旗军部队把它夺回，当作讨伐叛军的一个后勤基地，在这里贮存了大量的军用物资。接着数目庞大的魔族军队也大摇大摆地过来了，他们把这里当作一个“驿站”，是魔族王国的各路军团从王国本土开往瓦伦要塞前线途中的一个行军休息点。而现在，要塞最新的主人是斯特林统领率领的中央军。如果要塞它有灵性的话，或许会感到非常荣幸，因为这个坐落在边陲省份上一直不起眼的小城，在将来是要以伟大的“帕伊保卫战”的名义载入史册，吸引全大陆的目光聚集的。

因为魔族的卡顿亲王军团在最后一刻及时赶来，封锁了灰水河的西岸，在这种情况下，中央军军团再想渡河继续西撤已经是不可能的了。眼看魔族大军四面云集包抄过来，中央军可以回旋躲避的空间越来越小。为了避免在平原地带无险可守四面受敌的危险，斯特林不得不把军队又撤回了帕伊城，疯狂地进行备战，忙着在敌军来到之前赶紧加固城墙，深挖护城河，等待着那一刻的到来。

这天黄昏，从西边的灰水河方向，开始发现了一些隐约的黑色影子。全城敲起警钟，吹响军号，骑兵备好战马，步兵登上城堡，一切开始各就各位。前沿鸦雀无声，只有风吹卷大旗，猎猎作响。

敌军兵马渐渐接近，甚至可以用肉眼看见了。

这是出现的第一路魔族军马，他们装备着长弓、长矛、刀剑，渡过灰水河以后，他们蜂拥而至，展开长长的新月阵形，从西面包围帕伊城堡。那如云的魔族兵，刀山剑林，有如一座黑沉沉的森林。无数面招展的大旗，遮盖了西边的天空与大地。这还并非魔族和远东叛军联合的主力兵马，不过是由十万名魔族塞内亚士兵组成的先遣队，由魔族卡顿亲王率领。

敌军在距离城池三公里处停下了脚步，开始扎营，可以清楚地看见魔族兵那咧嘴龇牙的狰狞面孔。十几个魔族骑兵驱马到临近城下指手画脚地叫嚷了一阵，扮鬼脸做手势，挥舞着手上的鬼头矛恫吓着，一个骑兵还下马对着城池方向拉尿。至于他们说了什么，紫川秀听得很清楚，只是他不想复述就是了。骑兵们很谨慎地没有进入城头弓箭的射程内。

夜幕降临了，但是天并没有漆黑，因为帕伊城周边的所有村舍、庄园……凡是肉眼看得见的，都给一把火烧掉了。烟雾腾腾，火光冲天，映红云霄。受惊的鸟群从森林、池泽飞起，盘绕回旋，悲鸣不已。

所有靠近城池的树林都给砍掉了，这是为了方便将来的进攻，也是为了建筑魔族的营寨。卡顿亲王的部队连夜工作，点起了无数的篝火堆，大营一片光明，叮叮当当的敲打声一直响亮到天明。城下的树林变成了一片毫无遮掩光秃秃的平地，而在五里外的空地上出现了一个巨大的构造，一座木做的小小的城池初见规模，虽然还赶不上帕伊城的规模，但是魔族工程部队的效率还是让人不得不惊叹。

斯特林禁止部队出击，让魔族先头部队不受打扰地完成了自己的任务。

在这一夜，魔族的后续部队不断赶到。第二支、第三支……第十支……第一百支，军队开始接连不断地出现，黝黑的地平线上出现无数的火把，组成了一条又一条光带，光带越来越长，越来越近，却还是无法看到它的尽头，一直蔓延到遥远天边。地面上的无数光点与遥远的星光呼应，最后犹如江河流入大海，这无数的光点统统汇集到了帕伊城下，融合成了一片浩瀚的汪洋。

黎明到来了，让人可以将敌军看清楚，触目惊心。已经没有什么阵形了，清晨的薄雾中，无数的团队兵马，拥挤地排列在一起，难以分清谁是谁。云集的队列，绵延不断的人群马队，黑压压一片，肉眼无法看到边际。这密密麻麻的兵马，仿佛一座又一座大山，巍峨地沉重地自己长脚移到了帕伊城外，整个城堡、营塞，都在承受着无穷的重压，颤抖着。

人类士兵屏息静气地观看着魔族强盛的军容，心头怦怦狂跳。因为敌军的面目是那么狰狞可怕，人数是如此众多，简直是一片无边无际的汪洋大海，而在这海洋上空的遮天云朵，就是那无数飘扬的旗帜，人们目光所及，都是一片人头簇拥。

这是人类与魔族的最大对决。开战以来，一直战无不胜的紫川第一名将，将遭遇如云的魔族最强军团和远东叛军的全部兵马。双方全部是高手，都是可怕的强敌，在即将发生的正面会战中，究竟是谁压倒谁呢?

魔族的阵头上，卡顿亲王、鲁帝公爵、云浅雪爵士、布拉伯爵等一路路的军团长们冷眼观看着雾气缭绕中若隐若现的高高矗立的帕伊城堡，心里在计量着：我最厉害的对手在这里！这是最后一战了！只要收拾掉他，我军面前就是一马平川了！

可以预料，两军这一殊死决战，将会是非常残酷的、持久的，但结果却不难预料。斯特林军团兵力不到十万，而另一方，则统带了远东地区几乎全部的叛军集团，从最边远的沙加一直到瓦伦城下的广大地带的全部民军部队，跟着而来的，还有魔族王国来自魔神堡、塞内亚、古拉、亚速达的骄兵悍将，来自各个草原、山谷、林区、村舍、城镇、田庄无以计算的如烟似海的士兵。

这简直可以称作一次最大的种族展示会，仿佛所有噩梦中的怪物都化为实体出现于人们面前。

浑身黝黑的低阶塞内亚魔族兵跳出来咬牙切齿地叫骂，一片喧嚣，他们个子不高，却很凶猛，浑身充满着精力，攻击性十足，一个个盘算着破城以后要搞一次终生难忘的大屠杀，激动得浑身颤抖。他们以残暴、强悍和愚蠢三个特点闻名于世，并且坚信无知就是力量，反正动脑子的事情也轮不到他们来做，那是高阶魔族该操心的事情。

身材高大、有着浓浓毛发的半兽人无动于衷地观看着魔族兵的表演，一边忙着啃他们的玉米棒子早饭，一边不忘祈祷。他们是最迷信的，害怕神、闪电和一切不可理解的东西，比起魔族来，性格也比较温善。只要不是有别的人故意招惹他们，他们也非常重视战士和种族的荣誉感，打起仗来一鼓作气往往冲得非常勇猛，但只要战斗超过一个钟头他们就会非常厌倦，逃跑起来也非常果断。

蛇族兵长着跟蛇一样的脑袋，上半身跟人很相似，有两只手，下半身却是蛇的身躯，尾巴在泥地里扭来扭去的，眯着的红色眼睛透着狡诈和多疑，说起话来发出叽叽的刺耳声，吐出尖尖的舌头，装作很庄重的样子走来走去却遭到了其他人的一片鄙视。因为在瓦伦会战中，蛇族军队是第一批逃跑的，而且在后来与斯特林的几次战斗中，他们的所作所为也充分地证明了一个真理：蛇族逃跑的本领实在比他们战斗的才能要好上很多。现在他们正力图向其他种族证明：我们勇敢的蛇族战士一点也不害怕某个叫斯特林的家伙！你看我们不是来了吗？甚至我们还敢在距离他不到十公里的地方大声地咒骂斯特林，甚至还敢于在他名字上吐上口水再踩上一脚！这是多了不起啊！

龙人团队的士兵在不出声地打量着城头，仿佛在掂量自己未来的对手到底有多强大。据说他们的臂力比高大的半兽人还要可怕。他们身体四肢跟人很相像，但是脑袋却跟——如果强要相比的话，跟鳄鱼倒是很像的——但根据龙人他们的话说，是像龙，某种远古传说中的腾云驾雾的神物。他们自称自己的祖先是龙与人类的繁衍产生的，所以自称龙人。没人知道这种说法究竟有何依据，因为没有人真的见过龙，但是当一个龙人不出声地阴沉地盯着你，巨大的下颌一开一合地露出尖利的牙齿，这个时候无论他说什么你最好还是相信的好。龙人沉默寡言，不喜欢与外种族的人交流，坚韧善战，十分团结，打起仗来无论进攻还是断杀都默不作声，可以算是远东最可怕的部族，但幸好数目并不多。

而魔族军中最可怕的主力精锐种族则是被称为“装甲兽”的中阶魔族，他们身材高大，身高一般超过两米，浑身长满坚硬的鳞片和硬壳，这些鳞片的防御力甚至可以跟人类的盔甲相媲美，力大无穷，但是脑子并不比低阶魔族好，他们优越的是战斗力。他们的缺点是速度不快，行动缓慢。历次战争中，人类已经意识到这种对手的可怕，因为他们最善于正面冲击，无论多么坚固的方阵他们都能轻易突破，是最适宜打先锋的部队，只有人类的重甲骑兵才能与之正面对抗。

但在魔族的阶级中，居于最上层统治地位的却是高阶的魔族（也称为皇族）。

从外表上看，魔族的皇族跟人类没什么区别，但是他们所拥有的可怕力量却不是普通人类所能企及的。他们是力量与智慧的完美结合。几乎每个皇族的男性子弟天生不用锻炼都是武学的高手，而且领悟能力极强，所以在魔族的皇族中特别容易出现那种超级的高手，反应非常敏捷，拥有极高的智慧，而且残酷无情，寿命多达一百五十年。这是一个可怕的、几乎是完美无缺的种族，但是这个种族的繁衍不易所以人数总是非常稀少，即使是魔族王国人丁最旺盛的时候皇族中的男性也没超过一百人，而且他们相互之间喜欢争斗，很难有团结一致的时候。这实在是魔族的不幸，却是人类的大幸。

除了他们以外，在军队还有矮人族的团队。看到这些不到人类腰部高的长着大胡子的小个子摇摇晃晃走近实在是件很滑稽的事情，但是可千万不要以为他们手上的斧头和重剑是好笑的事情，即使拿精钢的盾牌去挡，一般人类的手腕也会骨折的。还有数不胜数的精灵怪，他们性格和善，各个种族的军中都有精灵怪仆役，他们善于护理兵器和侍候主人……

这是全大陆上几乎全部种族合力对付人类的战争，在他们的包围中，帕伊城就如同大海中的一叶孤舟，摇晃着仿佛随时可能倾覆。此时，不但魔族如此认为，就连帝都也不幸地预料，为魔族和叛军骄兵悍将所包围的帕伊城，将成为紫川家族十万英雄豪杰和名将统帅的最后葬身墓穴！

城头上，无论是军官还是士兵，眼看着这规模空前的大军，那如海起伏的人头，那如密集森林般竖起的刀山剑林，那如云头般飘扬的旗帜，统统面色发白，眼中流露出惊骇之色。这是一场可怕的风暴，无论是对于整个伟大的紫川家族还是对于他们个人，这都是一场生与死、存与亡的考验。

此时，中央军的指挥官斯特林正在城头上巡视防务，很细心地看出西边城墙的城垛太单薄需要加固，并且亲自在场指挥士兵们工作，跟士兵开着很粗俗的玩笑，跟一个士兵说：“笨手笨脚的，不如回家玩老婆去！”众人一起放声大笑。他的镇定感染了士兵和军官们，人们都相信，这位一直战无不胜的指挥官，一定会把大家都好好地带回家去的。他所到之处，人们都鼓起了勇气，燃起了希望，却没人看到他开朗笑容后面眼神里的焦虑。

走到秀字营防卫的地段，斯特林的笑容收敛了，他看见紫川秀趴在城垛那儿不知在写什么。他走过去，问：“你在干什么？”

紫川秀头也不抬：“写遗嘱呢！”

斯特林啼笑皆非：“你……真是的。”语调转为严肃，“有件事情我一直瞒着大家，我们不可能会有援军来的。家族已经元气大伤，现在能勉强守住瓦伦要塞已经不错了，绝对不可能有余力派出上百万的大军前来解救我们的。”

紫川秀继续写：“哦，我知道了。那明天有没有早餐供应呢？”

斯特林正容：“不要开玩笑。答应我，一有机会，你千万不要顾及我们，自行脱身。你为我而来，如果你有个什么闪失，叫我如何向宁小姐交代？”

“有能力杀得出去的不止我一个吧？”

斯特林摇头说：“我不能这么做。士兵们是信任我才到这个死地的，就算我不能把他们活着带回帝都去，但我至少还能做到与他们共死。”

“而你认为我就能弃你不顾了？”紫川秀抬起头来，顺手把写好的遗书塞入口袋，“嗯，我主意已经打定了，要把那双袜子捐献给国库，这样说不定他们会追认我为统领的。”

斯特林苦笑：“你就不能正经一点吗？我们在谈很严肃的事啊。”

“我是很认真的，大哥！”紫川秀很严肃地说，“兄弟，就是要同生死共患难。我就不信区区几个魔族能把我们兄弟怎么样！何况，敌人蹂躏我国土，屠杀我民众，我对其恨之入骨，主动求战还来不及呢，他们既然送上门来了，我岂有临阵脱逃的道理！大哥，就让我们团结一心，堂堂正正挺起胸膛投入血战，让这些魔族崽子知道一下我们紫川三杰的厉害！”

斯特林面无表情：“说得很好！但你的后面是怎么回事呢？”

后面，秀字营的士兵们载歌载舞，手上举着的彩旗和标语上面用魔族语言写着——

“我们投降了！请神族军队优待俘虏！”

“神族人族亲善！”

“神皇万岁！神族军队万岁！”

三位旗本在一起大合唱：“神族神族我爱你，就像那老鼠爱大米！”

“哎呀，罗杰你这个笨蛋！我不是跟你说了吗，要等城破了才把这些东西拿出来！这么早就亮出来……”

“大人，我们是在排练啊！动作不熟练点，万一到时候来不及了可怎么办啊！”

“这个，说得也是……不过你们唱得真是太难听了！‘我们爱神族’唱得跟‘我们干神族’似的，不如改成诗歌朗诵吧？名字就叫作《日出东方，神族不败》如何？”

“啊，斯特林，你不要走啊，我话还没说完呢？我刚才说到哪里了？哦，这个这个我们要奋战到底，坚贞不屈……”

魔族大营的中军指挥帐里，一个衣饰华丽、面目阴森的高瘦魔族皇族坐着在沉思着什么。帐篷外响起脚步声，又犹豫地停下，有个怯生生的声音问：“殿下安好，微臣平靖前来……”

“进来！”皇族不耐烦地打断了问候。

平靖侯战战兢兢地进来了，刚一进门就马上扑倒在地匍匐着向皇族行礼，抓住对方的鞋子不停地亲吻，嘴里不住地说：“臣恭祝殿下安好……”

皇族厌恶地把脚抽开了，却没有叫他站起来，厉声说：“平靖侯！”

“是是是，微臣在！听候殿下吩咐……”

“你伤了云浅雪的胳膊，害得他损兵折将，现在我弟弟正拿着把刀子到处找你呢！”

匍匐地下的平靖侯发出绝望的哀号：“殿下明鉴，那不是臣干的啊，臣是被冤枉的啊……殿下救命！”

“你不是说过全远东的半兽人、蛇族、矮人、精灵怪都是听你指挥的吗？云浅雪已经说了，那支部队先前出面交涉的正是半兽人，而且他们也说是受你派遣而来的，还有你部队的口令和旗帜。你倒跟我说说，这到底是怎么回事呢？嗯？！”

“殿下，这是无耻的紫川军嫁祸给我的啊！这是紫川军伪装我的部队干的啊……”

“我已经查过了，紫川家族现在在远东的唯一部队只剩斯特林部队了，而斯特林部队是没有半兽人士兵服役的，他们清一色都是人类。我告诉你，平靖侯，陛下非常震怒，因为云浅雪是他很宠爱的将领，而你又把他害成了残废。”卡顿亲王心里有一句话没说出来——你如果真的把云浅雪那个碍眼的家伙做掉了那倒好了！

“求殿下为我向吾皇解释，臣对神族绝对忠心耿耿，那完全是敌人的挑拨……”

“我已经解释过了，不然你以为你的人头还会好好地安在这里吗？”

“谢谢殿下，谢谢殿下！臣愿意为殿下做牛做马，效犬马之劳……”

“你先别高兴得太早，事情没完！我是解释过了，但我弟弟也有他的说法，我父皇现在还很犹豫，平靖，你得显示出你的忠心来！”

“是的，是的，求殿下指点一条明路！”

卡顿亲王猛地揭开门帘，指着远处烟幕笼罩下高高矗立的帕伊城堡：“把斯特林的人头给我拿来！给你一天，够了吧？”

平靖侯小声吞咽了一口口水，苦涩地说：“微臣一定办到！”

帝国历七八〇年的一月二十三日，在帕伊城，魔族与远东叛军联军完成了围城的集结工作，上百万兵马从四面八方把帕伊城包围得水泄不通，密密麻麻的各路军团一路接一路地扎下了营。对付孤城的大攻击即将展开。

此次围城的前线最高总指挥是魔族的皇太子卡顿亲王，他负责指挥的兵马不但包括了魔族本土军队，还包括了平靖侯部下的大批远东叛军。起初，出于保存自家实力的考虑，卡顿亲王原来打算是此次攻城行动完全由远东叛军独立完成，魔族的本土正规军队不参与。

但是在日前，神皇言谈间对于帕伊城的攻击竟然花费如此多的时间而表露出不耐之意，卡顿亲王不得不考虑到，如果远东叛军不能在一两天之内将城池夺下，那自己在神皇面前就显得非常无能，而且倾百万之师竟然不能干脆利落地拿下小小一座城池，未免也堕了神族军队的威风。所以，他还是命令各路魔族正规军团也做好出战的准备，尽管他自己也认为，这完全是不必要的，光是那几十万叛军的一个浪头就足以把小小的帕伊城池冲垮了。

一月二十四日，从黎明开始，魔族与叛军的阵头喇叭齐鸣，军号铿锵，锣鼓咚咚，轰如雷震。无数的兵马一起发出山洪海啸般的呐喊，跟着就向城池下猛扑而来。攻击开始了，守卫的紫川王军士兵一下感觉到，整个城壁连同大地都在颤抖，连那些身经百战的老兵都不曾见过这样凶猛的攻击。

清晨的迷雾散开了一点，王军士兵可以清楚地看到敌人的第一波攻击，惊得目瞪口呆。奔涌于敌方阵头第一线的，不是耐战的叛军步兵，也不是骁勇的魔族骑兵，竟然是无数的人类俘虏。这些俘虏大部分是先前来不及躲避魔族兵马被抓的人类平民，大多是老人、孩子还有妇女，还有很多是青壮年男人，是在先前的作战中被俘的人类官兵。他们的肩上背着沙袋，是奉命填充护城河的，叛军和魔族的兵马跟在他们后面赶押，用皮鞭抽，用枪刺戳、用马刀砍，逼着他们前进。他们一边跑一边哀号着：“不要放箭，我们是自己人。”

那哀号声响彻云霄，让人闻之落泪。

敌人期望用这种办法强渡护城河，更瓦解帕伊城守卫者的斗志。

督战的军法官们狂吼：“放箭！放箭！不能让他们靠近！”但是士兵们却犹豫了，手中的箭矢垂下，怎么忍心把箭矢射向自己的同胞呢？不忍心看这残酷的一幕，有几个士兵哭着想离开城头，被误认为是想逃跑遭到督战队无情的射杀。很多人向着城下大叫：“不要过来了！快跑吧！不要过来！”有些俘虏稍稍停住了脚步，但是马上遭到魔族骑兵毫不犹豫的砍杀，几百人瞬间尸横遍地。剩下的俘虏们大骇，又开始前进。

斯特林清厉的声音传遍整个城头："我命令，立即放箭！"所有人都看见了，他脸上静静流淌着的两行泪水。

有人射出了第一箭、第二箭，士兵们犹豫着，箭如雨下，看着自己的同胞在自己的面前惨叫着扑倒，连铁石心肠的督战军法官都黯然泪下。但是敌人并不罢休，驱赶来一批又一批的俘虏，逼着他们前进，护城河变得鲜红，渐渐被沙石和血肉所填平。

踩着血肉搭建的桥梁，魔族与叛军的联军跟着呐喊着冲上来，密集得个挨着个。冲在最前面的是强悍的半兽人步兵，这五万人是叛军中的精锐之师，是专门挑选出来打头阵的，平靖侯知道，在这里，他将遭受最顽强的抵抗。半兽人喘着粗气，身上披着简陋的狼皮，巨大的狼牙棒在他们手中挥舞得呼呼作响。

二线配置的是十万生命力强韧的蛇族军团，蛇族军队不善于打野战，但是却特别适合攻城作战，因为他们具有的天赋本领是攀爬。他们装备着刺枪和长矛，将开始近身搏击战。接着，又是二十万叛军的联合部队，这是一支包括了半兽人、蛇族、矮人族、龙人甚至人类叛军的混合队伍，他们都被许诺，如果今天可以破城，人人都可以拿到老大一笔奖赏，第一个进城的，无论士兵还是军官，都可以得到十万金币奖赏，而且被任命为远东任意一个行省的总督，而拿下斯特林人头的，魔神皇陛下将封其为侯！听到这么诱人的条件，叛军的眼睛都发红了，临战前都喝足了烈酒壮胆，嚷嚷着："爹妈生我只一次！"铆足了劲头向前冲。

接着来的是鲁帝公爵指挥的强大的鲁帝军团。相较于叛军部队杂乱无章的队形，魔族正规军就显得秩序井然，队列整齐。队列成散兵线前进，一排又一排的弓箭手、刀斧手、刺枪队、盾牌手组合得井然有序，整齐中显出肃杀。由于攻城战中骑兵无法派上用场，他们就统统下马高举着马刀前进。该部队声名显赫，战斗力极强，是开战以来的功勋部队，单在月亮湾一地，他们就一举消灭了十一万紫川军，使得紫川统领方劲战死，而自身折损不到两千人。

跟在他们后面的是魔族的布西军团，这支军团开战以后因为运气不好，竟然一直没立下什么像样的战功，军团长布西伯爵下定决心，要在今天第一个破城拿下斯特林人头，一举成名，对于今天的次序安排，他也很不满："为什么不把我们的队伍排去打头阵？"他们的队列显得有些急躁，前队几次冲撞了前面鲁帝军团的后队。在他的后面，还跟着无数的魔族生力团队。他们由古刺、塞木儿、尤加、铁伦等魔族将领所统率，由于太过拥挤，再也难以分清谁是谁了，密集的人流如海水流淌般滚涌向前，缓慢但却不可阻挡。

在远方，卡顿亲王本阵的皇家军团按兵不动，方阵坚如磐石。皇家军团其中包括有五万战斗力极强的宫廷近卫旅（也就是俗称的装甲兽），他们天生的鳞片坚硬如盔甲，刀枪难入，是魔神皇的亲卫部队，神皇此次特意派遣部分前来给卡顿亲王助阵，期望他能一举破敌。

几百部高高的登城云梯逼近城下，一路摆开的攻城车夹在人流中慢慢地驶近。这些装备本来是魔族为了攻下瓦伦要塞而准备的，卡顿亲王认为，这下提前使用牛刀小试，准能一下子把这个帕伊小城荡平！

如此之多的兵马，挤满了帕伊城下的大片平原，他们比肩接踵，前排后排紧挨着，挤得难以呼吸。远东叛军领袖，也是此次攻击的指挥官平靖侯不在乎什么兵法阵形、什么谋略，他只期望凭借这数量上的优势，用漫山遍野的兵力将斯特林一下子淹没。尽管城头下已经挤得水泄不通了，他还在一个劲地调兵遣将，将生力团队一个接一个地派上去，命令后面部队推着前面部队，这样一个劲地拥上前，谁不想前进都不行。

城下的兵马如此密集，以至于城头上人类的弓箭手甚至都不用瞄准了，只管漫天射、射、射，一排又一排的弓箭手轮番不断地密集射击，几千把强弓不停地拉成满月，嗖地射出，箭像那连续的暴雨一样倾泻到叛军和魔族兵马头上。在那条被填平的护城河上面，无数的远东子弟中箭倒地，同样的无数塞内亚士兵丧命在弓箭之下，尸体垒成了一座环着帕伊城的小山坡，可是他们照旧在前进，扑过护城河，直至城墙下，但是在那里，更可怕的灾难在等着他们。照旧不断的箭雨倾泻，城头下不断下落的滚石把他们砸成肉泥，滚烫的热油淋在他们头上，城墙上油滑陡峭，难以攀爬，有时候才爬上去，一阵刀劈矛刺，人就被从高处打落到地面。因为过于拥挤，本来用来攻城的云梯和登城车等器械陷在人流中动弹不得，根本靠不到城下。在城池下面的狂热的攻城者们等得不耐烦，竟然一个个徒手攀爬城墙，遭到守军弓箭滚石的猛烈攻击，伤亡无数。

远东叛军的精锐部队如明斯克团队、云团队、加沙团队等，还没有等冲到城墙下就已经被打得落花流水，伤亡过半了。一部分团队给打垮了，想撤回，但不行，后续的部队已经冲了上来，他们就在道上被踩死。一路又一路兵马就这样践踏着自己兄弟的鲜血，大步向前。城墙下面，敌人遗骸多得快垒成第二道城墙了，可是敌军攻势仍在继续，在平靖侯的督战下，后续的瓦格拉团队、杜莎团队，还有龙人团队冒死突进，像是平靖侯非要把自家兵马全部杀尽才高兴。

踩着垒起的尸山，第一批蛇族兵马终于登上了城头，守城的中央军文河师团寸步不让，顽抗死战。双方展开白刃战，激烈的厮杀开始，无数的锐兵利器在对砍对杀，鏖战双方咬牙切齿，到处是刀光剑影，城头上人体很快也垒了起来，双方就踩在伤者、死者上继续厮杀，惨叫声接连不断。鲁帝军团的一支分队也登上来支援了，敌军一下子取得了数量上的优势，士气大旺。有个魔族兵甚至抢夺了文河师团的旗帜，他兴奋地高举着向城头下的同胞展示着，魔族人群爆发出惊天动地的欢呼："瓦格拉！（杀！）"一时间，所有人都以为，破城就在眼前，兴奋万分！

可是就在这时候，中央军的副军团长官秦路迅速带领了三个预备大队赶来支援文河师团，秦路一马当先手起刀落砍倒了那个魔族兵，夺回了军旗。人类开始反攻，势不可当，由盾牌马刀长矛组成的方阵，一下子将叛军和魔族压往外线，弓箭手在后面的空隙里不停地放箭。几分钟不到，登上城头的兵马损失惨重，丢下了上千具尸首，被赶下了城头。

这个时候，慢吞吞磨蹭着的攻城云梯和登城车子终于靠近了城墙。站在跟城墙平高的登城车上，魔族的弓箭手开始放箭还击城头的守军，牵制了守军的动作，与此同时，几百架云梯咯咯咯地靠在了城头上，面目狰狞的魔族兵、半兽人嘴里咬着匕首，争先恐后地向上攀爬着，不管上面箭如雨下，不管滚烫的热油淋、沉重的石头砸，一个个勇悍得像有九条命似的，一时间城墙上密密麻麻地布满了攀爬的士兵，就像蚂蚁爬满了一块方糖。

城头上的人类守军以牙还牙，把靠在城头的梯子用力撬开往外一推，那在梯子上的一串的敌军士兵统统都高高地摔了下去，跌成了肉饼。但是敌军凭着这种不要命的攻击，加上他们弓箭手的掩护，在付出了重大的伤亡以后，竟然第二次登上了西面的城头，与守军展开了激烈的白刃战。这次他们碰到的是秀字营的罗杰师团防守的地段。

罗杰旗本大吼一声："弟兄们上啊！"带领众人冲上前去拦截了登城的魔族兵，双方混战作一团，魔族兵凶猛地左冲右突，但罗杰部队的士兵这次也十分英勇。罗杰部队的士兵平时并不是很勇敢的，比起打仗来，他们更喜欢的是赚钱做生意，就算不得不打仗，他们也更乐意干些偷袭啊、陷阱啊之类偷偷摸摸的勾当，不喜欢跟对方明刀明枪地来干。但是这次大家都清楚，如果真的让魔族破城了，那谁都不能活了！生死关头，这次他们也少有地勇敢了一次，他们白刀利刃地与魔族兵展开对攻，凭借着人数上的优势，两千多人一拥而上（罗杰被推在最前面当盾牌），群起而攻，以众欺寡，与登城的几百魔族步兵展开了激烈的厮杀。

不单只在秀字营的防区内，整个帕伊防线此时都经受着暴风骤雨般严峻的考验，攻击的浪潮一波又一波，叛军和魔族联军曾多次突破了防线，突进城头，但是他们碰到的是人类拼死的抵抗。因为同胞的惨死，战士们胸中怀着熊熊怒火，显示出无比的坚韧和顽强，殊死反击，锐不可挡，又多次将敌人赶了下去。在人类挺起的胸膛面前，魔族一次又一次气势汹汹的攻击浪潮被击得粉碎，就像那海潮冲击礁石，只留下遗尸累累。

在东面城头，是今天激战的焦点，敌人往这里投下了总共七十个团队的庞大兵力，企图在此一举突破防线。但是斯特林对此也早有预料，在这里配置了中央军四个最精锐的师团，其中包括了整个紫川家族的骄傲，皇牌师团不死营。不死营本是属于禁卫军的核心部队，帝都叛乱后，为控制中央军，特意将这支精锐部队改编到中央军去。这支部队的每一个士兵都是千里挑一的精锐好手，在这里他们与魔族的军团展开最惨烈的血肉厮杀。

城头上风云变幻，一会儿被魔族军夺得，一会儿被人类抢回，双方在此激战无数次，城头多次易手，尸体渐渐地垒积了起来，一层、两层、三层……耳朵在嗡嗡直响，到处是一片惨叫、咒骂，魔族兵喊着："瓦格拉！"人类回应："叫你死！"接着就是武器猛烈的撞击声，火花飞溅，伤者在呻吟，士兵们已经杀红了眼，嫌累赘连披甲都脱了，擎着锃亮的马刀赤膊上场，一刀下去不是你死就是我死，脚上滑腻腻的，那是踩着的人体，不知是自己人还是对方的，浓浓的血腥味道呛鼻。长枪给打折了，刀刃给杀得钝了，匕首给折断了，不死营的士兵赤手空拳就敢扑上去抢夺敌人的兵器！明明已经给刀子砍去了半个脑袋、胳膊断了腿折了、被枪在胸膛刺了对穿、浑身被射得跟刺猬似的，不死营的士兵还能扑上去咬敌人的喉咙，手指抠敌人的眼睛，脚踢对方的下身，气势只能用疯狂来形容！

无论叛军还是魔族，尽管占了人数上的优势又是生力军，但是面对这种疯狂的反击，看到那群浑身浴血狞笑着的人类，他们统统寒了心破了胆。那不是人！是凶煞恶魔！一天之内，敌人曾十几次抢上城头，但是碰上了不死营的铜墙铁壁，每次都碰得头破血流，落荒而逃。

日头从东边升到了正中，又从正中下落到了西边，攻城战持续了整整一个白天，双方大军的搏杀，就如同两个巨人，在拼尽最后一分力气做生死搏斗，气喘吁吁，伤痕累累。

远处魔族金黄的大旗下，看着激战着的城头，卡顿亲王面色发白。传令兵一个又一个急速奔驰来他身边报告："半兽人第五团队上去了！"

“铁伦军团上去了！”

“平靖侯要求增援！他说蛇族第三团队顶不住了！”

“报告！古刺大人战死了！”

“尤加军团上去了！”

“塞内亚团队伤亡太大，已经无力再战！”

亲王的手在轻微颤抖。激战已经超过十个小时了！帕伊城像个无底的黑洞，吞噬了一个又一个团队，无数精兵强将就此消失，帕伊城却依旧巍然耸立。他不能理解，这究竟是怎么一回事。神族战无不胜的百万大军苦战一天了，付出了巨大的代价和牺牲，居然连在城头上夺得一个据点都没办法做到！激战了一天，对方士兵难道不累吗？怎么能一直保持着这么高昂的斗志和旺盛的精力？难道守卫着这座城市的真的是一群超人或者神怪吗？为了攻下这个小小的帕伊城，我们还要死多少人呢？

他轻声地咒骂着：“斯特林，你这个魔鬼！”扬声发令：“命令，远东第五十一龙人团队，第六十三半兽人团队，塞内亚第三十六、三十七团队立即前进！阿部罗迪军团，做好出击准备！”

第二章　无敌帕伊

黄昏，经过十多个小时的激战，魔族的攻势仍然在继续，他们在城下丢下了厚厚一层又一层的尸首。尽管指挥官仍旧在不停地调兵遣将派遣生力部队上来，魔族和叛军的士兵们身心已经开始疲惫了，眼前这个耸立的帕伊城就像个铰肉机似的，一个又一个生龙活虎的团队活生生地送上去变成了尸首，空中弥漫着强烈的血腥味道，脚下一片烂烂软软的血肉模糊，血流得堆积成了汪汪小河。无论是魔族兵还是叛军士兵都已经开始心惊胆跳，只是军令在耳边响鸣，不得不前进，于是大家开始磨磨蹭蹭起来，慢吞吞地一点点向前挪，只盼太阳早点下山好结束攻势，或者别的部队快点进城，不要轮到自己去攀爬那座“铰肉机”，早上那股争先恐后、一马当先的势头再也没有了。

敌军攻势已经开始衰弱，首先敏锐地觉察这一点的是斯特林，他对紫川秀说：“是时候了，拜托了！”

紫川秀神情凝重，简短地回答：“请放心吧！”

苍天碧蓝，落霞如血。眺望远近山陵壮丽，万里江河水清，一瞬间，许许多多的往事同时涌入斯特林的脑海，繁杂纷扰，难以形容，奇妙的是很多已经记不得的童年回忆忽然很清晰地浮现在脑海中。第一次见到紫川秀是在后街的花园被他偷了钱包，第一次见到帝林是跟他打了一架，三个人被街上的流氓团伙打得满街逃窜的回忆……最后定格在他头脑中的却是卡丹公主带泪的如花容颜。他轻声吟道：“对不起啊，卡丹……”

整整一个白天过去了，血战到了黄昏。无论是魔族还是叛军都已经疲惫不堪，对今天之内能结束战役都已经不抱希望了，大家做好了收兵回营的准备，有些部队不等命令已经开始自行撤退了。正在这时候，联军攻势较弱的南城门突然自动打开了！

魔族布西伯爵的部队正在此地做最后的强攻，眼看城门忽然开了，魔族兵们简直不敢相信自己的好运，一个步兵分队大呼小叫地要冲进去做第一批进城的“光荣部队”，结果他们统统被滚滚涌出的钢铁洪流轧成了肉泥。一千名轻骑兵冲出来配合城头上的弓箭手将城头下的蛇族团队驱散，跟在他们的后面，出现了大群黑沉沉的铁甲骑兵。

在紫川云时期，紫川家族的铁甲骑兵就以其可怕的冲击力和破坏力震惊世界，令人心寒。铁甲骑士的每次冲击，常常可以把十倍兵力于自己的对手打得一败涂地。不到一百多年前，当年的远东统领卡谬只用了三千铁甲兵，就在沙加将两万多魔族兵马碾成了灰尘。而在西部战线上，一个师团的铁甲骑兵的突击，也曾把流风家的几万大军打得四分五裂。

但是随着时光的推移，敌人逐渐也明白了对付铁甲骑兵的方法，设下地刺、绊马绳等防守工具就可以轻易把刀枪不入的铁甲骑兵打得人仰马翻。尤其是在远东赤水滩的一战中，拥有五万铁甲骑兵的三十万远东军仍然被装备简陋的叛军打得落花流水，魔族逐渐就对紫川家的铁甲兵有了轻视之心。但是所有人都忽略了这么一个细节，叛军头目雷洪用来击败远东铁甲军的，同样是铁甲骑兵部队！

一万五千骑兵全部人马披着黑甲，头上饰有飘带，平端着如云的枪刺，在城下迅速地完成了出击布阵准备，排成了一个五十路的方阵。天空已慢慢地暗淡下来，天边血红的晚霞，映照着帕伊城下中央军的骑兵们，反射出一片妖艳的亮光。斯特林排在方阵的前排，他平静地望着前方如潮水般涌来的魔族和叛军联军，高高举起自己的右手。身后的队列一片肃穆。猛然间，高举的手用力地向下一压，骑兵们发出震耳欲聋的吼声：“乌拉！”

沉重钢铁方阵开始移动，开始是缓慢地移动，一点一点地，渐渐地加速，越来越快，最后就像那雪崩似的不可遏止，势不可当！全军一万五千铁甲兵伏鞍跃马，猛地冲向迎面而来的魔族和叛军联军，马蹄声如雷般轰隆鸣响。尽管对方敌军是如此人多势众，队列黑压压的如同雪崩似的漫溢整个灰水河平原，连看都看不到尽头，但铁甲骑兵们凛然不惧！

位于铁甲军冲击方向的是布西伯爵的三个团队，由于距离最近，他们是最能感受到迎面而来的可怕气势的。中央军的铁甲骑兵军本身就是一支身经百战的精锐部队，现在他们都抱着必死的觉悟来冲锋！这么一支强悍又不畏死的军队，那简直可以称得上是无敌！铁甲军的队列之间，呼啸之中，时刻可以让人感受到那种如狮如虎般的可怕斗志，令迎面的叛军战栗不已。

大地在脚下剧烈地颤动，站立不稳，马蹄声在耳朵边轰隆，沉重的铁甲兵队列如同巍峨的大山压顶般，急速地压向敌军阵列，前排的魔族兵连第一声惊呼都没来得及喊出就被巨大的冲击力掀飞，再落在后排的铁蹄下，第二排、第三排……排列整齐的魔族军团一排接一排地被一股不可阻挡的钢铁洪流所冲倒，仿佛纸糊泥捏般不堪一击！

“杀！”人类骑兵震天的吼声淹没了一片人马落地的惨叫、兵器碰撞的铿锵，在他们排山倒海的骇人攻势中，布西伯爵的三个团队连抵挡片刻都做不到，顷刻间就被这股黑色的铁甲洪流所淹没，而且覆灭只是一瞬间的事情！

布西伯爵眼看不妙，呐喊着带领自家亲卫兵马冲杀上前，他要马上遏止重甲骑兵的冲势。三万魔族兵马勇扑上前，双方兵力正面冲撞，就如同两个浪头正面冲撞，激起无数飞溅的浪花，那就是双方骑兵厮杀的刀枪溅出的火花！魔族兵十分勇敢，但是他们手上的武器叮叮当当地敲在人类战士的铁甲上根本无济于事，而相反的，人类士兵每一挥手，就有一个魔族兵惨叫倒地！一会儿不到，魔族兵马就大片大片地被击倒，人马倒地就像那台风袭过的稻浪，后续部队奋不顾身地跟随扑上，同样被那片坚甲铁壁打回，被铁蹄踩成肉泥！无论是人还是马，在铁甲洪流的重压之下，纷纷被踹倒在地，那势头，仿佛是一条巨大的龙，而漫天的敌军队伍不过是巨龙旁边随风飘荡的云朵，被巨龙只伸出了它的巨爪轻轻一拍便烟消云散！

终于，理智战胜了勇气，魔族兵终于明白了，这批全身披甲的怪物根本是击不倒的怪物！一声恐怖的号叫，布西伯爵的兵马当即溃不成军，四散逃窜，只求躲开后面那道死亡的铁流。

此时无论是平靖侯还是鲁帝公爵，都发现自己的处境很不妙了，自己的侧翼已经被击溃，敌人要从侧翼给那些正面攻城的部队捅一刀了！

魔族阵形里响起了一片惊恐的叫声：“小心！骑兵来了！骑兵来了！”

后面观战的卡顿亲王马上掉头下令：“近卫旅准备出战！”唯有装甲兽步兵的坚韧可以抵挡铁甲兵的冲击威势。平靖侯想把军队掉头对付斯特林的骑兵，但多个部队混杂在一起，兵马拥挤，你妨碍我，我妨碍你，一时难以移动。正在混乱惊恐间，两翼爆发出一阵呐喊，令人惊惶。铁甲军的洪流飞泻直下，已经逼近了！

铁甲骑兵军来了！军旗迎风呼啦呼啦地响着，刀枪锵锵鸣响，挺着长矛，擎着马刀，扑向敌人壁立的人墙。他们专门挑敌人最多的地方冲击，这股雷霆般的声势毁灭一切，没有任何命令、任何统帅能够遏止。魔族和叛军的精兵良将全部被这股毁灭天地的声威吓破了胆！位于铁甲兵冲击方向的部队，无论魔族还是叛军士兵都吓得死命地向后逃，但在军令下，后面的部队却一个劲地向前拥挤，推着他们向前，相反方向的两股人潮碰撞，队列乱成一团，前面的队列发出一片惊恐的叫喊："让我们走吧！"后面却在喊："上啊，上啊！杀了斯特林！"前后两股人流对撞，混乱像石子投入水中激荡起的波纹，一圈又一圈地扩大。

风在头顶呼啸，马在耳朵边嘶鸣，如山的刀枪在身边挥舞，铁甲骑兵已经冲击进来了！全身披着黑甲，犹如那复仇之神从黑暗中浮现，神威凛凛，勇悍无比。他们杀得兴起，不畏刀砍入肉，不惧矛刺入体，即使血从战甲的裂口中汩汩流出也不当一回事，眼睛被箭矢射入他们毫不在意随手就拔出，他们仿佛生来就不知道死亡是何事。那疯狂的气势，仿佛没有什么事情是他们不敢做的，单身一人的铁甲骑兵就敢去单挑敌人整整一个队列，而且一个个凭空生出了无穷的力气，钢矛一挥之下就能把几个骑兵一起扫下马，一个人就能把对方整个队列杀散，还追着满地乱逃的士兵打，口中发出疯子般的吼叫："兔崽子，来啊！狗娘养的！上来啊！"被这种疯狂的气势所慑，凡是靠近他们的叛军和魔族都吓得不得了，胆战心惊，一个个停住了脚步不敢上前围攻，犹豫着一步步地后退，握着武器的手哆嗦得不行……

斯特林位于冲击阵列的最前端，他一马当先，首先跃进了叛军团队的刀山剑林之间，一手持重钢矛，一手擎剑，沉重的重剑和钢矛在他手中就犹如死神手中的镰刀，他这股勇猛的旋风的三米半径内，再无一个活着的敌军！在他面前，强悍的魔族兵马忽然变成了一群小母鸡，惊惶着呼喊着逃命，他个头虽然不高，但在此时的魔族兵马看来，他简直就不是人，是一尊发怒的死神！

铁甲军的洪流，追随着他的背影，向纵深突击，扩大战果。敌人碰刀刀下死，碰矛矛下亡，成片成片的叛军兵马殒命倒地，就像狂风吹麦浪！密集的队列犹如一把锋利的尖刀，深深地切进了庞大而笨重的敌人身躯内，每一动弹就让敌人不断地流血！面对这无坚不摧的攻势，敌人的坚甲利兵统统给打得稀巴烂，一个又一个看似固若金汤的团队方阵被打得溃不成军，打散的士兵们惊惶地四散躲避逃命。

无论是在后面观战的卡顿亲王还是在前沿指挥的平靖侯，都发现事情很是不妙，企图马上阻止这把尖刀的运动。一个个生力部队被派遣进来拦截，但却因为太多了拥挤不堪，部队都陷在混乱的人流里动弹不得，好不容易挤了上去，刚一接近就被呼啸而来的铁甲军打得落花流水。措手不及之下，魔族和叛军的联军庞大的队列乱成了一团。

铁甲军顺利切入了敌军的中路，引起了魔族和叛军联军的极大恐慌。不擅野战的蛇族军队头一批丢下了武器，发出野兽般的嚎叫，失魂落魄地转身想逃。但是后面已经给后续的魔族部队堵死了，魔族军队唰地对这群逃兵亮起了刀枪，用一阵箭雨迎接他们。蛇族无路可跑，只得向两翼溃散，又冲击了鲁帝军队的阵形，那如山的刀枪剑阵顿时乱成一团，趁着混乱，铁甲军的铁流瞬间跟着杀入！

鲁帝军团顽强地阻击这股狂飙风暴，企图为宫廷近卫旅的出动争得时间，塞内亚骑兵挥舞着无数的长矛刀剑，叮叮当当地敲打在铁甲兵的锁子甲上，敲在钢盔上，砍在胸甲上，他们拼死奋战，可是在钢铁人马雷霆万钧的重压下，他们顶不住，立不住脚步，节节后退。一个接一个地被重矛戳个对穿，被马刀劈落尘埃，被马蹄踩成肉泥，人马落地的越来越多，先是几个，后是几百，然后是几千，再是几万……战场上布满了塞内亚士兵的尸骸，铁甲骑兵的凌厉攻势如同大雪崩似的狂涛翻涌，鲁帝军团的阵脚在一点点地松动，一点点地松动，最后哗啦一下，这个威名显赫的军团第一次给打得土崩瓦解，发了疯似的仓皇逃窜，铁甲兵跟在后面紧追不舍，又冲入了尤加军团的兵马。

皇族的尤加将军素来以勇力著称，一直被认为仅次于号称“神族第一猛将”的葛沙将军，自从葛沙死于第三次恒川会战后，他就常常以“神族第一猛将”的身份自居了。这次眼见自己的部下在铁甲军的猛烈攻势下，一个个不是被杀得滚落马下就是掉头逃跑，尤加简直气得发疯，身边的人眼看越来越少，他全然不顾，一步也不肯后退。正因为愤怒，他加倍地勇悍，七十斤重的钢矛在他手中就如同牙签般轻便，即使是铁甲骑兵的盔甲也不能抵挡他那猛烈无比的一击，几个围攻他的骑兵不一会儿统统被他的钢矛敲在头上脑浆迸裂而死。他更加嚣张，主动出击，挥舞着钢矛左冲右突，所到之处不停地有人类骑兵惨叫落马！

尤加狂笑，用很蹩脚的人族语言高呼：“谁敢与我交手？！”

斯特林不出声地拍马迎上去，尤加再次狂笑：“你这个小不点，也敢来送死？！”确实，相比于尤加超过两米的巨大身躯，不过中等身材的斯特林确实显得有些可怜。

两人马头相向，对驰而近，尤加双手持钢矛，借着马的冲力，从上而下猛击对方的脑袋，他要一举击杀了这个小不点的人类军官！

钢矛带着凄厉的风声在空中划了一个惊心动魄的弧线击下，尤加的嘴角边露出狰狞的笑容：“伟大的神族岂能被渺小的人类所击败？”他期待着对方脑浆迸裂的那一声闷响……

但是那一声并没有出现。斯特林使了一个灵巧的错身动作，就像是一阵飘过的风，忽然在马背上消失得无影无踪。尤加十拿九稳的一击落空了，两骑对驰而过。尤加还没来得及惊讶，忽然看到了一幕很奇怪的景象：自己离地面越来越高，还可以看到自己无头的身躯沉重地滚落马下，颈口处一腔红血喷得老高老高，连那个小个子人类军官手上的重剑都染得通红……

眼看自己勇猛的主帅殒命，尤加军团的士兵发出一声悲鸣，失去了最后的斗志。又看着斯特林一手提重剑一手提着尤加血淋淋的人头狰狞着扑杀过来，无论哪路兵马都吓得魂飞魄散："这是魔鬼！这是恶煞！不是人了！"无论是魔族的功勋部队还是身经百战的叛军团队，他们全都丧了胆子，挡都不挡，回身就溜。各路的精锐团队，蛇族团队、半兽人团队、龙人团队、塞内亚步兵团……一个又一个给打得溃不成军，狼奔兔脱。大群大群被打散的士兵惊惶地拔腿逃走，不辨东西南北，铁甲兵砍杀着，驱赶着他们，他们根本不敢回头交手，大片大片地从后面被砍杀。其他的士兵看到如此，更是不敢停留，跑得更快了，为了求得安全庇护，他们专挑那些自家人特别多的地方跑，人人同此，逃兵们顿时汇成了一条洪流冲向后面的自家队伍！

后面的几个魔族新力部队，尚没有交兵，眼看铁甲军的震天声威把前面的团队打得如此狼狈，再看到如同潮水般的败兵从自己身边涌过，不明所以的慌乱和恐惧一下子传染开来。士兵们毫无斗志，只要有人一声喊叫"快逃啊"，哗啦一下子，整个部队一下子散掉了，士兵们纷纷趁着混乱加入了逃兵的洪流中，不管军官们的斥骂威胁。魔族军官开始拿起武器砍杀自己部下想阻止崩溃，但根本无济于事，成千上万人的洪流将他们一下子淹没，连他们自己也身不由己地陷入了逃跑的人流中，一个又一个的整编团队没上得战场就先被自家人给冲垮了。

这个人流越来越壮大，将越来越多的部队卷入其中，最后演变成不可遏止的大溃逃。

无数人嚷嚷着："完蛋了，完蛋了！"

"快跑啊！他们杀来了！"

士兵和军官都丧失了理智，一片歇斯底里的恐慌。在拥挤混乱中无数人马被自家人践踏而死，逃难的魔族和叛军士兵，犹如那瀑布奔流，一泻千里，统统往大营方向逃窜，因为只有凭借那里的工事，才可以抵挡铁甲兵的无敌攻击。

为跑得快点，魔族兵们丢下长矛、丢下刀剑、丢下弓箭，那各个团队各种花花绿绿的旗帜丢弃了一地，在他们后面，是一条可怕的黑龙在追赶着、肆虐着，威风凛凛！绝望的卡顿亲王原想出动装甲兽方阵来力挽狂澜，但是没办法，几十万败兵如潮般涌来，准备用来抵抗铁甲军的装甲兽的方阵给冲得落花流水，不见踪影，最后连皇家军团的本阵也给冲垮了，威严的皇旗在混乱中不知所终。

几十万魔族大军在灰水平原一败涂地，现在正仓皇往大营方向退却。往日神气活现的魔族兵们狼狈不堪，丢盔弃甲，倒拖着旗帜，他们怎么也想不到今天会落入这么个景况，一片呼天抢地的喧嚣。

从大营的瞭望高台上下来，云浅雪右边膀子上缠满了绷带，不知是因为重伤后的失血过多还是因为刚刚眼见紫川家族的铁甲骑兵可怕的攻势，脸色苍白得吓人。

他走到一个帐篷前，里面传出女人娇喘吁吁的呻吟和男人粗重的喘气声。云浅雪脸上露出啼笑皆非的表情，敲敲帐篷的栏杆，恭谨地出声问："殿下，打扰您一下，亲王阁下这个时候好像很不妥的样子，您不出去帮忙吗？"

靡靡之音停止了，不一会儿听见里面传出声音："宝贝，等我会儿，很快就回来。"

一把娇滴滴的声音甜得像掺了蜜糖似的："嗯，不要嘛……"

帐篷门的帘子被揭开，"疯狗"卡兰精神抖擞地走了出来。

从身材上，这位魔神皇的第二子与他哥哥卡顿亲王非常相像，都是宽肩窄腰长腿的矫健体形，相貌也有几分相像，碧蓝的眼睛都是遗传自他们的父亲，但是他们的气质却截然不同。卡顿亲王是平头的短发，眼神冰冷无情，透出残酷和自信，薄薄的嘴唇紧抿着，刀刻般的脸部线条剽悍而冷峻，一看就知道这是位久经风霜的好手，可以依靠和信赖，让敌人望而生畏。而卡兰则是披肩的长发，脸上总是盈满了笑意，碧蓝的眼睛显得那么纯真，眼神仿佛包含了无限的深情，鼻子小巧可爱，嘴角上弯显得很温柔，时刻准备着对女孩子说出深情告白，那些甜言蜜语淹没女孩子的芳心就像厨师用酸醋腌萝卜干那么容易。他还皮肤白皙，举止文雅到有点矫揉造作的地步，说出话来奶声奶气的。总而言之，就是一个花花公子。但他身上有一种奇怪的气质，在让女人喜欢他的同时也并不让男人讨厌他。

两个人的表现也是截然不同。卡顿亲王是个骁勇的猛将，身经百战的高手，同时也是个老练、具有敏锐洞察力的政治家。魔族王国国内对他有很高的评价，希望是他来接任魔神皇的皇位，神皇陛下也已经正式将他立为亲王和皇位的继承人了。

而卡兰则被人看作是游手好闲的花花公子。本来真英雄唯好色，魔族国内的礼教也并不很严厉，再加上他的皇子身份，多搞两个魔族女人那也没什么大不了的。问题是这位皇子的好色到了肆无忌惮的地步，只要对方漂亮，他从不顾忌对方的身份与地位，甚至连他父亲的妃子也敢调戏，险些弄出杀身之祸。身为皇族，他武功稀松平常，却以另外一项才能自豪，他敢说自己把马子的功夫举世无双！伟大的魔神皇最后放弃了把他培养成为一名出色的武将的想法，由得他自生自灭去了。

一出来他就唉声叹气地埋怨云浅雪："你知道吗，刚才你哪怕如果迟一分钟叫我，那我就上极乐的天堂了！太可惜了，那个女人可是尤加的老婆！她老公那么凶又爱吃醋，我好不容易找到这么个时机趁她老公不在……嗯，这个就不说了！你叫我出来什么事啊？"

云浅雪微笑，他太熟悉这位皇子的脾性了："殿下，一个好消息和一个坏消息，您想先听哪个？"

"嗯，先听好的吧！"

"好消息是，殿下以后可以放心地去找尤加的老婆了！尤加先您一步上了极乐的天堂。"

"哦？"卡兰一点不吃惊，笑说，"那男人也太蠢了，就凭那三脚猫功夫，也敢冲得那么前面，她成寡妇那简直是必然的！不过我还是更喜欢跟有夫之妇偷情，那样更刺激点……你还是快说坏消息吧！"

"嗯，坏消息是，跟尤加一起上天堂的还有好几万神族的子弟。卡顿殿下的攻城战役已经失败了，我军伤亡惨重。"

卡兰一愣，呆住了。他张大了嘴巴，露出像狼一样洁白锋利的牙齿。一点一点地，邪恶的笑容在他无邪的脸上渐渐绽开："哦？云浅雪，你还真是幽默啊！这才是真正的好消息啊！哈哈，哈哈哈！"

卡顿亲王在帕伊城下的败战掀起了轩然大波。谁也没有想到，帕伊城下激战第一天的结果会是这样，尤其是信誓旦旦在卡顿亲王面前夸下海口要"一天之内拿下帕伊和斯特林"的平靖侯。在自家的营帐内，他痛苦地揪自己的头发，惶恐不安。为了在亲王面前挽回面子，他咆哮着命令败退下来的叛军队伍连夜出动，继续强攻城堡，但没一个人听从他的命令。失败使得他威信丧尽。远东种族军的团队长们吵翻了天，就连平时最听话的军官也在那嘟嘟囔囔。大家抢着说："你在让咱们的远东兵马自杀！"

"你那样的攻击法子简直是发疯！"

"你斗不过斯特林的。"有个半兽人头领说。

大家齐声附和："是的，你斗不过斯特林的。"

平靖侯咆哮："谁说我斗不过斯特林！想想看，弟兄们，咱们打了那么多胜仗，赤水滩，月亮湾，哪次不是大获全胜？现在咱们兵多将广，手下人马是他的七八倍，还有神族的大军助阵。斯特林算什么，他现在要兵没兵，要粮没粮，只能缩那儿等死了！弟兄们，只要大家再加加油，加把劲，我们准能一下把他收拾掉！"

“赤水滩也罢，月亮湾也罢，斯特林都没在那里。”一个蛇族头领抱怨说，“咱们啥时候赢过斯特林哪怕豆丁点大的一场仗了？”

“咱早看出来了，斯特林他是战神转世，”一个半兽人头目说，“咱们凡人如何能跟他较量呢？”

大家嗡嗡议论说：“没错没错，不然凡人哪里有这么凶的……”

“是耶！斯特林有煞神护身咧，今天不有人看见了？说好不吓人的一个煞神咧，足足有咱们的七八个人叠起来那么高，咱们的人上去一个捏死一个，跟捏死个臭虫似的。咱们的人根本近不了他的身。”

有人赞同：“是的耶！今天我也看见了，好大一片金光咧！听老人家说，天上星宿下凡，身边有五鬼六煞保佑的耶！”

“准是这样的咧！要不然他们只有那么丁点人，怎么杀得了我们这么多弟兄？死得跟那秋天割麦子似的，一倒一大片。”

平靖侯绝望地嘶叫道：“那怎么办好！我已经答应了卡顿亲王，今天是一定要拿下帕伊的！”

大家齐声说：“就算你答应把命给了亲王，那也是你的事！只是别把咱们的命也搭上。再吵我们不如把你捆起来送给斯特林，或许这样他能饶咱们条命！”

不管平靖侯如何暴跳如雷地威胁恐吓叱骂劝诱，叛军的团队长们就是不肯出动，像那坏掉的留声机似的重复着：“反正我们不去斯特林那儿送死……要去你自个去……你斗不过斯特林的。”这些桀骜不驯的各种族的头子，无论跟家族的哪路兵马遇上了，他们都可以杀得挺凶猛的，唯独就是碰上这个斯特林，他们马上就蔫了，手也软了脚也哆嗦了，只想往回跑。

门口声音响动，一个魔族传令兵进来了：“平靖侯，有命令叫你马上到中军指挥帐去！”

平靖侯浑身哆嗦了一下。

天空黑沉沉的一片，云层压得很低，云雾中月色朦胧，星星几乎看不到。在指挥帐的空地前和帐篷的空隙间，魔族士兵们笨手笨脚地推推搡搡，一个个都很惶恐，战马焦虑不安地踢着前蹄，发出阵阵让人心烦的嘶鸣，军官们脾气都很暴躁，严厉得完全失常了，大声地发布着命令，吓得胆战心惊的士兵们慌慌张张地跑进跑出。

火把发出的噼里啪啦声似乎异常响亮，空气十分沉闷，充满一种恐怖而压抑的气氛。处罚命令已经下来了：五个指挥不力的军团长已经被神皇下令立即剖腹自杀，其中包括了今天从铁甲军铁蹄底下死里逃生的布西伯爵；六十八个白披风（魔族的团队长）被砍了脑袋，现在他们的脑袋已经高高悬挂在魔族中军的营门横梁上，挂了长长的一串；最先退却的几千个魔族士兵被捆绑起来塞进麻袋里，两个骑兵团队不折不扣地执行了神皇的命令，纵马在上面反复踩过，直到每个麻袋都变成了一包稀烂的肉酱。几十万魔族士兵围得密密麻麻观看了这一壮观的场面，面色煞白。

平靖侯战战兢兢地走进了中军的指挥帐内，停住了脚步。他也是心惊肉跳，横梁上那一串脑袋，其中包括了今天上午还一起谈过话的布西、铁伦等熟人，那龇牙咧嘴的表情，好像在嘲笑着什么。平靖侯吓得魂飞魄散，他们都是正规的魔族将领，平时圣眷犹在自己之上，却也落得这么个下场，那自己将面临的命运也是可想而知了……他想拔腿就跑，却腿脚发软，挪不开一步，而且左右都是魔族的正规士兵对着他虎视眈眈。他汗如雨下，眼前一片眩晕，恍惚中，他已经想象出自己的脑袋挂在上面会是什么样了……

"平靖吗？"身后突然传来声音。

他猛然转身。一个黑衣人影如同幽灵般出现，不知何时已经站在了他的身后。平靖侯的心脏狂跳，他已经认出了眼前黑衣人的身份——魔族的总军师黑沙。

黑纱军师黑沙可以说是魔族宫廷中最富有神秘气息的人物了。他似乎从天降临，某天忽然就出现在魔族的宫廷里，并且得到了神皇无条件的绝对信任。除了魔神皇本人，没有人知道他的来历，没有人见过他的面目，无论春夏秋冬，他整个身子都裹在一件宽大的黑袍里面，面上罩着厚厚的黑纱。魔族们甚至连他的种族、性别都难以判断。从体形看，应该是属于魔族中的皇族，但也有可能是人类。魔族的高官们对这个神秘人物的来历充满了好奇，提出了诸多揣测，但唯一可以肯定的是，他得到魔神皇最高度的信任和宠爱。曾有过一个醉酒后的将军在酒宴上喝过了头，提出要看黑沙面纱后的面貌。遭到冷冷的拒绝后，他装着转身，却忽然出剑挑开了面纱。事后，为防止机密外泄，神皇不得不亲自出手，第一时间内亲手将参加酒宴的七十一名见过或者是有可能见过黑沙面目的军官全部杀了。

"军……军师大……大人安好！"平靖侯没想到在卡顿亲王的大营里会遇上这个魔族的头号权势人物，吃惊得结结巴巴，头脑里闪出一个可怕的想法：莫非由他执行对我的死刑命令？目光不由自主地瞟向跟随在对方身后的一队剽悍的宫廷禁军，他们个个面目阴沉，全无表情。

"你跟我来。"黑沙简短地说。声音很低沉却悦耳，给人很冷的感觉。

平靖侯心下惊骇，急忙说："军师大人，但我还在等候卡顿亲王的会见呢，他叫我来的……"

“叫你来的是我。亲王已经被解除了部队的指挥权，现在已经被看管禁闭起来了。”

平靖侯脑子轰地一下子乱了，自己最大的保护者已经失势，再没有人会来救自己了，怎么办呢？怎么办呢？

他脑子里乱哄哄的，腿脚哆嗦得支撑不住身子。几个宫廷近卫旅的士兵不由分说地将他架起来，跟在黑沙的后面进了一个帐篷。黑沙转身，说：“陛下有命令给你。”

平靖侯立即跪下，脸色惨白。来了，来了！不知是敕令自己自杀呢，还是拖出去斩首？千万不要是腰斩或者凌迟，那样的话他宁愿马上就咬舌头自杀……

“陛下有令，平靖勋侯自从归顺吾族以来，一直对吾族忠心耿耿，作战勇猛。陛下十分欢喜，现特予奖赏，晋升你为平靖公爵！”

平靖侯腿脚发软一屁股坐在了地上。他实在不敢相信自己的耳朵，眼睛瞪得老大老大。

黑沙的声音转为严厉：“平靖公，还不谢旨？”

“是，是，是！”平靖磕头如捣蒜，“臣跪谢陛下洪恩，粉身碎骨难以报答陛下，今后一定尽心努力，对吾神族忠心耿耿……”结结巴巴说了一大堆，心里却仍旧难以接受这个现实，自己不但没死，还升了职！

黑沙发出一个似笑非笑的冷哼，声音和蔼了很多：“平靖公请起吧。今后你有权直接觐见陛下了，有什么感谢的话，可以当面向陛下说。”

“平靖公”还难以习惯自己的新称呼，怯生生地起来，小声问：“这个……这个……军师，可以的话，我能不能知道，为什么升了我的职务呢？要知道，我们毕竟是打了场败仗，这个这个……好像……”

黑沙打断了他的话：“平靖公，你这就搞错了！陛下奖励的是你的忠诚，一场小小败仗不算什么，陛下怎么会责罚你呢？当然，”黑沙意味深长地说，“也是有人在陛下面前为你说了好话的。”

平靖公赔着笑脸：“啊，是，是，神皇陛下英明，英明！臣一定赤胆忠心报答，也多谢军师大人您的提拔，有机会请您代我向亲王问候……”他心里猜想，一定是卡顿亲王为我说了好话，嗯，一定是这样，当初投靠亲王真是个明智的选择啊！

“军师，没有别的事情的话，微臣这就告退了！”

黑沙点点头。

新任的平靖公点头哈腰讪笑着倒退着离开了，看着他的背影，魔族的总军师发出意义不明的哼声。他慢慢地斟起杯茶，却没喝，出声说：“该出来了。”

帐篷后面的帘子掀动，云浅雪走了出来，他恭谨地向黑沙行了一礼。总军师回礼，出声问：“刚才都听见了？如何，云君，你还认为是此人袭击了你吗？”

云浅雪苦笑：“开始以为是，但现在……他不像有那个胆子的人。”

黑沙点头：“而且他也没有动机，云君。他比我们更害怕紫川家，那边如果抓到他，会把他活剥皮的。袭击你的应该真的另有其人，一个更狡猾更阴险的敌人。”

云浅雪有种忍不住想笑的感觉，更狡猾更阴险？是在说你自己吗？他当然不会真的说出来，附和着说：“军师高见。小将有一事不明，想求教军师。”

“请说。”

“今天的御前会议上，诸将都众口一词地指责说平靖是今天的罪魁祸首。布西说是他的部队第一批逃跑的，导致全军崩溃；古刺说他惊慌失措，指挥不当，导致我军败亡；那个鲁帝干脆就说他是吃里爬外，企图杀害我神族的兵马，就连平靖的保护人卡顿亲王也赞同他们的说法。我想知道，为什么即使这样，军师还是极力保住了他的性命？”

“他们这样说一点也不奇怪，”黑沙轻笑，“布西他们想保住自己的脑袋，就必须要把战败的责任推卸掉，本来最好的借口就是推说‘指挥不善’，但可惜今天的指挥官是卡顿亲王，未来的魔神皇，他们不敢得罪他，就只好找平靖做替死鬼了。生死攸关的关键时候，亲王阁下也顾不上讲义气了。”说到“讲义气”三字时，黑沙的口吻说不出的讽刺。云浅雪明白他没说出来的话了，亲王身为上位者，却没一点担当的胆量和气魄，只会推诿塞责，如此器量，怎能担得皇者重任呢？

“你不用多想了，平靖他现在对我军还有很大的用处，所以我保了他，没别的意思。只是可惜了布西他们，好话说尽、费尽心机，还是未能逃脱一死。鲁帝只是因为身有战功才可以免死，却被剥夺了公爵的爵位。我们的陛下真是雷厉风行啊，就连亲王也被剥夺了兵权，禁闭反省去了。”

云浅雪不禁问：“军师大人，不知部队新的总指挥是谁呢？”心底下，他希望是二皇子卡兰。

黑沙笑而不答，云浅雪俊脸一红，自嘲说：“这是机密大事，下官冒昧了，请军师当没听见好了。”

黑沙喝了一口茶，说：“云君，无妨。你是羽林军统帅，高级军官，有权利知道的。对了，陛下很关切你的身体，不知康复得如何了？”

黑沙突然转换话题，云浅雪不明其意，忙说：“有劳陛下牵挂了，身子已经大好了，没什么妨碍了。”

“武功可也恢复了？可以上阵了？”

“啊？这个，武艺有些退步，但并没有大损。如果陛下有所差遣，请军师尽管吩咐，误不了陛下的事的。”

“嗯，”黑沙很满意地点头，“云君，刚才你不是问新的总指挥人选吗？现在我可以告诉你了。”仿佛为了取得最大的震撼效果，他语气故意停顿了一下，“就是你。”

最初十秒钟的震撼过去了，云浅雪这才回过神来，急忙谦虚地说自己才疏学浅，不配如此重任，恐怕有负陛下知人之明，并且声明军中才能威望在他之上之人多得是，请军师三思另外考虑人选等。

黑沙笑笑说：“这是陛下的意思，云君你就别再推辞了。”他的语调转为严肃，“陛下任命你为总指挥，是赏识你的才华。斯特林小贼所带部队实为百战精锐，本就强悍过人，现在他们已经无路可逃了，必然作困兽之死斗，反扑之力强大异常，这一仗并不好打的。卡顿亲王为了在陛下面前邀宠，轻敌躁进，现在已经吃大亏了，希望你不要让陛下失望才好。”最后一句话他故意讲得又轻又慢，让云浅雪慢慢体会话中的含义。

想到了大营门口挂着的那一串脑袋，云浅雪的背后出汗了：“是！小将一定牢记军师教诲。”

“有件事情我不得不提醒你，其实在今天指挥重甲骑兵击败亲王的人并非斯特林，敌人还隐藏着一个极其高明的指挥官。你要留意他。”

云浅雪惊讶：“啊？军师，我亲眼看见斯特林本人在出击的队列中，尤加将军也是他杀害的……”

“云君，用点脑子！”黑沙声音带上了少许不耐烦，“你要想想，当时斯特林本人一马当先地杀进了我们阵内，当时是那种刀来枪往、人仰马翻、尘土飞扬的局面，人马拥挤得看不清楚五步开外。这样子斯特林还能厮杀自保一边将自家近两万多兵马指挥得如臂使指，丝毫不乱？就算他能做到，那两万多人马在那么喧嚷混乱的环境里，又是怎么样接收他的指令呢？”

云浅雪还是第一次想到这个问题：“这个……”

“云君，敌军的指挥官极为高明。你留意下对方的攻击线路就发现了，铁甲军击溃了侧翼的布西军团以后，并没有直接地攻击最为靠近的半兽人军团，而是绕了一个弧线反去攻击中路的蛇族军团，从战斗力比较弱的蛇族部队那里打开了缺口。你看这个弧线绕得非常有学问，既避免了把自己右侧翼暴露在尤加军团攻击正面威胁之下，又使得攻击的角度非常巧妙，击溃的蛇族士兵都被驱赶、压逼往鲁帝军团，等于免费替他们打了头阵冲乱了我军的阵形。而且，后面这种手法还多次出现，都是用我们的人来冲乱我们的后续部队。对全局准确的把握，敏锐地察觉我军的破绽并能迅速调集兵力制造局部优势，善于制造我军的混乱然后趁机扩大，有意分割我军部队与指挥系统之间的联系。我们虽有近百万的大军，却只能像块笨重的死猪肉似的被人家一点点地宰割，在混乱中渐渐崩溃。你想想，斯特林身处混战最激烈的战场中心，自保尚且不及，这样几近完美的指挥，他有可能做到吗？”

顺着他的思路，云浅雪的脑海中回忆起当时的场面：天色黄昏，人山人海，刀山剑林，尘烟弥漫，落日底下几十万人马在混乱地厮杀、逃跑、死亡、流血，杀声、惨叫声、呻吟声、马蹄声、脚步声混杂，喧嚣一片，骑兵杀得兴起，汗水淋淋，一个顶二十个，城头上旗帜飘扬，锣鼓喧天，自家兵马则气势上完全被压倒了，丢盔弃甲，兵器、旗子丢了一地……

他猛地睁大了眼睛：“军师，我明白了！是旗帜！他是在城头通过旗帜和锣鼓声音来遥控指挥全军行动的！也只有在高高的城头上，他才能看得清楚全局形势！”

“非常对，但是，”黑沙的语调平静，“这个未知的指挥官是谁呢？”

“军师请放心，”云浅雪语气十分自信，“无论他也好，斯特林也好，在我军的绝对优势兵力面前，他们也只有等死一条路了！”

此时的帕伊城，是一片欢腾的海洋。一群群血染征衣的勇士们在欢呼：“万岁！万岁！光荣！紫川万岁！”人们激动得泪流满面，抱头痛哭。从东到西，到处是挥舞的旗帜，到处都是人类骄傲的欢呼声：“万岁！乌拉！万岁！”不管军官还是士兵，无论什么阶级，在这一时刻，人们的心情是相通的，无论认识或者不认识，人们挽手高歌、拥抱、欢呼，“我们赢了！我们赢了！”欢呼的浪潮此起彼落，只要有一个人起头，就有几千个人自发地跟着和唱：“战士们告别了家乡，再见了亲爱的姑娘，战斗中步步前进……”雄壮嘹亮的歌声唱了一遍又一遍，响彻云霄。

这是人类最为光荣的一天了！区区不到十万人的孤军弱旅，亲手打败了魔族的百万大军，为无数死难的人类同胞、战友复仇雪耻！就连大陆最精锐的魔神皇近卫旅也在他们面前落荒而逃！在他们挺起的胸膛面前，汹涌的魔族和叛军浪潮被击个粉碎。开战以来人类的羞辱和无奈终于得以发泄。自从帕伊一战以后，谁还敢说我人类怯弱？紫川家族的中央军团，从此名扬天下！

那些亲眼看见铁甲军团进攻场面的人更是激动不已。那真是气壮山河惊天动地的威势啊！自己一生之中能亲眼看到这一幕，再无遗憾了！就连秀字营的那群流氓兵，看到铁甲军那一往无前的威势，也不由自主地热血沸腾，羡慕感叹说："英雄好汉啊！如果有一天我们也能这么威风，真是死也甘心了！"缴获的魔族叛军军旗，一面面地被摔在地上，大家在上面兴奋地踩啊踩啊（有人还在上面尿尿），然后把它们挂在城头展览，让魔族和叛军"免费参观"。

望着人们欢腾的身影，白川旗本泪水漫溢。你们有权利骄傲，毕竟，是你们，为了这一刻的到来，付出了太多太多……

许多熟悉的面孔已经离我们而去，不再出现。年轻而朝气的小伙子们，长眠在了异乡的土地上，静静地，永远地。在未来的日子里，落叶、枯草还有远东的漫天大雪将陪伴着孤独的你。秋天的风啊，请将英魂带回故乡，带回母亲和爱人的梦里……

白川双手合十，轻声地为今天战死的亡灵祷告，祈祷英灵安息。

骑兵师团归来的时候，太阳已经完全落山了，黑得有点看不清景物了。人们蜂拥来到城门，迎接今天立下最大功劳的勇士们，看到骑兵们握着的武器都已经破损不堪，身上铁甲支离破碎，一个个发出惊叹："天哪，他们干得多凶啊！"

勇士们真是太累了。背着几十公斤的铁甲，在马背上颠簸冲杀近三个小时，当时心情激荡下没觉察什么，现在松闲下来才觉得实在是脱力了，骑兵们累得抬不起胳膊，累得下不了马，累得连身上的盔甲都卸不动了……马匹呼哧呼哧地喘着粗气，摇摇晃晃，队伍中不时出现有马走着走着就支持不住了前蹄一下子跪倒，穿着重甲的骑兵整个人就沉重地摔在了地上，无力再爬起来了。人们赶紧过来七手八脚地帮忙，帮他卸下盔甲，人却已经昏睡过去了，人们才发现解下来的盔甲内面湿漉漉的，都是汗水，渐渐地凝结成了冰块……

连身为领队的斯特林也没比别人好多少，他虽然比普通的士兵强壮得多，不过今天他始终冲杀在队伍最前面，体力消耗量也比一般的士兵大上许多。在侍卫们搀扶下，他卸下了沉重的铁甲，脱下头盔，现出英俊的面容，面色白得吓人。

紫川秀吓了一跳："你受伤了？"

斯特林一笑："没什么，只是一时太累了。"左肋处疼得好厉害，可能是断了根肋骨，但他用笑容掩盖了痛楚，"情况怎么样了？"

"有些变化了，你上来看就明白了。不过我看你还是先去睡上一会儿？"

斯特林没有去睡，他跟紫川秀一起上了城头，后面跟着中央军的一众将领。一路上碰到许多士兵和军官，他们都恭恭谨谨地对他敬礼，他苍白着脸色，平静地一一还礼，态度十分温和，气度安详。多少年后，许多当事人还能清清楚楚地记起那个年轻将军的身影：他从自己身边走过，步伐沉稳，神情恬静，平和。他既没有说什么激动人心的豪言壮语，也没有佩戴华丽的金带勋章，身上仅仅披着一身普通的士兵服，天边的最后一抹红霞映衬在他的身后。

普通的人，平常的画面，却因绝代名将的风采和气度，让一切变得那么感人，那么绚丽。人们让开一条道路，夹道安静地看着斯特林走过，却没有人出声欢呼，仿佛害怕破坏了空气中某种玄妙的东西。在万千追随者的眼里，斯特林那并不高大的身形却如同高山般巍峨坚定，仿佛世间没有任何力量能把他击倒，他们为之陶醉不已，从心底甘愿为他赴死。

广阔的灰水河平原上，白天在此厮杀的几十万双方大军已经潮水般退去，残留下血淋淋的一层尸骸，铺满了整个大地，密密麻麻的断枪残箭一直蔓延到天边，展示着战争的残酷。

远方出现了一线黑压压的影子和金属的反光，轮廓越来越大，可以看清楚，那是无数的魔族部队在朝这边前进。就像那蝗虫吞噬大地一般，各种各样的杂色帐篷就像那无数绽开的花朵，覆盖了白雪皑皑的平原。

斯特林与紫川秀相视骇然。白天刚刚给了敌人那么大的重创，不到几个钟头，敌人的生力团队就上来了。和这么一个恢复力惊人的敌人作战，真是可怕，他们拥有几乎无穷尽的后援。而今天白天不到十二个小时的激战就消耗尽了中央军所有的资源，现在弓箭、滚石和热油等防御工具几乎已经告罄，全军上下都已疲惫不堪。

一路又一路魔族步兵举着火把前进，那势头像是敌人不甘心白天的失败要连夜再战似的。帕伊城头重又吹响了告警的喇叭，士兵们再次进入了岗位。但魔族兵们却没有再前进了，到了离城头不到一千米的地方停留下来开始叮叮当当地敲打着什么。不一会儿，他们都明白了，敌人是在布置专门对付骑兵的栅栏和绊马绳，还有人在地上埋着什么，紫川秀猜他们是在装地刺，那是种有尖锐突起的小东西，也是用来对付骑兵的。在魔族兵的后面又出现了大群大群的远东叛军士兵，他们肩膀上扛的不是武器却是工兵铲，围着帕伊城开始敲击冻土挖壕沟。在这种严酷的冬季，这实在是件很费气力的事情，可以看出叛军士兵干得并不怎么起劲，不过有很多的魔族军官握着鞭子在监视着，很粗暴地抽那些干得不卖力的家伙，所以叛军士兵们也不怎么敢偷懒。

斯特林沉重地叹口气。他最害怕的事情终于发生了。敌人已经改变了策略，不再强攻，而是改为正式围困。以百万军队围住他们这么一小撮，这是几乎没有突围的可能。对于生死，他自己是早已经不在乎了，但是对于跟随自己到此地的部下们，他始终有一种无法解脱的负罪感。

猜出他的心思，中央军的军团副长官秦路安慰他说："大人，没什么好难过的，拼一个够本，拼两个有赚，我们现在已经赚够了。"

"就是，"秀字营的长官紫川秀也笑着说，"用我们秀字营的话说，就是成本已经收回，现在开始收进来的每个钱都是纯利润了，而且是税后的。"

大家都笑起来了。身为皇牌军团的军官，对于秀字营这种既无纪律又不勇敢的杂牌军，以前他们根本不放在眼里的。但是紫川秀不惧生死前来救援斯特林，他们倒也佩服他的胆色和义气，再加上紫川秀也是个随和开朗的人，大家处得很好，同生共死几场仗打了下来，早不分彼此了。

斯特林笑笑，继续观察。相比起白天的狂躁杂乱，现在敌军显得沉稳有秩序，一批又一批分工合作井然有序又有效率。斯特林喃喃道："奇怪了，他们是否更换了指挥官呢？"

斯特林的感觉是对的。魔族新任的总指挥官云浅雪个性沉稳，他深知中央军的强悍，这种部队一旦做困兽死斗，那爆发出的战斗力将是非常可怕的，白天的战斗已经充分地证明了这个。自己虽然掌握有压倒性的兵力，但就算强攻下了这座城堡，那也只能是个惨胜。

他决心改用稳扎稳打的方式，下令魔族与叛军部队开始挖掘壕沟，建造工事，防止城里的敌人脱逃，先确保己方立于不败之地。

"殿下，您等着瞧就是了，"云浅雪指着灯火通明的帕伊城头，对着卡兰微笑，"目前固若金汤的城堡，最多一个月，我就可以兵不血刃地把它拿下！"

后者满意地点着头，深感欣慰。因为云浅雪的成功对比于卡顿的无能，必定会强化他在魔族宫廷内的地位。

帝国历七八〇年的一月二十三日的深夜开始，对帕伊城的围困开始了。帕伊保卫战开始进入最艰难的时刻。魔族新统帅云浅雪，决心用"饥饿"这个武器来迫使迄今为止一直常胜不败的无敌军团屈服。为了防止中央军殊死一战突围的可能，遵照云浅雪的指令，魔族和叛军的各路部队开始构筑起壕堑来。大群大群的魔族、叛军士兵埋头苦干，辛勤劳累。尽管这是冬季严寒土地结冻，但是由于大家都期待着早日结束战事，干劲都很高。两天之内，壕堑就构筑成绕城的环形，接着以很快的速度，工事阵地分几路向着城下切近。这样做的目的非常明确：把壕沟修到帕伊的城下，让兵力随时可以安全地调到城下展开强攻。到那时候，如果可能的话，云浅雪还打算派工兵挖空帕伊的墙角，制造点崩塌或者在城墙上搞个缺口。

斯特林军团为了阻挠工事的进行，不得不每天派部队出来劫营。只要人类的军队在城门口一露面，在工事里面早就等待着的魔族伏兵马上就猛扑上前，双方激烈厮杀，每每损失惨重，遗尸累累。那城河，那平原，那壕堑，到处都成了坟岗。还有许多来不及掩埋的尸体就在地上搁着，堆成了一座小山。好在现在是冬季，也不用害怕尸体发臭。

除了挖掘工事以外，对帕伊城的攻击仍没有停息。五万一组的魔族或者叛军队伍轮番上阵，日夜不断地偷袭、突击、鼓噪不停，目的是消磨城内守军的体力和斗志。这种攻击有时候差点还奏效了。一月二十六日的夜晚，魔族统帅部调集了两万生力军，准备了攻城梯，为了不让哨兵发现兵器的反光，他们手上的利刀都用黑布给包了起来。他们由最靠近城头的壕堑出来，借着夜色的掩护，赤脚蹑行。由于太过疲倦了，值勤的哨兵瞌睡竟然没有发现他们。他们突然出现在东面城下，几十架攻城梯同时支上城头，塞内亚步兵势不可当地沿梯而上。等到哨兵发现他们并发出警告的时候，第一批近百名魔族兵已经上来了！他们骁勇异常，将人数不多的哨兵迅速砍死，黑暗之中一片魔族兵鼓噪之声！

如果按照正常的速度，增援的兵马从营地赶来起码要十分钟。但十分钟的时间里，魔族兵马足可以上来并在城头上取得据点了，只要他们站稳了脚跟，后援兵马就可以从这个缺口源源不断地开来，将整个城池淹没！

但在这个最关键的时刻，只能说，上苍还是没有舍弃勇敢的帕伊保卫者们。尽责的斯特林统领带领卫士中队巡夜刚好经过这个地段，发现魔族兵正如潮水般涌上城头。大家的面色唰地变白。一场野蛮而残酷的近身战开始了。一方是志在必得，一方却是拼死力保。魔族一边人数占了优势，为掩护自家兵马上来，他们背靠着城墙，围成了一个密集的圈子，肩膀并着肩膀，凶猛地低声呼喝，长刀挥削着，黑暗中刀光霍霍闪耀人眼。如果不能迅速地击破他们的圈子，等他们的增援上来，就再也拿不下他们了！

斯特林一声长啸通知了附近的兵马，面对那一片吓人的刀光，他自个儿一马当先冲了进去。刀剑碰击，铿锵有声，溅出点点火星。在斯特林雄厚的内力面前，没有一个魔族兵挡得下他猛烈的一刀！就算是勉强地格住了兵器，那刀气却同样可以侵入心脉，致人死命。眨眼工夫，依靠白刃对杀他就一口气拼掉了二十几个魔族兵，利索得就像农夫在地里收拾野菜。剩下的魔族兵惊叫："古煞！古煞！（死神！死神！）"不敢靠近，四散躲闪。卫士们紧紧地跟在他后面，一阵冲杀，在圈子里冲出个缺口。人类攻到了城垣边，卫士们赶紧把敌人搭在城头的攻城梯给撬开，一边还得应付身后的厮杀，敌人则不断地重新装上梯子，重又蚂蚁般密集地攀爬上来，情势仍旧十分危急。

这时候第三十一师团一个大队刚交接下岗，在回去的路上经过此地，听到斯特林的长啸和喊杀声，大队长知道不妙马上上来增援。两处人马一会合，人类终于守稳了阵脚。五分钟后，增援的师团也赶来了。他们以密集的箭雨，劈头盖脸向城下密集的人群射去，更把预先准备好的滚木、石块，没头没脑地砸下。在这样的重压之下，魔族的攻城梯纷纷给压成了碎片，许多魔族兵惨叫着从半空跌落。后面赶来的部队用起了长矛，而魔族兵用的是短刀，没法子应付这种长兵器，更是死伤惨重。两千多名最精良的塞内亚步兵陈尸城脚。剩下的人马，在弓箭的追击下，慌忙又撤进了壕堑中。至于登上城头的一百二十三名魔族步兵，除了有几个无路可逃跳下城头被摔死了，其余的全部被砍成了碎片。

得知夜袭失利，云浅雪只是说了一句：“可惜了。”他本来就没把希望寄托在这种小规模战斗中，成了那就相当于意外赚到了。不成，那也没什么关系。对于最后的胜利，他有着坚定的自信。

尽管一线上的兵力已经相当充足了，将帕伊城包围得水泄不通，但是云浅雪个性谨慎，为了尽量稳妥，还是调来了近一百个团队的近三十多万魔族预备队进入第二道防线，参与包围，务必“让一只耗子也跑不掉”。帕伊的四周，满坑满谷都是五颜六色的帐篷，仿佛在平地上新盖建了一座新城市，其占地之广、喧嚣繁忙，还胜过遭受围攻的帕伊城。

在巡视了云浅雪亲自设计和规划的阵地布置以后，就连一向追求完美的魔族二皇子卡兰也找不出任何缺陷和破绽，微笑着说：“阿云，你就放心吧，斯特林想跑，除非是神仙下凡来救他！”

两人相视而笑，仿佛已经看到了斯特林的人头被托在金盘子上进贡给魔神皇的情形……

云浅雪自认为已经有十足的把握，足以应付一切突发事件。但是一月二十八日，突如其来的一件事情还是大大出乎了他的预料，令叛军惊慌不安，魔族全军骚动。

传令兵口水飞溅地报告：“卑鄙的魔头、冷血的杀人狂、杀害我们的婴儿与母亲的凶手、整个魔神王国的死仇大敌——来了！”他一口气喘不上来，口吐白沫地昏了过去。

一月二十八日，魔族的前锋斥候发现帝林军团主力突然出现在得亚行省区域，正朝帕伊此地而来，速度相当快，现在前锋已经逼近灰水河的西岸饮马了！

第三章　瓦伦要塞

帝林部队由于一路招募新兵，赶路的速度并不是很快。在中途的达玛行省，当帝林得知魔族开始大规模进犯，他马上下令部队加快速度，于一月九日赶到了瓦伦要塞。瓦伦城的镇守司令林冰副统领闻风马上出城迎接他的到来。

“监察长大人一路远来，辛苦了！”在瓦伦城的门口外，林冰副统领微笑着欢迎着帝林的到来。她的身后还站着几个远东军的高级将领，都在列队恭候监察长帝林到来。欢迎的场面虽然不很热烈，却礼仪周全，规格也很高，几乎所有在城中的远东军高级将领都出席了。就算再挑剔的人也挑不出什么毛病来。

“哪里。有劳林副统领远迎了。”帝林也在说着客套的场面话，一边打量着对方。远东军原来的三位副统领中，雷洪已经叛变，罗波由于承担了赤水滩败战的责任被免职，昔日伟大的哥应星麾下显赫一时的远东三重将，此时只剩下了林冰一人。若是不知道的人，实在难以想象面前这个丰姿绰约、浑身充满魅力的成熟女性，已经是远东军实质上的最高将领了。

林冰也在不出声地打量着监察长帝林。帝林依旧是那么白皙的皮肤，相貌斯文得几乎可以用“秀丽”来形容，举止优雅，谈吐温文，但很奇怪的，并不给人娘娘腔的感觉。这是个让人一见就很容易产生好感的人。有谁能想到，这么个优雅有礼的人就是在帝都流血夜一晚就屠杀数以万计平民，令整个紫川家族甚至魔族都为之胆寒的“冷血修罗王”？两人本来是认识的，往日帝林在远东军担任红衣旗本时的上司就是林冰，但可能是个性方面的原因，两人之间的交情并没有建立超出公务范围。现在大家地位逆转，昔日的部下已经是整个紫川家族举足轻重的巨头了，还前来督导自己……林冰抿紧了嘴唇，感觉十分复杂。

两人见面只做了短暂的寒暄，礼仪周全而又冷漠。由林冰在前面指引，帝林以及其随行兵马从西边城门进入瓦伦。帝林一路走着，一边不出声地打量着雄伟的瓦伦要塞。

他的面前是一座巨大的石头城，城墙足足有二十米之高，上面布满了联锁、箭孔、棱堡和外堡。门大开着，是由铁板装成的，又高又大。铁铸的吊闸门已拉起，外面是一座木桥，近两百步长，横跨在护城河上，一头连着一座巨大的吊桥。护城河的河面距离地面有五六米深，河里到底多深，那就难以测量了。进了外城门，又是第二道城墙。帝林这才发现，无论外城墙还是内城墙，都是用巨石建造的，砌得均匀整齐，天衣无缝。

帝林并非第一次见到瓦伦，但每次都被其无比的雄伟和庞大所震慑，这次他看得特别仔细，因为他知道，这座人类所建造的最伟大的城堡，即将面临最严峻的考验。

对一路所看的情形，帝林很是满意，心里想：这里是不可能被攻下的，城外一片平坦，没有任何制高点可以供敌人利用。即使敌人抢下了外围工事，防守者仍然可以轻易将敌人拒之于堞墙之外，护城河也是无法渡过的，太宽了，用通常的法子肯定不行的……哪怕给我一百万兵，我也不愿意对这个地方发起攻击。守卫者只需要将外围防御工事毁掉，一把火烧掉吊桥，这样他们就可以在里面安然无事。当然了，这是假设城堡的守卫者们人手充足又有足够箭石粮草的情况下。但是守卫一个这么大的要塞需要多少兵马呢？五万？肯定不够的，考虑到要日夜换班的因素……如果给我十五万训练有素的人马，足够的粮草武器，我可以把整个魔族王国再加上流风家统统都消灭在城墙下面！

安顿好帝林的随行兵马，林冰邀请帝林进了要塞的司令部详谈，司令部设在可以俯瞰整个要塞的城堡之中。为上次帝林暗中帮助罗波脱困的事情，林冰郑重地向帝林道谢。帝林只是礼节性地谦虚几下，马上进入了正题。

他直截了当地问林冰：“魔族已经到了哪里？有多少兵马？我军实力是否大损？如果再被围攻，瓦伦能不能顶住？”

对第一个问题，林冰回答是：“抱歉，我们还不知道。”

对第二个问题，林冰回答是：“抱歉，我们也是不知道。”

对第三个问题，林冰回答是：“抱歉，我们还是不知道。”

帝林剑眉一掀，迅速压抑了怒气，沉静地说：“贵官身为瓦伦要塞的司令，远东军的负责人，给出这样的回答，不觉得有点失职吗？”由于监察厅和统领处属于不同系统，所以帝林虽然官职比林冰高上很多，却也不能用上司的态度来压她。

林冰起身恭谨地躬身道歉，然后解释理由："魔族的这次进攻来得非常突然，我们的指挥系统和联络系统已经给打乱了，与在前线的各个军团已经失去了联系。现在我们已经派了大队的斥候出去，希望能得到比较准确的情报。"

帝林点点头，表示谅解。

"至于关于我们能否顶住的问题——大人，我们现在正在全力备战，修复在上次大战时破损的城墙，准备备战物资，但这需要时间。请原谅我直言，如果魔族能在一个星期之内到达并全力攻城的话，我们是很难守住的。"

帝林惊讶，问道："为什么？难道瓦伦不正是大陆上最坚固的堡垒吗？"结合刚才他所看到的情况，他实在难以相信林冰的话。

"大人，刚才您看到的是西面的城墙。那里几乎从没受过攻击，一直是完好无损的。但是东面的防务就很差了，上百年间，那里屡次遭受魔族的大规模攻击，破损情况已经很严重了。特别是上次叛军聚众百万前来围攻，已经造成了很大的损害。东面有几处长达百米以上的城墙几乎已经全部被摧毁，出现了很大的缺口。就是剩下的部分也是非常脆弱，摇摇欲坠。"

帝林震惊异常："有这种事情你们怎么不早说？"

"大人，我们早就说了。就在哥统领在世的时候，他就一直向帝都提出申请要重修瓦伦的城墙，希望能调派民工和物资过来，但是杨明华故意跟他作对，压着一直没给办。后来杨明华垮台了，我们直接向罗明海阁下申请，他却说，现在统领处资源预算紧张，只能优先供应在前线作战的部队，至于瓦伦，一时间也不会成为前线，搁一阵子再说。这样一搁就搁到了今年，罗明海阁下总算也同意给我们点预算了，但是这时候元老会又开了，元老会又没通过这笔开支。元老们说：'谁不知道瓦伦是千年不可摧毁的要塞，哪里用什么重修，分明是你们远东的这群家伙虚报危险、想趁机揩油水。'"

帝林恨恨地骂声："乱搞！"又问："现在呢？"

"嗯，自从得知魔族开始进犯的消息，帝都突然就对我们慷慨起来了，要人有人，要料有料。但是物资人员的调运、修建工程的进行，这些都需要时间，要做到起码的程度，我们最少需要两个星期。而且，要守卫这么大一座城堡，我们手上的兵力只有三万余人，还略嫌不足。"

帝林听得很认真，说："根据作战条例，在特殊的危急时候，军法官可以越权指挥部队。在来之前，总长就跟我说过了，在寇司行省有五万民军正在进行集训。我已经给该行省的总督发去手令，命令他们紧急赶来，估计也就是这两天他们就会到了。另外，跟随我前来的还有四万余名宪兵，如果确实必要的话，他们也会投入作战的。林副统领，我来这里名义上是督战，其实就是帮助你做好后勤保障的工作，具体作战指挥的事情我不干涉，全拜托你了。如果还有别的难处的话，请尽管说，我会尽力而为的。”

林冰喜道：“帝林大人您真深明大义，我代表远东军全体将士感谢您了！”帝林来之前，林冰就一直在担心。按理说，督战的军法官只应该处理军纪事宜，但是帝林的职衔高出自己太多，如果他提出向自己要部队的指挥权，那可怎么办？给还是不给？一军二帅的问题可历来是兵家大忌。

她接着说：“大人请放心！我们的困难是暂时的，只要熬过这个星期，城墙修好时，估计帝都的援军也会到了！”

帝林点头，心里却在想：我是没什么不放心的，该担心的人是你自己。你熬得过这个星期再说吧！如果瓦伦出了什么纰漏，我第一个拿你脑袋！兵贵神速，帝林假设自己是魔族指挥官的话，也是不可能放过这个千载难逢的机会的。

其实帝林在来之前，确实是有夺兵权和要塞指挥权的念头的，但是现在形势如此险恶，这么危险的担子还是留给林冰阁下您自个儿挑吧，恕帝林爷爷我就不奉陪了。再说了，现在外面魔族虎视眈眈，如果要塞内部再起什么纠葛纷乱的话，那就很傻了。帝林虽然想夺取权力，但也不是不识大体的人。

在接下来的几天里，从前线逃难下来的人不断地涌入瓦伦，带来了各式各样的坏消息：魔族倾师百万来战，远东全体叛军都投靠了魔族，方劲战死，十几万民军被全部歼灭，黑旗军瓦解了，指挥官明辉失踪……

帝林尤其关切的是中央军军团与秀字营这两支部队的消息，却没有人能告诉他两军的确切去向。有人在远东大公路上见过中央军的大部队在向东行进，目的地“要不是杜莎行省就是得亚行省，不过谁管得了那么多”，至于秀字营，根本就没有人见过他们的行踪。有个士兵言之凿凿地宣称他在远东叛军的队列里看见了秀字营的兵马，说秀字营已经全部投靠魔族了。帝林当即赏了他一个巴掌，叫他滚蛋。

一个星期过去了，魔族的大部队并没有像料想中那样迅速地出现在瓦伦城下。帝林和林冰都为此迷惑不解，但却实在高兴，有了两个星期的时间准备，瓦伦要塞会强大到敌人连碰一碰都是十分危险的。

瓦伦要塞是紫川家族也是人类抵御异族最重要的堡垒，是绝对不容有失的。帝都方面也明白这个道理，王师征集令频频发出，诸侯武装、地方守备队从最辽远的边城被调集前来，特别是在瓦伦周边的几个行省，他们明白如果瓦伦被破的话，他们会是最首当其冲遭受残暴的魔族军团蹂躏的，所以更是不遗余力得连童子军和老人合唱团都给派了过来。

一个星期以内，瓦伦城中聚集了近二十万人类部队，这里面包括了来增援的各地武装守备队，还有从前线败退下来的士兵，而且新的部队还在不断赶来。帝林以总军法官（监察军官在战时就是军法官）的身份下令：从远东前线败退下来的官兵，无论原来是属于哪个部队，全部在瓦伦接受重新编组，敢继续向西后退一步的，格杀毋论！

尽管两人相处得并不是很好，但是林冰实在很感谢帝林的到来。当时几乎所有的军法督战官都有种喜欢干涉部队指挥权的倾向。他们常常滥用自己的权限,在具体的作战指挥上对着指挥官们指手画脚的。而帝林这个最大的军法官头目却很清楚自己的职责所在，从不逾越权限一步。有他在，远东军中的军法官们安静了很多，乖乖地不做声了。

不但这样，在林冰需要的时候，帝林确实也是说到做到，非常合作。像现在的瓦伦要塞中虽然集中了数目高达二十万的大军，但这些部队却大多是各地贵族和诸侯的亲兵武装。对这些部队的协调，实在是个很烦人的事情。那些贵族指挥官一个个眼高于顶，部队军纪涣散，闲得发慌的士兵们在城市里常常干些偷鸡摸狗、酗酒闹事、打群架的勾当。林冰去劝那些指挥官严加管教部下，他们却根本不把林冰这个副统领放在眼里："怎么着？老子是来增援你的，给你帮忙的，难道你还想命令我不成？"

更麻烦的是，这些初出茅庐的贵族指挥官们个个傲气十足，以为自己是紫川云或者卡缪再世，纷纷向林冰提出各种足以"一夜之间杀光百万魔族的好提议"。林冰听得哭笑不得，跟他们说："魔族出动百万之师，必不能持久作战。我们只要守稳了要塞就算是赢了。"

但年少气盛又立功心切的贵族指挥官根本听不进去，一个个各行其道，纷纷要去实行他们的"绝妙好计"。好端端的大军给他们弄得四分五裂，军心涣散。

林冰没办法，只得把情况告诉帝林，请他帮忙。

帝林什么也没说，当天就把那群贵族军官召集起来，说总监察长要跟他们训话。大家在校场上呼啸的寒风中苦苦等候五六个小时，帝林却迟迟不出现。直到太阳快下山了，他才施施然披着毛皮大衣踱出来说："解散！"

第二天，贵族军官们在寒冷的校场上吃西北风，帝林在装有暖炉的屋子里吃西北烤鸭。

第三天下起了大雪，一打血统高贵的人裹着狐皮大衣在风雪中哆嗦得像片叶子。由于天气太冷，帝林根本就懒得出去了，天黑以后马虎地派了个传令兵过去跟那群“冰棍”说：“帝林大人让你们解散。”

贵族军官们叫苦不迭，有人抗议，说这是故意刁难体罚，是对他们贵族尊严的侮辱。

帝林冷笑着：“有谁对命令有意见的？站出来让老子看看。”他一边说，一边慢条斯理地剔着牙齿，鸡汤实在太腻了。

没人敢站出来给“老子”看。那些骄傲的贵族指挥官可以不买林冰这个副统领的账，但是却不能无视整个紫川家族监察系统的最高首脑的分量。他不但是此地军衔最高的官员，还是拥有战事决断权的最高军法官，可以先斩后奏甚至斩而不奏。而且大家都知道，这个修罗王的外号可不是白得的。这个好杀嗜血的家伙单在帝都流血夜的那一晚就杀人数以万计。在帝都，直到现在大人们还拿帝林的名字吓唬那些爱哭的小孩。死在他手上的高级官员不计其数，现在添你几颗脑袋还不是小菜一碟?

几天不到，贵族军官们就受不了了，纷纷找出各种理由来请假：

“我病了！”

“我爸爸病了！”

“我老婆生了！”

“我家的小猫生了！”

……

监察长阁下笑眯眯地批准了他们请假，但是：“你们可以走，但你们的部队可得留下来！”

林冰重新委派军官指挥他们的部队，统一了部队的指挥权，几天后，从帝都派来增援的兵马也赶到了，粮草和武器也运送来了，大批的民军和溃兵在帝林铁腕的统治下变成了一个个坚强的部队……一切都进行得很顺利，眼看着在自己的努力之下，瓦伦要塞一点点变得强大起来，帝林却依然感觉不到丁点轻松。眼看魔族的前锋都已经快出现在瓦伦城下了，在撤退回来的部队中却一直没有斯特林和紫川秀二人的身影。为此他心急如焚，夜里不得安眠。

从一月十四日开始，有从得亚、伊里亚两行省过来的大批难民进入瓦伦。他们告诉林冰，这是有组织的撤退，奉的是斯特林大人的命令。林冰知道帝林对斯特林的消息很关切，立即通知了他。

帝林询问了许多难民，但大多都只是知道斯特林大人已经到了得亚行省一带。至于以后到了哪里，那就没人知道了。帝林很是焦虑不安，这时远东军法处的一个军法官来报告：“斯特林派来一个中队的卫士，将明辉大人移交给了我们。大人要不要亲自去审讯他？”

帝林只是去看了明辉一眼，看到他那副垂头丧气的可怜模样，几乎吓得成白痴了。连帝林都懒得跟这个倒霉的家伙为难了，说：“将他好好照顾，不许虐待了他。”比起明辉来，他更感兴趣的是押送明辉的队长，吩咐说要见他。

不一会儿部下回报，队长已经给林冰大人请去了，问要不要等他回来就把他叫来？

帝林想了下，说不必了。他自己去了林冰的办公室，敲下门，轻轻地走了进去。除了林冰外，办公桌的后面还有好几个远东军的高级军官，面对着一个身着中央军制服的青年军官正在说着什么。有人见到帝林要起立行礼，但帝林轻轻摆摆手示意不要打断了问话。他自己也找了张椅子在墙边坐下旁听。

问话好像正进行到关键处。那个身着中央军制服的青年军官面红耳赤地在跟林冰争辩着什么：“……林大人，您误解了。我们送明辉大人回来是执行斯特林大人的命令，有斯特林大人的手令为证的。我们是执行任务，不是逃兵！您不应该这样对待我们！”

林冰叹口气：“你误会了，小伙子，我们没有侮辱你的意思，刚才不过是想确认一下罢了。好了，现在——”她发现帝林坐在墙边了，眼睛一亮，停顿了下。后者对她做个手势，她微微点头下，继续说：“我们进入正题。你走的时候，斯特林打算要干什么，你知道吗？他要去哪里？他打算撤退吗？”

那个青年军官笑了：“林冰大人，您这就问得奇怪了，斯特林大人要干什么，我们下面的人怎么知道？”

林冰一时气结。幸好，在她著名的火暴脾气发作之前，那个军官已经赶紧往下说了：“不过当我们离开的时候，发生了些很奇怪的事情。大人在审讯魔族的俘虏。然后，部队刚刚歇下，马上就又有命令下来，说集中准备出发。师团长们都已经集中了开秘密会议。”

林冰：“出发？去哪里？干什么？”

“听有人说是在杜莎行省，不过具体我们也不清楚。秘密会议以后，军官们都怪怪的，有好几个高级军官托我带信给他们家里的人，其中有秦路和文河几位大人……”

“信都在哪里？”帝林第一次出声发问。

青年军官回头看了一下帝林，看到他黑色的军法官制服有点诧异，却因为不知他的身份没有出声回答。

林冰出声说：“这位是监察总长帝林大人，你也应该知道，他是你们斯特林大人的好朋友了。回答他的问题吧。”

那个军官不情愿地回答：“都在我身上。”

帝林冷冷说：“都交给我。”

青年军官出声抗议：“我答应了秦路将军。我是要亲手交给他们的家里人的，就算你是军法官，也无权检查高级军官的家信……”

帝林霍地起立，走到门口拍拍手：“来人！”附近值勤的几个宪兵应声进来。

林冰也急忙站了起来：“帝林大人，不必这样，我们好好劝说他就是了，大人……”

“搜他的身！”帝林指着那个中央军军官说。

宪兵们立即如虎似狼地扑上去，那个军官被几个宪兵合力按倒在办公桌上，拼命挣扎咒骂：“你这个混账！我是家族军官，你无权这样对我！我要告你的……”一个训练有素的宪兵顺手抽了他几个耳光，他不出声了。宪兵们不一会儿就从上衣的口袋里找出了几封密封藏得很好的信件，交给帝林。

帝林把信放在手里掂掂，翻看下封面：“致吾妻，秦路”“拜托请亲手交给我的女儿梨沙，文河旗本”“请交帝都公园路四十八号收”等台款。帝林示意宪兵们将那个军官带了出去，然后哼了一声，一点不客气地动手撕封口。

林冰在一边看得目瞪口呆：“大人，您这样做犯法的！”

“犯法？犯什么法？”他把信件统统抽了出来，一张一张地仔细地看，看完一张就递给林冰一张，“看不看？”

林冰犹豫了一下，还是接过了信件，也看了起来。

信件内容并不是很长，里面充满了抒情的感伤和悲壮的忧郁，可是帝林和林冰对这些都不感兴趣。他们专门挑那些有实质内容的语句看。在秦路副统领的家信中有一句话让两人都屏住了呼吸：“斯特林大人说，我们要出发去杀大魔神皇。所以，亲爱的，如果……”

两人对视一眼，一切都明白了。为什么魔族这么多天竟然没动静，为什么远东的难民竟然可以安然不受阻挠地进入瓦伦，为什么魔族竟然放过了这么大好的机会没有攻打过来……发生的这一切怪事，现在都有了合理的解释：魔族的主力已经被斯特林军团拖住了。他们用自己的生命为瓦伦要塞换得了最宝贵的时间，换来了千万平民的得救……

林冰肃然起敬："斯特林大人真是伟大。"

帝林恨恨地骂道："笨蛋！"

"他拯救了几百万平民，拯救了瓦伦要塞，也等于拯救了整个人类世界……"

"所以我说他是笨蛋！"帝林破口大骂，"几百万贱民的命算什么？拯救国家靠的是军队！他把自己和家族最精锐的部队都送进了死路，愚蠢至极！他以为自己是什么？救世主啊？我呸！笨蛋一个罢了！"帝林越说越气，连手指都气得发抖，"还有紫川秀那个蠢货，我敢打赌，他一定是和斯特林泡在一起了！大蠢带小笨，猪屎教大粪，两个蠢得半斤八两！活腻了不会拉泡尿把自己淹死算了？还连累那么多人！去杀大魔神皇？猪！你还真的以为自己是左加明啊！"

林冰骇异地看着这位监察总长阁下。她印象中这位镇定而冷漠的人从没有过如此失态，甚至已经不顾自己的风度和高级军官的身份，骂得就像个赶大车的马夫似的，尖酸又刻薄。

帝林骂骂咧咧地往外走，一边吆喝："哥普拉，备马！把我们的人集合！带足六个星期的粮草，还有过冬的帐篷！哥普拉，你死哪里去了？还不快去办！三个钟头后出发！"

林冰一下子追到门口："大人，您要去哪里？"

"废话，我找那两个笨蛋去了！要塞就拜托你了！"

林冰大骇："大人，你疯啦！城外到处是魔族，你这点人马还不够他们塞牙缝的……"

帝林没有回头搭理她，大步开走。

林冰一下子追上去拉住他："帝林，你这是自杀！你刚才不还说，他们的行为非常愚蠢吗？"

帝林脚步不停，恨恨地骂道："没错！他们是两个蠢得无可救药的笨蛋！"

"啊，是啊！那你还……"林冰一把扯住了他，"你给我站住！"

帝林惨淡一笑，秀美的脸容上出现了一丝凄婉："我是第三个笨蛋。"

一月十五日的下午，帝林从瓦伦出发，目标是远东的杜莎行省。所带三万多兵马，全部是一式迅捷的轻骑兵，大多是出身远东本土，熟悉当地的地形和风土。他们以前在远东军服役的时候就曾跟随帝林一直打到了魔族王国的纵深处，可以说个个都是久经沙场的老手，特别是关于和魔族作战，他们经验十分丰富。在他们的向导下，帝林军团专门走那些不为人知的山路小道，避开了远东大公路上滚滚而来的魔族大队。大军前面广派斥候，小心翼翼地前进。一路隐秘行踪，队伍里用布包裹了马蹄，对士兵们下达了禁口令，还采取了昼夜颠倒的行军方式，白天士兵们躲在密林中宿营休息，晚上天黑下来以后大队人马才偷偷摸摸起程。

帝林尽量谨慎，采取了这样的行军方式躲过了魔族和叛军的大部队，但对于那些星散各地山野的叛军游勇、散兵、斥候，要想完全避开，那是做不到的。遵照帝林的命令，大军一路开来，在队伍前三十里就广派了斥候和前哨。碰上了过百上千的大队，帝林军立即隐蔽或者避开，至于那种不可计数的几十的小部队，帝林部队的前锋都是经验丰富的打丛林战的老手，有心算无心之下，他们往往都能先于敌人而发现目标。而那些毫无警戒心、松松垮垮的魔族和叛军小队，往往只有在最后一刻才发现自己已经被上千的人类骑兵包围了。眼看突围无望了，他们很少有殊死抵抗的，只要人类骑兵吆喝两声“投降不杀”，大多都是兵不血刃地被解除了武装。这时候帝林往往要亲自问上几句口供才下令把他们杀了，尸体往路边的密林里一扔，估计十年以内都不会有人发现的。

帝林大军是取道伏名克行省的小路，经古迪撒行省一路过去。尽管帝林已经是尽量挑选那些人迹罕至又难以行走的道路前进了，但还是要经过不少偏僻的村落，遇上那些在山林中劳作的村民。大军过境，想要完全地做到不惊动、不留痕，完全瞒过他们的耳目，那是几乎不可能的，而且这一带的居民都是同情叛军的，也难保里面没有叛军的探子。

帝林下令：“见人杀人，过村屠村，决不放走一个活口！”

就因为这个命令，无数的惨剧开始了。在冬季寒冷的夜晚，沉睡的村舍一片安宁的寂静。突然，黑暗之中响起了一片鼓噪之声，马蹄轰隆，大群的人类骑兵闯进村舍。村子里的青壮年早已经奔赴前线，只剩下毫无抵抗能力的各种族妇孺老人，睡梦中突然惊醒的村庄啼哭、哀求，人类指挥官高声喝令：“不要放走一个活口！”到处是惨叫、哀号，血流汩汩，尸首遍地……在那个罪恶的五更之天，帝林的军队经过哪里，哪里便立即被鲜血给淹没。无数安静祥和的家园，霎时变成一个个火海，那些曾经生气盎然的村舍，一夜之间被夷为平地，天亮时分，只剩下一股黑烟缈缈，还有那婴孩断断续续的啼哭声，有气无力。洁白的大雪无声地飘落，悄悄地把这一切掩盖。

昼伏夜出专门抄难走的小路前进，还得顾及着一路灭口。采取这样的行进方式，帝林足足用了十二天才到了得亚行省，这里距离杜莎还有两天的路程。而平时走远东大公路的话，从瓦伦到杜莎也不过需要七天时间而已。但这样做也有好处，帝林军团一路过来，居然没有被敌军的大部队发现，这几乎算是个奇迹了。

但是在以平原地形为主的得亚行省，帝林的好运气似乎已经用完了，部队刚从山地出来，马上就措手不及地遭遇了魔族一支庞大的运粮队，足足有三千多人。

这次遭遇对于双方都是很不幸的。运粮队并非正规的军队，是从魔神王国征集过来的民夫，任务是往瓦伦前线的魔族军队运送粮草，里面只有不到两百人的正规兵押解。见到突如其来的人类的大军，民夫们吓得魂飞魄散，丢下粮车四散逃跑，钻密林藏草丛，帝林的骑兵追都追不上。那批押解的士兵倒还有点硬气，因为他们知道丢了粮队回去也是死路一条，拼死抵抗到最后一刻，没有一个投降的。

帝林十分恼火。这场仗打下来，他唯一的收获就是抓到了几百个吓得哆哆嗦嗦的民夫，还有缴获了堆积得山那么老高的一车队粮草。粮草他当场就下令一把火烧掉了，从民夫的嘴里倒也问出些消息来。在杜莎行省的帕伊城，还存在着大规模的战事，据说是某个叫斯特林的很凶的家伙还在那里跟神族的大军在顽抗着。不过这么丁点的收获跟泄露了行踪的损失比起来，那真是微不足道的了。

既然踪迹已经暴露，犹如人在绝望之时会自暴自弃一样，他就索性大干起来。几百个魔族民夫全部给砍了脑袋，高高的尸堆和燃烧的粮草车队旁边，帝林留下血淋淋的亲笔题字："给神皇陛下的一点薄礼，请笑纳。微臣帝林敬上"。

他不再隐蔽自己，不再在深山老林里躲藏，他堂堂正正地挂起了自己的旗帜。大军疾进，毫不停留，得亚的首府附近，他们遭遇了魔族步兵的守备队，帝林前锋连一口气都不歇，直截了当地扑上去开战，随后杀来的部队紧跟其上。来不及结阵抵御的魔族步兵只得仓皇地打起野战来，这样一个钟头不到，两个团队的魔族步兵全军覆没，没留得一个活口可以回去报信。

帝林大军紧接着前进，迅如风，疾如火，快得令魔族统帅部根本反应不过来，刚刚才得知人类大军的到来，接着就传来了得亚步兵团被全歼灭的消息，又来了粮草队被消灭的噩耗。无数没来得及得到通知的毫无防备的魔族小队一个接一个地被击破，威势就如狂风清扫落叶，迅雷不及掩耳。

也有不少魔族兵从帝林的大军手里死里逃生，但被问及关于人类军队的兵力、人数等细节的时候，他们根本就说不出来，嘴里只是念叨着："黑色骷髅旗！黑色骷髅旗！"光是这面旗帜就足以让这些勇敢的魔族战士精神崩溃、不战而逃了！帝林的黑色骷髅旗，代表死神和毁灭的旗帜！

没有一个魔族士兵会忘记，就在这面旗帜下，帝林给整个魔神王国带来的灾难。

在他疯狂的屠杀中，超过百万的神族居民丧生。他所到之处，繁华的城市化为废墟，美丽的乡村变成焦土，昔日人烟密集的地区现在只剩乌鸦在盘旋。魔族对于帝林怀有刻骨的仇恨，但也伴随着深深的恐惧。

在魔族王国的民间传说中，最令人恐惧的恶魔就是帝林了。关于他的故事流传着各种各样的加工版本：帝林专门吃神族小孩子的肉；帝林专门喝神族美女的血；帝林每天饭前要杀一万个神族，便后也要杀一万个；帝林睡觉的被子是拿神族的皮做的；帝林睡觉的床可是拿神族的骨头堆起来的；帝林浑身刀枪不入；帝林有九条命，七个脑袋，砍下一个，再长出十个八个来……

走村串户的说书卖唱的艺人都把邪恶魔头帝林的故事作为压轴戏表演，这是最受欢迎的节目了。文化程度不高的魔族居民们听得津津有味，嗟叹不已，并且深信不疑。

当然了，根据魔神王国文化部的规定，每个故事的最后一定要附加一个光辉而美好的结局，以显示正义是一定要战胜邪恶的。于是故事的结尾通常是：我们伟大的神皇陛下受命于天，最终手持勇士之剑出来拯救世界。他与人类的邪恶魔头帝林大战三天三夜，陛下高喊“伊木拉撒”，使出了拿手绝艺，红光（或者白光）一闪，轰隆巨响声中，邪恶无比的魔头帝林终于被消灭了！于是善良的神族人们从此过上了幸福美好的生活……

但是不幸的是，这样正统的民间故事也产生了一个意想不到的后遗症。在头脑简单的魔族士兵脑子里，逐渐形成了这么一个共识：能打败邪恶帝林的，也唯有我们举世无双的神皇陛下。也就是，在受命于天的陛下出手之前，没有人是那个恶魔的对手，其他什么勇士、强者、名将、伟人……最多只配做恶魔的牺牲品，更不要说我们了。

灰水河的西岸响彻一片恐怖的喧嚣：“九条命的怪物、吃小孩和女人的魔头、刀枪不入的鬼怪、冷酷无情的恶魔，世界上最恐怖最可怕的怪物……帝林，他来了！”魔族士兵是勇敢的，为了他们尊敬的陛下，他们可以悍不畏死，一往无前，但是对于恶魔帝林的恐惧，在他们内心深处实在已经根深蒂固，已经到了迷信的地步，就像对鬼神、天地的恐惧一样，这是种无法用勇气压抑的恐慌。想起就要和那个传说中的恶魔对阵，几乎没有人不感觉到绝望。

小股部队慌成一团，慌慌忙忙跑去跟大队会合；大队的部队又惊惶失措，赶紧化整为零藏进了深山老林里不敢冒头。有些勇气可嘉的魔族指挥官说要跟帝林决一死战，命令刚下来，一半的士兵就当了逃兵，另一半就闹哄哄的要搞兵变。大家你跑到我这里，我又跑到你那里，慌成了一团，不知道到底哪里是安全的。

那些本来就不怎么坚定的叛军部队眼见如此，更是有样学样。一夜之间，驻扎在灰水河西岸的十多万蛇族、半兽人的混合部队竟然一哄而散。叛军士兵们赶紧跑回自己的村庄里，丢下武器拿起生锈的锄头，一副老实巴交的样子，声称：“我们是最最忠于紫川家族的良民了！”道路两旁的半兽人、蛇族、矮人族村庄都跪拜迎接人类军团的过境，不用说就自动上缴了粮草和村里的宝贝：一块很漂亮的骨头啊，三只脚的蛤蟆啊，还有在他们看来是美若天仙的半兽人少女——这个美女黑得跟块煤似的，身高接近两米，脸上还长着很长的毛……

除了第一天的战斗，帝林军团竟然再没有遇上像样点的抵抗，马蹄一路不受阻拦地踏过空荡荡的叛军营帐，军团毫不费力地将它接收。前锋一直挺进到了灰水河的西岸，与云浅雪统率的围城大军隔河相望。在这里，隐约可以看见帕伊城的一点影子。

但是在援军和帕伊城的中间，却隔着数目超过百万的强大的魔族叛军联军。目光所及，都是魔族军阴森的阵形，五颜六色的帐篷，延绵几十里的戒备森严的工事防御……

尽管云浅雪已经极力封锁消息了，但是帝林的到来还是给东岸的围城大军带来了不小的冲击。各种小道消息在军中不胫而走。

“帝林来了！”

“他带来了人类的一百万大军！”

“我们去攻打瓦伦的四十万前锋已经全部完蛋了！”

“天哪！听说那个帝林抓到我们的人都要一口一口地生吃呢！”

“谁说不是！我都亲眼看见了。帝林早上起来就吃我们十几个清蒸的神族，中午要吃咱们十来个小炒的神族，晚饭又吃咱们十来个煮汤的神族，据说他晚上还要吃夜宵！你说这吓人不？”

在第一次征讨战争中，云浅雪就曾与帝林遭遇过，他自己是当然不相信什么“帝林是恶魔、帝林是怪物”之类的无稽之谈的，但是指挥官的想法却不等于千万部下的想法。尽管他一再向部下灌输这样的正确观点：“帝林是很优秀的人类将领，但并不是怪物，并非不可战胜，刀砍枪刺，他也一样会受伤、会流血、会死亡的。”但是收效却并不大，部下们表面上点头如许，背后里又去窃窃私语传诵帝林大魔头法力无边、神通广大的故事了。

魔族与叛军大营军心浮动，一日三惊。常常莫名其妙地有人大喊了一声：“他来了！”整队整团的士兵们立即被吓得四散逃窜。在叛军那里，每天晚上都有大批士兵企图逃跑被抓到。云浅雪不得不狠狠地杀了一批逃兵，但是部队的军心仍然极不稳定，叛军部队的惊惶情绪甚至也传染给了魔族的正规军队，士兵的逃亡势头不但没能遏制，反而在正规的魔族军中也出现了逃兵。对于开战以来一直战无不胜的魔族军队来说，这简直是不能想象的。最绝望的时候，云浅雪甚至考虑过是不是要撤军来避开帝林强势的兵锋。

得知云浅雪的苦恼，作为监军的魔族二皇子卡兰一笑，拍着胸口说："都交给我吧！"他神秘兮兮地召集部下们，宣称神皇陛下料事如神，掐指一算就预料了恶魔帝林的到来，并特意交给他"皇家法宝"——一大沓看起来很像草纸的东西，其实也是草纸——专门用来克制帝林魔力的。现在，"是该法宝派上用场的时候了！"

卡兰祭起了香坛，一片香烟缈缈中，只见"卡半仙"手持桃木剑手舞足蹈，口中念念有词："阿里爸爸是你老母，你老母是阿里爸爸他爹啊，姨母拉杀拉肚子要吃谢里停啊，胃疼要来四大叔啊！"神族的几十万官兵屏息围观卡兰王子作法，心中充满了敬畏。

最后，卡兰殿下作法完毕，一身汗水淋淋的。他把"法宝"烧了，纸灰分别倒进了很多坛酒里面，每个士兵都分了一碗。冬天里烧酒下肚，大家都觉得肚子里面有一股热气正腾腾地升了上来。

卡半仙很严肃地说："这就对了，法宝起作用了！大家不用再害怕魔头帝林了！"

神族的战士们有了正气护身，于是立即勇气倍增，对战胜邪恶的帝林有了必胜的信心！士兵们吵嚷着要立即过河去与帝林军团决战，决心要为家乡的父老乡亲报仇雪恨。

尽管军队有着这样高昂的士气，但是统帅部却迟迟没有下达开战的命令，主要是因为作为全军统帅的云浅雪还在迟疑不定。自从上次与帝林的一战后，云浅雪就已经在为与帝林再次相遇做准备了，对于帝林指挥的历次战役，他倾注了极大的精力来研究，得出一些结论来。

说起帝林，世人往往都提起他的好杀、残酷来，仿佛他除了残忍以外就没别的能耐了。云浅雪认为，其实好杀、残酷只是帝林的一个特点，只是这个特点过于显著了，以至于掩盖了帝林在用兵方面的光芒。其实，帝林是个十分全能的将领，无论是全军统帅所必需的运筹帷幄，还是实战的指挥和战术运用，他统统精通，而且也不缺乏克服战场上种种危险的勇气。无论在哪个位置上，他都可以很好地胜任。

他精通所有的作战方式和手段，但尤其擅长主动进攻，其动作迅猛如雷如电，用兵之犀利有如刀锋，而且不择手段、不按常规，敢冒巨险，大胆得叫人匪夷所思。

仅仅从这些来看的话，似乎可以得出结论了：这是个十分大胆的赌徒，常常喜欢孤注一掷，只是由于运气好，才没有把家当一下子输光罢了。而云浅雪则从中发现了更为深层的东西：帝林十六岁出道，亲自指挥的大小战役不下几十起，竟然没打过一次败仗。无论是在战场上，还是在同样凶险的政坛上，他都同样地无往不胜。如果说他仅仅是个赌徒的话，那他的赌运真是好得没法解释了。

经过进一步研究帝林的历次战役，云浅雪发现了对手的真正可怕：

帝林具有惊人的洞察力，善于看穿事物的内涵而从不为其繁杂的外皮所迷惑，一下子就能抓住那些最本质的东西，无论如何凶险迷离、错综复杂的战局，他都能轻轻松松地掌握，局面越为混乱越为凶险他就越高兴。

这个看似冒险的赌徒，却是个出奇谨慎的家伙。他的每一个步骤和决定，看似冒险，其实往往都是精确计算和慎重考虑后的结果。对于可能发生的一切危险，他自信可以安全地解决，从不做超出实力范围以外的冒险，也从不打无把握的仗。

斯特林号称紫川家的第一名将，他勇猛,他善战，他所指挥的铁骑军团，在平原上横冲直撞，无人能挡。但斯特林有原则，有感情，会冲动，也会犯错误——很明显的，这次斯特林和中央军留下来掩护平民的撤退就是犯了个非常大的战略错误。而帝林却绝不会犯这样的毛病。在战场上，他冷静得有如一流的棋手在棋盘上，只相信冰冷的逻辑和事实，思考就如同数学一样精确，不掺杂个人感情。为求得胜利，他可以像毒蛇一样冰冷、残酷，毫无感情，又像狼一样的凶残、卑鄙，不择手段。云浅雪想，这是个毫无破绽也绝不会犯错的对手，从这点上，他比斯特林更为可怕。

帝林军团在灰水河的西岸扎了营，与云浅雪的围城大军隔着结着薄冰的河面相望，视力好的士兵可以透过冬日的薄雾看到对方的旗帜飞舞。彼此敌对的两军相距如此之近却相安无事，这实在是非常罕见的事情。

虽然灰水河是远东第一大河，而且河上还结有一些薄冰，但这些并不足以阻挡强悍的魔族军队的步履。在帕伊一带，魔族具有压倒性的兵力，他们不但足够围城，还足以打援。如果对手是别的指挥官，云浅雪早就毫不犹豫地挥师渡河迎击过去了。三十万大军将分三路出击，一路正面强攻吸引对手注意，另有两路从下游和上游区域悄悄渡河，断绝敌人后路，从敌人侧翼出现，分进合击，然后三路大军合围，以强势兵马压过去，对方必然崩溃！

然而云浅雪不敢。对手不是别人，是恐怖的帝林，冷酷的帝林，同时也是算无遗策、从不犯错的帝林。如此高明的对手，不会犯下这么低级的错误。只带了那么点兵马，就敢于与自己隔江相望，他到底凭的是什么呢？又有些什么样的阴谋呢？

清晨，云浅雪登上了高台，呆呆地观望河对岸，看着河对岸的帝林大营忙忙碌碌，士兵们匆忙地进进出出，喂马、凿冰打水、煮汤、吃早饭，集合、操练、休息、士兵玩耍嬉戏，有人在河里打水烧开洗澡，有人放风筝，有人饮马……一直看到太阳落山。

云浅雪揉着疲倦的眼睛，他什么也没看出来。夜幕降临，他坐在高台上冥思苦想。那里就如同任何一个普通军营一样，一切都非常正常，而且自然。这正是最大的不正常。一百万的神族大军正在对他们虎视眈眈，他们怎么能这样从容不迫，这样不慌不忙？

云浅雪苦苦地思考。他试图分析帝林的行动，就像他平常所习惯的思考方法一样，他先把所有已知的资料都摆了出来：

1. 帝林的目的很可能是前来为斯特林军团解围。

2. 帝林的兵力并不多。

3. 军队实力雄厚，一次野战就能叫帝林全军覆没。

4. 帝林明明知道以上2、3两点，还是不远千里，故意跑来挑衅自己。

云浅雪苦笑。无论怎么分析，从上面的那些资料上来看，他就只能得出三个可能：

1. 帝林活腻了。

2. 帝林疯了。

3. 帝林有恃无恐，他另有诡计。

前两个是不可能的,立即被排除了。但所谓诡计到底是什么呢？看不出来。云浅雪绞尽脑汁，思考得痛苦不堪。自认聪明过人的他，平生第一次感到自己的智慧的贫乏……

就在云浅雪苦苦思索的同时，他的部下（一群勇气过剩而智慧不足的魔族将领）纷纷前来提议：“大军立即渡河，一战将对方葬送！”

面对这群思虑浅薄、鼠目寸光的家伙，云浅雪真是头疼。他不得不引导将领们进行深层次的思索：“对手不是别人，是帝林，是我们王国的头号大敌，紫川家族名将中的名将！大家想想，他会那么蠢，送上门来让我们一口吃掉吗？他的行动包含了什么诡计呢？会不会给我们设下了什么圈套呢？”

大家都觉得云浅雪说得很有道理，都在认真地思考起来，只有头脑简单的鲁帝——他一直不甘心自己竟然成了那个可恶的小白脸的部下——还在不服气地吵嚷着：“管他什么诡计，他既然送上门来了，我们就一口把他吃掉不就得了！”结果云浅雪不得不生气地把他赶了出去，然后拍着桌子给会议定下了基调：“我们不是要讨论对方有没有诡计的问题——诡计一定有，必定有！只是我们现在还看不出来。我们要讨论的是，到底是什么样的诡计？！”

嗯，只要会议的主持人有了决心，往下的进行就会很顺利了。魔族的将领们纷纷提出各种耸人听闻的想法来：

1. 帝林军团带来了毁灭性的可怕新武器。

“听说人类有所谓的魔法师，魔法大炮一炮可以轰死几万人的……”

云浅雪怒吼：“那他还在等什么？”

2. 帝林军团的士兵个个全部是左加明王的师弟，或者剑圣拉欧的师父。

“想想看，三四万个左加明王、拉欧加在一起，可以轻易毁灭整个魔族王国再加上魔界本土……”

云浅雪：“我情愿他先毁掉你这个猪脑袋！”

3. 整个灰水河的河水都被帝林变成了易燃的黑油，只等我们一渡河他就点火。

云浅雪：“你每天喝的都是黑油了，怎么到现在还没死？”

4. 对岸看似平坦的平地里，帝林军团已经埋伏了无数的机关和陷阱，有几十个万人坑在等着神族的大军踩上去。

云浅雪：“这种天气，土地都给冻结了，我给你一万人，你倒试试给我挖一个万人坑出来？挖不出我先把你坑了！”

神族将领们充分发挥了想象力，编造出一个又一个吓人的假设来，最后连他们自己都听得毛骨悚然。还算好，总算没有人敢旧事重提，扯出帝林大魔头法力无边的故事来。唯一比较有可能的说法是：“目前我们所看到的部队只是一支强大部队的斥候，他们只是个诱饵，有强大的后援埋伏在附近，只等我们的大军一渡河，他们就突然杀出来，中途将我们拦腰截断，前后歼灭！”

云浅雪和绝大多数将领都赞同了这个观点，现在只剩下一个问题了，那支“强大的后援部队”到底埋伏在了哪里呢？大家面面相觑。冬季严寒，树叶已经大多脱落了，能藏人的地方实在不多，更不要说能藏得下几十万大军的了。

将领们纷纷表态：“不能轻举妄动，给敌人可乘之机！”

云浅雪很是欣慰，经过他的一番教导，魔族的将领们终于成熟了不少。他给会议做总结：“对！我们要谋定而后动，先把敌人的底细摸清，不动则已，一动手就让他万劫不复，死无葬身之地！”

遵照统帅部的指示，大批的斥候队伍被派出，魔族和叛军的探子们沿着灰水河的两岸来回奔走，到处搜索。日落以后，他们大多无功而返。统帅部认为，这是搜索得不够细心的缘故。第二天，统帅部又加派了人手充实斥候队伍，搜索的半径也扩大了，但还是一无所获。最后，侦察兵们得到了死命令："找不到敌人的伏兵就不用回来了！"

一连三天时间，魔族的侦察兵们顶着寒风，冒着大雪，忍饥挨饿。遵照命令，他们要在平地上找出一支不存在的部队来，实在辛苦。冰天雪地里，他们来回穿梭于风雪中，没吃一口热食，也喝不上一口水，渴了就只有从地上捏一团雪进嘴里慢慢融化解渴。他们不眠不休地工作，兢兢业业。地上的每一块石头都给他们翻过了三遍，查看了树下的每一只蚂蚁的身份证（如果有的话），还给天上飞过的鸟都编了号。发现了一行浅显模糊的脚印能叫他们欣喜若狂，然而最后都沮丧地发觉这个脚印是自己或者同伴一刻钟之前留下的。

三天以后，最严密的搜查也宣告失败了。斥候队长拿人头向云浅雪保证："方圆两百平方公里以内，找不到第二支人类部队。如果有的话，那这支部队必然是会隐身术的！"

这三天时间里，云浅雪憔悴了不少。这几天，帝林大营的动向非常诡秘，安静得反常，而反常的安静往往是惊人风暴之前的预兆，很明显，帝林想要动手了！云浅雪为此担心得每晚夜不能眠：帝林有备而来，潜伏良久，已经把我军的情形摸清了，不动则已，一动必然石破天惊！

云浅雪十分担忧，他昼夜苦思帝林到底有什么诡计阴谋，却百思不得其解。为了应对即将到来的可怕打击，他严禁部队出击，紧密地收缩部队，防止给帝林逐个击破。但他更担心的却是被那支行踪不明的诡秘部队袭击，重蹈上次被袭营的惨剧，他担心得半夜里常常爬起来去查岗，辛苦得白头发都出来了不少。最后，他破釜沉舟地下定了决心，不管了，出了两百公里这个范围，就算帝林有伏兵也来不及救他了！

七八〇年的二月三日，结束了五六天的僵持，三十万魔族和叛军联军分三路渡河，气势汹汹地向河对岸的帝林军营扑杀过去，顺利地完成了合围，把帝林的大营包围得水泄不通，却没遭遇任何抵抗。

大营里静悄悄的，不见有人放箭，也不见有人出来抵抗。

云浅雪心里泛起不祥的预感，但已经来不及了，不等他命令，鲁莽的鲁帝已经带了五千敢死队先冲了进去，只听见里面魔族兵一阵惊人的喧嚣。云浅雪大叫："不好！快撤出来！”

半晌，出乎他的预料，鲁帝居然安然地带着人马出来了。他破口大骂：“兔崽子！里面一个人也没有！”

云浅雪呆住了，不信。他亲自带了兵马入内，只见空荡荡的大营内，一片狼藉。倒塌的帐篷，遗弃的物品、木片、碎纸，满地都是。

就在昨晚半夜，帝林已经偷偷摸摸地带了兵马，悄然离去了。

云浅雪不可思议张大了嘴巴，只觉得胸口发闷，喉头一甜，一口血吐了出来，殷红殷红。

他痛心不已，自己竟然被帝林的空城计给摆了一道，又输给他一次！但是，有个问题他怎么想也想不明白，帝林冒了这么大的危险到这里，却打个晃就走了。他到底是来干什么的？

帕伊城，黄昏。望着那一片无边无际的敌人营帐，斯特林统领轻轻叹了口气，心头泛起一阵无力的疲惫感。他本来是寄希望于魔族军队的不耐久战自己撤离的，但现在看来，这个希望是要落空了，被包围已经是第九天了，魔族兵马毫无撤退的迹象。

他正要离去，视野中忽然一件事情吸引了他的注意。灰暗的天空下，布满了高高飞舞的风筝。奇怪的是，放风筝的不但有人类方面的士兵，连魔族的阵地上都飞舞着好些风筝。

“怎么回事？”斯特林指点着己方城头上几个正在放风筝的士兵问。

随行的文河师长不经意地解释说：“可能是这几天太无聊，士兵们找点东西玩耍吧。大人请放心，我一定会加强纪律控制的。”

“不是这个。”斯特林低头沉吟说，“现在并不是放风筝的时节，我也没听说过魔族那边有放风筝的风俗。为什么两边的人突然玩起了同样的游戏呢？很反常啊。你给我叫个人过来问问。”

文河心中很不以为然。有什么反常的？两边的大兵无聊透了，放放风筝有什么稀奇的？想归想，他还是对一个正在闲逛的士兵喊：“你，过来！斯特林大人问你话呢！”

士兵吓了一跳，赶紧跑过来立正：“报告大人，我是中央军第七师团第三大队第五中队第……”

“好了好了，”文河不耐烦地打断他，“没人对你是第几小队的感兴趣。”

士兵的脸涨得通红。

"让他说完。"斯特林温和地说。

士兵感激地看了斯特林一眼，再次大声报告："禀报大人，中央军第七师团第三大队第五中队第一小队中士掌旗官李季向您报告！"

"李季士官，"斯特林不动声色地向文河旗本瞟了一眼，接着说，"现在，我有件事情想问一下你，士官。"

"愿为大人您效劳！"

"我看到这里有很多人在放风筝，不但我们的人放，对面——"斯特林指了一下魔族的阵地，"也在放。你能告诉我这是怎么回事吗，李季士官？"

李季咧开嘴巴笑了："大人，这再简单不过了。前两天，不知哪里飘过来好多断了线的风筝，有的落到那边，有的落到我们这边，大伙闲着也是没事，就拿起来放着玩玩。那边的魔族兵也有样学样跟着我们学。就这么回事了，大人。"

斯特林点头："谢谢了，中士。"当李季敬礼想离开的时候，斯特林忽然又叫住了他，"中士，能不能帮我个忙，找一只风筝过来让我看看？"

"当然可以……哦，不，愿为您效劳，大人！"他离开，很快地跑步回来了，递过来一只风筝，"大人，您看！"

斯特林和几个高级军官凑近去看。这是一个用木片和薄纸扎得很简陋的风筝，军团副长官秦路在旁边笑着评价："这手艺可不怎么样啊！"

斯特林把风筝翻过来，看到这面的纸上歪歪扭扭地写着一行字："到来身军令令援如密日无可七三五十之一二唯有持去了坚。"他眼睛一亮，顿时呼吸急速起来，低声说："快给我支笔，一张纸！"声音有点沙哑。

随行军官赶紧按吩咐办到。斯特林又低着头考虑了一下，在纸上急速地写着。写着写着，他又抬起头问李季："中士，还记得风筝是从哪个方向飘过来的吗？"

李季想了一下，指了一下："那边吧！"

"西边？你肯定？"斯特林语调中有难以抑制的兴奋，眼中放出喜悦的光芒。

众位高级军官面面相觑。大人这是什么了？为一个破风筝这么激动？

秦路疑惑地出声问："大人，您……"

"没什么。"斯特林指点着纸面上那行莫名其妙的字句，"从右到左，跳两个字读一个字，你试试。"

秦路犹豫着，结结巴巴地开始读："坚——持——二——十——七——天……"

"坚持二十七天，援军到。"斯特林一口气读了出来。他抬起头环视各位军官，"诸位，援军已经到了。是监察总长帝林阁下来了！"他尽量想平淡，但声音却不受控制地颤抖着。

鸦雀无声，一片寂静。等军官们终于反应过来了，他们爆发出一阵狂热的欢呼。这个好消息一个钟头之内就传遍了整个帕伊城，饥寒交迫的士兵们一个个激动得泪流满面，不但是为了可以生还的希望，更重要的是他们感觉到了：为了保卫国家，我们忘我牺牲，我们浴血奋战，身陷重围，我们并没有被抛弃！家族还在尽力地营救我们！远方的亲人还在极力地营救我们!

第四章　仁义恶魔

“大人，”勤务兵轻轻叫醒了睡得很轻的瓦伦要塞司令林冰副统领，“今晚的值班军官要见你，他说情况很紧急。”

林冰一下子就清醒了，坐了起来：“让他等下，我就到。”从一月十日起，当得知魔族开始对人类大规模进攻之后，她睡觉就没脱过戎装，总是穿着军装和衣睡的，只是匆匆梳理了下头发就出门了。

在门口肃立等候的不但有今晚的值班军官，还有林冰的副手阿特兰红衣旗本。看到林冰从容不迫的身影，他眼中流露出仰慕的神情。林冰给部下们的感觉永远是那么从容，即使在现在这样半夜里突然被人叫醒，她也不显一点狼狈，衣着和举止照旧是那么优雅而无可挑剔。

阿特兰敬礼，很简洁地说：“大人，打扰您休息了。值班军官报告，魔族那边有情况。”

林冰扬扬眉：“他们要偷袭吗？”她望向今晚的值班军官。

“不像是。”阿特兰犹豫了下，欲言又止。

林冰有点惊讶，印象中阿特兰是个很爽快的人。

最后他还是说了：“大人，很难描述。最好您还是亲自上城头看一下。”

现在正是午夜两点，正处于冬季最寒冷的季节，白雪飘飘，北风呼啸。林冰诧异地看了下阿特兰，发现后者的脸色非常认真。

她点点头：“好的。”心底下暗暗发誓，如果没有任何情况的话，她会把这个胆敢打扰她美梦的家伙亲手打下十八层地狱。

寒风凛冽，尽管已经穿了厚厚的冬季军装，但是在衣服遮蔽不到的面庞和手指处，风刮过就像针刺般的疼痛。一路过来几乎没碰上什么人。踏着台阶上的薄冰，两人一路走上了城头，林冰的护卫们跟在后面，举着摇晃的火把照路。昏黄的城头火把下，值勤的守夜哨兵冻得缩成一团，一见到他们的到来就立即跳起来敬礼，身子不受控制地哆嗦着。在有些哨岗，他们还碰上了些已经睡着了的哨兵。这时候林冰就会很不客气地朝那个倒霉家伙的屁股上猛踢一脚。看着值班军官目瞪口呆的样子，阿特兰解释说："这样是为他好，睡着了就危险了。"

远远看去，东面城头上什么人也没有，一片漆黑之中，薄冰和雪堆在反射着荧荧的雪光。林冰还没有走近，黑暗中一个低沉的男子声音："站住，午夜星光。"

林冰和阿特兰都一愣，跟在他们后面的值班军官已经抢先回答了："卡妙。"林冰这才反应过来，这是暗哨在盘问口令。

几个全副武装的弓箭手从城墙避风的黑暗中出现，见到是林冰，赶紧敬礼："大人！"

林冰回礼，很真诚地说："各位辛苦了。"她望向阿特兰。

他赶紧给她指点："大人，看那个方向，一片光亮的那里。"

林冰转身，举目远眺。在无边的一片白茫茫雪地，漆黑之中，一片火光通明非常显眼。那正是魔族大营的方位。红红的火光之中，可以看见影影绰绰的好多黑黑的影子在晃动着。虽然距离很远，但还是能听见顺风传来的那一片喧嚣，依稀能辨认出里面混杂着魔族兵的呐喊、军官的喝令、马蹄声、兵器的铿锵声等杂音。

生怕她不明白，阿特兰还在一边给她解释："大人，那不是篝火的光亮，篝火不会有那样的亮度。"林冰点点头，她已经看出来了，原来误以为是篝火的那一片光亮，原来是熊熊燃烧的冲天大火。

林冰转过头来问："什么时候开始的？"

阿特兰解释："大概二十分钟前。我观察了大概五分钟，马上就去报告您了。"

林冰点点头，直截了当地问："半夜里魔族大营突然失火了，你们怎么看？"

值勤军官和阿特兰还有那几个哨兵对视一下，都没有出声。林冰皱皱眉头，催促他们："说啊！"

阿特兰鼓足了勇气："大人，我认为那是我们的友军正在突围。他们对魔族发起了夜袭，现在正在冲击魔族的封锁线，而且人数还相当多。"

在魔族对瓦伦要塞刚形成封锁的时候，断断续续地有许多没有及时撤退的人类军民试图冲过魔族的封锁线进瓦伦来，但成功的很少。第二天的清晨，围城的魔族兵总是得意扬扬地把失败者残缺的尸体丢弃在瓦伦城外的空地上，以此向守城的人类军队示威。到后来，突围的人类军队已经越来越少了，现在已经有半个多月没有见过了。

沉默之中，一个弓箭手提出反对意见："也有可能是魔族想引诱我们上当。"他的声音很小，仿佛他也知道自己的话没有什么说服力。

值班的军官责备他说："为了引诱我们上当，他们烧掉了自己半个营地？"

阿特兰喊道："大人……"他不知如何说好，只能焦急地看着林冰。

林冰疲惫地抹了一把脸，没有出声。在这个时候，她是多么希望身后那双明亮的眼睛依旧存在，在眼睛的主人羸弱的身躯里，却拥有当代最伟大的灵魂。在他注视下，无论做什么她都充满了信心，只要有他在，无论什么样的困难都可以克服……

哥应星大人啊，如果您还在的话，您将会做怎样的决定呢？

林冰抬起了头，说："下命令给部队，立即出城接应友军！"

最寒冷而漆黑的凌晨，瓦伦守军对城外的魔族阵地发起了猛烈而突然的进攻。踩着松软的积雪，人类步兵排成十几列散兵线向魔族阵地跑步着推进，他们手上的火把在黑夜的雪地上整齐地排成了一行又一行，十分壮观。

因为天气严寒，魔族在前沿并没有安排多少部队，夜间巡逻队出来稀稀落落象征性地射了一阵箭，远远地看到人类骑兵马刀上的反光，弓箭手马上就逃走了。他们不傻，在这种漆黑的夜里，弓箭几乎毫无用处，弓箭手碰上了快速冲锋的骑兵那简直就是死路一条。

顺着撕破的口子，人类军队快速地突进。林冰亲自领队，向着火光最明亮的地方杀去。一路上并没有遭遇到魔族的任何抵抗，那些零星的魔族的小部队一见到是人类的大军马上就吓得落荒而逃。进展得太过顺利反而让林冰怀疑这是不是魔族的圈套。特别是有一些应该驻扎重兵的营地都是空空如也的。他们的军队到哪里去了？林冰开始狐疑了。

幸好她的疑问马上得到了解答：在魔族军的中军大营里，一大片几百个上千的营帐都在燃烧，冲天的火光映红了漆黑的三更天际，明亮得如同白昼。在燃烧的营帐之间，两军正在进行激烈的厮杀。

借着火光，林冰看到了令她震撼的一幕：几千手持长矛和盾牌的魔族步兵组成了散兵线和方阵防御。队列的前方密密麻麻地竖起了无数锋利的刀枪和盾牌，远远看去，一片金属反光让人毛骨悚然。这座活动的刀山剑林简直就是一个活生生的死亡陷阱！

在营帐之外的阴影中，大群的人类骑兵从黑暗猛然跳跃而出，高举着马刀对魔族的队列发起了冲击，却一个接一个在几步之外被魔族的长矛刺穿、挑倒在地，惨叫连连。后续的部队奋不顾身地冲上，前赴后继，有许多骑兵甚至就像成心要自杀一样以极高的速度撞入了那一片刀山剑林之中，以身体为后续的部队当盾牌，以血肉之躯在魔族可怕的队列中砍开一条道路，殊死而猛烈的攻击就像那汹涌的波涛浪潮般地一波接着一波连续不断！

一片混乱嘈杂，震耳欲聋的厮杀喊叫声、临死的惨叫声、断了腿的战马躺在地上悲惨地嘶叫，马刀砍在盾牌上冒出了点点火星和震耳的嗡嗡声，受惊的战马长声嘶鸣着拖着受伤的骑兵到处乱闯，躺在地上动弹不得的魔族伤兵被马蹄践踏发出惊人的惨叫，当林冰所部到达的时候，地面上已经满是尸骸，情形就如同地狱修罗场般惨烈。

林冰面色发白。印象中不知有哪支人类部队是这般勇猛和悍不畏死，以至于连善战的魔族军队也被他们压制得步步后退。她马上命令自己部下从后面对魔族发动攻击，接应突围的友军。

腹背受敌的魔族方阵顿时大乱，整个队列一点一点地被压向两边，最后干脆就散开了向两边逃跑，防线中间的薄弱部分一下子给冲垮了，大群的突围骑兵就从那个被冲垮的口子里冲杀了过来。

林冰跃马上前，高声问道：“请问突围的友军是哪路兵马？”

应声迎面上来一骑人马。在几十名黑衣骑兵的簇拥下，一个骑兵平静地回应道：“是我。”在他的头顶上，一面黑色的大旗迎风猎猎作响，犹如和夜色混为了一体，以至于林冰先前竟然没发现。

林冰倒吸一口冷气：“监察长大人！”

七八〇年的二月七日深夜，当瓦伦要塞的镇守司令林冰重又看到安然出现在她面前的家族监察总长的时候，她吃惊得像是看到了一条史前恐龙。上个月的十五日，帝林不听她劝阻，率部强行出发救援斯特林，打那以后就没了音讯。在魔族和叛军遍布的沦陷地区失踪超过二十天，林冰以为帝林和他的三万多人马早完蛋了。从心底，林冰确实为帝林这位年轻又有才干的高级军官丧命感到些惋惜，但她更发愁的是如何给统领处报告帝林的死讯。前来督战的家族监察总长竟然死在自己防区，尽管自己确实已经尽了最大的努力阻止，但是要解释给帝都听并且让他们相信自己对此完全没有责任，那是很难的。所以，当她看到帝林军团安然地返回时，她真的感到非常高兴。

“大人，您平安无事，这真是太好了！”林冰由衷地说。

帝林点头致意："多谢了，林副统领，多谢你接应。"他望望四周，周围已经再没有抵抗的魔族兵了，但是远处的交战声还不断地在传来，林冰的部下还在追击溃逃的魔族军队。他跟林冰说："冰阁下，我们刚才遭遇的只是敌人的部分兵马，魔族统帅凌步虚的主力兵马正在朝这里过来，我们还是先撤吧。"

林冰点点头，胜利的喜悦并没有冲昏她的头脑。她自己也清楚，现在的胜利只是因为突然袭击打了魔族个措手不及，如果真要在平原上与魔族主力正面开战的话，就靠自己带出来的突击兵马和帝林的残兵，那是远远不够的，而且现在也没必要冒险与魔族决战。

赶在凌步虚的部队赶到之前，林冰下令打开了瓦伦城门，迎接帝林的兵马进城。她与帝林并肩巡视在瓦伦城头，看着下面的兵马鱼贯而入。林冰转过头来问帝林："监察长大人，我发现一件事情很奇怪，贵部怎么没有运送伤员的后军医护队的？"

帝林摇摇头："我的部队没有伤员。"

林冰睁大了眼睛，道："贵部在魔族沦陷区作战长达二十多天，竟然一个伤员都没有？"

帝林淡淡说："在伏名克行省，为了加快部队速度，我把伤员和失去战马的士兵都给丢掉了。"

林冰一震，停住了脚步。

帝林走出了两步才发现，转过身来："怎么啦？"

在帝林的眼神和表情里，她看不到丝毫开玩笑的痕迹。凝视着帝林冰冷的瞳孔，她只觉一阵不可抑制的寒意从心底升上来。

林冰并非迂腐呆板的绝对人道主义者，她也相信有时候，是必须要牺牲少数人的利益来拯救全体的。但是做到像帝林这样的……林冰摇摇头。想到在伏名克行省的公路边，被丢在雪地里等死的那几千伤员那惨绝人寰的哭号和哀求声……她的手指在不由自主地颤抖。

帝林转过身去，他明白她在想些什么，但他并不在意。对这件事情，他也不觉得有任何愧疚、忏悔之类的感情。因为当时必须这样，所以他就这样做，在他看来，这不过是件很自然而平常的事情。当时只有赶在魔族指挥部有组织地调集兵马前来拦截之前，逃回瓦伦那才是他们的唯一生路。他们唯一的出路就是跑、冲、跑、冲、跑……

这简直是一个噩梦。远东大公路上，帝林的轻骑兵疯狂地奔驰，把伤员和落马的同伴统统丢在了后面，就犹如那凌空的饥饿秃鹫在逃避猎人的追杀，他们一路冲关夺卡，凶猛的砍杀将各处的魔族警备部队打得纷纷慌了手脚逃散。等得他们终于纠集了足够数目的大军回头过来的时候，帝林大军只留下一阵尘烟黄雾，转瞬已消失在远方。

纵使这样，虽没有遭到大规模有组织的拦截，但与星罗棋布的敌军队伍还是不断地遭遇开战，而且在越接近瓦伦的地区，敌军兵马就越为密集。特别是最后瓦伦城外突破魔族封锁的那一仗，知道只有击垮敌人才是自己唯一的生路，骑兵们对魔族密集的队列发起了疯狂而绝望的冲击，却因为凌步虚部队骁勇善战，他们的步兵尤其顽强，以弱势兵力死命地抵抗，帝林军苦苦不得突破。幸得林冰的及时接应，不然等凌步虚亲自调集主力包抄过来的话，帝林恐怕就得全军覆没了。就算这样，帝林军团出发时候的三万多人马，现在能够安然回到瓦伦要塞的只剩下两万，其中大部分的伤亡都是因为这一仗。

帝林简单扼要地把一路的见闻情况给林冰介绍了一番。

林冰面色凝重。魔族军势的强盛超过了她的想象。她明白了，现在压在她肩头的责任是多么沉重。一旦瓦伦失守，百万魔族长驱而入，人类将再无可抗之力。她沉默地点头，询问：“大人，您的意思是？”

“目前来说，依靠军事力量来拯救斯特林和中央军，那是不可能的。”帝林说，“拯救他们的唯一希望，并不在帕伊战场，而在帝都。而且要快，他们撑不了多久的。林副统领，有件事情我想麻烦你，你能否帮我准备一辆去帝都的马车，最快的？”

“啊，马车？”帝林的话题转换得太快了，林冰一时反应不过来。

帝林皱了下眉头，把话再说了一遍：“我要一辆最快的马车，几个最好的车夫日夜替换，还有，派前哨通知沿途驿站准备替换的马匹。要快，马上。”

林冰吃惊之下，却没有再问，马上就去办了。持有她手令的前哨刚刚扬尘出发，帝林连衣裳都没有来得及更换就坐进了马车。林冰小小地吃了一惊，她没想到是帝林亲自回去，劝阻说：“大人，您一路过来已经很辛苦了。路途劳累，不如先歇息一下，或者派个部下回去处理算了？”

帝林摇头：“事情很复杂，非我走一趟不可。而且，时间就是生死线，我也不放心交给别人。”他点头向林冰致意，“谢谢了，林副统领。”转头扬声喊：“出发！”

车夫一扬鞭子，在辘辘响动声中，马车开始出发了，后面跟着一队骑兵在周围护卫着，一行人从西门出了瓦伦。

此时，天色还没有发亮，东方隐隐发红。伫立在原地，望着车队扬起的风尘，林冰细细咀嚼着帝林的话语，却不明白是什么意思。她松了一口气，不知为何，对帝林离去她感到一阵莫名的轻松。

从瓦伦要塞到帝都，一路所经过的乡乡镇镇、村舍城市，到处都已经响起了警钟，活着的人都拿起刀剑，准备抗击入境的魔族毁灭者，连最偏远的乡村都自发地组织了自卫团前来集结。道路上尘土飞扬，不时可见大队大队的新募集的民军士兵在行进。他们大多是乡下贫苦的农民，身着破旧的褴褛衣裳，手中还是拿着简陋的铁叉锄头当武器。从外表上，比起几个月前那批制服笔挺、武器锃亮的正规贵族兵马，他们显得非常简陋而寒碜。民军的队列寂静无声，沉稳而肃杀，只有赤脚踏在泥路上沙沙作响的声音，士兵们被太阳晒得黝黑的脸上，嘴唇紧抿着，流露出坚毅和决心。

帝林仔细观察他们，以一个沙场老手的眼光，他对士兵们的气质很是满意。这正是帝林一直在寻觅的那种沙场决胜所需要的气概。但是这种气概，在几个月前的紫川王军中，却是没能见到的。在如今的生死存亡之际，帝林才终于将它寻觅到了，这让他感到了一点欣慰，感觉到人类并非已经完全绝望，似乎还存在着一丝微弱的光亮。

一行人日夜兼程，毫不停留。当帝林以及护行人员进入帝都城门的时候，已经是二月十一日的深夜了。

往日宁静祥和的帝都，现在已经处处充满了战争即将到来的紧张痕迹，警戒森严。城外到处是军队的营帐，白茫茫一片。连城畿的大路两旁都随处可见躺着的熟睡中的士兵。从旗帜和服装上看出，那些部队大多是从西部边疆抽调回来的边防军，他数了数，单是他所看到的兵马和番号就不下五六个师团的兵力。整个帝都早已军事化戒备，城门卫兵严厉地盘查过往行人，帝林让护卫们出示了远东副统领林冰的手令，证明他们是来自瓦伦的信使队伍。他不敢公开自己的真正身份。帝都城现在已经处于罗明海的控制之下，自己身边只带了这么百来个护卫就公然进城的话，未免太过冒险。

一行人路过市中心的大广场的时候，游行的队伍堵住了街道。从车窗里观察，可以看到浩浩荡荡的游行队伍举着火把和各种各样的横幅正从面前走过，标语上写着：“打倒魔族，抵御侵略！”“远东是我们的圣战！”队伍里大多是老弱妇孺的平民，也有不少是身着制服的军人，一个个神情悲愤。队伍的前面高台上，有个老头子在声嘶力竭地好像是在进行着什么演说：“……夺回我们的土地！士兵们，挺起胸膛投入血战！魔族兵已经近在眼前！勇敢地进攻，将敌人粉碎，就像我们的祖先曾经做过的那样，你们将会证明……”

这时候，街道人群中出现了一个空隙，马车开始行驶，下面的话听不清楚了，只听见游行的人群爆发出一阵欢呼声：“万岁！”“打倒魔族！”“进攻，进攻，夺回远东！”

车声辘辘中，帝林压抑了内心的愤怒，安静地闭上了眼睛，心里想：蠢货！你们难道就看不出来吗？离开了瓦伦要塞的庇护，对于魔族的任何主动攻击，都将是极其愚蠢的自杀行为！如果我们的军队在远东平原上被消灭掉了，那我们就失去了最后的抵抗力量。整个人类种族将被灭绝，我们的文明将被毁灭，我们的子子孙孙，也将世世代代沦为魔族的奴隶！

马车停住了，有人掀开车帘探头进来说：“大人，到了。”帝林睁开了眼睛，下了马车，伸展了一下僵硬的身子。他眼前的，正是前任总长遗留给他独生女儿紫川宁的庄园。

当紫川宁在熟睡中被用人惶恐地叫醒的时候，已经是深夜一点多了。

“小姐，外面来了很多兵。”迷糊中，紫川宁过了半天才明白了用人的意思，匆忙穿好衣服抄起把剑赶到了客厅。

前门的走道上一片明亮，影影绰绰，到处是神情肃杀手持火把照明的士兵，他们气势汹汹的军靴在名贵的地毯上留下了乌黑的脚印。一队身穿黑色制服的宪兵正把卡丹夹在中间往外走，宪兵们的动作很是粗鲁，推推攘攘的。紫川宁看到，这个寒冷的夜晚，卡丹身上还只是穿着睡衣，可以想象到她是刚从睡梦中的被窝里被士兵们抓起来的。自己的用人们手足无措地在一边围观，神情惊惶，没有人敢上去阻拦。

看到这种情形，紫川宁只觉得一股怒气陡然从胸口升起。她几步抢到了门口，堵住了大门，向士兵们喝道：“站住！”

领头的一个小队长很粗鲁地喊着：“小妞，让开！再吵我们连你也——”他突然说不下去了，一把冰凉的剑已经逼在他面前。

紫川宁秀发略微蓬乱，眉峰蹙紧，眼睛中却射出逼人的寒光，低沉着声音说：“听着，我是紫川远星的女儿，紫川参星的侄女，家族的下任总长，紫川宁！你打算连我也怎样，嗯？”

她的话语冷森，其中充满了腾腾的杀气，更有一种不怒而威的气势，吓得那群平时刀头舔血的汉子都不由自主地齐齐退后了一步。

小队长惊惶地后退几步，赶紧下跪行礼：“下官不知紫川小姐身份，多有冒犯！小姐恕罪。”跟着他，齐刷刷一客厅的兵都跪了下去，齐声说：“请小姐饶恕。”

“起来！”紫川宁沉声发令，看到那些士兵如此害怕自己，她心里隐隐倒也有几分得意。她问那个诚惶诚恐地爬起来的小队长：“是谁下的命令让你们过来抓人的？”

小队长支吾着：“这个……这个……”在紫川宁逼人的目光审视下，他低下了头，却没出声。紫川宁目光扫射四周，士兵们纷纷低头，躲开她的目光。

门外一个熟悉的声音响起：“是我。”

在几个举着火把的士兵簇拥下，帝林微笑着出现在门口。他刚才一直在门外，不出声地看到了整个过程，心里暗暗骂自己的部下：全是废物！这么多人居然被一个小姑娘吓倒了！本来他是想不出面的，这下也没办法了。

紫川宁有点愕然：“监察长大人？”

跟着士兵们一样，帝林也下跪行了个单膝礼：“下官监察厅帝林参见宁小姐。好久不见了，小姐一切都还好？”

紫川宁压抑了怒气：“还好。监察长大人请起。”看在他是紫川秀大哥的分上，紫川宁的口气已经和缓了很多，词锋却仍旧咄咄逼人，“大人不是已经出发去远东了吗？今晚怎么突然带了这么多兵到我家来抄家抓人？莫不是我紫川宁犯了什么罪，要劳动大人亲自出马？”

帝林鞠躬表示歉意：“下官万万不敢冒犯小姐万金之躯。我们要找的人只是魔族的公主卡丹。只因为事态紧急，刚才已经是深夜了，下官不敢叨扰了宁小姐的休息，所以才没有通知小姐。下官已经吩咐部下不可惊动小姐了，谁知他们笨手笨脚地还是冒犯了小姐，实在非常抱歉，就请小姐看在他们卖命厮杀可怜的分上，饶过他们一条小命。下官回去一定好好责罚他们！”

紫川宁微微出了一点气，问：“你们为什么要找卡丹？”

帝林飞快地瞟了一眼被士兵们夹在中间的魔族公主，后者一直在安静地听着，脸色有点苍白，神情却很恬静，仿佛面前两方争论的事情根本与她无关。

“禀报宁小姐，不久前魔族大规模进犯人界，现在我们与魔族王国已经处于全面战争状态，这样的话，卡丹殿下的身份也从宾客变成我们交战国的人质了，是我们整个紫川家族的敌人了。”

紫川宁最怕的就是帝林说这句话。她柳眉一挑，反问：“那又怎样？”

“小姐，在目前的紧急状态下，我们需要对卡丹殿下严加看管，防止其逃逸。另外，下官也觉得，把这样一个危险人物安置在小姐家中，也对小姐的安全极为不利。从这几点考虑，下官认为有必要给卡丹殿下换一个居住的地方。”

紫川宁大声说："卡丹性格十分温顺，不会给任何人构成危险，她也不会逃走。"

帝林微笑："宁小姐，非我族类，其心必异啊！魔族生性狡诈凶残，您可不要给她的友善伪装给蒙骗了。"他脸上笑着，心里却非常不安，自己在帝都城内不能停留得太久，否则难以逃避罗明海的耳目。现在已经被这个横里插进来搅事的紫川宁耽误不少时间了。

他弓身说："小姐，这些事情请交给臣下处理就好了，不过一个魔族女子，小姐不必为此劳神费心。夜已经很深了，请小姐还是回去歇息吧。"使个眼色，宪兵们又开始粗鲁地推着卡丹往外走。

急切之间，紫川宁忽然想到了个理由，喜出望外说："帝林大人，卡丹是统领处交予我看管的重要人质，你要带走她，可以，但请先拿出统领处签发的书面命令来。"紫川宁知道现在的总统领罗明海与帝林势同水火，是绝对不会给帝林签发什么"书面命令"的。她满心欢喜，以为这下就可以难倒这个可恶的帝林。

却不料帝林的反应也是一等一地敏捷，连想都不想就说："那就麻烦小姐先出示统领处令您看管卡丹的书面命令，如何？"

紫川宁瞠目结舌。当时的总统领杨明华一时心血来潮，再加上几个统领起哄，大家故意作弄紫川秀而把卡丹交给了他看管，是当面吩咐的，根本没有签发什么书面命令。

看到紫川宁发呆的样子，帝林心头暗笑，说："既然统领处没有正式命令说要您看管卡丹，那她现在还是无人监护。既然这样，就让监察厅来看管此女子吧。麻烦小姐，请您让一下路。"

作为家族的未来继承人，紫川宁地位高贵，受人尊崇。尽管她为人随和可亲，但骨子里已经养成了一股傲气，不容忤逆。从没有人敢这样公然违背她的意旨！因为愤怒，她的脸已经变得嫣红嫣红，横剑当胸，坚决地挡在了门口，低沉地说："帝林，你无权带走卡丹！"

帝林也微微动了怒，也有点担心，这样纠缠下去何时完结？他整理一下衣裳，正色说："下官是监察总长，手掌整个紫川家族刑律和司法权，战时兼任总军法官，有临时决断权！"

"我是紫川家族的总长继承人，难道你想以下犯上？"

"下官不敢，下官也从没有过这个念头。只是家族目前的家长是紫川参星大人，并非小姐您。如果小姐觉得下官的行为有何不妥，小姐可以直接向参星大人告发，或者等小姐亲政以后，下官也绝对不敢违背小姐意旨。但是此地，今晚，十分抱歉，下官必须马上带走卡丹！得罪之处，容下官改日登门磕头赔罪！”

帝林一口气说完，回头向士兵们喝道：“把人带走，不要再妨碍宁小姐休息了！”

“你敢！”紫川宁猛地一剑刺出，直直指在了帝林面上。剑锋离他左眼只有那么三公分，皮肤都可以感觉到那剑锋的刺冷，起了阵阵鸡皮疙瘩。

帝林连眼睛都没眨一下，睥视着紫川宁，嘴角挂着一丝冷笑。紫川宁的这一剑又快又稳，但是放在帝林这个用剑的大行家眼里，却是破绽处处。在那一瞬间，他起码有十几种方法格挡躲避，有七八个机会可以刺伤对方手腕、打落长剑，更有三四种方法可以后发制人地杀伤对方。即使现在，其实只要他愿意，还是随时可以脱困反击的。如果对方不是紫川家的下任继承人，如果她不是紫川秀的心上人，如果不是看出她在最后关头会停手，如果……她早就血溅五步完蛋了。

两人面对面地逼视着，目光交接，无声地进行着意志的较量，看谁先败下阵来。帝林神情冷漠又镇定，整个人就犹如一座千年不融的冰山，散发着冷冷的气息。面对着已经快碰到了他眼睫毛的剑锋，他连眼睛都没眨一下，一步都没退后，嘴角挂着一丝满不在乎的冷笑。紫川宁则目光中充满了炽热的怒火，手腕铁铸石雕般的镇定如恒，剑锋不见丝毫颤动。

四周围观的士兵和用人都紧张得屏住了呼吸，不敢稍动出声。两人身形一动不动地僵持着，一片寂静之中，帝林轻轻呼一口气，吐出三个字：“紫川秀。”

镇定的手腕抑制不住地起了颤动，紫川宁马上后退一步收起了长剑，惊愕说：“你说什么？”

“现在紫川秀和斯特林他们被魔族和叛军围困在远东杜莎的帕伊城中不得脱身，情况非常危急，他们有性命之忧！”

紫川宁的脸马上唰地白了：“那你干吗找卡丹？是……”话没说完，她就明白了帝林的用意，停住了言语。她不由得向卡丹望过去。

卡丹依然镇定而淡漠，看不出表情，但眼神却已经流露出惊惶之色。

帝林不出声地望着紫川宁，目光仿佛在说：明白了吗？

紫川宁脸色变幻，红一阵白一阵的。她看看卡丹，又看看帝林，想说什么，嘴巴张合两下，却迟疑着没说出来。

“我跟你走。”一直没有出声的卡丹平静地对帝林说。

“卡丹姐，你……”紫川宁着急。

卡丹轻轻地捂住了她的嘴。她回头跟帝林说：“监察长阁下，我想跟宁小姐说几句话，可以吗？”

帝林轻轻点头。他做了个手势，士兵们迅速地退到了门外。用人们也跟着出去了。他鞠了一躬说：“我在门外恭候。”退了出去，顺手把门也拉上了。

等最后一个人消失，紫川宁马上一把拉住卡丹：“卡丹姐，我们不用怕帝林的，他不敢对我硬来的。”

卡丹苦涩地一笑，却没出声。

“你想想，当斯特林大哥回来的时候，看不到你，他会非常伤心的。”

“会伤心，但是起码他可以活着回来。”

紫川宁一愣，轻轻松开了手，后退一步凝视着她：“卡丹姐，无论什么时候，你都是这么冷静，这么克制——你真的爱过斯特林大哥吗？”

卡丹凄婉地一笑：“我深深地爱着他，”她的目光流露出真切的悲哀，“正如同你深深地爱着秀川阁下一样。”

紫川宁目光也流露出凄凉：“那有什么用？他喜欢的人不是我。”

“这你就错了，阿宁。”卡丹温言抚慰，“我觉得秀川阁下还是很喜欢你的，从他看你的眼神就可以看出来了，他很关切你。他可能有我们不知道的苦衷吧。”

紫川宁眼中闪烁着希望的火光：“卡丹姐，你不是骗我吧？”她知道卡丹素来沉稳又机智，她说出口的话一般都是有几分把握的。

“阿宁，这次姐姐被俘，原已抱定了一死的念头，却有缘遇上了你，承蒙你多日照顾，此番恩情，今生恐怕是无以回报的了。离别时，姐姐有句话跟你说。世间险恶人心难测，你将以女流之身掌管整个紫川家族，权势倾轧更是凶险莫测。记住姐姐的话，世界上谁都有可能会背叛你，唯有一个人例外，那就是秀川阁下。无论在什么样的情况下，你都可以相信他，因为他是唯一没有任何目的而深爱你的人。只要你相信他，他会永远保护你一辈子平安的。”卡丹的语气惆怅，“一别以后，无论死活，这辈子我们姐妹恐怕都再难以见面了。以后，你自己要多保重了。姐姐的话，关系你一生的幸福，你可要牢牢地记清楚了啊！”

紫川宁的目光中溢满了泪水，使劲地点着头：“嗯，我记住了！姐姐你也要保重啊！”

卡丹轻轻抚摸紫川宁柔顺的秀发，一向冷静的双眸中也是泪光闪动：“阿宁，你的眼光很好，秀川阁下是个很优秀的男人。姐姐我祝福你们，祝福你们可以有个比我们更好的结局。在那边，我虽然贵为公主，却一个朋友也没有。阿宁，你知道吗？最让我高兴的事，就是结识了你这个好妹妹，还有秀川阁下他们……”

卡丹犹豫了一下，接着说：“还有他。”

帝林在门外等候了足足一个多钟头。眼看着宝贵的时间一分分过去，他急得直跺脚，嘴里小声咒骂着，恨不得一脚把门踹开冲进去把卡丹拖出来。最后卡丹才终于姗姗出来了，紫川宁在后面跟着。两个女孩子的眼睛都红红的，好像刚哭过。

帝林如释重负，松了一口气。他不敢再多生枝节，一句话也不敢多说，只是向紫川宁为无礼冒犯再次谢了罪，恭敬地把卡丹请上了马车。马车驶出好远，还可以看见紫川宁的身影在庄园门口一直眺望着，挥舞着手帕。凝视着那个已经变得小小的白色身影，卡丹眼中的晶光闪动。

车子驶出好远，再也看不见了，卡丹才转过头来望向帝林。后者一直在冷笑着旁观着这姐妹离别的感人一幕。他明白卡丹的意思，微笑着：“殿下，您不必这么看着我。我只是想拿您去跟您父皇做个交易，换回斯特林和中央军。您是聪明人，应该知道，这样对你也有好处的，您应该和我配合才是。”

“斯特林的情况怎么样了？”卡丹出声问，神情中有掩盖不住的关切。

帝林有点奇怪，魔族的公主怎么会关心起紫川家族的中央军统领的安危来了？不过这也不是什么机密，他顺口回答说：“很不好。我走的时候，他被你们的几十万人马围困在帕伊城里。”

“那是什么时候的事情了？”

帝林皱皱眉头，没有回答。他很不喜欢这个魔族公主的口气，像是在盘问他似的。

卡丹也发现了自己的失礼，解释说：“对不起了。我是想多了解点情况，看看还来得及吗？”

帝林看看她，看出她脸上真切的焦虑，忽然心念一动，回答说：“我走的时候是二月一日。”

“二月一日，现在已经是十一日了，足足过了十天了，他们还顶得住吗？”卡丹又出声问，“知道围城的指挥官是谁吗？”

“根据俘虏的说法，原来是卡顿亲王，后来换了羽林将军云浅雪。怎么样？”

卡丹露出一点笑容：“那还好点。云浅雪的打法比较谨慎，舍不得太大的伤亡，这样他们还可以多撑上几天。要是换鲁帝或者是我大哥上，那就糟糕得很了。”

帝林小小吃了一惊。他在上次征讨的时候与云浅雪交锋过，熟悉云浅雪的战术习惯。却不知这个深居宫廷的魔族公主也有这般见识，不由得对她刮目相看。

“就是希望他们能顶住了，就怕万一……”帝林住口不说了。两人对视一眼，都明白了刚才不敢出口的话——万一城破了。

“那也不怕，只要他还活着，我还可以把他赎回来！”帝林一副自信十足的样子，心里却老大的不踏实。

卡丹蹙眉说：“以他的为人，如果那个了，他是绝对不肯活下来的。”

这也是帝林一直在担心的问题。如果城破了，紫川秀如何不敢说，斯特林绝对是宁死不降的。他冷笑着，露出了洁白的牙齿，笑容中杀气腾腾：“那是大家的命不好！公主殿下，咱们丑话可得说在前头了。如果紫川秀和斯特林真有任何不测，抱歉了，那我可就要拿你的脑袋了！”

说完帝林很留意卡丹的表情，却看不出任何惊慌，卡丹神情平静得就像没听到他的话似的。

帝林不由得暗暗赞一声：有胆色！不愧魔神皇的种！

却不知卡丹此时也是心潮澎湃，在心中苦笑着：斯君，这次恐怕我们真的要同生共死，做一对同命鸳鸯了……

两人都不再说话，怀着各自的心事，望着车窗外面的风景一一飞快地往后掠过，就像曾经的那些美好时光一般，飞快地流逝……

第五章　难言决断

突然间，马长嘶一声，车子一下停了下来。卡丹坐立不稳，险些给摔倒，幸亏帝林眼疾手快，一把扶稳住了她。帝林怒道：“外面的，怎么回事？”

车夫喊说：“大人，有人挡住我们的去路了！”

帝林愤怒地探出头去，却看到前面的长街上大概二十步开外，火把攒动，影影绰绰不知道有多少人把道路堵得严严实实。帝林知道情况有变，一个呼哨，后面自己的护卫立即围了上来，将车厢保护得严严实实。帝林回头吩咐卡丹说：“待里面，不要出来！”卡丹镇定地点了点头。

帝林这才放心了点。队伍前面的哥普拉匆忙地跑近身来，说：“大人！”

“怎么回事？是哪部分的人马？冲我们来的？”

“不知道，大人。他们有的穿军服，有的是便装，看不出身份来。”

“你把咱们的旗号亮出来，叫他们让路！”

“是！”哥普拉回到队伍前面，扬声喊道：“监察总长帝林在此！误会的话，请借过！”他一下子把身份挑明了，希望对方有所顾忌。

对面的人群毫无反应，手中火把的火焰摇晃着，噼里啪啦地燃烧。

帝林马上就明白，这次绝对不是什么误会了。哥普拉又回到了帝林的身边，喘着粗气说：“大人，他们不肯让路！”压低了声音说，“大人，我们马上派人去向治部少求援吧！”

帝林狠狠地盯了他一眼，骂道：“笨蛋！”如今的帝都，戒备森严。自己的仇家虽多，但敢于并且能够在这种情况下纠集大批人马前来拦截自己的，除了罗明海以外还有谁！哥普拉竟然提议向罗明海部下的治部少求援，简直是蠢到了极点。

帝林跳下车来，好整以暇地斜睥着拦截的人群，一副满不在意的样子，脑子里却在急速地思考。自己被出卖了！究竟是谁通知罗明海的？林冰？不会，她坐拥重兵，如果想害自己，在瓦伦城里多的是杀自己的机会，而且时机抓得这么准，她办不到。紫川宁？也不会，这样做等于害死了紫川秀，她不会那么傻的。对了，紫川宁的家里的仆人中肯定藏有罗明海的奸细！自己怎么就这么蠢，当时竟然没有想到，像紫川宁这样未来总长的重要人物，罗明海怎么会不在她身边安几个耳目？太愚蠢了，还在那耽搁了那么久，足够他调遣人马来拦截了！

若是往常，帝林倒也不怎么害怕。对方那边的人虽然多点，自己的部下也不是吃素的，若实在不行，靠自己的身手，若只想脱身的话，谅他们也拦不住。但现在问题是自己这边有个不会武功的卡丹，她是关系紫川秀与斯特林性命的重要人物，是绝对不能落入罗明海手里的！怎么办，怎么办？

一瞬间工夫，他脑子里转过了千条万条计谋，却没多少行得通的。想来想去，唯一的办法就是狭路相逢勇者胜，杀开一条血路冲过去！他小声地吩咐哥普拉："通知弟兄们，抄家伙准备上！我打头阵，你专门负责保护卡丹的车子，她掉了一根毫毛，我要你脑袋！"

哥普拉咬着牙说："大人，您就只管放心吧！"

两边人马慢慢地接近，直到靠近到相隔十步，大家一起停下了脚步，狠狠地逼视着，毫不示弱，企图在气势上压倒对方。

帝林发现，拦截的人马比他预料的多得多，长长的火把一路布满了整个长街，怕有三两千人。帝林的眼皮一点点地跳动着，这么多的人马，自己可不一定有把握杀得过去，而且前面也不知道有没有更多的埋伏人马。

他试探着向前稍微迈进了一步，他对面的人的手马上闪电般伸向剑柄，帝林的宪兵们立即统统以手按剑。刹那间，几百个人的手一起按到了剑柄上。现在他们就等着一个约定的暗号、一声号令，马上就会攻过来了！气氛剑拔弩张，十分紧张，激战一触即发。

帝林方的背后传来急速的马蹄，帝林心神一震："不好！在我们的后面，罗明海也安排了埋伏！"却发现对方的脸色也是同时大变。

蹄声激扬，从长街的黑暗中飞快地奔驰出了一个英姿飒爽的女骑手，帝林认出她是内务处的红衣旗本李清。她越过马车，冲到对峙两方的中间空地大声喝令："总长有令，不得动手！传令，着监察总长帝林立即入总长府见总长！"这时候跟在她后面的一队禁卫军骑兵这才赶到，排成人墙挡在了两方人马的中间。

对面的人群起了阵骚动，看到气势汹汹的李清红衣旗本和禁卫军的骑兵，很多人都不由自主地后退了一步，却没有散去，依旧停留在原地。

街道边上的一栋房子的二楼，罗明海正站在窗户的边上眺望着。从这个角度看下去，可以把街上的情形看得一清二楚。他面色变幻，正在犹豫。这是个杀帝林的难得机会。但现在的情形，要杀帝林就必须先攻击总长的亲信李清和禁卫军的队伍，这样会引来总长什么样的反应，他实在无法预料。

"总长有令，不得动手！"李清红衣旗本大声地把命令再宣读了一遍。她清叱一声，禁卫军骑兵们齐齐掉转了马头，对着拦截的人群亮起了锋利的马刀。人群不由自主地向后再退了几步。其实从人数上说，就是李清的人马和帝林的人加起来，也是远远少于拦截的人。但是李清的禁卫军代表的却是总长的权威，代表着整个紫川家族最高首领的意志。攻击他们的话，就等同于造反作乱了，这样从心理上给了人群很大的压力。

罗明海闷哼一声，下命令说："叫他们撤。"既然李清敢于摆出这种不惜一战的气概，说明总长的意志是非常坚决的。再不走的话，酿成流血冲突就难以收场了。

人群中，不知哪里响起一个声音："撤！"大群气势汹汹的拦截者面朝着帝林，一步步地向后退，仿佛是生怕给帝林的人马偷袭似的，直到走出好远，他们才转过身去。大群人退潮般渐渐消失在了长街的尽头。

帝林轻轻地吐一口气。他欣赏地看着李清。平时那么文弱贤淑的一个弱质女子，关键时刻敢于单身冲入即将混战的人群中，高呼："总长有令！"帝林赞赏的是她那种为执行命令而万死不辞的气魄和胆色，这就是在男子中也是少有的。

李清已经下马了，走近。帝林很郑重地向她道谢："清阁下，救命大恩，实在无以为谢！"

"不敢当的。"李清汗水淋淋，脸色苍白，看来她刚才也是紧张得可以了。她露出一丝笑容："下官不过是执行命令职责罢了。何况，以大人的武功高强，他们也未必能伤得了您的。大人不必多礼的。"

"不，清阁下太客气了。我还是欠你一条命的，他日必当回报。"帝林还是坚持这么说。

李清不好意思地笑笑，红晕上脸。帝林不觉想：斯特林的这个未婚妻还真是漂亮呢！有才有貌，这样的人才配得起斯特林啊！

两人并肩而骑，马车和部队跟在后头十几步开外。

帝林问李清："听说总长要召见我？我刚回来，总长就知道了？"

李清一笑，委婉地回答："大人，您刚回来，罗明海不也知道了吗？"

帝林一笑，明白她话中的意思，总长的耳目绝对不比罗明海的要差。帝林又问："不知总长召见下官有何事，清阁下可知道吗？"

李清笑而不答，帝林马上就明白，她是知道，但不肯说。她绝对忠心于紫川参星的，是不会透露任何与他有关的情报的。帝林转换了话题："我去远东已经有好多天了，不知帝都情形有什么变动没有？元老会最近在干些什么？"

果然李清马上就回答了："元老们？听说他们正在研究一个议案，名字就叫《会议发言程序的修改和增补的若干细节的讨论的安排的意见》，已经讨论了四天了，现在正在进行第五次表决。"

帝林吃惊："魔族军已经大规模进攻了，难道元老会还不赶快研究如何应付魔族的方法？情况如此紧急，应该马上下达全民备战令，立即强制召集义务军了。"

"那有什么办法？我们的元老们忙啊！谁叫魔族军进攻没有预约，让元老们好在日程上安排呢？"李清的语气温和，词锋却十分辛辣，"何况我们还有瓦伦防线呢，保卫紫川家族千年不倒的要塞，我们的元老急什么？"

帝林不觉多看了李清两眼。以前他一直觉得她只是个能干的文职官员而已，没想到她还有这么丰富的思想和锐利的词锋。他想想也好笑：怎么我这些兄弟的未来老婆，个个都是这么厉害的？幸好林秀佳跟她们不一样，不然我只好上吊了。

"那西边的——我是说流风家的那边，有什么动向吗？"

"开始我们也很担心这个问题，但是魔族进攻后不久，流风霜就在习冰城发表声明，宣布说魔族是全人类的大敌，她将支持紫川家抗击魔族军队，流风家军队绝对不会乘人之危的，请我们放心。还说若紫川家有需要的话，流风家还可以派军队参战支持。流风霜是很可怕，但是听说她还是一向说话算数的。至于她说派军队过来助战——"李清笑笑，"我们总长说：'霜小姐的好意我们心领了，不过您还是不用客气了吧，那怎么好意思呢？'"

帝林也笑。他细细地思索刚才的话，流风霜做出这种表态一点不奇怪。这样不但站在人类的角度从道义上站住了脚，也符合流风家的利益。尽管大家是世仇，但如果这个时候流风家敢拖紫川家的后腿牵制紫川家兵力的话，搞不好如果魔族破瓦伦关而出，那样不光紫川家完蛋，流风家也完蛋。不过流风霜嘴巴上说得好听，"全力支持"，又不用她出一毛钱，只需站在那里冷眼看着紫川家与魔族拼个你死我活。可悲的是己方，明知道是被人利用当盾牌了，却一点办法没有，只能乖乖地接受流风霜的

"好意"。

引发帝林深思的却是另外一个问题。按照常例来说，发布这种代表整个国家的声明，应该是由流风西山或者别的中央官员发布的，而且应该是从流风家的首都远京发出的。但现在却由流风霜这个前线指挥官，在前线习冰城来发布。她的这个越权，中间可有什么奥妙呢？这是否意味着，流风家族首屈一指的重兵大将流风霜，现在已经独立成系统了？或者说，这表明流风家的远京中央王权已经严重衰弱，再也无力节制她了呢？

帝林一路推敲着，一行人已经到了总长府门前。

他吩咐哥普拉："一定要严加看管卡丹！她有什么闪失，我要你脑袋！"哥普拉一口答应下来。帝林还是不放心，担心哥普拉手上的兵力太弱，若有人来抢卡丹，他挡不住，于是又向李清请求帮忙，李清也应允了，抽调一队禁卫军过来听从哥普拉的指挥。办妥了这些，帝林这才放心地进去见总长紫川参星。

帝林在会见室外轻轻地敲下门，里面传来紫川参星低沉的声音："进来。"

帝林推门进去，小小地吃了一惊。一个月不见的工夫，紫川参星原来斑白的头发已经全白了，皱纹深刻了很多，苍老得他几乎不敢认了。他马上明白了，肯定是魔族的入侵，还有家族军队在远东的惨败，使得他身心憔悴。

一见面，紫川参星连寒暄的话都省了，直截了当地问帝林："远东如今怎么样了？瓦伦能不能守住呢？听林冰说你出了瓦伦关，找到中央军和斯特林没有？"

帝林简单扼要地把情况说了一下。当得知魔族军势非常雄厚，斯特林被重重包围住了，紫川参星痛苦地闭上了眼睛，脸上肌肉抽搐着，皱纹变得更加深。

接着帝林又说到关于原边防军的统领明辉的败战失职行为，请示紫川参星如何处理。

紫川参星无力地挥挥手："算了，这不是他的错，那种情况，谁去指挥都会输的。统领处现在已经死得没几个人了，我们正缺人手。明辉他是有过功劳的，就放他一马吧。"

帝林明白，所谓明辉的功劳是指当年紫川参星与杨明华的斗争中，作为边防军统领的明辉当时站到了紫川参星这边。现在轮到紫川参星来报答他了。

帝林低头应声："是。那监察厅就不对明辉提起诉讼了。"

紫川参星沉重地点点头，问："帝林，你是打仗的老行家了。你说，我们有没有办法打破帕伊外的围城，把斯特林他们救回来呢？如果是你指挥，你需要多少兵马？你说，我想办法给你筹集！"

帝林摇头说："殿下，我亲眼看过魔族的主力军列，"帝林脑海中浮想起灰水河对岸，那雾霭中浮现的魔族阵列，庞大又森严，绵延百里，几十里开外就可以让人感受到那股可怕的压迫力。帝林只在那儿强撑了不到三天，承受着这股沉重的压迫，即使以他过人的意志力也感觉到几乎要精神崩溃了，他实在想象不出斯特林究竟是如何顶过那么多天的。

"非常可怕！一旦在平原上与魔族主力正面交战，无论我们投入多少兵力下去，就算我们的远东军、禁卫军、中央军、边防军、预备队、民军全都完好无损，再加上流风家的全部军队，都必然以我们人类的一败涂地收场。三百年前毁灭了整个光明帝国的那次灾难性入侵，比起现在来，不过是一次小小的骚扰。而且远东叛军也站在了魔族一边，使得魔族实力大增，再无后顾之忧！

"殿下，何况现在，我们实力大损。就是把全部家当都拼上，也不过五十来万兵马。而且这里面大部分是草草成军的民军，他们是经不住与魔族的野战的。到那时候，流风霜就是派一个大队过来，也可以轻易把帝都拿下了。"

紫川参星的脸部肌肉松弛了下来。刹那间帝林感到，在这个以老奸巨猾出名的老人眼中闪过一丝绝望的光。但很快这位紫川家现任的总长重新掌握了自己的情绪，淡淡地问："那我们就这样眼睁睁地看着他们死？"平静的声音中，蕴含着深深的悲痛和无奈。

帝林摇头说："殿下，其实下官有个办法——起码有个五六成把握，但就怕您不肯同意！"

"你说！"紫川参星精神一振，"什么办法？"

帝林飞快地把自己的计划说了一遍。

听完，紫川参星一言不发，起身在屋子里来回地踱着步走。走了足足五六分钟，他在窗口停住了脚步，像是在自言自语，又像是跟帝林说："这样做，元老会肯定会弹劾我的，我将会成为家族历史的罪人啊，死后将如何面对列祖列宗啊？"

"殿下，您不必愧疚！"帝林跪了下来，"请容许下官陈述几点理由！"

"你说。"

"第一，在如今的战乱局势，武力与军队是一切的关键，只要我们还拥有军队，失去的一切将来我们都可以再夺回来的。而中央军是我们的最后一支精锐部队了，我们无论如何要把他们保住！"

"嗯！第二呢？"

"殿下，第二，这几年我们经历了太多的灾难。杨明华叛乱、雷洪叛乱、远东叛乱、魔族的入侵、赤水滩、月亮湾……接踵而来。我们已经丧失上百万的军队了，那都是家族最纯净的血液啊！我们家族现在已经是浑身创伤、鲜血淋淋了，您还要让它与魔族王国如此可怕的敌人搏斗，背后又有一个凶狠的流风霜在虎视眈眈？殿下，我们的形势实在非常危险啊！这样下去，臣斗胆敢言，三年以内，我们必定亡国！那时候殿下您又如何面对家族列祖列宗？”帝林一口气说完，有点给自己的言辞吓住了，说得太大胆了吧？

却见紫川参星毫不在乎地挥手说：“说下去！”

“是！第三，家族需要休养生息，我们需要时间休养生息，让我们的母亲重新养育孩子，等候我们的新一代成长起来。殿下，只要十年的时间，我们将重又拥有两百万军队！那时候，在斯特林这样的名将指挥下，我们的军队将重返战场，现在我们所失去的一切，到时我们将给您一一讨回！”

“十年？”紫川参星喃喃自语，“那时候我是否还活着还说不定呢！”

“殿下，”帝林语重心长地说，“时间与忍耐，是我们唯一的武器。在这十年里，我们内强国政，外息战事，卧薪尝胆，家族必将可以很快地重新强大起来！您今年未到六十，即使十年以后也不过六十多，正是千秋鼎盛之时呢！愿神保佑您永寿，但即使说，发生了令吾等微臣最悲痛之事，还有宁小姐继承您的位置，她是必然能亲眼看到紫川家族鼎盛光耀之时的！”

“时间与忍耐？”紫川参星慢慢咀嚼着这句话，慢慢转过身来面对帝林。帝林惊异地发现，他已经泪流满面。

“我不是一个称职的总长。”紫川参星喃喃说，泪水顺着脸上的皱纹滚下，一滴滴地溅落衣裳，“不管怎样，紫川家绝对不能亡于我手。在我走的时候，我总得留下点东西给阿宁的，不能让她两手空空地做这个总长。”

帝林喜道：“殿下？”

“你说得对，就算千秋骂名，那又算什么？比起存亡，我个人的荣辱，根本不足道。”一瞬间，紫川参星的眼神变得清澈而锐利，“帝林，就照你刚才说的，放手去办！一切责任，由我来背！”

帝林肃容鞠躬：“是，殿下！”

七八〇年的二月中旬，远东地区已经出现了一丝春天的气息，冰雪已经在消融，冰封的河流一点点地崩裂，大地露出了斑斑点点的褐色。可以预见，春天的到来，已经不是什么很遥远的事情了。

但在这里，杜莎行省的帕伊地区，对于勇敢的孤城守卫者来说，春天还是遥遥无期的，似乎还离得很远很远，这里正处于最严酷的季节之中。二月十七日，中央军迎来了坚守帕伊的第三十个早晨。

像往常一样，斯特林统领早上起来第一个要去的地方就是西面城头，看看帝林许诺下的援军，是否已经神奇地出现了。也像往常一样，他失望了。目光所及，冬天的灰水河平原，一片白雪皑皑，还有那黑压压的一片，全部都是魔族的阵地和帐篷。

然后他又转而巡视各处的哨岗和防御部队。这个时候各处防区正在进行着交接班，一列列交了班的士兵，拖着疲倦的身躯往营地走去，脚步蹒跚。队列里大家的服装真是五花八门，因为冬季寒冻，士兵们原来破烂的军服早不堪御寒了，大家把找得到的东西都往身上挂，好多一层御寒保暖。有的士兵连帐篷布、装粮食的麻袋、包裹布什么的都给披上了，看起来十分狼狈。

看着部下们走过，斯特林心里真的非常难过。这些身经百战的老兵，都给饿得面露菜色，走起路来像是幽灵似的。他们辛勤劳累，缺少睡眠，没有吃的，只有饥饿，没有安眠，只有苦战。步兵们举步艰难，他们颤抖的双手只能勉强地持矛握枪。就连在战场上威风显赫的铁甲骑兵们，现在也不过是一群身披铁甲的骷髅罢了。

许多人得了伤寒，却没有了医治的药物，同伴们只能眼睁睁看着病人在痛苦中死去。严寒、饥饿、疾病……这些战场以外的敌人，比起魔族的刀剑更加让人无法抵御，它们无情地摧残着这支疲惫的兵马，使得他们日益衰弱。

纵使如此，这支兵马仍旧算是整个紫川家族中最精锐的部队。每次魔族一上来，军号一吹响，仿如奇迹般的，这支半死不活的部队马上就焕发起了新的活力。那些又病、又弱、骨瘦如柴的汉子，顿时变得精神焕发，眼里闪烁着光芒，迅速地列队成阵，大步挺进，朝着人数比他们多上几倍的魔族兵们凶狠地扑杀上去，那抄刀持矛的狠劲头，那高昂的喊杀声，哪里像出自病弱者之口？尽管魔族和叛军占了人数上的优势又是生力军，但每次交锋，他们都被帕伊守卫者的这股狠劲吓得魂飞魄散，被杀得落花流水，气势汹汹地上来，又狼狈不堪地败退下去。

勇敢的中央军将士们，究竟和自己的仇敌鏖战苦杀过多少回合，大家谁也记不清楚了。单是云浅雪继任指挥官后，二十万人规模以上的大型进攻就发动了两次，更别提那无数次的突袭、夜战。究竟在帕伊城下的每平方米土地里，埋葬了多少入侵者的尸体，又掺入了多少人类勇士的鲜血，那更是谁也无法说清楚的。

七天以前，魔族对帕伊发动了最后一次大规模攻击。魔族统帅云浅雪满以为寒冷、饥饿、伤病这几个有力的盟军,已经帮自己把中央军给打垮了，对于这次进攻他是志在必得，单是魔族的正规军他就出动了二十万人马，更别提那不可计数的叛军民团了。他信心十足等着向神皇陛下报喜了。

但日落时分，所有进攻团队都垂头丧气地回来了。团队长们哭丧着脸，他们损失惨重，他们最精锐的士卒已经丧命沙场。

小小的帕伊城，却依旧巍然耸立。

魔族指挥官云浅雪和卡兰不由相顾骇然。迄今为止，号称大陆最强悍军队的魔族大军所面对的，只是人类的一支孤军弱旅，他们缺衣少粮，他们后继无援。若论其兵马，在一场举国大战中，这点人马不过是一支先锋斥候的实力而已。就是这么点人马、这么座并不险峻的城，却足足阻挡了魔族举国大军的主力一个月，使得他们付出伤亡无数，损了六七员将军，更使得魔族大军主力迟迟不能与早已经在瓦伦城外封锁的凌步虚前军会合，完成夺取瓦伦的任务。

虽然包围住了斯特林，但是魔族军队本身日子同样也很不好过。因为在这种等于是双方“拼吃饭”的僵持消耗战中，魔族军队兵力强大的这个优势反而成了累赘，人多的唯一好处就是可以多吃饭。要供应这近百万规模的大军作战，所需全部粮草都是从国内运来，经过上千公里漫长的运输线，平均每运送一斤粮食到前线就要在路途上耗费一斤。这个损耗比例实在是可怕。有部下提议就地掠夺，解决粮草的供应，但是遭到了指挥官云浅雪的反对。此次不同以往，神族与远东军队结成了联盟，远东地区也并非粮食的出产地，平时此地的粮食都是依靠家族内地输入的，如果在几乎同样贫瘠的远东地区进行掠夺的话，即使硬要掠夺恐怕也掠夺不到什么东西，只会白白得罪了远东的盟军。

魔族王国地域宽广，但土地贫瘠，资源也并不丰富。日前，魔族军师黑沙已经与云浅雪谈了话，表示供应大军旷日持久的作战，因为战线漫长，后勤补给越来越困难了。他叮嘱云浅雪，最好在春季之前结束帕伊战事。因为那时候雨水连绵、道路泥泞，会使得供应更加困难，而且那时候，不论魔族军也好，远东叛军也好，士兵们都会牵挂家中的播种而无心作战，希望等候来年冬季再战。

感觉他话语中有意无意透露的不耐，云浅雪隐隐感觉到了一丝不祥。自己已经拖得太久了，陛下已经等得不耐烦了。可以想见，一旦陛下有限的忍耐耗尽，自己的下场绝对要比前任指挥官卡顿亲王凄惨得多……他开始不安了，脑子冒出了一个罪大恶极、不可思议的念头，单是一个被包围的中央军、一座小小的帕伊城，就如此难以对付，有朝一日要与紫川家族举国之兵鏖战，要攻下号称大陆第一要塞的瓦伦城堡，神族即将面临的抵抗，又将是如何强大呢？何况人类之中也是英杰辈出，名将如云。除了斯特林以外，紫川家中还有另外一个棘手的家伙帝林，听说大陆更西边还有个更了不起的女名将叫流风霜……

云浅雪感觉到有种要没顶的恐惧，对于神族天下无敌的坚定信仰，他第一次产生了不小的动摇。但无论怎么想，这些大逆不道的想法，他是绝对不会宣之于口的。特别是今天这个日子，神皇陛下将亲临帕伊前线，亲自检阅军队，查看敌情。对于担任全军指挥的云浅雪来说，陛下亲临，这无疑是个难得的荣耀，但这也是个不祥的预兆：陛下已经失去耐性了……

二月十七日，大雪。

天空灰蒙蒙的，灰色的乌云压得很低，遮住了太阳。严寒透骨，密集的雪花悄无声息地落下，落在塞内亚士兵排列整齐的方阵上，落在他们坚硬的肩膀上，也落在他们冻得通红的面上。士兵们以立正姿势一动不动，身上蒙上了一层薄薄的雪花，掩盖了他们原来参差不齐的装甲和外衣，白茫茫一片，仿佛排列在那里的不是活生生的士兵，而是一群用雪堆成的僵硬的雕塑，这群雕塑排成了十个万人方阵，整齐而肃杀。

这是个独特而忍耐的民族，也是个可怕的民族。站在帕伊城的城头，斯特林统领不出声地想。

从早上六点钟天还没亮开始，魔族阵地就开始了忙碌，在距离帕伊城不到几里的空地上，一个又一个部队调了过来，排成了多个庞大而壮观的方阵，上十万魔族兵一个个站得钉子般笔直，一动不动。

开始的时候，人类守军以为魔族又要发动大规模攻击了，紧急的军号响起，鸣彻帕伊营区。睡梦中惊醒的战士们匆匆穿起衣裳，抓起武器跑步进入自己部队所在防区，各就各位。一片纷乱的脚步声、武器碰撞的铿锵声中，却不闻丝毫人声喧哗，显示出中央军并非一般草合成军的杂牌部队，不愧是整个紫川家族乃至人类世界第一流的精锐部队。

但是三个小时过去了，魔族庞大的方阵并没有向帕伊城下接近，而是原地不动地肃立在雪中。人类开始惊讶了。

“大人，好像有点不对劲。”夜班值勤指挥官秦路副统领对斯特林说，“他们都在那儿列队，排得整整齐齐，怕不有个十万人吧，不像要杀过来的样子，倒像是在接受检阅似的？”

斯特林点头，刚要说话，忽然间，魔族阵营中锣鼓喧天，在整齐的万人方阵中，一声巨大的呼号齐天响起：“塞姆黑林！”与魔族交战多次，中央军的战士们早已经熟悉，这是魔族军队冲锋时候的战号。通常情况下，只要这个声音一响起，跟着就是几十万魔族如同潮水般地涌杀过来。城头上立即高度紧张，全神贯注地注视着城外魔族军队的动向，却发现，喊完口号以后，魔族阵列还是没有移动。

士兵们开始窃窃私语："今天魔族是怎么回事？"你问我，我问你，却谁也不知道。

后面传来一道声音："怎么回事？魔族一大早就吵得人睡不好觉。"紫川秀睡眼惺忪地上来，呵欠连连。

斯特林问他："阿秀，你看这是怎么一回事？魔族喊了战号，却没有冲上来。"他知道紫川秀在远东多年，会讲一口很漂亮的魔族语，对他们的情况也比较了解。

紫川秀走近城头边："让我看看——嗯，排得那么整齐，倒像是参加检阅似的。斯特林，你可知道，'塞姆黑林'这句话在魔族语里的原意吗？"

"啊？不是他们冲锋喊的口号吗？"

"口号是引申出来的用途，它的原来意思是'吾皇万岁'，是专门用来称颂他们的皇帝的。"

明白了他话中的含义，周围旁听的军官们脸色一下子唰地白了。

紫川秀轻松地说："今天我们有福了，大家可以免费瞻仰魔神皇陛下的尊贵玉容了。大家要不要跟着我一齐喊'吾皇万岁'啊？"

雄壮的军乐声响起，在平原上排列整齐的十个万人方阵发出惊天动地的呼喊："吾皇万岁！"军官大声地号令："拔刀！"笔挺的近卫旅士兵噌地整齐地拔出了长刀，一片蓝色的刀光，反射明亮的光带。

一行人盔甲鲜明，衣裳华丽，跟随着陛下到此的还有大群的显贵、将军。神族几乎所有的高级将领都随着陛下驾临此地了。

魔神皇陛下走在队伍的最前面，他身着黑色披风，里穿白色绒大衣，带着谁也无法模仿的雍容高贵气质，行走在队伍的前面，检阅他雄壮的军队，举手投足之间，豪气鹰扬。

当代魔神皇才华盖世又风华绝伦，士兵们狂热地崇拜他，因为他不但是他们的君主，他们的偶像，甚至还是他们心中至高无上的神！就为了他的一声召唤，魔族的千万士兵们毫不犹豫地抛妻弃子，背井离乡，甚至奔赴死亡！今天，大家终于能亲眼看到心目中最崇拜的偶像时，三军将士无不为陛下的绝世风采所倾倒，狂热的情绪就如同奔泻的河流，再也不受控制了，士兵们自发的欢呼之声此起彼落："吾皇万岁！吾皇万岁！万岁！万岁！"

但这边的呼声刚落，却听见帕伊城头那边的人类守军那里也响起了一阵呼声："塞姆黑林！"同样的声音高昂，气壮山河，就是发音有点不太准，听起来怪怪的。

云浅雪与诸位随行的重将大臣们面面相觑，还没来得及反应，人类的第二次呼声又来了："塞——姆——黑——林——"调子拉得长长的，怪腔怪调，有气无力，好像快断气似的。

接着来的是第三次呼声。一个破锣似的嗓子在给大家拉歌起调："塞姆啊那个——"

几万人类守军一齐应和唱着："黑林！"

"塞姆啊，那个——"

几万人又应和高唱："黑林！"

破嗓子："塞姆啊那个黑林啊，塞姆黑林那个，呀霍！"曲子在一个高调末尾结束。城头上爆发出一阵哄堂大笑，夹着拍掌的、吹口哨的、叫好的声音，混杂成一片。

场面非常尴尬。诸位王公大臣一个个板着脸，不敢露出丝毫表情，生怕给陛下误会自己在偷笑。下面的士兵群早忍不住窃窃小声笑起来，军官们在呼喝："不许笑！不许说话！安静！"只是连他们自己的脸上都抑制不住地肌肉抽搐着。队列好不容易安静下来了，但是刚才那种热烈又感人的气氛，那种让人陶醉的感觉是再也不复存在。

云浅雪非常恼火。

本来今天的检阅仪式安排得非常妥当的。陛下检阅三军部队，三军将士高呼万岁，陛下登上高台给三军将士训话，激励将士们奋力作战，将士们高呼回应"陛下万寿无疆"，然后陛下进帐歇息、进餐、接见高级将领和作战有功的士兵，与各重将大臣们一起进行军务会议——一切都计划得非常完美了，时间的衔接、接见人员的安排、陛下的歇息住处、饮食准备……他苦心安排，准备得妥妥当当，好不容易才有了刚才那么完美的一幕。

但是现在，一切都给弄得乱糟糟的。

他恨不得天上立即打下一个霹雳，好将自己和整个帕伊城一起给毁掉，赶紧诚惶诚恐地上前请罪："臣下该死！臣下无能让陛下受此侮辱……"

魔神皇哑然失笑，转而凝望冬季雾霭环绕下若隐若现的帕伊城堡，摇头说："想不到，人类之中，还有斯特林你这么一头不容小视的狮子啊！"

神皇的话说得很轻，却不可思议地传遍了几十公里内的每一个角落，敌我两军的每一个士兵都听得清清楚楚，声音就好像在他们的耳边发出的一样。

斯特林和紫川秀对视一眼，相顾失色。当代魔神皇不愧大陆第一强者的称号，单是这句话中显示的功力，就已经到了匪夷所思的地步，自己面临着平生未遇的可怕高手！

远处那个看不清楚面目的黑色身影，只是随随便便地往那一站，一手跟旁边的人指点着，非常放松而自然的姿态。不知怎的，就是这么个身影，却给了城头上的人无比沉重的压迫感。他一个人所散发出来的气势，竟然压过了身边几十万大军的气势。

人类军队从上到下，都感觉到了一阵莫名的压抑，就像是空气忽然变得凝滞起来，产生了无形的重量，压得他们心神不定，恐惧莫名。身具武艺的军官，因为感觉就比一般士兵敏锐得多，感受就更为强烈了，只觉得一股强大到几乎不可抵御的可怕气息扑面而来，心头产生了无名的恐惧，不可抑制，让人全无斗志。

斯特林提功运气，镇定了下来，环顾左右，发现许多军官都已经面色发青，身子颤抖，额头上却汗水淋淋。许多人已经发出了惨叫，抱着头软在了地下。他们已经被这可怕的气势逼得精神崩溃了！

斯特林惊骇："这是什么样的武功，竟然如此可怕！一个人的气势，几千米外就可以将整个大军压制！"

他望向紫川秀，却发现他面色铁青，目光中流露出深切的恨意，牙齿紧咬得咯咯作响，可以见到嘴唇边流出的血丝。

斯特林大骇，出声问："阿秀，你没事吧？"伸手搭他脉门，想查看他的经脉，是否已经内功走火入魔了。

紫川秀反手按住他的手，嘘了一口气，说："我没事。"斯特林这才发现，他的指甲已经深深地掐入了肉中。

斯特林追问："你怎么了？"

紫川秀抬手抹去了嘴角的鲜血，说："没什么。"他指点给斯特林看，"你看，站在魔神皇左边第四个，以前我认识的。"他很随意地笑笑，"老熟人啊！"笑容中，流露一股森寒的杀气。

斯特林奇怪，魔神皇身边，那必定是魔族的高级将领，这样的人物，紫川秀怎么会认识？他也张目极力眺望，发现那是个瘦高个的中年人，正点头哈腰地对魔神皇说着什么，却因为太远看不清楚他的面目。

"他是谁？我看不清楚。"

"他现在叫什么，我不知道。但我知道他以前是雷洪，远东军的副统领，化成灰我也认得他的！"轻描淡写的一句话，其中蕴含的仇恨，倾三江水难清。

斯特林一震："是他！"

两年前的远东，还是一片宁和，如今却处处烽火，叛乱四起，国土破碎。归结其原因，虽然有着其政治和经济方面的因素，但在短短的两年间，竟然有了这么巨大而激烈的灾难巨变，紫川家族的头号叛贼雷洪，无疑是其中的罪魁祸首！

是他，忘恩负义，为谋求权势荣华，对一直器重、栽培、提拔他的远东统领哥应星突下毒手，动摇了整个远东的中流砥柱；是他，眼见事情败露，悍然举兵反叛，在赤水滩与远东种族叛军合谋，导致了远东军将士骨肉相残的悲剧；眼下，又是他，眼见家族王军平定叛乱，叛军已经是无力回天了，又马上见风使舵，再次将远东出卖给了魔族。其为人的无耻，真是天下少有！如果诅咒可以致人死亡的话，雷洪早该死上几万次了。整个家族境内，千万臣民，无论山老野夫或者贵族华显，没人不想把他千刀万剐，挫骨扬灰的！

紫川秀缓缓说："这次到远东来，我最大的目的就是要找他，却一直找不到。没想到，他居然跑到魔族的阵营里面去了。真是预料不到啊！"语气十分平静，眼中却泪水长流。

斯特林黯然，他知道在紫川秀心目中，那位英年早逝的远东统领哥应星，一直占据着一个神圣而不容替代的位置。

他很理解紫川秀此时的心情。为报仇，他千辛万苦地寻觅，历尽艰难，终于亲眼见到仇人就在眼前，自己却已经穷途末路，眼看连性命都难保！而雷洪此时却意气风发，得到了魔族皇帝的宠信，在魔族大军的保护之下得意扬扬地回来了！自己竟然一点都奈何不了他，世间还有什么天理和公道，这是最大的悲哀和无奈啊！

斯特林没把想法说出来，他握着紫川秀的手，紧捏了一下，表示支持。紫川秀用力地反握，却没出声，眼中泪水却一点一点地溅落。

中午时分，难得地出来了个大好的太阳，照在身上暖烘烘的，让人心情大好。魔神皇陛下也没有被刚才突发的事件扰了兴致，他饶有兴趣地观看魔族军队所布置下来的那庞大而设计巧妙的防御工事，脸上浮现意义不明的微笑，忽然出声说："云浅雪。"

跟在后面的云浅雪赶紧出列回应神皇的呼叫："臣在。"

"现在你可否跟我说说，这二十几天里面，我们神族的大军，可取得了什么样的进展呢？"

这正是云浅雪最为害怕的问题，就像没做作业的小学生害怕老师的提问一般。尽管作为联络官和监军的卡兰已经尽量在他父皇面前说了云浅雪的许多好话，还编造了许多战绩来安抚陛下的耐心，但云浅雪却深知魔神皇的厉害，那些编造的战绩恐怕他也是心里有数，只是一直没揭穿罢了。

云浅雪强自镇定，开始滔滔不绝地讲述自己所采取的一系列措施：挖掘壕沟若干若干公里，构筑的防线是多么多么庞大而坚固，而且这些措施也取得了显著的成绩，中央军已经被困死在城中，他们缺衣少粮，饥寒交迫，一天一天在衰弱，正一步步走向灭亡。而我们神族的将士又是多么多么勇敢，消灭中央军的士兵们若干若干……

神皇挥手打断他的话，微笑着说："已经消灭了中央军三十万六千多人，这个数字恐怕是当不得准的吧？"尽管神皇是带着笑容说的，但当着这么多高官贵族的面，云浅雪还是窘得满面通红，恨不得地上有条缝可以让他钻进去。他偷偷看看自己的同谋卡兰，这家伙的脸皮却厚，老神在在的不当回事。这才让云浅雪镇定了些，含糊着说："陛下英明，神见万里，睿智过人……"

"你的工作朕也看了，确实很辛苦，工事确实也构建得非常完美，防线组织得井井有条，可见你是花了很多心血的。"魔神皇抚慰说。

云浅雪稍微好过了一点，谢恩："陛下褒奖，微臣实在是愧不敢当。"

"嗯，但云浅雪，你可要知道，我神族此次出兵，倾国之力西向，目的是要与人类争夺大陆霸权，我族百年气运，将在此一战！朕派百万大军过来，可不是专门为了在帕伊这里挖几个沟、盖几个工事就了事的，那样的话朕不如派一队泥水匠过来，他们说不定挖得还更快点。"

难得陛下幽默了一回，左右臣子谁不想凑趣？只是顾忌云浅雪深得陛下宠信，军权在握，大家抿了嘴，很端庄地露出一个莞尔的笑容，却大多没有笑出声。

唯卡顿亲王笑得最刺耳："哈哈哈哈！"他刚刚结束了禁闭反省的生活，再次出现在神皇的身边。云浅雪面红耳赤，他是很明白亲王的心态的。原先卡顿亲王殿下以为帕伊是块肥肉，抢着想一口吞掉，却不料一口咬到块铁板上，崩了几颗牙齿，结果反倒便宜了云浅雪与卡兰二人。他当然希望自己的继任者也跟着同样出丑，好让自己不那么难堪。

"阿云，朕知道你是员好将领，你爱惜自己的部下，用兵谨慎，这也是朕放心把军队托付给你的缘故。"神皇的语气渐渐变得严厉，"但你应该知道，戴着白手套，是没法子赢对手的。不付出一点代价就想夺取胜利，世界上哪里有这么便宜的事情！"

"你知道保护自己部下，让他们不至于伤亡太重。但你可知道，为了供应你围城的军队，我们一天要耗费多少粮食？每一颗粮食从我们王国本土运过来，又要耗费多少人工、车船马力？今年冬季眼看就要过去了，春季雨水连绵，土地松软，不利于大军运动作战。我们的士兵，还有远东友军的士兵，也会想赶着回家播种呢，到时候士气必然会低落。"

魔神皇用力地一挥手："是该做个了断的时候了！大军拖延作战，国家不堪其负。阿云，你作为国之上将，应该学会从国家全局来考虑！”

举座寂静，倾听神皇的训导。神皇停下训话，问云浅雪：“究竟还要多久才能拿下帕伊？”

云浅雪更是大气都不敢喘，身弓得低低的，额头上汗水淋淋：“回禀陛下，就在近期了，很快的！”

寂静中，卡顿亲王“不小心”地哈地一笑，面上流露嘲讽的笑容，说：“近期？有多近？”口气十分轻蔑。

卡兰笑眯眯地问他：“大哥可是有意接任重披战甲上阵？大哥可是有把握立即破城建功？如果是，阿云，你立即让贤。”

卡顿亲王脸色大变，犹豫几下，却没出声。于是大家知道，他已经给斯特林打怕了，根本不敢接这个烫手山芋。

神皇皱眉：“近期？阿云，你能不能给朕个确切点的日期？”

云浅雪偷偷望向卡兰，后者对他轻轻地点头，暗中竖起了三根手指。云浅雪咬咬牙：“回陛下的话，三天之内，我定当拿下帕伊！还有斯特林本人，无论死活，我都将带过来给陛下过目！”

魔神皇击掌而起：“好！这才是朕想看到的将军气概！就此一言为定了！从今天起，朕就再等三天，静候你的好消息！”魔神皇的语调转为低沉，“今天是十七日，阿云，你可记住了，如果二十日的日落时分，帕伊还是没能拿下，朕可就要亲自带队上阵了！”

云浅雪浑身一阵战栗。他很明白魔神皇没有说出来的话，竟然要劳烦陛下亲自上阵动手，那些无能的败军之将真是罪大恶极，要拿脑袋的话，自己将是首当其冲跑不掉了！

他斩钉截铁地回答：“请陛下放心！云浅雪要不拿下帕伊，要不死在城下，没有第三条路好走！臣的头颅，绝对不用劳烦陛下来取！”他说得激动，却没看到卡兰在一边对他大打手势拼命地做鬼脸。

等陛下一行人出去，卡兰一把拉住他：“阿云，你误会了，我的意思是还要三个星期！这下糟糕了！”这位历来玩世不恭的皇子脸色发白。

“殿下，我知道的。”云浅雪面上充满了决断的毅然，他慢慢地说，“但我们已别无退路。”

二月十七日，云浅雪承受了魔神皇巨大的重压，不得不许诺在三天之内拿下帕伊城池。又像巨大的弹簧一样，他把这股压力更加重十倍地转移给了下面的军团长们。

神皇刚刚离开不到一个小时，他就召集了麾下归他所统率的十六个军团长官，直截了当地跟他们说："大家都知道了吧？我已经在陛下跟前立了军令状，三天内拿不下帕伊的话，陛下就拿我脑袋！我可把话先跟大家都说明白了，我云某可是很自私的人，我怕黑怕死更怕路上一个人寂寞！在我自个儿脑袋送给陛下之前，我可先得拿你们几个脑袋垫垫底，不然我云某心理不平衡！"

没有一个军团长敢怀疑他话的真实性。云浅雪脸色铁青，脸上肌肉紧绷着，浑身上下杀气腾腾，目光中流露骇人的凶狠光芒，仿佛一头正要择人而噬的野兽。人们终于才发现，这个平时温文尔雅的斯文将军，还有这么可怕的一面！

军团长们纷纷应诺："绝对拼死作战！"他们承受了这股可怕的压力，回去他们又各自召集了自己部下的"白披风（团队长）"们，几乎是原封不动地跟他们把话再重复了一遍："大家都知道了，我已经在羽林云将军面前立了军令状，三天之内拿不下帕伊的话，云将军就拿我脑袋。到那时候别怪我话没说在前头，我可是要你们的脑袋垫底的！"

团队长们回去又把这番话跟各自部下的大队长们说——把话中的主语和人称变换了一下，通常是以"大家可听清楚了"开头，又以"拿你们的脑袋垫底"结尾——然后大队长们又以同样的方式向中队长们做了威胁，接着中队长们又跑去跟小队长们恐吓一番……这样有趣的传话游戏一直进行到最后一个环节：一个胖头胖脑的猪头小队长尖声尖气跟几个步兵说："弟兄们，你们可听清楚了，三天以内要是再拿不下帕伊，你们几个可要被砍脑袋了！"

士兵们面面相觑，莫名其妙，不明白为什么拿不下帕伊城就要砍自己的脑袋。莫非不知不觉间，自己的脑袋已经到了这么重要的地步，如果砍了它，帕伊城就可以拿下了？

一夜之间，整个魔族大营已经被相互威胁过了一遍。从上到下从军官到士兵几乎所有的人都被告知："如果再攻不下帕伊，阁下的小命就不保了！"如果所有这些威胁真的统统实现的话，百万魔族大军只怕剩不下几个了。

在二月十八、十九两天，魔族的统帅部进行着最后决战的准备，调兵遣将，积攒着每一分力量。卡兰明白，现在自己的命运已经和云浅雪紧紧地连在一起了。这一仗赢，他就有可能取卡顿亲王而代之，成为皇储人选，若输了，那就永世不得翻身了！他不但把手头所能调用的所有部队都给云浅雪派过来了，还苦苦哀求神皇从枫叶丹林抽调了二十个团队的皇家近卫旅过来，又越权调集了魔族王国最后的预备队，五十个团队的近卫军，甚至还假造自己父亲的手谕偷偷地从瓦伦前线抽调了叶尔马军团、哥拉军团等塞内亚嫡系的精锐部队！总之，坑蒙拐骗，能搞得到的部队他都用了。

在小小的帕伊城下，魔族集结了空前密集的军队：超过了两百个魔族团队的魔族正规军，外加近一百二十个远东叛军团队，总人数接近一百一十万人！这样可怕的兵力，已经超过了魔族王国全部兵力的半数，甚至足以横扫整个大陆称霸天下了！

云浅雪给全军做动员："这是最后一战了！不打埋伏，不留预备队！拿下帕伊，统统有赏，拿不下，大家就一齐完蛋吧！"连那些文职的非武装人员都被分到了一把钢刀，到时连他们也得准备上阵。好酒好肉毫不吝啬地发给士兵，让大家好好休息，补充体力。

不容置疑的是，这些法子确实是非常有效，由于围城拖延，魔族的士气已经低落了好久，现在一下抖擞起来了。魔族阵营高度紧张，部队调动频繁，整个阵营散发出可怕的杀气，连帕伊城的人类守军都可以轻易感觉得到。

进攻时间定在二十日的凌晨四点，那正是人类一天之中最困倦的时候。云浅雪的打算是先偷袭，猛烈地突击，无论如何要在城头上夺取一个据点，然后从这里，大军源源不断地开上去，与人类打肉搏消耗战。担任突击任务的三千勇士，每个都是从全军之中千里挑一的猛士，他们已经被告知："突击成功的话，每人赏金子一袋！敢后退的，全部格杀！"勇士们听得杀机萌动，牙关咬得咯咯作响，脸上肌肉紧绷。

看着部队的士气，云浅雪非常满意，他相信这批虎狼之兵绝对不是帕伊城上面那些又病又残、饥肠辘辘的衰弱部队所能抵挡的，何况又是半夜措手不及地偷袭。但他还做好了最坏的打算，如果偷袭失败的话，那就正面强攻！不怕跟人类打消耗战，哪怕十个拼他一个都可以！中央军剩的人不多了，他就不信他们还有力量像第一天那样组织骑兵出城反击。这场战斗，只要自己不怕伤亡，舍得付出代价，那几乎是十拿九稳赢定的了！

但是这个作战计划却没来得及实施。二月十九日深夜，大军已经厉兵秣马，士兵们在进行最后三个钟头的休息。突击队已经磨快了刀子，绑紧了衣裳，做好了出发的准备。

凌晨两点一刻，一员飞驰的信使突然奔入了云浅雪的中军大营，他背后的金色小旗表明他是神皇陛下的皇家信使。全军统帅云浅雪接到了来自枫叶丹林的神皇陛下的命令。

陛下命令他立即停止对帕伊的攻击，并马上赶到枫叶丹林，有要紧事务交代。

第六章　屈辱和谈

寒夜静悄悄地藏在了山岗后面，新月高高地挂在了头顶方向，积雪反射出月亮冷冷的荧光。山岗下面的一片雾色中朦胧发白的树林，那就是全远东最美丽的胜景，枫叶丹林。它以其美丽的山水风景和冬暖夏凉的温泉闻名整个大陆。现在，君临天下的魔神皇陛下进军远东，陛下对此地的风景也十分迷恋，将御驾驻地设在此。陛下随行护驾军队是近六十个团队的精锐近卫旅（俗称装甲兽），大军营帐连绵，将整个枫叶丹林山区包围得水泄不通。

帝林眺望那一片通明的灯火，看到了营帐上空飘荡的那一面代表魔神皇的金黄大旗，他轻松地吐了口气，终于到了！

现在，已经没必要掩饰自己了。帝林跳下比他还要更加疲惫的战马，只觉得浑身上下骨头一起酸痛。为了赶路，他已经三天三夜没有睡眠了。这次从瓦伦出来，他身边一兵一卒也没有带，单骑偷偷混过瓦伦城外的魔族封锁线，终于赶到了目的地。

他向着大营的那一片光亮走，顺着山坡积雪的小路下去。刚走下山坡，忽然心头一跳，迅速出剑，噌叮两声，黑暗中，长剑准确地攻落了两枚射向头部和胸口的箭头，另外有一支从身边擦过。

几乎是同一时刻，在黑暗中，三把长矛毫无预兆地同时对着他胸口和小腹部位刺了过来。大惊之下，帝林刚一个翻身滚地躲过，还没等他爬起来，只觉得面前蓝光闪烁，一把锋利的马刀正恶狠狠地照他面目砍来，那势头，如果给砍中了，脑袋非开瓢不可！

千钧一发之际，叮的一声响，火星四溅，帝林的长剑再次挡住那把马刀。借着马刀的那股冲力，他平躺在雪地上的身子迅疾地后滑出了几米，脱离了敌人的攻击范围，随即一挺腰弹跳了起来，起身的时候已经摆好了防御姿态面对敌人。

一切全部发生于一瞬间，几个动作使得兔起鹘落，迅疾又一气呵成。这时帝林才觉得心头狂跳，刚才真是太惊险了，只要他反应稍微有一点缓慢，此刻早已一命呜呼。

砰砰连续不断的轻响声，面前的黑暗中隐约隆起的雪堆猛然地一个接一个炸开，从里面跳出来十几个手持各式武器的魔族哨兵，如狼似虎地围杀上来。

帝林暗暗骇异，魔族近卫旅士兵的坚韧超出了他的预料，放哨的时候他们竟然可以把自己掩埋在雪地里长时间潜伏，而且凶残异常，连问都不问，见面就杀。他连忙高声喝叫：“不要动手！我是来谈判的信使！”

魔族士兵仿佛没听见似的，动作丝毫不停，冲在最前面的一个全身硬甲的矮个子魔族兵已经恶狠狠地又一刀砍了过来。帝林认出他就是刚才偷袭的人之一。

帝林急忙后退几步躲过了那刀，他奇怪魔族兵为什么没反应，难道装甲兽就这么蠢，不知道使者是不杀的吗？四面八方都有急速的脚步声传来，帝林知道那肯定是附近潜伏的哨兵听到动静赶了过来。

面前的魔族兵再次凶狠地扑杀上来，马刀、长枪、鬼头矛等多种武器发出尖锐的风声，一片耀眼的金属闪光。帝林不得不再次后跃躲避，他真的不知怎么办好了，自己来的目的是想和谈，不能动手杀伤对方，但现在他们这样越围越多，自己迟早会招架不住的，怎么办好呢？难道只有撤退了吗？那这一趟不是白辛苦了，斯特林与紫川秀怎么办？

正在这个时候，一个声音传来：“住手！”用的是魔族语，魔族兵们立即应声停住了动作。

帝林恍然大悟，大骂自己愚蠢，情急之下，刚才自己用的是人类语言，魔族当然是听不懂了！他望向刚才那个发声的人，却发现不知什么时候，在魔族士兵群之中多了一个全身黑衣蒙面的幽灵般的身影，相比于旁边高大剽悍的魔族士兵们，他那纤瘦矮小的身躯特别显眼。帝林看出，这个黑衣人的地位好像很高，一喝之下，刚才还杀气腾腾的士兵们现在连动都不敢动一下，而且他们总是敬畏地与他保持一段距离，不敢接近。

帝林赶紧用魔族语言把自己的话再说了一遍。黑衣人一言不发，帝林感觉到他仿佛正冷冷地在面纱后面暗暗地审视自己。良久，他对士兵们说了几句什么，说得很快，帝林听不清楚。然后几个士兵上来，帝林很配合地举起双手。

士兵们对帝林搜了身，他们拿走了帝林用的长剑。搜身完毕，帝林想说明自己想见魔神皇，却惊讶地发现，刚才那个黑衣身影所站立的位置，现在已经空无一人了。帝林吃惊地顾盼左右，那个黑衣人不知何时已经再次神秘地消失了，竟然以他的耳目之灵也没有察觉，雪地上无影无痕，连一个脚印也没留下，就像他根本没出现过。

帝林产生了种很奇异的玄妙感觉，他想起了童年时候所听说的幽灵故事。

他忽然想到一件事情，刚才自己第一次说话是用人类语言说的，那个神秘人物好像听得懂，不然他为什么让魔族士兵们停手？他到底是谁？是不是人类呢？

二月十九日深夜，云浅雪突然接到了陛下的旨意，要他马上赶到枫叶丹林候命。他只得立即快马加鞭，连夜赶往了距离帕伊前线近百里开外的枫叶丹林，魔神皇和随行的宫廷近卫旅人马正驻扎在此地。云浅雪心下忐忑不安，不明白魔神皇为什么突然召见自己。莫非是因为军事上的毫无进展而要惩罚自己吗？可是距离最后期限还有一天啊！

赶到的时候，天色刚刚发亮，陛下还没有起床。为稳妥起见，在觐见陛下之前，他先去见了魔族的总军师黑沙，想从他那探探口风。

军师黑沙告诉他："紫川家那边派来了一个和谈的使者。因为你的人类语言说得最好，陛下召你回来做翻译。在帕伊那边的作战暂停，一切都等陛下见了人类的使者后再做定夺。你现在先去见见人类的使者吧。他已经等了一夜。观察下看看，他是什么货色，对陛下有没有危险。"

云浅雪长嘘口气，顿时轻松了下来。他低头应声："遵命！"从黑沙那里问清楚了使者的所在，他径直过去了。

人类的使者被安排在一个帐篷中。外面守卫的魔族兵来回穿梭，警戒森严。云浅雪向负责看守的军官说清楚了自己的身份和使命，马上就被允许进帐篷去了。他却没有立即进去，而是站在门外从帐篷的缝隙中观察里面情形。

首先他看到的是三个魔族的将军，其中一个是鲁帝，另外两个不认识。他们三位的共同特征是相貌丑恶，举止粗鲁。尽管现在大家语言不通，他们还是挥舞着双手，做出种种吓人的姿势，正咆哮着跟那个人类的使者说着什么。

云浅雪略一思索就明白了，这准是狡猾军师黑沙的主意。派鲁帝他们几个过来吓唬下这个人类使者，给他个下马威，打心理战术。他觉得好笑，我们的军师真是人尽其才！鲁帝这个蠢材派这个用场，真是再合适不过了！他那副丑样，不用动手就可以把人吓死。

他不再理会鲁帝他们，把目光转向那个人类的使者，立即大为赞赏：好俊的人！

人类使者身材高挑，长得跟女孩子似的斯文又秀气，气质偏又卓尔不凡，一见之下就让人大起好感。而且更让云浅雪感到赞叹的是，深入魔族大营，外有魔族的重兵看守，面前又有三个凶神恶煞的怪物张牙舞爪地威胁着，生死不知，一般的人类早吓得软成一团了。而这个使者却十分平静，恬静地微笑着，还在好整以暇地品着茶！

这才是真正的置生死于度外的英雄气概！云浅雪不禁感慨，少点胆色少点气度的人，那是装也装不出来了。尽管彼此是敌人，他还是对这个人类使者的勇气与镇定十分钦佩，暗想：如果是我出使紫川家，还能否保持这样的气度？

自从昨晚开始，帝林就被囚禁在了魔族的营帐之中，轮番不断地有几个魔族兵过来跟他大吵，一个个张牙舞爪的，说得又凶又快。以帝林的魔族语水平，只能勉强地听出几个字眼：“杀了你！”“把你乱刀砍死！”“挖你的肠子！”“挖你眼睛！”反正是差不多这么些话。身为监察长，帝林自己也常常审讯犯人，知道对方目的无非就是想用疲劳攻势逼迫自己精神崩溃罢了。

帝林暗暗冷笑：要论审讯逼供，你们可是碰上大行家了！这么简单就想压垮老子，没门！表面看来，他好像在很专心地听着这几个魔族不知所云的咆哮、恐吓，其实他早已经进入了梦乡，养精蓄锐去了。

不知什么时候，帝林猛地一凛，突然醒来了。就像在冬天里突然被浇了一头冷水，让他全身上下一寒。他明白了，有魔族的高手到了，正在营帐外窥视着自己。

帐篷的门帘被掀开，门口处出现了个新的魔族人——其实帝林一开始也不敢肯定他是魔族，他看起来就跟人类没什么两样的，除了那代表魔族特征的碧蓝的眼睛。帝林明白了，自己是碰上传说中的魔族皇族了。

此人年纪应该还很年轻，书生的儒雅气息之中带点军人的英气，十分英俊。美中不足的是他右手的袖子空荡荡的，手臂已经没了。他面上挂着和蔼的笑容，看起来非常友好而亲切。

帝林站起来迎接他，笑容同样亲切又和善，瞳孔却在一点点缩小。此人身上若隐若现地散发着一种很危险的气质，却含而不露，是个非常棘手的家伙。他注意到那个皇族很快说了几句话，那几个青面獠牙的低阶魔族兵就乖乖地退出去了，看得出他的地位不低。

对方转向帝林，微笑地又说了句话。帝林细细分辨，才听出他是问自己能不能听懂魔族语言。帝林点头，用魔族语言结巴地回答：“我会一点贵方的语言，但请阁下说得慢一点，句子简单一点，这样我才能听得懂。实在抱歉了。”

那个皇族皱皱眉，马上又舒展开了来，用流利的人类语言微笑着说：“那我们还是用人类的语言交谈吧。这样无论对阁下、对我都省事得多。我叫云浅雪，在神皇陛下的麾下任职羽林将军。不知阁下在紫川家族中任何官职，姓名又是什么，可否告知？”

帝林心头震撼，眼前的这个年轻人就是云浅雪，与自己交手过多次的劲敌！他惊讶对方的年轻，而且竟然能说这么漂亮的人类语言，虽然带点魔族口音，但吐字却是非常清晰。

帝林弓身行礼：“云将军乃神族名将，在下久仰了。在下哥普拉，担任紫川家族禁卫军的红衣旗本。”他不敢公布自己的真正身份，因为魔族对自己可是恨之入骨的，所以只得杜撰了一个子虚乌有的身份出来。为了防备对方验证，他来之前还借了哥普拉的军官证和身份牌过来。

但云浅雪并没有要检验他身份的意思，问：“哥普拉将军，您这次前来求见吾皇，有何要事呢？”

帝林正容回答：“我为神族与人族之间的和平而来。”

云浅雪笑了，说：“难道哥将军认为，神族与人类如今还有和平的可能吗？”

“为什么不呢？无论对神族或者对我紫川家，和平都是非常有益的。”

云浅雪微笑着：“目前的情形看，我相信和平对于紫川家是非常有益的，但是对于我们神族，实在没有必要。我们大军意气风发，胜利指日可待！”

帝林露出一个狡猾的微笑，并不正面回答云浅雪的话：“目前真实情况究竟如何，云将军，您是军事上的行家了，应该清楚的。”

云浅雪也笑，他发现这个哥普拉是个交涉的老手，油滑得很。

正在此时，一个魔族的近卫军官走了进来，跟云浅雪小声说：“陛下已经起来了，吩咐您带人类的使者过去见他。”

他点点头，转向帝林：“哥将军，既然您这么说了，可愿意随同我一起觐见神皇陛下？”

帝林一鞠躬：“在下十分荣幸，有劳将军指引了。”

通过了三步一岗五步一哨防守严密的警卫们，云浅雪带着帝林来到了一个巨大而气派的帐篷前面，上面飘扬着一面金色的狮子旗帜，显示这正是魔族的至尊，高贵的神皇陛下住处所在。

两排高大的近卫旅的士兵守卫在帐篷的门前，他们个个身高超过两米，身形剽悍，浑身披甲，黑色的头盔上面有两只牛角，手中长矛铿亮，散发出丝丝寒光。看到云浅雪这个高级军官过来，他们也不行礼，站立得钉子般笔直，一动不动。云浅雪明白，近卫旅隶属于神皇的亲卫部队，对魔神皇的忠诚就如传说般的神奇。除了近卫司令雷欧公爵和魔神皇本人这两个人，他们是谁的账也不买。

当帝林走过时，两把锐利的长矛忽然交叉拦住了他的去路，手持长矛的近卫旅军官对着他虎视眈眈，却一言不发。

云浅雪解释说："哥将军，对不起，他们想看下您身上有没有武器。"他故意隐去了"搜身"的字眼。

帝林点头，很配合地举起手来让他们搜查。搜身的两个军官动作非常老练，什么也逃不过他们的搜查。然后，他们对近卫旅士兵们做个手势，守卫们让开了一条路。

云浅雪领着帝林来到宽阔的会客厅。这里虽然是神皇临时的住处，却布置得同样金碧辉煌，气派不凡。猩红的大地毯上，两排侍立着大臣和重将，除了卡顿亲王、卡兰殿下等核心级别的人物外，还有宫廷近卫军指挥官雷欧、加纳总督罗斯、布鲁总督古萨等一大批的重将，几乎整个魔神王国的精华都在这里了，气氛森严而肃杀。

云浅雪立即意识到了，一定是由于目前战局的僵持，使得神皇非常重视这次会面。他对着神皇下跪，深深地磕下去。陛下用低沉的声音道："起来。"他才站起来，示意帝林也跟着他这样行礼。

帝林却呆呆地站在原地，盯着魔神皇的面目，一动不动。

在人类的传说中，魔神皇，是世间最丑恶最恐怖的生物。在帝林的想象中，自己将会看到这样一个可怕的怪物：面目狰狞，浑身上下长满黑毛，血盆大口，眼神凶狠，厚厚的嘴唇里冒出可怕的獠牙，说起话来瓮声瓮气的……尽管他已经有了充分的思想准备，但那一瞬间，他还是惊讶得说不出话来，几乎要脱口喊出："哥应星？！"

几十根明晃晃的蜡烛将屋子照得通亮通亮的。一个年轻的男子正坐在案前看书，他身形高挺纤瘦，相貌清秀而忧郁，眼睛如同蓝宝石般明亮却又那么清澈，目光中透露出深邃的睿智。他更像个洞察世事人情的哲人或者怀才不遇的诗人，而非统合六军的魔族至尊。他不时地轻轻摆下头，手指拨弄一下额边垂下来遮住眼睛的散发，动作灵巧而悦目，让帝林看得呆了。

那一瞬间，帝林真的以为面前的是那位已经去世的远东统领哥应星复活了！后来他才奇怪，细看之下，其实魔神皇与哥应星根本没一点相似的地方，自己为何竟然会将他误认？随即恍然，他与哥应星相似的并非容貌，而是神韵。就如同当年的哥应星一般，他有种很深沉的气质，让人感觉如水般的恬静平和，却不敢对他有任何轻视。

不知过了多久，他这才醒悟了过来，对着魔神皇深深地一鞠躬。

大家愤怒的目光一齐盯着帝林。站在门边的两个侍卫已经把手按在了剑把上。云浅雪低声而急速地给帝林再次提醒了一次：“跪下行礼！”

帝林感到众人注视的目光如同钉子般刺在自己身上，但他一动不动，外表泰然自若。

魔神皇慢慢抬起头来看了他一眼，眼眸一片碧蓝，如天空，如大海，又如最纯净的蓝宝石水晶，深邃得仿佛在其中有无限博大的宇宙，却看不出任何感情。

寒冬时节，帝林的背上却渗出了汗。他知道，此刻在他面前的，是世界上最大的邪恶化身，也是世界上最大的权力者。他统御的疆土，比当年的光明皇帝还要辽阔；在他麾下，有着整个大陆人数最多、最强悍的军队。他有几百万狂热的追随者，只要他手指一指，他们可以毫不犹豫地为他赴汤蹈火。近百万魔族轰地向西杀了过来，整个远东尸积如山、血流成河，几百万人丧命，无数的城市和乡村被摧毁——这一切的一切，就因为他愿意！以他的能力，他的权力，这是个几乎接近神的存在了！

帝林眼睛中露出坚定的目光，脸上表情十分镇定。

神皇的目光同样镇定。

一股几乎不可抗拒的逼人气势扑面而来，那吞并天下的霸气，让人不寒而栗的刺骨杀气，让人如同面临地狱的最深渊的绝望，窒息感，黑暗，杀戮，死亡，毁灭，血腥……

这，就是毁天灭地的皇者霸气！在如此可怕的气势面前，帝林感觉自己的一身武功就像个婴儿般无力，根本无法与之对抗。他在苦苦支撑，强迫自己慢慢地数，数到七的时候，他身子前倾，再次深深鞠了一躬，外表还是镇定如恒。

神皇微带惊讶地打量他一下，仍旧不露声色，又低头去看书了。那种强大得让人窒息的气息忽然消失了，帐篷中的紧张气氛这才缓和了下来。

云浅雪轻轻松了口气。他对这个并不出名的人类使者哥普拉刮目相看了，却暗暗奇怪：在神皇举世无双的霸气面前却能不露半点狼狈，傲然而立。以他的定力和武功，应该是很有名的高手才对。为什么我却一点没听过他的名字呢？

他怀疑“哥普拉”是个假名，在自己脑海中搜索，年纪轻轻就有如此功力，紫川家中有哪些著名的高手呢？紫川家的第一高手雷迅？不会，他已经死了。明辉？也不会，明辉比他年纪要大得多。斯特林？斯特林已经给困在帕伊了，不可能来……那还有谁呢？

他忽然想到了一个人，心头大震，是他？！传说中那个人的相貌也是十分俊美的……云浅雪赶紧仔细端详使者的容貌，秀美而柔弱。他只觉得一颗心在不住地怦怦狂跳。若真是那个人的话，那他就真是胆大包天了，竟敢到这来！

他端正地行了个礼，开口说："陛下，微臣带来了紫川家的和谈使者哥普拉。请问陛下可愿意接见他？"语气恭敬而平静，丝毫没有显示内心激烈的思绪。

神皇心不在焉地点头，嗯了一声，招招手，一个宫廷侍卫过来，小心翼翼地收拾好神皇案上的书本。

帝林上前一步鞠躬行礼："紫川家族使者哥普拉，前来参见神族皇帝陛下！"

"哥普拉，一路辛苦了。"神皇抬头，深深凝视着他，目光锐利，"昨晚休息得还好？"不知为何，平时魔族那鼓噪刺耳的语言从他的口中出来就变得非常悦耳，仿佛流水般流畅。

云浅雪飞快地同步翻译。

帝林躬身行礼："有劳陛下挂怀了，在下休息得很好。感谢神族友善的款待。"肚子里面骂道：好个屁！

云浅雪又翻译了过去，魔神皇点头："那就好。不知你此次前来见朕，有何贵干呢？"

"陛下，我带来了紫川家总长对您的问候，还有双方和平的愿望。"

"和平？"魔神皇慢慢地说出这两个字，语调里带有一丝难以形容的嘲讽意味，"哥普拉，如果朕没有理解错的话，你是代表紫川家来和我们神族和谈的吧？和平，是弱者才需要的东西，我们神族身为强者，不需要这个。"

帝林微笑道："陛下睿敏，可否听我一言？"

"你说。"

"陛下，当今的西川大陆上，魔神王国与紫川家族相邻，本应该做友好相邻的兄弟之邦。不幸的是，这几百年以来，两国相互征战不断，日前的战役更是惨烈无比，伤亡人马无数，各自损失惨重。为了一些无谓的纷争，我们大动干戈，遭殃的是两国的无辜子民，其中有无数孤儿寡母。陛下身为一国之君，应以臣民为念，天下苍生为念，早日停止两国之间的战事。"帝林神情悲怆，言谈之中满含着悲天悯人的情感，谁看得出来，他竟就是魔族王国境内那数以百万计的"孤儿寡母"的最大制造者？

神皇淡淡一笑，说："你的口才很好。"

于是帝林明白，刚才的那通话，魔神皇根本就没听进去。不过这也在他意料之中，如果说这样几句"仁义道德"的话就把这个号称当代最强者的魔神皇给感动了，那才是天下最大的笑话了。他转换了种诉求方式，说：“陛下明鉴，应知道紫川家族与贵国同为大陆强国，各自拥有强大的实力，可以说和则两兴，战则共亡。目前双雄并立，谁也奈何不了谁。这样打下去只是徒然增加双方国力的消耗而已……”

魔神皇一直平静地听着，突然出声打断了帝林滔滔不绝的陈诉：“哥普拉，你一路过来，可见到朕的军队了？”

“啊？在下有幸见到了。”

“怎么看呢？”

“陛下的大军军容鼎盛，气势雄壮，真乃威武之师。”

神皇莞尔一笑，问：“比起你们紫川家的军队来，那又如何呢？”

帝林默然。他明白魔神皇的意思，这样的军队，岂是你们紫川家所能抵挡的？如果单从军事层面上来说，魔族军队确实比一般人类的军队要强悍上很多。

眼见帝林无言以答，两旁的臣子们赶紧大声称颂：“吾皇神威，天下无敌！”说得整齐又洪亮，显得训练有素，熟练无比。

帝林不禁莞尔，问：“陛下对历史很熟悉吧？”

“朕略知一二。”

“贵国历史上有名的黄金汗、卡拉十三世，当时他们的兵力之雄厚，可并不亚于陛下眼前啊！”

黄金汗与卡拉十三世都是魔族历史上的君主，他们分别于帝国历六〇二年、六九八年向人类发动大规模进攻，也是倾国之力，兴师百万，结果都是在瓦伦城下一败涂地，铩羽而归。卡拉十三甚至还在瓦伦城下战死了。

云浅雪听得脸色发白，对于这两次战败，魔族一直讳莫如深，视为最大耻辱。这个人类使者真是胆大包天，竟然敢在这里提这个禁忌的话题，甚至还敢把当今的魔神皇与他们并列！他犹豫着，不知该不该直接把话翻译过去。神皇如电般的目光扫过，他马上警醒过来，一字不漏地把话翻译过去。

果然，在群臣中起了一阵愤怒的骚动。血气方刚的将军们紧紧握住了刀柄，无数充满杀意的目光齐齐集中在了帝林身上。若不是在陛下面前，他们早冲过来把这个狂妄的人类使者乱刀砍死了。卡顿亲王出列说：“父皇，使者无知而狂妄，竟然胆敢侮辱您的无上神威。我等身为陛下忠实的臣子，实在是忍无可忍，请求陛下允许，让儿臣立即杀了他！”

神皇皱眉说：“你的礼仪哪里去了，卡顿？你打算要杀一个使者，让整个王国为你的行为蒙羞吗？”

卡顿亲王讪讪地退下。

神皇转向云浅雪说："你跟他说说，说话要小心点。"

"是。"云浅雪转而跟帝林说："哥普拉阁下，请明白，我们并非不讲道义、不遵礼仪的野蛮人，我们保护使者的人身安全。但是您作为使者，也请注意您的言辞。不然我们是很难控制住众位将军的愤怒的。"

帝林微一鞠躬，为刚才的发言道歉，却说："在下无意侮辱任何人，在下只是阐述了曾经发生过的事实而已。"

神皇冷冷说："朕是不是跟卡拉十三一样的，多说无益。你们——你和你们所有的军队，很快就会看到的，哥普拉。"语调平静而低沉。

帝林心头一凛，面对这样的挑衅竟然一点都不动怒，当代魔神皇的冷静和城府实在超出了他的预料。这样看来，自己的那张底牌究竟能不能奏效，还是个未知数。

帝林慢慢地说："在下斗胆猜测，以陛下雄才伟略，出动如此大军，目的应该是想建不世之伟业，开疆拓土吧？"

神皇点头说："正是。"

"陛下，瓦伦要塞是大陆最坚固的堡垒之一，驻扎有我紫川家的精锐部队数十万。诚然，陛下的军队非常强大，但要强攻瓦伦的坚墙厚壁，恐怕也难言必胜吧？"

魔神皇微笑着说："就算喝茶也有人被呛死的，打仗哪里有必胜的事情？"

"陛下，您兴师动众，倾国之兵过来，冒如此风险，在下实在为您觉得不值。在下有一个浅薄之见，既能实现两国的停战与和平，又能实现陛下开疆拓土的愿望。不知陛下可感兴趣呢？"

"有这么两全其美的办法吗？你说。"

"很简单，只要陛下同意停战和平，我们紫川家愿意把远东作为停战的礼物，双手奉送给陛下，这样不比陛下出动大军，冒这么巨大的风险更好吗？"

紫川家竟然要自动放弃他们两百多年的远东基业！魔族的重将显臣不敢相信自己的耳朵，轻声发出了感叹："哦！"一时间，寂静的帐篷中响起了嗡嗡的交头接耳声。

魔神皇惊讶地说："你在开玩笑吧，哥普拉？"

帝林从身上抽出几份文件，说明："这是我家族现任总长紫川参星殿下亲笔签署的文件，承认从此以后远东二十三个行省不再是紫川家族领土，移交给神族王国统治。这是委派我签署这些文件的授权书。陛下，只要您一点头，不用再动一兵一卒，整个远东都将合法地成为您的新疆土了。另外，为了表示我们的善意，我们将赠送给神族大军白银一百万两。”

魔神皇微笑问：“不是这么简单的吧？紫川家如此慷慨，有些什么条件呢？”

“那对陛下来说实在是件轻而易举的事情。目前我中央军所部，仍旧停留在杜莎的帕伊行省一带，被神族的大军所困。我们恳望陛下宽宏，能怜悯将士远征，家中妻儿期盼之苦。希望陛下能下令两军停战，放开一条道路让中央军西归。还望陛下恩准成全，紫川家族上下将永感陛下宏德大恩，两国永为兄弟友好邦国！”

听得帝林的条件，云浅雪的心怦怦直跳，很希望魔神皇就此答应了这个停战协议。他作为前线指挥官，清楚部队现在的状态，一鼓作气，再而衰，三而竭，由于久攻孤城不下，部队的军心和士气都已经受到了很大的挫折。就算自己死战苦战拿下帕伊，那也必定要付出可怕的代价，还要继续西向攻击人类的话，那横在神族大军面前的，将是比帕伊更为坚固百倍的瓦伦要塞了。一想起要让士兵们踏着泥泞攀爬强攻高耸入云的瓦伦城墙，云浅雪就感觉到心急如焚，战栗不已。

此刻，不只是他，所有人的目光都集中在了魔神皇身上，等候他的答复。

“嗯，你们想拿远东换回中央军和斯特林。”魔神皇神情淡淡的，看不出表情来，“不过朕有个问题搞不懂，想请教一下。”

“啊？陛下有何疑惑？在下将竭尽所能地解答。”

“你们怎么能拿朕的东西再送给朕呢？”

“啊？”

“远东全境朕是已经拿下的了！”魔神皇剑眉一轩，勃然变色，说得又快又急，话锋锐利如剑，“并非靠你们的赠送，靠的是朕的利剑！朕的东西你们却又拿来送给朕，真的当我们神族是白痴吗？朕不如把帝都送你们好了！你们紫川家害死了我女卡丹，还派遣帝林来我国境内大肆烧杀掳掠，是你们首先破坏了和平，现在还来谈什么和平？想放中央军回去？可以，把瓦伦交出来吧！”

群臣轰然叫好，为魔神皇的豪言喝彩。由卡顿亲王领头，一群好战派的大臣纷纷出声来嘲笑这个愚蠢的人类使者居然不自量力，敢在“最睿智最聪明的陛下面前耍手段”！

云浅雪十分失望，暗骂道：蠢货！你们懂什么！

他望向帝林，却发现被神皇拒绝后，他依旧那么镇定自若。云浅雪疑惑，都到这个地步了，他为什么还能这么有自信？难道他还有什么底牌没亮吗？

恰好这个时候，帝林也转过头来看他。两人目光交错，都觉得对方的眼神亮得刺眼，便不自觉避开。帝林递过去一个小木盒子，说：“除了远东以外，紫川家还给神皇陛下准备了些小小礼物，烦劳将军转呈陛下。”

云浅雪没有马上接过。他向魔神皇请示道：“陛下，使者说有东西送给您的，请您过目。”

魔神皇点头，一扬手，就像有根无形的线牵着似的，帝林手中的木盒子竟然自动地缓缓飞到了他手中！帝林后退一步，脸上骇然变色：双方相隔五六米，魔神皇凭空一抓就把自己手中紧握着的盒子给吸了过去，自己竟然拿捏不住！难怪传说魔神皇是当世的第一高手了，世上还有没有能够克制他的人？

眼见神皇露了这么手神奇的绝艺，帐下群臣无不大声叫好，一时间颂声如潮，其中还夹杂着对帝林的恐吓。魔族的将军们叫骂道：“吾皇神威，宇内无敌！放下武器，立即投降我们神族，这是你们紫川家唯一的出路！”“不投降的话，滚回去擦干净你的脖子挨宰吧！”

帝林一言不发，冷笑着听着魔族将军们的辱骂吹捧。他在心底暗暗祈祷，希望魔神皇的反应能如他希望的那样。

魔神皇打开了盒子，看到里面的那个耳环，他目光一亮，抬起头来看着帝林。

帝林庄重地点点头。

盒子里面还有封信。魔神皇轻轻拿了起来，拆开，上面只有寥寥几行字：

父皇：

近好？女儿十分想念父皇，日夜盼望归来。他们说，若父皇不在二月底之前，将中央军全部放回，他们就要杀了女儿。

女儿卡丹

七八〇年二月十二日

帝林紧张地看着魔神皇读信。这封信卡丹是用魔族文字写的，当时来不及找懂魔族文字的行家去检查了，无法知道她写了什么。现在，中央军的命运、斯特林和紫川秀的性命，自己能不能活着回去，甚至还有整个紫川家族的命运，统统都寄托在这封信上了！

魔神皇不动声色地把信合上，从容地起身，从会客室的边门走了出去，丢下一屋子愕然的臣子，身后抛下了一句话：“你跟朕来。”

跟在魔神皇的身后，帝林进入了个小小的隔间。他环顾左右，发现这是个比刚才的房间小了很多的隔间，布置得非常雅致。屋子里没第二个人，连刚才的翻译云浅雪也不在了。他看到魔神皇已经坐在墙边一张茶几的旁边，心中叫苦，以自己那蹩脚的魔族语，怎么跟他对话呢?

神皇抬头看了他一眼，微笑说："请坐。"说的竟然是非常纯正的人类语言，语调流利，竟然说得比刚才那个翻译云浅雪还好!

帝林吃惊，魔族皇帝竟然可以说人类的话，而且说得那么好！那刚才在众人面前，他为什么又要找个云浅雪来做翻译呢?他要隐瞒什么?他又有什么目的?

一瞬间，帝林已经转了好多念头，却一声不出地走近，先向魔神皇鞠躬，然后在他茶几的对面坐下，一言不发。

魔神皇端起茶杯，微笑着说："这茶不错的，你不妨试试。"

帝林安静地端起了桌前精致的茶杯，轻轻抿了一口，赞叹道："确实是好茶，很难得的。"

魔神皇静静地凝视着帝林："相比于你们人类的茶，又如何呢，帝林阁下？"魔族皇帝蓝色的双眸闪烁着奇异的光芒。

第五卷

叛贼英雄

第一章　沦陷远东

帝林略带惊讶地扬了下眉毛：“这茶确实不错，不过还不如我们人类的。顺便说一声，陛下，您认错人了，我并非帝林。”

魔神皇不出声地凝视着他，气势凌厉，目光锐利得仿佛要在他脸上烧出两个洞来。帝林抬头坦然地面对神皇的注视，眼神诚恳。两人都没有出声，房间里一片寂静，可以听见营帐门口宫廷侍卫来回走动的脚步声。空气中弥漫着无声的杀机。

“帝林，你是这十年中我所见过的最出色的人类高手，”魔神皇淡然一笑说，“也是在我面前说谎说得最镇定的人。只是不管你如何高明，有一样东西你是怎么样也装不了的，刚才你的瞳孔突然缩小了。”

帝林微笑着说：“突然面对尊贵的陛下和当世第一高手，谁都会紧张的。”

“以你的武功，应该是很出名的高手，然而为什么朕却一点没听过你的名字？”

“在下一点菲薄所得，如何敢称高手？紫川家中历代名将辈出、高手如云，军中又多有藏龙卧虎之士，胜于在下之人甚多。在下浅名不扬不被陛下所知，那也不是什么稀奇事情。”

“你自称是禁卫军的军官，穿的却是监察厅的军法官制服；你自称是红衣旗本，但你的肩章却表明你是旗本——这又怎么解释呢，帝林？”

帝林暗暗吃惊。当时太匆忙，他来不及准备禁卫军的服装，只借了哥普拉的衣裳就穿上了。他没想到这个原来以为深宫不出的魔族皇帝竟然对紫川家的情况如此了解，连各个军团的制服、肩章、自己的官职等这么细微的情报他都了解得那么清楚。

“我原属监察厅任旗本职务，因受总长之命前来贵国出使临时调入禁卫军，临行前总长特意奖励越级晋升我为红衣旗本。只是战时太过匆忙简陋，未能更换制服肩章，让陛下见笑了。”

魔神皇摇头叹气：“帝林，你这个家伙实在机灵！云浅雪如果有你一半聪明的话，他也不至于在帕伊下碰得焦头烂额了。”

帝林还是很平静地说：“陛下，很抱歉，但是您真的弄错了。”

魔神皇拍拍掌，门外有人应声说：“是！”门帘掀动，进来一个人。

来人身着魔族将领的盔甲，个子瘦高，面目倒也端正，神情得意，只是掩饰不住骨子里的一种猥琐之感。看到他，帝林的一颗心直往下沉，他已经认出来人的身份了：紫川家族最大的国贼，原远东军三重将之一的雷洪。当年在远东时，担任红衣旗本的帝林与担任远东副统领的雷洪有过数面之缘。帝林也明白了，难怪魔族这次一路过来势如破竹，原来有雷洪这个大叛贼在一边给他们出谋划策。雷洪担任家族的高级将领多年，对家族的兵力分布还有作战方式等机密都了如指掌。他的叛变，让紫川家族付出了可怕的代价。

雷洪十分得意。他先对魔神皇恭敬地施了一礼，起身笑着对帝林说：“帝林阁下，您如今出任家族监察长，大富大贵了，可还记得当年远东的故人？”

帝林一言不发，沉静地睥视着雷洪，目光中充满了轻蔑，显示他不屑与之搭话。雷洪一直在笑着，只是在帝林锐利的目光逼视下，笑容变得越来越僵硬，竟然有点手足无措了。

魔神皇微笑问：“帝林，你为何不回答？”

帝林转而面向神皇，微笑道：“陛下，您叫我怎么跟一条狗搭话？”

魔神皇纵声大笑。雷洪的脸色变得青一下白一下的，破口大骂：“帝林，你死到临头了还这么嚣张！吾皇英明，迟早将一统大陆！你若知道好歹，马上跪地求饶归顺我陛下，说不定可以捡回一条小命！不然的话，我将你千刀万……”

“陛下！”帝林打断了雷洪的话，他起身直接面对魔神皇，“我敢出使贵国，本做好一死的准备。既然身份被认出了，性命就全在陛下掌握中了，要杀要剐，陛下一句话就够了！但如果陛下想跟我谈判，就请派个纯种的神族过来！至于他——”帝林蔑视地望了雷洪一眼，“最多只配跟我的狗谈判！”

雷洪大怒，张口欲回骂，魔神皇不出声地摆摆手，他吞回了一肚子的脏话，却仍忍不住出声说：“陛下，帝林这厮不光蔑视我，他连您也不放在眼里啊！陛下，我们万万不能让他活着回去的……”

“朕知道的，自有分寸。”魔神皇淡淡地说，平淡的语气中却含有一种凛然的魄力，“平靖公，你可以退下了。”

雷洪知趣地闭嘴，乖乖地从边门离开，出门时回头一望，目光中满含着对帝林的刻骨恨意。帝林深深一鞠躬：“感谢陛下成全。如果陛下再无别的吩咐，请允许我自尽。”自己实在与魔族结下了太深的仇恨，魔族无论如何是不会放过自己的。与其让他们杀，不如自己动手落得个痛快。

魔神皇没有回答，却说：“好久没有见到像你这样的人类高手了，我很欣赏你，你比雷洪强上百倍。如果我建议你到我们这边来，你会不会以为这是一种侮辱？”

帝林沉吟道：“如果是任何别人提出的这种建议，我会认为这确实是种侮辱。但既然是陛下您亲口提出的，在下实在感到是种莫大的荣幸。”

魔神皇微笑：“嗯，那你的答复是？”

帝林很认真地思考了一阵，才说：“不。承蒙陛下看得起，但是我还有点廉耻，让我与雷洪那种人并列的话，实在难以办到。”拒绝了神皇的要求，帝林心头一阵怅然，长叹口气。他知道这实际上是断绝了自己生存的最后希望。

魔神皇慢慢把玩着手上的茶杯，深邃的目光投向帝林：“像你这样的人类高手，我都有几十年没有看到了。你应该是剑圣拉欧的传人吧？”

帝林生出种什么都被看透了的可怕感觉，自己并没有动手，只是凭很少的举止，他就看出了自己的武艺和流派。不过有一点他可是万万想不到的……

“回禀陛下，在下的师父并非拉欧。事实上，在下没有任何师承，是靠着一本剑谱自学的。”

“哦，你的剑谱是哪来的？”

“回禀陛下，那是在下买来的。”

魔神皇再次惊讶了：“这朕倒不知道了。拉欧的剑谱，这样的东西居然也买得到？一定很珍贵吧？”

帝林正颜说：“正是。”肚子里偷笑，也不是那么珍贵了。紫川秀赌输了没钱给，丢下两本脏兮兮的册子就跑了。斯特林与帝林两个大赢家没办法，只得勉为其难地每人一本把册子收下顶债了。这还真是有史以来最便宜的武功秘籍了，总共价值七个铜板！几天后紫川秀哭丧着脸想把书赎回去，结果两人七手八脚地把他打跑了。帝林暗暗下定了决心，这次如果能活着回去的话，非要抓住紫川秀好好审审，看看这个鬼鬼祟祟的家伙到底还藏有什么好宝贝。

“剑圣拉欧，人类世界继左加明之后的最强高手……”魔神皇喃喃自语，忽然低沉了语气，“现在，帝林，朕真的很想知道，你为什么敢到这里来？莫非是你自恃武艺高强？像你这种程度的人类高手，三十年前朕就杀过无数了！”

帝林沉静地回答：“陛下，我是以使者的身份前来的。”

魔神皇讽刺地微笑：“你不是那种死守道义的人，我也不是。就算使臣是受保护的，但你却是特殊。”

帝林打个冷战，魔神皇意思分明是：你帝林滥杀平民和战俘，早已经恶名昭著。我们神族把你杀了，谁能说我们不对？

他长吸一口气，缓缓吐出四个字：“卡丹公主。”

魔神皇神色不为所动：“就算没有斯特林和中央军在我手中，单就现在的局势，我神族强而紫川弱，卡丹对于你们而言不知有多珍贵！我谅紫川参星也没这个胆子敢动我女儿一根毫毛！”

帝林冷笑：“忘记告诉陛下了，卡丹并不是控制在紫川参星手上的，她由我的人看管。如果我没能按时回去，十二小时内，卡丹的脑袋就要落地了。”

魔神皇冷冷说：“你在吓唬朕吗，帝林？”语气中充满了令人窒息的恐吓味道。

帝林毫不退缩：“陛下，您该知道，像我这么卑鄙的人，敢深入贵国大营，当然不会一点准备没有的。您要杀我，容易，但您若想要回卡丹的活命，没门！”

两人针锋相对，怒目以视。帝林气势汹汹，目光死死地盯着魔神皇。他知道，这个时候万万不能示弱，稍给魔神皇看出破绽，自己就完蛋了。

片刻，还是魔神皇先开口了。他压抑了自己的怒气，缓缓说：“很好，开出你的条件来吧，帝林。记得，不要太过分了！”

“陛下，我已经说过了，我们放卡丹回来，你们给帕伊撤围，放中央军回来。”

“你不觉得这样的条件太过分了吗？用卡丹一个人想换中央军的几万人？”

“陛下，神族的公主可只有一个啊！她的身份尊贵，比一百万大军还要值钱。如果换得太便宜，那也有失卡丹殿下的身份啊。陛下，您总要为卡丹殿下的脸面着想啊！何况，还有远东全境的领土呢！”

魔神皇有点哭笑不得的感觉。帝林竟可以这样强词夺理地说话，明明是占了老大的便宜还做出一副“我是为你着想”的架势。

他考虑良久，慢慢开口问：“卡丹还好吗？”

帝林肃容回答：“公主殿下非常好，并未受过任何虐待。我紫川家待公主殿下如上宾，将她安置在我前任总长紫川远星女儿紫川宁府邸中，礼尊异常。根据在下所见，公主殿下还与宁小姐结下了深厚的友谊呢。”

魔神皇缓缓地点头，说：“当初派卡丹这孩子到葛沙那里去，原是想让她学点军事好充当大任的，却不知反倒便宜了你们。这真是天意，看来紫川家还是气数未尽啊！”他沉吟道，“这样，你们先把卡丹放回来，朕立即给帕伊撤围，放你们的中央军回去。”

“在下斗胆，请求陛下先行撤围，只等中央军一进了瓦伦，我们便立即奉还公主殿下。”

魔神皇扬扬眉毛：“你不相信朕的承诺？”

帝林站起深深一躬身：“在下不敢。只是陛下知道，我们交还卡丹比较容易，只要在瓦伦城外双方做个交接就可以了。但中央军的撤围却是个大问题，需要双方协调，信使来往，加上大军行进，路途遥远，途中非常容易发生变故。这是个很烦琐的过程，所以希望能将这个事务先行办理了，以后的交接就非常容易了。”

帝林洋洋洒洒说了一大堆的理由，看到魔神皇的脸色越来越坏，他叹了口气说：“陛下，我就直说了吧。我相信陛下是言出如山的，但正如陛下所说的，现在的局势是神族强而我紫川弱，如果我们放了卡丹，而神族不肯放中央军回来的话，我们是一点办法没有的，所以我们不敢。这点还请陛下谅解。”

魔神皇哑然失笑：“那朕又怎么知道，你们的中央军回去以后，你们还会不会放人？你们拿什么担保呢？”

“我认为，陛下您的实力就是最好的担保。以陛下本身盖世武功，神族百万精兵强将，如果可以选择，谁也不会愿意与陛下为敌的。如果我紫川家敢于反悔，区区瓦伦城，安能阻挡神族的大军和陛下这种举世无双的高手？”

魔神皇沉默不语，忽然纵声大笑。帝林吃惊地望着他。

“这个马屁拍得好！帝林，朕就上你一次当好了！朕可以答应你，让斯特林部队西撤。你现在就下去，跟云浅雪谈谈协议签订的具体问题。”

帝林没想到魔神皇竟然会这么爽快，惊喜之下深深鞠躬：“陛下宏德，紫川家族上下感激不尽！请陛下放心，只等部队进了瓦伦，公主便立即交还给神族！在下就先告退了。”

魔神皇点头，在帝林快走到门口的时候，忽然出声叫住了他：“帝林！”

帝林转过身来：“陛下有何吩咐？”

魔神皇一笑：“记住，紫川家那边如果待不下的话，我们这边是随时欢迎你的。”

帝林一愣，随即笑说：“如果真到那时候，我一定前来投靠陛下。”

魔神皇哈哈一笑，挥手让帝林退出。

帝林出得帐篷来，重又看见青天和白云，阳光耀眼。帝林真的简直不敢相信，自己竟然可以活着出来了。冷汗已经湿透了他的衣服，他忽然发现，活着实在是件很美好的事情。

他心头隐隐担忧，当代魔神皇惊才绝艳又志图远大，果然有过人之能。他能慑服群臣，将历来散如乱沙又桀骜不驯的魔族居民统合成如此纪律严明的强大军队，并非光靠皇帝的头衔和盖世武功。纵然此次和谈成功，他也仍旧是紫川家族乃至于整个人类世界的最大威胁。

一个小时后，军师黑沙紧急求见魔神皇，当即得到了批准。黑沙快步进来："陛下，我有紧急情况向您报告！那个人类使者已经走了吗？刚才云浅雪向我报告……"

"朕知道的，军师。"魔神皇很安详地抚摩着怀中猎鹰柔顺的羽毛，"你是打算向朕报告帝林的事情吧？"

"啊？陛下已经知道了？"黑沙惊讶，"他现在人在哪里？我们马上派人去追！"

"呵呵，刚签完协议，他已经回去了。"

魔族的总军师简直不敢相信自己的耳朵："陛下，您明知道他是帝林还是放走了他？"

"总军师，"魔神皇悠然说，"刚才，你有没有看过他的眼睛？"

"陛下？"

"在他的眼睛里，我看到了野心勃勃。"魔神皇仿佛在喃喃自语，"这个人有一颗魔鬼般的心。让他活着，对我们更为有利。"

黑沙伫立良久，忽然深深地一鞠躬，由衷地说："陛下，有了您英明的指挥，我们怎么可能会失败呢？"

魔神皇微笑，喃喃说："如果天意要我失败的话，那也容易得很。就让紫川家再多挣扎几年吧，打了那么久，我们也该歇歇了。"

帝国历七八〇年的二月二十日，紫川家族禁卫军"红衣旗本哥普拉"，在枫叶丹林与魔族皇帝签订了那份臭名昭著的《哥普拉－云浅雪枫叶丹林协议》。

协议规定：

一、立即实现两国停战。

二、魔族王国放回紫川家族被围困的中央军将士。

三、由紫川家族用钱赎回此次战争中被俘的所有人类官兵。

四、远东全境二十三行省全部割让给魔族王国，作为战败赔偿。

五、除去俘虏的赎金外，紫川家族另得支付一百万两白银，作为战败赔偿。

六、紫川家族交还在上次战争中被俘的魔族公主卡丹。

在枫叶丹林协议上签字的魔族方面代表是羽林将军云浅雪，而人类的代表则是“紫川家族禁卫军红衣旗本哥普拉”——后世为这个实际上并不存在的神秘人物究竟是何身份做了无数次的研究，为此出版的长篇累牍研究和论文养活了无数滥竽充数的历史学家。他们争论不休，伤透了脑筋。

从这天起，这场持续了一个多月，死伤军民数以百万计的惨烈大战，终于宣告结束了。后世的历史将这次战争和远东叛乱战争合并称为“第一次远东战争”。

第一次远东战争是紫川家历史上最为惨痛的一页。在这场战争中，紫川家族失去了七十多万勇敢的士兵，失去了二十三个富裕的远东行省，家族历代先人两百多年辛苦创立的远东基业全部毁于一旦，还不得不割地赔款，承受了难忍的屈辱。

二十一日，停战命令传达到帕伊前线，百万魔族士卒欢呼万岁。他们早就腻烦帕伊这个该死的铰肉机了。在这里，他们死了不可计数的同伴，连每一寸土地都浸透了腻人的鲜血，每一块泥都散发着熏人的尸臭。

魔族统帅云浅雪亲自举着白旗，进得帕伊城告诉了中央军停战的消息。为了证明他的话的真实性，他带来了停战协议的副本，还有那个人类使者“哥普拉”给帕伊守卫者的证明信。云浅雪本人是非常欢迎这个协议的，不但因为这样可以免除他的攻城之苦，还因为和谈成功，卡丹公主也即将归来，荣升成为驸马亲王的美好前程在等着他。

当他进入帕伊城的时候，立即被深深地震撼了：就是这么群衣不遮体、骨瘦如柴衰弱到连走路都快支持不住的人，居然挡住了神族的主力大军！

虽然彼此站在敌对的立场上，但作为一个军人，云浅雪懂得尊重勇士，他深深地佩服人类守军的坚韧和顽强，他们创造了战争的奇迹。对他们的统帅斯特林，云浅雪也怀有极高的敬意，主动地向他行了一个庄重的军礼。斯特林颤抖着、礼仪周全地回了礼。

令云浅雪感到有些惊奇的是，当阅读停战协议的时候，斯特林统领的脸色唰地白了，立即像已经支撑不住的样子，摇摇欲坠。云浅雪奇怪，他好像很难过的样子，为什么呢？但是斯特林立即就恢复了过来，云浅雪释然了，他是太激动了，可以理解的。双方协商了以后的交接问题。为了避免人类部队在归途中与没接到命令的魔族军队发生误会冲突，云浅雪提出由自己率领部队“护送”中央军一路回瓦伦，斯特林深深地表示感谢。

在当众宣读签订的停战协议时，本以为必死的人类军官、士兵全都陷入了巨大的狂喜之中。几万衰弱、饥寒交迫的士兵在高声欢呼：“我们得救了！我们得救了！得救了！”到处是飞舞着的帽子，摇摆的手臂，人群欢呼雀跃。

在升腾的欢呼之中，却夹杂着一个很不协调的杂音。在墙角，一个年轻的女护士在轻轻地哭泣，泪水一滴滴地溅落在她怀中年轻的面庞上。那是一个重伤的年轻军官，就在停战消息公布的那一刻，他停止了呼吸，嘴角还带着恬静的笑容，仿佛他只是睡着了。欢呼声中，女性断断续续的抽泣声显得格外刺耳、清晰……

望着人类士兵忽然欢呼万岁，忽而痛哭流涕，云浅雪说不出心里是什么一种滋味。在魔族王国境内，战士以勇敢为光荣，他们尊崇的是男儿应该如同铁石般刚强。难过、伤心、惆怅等一切流露个人感情的表现，在他们看来都是软弱的表现，至于当众哭泣，那更加是被瞧不起了。

与云浅雪同行的魔族护卫兵轻蔑地说：“人类真是懦夫。他们竟如此怕死，真是丢脸！”

“不。”云浅雪轻轻地说，“正是对生命的热爱，使得他们如此强大。”他心里默默加上一句：这是一个我们永不能征服的民族。轻轻地，他摘下了自己的帽子。

二十三日，中央军开始撤出帕伊，向西行进。虽然云浅雪已经吩咐了部队让开一条道路，但是魔族士兵的好奇心大发，他们纷纷蜂拥过来围观人类的部队。

先行撤出的是铁甲骑兵部队。由于饥饿、伤病、死亡，曾经在战场上让魔族闻风丧胆的精锐铁甲骑兵部队，如今只剩下那么一点点，稀稀落落的一行人，再也看不出当时的威风。有很多战马都给宰杀充饥了，失去了坐骑的骑兵只得把盔甲放在马车上，自己像大头步兵似的徒步前进。

接着开出来的是大队的步兵。他们不再衣甲光鲜，不再有什么整齐的方阵队列出来。队伍踉踉跄跄，士兵虚弱，走步不稳，伤口处包着肮脏的纱布。身上的衣裳也破烂不堪、五花八门，有人连什么麻袋、帐篷布也套在了身上。

魔族兵十分惊讶，自己与之苦战一个多月而不能征服的敌人，就是这么一副样子？！他们放肆地嘲笑人类军队的寒酸衰弱：“哎呀，笑死我了！看他们穿的什么衣服啊！连麻袋都穿上了！”“跟群叫花子差不多！我们这边就是做仆役的精灵怪都比他们体面点！”

面对魔族士兵放肆的嘲笑讥讽，人类士兵回应以沉默与坚毅，一声不发。渐渐地，渐渐地，魔族兵的笑声低落下来了，空气开始变得肃穆。中央军士兵虽衰弱，但他们仍旧十分傲气，毫不畏惧地直盯着魔族兵们，仿佛在无声地宣称：我们并没有被征服！在如此惨痛的伤亡之下，仍旧百折不挠，保持这样的傲气，在场的魔族军官士兵无不骇异，他们越围越密集，想把自己的对手看个清楚。云浅雪的亲卫团队不得不用马鞭乱抽，把他们驱赶开来，才给中央军部队让开了路继续前进。

七个魔族团队在前面导行，中央军的残兵跟随其后，后面又跟上了十四个魔族团队。队伍渡过了薄冰漂浮的灰水河，马开始小跑起来，蹄声清脆、刺耳，令人心碎。大路向西伸延开去，两旁是一片消融雪水结成的薄冰，如白色的流火在闪烁。光秃秃的橡树林，无声地向身后旋转、消退。回头东望，落日余晖之中，像宝石般闪烁的帕伊城堡，巍然耸立，孤独又寂寞。

中央军团是在七八〇年的三月二日进入瓦伦要塞的。同日，紫川家族释放魔族公主卡丹，在瓦伦城外将她交给了魔族前锋军的凌步虚部队。由于时间上的不巧，卡丹与斯特林刚好错过了，他们并没有见到彼此的最后一面。

路途漫长而遥远，乡乡镇镇都响起了祈祷的钟声，迎接经历沧桑的帝都子弟归来。中央军终于回到帝都的时候，已经是三月十五日，天上下着蒙蒙细雨。

斯特林自觉羞愧，不想惊动太多人。他特意把进城的时间安排在子夜。

部队刚刚踏进帝都的长街，斯特林惊呆了。深夜的街道两边站满了人，一片黑压压的人头密密麻麻。人群长得看不见尽头，延绵数十里。这么多的人，却听不见一丝人声，气氛压抑而沉重。人群绝大多数是平民，也有很多是着军服的军人。

当中央军的部队开始列队进城的时候，宁静的人群开始骚动起来。人们争着抢到前面去看自己的子弟兵们。当初离家的时候稚气未脱的少年，现在变成了这等模样。一张张严酷的脸，一张张因风吹日晒变得黝黑粗糙的脸，因为苦战饥饿而瘦削的脸，不少人年纪轻轻的就已经皱纹满面，白发上头，躯体上满布了刀削剑琢的伤痕。当初出发时候浩浩荡荡的十五万大军，现在能回来的不到四万人，几乎五个人中才有一个能回来，而且几乎个个带伤。许多妇女含着泪水在寻觅自己的丈夫，白发苍苍的母亲们寻找自己的爱子，呼唤着他的名字，却无人回应，只听得徒劳的凄婉叫声：“我的儿，我的儿，你在哪里啊？”

是啊！在哪里呢？她们日夜不忘的儿子们，已经消逝在遥远的他方。他们陈尸在瓦伦开阔的高地上，在云省的莽莽密林中，在帕伊的城墙下……那些充满朝气的年轻人，鲜血洒遍了远东的每一寸土地，被掩埋在了异国他乡的土地上。现在，这些阵亡将士的坟墓已经艾蒿丛生，被雨水冲刷，大雪覆盖，有的甚至曝尸荒野。

风静静地悲鸣着，仿佛要把这许多生辰和忌日的哀号，带到白雪皑皑的远东，带到已经塌陷的阵亡将士的墓碑边……

整个长街一时被哭声所充斥着。人们除了悲痛自己亲人的离去，还有更深的痛苦。他们实在是不能理解。为什么？我们的战士英勇善战，不可征服，我们的亲人血洒疆场，为国捐躯，我们付出了如此巨大的代价，却依旧是要割地，要赔款，要承受这样的屈辱！

斯特林羞愧难当。他感觉中，仿佛人群的每一声哭泣都是对他的痛骂：我们相信你，将自己最宝贵的孩儿托付给了你，你带走了他，现在你却没能把他带回来！你枉称紫川家族第一名将，现在却只有依靠我们割地赔款才能把你给赎回来！

军队是应该保卫国家的，现在却是牺牲了国家来保存军队！

斯特林感觉巨大的内疚，尤其为自己曾与敌寇的公主卡丹相爱，他无颜面对那些哭泣的母亲和妻子，愧疚自己罪恶深重。面对这种国仇家恨的巨大灾难，山盟海誓的爱情一下子变得这般苍白无力。

解散队伍以后，斯特林拖着疲惫的步子迈向总长府。他准备承受紫川参星总长最严厉的惩罚。但不料的是，总长并没有责罚他，而是张开双臂欢迎他的归来，泪水纵横。而在场的统领处的另外两位成员，总统领罗明海和新任的幕僚长哥珊也没有对他冷言冷语，大家都只是安言抚慰他，劝他好好养伤。大家这样的对待，反倒让斯特林更加感觉愧疚不安。

出了总长府，他正要回自己家中，却看到一身素白色裙子的紫川宁就站在总长府门边的小道边，手中捧着一束鲜花。

斯特林无言地走过去。两人相对，心情感慨不已，却不知该说什么。

还是紫川宁先开了口：“她走了。”

斯特林明白，那个“她”指的是谁。他点头，却没有吱声。

“她给你留的花，还有信。”紫川宁把花递了过来。

斯特林呆呆地看着这花，蓝蓝的带点红色，因为时隔多日，已经有点蔫了。他没有伸手去接，出声问：“这是什么花？”声音苦涩。

“这花叫‘毋忘我’。”紫川宁柔声回答说。

斯特林喃喃说：“毋忘我？毋忘我……”他细细咀嚼着这个名字，突然出声说：“你帮我把它扔了吧。”

紫川宁露出一个狡黠的笑容，仿佛她已经看透了斯特林的全部心事：“我不扔。要扔你自己来扔。”她一把拿过斯特林的手，强行把花和信都塞到了他手里，“好好拿着！”

斯特林面无表情地顺手把它们塞进了右手边的垃圾桶。

紫川宁的面色立即变得惨白："你真的……"

斯特林点头："是的。"

紫川宁深深凝视着斯特林。这是个遭受过巨大苦难的人，那么苍老、憔悴，白发沾鬓。他才二十六岁啊！紫川宁默默地原谅了他的无礼，低下了头。

该说的话已经说了，她却依旧没有告辞的意思，死站着不吱声，欲言又止。

这回轮到斯特林洞察入微了。他开口说："阿秀这次没跟我们一起回来。他说他还有点事情要办。秀字营的人马也都还没回来。放心，他很好，没受什么伤。"

少女的脸上一片绯红，紫川宁小声地嘀咕说："我又没问他，我是想问……"

"哦？他本来有句话叫我带回来给你的，既然你不关心，那就……"斯特林故意抬头看天，不出声了。

紫川宁马上就憋不住了，跳起来扑打着他："斯特林大哥，你坏！你说不说！你说不说？你不说我扯你耳朵！"

斯特林笑着躲避紫川宁的追打，心里却一阵阵刀割似的痛楚。什么时候，一个娇嫩的声音也曾这样拍打过自己，说过同样的话："面包店的老板，斯君，你好坏哦！"当初告别时的珍重之声犹在眼前，却不知道一别已是永诀，玉人已消逝天涯，今生将永不再见……

紫川宁忽然停止了拍打，她惊异地发现，斯特林的眼中已经涌出了泪花。

"他让我告诉你这句话，"斯特林喉头哽咽，却依旧一字一句说得那么清晰，"'我爱你。'"

短短三个字，已经倾注了斯特林全身的感情和力量，说得那么深情，那么动人，那么痛苦。斯特林泪水流淌，他仿佛不是在转达一个消息，而是在倾吐内心深处最澎湃的感觉，对一个已经不在此地的爱人，做绝望的告白，凄婉又悲壮。他是多么羡慕紫川秀，因为他可以对自己所爱的人光明正大地说出这句话来。万里之外的卡丹啊，你可听得到我的声音呢？

紫川宁脸上浮起娇艳的红晕。她激动得说不出话来了，整个人都傻傻的。无法抒发自己的喜悦，她忽然一把搂住斯特林，飞快地在他脸上亲了一个："这是代替卡丹姐姐给你的！"没等斯特林反应过来，她已经羞涩地跑掉了，那背影，是那么欢乐，那么喜悦。

斯特林定定地看着她走远，苦笑了一下，拿出手帕来轻轻擦掉了脸上的吻痕。忽然，他想起了一件事情……

三月十五日的深夜，总长府门前值勤的卫兵，还有几个过路的行人，看到了一幕让他们惊讶得说不出话来的场面：家族的高级军官，中央军的统领长官斯特林大人，在一个深更半夜，不顾身上穿着的高级军官所专用的名贵深蓝呢子制服，在路边的垃圾桶里面卖力地翻找着什么，那狼狈的样子，就像个挖洞的老鼠一般……

两个月后，在总长紫川参星的催促和推动下，斯特林统领与李清小姐成婚。斯特林是家族的中流砥柱，军方的头号人物，而李清则是帝都名门之后，端庄贤淑，本身也是才干不凡，在内务部担任红衣旗本。众人都认为，这是一对郎才女貌的完美伉俪。

婚礼由紫川参星总长主持，规格相当高。紫川家族的头面人物，除了总统领罗明海称病不到场外，其他几乎全都出席了婚礼。其中，担任男方伴郎的是监察总长帝林，他是斯特林大人的好朋友。当迎亲的队伍经过帝都的长街的时候，围观路人都为斯特林大人的婚礼欢呼祝福。

作为新郎的斯特林，时时都挂着笑容，回应着人们的祝福。只是看在熟悉他的帝林眼里，觉得这笑容实在很呆板。他忍不住跟斯特林说：“你怎么了？笑得跟头快被送进屠宰场的猪似的？这是大好的事情啊，你应该笑得开心点才是！”

斯特林收敛了笑容，望了他一眼，忽然说：“你知道我这辈子最想的是什么吗？”

帝林暧昧地笑着：“想洞房花烛夜吧？大哥我可是过来人，理解你的！”

斯特林却没笑，指着路边一家面包店，认真地说：“我这辈子最想的，就是做一个面包店老板。”

帝林望过去，看到一个满头大汗的面包店老板正端着一托盘热气腾腾的新出炉的面包出来，柜台前面，同样胖乎乎的老板娘在旁边热情地招呼着客人。

帝林莫名其妙，想：莫不成现在卖面包的收入比家族的统领还高了？

七八〇年的三月十五日深夜，远东平原。天地一片皑皑莽莽，刮着很强的风，鹅毛大雪没等落下就给吹得漫天飞舞。白茫茫的一片雪地中，一辆装饰得很豪华的马车正在向东行进着，后面跟着大队的骑兵人马护卫着，风雪太大，路又黑，他们行进得十分艰难。

从马车里传出一个娇嫩的女声来：“凌将军，我们这是到哪里了？”声音在风雪中非常微弱，几乎不可听闻。

一员剽悍的魔族将领拍马靠近车厢，大声地回应说：“禀报殿下，我们已经进入杜莎行省的地界了，这里是帕伊城的周边，距离枫叶丹林最多只有一百多里了。殿下很快就可以与您父皇见面了！”

马车忽然停了下来。凌步虚赶紧凑近车帘问：“殿下有何吩咐？现在外面风雪太大，请殿下不要出来，以免着凉了。”

“凌将军，现在风雪太大，天又黑，弟兄们赶夜路太辛苦了。吩咐大家就地宿营吧，明日我们再继续起程赶路。”

“是！殿下体恤咱们弟兄，大伙十分感激！”

一众魔族兵如同被大赦似的同声谢恩。风雪中赶路了一天，他们早累坏了，赶紧寻觅背风的山坡，七手八脚地燃起篝火，搭建帐篷。

车帘掀动，卡丹公主灵巧地跳下车来。她身上披着一件雪白的貂皮大衣，衬托她苍白的肤色，令得她美艳的容貌显得十分雍容华贵，气度高雅，如同仙子般美丽端庄。一众魔族兵看得呆了。

凌步虚赶紧跑近来：“殿下有何吩咐？外面太冷，陛下还是先回车里去吧，等我们准备好了帐篷、篝火之后……”

“凌将军，帕伊城在哪里呢？我想看一下。”刚才在马车之中，卡丹忽然感觉心无名地悸动起来，好像什么事情正在发生，她却不知道。她烦躁，她不安。尽管外面风大雪急，她在马车里再也坐不住了。

“殿下请看。”

纷扬的雪花中，远处的地平线上，一片片淡淡的浅蓝色的树林之间，夜幕中若隐若现地耸立着一座城池，黑暗中，它巍峨高大的身影是那么高不可攀，那么庄重严肃，仿佛在不出声地沉思着、凝视着。呼吸着草原特有的苦艾、马汗和冬天大雪的冰冷气味，顿时，所有不安感觉全部消失了。卡丹的眼眶一点点地湿润了：这就是我的心上人曾经战斗过的地方，他在这里生活、呼吸、睡觉、战斗……

卡丹喃喃说：“这是天底下最雄伟的城了！”

凌步虚不以为然，尽量委婉地纠正她说：“公主殿下，这是在夜里，景物看起来比白天大一点的。比起咱们的神堡，还有瓦伦那种大城来，帕伊不过是个小要塞，说不上什么最……”

“不！”魔族的三公主执拗地坚持，“这是天底下最伟大的城了！”她在心底默默地说：就像他的人一样。眼泪渐渐掉落，一滴滴地溅落到雪地上，溅出一个个小洞。她不愿被人发现，昂首向天，一片雪花刚好落进了嘴里，冰凉。

细细品味，她忽然发现，雪的味道，是苦的。

历史就像一条蜿蜒的河流。绝大多数时候，这条河流是和缓的、平稳的。它缓缓流淌，经过草原、平原、森林，波光平静。这时候的它给人错觉，以为这条河流是一成不变的，将永远都是那么缓慢，那么平静，节拍从容。

但是当这条河流在经过悬崖峭壁的时候，在一瞬间，它的流速会突然加快，一泻千里，激流澎湃，势不可当。这时候人们往往会惊讶：“我所习惯的生活，是怎么了？”这急速转变的一瞬间，就被后来的人们称为“黄金时代”。

帝国历七八〇年二月，远东战争结束，人类战败，割让远东。

帝国历七八〇年三月十五日，魔族公主卡丹回国。魔神王国举国欢庆，庆贺远东的胜利。魔族与人类之间出现了短暂的和平。

第二章　人类叛贼

七八〇年的三月，距离远东战争的结束已经有一个多月了。看着帝都子弟陆陆续续、成群结队地从前线返回家园，其中却不见秀字营部队归来的身影，紫川宁又开始担忧起来了，她的心头充满了焦虑。于是她开始三天两头地往斯特林的家里跑，追问紫川秀的下落。对于斯特林与紫川秀分手时候的每一个细节、紫川秀所说的每一句话她都反反复复地盘问十几遍，那劲头，就像是怀疑斯特林有心谋财害命害死了紫川秀似的。

斯特林也开始觉得有点蹊跷了。战争结束已经一个多月了，现在远东已经全部是魔族的领地了，为什么紫川秀还是迟迟不见回来呢？他与帝林商量了一下，由同样关切紫川秀下落的帝林派了个信使，以他们俩的名义联合派信使前去瓦伦要塞，向要塞的镇守司令林冰长官查询有关秀字营的消息。过了两个星期，林冰的回信才迟迟送来。在信上林冰说，在瓦伦要塞的正面，魔族驻扎了数目相当庞大的军队，设立了西南大营，封锁得十分严密。关于紫川秀以及其部队的下落，流言很多，但由于魔族的封锁消息被隔绝，目前她还无法立即确认其下落。

林冰的来信有点含糊其词，她并没有详细说究竟都有了些什么流言，也没有说究竟什么时候可以确认秀字营的下落。从她纤细的笔迹间，帝林隐约感觉到了一丝不祥。

四月十五日，由于紫川参星的授意和监察长帝林的安排，边防军的统领明辉结束了被军法处审查的禁闭日子，从瓦伦回到了帝都。跟随他回来的还有一大批根据停战协议被家族用巨款从魔族那里赎回来的被俘人类军官和士兵。刚回到帝都，明辉就立即求见总统领罗明海和总长紫川参星进行秘密汇报。

四月十八日，这是个阳光明媚的清晨。紫川宁早上还没起来，忽然就听到门口处门铃响动。惊喜之下，抢在了用人之前，她跳下了床几乎是飞也似的跑过去开了门。

门口处站的并非是自己朝思暮想的人，而是内务处的红衣旗本李清。紫川宁干巴巴地笑了下，来掩饰心头的失望，有点惊讶地说：“清姐？这么早？”

李清微笑着不出声地望着自己的手帕交，目光却落在了紫川宁的衣裳上。紫川宁哎呀惊呼一声，赶紧把李清拉进了房间，关上了门，还没说话，两个女孩子突然一起咯咯笑了起来，笑得弯腰又搭背的，仿佛天下再也没有比这更幽默的事情了。

“阿宁，你还真是不害臊，穿着睡衣就敢出来给人开门。”

“哼！”紫川宁很想摆出一副“本姑娘怕什么来着”的架势，却怎么也严肃不起来，最后还是扑上去打李清，“你还说！都是你害的！哪里有人这么早来串门的呀！”

李清笑眯眯地看着她，却不出声。紫川宁使劲地干咳两声，脸上飞起了一抹绯红。二人你来我往地闲聊了一阵，李清收敛起了笑容，说：“有件事情我要问你，最近你有没有他的消息？”

说起这个话题紫川宁就伤心。她惆怅地摇了摇头：“没有，一点都没有。我连他是死是活都不知道。”语调哀怨。

李清不出声地看着紫川宁，好像想探究她话的真假。紫川宁奇怪地说：“你想知道阿秀的消息，找斯特林不就可以了——你们不是快结婚了吗？”

李清笑笑，却避而不答，说：“阿宁，今天我过来是奉你叔叔总长大人的旨意。他希望你现在去参加个统领处会议。”

紫川宁奇怪说：“统领处会议？关我什么事情？我又不是统领处成员。知道是什么事情吗？”

李清只是简短地说了两个字：“知道。”然后就不出声了。紫川宁知道她的脾气，尽管她们俩的交情非常深厚，但若是与紫川参星命令有关的情报，她是一个字也不会透露的。

“很要紧的吗？”

李清点点头：“十分要紧。”

紫川宁歪着脑袋想了下，说：“你等我换身衣服。”起身向卧室走了去。

看着紫川宁窈窕的背影，李清明澈的眼睛流露出了同情。她突然出声叫定了紫川宁：“阿宁！”

“怎么？”紫川宁转回头，看到李清犹豫的神情，她笑了，“清姐，你知道吗？你今天的样子很古怪啊！一副要说又不敢说的样子，就像是来发阵亡通知书似的……”紫川宁忽然停住了话头，脸色唰地变白，“清姐，不会是真的……”

“不是。但我倒宁愿他是这样了，这样对你更好点。”

紫川宁的心头泛起不祥的预感，她睁大了美丽的眼睛盯着对方。

看着紫川宁苍白的脸，李清红衣旗本慢慢地、仿佛在字斟句酌地说：“这是会议机密，本来我是不应该说的，但我想你等一下该有个心理准备。”她深深吸了口气，一口气地说了出来，“秀川阁下已经叛国了，他投靠了魔族。”

紫川宁想笑，看着李清严肃的表情，却笑不出声。等她终于明白对方并不是在开玩笑的时候，只觉得脚底下像是踩在棉花堆里似的软软的，仿佛十万个锣鼓同时在耳朵边敲打，轰隆一片。眼前出现了一个巨大无比的黑幕，铺天盖地地将自己笼罩……

《监察厅文件紫川秀叛变事件之审讯记录》

保密等级：机密

监察厅军法处调查员

受调查人：原黑旗军第七步兵师团第三大队大队长杨林副旗本

旁听：监察厅长官帝林总监察长、幕僚总长哥珊统领

调查员：“杨林阁下，现在我们代表家族监察厅，请您来谈一下您在远东战争中的经历。”

杨林副旗本：“你们还要我重复多少次？我前天说了三次，昨天又说了两次，你们监察厅有完没完……”

调查员打断：“杨林阁下，现在我们代表家族监察厅‘请’您来谈一下您在远东战争中的经历！请务必配合！”

杨林：“……好吧。”

调查员林德：“谢谢您的配合。现在，我们从头开始——杨林阁下，您的姓名？”

杨林：“杨林！你都知道的还问什么！年龄三十七岁，帝国历七六三年加入家族军队，现任职务是原第七步兵师团第三大队队长，官衔是副旗本，嘉奖记录两次。受罚记录：无。在一月十一日于远东杜莎行省受伤后被魔族云浅雪部队俘虏，被押送到魔族的西南大营，关押六十七天，没有变节……”

调查员林德：“年龄？”

杨林大吼：“三十七岁！”

帝林："进度快一点！下面还有十几个证人，我们没时间慢慢磨！"

调查员："是！杨林阁下，请您说下你被俘的经过，请详细点，不要隐瞒任何细节！"

杨林："其实也没什么好说的。从一月五日开始，我们的部队就在沙加市被魔族的先头队打散了。我们与大部队失去了联系，也不知道怎么办好。眼看到处都是魔族，我就带着我身边的人——那时候我们整个大队就剩下不到七十来人——边打边跑地往西逃。一月十一日，在杜莎行省的灰水河东岸，我们碰上了一个魔族巡逻队，后面就是灰水河，实在是无路逃了。我跟弟兄们说：'这个天气，大家跳进河里也是个冻死，不如回头跟他们拼了！'"

调查员："接下来呢？"

杨林："大概有个四十来号人肯跟着我回头杀过去，剩下的人都自己跳河逃生了——其实他们也没能逃过去，对面魔族的弓箭手沿河排成一行日夜巡逻，河面上有个什么响动的他们看都不看就马上放箭，那河里死尸浮得都盖住河面了，惨啊！我老是在想，与其这样死，倒不如像我那样跟他们拼了！唉，世上的事情也真奇怪，像我这样想死的倒没死成，他们反倒死了，真是……"

调查员："回正题！接下来发生了什么事情？"

杨林："发生了什么事情？拼命呗！四十几个又饥又饿又困又累的汉子，去跟人家几百个全副武装的魔族骑兵打，不到两分钟就全被人家马刀砍成了碎片。几个骑兵围着我用马刀乱砍，我被砍掉了一只胳膊，有个骑兵一刀砍我后脑那儿，我眼前就一下黑了什么都不知道了，醒来就到了战俘营了。后来才知道当时他们没仔细检查，以为我就这样完蛋了，直到打扫战场的时候才发现我还有口气，又看到我是个军官，他们就没割我的脑袋，把我送到战俘营去。战俘营里大家都说是我运气好，碰到的是云浅雪的部队。要是其他的部队，管你死的活的，统统先割了脑袋再说。"

调查员："后来发生了什么？"

杨林："接着，我就做了战俘。战俘营里大概有个七八万战俘吧。跟我差不多，都是在远东战争中被俘的家族官兵，统统做了奴隶。我们被分成几百个组，安排得各有不同。有的到兵器制造厂去，有的到营房里面给人家打杂做仆役，有的被派到了矿井去，有的到工地上给他们盖营房和魔神皇的行宫——听说他们的皇也在附近，不过我们没见过就是了。干活时候都有魔族兵拿着鞭子在后面监视，动作稍稍慢那么一点，一顿鞭子是逃不掉的了。干得辛苦，吃得又差，那日子，苦得没法说。每天都有战俘受不了活生生被折磨死的，看守就很干脆地把尸体拖去喂了狗。那时候，谁也没指望能活着回来，都在想着早死早托生算了……”

帝林：“叫这个白痴直接说重点，我们没时间听他那么多废话！”

调查员：“把你三月十八日的经历说一下。”

杨林：“其实在二月底战俘营里就有小道消息传开了，说家族跟魔族已经议和了，还说家族要把我们赎回去。这消息太好了，我们都不敢相信是真的。但是在以后的日子里，魔族对我们是比以前好了很多。直到三月十八日的那天，我们被集中起来了，就在这时候，魔族的羽林将军云浅雪带着一个人进来了，那个人，我们都是认得的……”

纷纷飘落的春雨像一层迷离、温柔的薄雾笼罩在半空，洒得让人心头惆怅。军营的上空笼罩着一片朦胧的迷离。凝视着那条被踏平的远东大公路延伸着消失在苦艾般白茫茫的地平线后面，顺着这条公路，通过巍峨的古奇山脉，就是人类紫川家族的中心腹地，他的家园。耀眼的夕阳染红了烟雾朦胧的西半天。

面对着西方，紫川秀在静静地出神。

在他身后几步开外，魔族的羽林将军云浅雪也在不出声地注视着叛逃者落寞而孤独的身影。他在想些什么呢？他在后悔自己的抉择吗？他是否想念着他的故土？山脉的那边，是否有他思念的人呢？他对自己是否有怨恨呢？身为一个叛逃者，他是否也有良心的愧疚呢？

云浅雪记起了军师黑沙给自己的命令：“用一切手段尽可能地搞清楚他的来意——真正的来意！”三天过去了，云浅雪仍然感觉对方就像刚认识的那样，熟悉却又陌生。

表面看来，这是个很随和的年轻人，热爱生活，意志软弱，没有很坚定的信仰和忠诚，言谈举止有礼显示他受过很好的教育，兴趣却不高雅，追求金钱、美女、权势以及一切可以带来快乐的享乐——这是云浅雪对紫川秀的初步印象。然而，他总感觉，在紫川秀黝黑的眸子深处，闪烁着某种与他所表现出来的不一样的东西。

紫川秀是个难以猜透的谜，他想，他不同于平靖侯。但到底哪里不同，云浅雪却又说不出来。

紫川秀回过身来，温和地望了过来。云浅雪感觉有些不好意思，坦然地笑笑说：“刚才……对不起了。”云浅雪暗暗地怪罪想出这个缺德主意的总军师黑沙，难道就没有别的办法，一定要用这种令人难堪的方式来考验投诚者的忠诚吗？

紫川秀也笑笑：“没什么。”低下头来看着自己的衣服，上面已经污迹斑斑。他皱皱眉头。云浅雪明白了他的意思，说："这身衣服你先交给我，你我身材差不多，你先换我的衣服。"

紫川秀也不推辞，笑说："就麻烦你了，羽林阁下。"两个人都不想再深入提起刚才发生的一幕，故意回避着，因为这实在是个尴尬的话题。

不到一刻钟前，身着魔族将领服饰的紫川秀出现在几万紫川家的战俘面前，向战俘们发表演说。他公布了自己的身份，劝战俘们跟自己一样顺应大潮投降神族，不要再回去了。

战俘们不敢相信自己的眼睛和耳朵：紫川三杰之一、冠有紫川之姓的家族副统领紫川秀居然首先投靠了魔族，还厚颜无耻地以自己为榜样号召大家来跟着学！悲愤之下，伤痕累累的被俘士兵伤心得痛哭出声："我们为国征战，不幸落入敌手，经受严刑拷打，但我们始终宁死不屈，没有变节。深受两代国恩还担任副统领职务的高级军官，却第一个出卖了国家！"

战俘们愤怒至极。

"畜生！"

"卖国贼！"

"叛徒！"

几万人异口同声地唾骂，口水、鞋子、杂物雨点般地落到高台上，砸到紫川秀身上。若不是外围的魔族卫兵及时上去把紫川秀给拖了出去，一拥而上的愤怒人群会当即把他撕成碎片的。

云浅雪注意到了，在震耳欲聋的唾骂中，口水、脏物如同雨点般砸来的时候，紫川秀显得冷漠而镇定，站得笔直，身影落寞，温和的目光中流露出深切的悲哀。

云浅雪被深深地震撼了。这是个怎么样的人？一个贪图权势富贵，背叛了自己的国家、出卖了自己灵魂的无耻叛徒，怎么会有这样高洁的眼神？

两人默不作声地回头走。云浅雪的卫兵——个子不高的黑色的低阶魔族，赶紧上前迎接，很恭敬地向云浅雪行礼，但望向紫川秀的目光中却多了一份好奇和猜疑：他的外形跟魔族的皇族很像，但眼珠却是黑色的，很显然是人类。

这是一个可以眺望整个军营的高坡，魔族精锐的近卫部队，羽林军大营就屯扎在此，杜莎行省哥吉查森林边上的丘陵地带，距离神皇陛下御驾所在的枫叶丹林约两百里。往下望去，整个魔族大营由五颜六色团团簇簇的无数帐篷组成，晚霞下，大营上空升起了袅袅的炊烟，是晚饭的时候，可以看到大群大群的魔族兵蚂蚁般地挪动着聚集着，三五结伙地围坐在篝火前兴高采烈地准备晚餐。西边，鲜红的太阳正在落下。

云浅雪停住了脚步，忽然出声说：“可以问你点事情吗，秀川阁下？”

紫川秀点点头，知道关键的考验时刻到了：“您请说。”

“您为什么要过来我们神族这边呢？据我所知，紫川家那边待您还是不错的，像您这样二十岁刚出头就做了副统领级别的高级军官，并没有几个。”

紫川秀淡淡说：“紫川家待我是不错，但我要的还更多，那是他们给不了的。何况，与我同级的雷洪副统领不也是投靠了你们并得到热烈的欢迎吗？听说他还封了侯。”

“您说的是平靖阁下吧？他现在已经是公爵了，还很得陛下的赏识呢！”云浅雪笑笑，暗想：是的，叛徒我们总是欢迎的，但永远不会受重用和信任。聪明如你紫川秀，怎么会不懂这个道理呢？

“但我觉得，秀川阁下您……跟平靖公不是一样的人。”云浅雪目光如鹰隼般锐利，“您不像是那种为了权势富贵荣华而抛弃自己曾坚持的原则的人。如果您真的有心要过来，恕我冒昧，在帕伊的时候，时机不是更好吗？那时候，您只要和我们神族里应外合，攻下孤城帕伊应该是易如反掌的。”他死死盯住了紫川秀的眼睛，观察他的反应。

紫川秀坦然地面对着云浅雪的目光，眼中满是真诚：“羽林将军，我与紫川家的中央统领斯特林交情不错，他对我有救命之恩，若是我那样做就等于害死了他。但是，我豁出命来陪斯特林坚守孤城帕伊一个多月，算得上是仁至义尽对得起他了，我再不欠他什么。现在我一心忠于神族，日后如果战场上见面，斯特林他就是我的敌人，我是不会手下留情的。”

云浅雪点点头，这个答复还算合情合理。他继续问：“秀川阁下，您来投靠我们神族，为什么没把您的部下们也带过来呢？您的部队哪里去了呢？”

紫川秀两手一摊，厚着脸皮笑着：“没办法，他们不肯跟我走，造起反来了，离开我走了。这群鼠目寸光的家伙，并不是每个人都像我这样有远见的。”

云浅雪奇道：“远见？”

“羽林阁下，”紫川秀的语调相当真诚，“我长期在与贵国接壤的远东地区生活，又一直在第一线作战。比起其他人来说，我对贵国有更深刻的了解。在历次作战中，贵国军队的强悍给我留下了很深的印象。战斗力、智慧、知识、纪律、团结……无论从哪方面来说，神族的整体素质都远远地高于人类。此次神皇陛下挥师百万而西向，以摧枯拉朽之势，一个月内歼灭紫川家族军队六十万！羽林阁下，因为我曾经是紫川家的高级军官，我清楚紫川家的实力。那已经是他们的全部主力军队了，紫川家的气数已经尽了！相比之下，本就处于劣势的人类不但不思警醒，还闹得四分五裂自家征战不休，我可以预见，不出三年，紫川家必亡，将来的天下必定是属于神族的。

“良禽择木而栖之，既然紫川家的那棵大树已经中空腐朽，我当然要另选一条出路了。羽林阁下，您不妨等着看，只要神族大军一出现在瓦伦关以西，那前来投诚的人类将会是成千上万的，我不过比他们提前一点罢了——不过等那时候再过来的话，就不值钱了。”

云浅雪静静地听着，他赞许说：“秀川阁下，您是个人才，也很有眼光。如果您真的想归顺我们神族的话，那我们是非常欢迎的。吾皇陛下知人善任，懂得赏识俊杰之才。只要您忠诚我族，那您所得到的，将比您所期望的还要多得多，权势、富贵、荣华，都是不在话下的。甚至等我们将紫川族全部歼灭后，还可以封您为紫川王，代陛下统治紫川家族原来的领地。”

紫川秀谄笑着：“还得劳烦羽林阁下多多栽培，阁下深得陛下宠信，到时候还得为我多多美言几句，请务必代我向陛下转达在下的一片赤诚之心，在下对神族绝对是忠心不二的，只要陛下有所差遣，即使赴汤蹈火也在所不辞！”

云浅雪只觉一阵厌恶，肚子里面骂：又一个雷洪。人类还真是厚颜无耻，这样的家伙也能做副统领，难怪紫川家要完蛋了。望着紫川秀那灿烂的笑容，不知怎么的，他脑中想起的却是那些在灰水河河面上漂浮着的一片又一片的人类官兵的尸体。那些重伤的人类官兵以一种疯狂的、绝望的英雄气概，拼死地反击，一个接一个地在马刀的劈刺中倒下了，而在垂死之际，却还在不顾一切地冲向死亡和毁灭，宁可跳进结冰的河里去也不愿被俘。成千上万围观的魔族士兵为之震撼。

现在，云浅雪真替他们觉得有点不值。他掉过头吐了一口痰。

将紫川秀在军营里安顿好了，云浅雪偷偷地吩咐自己的卫兵队长：“二十四小时轮班，严密地监视他，他哪怕撒泡尿你都得马上跟我报告！”队长领命而去。

云浅雪这才放心地回自己的营帐，一路盘算着。紫川秀的话听起来是很合情合理，但他总觉得哪里有点不对劲，他不知该如何向等候的总军师黑沙报告好。

走近自己的营帐边上，他发现自己的整个营帐的周边已经被个子高大的宫廷近卫旅士兵密密麻麻地包围起来，原来的守卫却被赶得远远的，缩在墙角那儿可怜巴巴地望着他。

云浅雪皱了皱眉头，明白这一定是黑沙军师的手笔，心中不以为然。这里毕竟是羽林军大营中心，将近七万精锐部队护卫在周边，用得着防卫得那么森严吗？何况再怎么说这也是羽林军的中军营，是自己的地盘，不跟自己说声就把卫兵全部换了，那也太过分了。

尽管心里不舒服，他却依旧不露声色地走了过去。身高超过两米的装甲兽卫兵大手一拦，瓮声瓮气地喝问：“通行证！”

云浅雪一愣，问：“什么？”

装甲兽卫兵板着脸毫无表情地重复：“通行证！没有通行证的，不能进去！”

身为一军主帅回自己的营帐居然要向外人出示通行证！云浅雪只觉得胸中一股怒气上升，呼吸急速起来。正在这时，帐篷的里间传来魔族总军师低沉而悦耳的声音：“云君吗？快进来吧。”

装甲兽卫兵一声不吭地让开了一条路。云浅雪迅速地呼吸几下，压抑了胸中的怒火，大步走进了帐篷去，一见到那个全身遮盖的神秘身影，他尽可能礼仪周全地行了一礼，说：“军师大人安好？”

蒙面的纱巾后传来黑沙爽朗的笑声：“云君请起，为何呼吸如此急促，语音颤抖？”

云浅雪掩饰说：“没什么，刚才走了一阵，还回不了气。有劳军师牵挂了。”

纱巾后传来低沉的轻轻叹息声：“云君，您神色中带有愤愤之意，我岂能不知？是我失礼了，未能及时通知你，陛下已经到了，就在里间。”

云浅雪失声喊道：“什么？”

“嘘，噤声！”黑沙小声地叮嘱他，“陛下行踪乃是机密，切勿声张。”

“是……是！”云浅雪小声应承，只觉得额头一时汗如雨下，暗暗庆幸，好在刚才没有说什么失礼的话，不然这个麻烦就大了。

当云浅雪进去的时候，魔神皇陛下正在沉思，凝视着窗外的晚霞出神，眉头微皱，深邃的眼神中透露出丝丝惆怅。不知为何，云浅雪总是觉得，陛下有着满怀的忧思，很少见他有开怀欢愉的时候。他不能理解，以陛下的权势和武功，可以说世上几乎没有他做不到的事情、得不到的珍宝，为什么总是郁郁不乐呢？

在这个手握重兵、睥睨天下的魔族第一人身上，云浅雪感觉不到一点威严的王者霸气和压迫力。然而不知为何，魔族那些战场上破阵杀敌从不知恐惧为何物的桀骜猛将们，一来到陛下面前，立即就浑身哆嗦颤抖，很多连一句话都说不完全。在陛下温和的外表下所蕴藏着的，是他凛然的气质和不怒而威的皇者尊贵。

听到云浅雪和黑沙进来的声音，魔神皇抬起头笑笑：“阿云，回来了？”

云浅雪急忙跪下行礼：“微臣不知陛下御驾光临，竟然劳烦陛下久候，实在是罪该万死。”

"起来吧，朕也没事先通知你。我们也是刚来的。"

听陛下的口气，似乎并没有生气。云浅雪站了起来，这才发现侍立在魔神皇身后的还有几个人：皇储卡顿亲王、二皇子卡兰、加纳总督罗斯。在门边，还站着身为禁卫总帅的雷欧公爵。再加上跟自己一起进来的总军师黑沙，魔神王国的精华几乎都在这里了。云浅雪突然意识到，这实际是一次最高级别的核心机密会议了。想到自己竟然有资格出席这种会议，实在让云浅雪一阵激动。

他又有点惊讶，神皇陛下竟然屈尊亲自跑到了自己的大营里？当年雷洪带着十五个师团的兵力自愿来投诚的时候，陛下也不过是派二皇子卡兰出面接待罢了，为什么陛下对于紫川秀这个来投诚的人族败类这么重视呢？论实力，他手上一兵一卒没有，雷洪来的时候可是带来了十多万的紫川家的叛军啊，还帮忙促成了魔族军与远东叛军之间的联盟。

陛下的心意可真让人琢磨不透啊。云浅雪暗暗想。

魔神皇点点头示意开始。由魔族的总军师黑沙开始发问："云君，您与那个紫川家来投诚的人相处三天了，感觉如何呢？"

和三天前一模一样，感觉就像不认识他似的。云浅雪心里暗暗说。接着他把三天来与紫川秀交谈、来往的详细情节一一讲述，特别是对于刚才与他在山坡上的对话，更是一字不漏地复述，其中没有附加任何个人观点和评论。他实在摸不透这个紫川秀，不敢给他下什么断言。

听完云浅雪的复述，屋子里魔族的几个重量级人物交换了下眼色，一时也没什么人出声。最后还是总军师黑沙发问："如何，云君，您是怎么看这个人的？你认为他是不是真心来投诚的？感觉他的话可信吗？"

云浅雪迷茫地摇摇头："陛下、军师，微臣实在不知道。他的话很真诚，微臣认为是可信的。但是，微臣又感觉，他这个人绝对不可信——对不起，陛下，微臣很矛盾。微臣智慧低浅，实在无法判断，只有留待陛下圣断。"

魔神皇不动声色地嗯了一声，点点头说："大家都说说看吧。"这也是魔神皇的一贯风格，他从不在会议开始的时候表明自己的立场和意见。

加纳总督罗斯，一员身经百战的魔族老将，素来以武艺高强和残暴而闻名，在魔族中享有极高的威望，沉声说："杀了他！"

二皇子卡兰慢条斯理地说："这个紫川秀什么来头，我们都还不知道呢！"

大家都把目光投向黑沙。黑沙发出浅浅的笑声："我的情报未必是准确的，可能还有遗漏——不要这样看着我，我会害羞的。"

哄堂大笑。笑声中，魔族的总军师一字一句地慢慢说：“紫川秀，原名林河，帝国历——我说的是原来光明帝国的历法，人类一直沿用这个的——七六〇年出世，出生地：不详。父：不详。母：不详。六岁时候即为紫川家当时总长紫川远星所收养，赐姓紫川……”

这时候魔神皇出声问：“紫川远星为什么要收养他？”

“……收养原因：不详。七岁时候，其母去世，原因：不详。”

卡顿亲王撇撇嘴角说：“这还真是详尽的情报啊！”

黑沙仿佛没听见亲王的讽刺，平板的声音不见丝毫颤动：“七六九年，紫川秀入远东军校。七七一年，流风军围帝都，紫川秀自行增援，率八百学员兵大破流风西山军于帝都城下，随即与流风家赶来的增援军团大战，七战而七捷，将流风西山逐出紫川家领土。”

“哦！”一屋的魔族巨头们都被震动了，发出了轻声的感叹。流风家当代家主流风西山的名声，他们也略有所闻，知道是人类世界中以智谋多端而闻名的一员将领，却不知他有过如此惨败的经历，曾被十一岁的紫川秀玩弄于股掌之上。

黑沙继续讲述：“当时紫川远星已死，新的总长尚没确立。当时掌握大权的是总统领杨明华——”

“不久前帝都的动乱中死的那个杨明华？”魔神皇温和地问。

“对，陛下英明，正是此人。紫川远星死后，此人一直野心勃勃，有意独揽大权。此时新锐人物紫川秀的迅速崛起引起了他的警觉。一个月后，一场宫廷政变闪电般发动了，紫川秀被解除了兵权，发配远东。”

“十一岁的毫无经验的毛头小孩对一个拥有超过二十年政治斗争经验的老手，那根本是强弱悬殊的对手。无论那个紫川秀在战场上如何了得，但在政治方面，阅历和经验的缺乏是难以弥补的致命伤，从这个事情我们可以看得很清楚了。”卡顿亲王一本正经地说。

云浅雪赶紧把头低了下来，好掩饰脸上的笑意。他没想到卡顿亲王会这么愚蠢和急不可耐。谁都听出了，亲王表面上说的是紫川秀与杨明华的斗争，其实却是暗示，本亲王殿下自然是那个“拥有丰富阅历和经验的老手”了，至于那个“毫无经验的毛头小孩”是谁呢？大家不妨随便猜猜就是了。

“亲王殿下所言甚是。”黑沙平静地说，仿佛一点听不出卡顿的言外之意，“正如您所料想的那样，在这场宫廷政变中，紫川秀败下阵来了。但他并没有放弃，七年以后，也就是帝国历七七八年，他又卷土重来，以副统领身份出现在了家族争斗的中心舞台帝都。”

魔神皇问：“那时候紫川家掌权的是杨明华吧？他怎么会这么愚蠢，肯放他的大对头回去？”

“其中的奥秘，我们恐怕是难以明晓的了。但我的推测是，杨明华也是没有办法的。当时他最大的敌人并非紫川秀，而是表面上深藏不露，暗地里咄咄逼人步步进逼的家族七代总长，老狐狸紫川参星。他已经顾不上理会紫川秀这么一个无兵无权的看起来微不足道的副统领了。

“但是，这次他又错了。正是这个紫川秀，在帝都的事变中起了关键的作用。他杀了当时号称紫川第一高手的中央军军团长雷迅，并把他的部下威慑收编，使得杨明华一方失去了在军方最大也是最强的支持。诸位都该知道，杨明华也好，紫川参星也好，无论哪个势力，如果没了军方的支持，那他的末日就到了。这应该是帝都事变中杨明华败亡的最主要的原因了。否则的话，就算是帝林带着他的远东人马倒戈，拥有绝对强势兵力的中央军也可以一夜之内将帝林和为数不多的斯特林禁卫军部队统统消灭。顺便说一句，现在我们神族的两个最大敌人，斯特林和帝林，都是因为在帝都事变中立下的功勋而迅速飞黄腾达起来的。他们一个当了拱卫首都的重兵统领，一个担任了紫川家族的总监察长。相比之下，若论在那个晚上的功劳和表现，紫川秀绝对不比他们来得小。”

罗斯总督出声问：“紫川秀的功劳这么大，紫川参星给了他什么样的奖赏？”

“什么也没有。”黑沙淡淡地说。

“什么？”

“事变后的第二天，紫川秀就被解除了兵权，剥夺了现役军军人的身份，被安排到预备役去了。据说是因为他与紫川参星政见不合。”

云浅雪若有所思地点点头，开始明白为什么紫川秀身上总是若隐若现地散发出那么一种不得志的忧郁。

魔神皇出声道：“这样看来，紫川秀确实有理由对紫川家不满的。有没有他性格方面的资料？”

黑沙笑出声来了：“各位，有没有人听过秀字营的？”

怎么可能没听过呢！在座的魔族巨头们都笑了。卡兰说：“我刚进远东就听说了，听说是个很有名的饭店吧？”

“错了！”卡顿亲王毫不客气地纠正他的弟弟，“秀字营是个大商会，专门倒卖远东物资的。”

罗斯总督也出声说：“我倒是听说秀字营是人类开办的一个大赌场。都是我部下跟我说的。”

“各位说得都对。”黑沙语气平静，“但都只是一部分。其实，各位可知道，秀字营的创建者和首领是谁呢？”

魔神皇扬扬眉头：“莫非正是紫川秀？”

黑沙起身恭敬地对神皇躬身行礼：“陛下睿智无比，明见万里！”

魔神皇淡淡一笑，耸耸肩膀说：“朕随便乱猜的，谁知道真的是。”

魔族的巨头们又一次哄堂大笑，魔神皇也笑，边说：“朕有点明白军师的意思了。紫川秀身为家族的带兵将领，在紫川家族生死存亡的关键时期，心思不放在打仗上面却一心刮敛钱财，是不是说明他很贪婪呢？或者至少可以说，他对于财富的热爱要远远高于他对紫川家族的忠诚呢？”

黑沙肃然回答：“陛下英明，说得一针见血！除了贪婪以外，据说紫川秀还是个好色之徒。在他的纵容下，秀字营军队，可以说是全紫川家族中军纪最差、最为恶劣、最为放荡不羁的部队了。”

魔神皇轻轻地说：“就是这样恶劣、差劲的部队，在帕伊城足足支撑了一个月，使得我神族无敌的大军竟然不得寸进？”

神皇语气虽然轻，但其中的分量可一点不轻。有份参与帕伊作战的云浅雪、卡兰、卡顿等人一个个额头出汗，立即跪下请罪。卡顿亲王颤声说：“臣等无能，作战不力，有辱陛下神武声威，还请陛下严加责罚。”

“起来吧。”魔神皇轻轻一挥手，“现在不是请罪的时候。”他沉吟一下，“关于紫川秀的事件，你们都是怎么看的呢？”

“吾皇陛下，”加纳总督罗斯口音中带有浓厚的边陲口音，“微臣还是那句话，杀了他！人类都是不可信的，人类的叛徒更加不可信任。他今天既然可以为了钱财背叛紫川家族，明日他也将可以同样地为钱财背叛我族！紫川秀越有才能，那他就越危险。让这么一个危险人物留在我族甚至还委以重任，那是极大的威胁！”

大家微笑，心直口快的加纳总督这样的说法一点不奇怪，历来他都是最顽固的魔族至上论者，坚信除了魔族以外，其余的种族根本不配生存，只配被他们杀戮。

“我的看法与阁下相同，”卡兰冲罗斯总督笑笑，“杀了他算了。”

云浅雪奇怪地望着卡兰。前天晚上，卡兰还在他面前说过，紫川秀对于神族而言是个无价的瑰宝，因为他身居中央军的要职，熟悉紫川远星、紫川参星还有即将继任总长的紫川宁等家族领袖，和斯特林、帝林等家族名将有着千丝万缕的关系，深知紫川家决策中枢的内情。与他相比，雷洪不过是个地方级别的将领而已，重要性是远远不如的。

“他是可以帮助神族打开紫川家大门的钥匙。”卡兰最后是这样形容紫川秀的重要的。

殿下的态度怎么转变得这么快，而且没跟我打个招呼？云浅雪疑惑。忽然，他发现在这位看似一本正经的皇子眼中，狡黠的光芒一闪而逝。云浅雪恍然大悟，明白了卡兰的用意。

果然，卡顿亲王立即急不可耐地开口了：“父皇陛下，儿臣的看法有所不同。紫川秀比雷洪精明强干百倍，如果他能为我族所用，对我族一统天下的大业必然大有益处。他现在已经背叛了紫川家和人类，已经无路可走了，只要我们肯收留他，给他荣华富贵，他肯定会死心塌地忠于我们的。”

卡顿亲王话音刚落，卡兰立即接口说：“大哥所言很有道理，比我所见似乎又高出了一层。大哥深谋远虑，见识过人，佩服佩服。既然大哥肯为紫川秀担保，那我还有什么可担心的呢？我收回自己的看法。”

卡顿亲王一阵得意，脸上浮起谦逊的笑容：“哪里哪里。”他隐隐感觉好像有哪里不妥，却说不出来，勉强地装出个笑容。

云浅雪忍住捧腹大笑的冲动，微笑着说：“既然亲王殿下愿意为紫川秀担保的话，那微臣当然没有意见了。”他望向卡兰，两人交换了个会心的眼神，这下卡顿亲王这个担保人是板上钉钉地跑不掉了！

“我有意见。”出乎所有人意料，总军师黑沙平静地说，“微臣认为，这个紫川秀很可疑。”

魔神皇惊讶地问：“为什么呢？军师阁下，听您刚才的介绍，朕还以为您是赞同收留紫川秀的呢。”

“陛下，微臣认为，紫川秀叛逃的理由不充分。他投奔我族很有可能别有所图。”

卡顿亲王皱皱眉头：“军师，刚才也是您说的，紫川秀贪财好色、贪生怕死，再加上紫川参星对他也很不公平，这样他对紫川家肯定有不满之心——这样不就是很充分的叛变理由了吗？”

黑沙沉默。好半天他才出声：“对不起，陛下，二位殿下。这纯粹只是微臣的一种感觉，并没有任何依据。微臣怎么都觉得紫川秀不应该是会叛变的人，他与雷洪不是一路人。”

云浅雪一震。他与黑沙有同样的想法，只是没法用具体的语言表达出来，纯粹只是一种感觉，紫川秀给他的印象并不是一个会背叛自己国家和民众的无耻之徒,他的眼神相当清澈。

大家的目光都转向了魔神皇，再没有人出声了，大家清楚总军师对魔神皇的影响力，他既然这样说，那就等于判了紫川秀的死刑。大家都在等待着一个清脆的“杀”字从陛下口中吐出，房间中的沉寂充满了血腥的味道。

魔神皇轻轻叹息一声，闭上了眼睛，头向后靠在椅子靠背，神情平静，手指轻轻地敲击着面前的桌面。这是他在沉思时候的习惯动作。帐篷中只听见桌几被敲打的咯咯咯的清脆响声。

片刻，魔神皇睁开了眼睛，双眸之中精光四射：“你们说，我神族作为大陆最强的种族，与人类交战数千年，为什么就是不能征服远远比我们神族弱小的人类呢？”

云浅雪等人面面相觑，他们不明白魔神皇为什么这时候问了这么个与当前议题似乎根本不相及的问题。大家都皱起了眉头。魔族为什么不能战胜人类？明明数千年以来，魔族与人类交战的历史都是赢多败少的，然而有史记载以来，魔族王国的疆土却从没能越过古奇山脉以西。这个看似单纯的军事问题，仔细分析下，却涉及了极其复杂的政治、经济、历史、人文和地理方面的诸多因素。一时之间又怎么能说得清楚呢?

看到大家为难的样子，魔神皇笑笑：“看来朕这个问题出得不好，朕换一个说法，大家认为，当前我族要征服人类，最大的障碍是什么？”

卡顿亲王抢先回答：“父皇陛下，儿臣认为，我们的最大障碍就是瓦伦天险。历史上我族多次对人类发动攻击，都是因为攻不下瓦伦而失败。在平原上野战，人类绝不是我们的对手，只要突破了瓦伦要塞，我族大军前面就是一马平川，征服大陆，易如反掌！”

卡顿亲王说得激扬，以为这次一定会得到神皇的赞赏。魔神皇却轻轻地摇头：“瓦伦要塞的建立不过是一两百年的事情，而我们与人类的战争却是从有史以来就开始了，持续了上千年。三百年前，我族军队也曾进入了人类的中心腹地，只是……”魔神皇叹息着不再说下去了，大家都在心里帮神皇补足了那句话：只是不幸碰上了绝代高手左加明王，一败涂地。

“陛下，”罗斯总督说，“臣认为，我族此次的受挫全是因为那个紫川家的头号名将斯特林。他坚守帕伊，以微弱的兵力牵制了我族的主力大军，延误了我们攻击瓦伦要塞的时机，让我们错过了大好的机会，导致功败垂成。此人兵法高明，用兵如神，麾下士卒精锐且忠诚，有他在，将来必定是我族进军大陆的最大阻碍！”

魔神皇点点头，却没说什么，转向卡兰：“你怎么看呢？”

“父皇，”即使在威震天下的魔神皇面前，卡兰依旧是那么一副漫不经心的无所谓样子，“比起斯特林来，我更担心的是帝林。他凶残极端，名声显赫。碰上他，我们的士兵吓得不得了，根本没法作战了。”

“听说，在斯特林和帝林两人之上，西边还有个名声更响亮的流风霜，号称人类的第一名将。虽然目前我们还没与流风家的军队遭遇过，不清楚她是否真的浪得虚名，但是流风家能与紫川家抗衡数百年，实力绝不在紫川家之下。若我们西进，流风家肯定不会坐视的，那时我们可要小心这个流风霜了。”云浅雪也出声发言。

一时间，魔族的高级统帅们纷纷发表了自己的意见，却见魔神皇神情淡淡的不置可否。黑沙恭敬地问：“不知陛下意下如何？”

“诸位说得都很有道理。”魔神皇若有所思，“但朕想，我们最大的敌人并不是这个，不是坚固的瓦伦要塞，不是左加明王，更不是斯特林、帝林、流风霜等名将，而是人类的抵抗意志！”魔神皇加重了语气，“人类作为一个整体民族的殊死抵抗意志，这才是我们最大的敌人。

“一直以来，人类都以大陆文明传承的正统自居，把其他种族，包括我们，全部视为异族，视为不开化的野蛮人，视为妖魔鬼怪、吃人的怪物。他们排斥我们，却又害怕我们。每次我们神族大军进击，人类不分老孺，全民皆兵奋起抵抗。我们神族虽然能够在战场上击败人类的正规军队，却每每被人类的这种全民战争搞得元气大伤，无力再进。

“我们无法征服一个万众一心的民族。欲征服人类，我们就必须要先瓦解他们的斗志，摧毁他们的抵抗意志。在这件事情上，紫川秀有很大的利用价值。”

神皇结束了讲话，望着他的部下们，目光中带着期待。

还是黑沙首先领会了他的意图：“我明白了。陛下深谋远虑，微臣赞同收留紫川秀。”

云浅雪略一思索，也明白了魔神皇的意思。不管紫川秀是不是怀有目的前来，他是紫川家族前任总长紫川远星的养子，继任总长紫川宁的大哥，七年前的帝都还击战令他名声大噪，被认为是紫川家最优秀的将领之一，闻名于人类世界。虽然同是副统领，但是他的政治影响力是远远大于雷洪这个地方将领的。只要神族肯接纳重用紫川秀，并把这件事情广为宣扬，那将给人类带来极大的思想冲击，动摇他们的斗志。那些下级的士兵和军官会想：连紫川秀这样的高级军官也贪生怕死投降了，那我们又何必这么拼死卖命呢？人类中的那些见利忘义的败类，眼看紫川秀受到如此丰厚的奖赏，更是会成群结队地跑过来投诚的。

领会了神皇的意图后，众位臣子无不大表赞叹，纷纷表示我皇英明睿智，高瞻远瞩，人所不及。面对部下的一片赞叹之声，魔神皇谦逊地低下了头："因此，朕决定依照雷洪过来时候的惯例，给紫川秀封侯。诸位有没有意见呢？"

怎么可能有意见？云浅雪等人把头点得飞快。乖巧的卡兰皇子出声问："父皇，不知您打算给紫川秀封个什么名号呢？"

魔神皇微微沉吟，眉头舒展开来："阿云，朕记得你们明天晚上有个宴会是吧？"

"正是，陛下。为了庆祝我们刚刚在远东打败了人类，我们今晚打算举办一个盛大的宴会，所有在远东的高级将领都会参加的。"

魔神皇微笑道："很好。也为了纪念在远东的这次胜利，我打算给紫川秀封号'远东侯'，如何？"

云浅雪等人大加赞叹，深深佩服神皇陛下起名起得才思敏捷，寓意深远。

第三章 庆贺晚宴

三月十九日晚，夜幕渐渐降临了。天空却没有暗下来，魔族正在为远东战争的胜利举行盛大的欢庆仪式。羽林军大营之中，无数燃烧的火堆照亮了天际，令天上的繁星黯然失色。大营正中最大的营帐门口插满了象征胜利的红色杜鹃，人潮簇拥，洋溢着一片热闹欢乐的喜庆气氛。

“干杯，为胜利！”一个情绪激动、浑身绿毛的塞内亚将领举起了酒杯，大声地嚷嚷。

“为胜利！”魔族将领们齐声地回应，同样高举了酒杯，一饮而尽。大家一同哈哈大笑。巨大的营帐之中，灯火通明，一片人声喧哗，中间不时夹杂着“陛下万岁”的祝酒之声。燃烧的火光照亮了魔族将领们肩膀上的彩羽和胸前的纹章，塔尔希军官学校的军乐团正在高奏悠扬的进行曲，几个粗嗓子的低音正在跟着调子合唱，赢得了军官们的阵阵喝彩。

衣香鬓影，几乎和出席的将军们同样数目的魔族女性正周旋于男人们之间，到处都是打情骂俏、你来我往的调情之声，这是在战场上九死一生归来的勇士们最中意的节目了。在营帐墙壁边上宽大的桌子上，摆满了美味的食品和美酒，任由他们自由享用，尽管各种美味已经堆得像座小山似的了，矮小的精灵怪用人还在不断地端着盘子往上面加，完全不管会浪费多少。

虽然按规定是只有团队长级别以上的高级军官和将领才能出席这次庆贺会的，但不少低级的军官甚至士兵却也偷偷摸摸地混进了会场，他们在摆满美味的餐桌前大饱口福。他们知道，在今天这个大喜的日子里，不会有人这么扫兴来干涉他们的。然后没等抹干净嘴边的残渣，他们马上就装出一副风度翩翩的样子跟参加的女士们搭讪，企图找到今晚的临时伴侣，然而他们很少成功。女士们对这些殷勤的小军官不屑一顾，她们的目光都投注在那些更为耀眼的高级将领身上。当云浅雪和卡兰联袂步入会场的时候，会场起了一场小小的骚动。他们是目前到达的身份最高的将领，皇族，而且都是独身，又都英俊不凡。交际花们簇拥而上，一个比一个妩媚："二殿下，您还记得我吗？那晚过后，您就没来找过我……"

"云将军，您真的好英俊哦！"

"羽林阁下，给我们讲一下您打仗的故事吧？"

等到云浅雪坚决又不失礼貌地从一群莺莺之声的包围中脱身时，他长长地吐了口气，感觉这并不比面对人类的大军容易。回头四顾，人群纷杂，已经不见了卡兰的影子。云浅雪苦笑，他知道这位皇子肯定是带着美女进阁间讲故事去了，而且肯定是那种非常恐怖的鬼故事。

就在这个时候，他看到了紫川秀。

一个孤独的身影伫立在墙角，端着酒杯，无声地注视着欢庆的人群，目光中流露出寂寞。没有人和他交谈。魔族的将领们惊讶地注视着他漆黑的眼睛，警惕地和他保持了距离，目光中流露戒备。偶尔有些爱吵闹的交际花接近想跟这个陌生的将领攀谈，一看到他黑色的眼睛，马上停住了脚步，仿佛看不到他肩膀上代表高级军官的彩羽，匆匆转头离开。

喧闹的人群、美食、音乐、美酒、美女……这一切的一切，都与他无关。这是个不属于他的世界。这是胜利者们的欢庆，而你，则是属于失败的种族的。无论怎样表白你的忠诚，你都不属于他们。

云浅雪也不明白，为什么在千百人的会场之中，他却偏偏注意到了站在角落的他。紫川秀，这个人类即使在悲伤和落寞的时候，也总是那么耀眼。不知为何，云浅雪这时忽然有了一种接近他的冲动。

"很热闹吧，是吗？"云浅雪走了过去，他扬扬手上的酒杯，"干杯！"

紫川秀目光中流露感激之色，举起了杯子："干杯！"

两人碰杯，一饮而尽。

"远东侯，现在你也是我们神族的贵族了。你不要干待着嘛！来，我来为你介绍些朋友！"神皇今天下午刚刚下旨，封前来投诚的紫川秀以"远东侯"的称号。

紫川秀犹豫一下，却敌不过云浅雪的热情，被他硬拉着到了一群正在谈话的魔族将领旁边。将领们打住了话头，警惕地望着这个新的加入者，态度远说不上友好。

云浅雪笑容满面地给紫川秀介绍。

“这位是加纳总督罗斯阁下，兼任加纳军团的军团长。”

“这位是鲁帝公爵，王国第十一军团长官。”

“雷欧将军，近卫军团的统帅。”

“凌步虚将军，陛下的爱将，此次立下大功的前锋集团统帅。”

“这位是叶尔马将军，塞内亚本族军团长官。”

紫川秀忙着跟魔族的大佬们行礼问好，一边暗暗感叹。这些魔族的将领都是人类的宿敌，自己早就听闻过他们的名声。没想到还真的有这么一天，自己竟然是在这么一种情况下见到他们本人。他也暗自好笑，盛名之下，没想到他们真人是这么一副样子。

罗斯总督是个威严的干瘦老头，衣饰华丽，皱巴巴的脸就像那风干过的牛肉，表情严肃，满脸的傲色，银发覆盖前额，目光炯炯，望向自己时皱起了眉头，一副不屑的样子。

鲁帝则是个五大三粗的低阶魔族，精力十足，一道很深的刀疤从他眉骨处一直贯穿到下巴，使得他本来就丑恶的面容变得狰狞，显示此人可怕的骁勇和曾经出生入死的经历。

近卫统帅雷欧，一个身高超过两米的高大装甲兽魔族，面目黝黑，一身皮肤乌黑坚硬，表面覆盖着天生的鳞甲，因为个子太大了，给人笨重的感觉，魁梧的躯干之中仿佛蕴含着无穷的力量。紫川秀暗暗心惊，在战场上，这样力大无穷又刀枪不进的敌人是最可怕的，一千个这样的战士组成的突击队列，可以轻易突破人类的任何阵列。

塞内亚本族军团的长官叶尔马，一个浑身长满了庄重的白毛、看起来很有威仪的胖乎乎的老魔族。他和他的部队都是最近停战以后才从王国本土赶来的，并没有参加过战斗。

而且这些魔族之中，最引紫川秀注意的却是魔族前锋集团的长官凌步虚。他已经得知，在瓦伦要塞的正面，魔族将囤积重兵设立西南大营，这是与人类最为接近的第一道防线，其地位的重要性不言而喻。而凌步虚即将被任命为西南大营统帅，可见魔神皇对他的信任。

紫川秀细细观察，凌步虚是皇族与低阶魔族的混血儿，身上兼有皇族的细腻特征和魔族的粗犷，骨骼高大，却很瘦没什么肉，皮肤白皙，长着很粗的毛发。他一直眯着细长的眼睛很认真地倾听其他人说话，眸中精光四射。

紫川秀暗暗警惕。魔族军中藏龙卧虎，难怪魔族王国能与人类抗衡数千年而不败。仅仅自己目前所见的有限几个将领，鲁帝的骁勇，凌步虚的深沉精明，雷欧的强悍，云浅雪的聪慧，无不给他留下了深刻的印象。他心头泛起了不安的忧虑：我们将要面对的是这样可怕而团结的一个种族，人类会有胜算吗？

当云浅雪领着紫川秀走过来问好时，魔族的几位将领神色间都表现出了一种毫不掩饰的轻蔑态度，只是点了下头，连看都不看他一眼。只有叶尔马很勉强地转身向紫川秀打了个招呼："你好。"紫川秀估计他也多半是看在介绍人云浅雪面子上才搭理自己的。

云浅雪仿佛没看到紫川秀的尴尬，微笑着问："各位在聊些什么呢？"

没有人回答，大家目光却都集中在了紫川秀身上，露出嘲弄的笑容。于是云浅雪马上就知道了，刚才他们肯定是在议论紫川秀这个新来的投诚者，而且说的绝对不是什么好话。

罗斯总督问云浅雪："二殿下到了吗？"

云浅雪："殿下已经到了，可是……"他望望四周走动的那一群花枝招展的交际花，无奈地摊开手掌。

大家都笑了，罗斯总督笑着说："二殿下还是老毛病啊！那今晚，亲王殿下会来吗？我们还没看到他。"

叶尔马代替云浅雪回答："这么隆重的场合，亲王大人肯定会来的。"

"为什么？"

一直不出声的凌步虚忽然出声说："因为二殿下来了。"

魔族的重臣们纷纷莞尔。他们都是王国的重臣，关于卡顿与卡兰之间的种种明争暗斗，他们都有所了解的。现在魔神皇陛下还身体健康，年富力强，还并没到担忧继承人的时候，所以也没有人把这件事情看得太严重，只是这个话题比较忌讳，大家一般不公开谈论就是了，特别是现在眼前还站着一个云浅雪，明摆着是卡兰的亲信。

"忘记恭喜你了，羽林阁下。公主殿下平安归来，您一定很高兴吧？您的前程一片光明啊！"罗斯总督说，一副皮笑肉不笑的表情，话语中暗示云浅雪是靠着与卡丹公主的婚约才能够得到陛下的赏识的，并非靠自己的实力。

云浅雪很明白他话语中的挑衅味道，平静地回答："公主殿下是我们神族美丽的花朵，她能够平安归来，靠的是吾族军队的强大和陛下的神威，有着重大的意义，可以视为是我们对人类的一次大胜利，是整个王国的骄傲，我们全体上下都应该为此而高兴。"

云浅雪的回答不软不硬，让罗斯总督吃了个软钉。总督一时语塞。老将军叶尔马出来打圆场："吾神在上，确实的，公主殿下是我们神族最美丽的花朵，我们都为她的平安归来感到高兴啊！不知现在她身体可好？我很想去向她请安啊！"

"公主殿下昨天晚上刚刚从枫叶丹林来到哥吉查，因为路途跋涉辛劳，还在休息之中，暂时还不接见人。老将军，您的问候，我会转达给殿下的。"

一直在旁边倾听他们说话的几个高级魔族将领起哄：

"呵呵，虽说卡丹殿下现在还不能接见一般人，但是羽林阁下，您肯定是例外的！"

"就是啊！什么时候举行婚礼啊？可要通知我们一声啊！"

凌步虚与云浅雪握手，很简洁地说："恭喜了！"

云浅雪不好意思地点点头，说："谢谢。"

紫川秀在一边静静地听着。卡丹的名字令他回忆起了在紫川宁家中的那一段时光，想起了罗杰、白川、明羽三个部下，想起了与卡丹苦恋的斯特林，想起了紫川宁……一股酸涩的感觉涌上心头，短短的一段时间里，人事已经全非了。曾经与斯特林相爱、发誓永不分离的卡丹还是回来了，回到了她的故国，即将成亲。远方的斯特林，你是否还深深地爱着她呢?

阿宁，将来，你也会有这么一天，像卡丹一样嫁为人妇吗？那时候，你心里牵挂的，究竟是谁呢？别了，我爱的姑娘。我们来生再见了。

"既然亲王殿下会来，那平靖也该会来吧？他最近跟亲王跟得很紧呢，那个人类的马屁精。"鲁帝说，神色间有掩饰不住的嫉妒。最近因为取得了对人类的整体性胜利，陛下龙心大悦，重又恢复了他的公爵爵位。

"那可不一定，"罗斯总督很不客气地说，"今天是庆贺我们神族对人类的胜利，他这个人类的叛徒也有脸来？就算无耻也该有点限度吧？"

"总督阁下！"云浅雪责怪地打断了罗斯的说话，提示他该注意，还有另外一个人类的叛徒紫川秀在场呢!

罗斯挑衅地转向紫川秀："我该怎么称呼你呢？紫川秀？还是什么远东侯？请问，看到今天我们神族对紫川家族的胜利，你的感受如何呢？作为人类的一员，你怎么看这次人类在远东的惨败？曾作为紫川家的高级将领的你，杀害过我们神族多少战士呢？"

"总督阁下！"赶在紫川秀回答之前，云浅雪挺身拦在了他面前，"阁下，请您注意，决定册封紫川秀阁下爵位，并亲自赐予他称号'远东侯'的不是别人，正是陛下。既然陛下对此已经有了决断，身为臣子的吾等如果还再持有什么异议，那就是对陛下的不敬了。”

罗斯总督哼了一声：“我不知道陛下是受了什么蛊惑，反正我只知道，人类都是些厚颜无耻、贪生怕死的废物。不管你们怎么说的，我是绝对不相信人类的。”

云浅雪还想再说什么，紫川秀在后面拉着他离开了。身后只听见罗斯说了句什么，魔族的将领们哄堂大笑，隐约可听见“窝囊废”“胆小鬼”等声音。

云浅雪愤愤不平：“他们太过分了！”随即又安慰紫川秀：“不要往心里去，有陛下给你做主呢！”一边很留意观察紫川秀的表情，却看到紫川秀神色自若，只淡淡说了句“没什么”就又谈笑风生了。云浅雪很佩服他的气度，面对这么大的侮辱居然一点不动声色，却也不得不同意罗斯的意见，他确实是个没胆子的家伙。

他没有注意到，在紫川秀眼中一掠而过的寒光。

“那边的矮个子，是布鲁总督古萨。”吸取了上次的经验教训，云浅雪不敢再贸然地把紫川秀带入魔族将领们的社交圈中了。他只是远远地指点紫川秀，帮助他认识魔族的大人物们。连他自己也不知道，一向厌恶平靖侯的自己，为什么对同样是人类叛徒的紫川秀却这般关照。

紫川秀心头一阵感激。无论从哪个方面来说，云浅雪都是个很优秀的人。他聪慧、温和、文雅，而且又不缺乏才干，待人接物，称得上是个好表率。这样优秀的人物，不要说在向来被视为野蛮的魔族之中，就是在人类之中也是少见的。与他相处多日，实在蒙受了他不少关照。对此，他只能在心里对云浅雪说一声对不起了。

“那边的那个皇族，那个穿戴得很花哨的年轻人是谁呢？”紫川秀问。

云浅雪笑了：“那是卡兰殿下，陛下的二皇子。”想了下，他又补充，“我的朋友。”

紫川秀有点惊讶，来魔族这么几天，他早听闻了魔族二皇子的很多事迹，却没想到本人竟然是这么一副德行：长发披肩，叼着根香烟、戴着副淡色墨镜，敞开了花格子衬衣的纽扣，脖子上很显眼地挂着一条俗不可耐的拇指粗的金链子，右手抱着一个咯咯傻笑的美女——这么一个帝都街头随处可见的小流氓打扮的家伙，竟然是魔族的皇子，而且有可能是下任的魔神皇！

紫川秀难以置信地看着云浅雪，后者只有苦笑地点头：“二殿下很有性格，不是吗？”

紫川秀也笑了：“确实，让我大开眼界。”抑制不住的狂喜之下，他差点要放声大笑了。根据他的观察，这位魔族的卡兰殿下武功实在差得不成体统，与他重要的身份根本不成比例。这么一个抵抗力极弱又是地位极高的人物，正是他一直要找的安全保证。他默默地估算了一下自己和卡兰之间的距离，一步、两步……大概八步，而且中间没有任何桌椅的阻碍，非常理想的出手距离。

紫川秀心头狂跳，事情到此地步，几乎已经可以说是成功一半了。剩下的一半，就要看天意了。他压抑紧张的心情，尽量平静地问云浅雪："羽林阁下，请问，平靖公今晚有没有来呢？"

云浅雪皱皱眉头，反问："你找他有事？"虽然军师黑沙已经证实了偷袭事件与平靖侯无关，但他还是很不愿意提起这个名字。

紫川秀有点不好意思："羽林阁下，不怕您笑话。我毕竟是来自紫川家的，初来神族，我想，与我有着同样经历的平靖阁下交谈下，可能会对我尽快适应神族的生活有所帮助。"

云浅雪点点头："我明白了。"他向四处张望，却看不到平靖侯的踪影。最后他扯住一个从他们身边经过的军官："哎，阿穆，有没有看到平靖那家伙？"

"那条狗？"叫"阿穆"的军官说到平靖侯时，一脸不屑，"刚才还看到他的……羽林大人，您要见他吗？我去把他叫来。"

云浅雪点点头，军官快步走开了。看着那个军官的身影逐渐淹没在拥挤的人堆里，紫川秀的呼吸一点点地急速起来。他知道，当那个军官回来的时候，最关键的时刻就要到了！

他再次往卡兰的方向确认一下，仿佛感应到了他的视线似的，卡兰恰好也抬起了头望过来。二人的目光交接，卡兰错愕，惊讶的表情在他脸上持续了两三秒。慢慢地，魔族的二皇子笑了，笑容中带有种说不出的诡异味道。仿佛预感到了危险似的，他拉开了身后的门，悄然地离去。

计划一下子给打乱，紫川秀睁大了眼睛，脑子嗡地乱了。

素雅的房间里寂静无声，充满了檀香压抑的芳香，还有沙子漏斗的轻微沙沙声。远远地，可以听见庆祝晚会上人群的喧嚷和乐队的喇叭声，一片混杂而毫无意义的杂沓的噪音。在外面的喧哗相衬下，屋内的无声显得更加寂寥。

"殿下，外面的晚会很热闹的样子，您不去参加吗？"老用人小心翼翼地问正在写东西的卡丹。

卡丹安静地翻过了一页纸，没有回答。茶几上的烛光映照在她面庞上，娇艳的肌肤有如白玉般无瑕，玉容平静如水，不见一点波动。

老用人暗暗叹了口气。从小一直看着长大的卡丹公主，打从人类那边回来以后，就好像换了个人似的。她再也没有了往日的那种灵气和活泼，变得沉默寡言起来。回来那么多天了，自己就没见她笑过，她也不像往日那样喜欢四处走动了，老是待在屋子里发呆，脸上总是带着一种郁郁寡欢的落寞神情。自己每次问她，她却总是苦涩地笑笑，什么也没说。这到底是怎么一回事呢？卡丹殿下贵为公主，回到了自己人这里，未来的夫婿云浅雪大人青年有为，无论人品才貌都是十分优秀，她不应该不开心的啊！

老用人继续努力："殿下，今天晚上的宴会，陛下很希望您能出席的。王国的高级将领们都参加了，肯定有很多有趣的节目。亲王殿下和二殿下都参加了，还有羽林阁下今晚也会来，您不想见见他吗？他可是您未来的夫君啊，这样都不去，未免有点太失礼了。"

"我没有兴趣。"卡丹低着头平静地说，也不知道是说对晚会没有兴趣还是说对云浅雪没有兴趣，手一直写个不停。

老用人放弃了努力，低着头说："是。那我告退了，公主殿下请好好歇息，有事请尽管吩咐。"

"嗯，你下去吧……"

门口外两个宫女的窃窃私语声传进来："今晚，羽林阁下身边那位年轻的大人可真是俊得很啊！我怎么从来没见过他呢？"

"嘿，你看上人家了吧？告诉你，那个人可是近不得的。他是从紫川家那边过来的，名字好像是叫紫川什么的……对，紫川秀！他是最近才来投奔我们神族的，听说他在那边可是个大人物呢！"

老用人大声叱喝："外面的死丫头，说什么呢！公主殿下正在休息呢！"

外面的窃窃议论声立即停止了。老用人低头请罪："公主殿下，都怪我管教无方，我下去一定将她们重重责罚……"

卡丹打断了他的话："刚才她们说什么？紫川秀？这是怎么回事？"她放下了书本，一反刚才的冷漠神情，突然变得十分关注。

"啊？公主殿下，您不知道吗？她们说的是紫川家那个新投奔我们的副统领，叫紫川秀。哦，殿下，您最近才回来的，难怪您不知道了。帕伊停战以后，他独自一人主动地向我们的军队投诚了。陛下很赏识他，封他为侯。这都是很轰动的新闻呢！"

"阿秀？"卡丹蹙起了秀眉，低头思索了好一会儿，喃喃自语，"不会的，他不可能的……这样做等于自杀……"

"公主殿下，您说什么？"

“今晚都有谁参加宴会？”

老用人一愣，随即回答：“很多。王国在远东的所有高级将领几乎会全部到场的。包括有亲王殿下、二殿下、罗斯大人、凌步虚大人、羽林大人、叶尔马大人、鲁帝大人……陛下和总军师黑沙大人说不定也会来的……”

没等他说完，卡丹已经扔下笔霍然起立：“马上带我去会场，快！”看着老用人目瞪口呆的样子，卡丹不耐烦了，自己动手换衣服，一边想：阿秀，你是个疯子！没有人这么大胆的……难道你以为自己可以活着回去吗……该死的家伙，你就一点不顾及阿宁对你的一片苦心吗？

云浅雪觉察了紫川秀的异样：“你怎么了？”

紫川秀微笑着摇摇头：“没什么。我看到卡兰殿下出去了。”

云浅雪也往那个方向望了下，摇头笑说：“殿下……”他露出一个是“男人就该明白的”暧昧笑容。紫川秀哈哈大笑，心里却仍旧难以释然。临走时，卡兰那个诡异的笑容究竟有什么意义？他是不是已经看透了自己？

两人仍旧在有一句没一句地闲聊着。言谈之间，云浅雪一直把话题往武学方面引导，他特别关心的是，紫川家有哪些著名的用刀高手？特别是第一次远东战争期间，他们都有谁在远东地区活动过？

紫川秀苦笑，对于云浅雪的目的他是很清楚的。不过……

不过这个人啊，呵呵，阿秀大人睁大了无邪的大眼睛想了好一阵子，终于记起来了：“哦哦哦哦，用刀的高手是吧？多着呢！据我知道的，比如说什么‘一刀镇九州’张三啊、‘龙凤鸳鸯刀’李四啊、‘大刀’王五啊、‘刀神’赵六啊、‘神刀’钱七啊、‘无敌金刀’陈八啊，等等等等。至于他们的武功啊？啊啊啊，那可真是厉害着呢，”紫川秀说得口沫飞溅，连比带画，“有的人能一刀杀死一头猪！有人甚至能杀死两头！你说厉害不？”

云浅雪听得忍不住要打呵欠。他非常失望。从紫川秀的描述上来看，那些所谓的“高手”不过是空有一身蛮力的杀猪屠羊水平而已，不可能是那个晚上的神秘刺客。

尽管事情已经过去几个月了，现在自己是身处安全的宴会中，周围熙熙攘攘的人来人往，但这并没有给云浅雪任何安全感。一想到那个可怕的夜晚，云浅雪就忍不住发抖。太可怕了！那个恶魔般的身影，那双充满了杀气和绝望、仿佛来自地狱最深处的赤红眼睛曾经无数次出现在他的噩梦里，接着就是断臂处的剧痛，鲜血飞溅，整个世界变得一片绯红……世界上竟然有这样可怕的杀手！

云浅雪不自觉地摸着断臂处，眼中流露恐惧。一瞬间，紫川秀的眼神变得很奇怪，怜悯、嘲笑、无奈、愧疚……或者，什么都没有。当他转过头时，眼神已经变得正常了。

东门传来巨大的喧闹杂音，有个声音在喊：“亲王殿下已经到了！”人群大哗，为了目睹未来魔神皇的风采，许多人哗啦往门口方向涌了过去，拥挤的人流堵住了门口，引起了一阵混乱。

紫川秀与云浅雪应声望去。云浅雪介绍说：“看到了吗？高个子的那个，就是亲王殿下。”

即使在拥挤的人群中，卡顿亲王的独特也很容易让人辨认出他来。他身形矫健，平头的短发，脸部线条如刀刻般冷峻，眼神冰冷无情，显得冷酷而自信。紫川秀还是第一次见到这位魔族的第二号人物。他看出来了，这位魔族王国的未来继承者必定是个十分冷酷的权力主义者。

云浅雪继续介绍：“在殿下旁边的那个人族，”他若有所思地望了紫川秀一眼，“是平靖公爵。你们认识吗？”

看到那个瘦高的身影，紫川秀全身的血液一下子涌上了脑，有点眩晕，往事的碎片令人措手不及地出现脑海……

“我们会再见的，一定的！”哥应星统领爽朗地一笑，他望向了一边的白川，“这个小姑娘很有胆色，你们今晚好好照顾她。”

……

他们彼此互道珍重，却不知今生再不能相逢。

紫川秀紧紧闭上了眼睛，不让眼泪夺眶而出。他听见自己在回答：“不认识。”

云浅雪点点头，问：“等一下我介绍你认识他们？”

“嗯，”紫川秀淡淡地点头，“就麻烦羽林阁下您了。”他说得很无所谓的样子，却抑制不住地心头狂跳。正在这个时候，他感应到有人在背后注视着自己，马上转头。

透过纷杂的人群间隙，他看到了一双熟悉的眼睛。曾经是自己阶下囚的卡丹不知什么时候已经到了，正在远远地注视着他，眼神平静而冷厉。

卡顿亲王的到来引起了会场的一场骚动。魔族的将军们争先恐后地挤上去跟亲王打招呼、攀谈，交际花们也纷纷不甘落后地上前，希望能得到他的青睐。一时间，大门口处的人群挤成一团，全场的注意力都集中到了那里。

也就在这个时候，卡丹到达了会场，她悄然地从另一个门口进入，没有引起任何人的注意。几乎在她发现紫川秀的同时，紫川秀猛地转身，两人眼神交会。

一瞬间，紫川秀绝望得全身冰凉。他知道卡丹已经识破了自己的杀机。这个时候，她只要振臂一呼："紫川秀是奸细！"自己会立即被周围的魔族将军们乱刀分尸。死亡，自己并不害怕。但是，在目标达到之前，自己实在不甘心啊！紫川秀紧紧闭上了眼睛，等待着那一声尖锐的女声叫喊和随之而来的灾难。

"恭喜阁下了，加沙新总督……"

"三河地区并没有参战，盖儿公爵很没有面子……"

"哟，大人，您可真会开人家玩笑啊……"

毫无意义的闲聊混杂如同流水般地灌进紫川秀的耳朵里，五秒钟的等待时间漫长得有如一个世纪，但却没有期待中的女声尖叫。紫川秀睁开了眼睛，依旧是卡丹那双明亮的眼睛在不出声地凝视着他，奇怪的是，其中却看不到恶意。

紫川秀心中生出了一线希望。卡丹不打算告发自己？为什么呢？

卡丹望向正在忙着与众人招呼应酬的卡顿亲王，用目光无声地询问："是他吗？"

紫川秀明白她的用意，微微摇头。

卡丹又望向站在紫川秀身边的云浅雪，紫川秀再次摇头。

卡丹微微昂头，目光投向营帐的顶棚。紫川秀有点不解，随即明白她指的是魔神皇。他含笑摇头，用目光告诉她："我又不是疯子。"除非是疯了，没有人会想到行刺当世的第一高手。

卡丹扬扬眉头，轻启檀口，却没有声音发出。分辨她的嘴形，是一个"谁"字。

紫川秀点点头，目光却落在了平靖侯的身上。卡丹顺着紫川秀的视线望过去，恍然大悟。她冲紫川秀做了个调皮的鬼脸，嫣然一笑，转身融入喧嚷的人群中，渐渐地消失了。

紫川秀呆在了原地，不知所措。他不明白，卡丹到底是什么意思？

"远东侯，远东侯！"

云浅雪连续拍了几下紫川秀，他才回过神来："什么？"

云浅雪小声说："亲王他们往我们这边走过来了，他一定是来找你的。你要做好准备，要与殿下谈话了。"

紫川秀奇怪："也有可能，亲王是来找你的啊！"

云浅雪神秘地一笑："绝对不可能。"自己是属于卡兰一边的死党，亲王对自己恨之入骨，怎么可能来找自己呢。亲王准是希望像当初收容雷洪一样，把紫川秀也收纳进他的私党里去，好趁机扩大自己的实力。不过这些现在他还不打算跟紫川秀说，只是拍拍他肩膀，“我走开一下，你自己好好把握。”没等紫川秀反应过来，他已经悄然走开了，丢下孤零零的紫川秀在原地。

紫川秀微笑，就算再迟钝也可以看出了，云浅雪是故意躲开不与卡顿亲王见面的，这说明了，这位手握重兵的羽林将军与下任的魔神皇之间的关系，很有问题。

紫川秀暗自窃笑。原来看似铁板一块的魔族上层，也存在着派系争斗，敌人内部也有分歧的。只是不知道他们派系间力量对比的情况如何？在将来与魔族的作战中，怎么样才可以最大限度地利用这个珍贵的情报呢？

没等紫川秀想出个究竟，卡顿亲王已经走过来了，身后跟着罗斯、平靖、凌步虚等高级将领。卡顿亲王停住了脚步，上下审视了紫川秀一番，开口说：“远东侯吗？我是皇族太子，卡顿。”亲王的自我介绍十分简洁，透出强烈的自信，举手投足之间，气势凛然，显出这位皇族太子也有一身不俗的武艺，并非一般的纨绔子弟。

紫川秀弓身微笑行礼说：“殿下大名，在下是已经久仰的了。”是的，紫川秀暗暗想，远东战争中，卡顿亲王下令屠杀四万名放下武器的人类战俘和三十万平民，臭名已经昭著了。但是，幸好，我今晚的目标不是你。

“欢迎加入我们神族，你做了个明智的选择，远东侯。我们是不会亏待那些忠诚我们的人的。”卡顿亲王吊着嗓门说，语调中有一种生硬的装腔作势的味道，就像是朗诵一般。

“感谢神族给我这个机会。”紫川秀一脸卑屈的笑容，“我一定会对神族绝对的忠诚，愿为殿下您效犬马之劳！”

旁听的几个魔族军官眼见纷纷露出鄙夷之色。罗斯总督不屑地说：“你对紫川家效忠的时候，也是这么说的吗？这就是你们人类的忠诚？”

众位魔族将领哄堂大笑。笑声中，雷洪局促不安，目光中流露痛苦之色。他来到魔族已经多日，曾为魔族出生入死立下了汗马功劳，也封了爵，却始终得不到众人的认同。他的地位虽高，却得不到任何尊重，连那些最低级的魔族军官都不把他放眼里呼来喝去的，他更是常常沦落为同伴讥讽嘲笑的对象。

紫川秀显得很坦然。他微笑地回答罗斯总督：“大人，究竟什么是人类的忠诚，我会以实际行动向您证明的。”

“哦，”总督的嘴角扭曲了，“怎么证明法？”

“就是这样。”紫川秀转身向雷洪走近，伸出右手，“这位想必是平靖大人了？请多指教了。”紫川秀的微笑是那么甜蜜可亲，就连老虎看了都想跟他交朋友。

雷洪也伸手出来，强打笑容：“你好。”

刚一握手，雷洪的脸色就变了。紫川秀的手坚硬得简直像铁钳一样，紧紧地夹住了自己。他吃了一惊，抬起头来，不由自主地打了个寒战。紫川秀的眼神冰冷，其中蕴含森森的杀机，与他脸上灿烂的笑容一点也不相称。

雷洪惊惶地想退后，但右手被抓住抽不出来。他想出声叫喊，忽然感觉腹下一凉，紫川秀快步抢上一步，贴近他耳朵小声地说：“哥应星大人向你问候！”

雷洪呆呆地下移目光，一把雪亮的刀子已经深深地捅进了他的下腹部。紫川秀亲切地笑了下，接着把刀子使劲地一搅，同时侧着身子遮挡住旁人的视线。雷洪剧痛，却喊不出来，浑身剧烈地一阵痉挛，整个身子软成一团烂泥似的，整个脸缩成了一团，看起来就像是笑似的。

眼见两人这么亲热，紫川秀又笑得这般甜蜜，周围的魔族都看不出什么异样来。卡顿亲王对左右说：“想不到他们两个这么好交情啊！”

罗斯总督不屑地撇撇嘴：“那是当然。他们都是人类的叛徒，有共同语言啊！”

周围的几个魔族将领们都笑了起来，但他们只笑到了一半，雷洪凄厉的、已经不像人声的惨叫声撕裂了整个会场：“救命啊！”

一瞬间，所有的声音和动作都像被一把无形的刀忽然砍断了似的，连正在演唱的歌手也停止了表演，上一秒钟还是上千人聚集喧哗的大厅，突然变得安静起来。各处受惊的人们循声望去，被眼前的一幕惊得呆若木鸡。

第四章　如此人质

《光明王本纪》第一卷第五节开篇——

七八〇，岁中三月。东魔猖狂，长驱直下，王师败北，远东沦陷。王坚忍守辱，伪降而深入。于魔酋聚集之时，王忽暴起，诛杀大逆贼雷洪，呼："叛紫川者，虽远必诛！"

群魔震骇，继而大哗，群起而攻。王无惧，白刃迎之，以寡击众。此战，碧血横飞，日月变色。王左冲右突，所向披靡，群魔丧胆，竟无敢迎者。当场格杀魔酋二十有二，重创三十有一，魔酋群惧，相叹："血肉山河，非我族特有。"

于狼虎之穴，雪山河之耻，蒙尘邦国，得惩奸逆。英雄豪气，直冲霄汉。

大厅的西边角落，传出了非人的惨叫。在此次远东战争中立下汗马功劳的平靖公爵全身是血，正在声嘶力竭地狂喊："救命！"他一边捂着腹部淌血的伤口，一边拼命地推开面前的人，踉踉跄跄地往外跑。但没跑出一步，只见刀光一闪，鲜血飞溅，雷洪的一条腿已经被砍断了。他再次发出了撕心裂肺的惨叫，整个身子扑地倒下，在地上滚来滚去，伤口处血喷如泉，在绣锦的名贵地毯上洒出一片狰狞的鲜红。

越过人众，紫川秀挥刀狂砍躺在地上的雷洪，高呼："紫川家诛杀叛贼，无论天涯海角！敢叛紫川者，杀无赦！"杀气冲冲的嘶哑叫声，混杂着雷洪凄惨的哀求和惨叫、刀砍入肉的声音，可怕的声音响彻整个大厅，让人发抖。

眼看白刃如雪，眼看鲜血横飞，在场上千的魔族军官们像身处噩梦中一般目瞪口呆。前一秒钟还是充满了欢乐和喜庆的会场，下一秒钟却变成了地狱。发生的这一幕实在是超出所有人的想象。他们就像被施了什么魔法似的，僵立着眼睁睁地看着这可怕的一幕，眼看着雷洪给活生生地砍成了一堆肉泥，竟然没有一个人想到出来阻拦这场惨剧。

哀求和惨叫声渐渐地低下去了，紫川秀停下了手，杀气腾腾地睥视四周。他的眼睛赤红，在他手上，雪亮的快刀还在一滴一滴地淌着血。魔族勇敢的将领们恐惧地望着他，包括雷欧、鲁帝等魔族出名的勇士，竟然没有一个人敢正视他的眼睛，脚步不自觉地一点点后挪。在紫川秀的身上，萦绕着一股疯狂的杀气。

曾经浴血沙场无所畏惧的魔族猛将豪杰们在不由自主地颤抖着，恐惧捆住了他们的手脚，一动不能动。他们都曾身经百战，不是没见过杀人的场面，令他们恐惧的是紫川秀杀人时候所表现出的那种残酷和癫狂，那种遇神灭神、遇佛诛佛的可怕气势。模糊的血肉溅了他一脸，在魔族的将领们看来，他狂笑的面孔简直就如同鬼怪一样狰狞。

大家想着同一个念头：他不是人，是恶魔！

云浅雪僵立原地，一动不动。

当紫川秀迎上去与雷洪握手时，他已经隐然觉得有点不妥了。紫川秀的身上隐隐散发出一股阴森的气息，给云浅雪一种似曾相识的感觉，印象中，好像在哪里感受过同样的气息。

没等他想出个究竟，惊变已经发生了。紫川秀整个人变了！就像着了魔似的，一瞬间，那个温文有礼、举止文雅的紫川秀突然变得疯狂又血腥，杀气逼人。云浅雪失声叫出来了：“是他！”

雪亮的刀光，可怕的杀气，来自地狱般疯狂的眼神，燃烧的营帐，乱奔的战马，飞溅的鲜血，凄厉的惨叫，断臂处身子撕裂般的剧痛，杂乱的脚步声，“保护大人”的呼喝，眼前一切全部给镀上了一层绯红……令他无数次梦中惊醒的恶魔突然重现眼前，云浅雪受到的震撼比在场其他任何人都要强烈。他的脑子里乱成一团：“怎么可能！怎么可能！”

当紫川秀初来神族的时候，他也曾怀疑过，紫川秀曾参加过帕伊会战，他是否有可能是那晚袭击他的凶手？但他很快地打消了自己的怀疑。虽然那晚的刺客全身罩在盔甲之中，无法判断体形，但是这个拥有着温和的眼睛、暖暖的微笑，还有散漫气质的好脾气的年轻小伙子，怎么可能是那晚的可怕刺客呢？

看着眼前这个野兽般狂暴又绝望的疯狂怪物，他想象不出，不到一秒钟时间里，一个人怎么有这样巨大的变化，转眼间，他变成了截然不同的另一个人，不，变成了一个魔！他已经认出来了，那逼人的凌厉杀气，那双可怕的眼睛，赤红的眼睛，燃烧着癫狂的火焰和地狱般的绝望杀气的眼睛。世界上不可能有第二双这样的眼睛。紫川秀就是那晚的可怕刺客！

但也因为有过一次经历，云浅雪比其他人更快地反应过来究竟发生了什么。紫川秀又“叛变”了！不，自始至终，他根本就没叛变紫川家！他是专门来杀雷洪的！他第一个行动了起来，就手抄起了身边的一张椅子远远地朝紫川秀砸了过去，大声喊道：“远东侯反了！”

“啊！”女子尖锐的嘶叫打破了会场的沉默。一瞬间，会场乱成一团，人们丢下了手上的碗碟和食物，女子慌忙走避，四处都是歇斯底里的尖叫和男人们纷乱的脚步声。大厅里的桌椅、食物、照明的蜡烛被惊恐的人群冲翻在地。

“抓住他！”混乱中，可以听见卡顿亲王的大声命令，“关门，不要让远东侯跑了！”

站在门口附近的军官慌忙遵照卡顿亲王的指示关门。军官们吼叫连连，从四面八方朝紫川秀扑了过去，一个个神勇无比。他们都明白，这是表现自己勇敢的最好机会，这么多大人物在场，谁能当众拿下紫川秀，那前程就不可限量了！

但是他们后退得更快。一道华丽的刀光裂过空间，冲在最前面的三个魔族团队长同时被拦腰砍断，还有一个被砍去了一条腿，血花横飞，惨叫声撕裂了黑暗的夜空，远远地传开去。军团长官克松男爵想从后面偷袭，紫川秀头也不回，反手一刀，克松军团长顿时定住了。半晌，他脖子上出现了一条红线，接着红线处鲜血迸出，脑袋从脖子上滚落下去，鲜血喷涌，身子却还站立原地不动。

“啊！”妇女们歇斯底里地尖叫，震耳欲聋。

魔族的军官悚然，同时停下了脚步。来参加宴会的时候，他们身上并没有携带武器，现在大家只有几个人拿着椅子和餐刀，几乎等于是手无寸铁的。紫川秀的刀竟然如此可怕，这样赤手空拳地扑上去不等于找死吗？虽然前程和奖赏是很让人动心，但毕竟还是自己的性命更加要紧点的。

幸好，表现勇敢还有别的方式。魔族军官包围着紫川秀成了一个圈子，大家远远地躲在安全地方七嘴八舌地吆喝。

“咳！远东侯，你跑不掉的了！”

“远东侯，马上就擒听候殿下发落，说不定可以饶你一死！”

紫川秀慢慢抬起头来，伸出舌头来慢慢舔了下刀刃上淌着的鲜血，脸上浮起了满足的笑容，仿佛正在享受难得的美味。那漫不经心的不羁态度和阴森的目光，透出了一种可怕的残酷。这时的他，简直就是一只嗜血的野兽！

魔族们不由自主地心头发寒：我们究竟要死多少人，才拿得下这个可怕的恶魔？他们更担心的是，牺牲者的名单上千万不要有自己的名字。

“上！”卡顿亲王再次命令。几乎是命令下达的同时，紫川秀不退反进，纵身一跃冲进了一群魔族军官当中。霎时间，一大堆人一拥而上，无数的手脚从四面八方朝他伸过来，有人兴奋地大叫：“我抓住他了！”

“是我抓住他的，亲王殿下！”

魔族的军官们还是高兴得太早了。紫川秀冷冷一笑，也不见他怎么动作，手中的银刀光芒大作，一个耀眼的光球突然出现在他身边。谁也数不清，在那一瞬间，他究竟发出了多少刀。

“啊、啊啊！啊啊啊啊！”惨叫声连续不断。几乎是一瞬间，最靠近的四名魔族军官首当其冲地被光球绞成了碎片。稍远一点的也难以全身而退，他们被砍断了手和脚。耀眼的刀光中，无数破碎的人体肢体、肉片、鲜血等残骸向四面八方激射，大量的鲜血被溅到了十几米开外的墙壁上，可怕的惨叫声接连不断。以紫川秀为中心的三米半径内，再无第二个站立的魔族了，只剩下散落一地的肢体残骸和鲜红的血泊。几个重伤的魔族军官在地上滚来滚去，发出了痛苦的呻吟。

光是这场景就足以让最勇敢的魔族战士勇气全消了。

一阵可怕的沉默笼罩整个大厅。不知哪个角落传来了牙齿打战的咯咯声，魔族的权贵们恐惧地望着中央的那个人类。有人颤抖着说：“魔鬼，他一定是魔鬼！”

眼见没有人敢上来动手，紫川秀轻轻一笑，说不出的轻蔑和骄傲，又仿佛在嘲笑对手的胆怯。单身的一个人类面对着几百上千的魔族高手，居然可以露出这样的笑容，这对于高傲的魔族来说，是比死更难堪的耻辱。

卡顿亲王勃然大怒，吼道：“谁杀了他，晋升两级，赏金一万！我们神族的勇士难道就死光了吗？”

魔族的军官们这才如梦初醒：是啊，怎么会这样呢？我们是神族啊，是天地间最强大的种族啊！没有理由我们会给一个人类吓倒的！他们的血气被激发了，魔族的男子们吼叫连连：“瓦格拉！”抄起了身边的桌椅当武器，呼啦一声就全部冲了过去，一场一人对几百的混战开始了！

但是出乎所有人预料的是，在这场混战中，占优势的却是少数的一方。这时候，人数上的优势反而成了魔族的劣势，因为怕误伤自己人，大家碍手碍脚的不敢发挥。反之，紫川秀则完全没有这方面的顾虑，在他而言，只要是会动的就给一刀，根本不必思考。

在这天晚上，一向以勇敢自傲的魔族军官们终于见识了什么叫作“恐惧”。低声咆哮的紫川秀就如同一股可怕的旋风，所到之处，没人挡得过他的快刀雷霆一击。他的出招看似简单，只有那么简单的几式——砍、劈、刺，没有任何的章法和招数，却快得不可思议，迅如电，猛如雷。魔族们往往都是只看到人影一晃，白光一闪，电闪雷鸣之间，自己身体的某一部位，例如手、脚、脑袋，就已经失去了，竟然完全看不到紫川秀是如何出刀的。有很多魔族竟然是到死也没看清楚杀自己的人的模样。

云浅雪脸色苍白，他发现更可怕的是，紫川秀可以在身体的任何角度出刀！正面、背面、侧身、反手，甚至胯下他都可以出手，而且速度丝毫不减！对他来说，没有防卫上的死角，无论从任何角度来的攻击，他都可以抵挡。

这怎么可能？云浅雪暗自想，这简直违背了武学的所有规律！神族也好，人类也好，无论是任何种族的高手，一般都会有一个习惯的最佳身体姿势和角度，在这个姿势和角度之下，他们才可以发挥最大的力量和速度。为了达到这个姿势，在出手之前他们一般都要做一些预备的动作：比如敌人在后面的话，他们就需要转身后才能出手；习惯右手用刀的人出手前会习惯将身子向右边移，使得敌人处在相对比较好用力的左边的位置；而习惯左手的人则相反。这样，高手往往可以从对手的预备动作中预测出手的动作和方向。

而对于紫川秀，这个规则完全失灵了。他的动作快如闪电，左右手都同样灵活，而且出手前没有任何的征兆。一次，云浅雪甚至看到他身子不动，右手随手地反手一刀砍断了他身后魔族的腿，角度刁钻至极，几乎在同时，没看到任何的动作和停顿，那把刀不知怎么竟然又出现在了他的左手，向前轻轻一推，恰好切开了他面前一个魔族将领的喉咙，顺手又用刀柄砸碎了另外一个魔族将领的脑袋！整个动作流畅得一气呵成，云浅雪不得不佩服，这简直比魔术大师玩魔术还要神奇。

他时而正面冲击，仿佛不要命地猛打猛冲，杀得勇敢的魔族军官们又哭又喊的，在大群的敌人围截上来之前，人影一晃，他却已经消失，跑到了大厅的另一处去截杀那些落单的了。他那进退如电的可怕速度对魔族构成了可怕的威胁。他从不停留一个地方，左冲右突，飘忽不定。上一秒钟他还在平地上挥刀追赶受伤的魔族军官，下一秒钟他已经跳上了餐桌杀人，身法之快，形如鬼祟，不可捉摸。魔族一边完全失去了发挥人数优势进行围攻的可能。

血肉横飞，惨呼不断。整个晚会成了一个鲜红的修罗地狱，乱七八糟的肢体和鲜血满地。谁也不知道混乱之中，究竟有多少魔族的华族显贵莫名其妙地做了紫川秀刀下之鬼。他攻击的对象全部是魔族的那些武功并不是很强的中、上级的将领和贵族——除了少数高手外，魔族将领们的强项在于指挥部队，白刃近身作战并不是他们的长处——却远远地避开了鲁帝、雷欧等高手。虽然他们一个劲地追着他不放，却怎么也赶不上紫川秀的速度，只能眼睁睁地看着他横冲直撞，如入无人之境。在他神出鬼没的杀伤下，魔族军官一个接一个地倒下。到后来，再也没有人敢于阻挡他的去路了。一看到他可怕的身影接近，魔族军官纷纷惨叫："不好！"狼狈逃避。

这天晚上，"人多力量大"的定律被彻底推翻了。一大群魔族高级军官，被一个紫川秀杀得哇哇直叫，上蹦下跳。因为大门按照卡顿亲王的命令关闭了，大家连逃都没地方逃，一群人像无头苍蝇似的在屋子里乱窜，紫川秀杀往东他们就往西躲，紫川秀杀往西他们赶紧又往东边涌，像是大家在屋子里做老鹰抓小鸡的游戏。有些精明点的，干脆就躺在了地上抹点血在自己面上扮死尸。魔族军官们纷纷躲闪，求他们的神保佑紫川秀不要冲往自己这边来。断手断脚的受伤的魔族躲在翻倒的桌椅后面小声地呻吟着，一边小心翼翼地探出个脑袋，看看那个可怕的恶魔是不是杀来了。

罗斯总督慌慌张张地绕着墙壁走，那速度，像是他忽然年轻了二十岁。紫川秀似乎已经认准他作为目标了，一直追着他不放。几个军官想要上前阻拦，却给紫川秀一刀一个地砍倒在地。骄横不可一世的老贵族吓得魂飞魄散，发出了凄惨的求救声："救命啊，快来人啊！"不到一刻钟前，他还在骄傲地发表议论："人类都是卑劣的胆小鬼！"

可惜啊，紫川秀暗暗偷笑，如果有空闲的话，他真的想去问下罗斯：被卑劣的胆小鬼所追赶的，那又算是什么呢？

卡顿亲王简直要发狂了，这么多的人，却拿不下一个人类！看看倒了一地的尸首，他怒不可遏。死的可都是魔族王国的精华，那些能征善战的高级军官啊！他们可是魔族王国最宝贵的财富啊，现在却在这里一个个手无寸铁地被紫川秀这条疯狗所追杀。

他低声怒吼："卫兵呢？都死光了吗，怎么没人进来？"

围在他身边的侍卫们如临大敌地注视着紫川秀的举动，其中一个军官小声提醒他："殿下，是您命令关门的啊！外面的卫兵进不来……"

卡顿亲王恍然大悟，高声叫道："快打开门，把外面的士兵叫进来！"

他的声音吸引了紫川秀的注意。他停住了追赶罗斯的脚步，转身走了过来，踩着一地的鲜血和尸首，森冷的目光投向被警卫们所重重包围着的卡顿亲王。

卡顿亲王停住了叫声，小声地吞了口口水。他暗暗责怪自己的愚蠢，竟然在这个时候出声，引起这个可怕魔王的注意。他听到了警卫们牙关打战的声音，他们的身子发冷似的在颤抖。

雷欧公爵沉稳地说："殿下请不必惊慌，臣等在。"雷欧、鲁帝、凌步虚等人纷纷聚集，他们在卡顿亲王的面前排成一排，目光炯炯地注视着紫川秀。雷欧是魔神皇的护驾统帅，同时也是王国出名的高手。鲁帝和凌步虚等人也是王国一流的勇将，有他们在，卡顿亲王安心了不少。

在几百双眼睛的注视之下，紫川秀一步一步地逼近了，漫不经心的表情，刀子悠闲地提在右手，没有丝毫的紧迫感，仿佛他只是来参加一个宴会的，步子中带有一种奇妙的节拍韵律感。在快要接近的时候，他拔地飞身跃起，带有种一往无前的气势，挥刀直取卡顿亲王。

雷欧低喝一声，众位高手纷纷跃起，半空拦截。不同于刚才乌合之众的围攻，现在聚集在卡顿亲王周围的都是魔族王国的精英高手，他们各施绝学，无数的拳劲、掌风交集，发出了呜呜的低鸣，汇成了一股可怕的力量，攻向半空之中的紫川秀。虽然是仓促组合，但是他们联手出击的威力却不是任何肉体之躯所能抵挡的！

砰的一声闷响，紫川秀在空中与拦截他的雷欧对掌一击，借力改变了飞跃的方向，正投向洞开的大门方向。人家都击了个空。有人惊呼："不好！他要逃走了！"话音刚落，魔族名将凌步虚与叶尔马斜斜地又飞出拦截，他们都知道，雷欧掌力雄厚号称魔族第一，任紫川秀如何了得，与雷欧对了一掌后，此时必然还没能回过气来，正是击杀他的大好机会！

却不料紫川秀在半空用刀点了下屋顶，借力再次反弹突然落地，再次改变了方向。半空中的魔族高手们再次扑了个空，大家正懊丧，突然又有一条人影飞快抢上，跟在了紫川秀背后。羽林将军云浅雪无声无息地在紫川秀背上印了一掌，立即借力退开。顺着掌力，紫川秀踉踉跄跄向前走了几步，仿佛受伤不浅。

"好！"魔族高手们齐声叫好，终于有人伤了这个可怕的家伙。大家都知道，云家绝学暗黑掌是魔族的七大绝技之一，中者必死。紫川秀完蛋了！

卡顿亲王眼看机不可失，飞身上前再砰地补了一掌将紫川秀打得往前飞去。正待打第二掌，凌步虚惊呼："小心！"

亲王急退，只觉得眼前刀光耀眼。慌忙之下，他撞翻了两张桌子才停住后退的势头，狼狈不堪地倒在地下。他正要庆贺自己得以全身而退，忽然发觉胸口处凉飕飕的，低头看时，才发现那里的乌蚕金丝护身甲已经被砍了一道裂缝，不由大骇。刀枪不入的护身金丝甲竟然顶不住紫川秀重伤后的随意一刀！这个人类真是太可怕了！

这是紫川秀在今晚的第一次失手。魔族高手们精神大振，知道精疲力尽之下连受两击重创，他已经快不行了。大家正要上前抢攻，忽然同时停下了脚步发出惊呼："哦！"

顺着卡顿亲王的掌势，紫川秀向前一扑，恰好落在了卡丹公主的身边。卡丹惊呼一声，正要躲避，却被紫川秀一把抓住，拉在身前当盾牌，顺手把刀架在了卡丹的脖子上。

一时间，魔族的高手纷纷硬生生地住了手，退开。他们面面相觑，不知所措。杀人狂魔紫川秀居然劫持了魔神皇最宠爱的公主！怎么办?

云浅雪气急败坏，破口大骂："妈的！"众人都以为他是在骂紫川秀，却不知道他是骂卡顿亲王的愚蠢。从一开始，他就猜到了，如果紫川秀想要脱身，他必须劫持在场的一位重要人物，而眼前最合适的人选正是卡丹了。因为她地位重要，自身却没什么抵抗能力。当其他人都为紫川秀的两次假动作所迷惑的时候，只有他了解紫川秀的真正意图，抓住时机从侧面重创了他。眼看紫川秀已经无法再动了，却不料卡顿亲王画蛇添足，又上来从后面打了一掌。这等于助紫川秀一臂之力，把他往卡丹方向推了过去！

紫川秀冷冷睥视着众人，一言不发。锋利的刀刃上，猩红的血珠一滴滴溅落在卡丹雪白的脖子上。被杀人魔紫川秀所"挟持"的卡丹公主还很镇定，脸上的表情十分古怪，似笑非笑，众人都不禁佩服她的勇气。

砰的一声巨响，会场的门口被从外面撞开了。脚步声纷乱，大群身着灰色盔甲、手持刀剑强弓的魔族羽林军士兵冲了进来。不知道怎么的，对着这群威风凛凛、全副武装的救援士兵，大家都有种"该来的时候你们不来"的奇怪怨恨，特别是那些被砍断了手脚奄奄一息地躺在凌乱的桌椅堆里的伤员。只是这个时候，他们已经没力气骂了。

羽林军士兵们齐刷刷地列队扎阵，训练有素而且配合默契。队列的前面整齐地竖起了一列盾牌的墙壁。盾牌墙的后面，无数的弓箭手、长矛手和适合短兵相接的刀手正严阵以待。哗啦哗啦，连续不断的剧响声，装饰华丽的墙壁给凿出了一个个大洞，接着被大片大片地推倒，可以看到，会场的外面也是一片的武器和盔甲的金属反光，火把通明。包围圈一层又一层，足有好几千的羽林军精锐部队包围了会场。士兵们高度紧张，刀出鞘，箭上弦，杀气腾腾。

躲在了盾牌阵的后面，被数以千计的魔族精锐部队保护着，卡顿亲王顿时安心了下来，紫川秀再厉害，这样也伤害不到自己了。

他喊话：“紫川秀，你听着，这里已经全部给包围了！马上放下卡丹公主投降，否则的话，我们就……”卡顿亲王喊不下去了，他本来是想说不放公主我们就杀了你，话到嘴边了才想起，紫川秀杀了那么多的神族高级将领，这本来就是死得不能再死的罪了，自己说的简直是废话。

紫川秀讽刺地笑笑：“就怎么样呢？亲王殿下，难道你还能杀我两次不成？”身陷重围，他没有一点畏惧，语调轻松地调侃亲王。

云浅雪远远地望着他，暗暗感慨，这个家伙有着魔鬼般的胆子。难怪他可以与帝林、斯特林二人齐名了。他注意到了，不知从什么时候起，紫川秀的眼睛又由红色恢复了往常的黑色，那种令人恐惧的疯狂味道已经消失了。现在的他看来，跟平时没什么两样。

他更奇怪的是，对方明明已经中了自己必杀的绝技，为什么他却一点事都没有？凡是中了暗黑掌力的，都是在十秒钟之内七窍流血而死，从没有过例外的。何况还有卡顿亲王上去再补了一击。亲王的“魔神功”可是由神皇陛下亲自传授的啊，就算有十个紫川秀也应该当场了结的。

云浅雪偷偷地递个眼神给亲王，暗示拖延时间。亲王会意，再次喊话：“紫川秀，陛下仁义为怀，你只要放下公主，重新投归我族，必定能得到宽恕。”

旁听的几个魔族高级将领露出了冷笑，亲王明摆着是在说假话了。今天晚上，魔族伤亡惨重，死的将领比打一场远东战争死的还要多！如果紫川秀那么蠢真的重新投降的话，他们会把他活生生地剁成肉酱的。

“你来我族这么多天，我们神族对你可不薄啊……如果你还有什么不满的，可以说出来大家商量啊……何必搞成这样呢？放下武器吧……”卡顿亲王东拉西扯，意图拖延时间，最好拖到紫川秀伤势发作。

在亲王喊话的同时，雷欧、云浅雪、鲁帝、凌步虚等十多名魔族王国的顶尖高手散布在各处伺机而动，他们从各个方向紧紧地盯着紫川秀的一举一动，只要他稍有疏忽，他们马上就扑上去救人。但无论从哪个角度看过去，紫川秀都是身形稳健，面无表情，持刀的手腕镇定得不见丝毫颤动，不露一点破绽，他们根本无机可乘。

安静地听着亲王喊话，紫川秀冷笑一声，也不答话，推着卡丹就往门口处走，刀子始终架在卡丹的脖子上。雷欧出来挡住了他的去路，沉声喝道：“要走，把公主放下！”

紫川秀微微一笑，手上稍微用力，卡丹哎呀一声娇呼，显然正在忍受着极大的痛苦。雷欧慌忙让开了路，不知所措地回过头来望着亲王。在场这么多人中，以亲王的地位最高，究竟该怎么样，得他下决定。

卡顿亲王正左右为难。神族死了那么多人，如果放走了紫川秀，自己肯定难以回去跟魔神皇交代的。如果不放……那更麻烦。现在的紫川秀就像条亡命的疯狗，没有什么事情他做不出来的。万一把他逼急了，他随时会对卡丹下毒手……卡顿不寒而栗。自己这边的高手虽多，但紫川秀的刀如此之快，虽然王国顶尖高手几乎尽集中于此，却没人敢说有把握把卡丹给救回来。如果卡丹死了……卡顿亲王不敢往下想了。倒并不是说他与卡丹有着很深厚的兄妹情谊，只是卡顿深知卡丹在魔神皇陛下心中的分量。为了她，陛下甚至肯放走了神族的大敌斯特林和中央军。

他求助的眼光投向了云浅雪。说来也奇怪，尽管平时云浅雪是他的死敌，但卡顿发觉，在这种危急的时候，最能保持冷静的人还是云浅雪。既然有着共同的敌人和利益，即使是敌人也是不妨暂时合作一下的。

云浅雪明白亲王的为难。他扬声说："远东侯，不妨说出你的条件来。不要太过分！"

紫川秀冷冷说："打开大门让我出去。从现在起二十四小时之内，不准有人对我出手，不准跟踪盯梢。如果你们做到了，时间一到，我就放人。如果你们违反了哪一条……"

"……就是这样！"刀光一闪，雷欧闷吼一声退回了原地，胳膊上血如泉喷。刚才紫川秀说话时候精力稍有分散，他想从后面偷袭，却不料刚一接近，紫川秀的刀像是长了眼睛似的来得更快，只是一闪，他的手筋已经给挑断了。看着他捂住伤口痛苦的样子，魔族相顾骇然，雷欧本身天生厚厚的鳞甲，又擅长一身外练硬功夫，外皮的坚韧可以说是刀枪不入了，却不料还是挡不住紫川秀的随手一刀!

紫川秀也微微惊讶。刚才的那一刀他是有把握把雷欧的一只胳膊给卸下来的，不料却只破掉了对方的一层表皮，对方的护身功夫十分高强，出乎他的意料。此地高手众多，不宜久留。他冷笑地接着说："……再发生这样的蠢事，你们公主的脑袋可就不保了！"语气中杀气阴森，没有人敢怀疑他是不是会说到做到。

卡顿亲王低声地传令："通知大家，先不要动手。"竟然连魔神皇陛下驾前的第一高手也失败了，其他人就更不用说了。大家一拥而上的话，纵然可以把紫川秀砍成肉酱，却救不回卡丹性命。

云浅雪大声问紫川秀："那我们又怎么知道，二十四小时后你会守诺放卡丹呢？”

“你们没得选择，只能相信。或者你们更喜欢让我现在就杀卡丹，然后再跟你们拼个你死我活？杀了那么多，反正我已经够本了，死了也没关系……”紫川秀一边狞笑着一边拿刀子在卡丹的脖子上比画来比画去，白皙娇嫩的皮肤上出现了一条淡淡的血痕。

云浅雪失声喊道：“不要！”

“很好！从现在起，我喊十声，如果还有人挡我的路，那你们就准备为卡丹收尸吧！一、二……”

魔族王国的重臣将领们慌成一团。卡顿亲王失声说：“怎么办好？”语调中竟然已经带了哭腔。这时候他是多么希望自己不在现场，可以不必担负这个责任。没有人敢出声，只有罗斯总督在一边暴躁地叫道：“殿下，下命令吧！让这个家伙活着出去的话，我们王国的脸都要丢尽了！”

“……三、四……”

“可是，卡丹还在他手上。万一……”

“卡丹殿下视死如归，宁可玉碎，不为瓦全！她已经有与叛贼紫川秀同归于尽的觉悟了！”

卡丹立即喊：“救命啊！”

大家面面相觑。

“……五……”紫川秀平板的数数声中带有了一丝决然。

云浅雪暗暗骂了一句：你怎么就没有视死如归的觉悟呢？他想起了刚才罗斯东躲西藏狼狈逃窜的样子，忽然后悔刚才怎么没有帮紫川秀忙绊这个老家伙一脚呢？他没死，真是一大损失。

他凑过来，小声地跟亲王说：“放走了紫川秀，明天我们还可以杀。但公主殿下若有什么三长两短……那遗憾可就无法弥补了。”

亲王恍然。是啊！活着的人随时都可以让他死，逃跑了再抓回来就是了，但死了的却是活不过来了。眼前的紫川秀重伤在身只剩半条命了，说不定出不到大营门口他就会伤势发作死掉的了，何必冒着让卡丹被杀的危险来阻拦他呢？如果因为自己的决策失误导致卡丹一死的话，那自己肯定前途无“亮”，不要说下任的魔神皇与自己无缘了，盛怒之下的父亲把自己亲手处死都有可能。

“……六、七……”

想通了这一点，卡顿亲王却还是没下命令。他盯着云浅雪：“这可是你的主意哦！”

云浅雪一愣，明白了卡顿亲王的心态。云浅雪咬咬牙，喊：“停！”

“……八……羽林阁下，您说停就停，我不是很没面子？九！”紫川秀狞笑着，作势要动手。

“外面的弟兄立即收队，不得阻拦远东侯以及公主殿下，违者斩！”云浅雪一口气喊了出来，只觉得浑身无力，几乎要软倒在地。在场的所有人也都松了口气。

“收队！”

听到直属长官的命令，羽林军士兵齐齐应声：“是！”收起了盾牌的阵列，擎起刀剑，散开让出往门口的道路。

罗斯总督暴跳如雷：“云浅雪，谁给你权力这样做的！放走了这条疯狗，你这是叛国，你这是犯罪！我要到陛下面前告发你！”他拦在了门口狂叫：“紫川秀，有我在，你休想出去！”

紫川秀冷眼看着罗斯总督疯狂的表演，一言不发，只是拿刀子在卡丹脖子上轻轻地划了一下，立即，殷红的血流了下来。卡丹眉头紧皱，露出痛苦的表情……

“把他拖下去！”云浅雪勃然大怒，指着罗斯总督。

总督一脸不敢相信的表情：“你敢！云浅雪，你好大胆子！我是陛下的重臣，加纳军区的统帅，王国七大部族之一的鞑塔族的首领，地位远在你之上！谁敢动我一下，明天我就让他掉脑袋！”他回头呵斥四周的羽林军士兵。士兵们犹豫地望向云浅雪，不敢上前动手。

云浅雪二话不说，上前一脚将罗斯踹翻在地，喝道：“捆起来！”士兵们再无畏惧，跟着如虎似狼地扑上，将罗斯捆得严严实实。

罗斯嘴角出血，犹自叫骂声不停：“云浅雪，你等着！我们鞑塔族不是好欺负的，明天我就看你怎么死！”

云浅雪凑近去，压低了声量：“再不住口，我现在就可以要你死！不要忘了，这里是羽林军大营，我的地盘，这里的士兵都是我的人！”冷冷的话语中杀机隐藏，罗斯总督打了个寒战，乖乖地不出声了。

眼看大门的出路已经敞开，紫川秀冷冷说：“记住我的条件，二十四小时内不准出手、不准派人跟踪。违反了任何一条，你们就准备为公主收尸吧。”他将卡丹推在面前当掩护，大步地走出了门，魔族高手们纷纷在他面前避让开，在两边虎视眈眈地望着他。

“远东侯——哦，不，紫川秀，请留步。”身后传来云浅雪的声音。

紫川秀停住了脚步，却不转身，冷冷地说：“怎么了？反悔了吗？现在杀我还来得及的。”

“不是的。”云浅雪慢慢地走近，平静地说，“紫川阁下，我们会遵守你的条件，二十四小时之内，不会有任何敌对行动。也请你遵守你的诺言，务必保证卡丹殿下的安全。多日相处，我自问对你还是不错的，请看在这个分上，拜托了。”对着紫川秀的背影，云浅雪深深地一鞠躬，当他抬起头的时候，表情已经毅然，“但，如果你敢不遵守诺言对殿下有任何伤害的话，我云浅雪在此发誓，即使走遍天涯海角，我也要找到你，杀掉你，杀掉你的家人、朋友、亲戚，杀掉任何爱你和你爱的人，杀掉与你有关系的任何人，用世界上从没有过的最残忍最可怕的手段！

“紫川秀，你武艺高强，是我见过最可怕的人类高手。也许你认为我不是你的对手，但你若悔诺，我发誓，纵然落败身死，我也将化为厉鬼，从十八重地狱深渊中爬出，索你性命！

“公主殿下，请多保重。臣，云浅雪在此恭候您平安归来！”

听着云浅雪情真意切的话语，卡丹公主的眼睛像是蒙上了一层迷雾，朦胧一片，神情十分古怪，难以形容。

紫川秀冷哼一声，继续大步前进，出了羽林军的中军营门，没入营外一片丛林的黑暗之中，渐渐消失在了众人的视野中。

魔族众高手呆呆地看着两人离去，却没有人说话，也没有人追赶。

卡顿亲王冷冷地对云浅雪说：“是你的主意放走他的，现在怎么办？”

云浅雪心头一阵鄙视，回答说：“殿下请放心，在陛下面前，一切责任由我来负。但现在还请殿下多点耐性，先不要派敢死队出去，一切等公主安全回来再说。现在我们先尽快把事情报告陛下。”

第五章　亡命天涯

透过密密麻麻的树林，东方出现了鱼肚白。清晨的第一缕阳光已经照了进来，照亮了黝黑的树林，潮湿的泥泞地，在枝头叽叽喳喳的不知名的受惊小鸟，还有精疲力尽的逃亡者。

“哇！”喉头一甜，紫川秀吐出了大口的鲜血，眼前一阵发黑，整个人一阵无力的虚脱，几乎要软倒在地。胸腹之间，疼得简直像有一股火在烧，五脏六腑被撕裂般地巨痛。两脚沉重得像灌了水银一样，每向前挪动一步都要付出全身的力量和意志。阳光没有给紫川秀带来任何希望，紫川秀一阵绝望。五个小时过去了，自己拼尽全力，却走不到十里路。这样的速度，怎么能逃得掉魔族的追捕?

“你受内伤了，”卡丹在一边关切地望着他，“歇一下再走？”

紫川秀摇头：“没有时间了，在天亮之前，我必须通过开阔地，进入前面的山林中。”说话之间，又是一口血涌上来。他咳嗽连连。

卡丹不出声了，她把紫川秀的胳膊搭在肩上，搀扶起了他。后者一阵苦笑，自己真是个差劲的劫持者，竟然需要人质的帮忙才能走路。

“你中了两掌。第一掌是云浅雪的暗黑掌力，第二掌是我哥哥卡顿的神魔功。”

紫川秀听得很仔细，喘着粗气问：“怎么医治法？”

卡丹犹豫了一下：“没有医治的方法。暗黑掌是魔族皇族最可怕的七种密传武功之一，掌力阴毒霸道，表面的症状并不明显，潜伏的暗劲却快速地腐蚀人的五脏六腑。而神魔功却是天地间最凶猛的外门功夫，是我父亲传授给卡顿的，刚猛强霸，中者即刻全身骨骼粉碎，软成一团。

“两种掌力都是必杀的绝技，没有医治的方法。其实无论中了哪一种，你都早该死了。当时你好像一点事没有，我哥哥他们一个个都惊呆了。”

紫川秀哈哈大笑，笑声中夹杂着咳嗽连连。卡丹望着他，表情严肃：“这并不好笑。我们神族的绝学，不是可以开玩笑的。”

卡丹早就感觉到了，当时，紫川秀抓她的手臂根本一点力气没有，站都站不稳了，只是因为倚着自己才没有跌倒。在亲王等人看来，是紫川秀推着自己走，其实根本是自己拖着紫川秀走的。刚脱离了卡顿等人的视线，紫川秀马上就倒在了地上缩成一团，呕吐不止，连胆汁、胃液和鲜血都呕了出来。可就是这样，他还能拖着自己，在伸手不见五指的黑暗树林中跋涉了整整一夜，没有休息！

这个男人有着超人的意志。卡丹暗想，高明的身手，过人的头脑，冷酷的心肠，魔鬼的胆量，不惧死亡的勇气，坚定的忠诚和信仰，还有最可怕的坚韧和忍耐……成功所需要的一切品质，他都有。假以时日，他将会成为我族最可怕的敌人，比起斯特林和帝林更可怕。当然，这是假设他能逃过追捕活下去的话，现在的他，虚弱得就连自己也能轻易地杀死他。

到底还要不要救他呢？或许就这样让他听天由命，让天意来做出安排？卡丹叹了口气，在整个种族的利益和自己个人的感情之间，她实在无法取舍。

“为什么要救我呢，卡丹？”紫川秀问。这个问题实在困扰他很久了，他本来不想问的，终于还是忍不住问了。无论从哪个角度上说，自己都是魔族的敌人，身为魔族公主的卡丹，实在没有理由拯救自己的。

卡丹白了他一眼：“谁说我救你了？我是没办法，被你劫持的——小心，你踩到洞里去了！”

紫川秀身子一歪，险些摔倒，幸好卡丹一把将他扶稳，恢复了平衡。两人都是大口大口地喘气。卡丹是公主自小娇生惯养，紫川秀则是重伤在身，走了一夜的路，两人都已疲惫不堪。

喘着粗气，紫川秀断断续续地说：“……你明明早就知道我的目的，却不告发也没有离开会场……当我动手以后，在场所有的女的都吓得东躲西藏到处乱跑，只有你还一直待在原地不动，甚至主动地向我靠近……还有你当时不断地向我使眼色……我刚过去你就非常配合地被我‘抓’住了。当时我连连中了两掌，都快昏过去了，是你使劲地捏了我一下让我保持清醒……我根本没怎么样，你救命叫得天响，吓得云浅雪他们动都不敢动。这不是帮我是什么？”

卡丹笑笑：“这都是你的想象，事实只有一个，我是被你这个万恶的杀人狂劫持的。你这么厉害，杀了这么多的人，我一个弱女子有什么抵挡能力呢？被劫持也是没办法的事——哎，把你的刀拿过来，很吃力吧？我帮你背，你要尽量保持体力。”一边说，卡丹一边拿过了紫川秀细长的刀子，背在身后。

紫川秀不禁苦笑，世界上哪有这样的人质？

“阿秀，我也问你个事。”卡丹问，“你特意假装投诚我们神族，就是为了杀雷洪？冒这么大的风险，这样值得吗？为什么？”

紫川秀沉默了，好一阵子才说：“雷洪该死，因为他背叛了紫川家族。”

“就为了一个叛徒，你豁出命来？”卡丹追问，“阿秀，我算是了解你的，这不像你的为人。对于紫川家，你并不像那么刻板的人……”她停住了话头，言下之意却很明显了——对于紫川家，你并没有很高的忠诚度，你并不是那种没脑子的愚忠者和死士。

紫川秀望了她一眼，他没想到魔族的这个公主对他的性格这么了解。

“雷洪是出卖并杀害哥应星大人的凶手。”紫川秀淡淡说，“哥大人生前对我恩重如山。”

卡丹恍然。她没想到，平常那个看似嬉皮笑脸玩世不恭的紫川秀也有这样的一面，千金一诺，重义气而轻生死。热血男儿生当如此。不知为何，她也感到胸中一阵豪气激荡，但嘴上却仍旧不依不饶：“真是愚蠢，拿自己的命去开玩笑，你当你自己有几条命啊……你就不为阿宁着想一下吗？男人啊！真是的……”

“好了好了，”紫川秀举手做投降状，“放我一马吧，卡丹大姐，下次再不敢了。”

“呸！你还想有下次啊！”卡丹很认真地说，“你知道不，刚才是你运气好。刚才如果我父皇在场，你根本没有机会的。疯子，你真是个疯子！”

紫川秀苦笑。他知道自己能成功脱身，除了卡丹的暗中助力以外，确实有很多偶然的幸运因素在里面：魔族的第一高手魔神皇不在场、云浅雪对卡丹一往情深不敢下毒手……

“阿秀，如果刚才我哥哥他们真的不放人，你怎么办？”

紫川秀微笑：“怎么可能呢？你是魔神皇的心肝宝贝，他们怎么敢不放人？”

“我是说如果！如果不放人，你会不会真的……”

紫川秀犹豫了一下，笑笑说：“那是不可能的事情，不必说了。”

看着紫川秀的笑容，卡丹心里隐隐发寒。这个魔鬼！他是真干得出来的！

天灰蒙蒙的，在林间雨后泥泞潮湿的小路里，逃亡者与人质相互搀扶，深一脚浅一脚地艰难前行。不知名的野鸟在他们头顶喳喳地发出刺耳的吵闹声。

“云浅雪很喜欢你呢。”沉默中，紫川秀忽然没头没脑地说了一句。

卡丹一震，却没有出声。她想起了云浅雪的话：“若你敢伤害公主，即使走遍天涯海角，我也要找到你，杀掉你！……纵然化身为厉鬼，我也将从地狱爬出，索你性命！”心头一阵酸楚，百般滋味齐齐涌上，却不知是苦是甜。对于云浅雪这份真情，她心中涌起了愧疚之情。

“当我在你脖子上划了一下的时候，他整个眼神都变了，那是装不出来的。他真的是很喜欢你。”紫川秀说。

卡丹注意到，他用的是“喜欢”而不是“爱”字。卡丹苦笑，或许男人都一样，不习惯说“爱”字？什么时候，也有人曾结结巴巴地跟自己说：“我很……我很……那个你，卡丹，从第一次见面的时候我就很那个……你。”

本来已经是一流的名将，帕伊一战后，以单薄兵力狙击魔族王国倾国之军而不败，他的形象更加增添光彩。现在的他，俨然成为整个人类世界景仰的英雄偶像了。但是为何，留在自己心中的形象，却仍旧是那个慌张的、手足无措的羞涩小伙子，目光流露出对爱情的惶恐？

风吹雨打，凋谢了多少花朵。现在已经身在何处了呢，我的爱人？或许真的是天意弄人，世间沧桑，相爱的人注定不得结果？

“云浅雪是个很优秀的男人。忘记斯特林吧，这样你会比较幸福一点。”紫川秀淡淡地说，转过头目光盯着路边茂密的树丛，仿佛他是在和某棵树说话。

“傻瓜。”卡丹轻声地说，眼波蒙眬，也不知是骂紫川秀还是骂云浅雪——或许都不是，而是距离此地万里远在帝都的某人？

在一个路口处，紫川秀停住了脚步：“卡丹，到这里就行了。你回去吧——二十四小时之内你回不去，云浅雪会抓狂发疯的……咳咳……我可不想他真的变成鬼来缠我……咳咳……”紫川秀想开个玩笑，却咳嗽连连，殷红的血丝渗出了嘴角。

看着他微笑的脸，卡丹心头一阵怜悯。远东全境已经全部是魔族的势力范围了。此地距离瓦伦要塞近千里，重伤在身的他如何能经历这艰难的长途跋涉，逃脱魔族的可怕追捕？

犹豫了一下，她拿下了胸前的项链，揭开上面的密盖：“这里有两颗药丸，是我们皇族世代密传的，用很珍贵的材料所制造，对疗伤养气有很好的功效，我父皇送给我带在身边以备不测的。对于暗黑掌力和魔神功造成的伤害，说不定也有点用处的……记住了，这可不是我给你的，是你自己抢去的。我被你劫持了，没办法！”

“知道啦，知道啦！”紫川秀苦笑着接过，感觉自己这个劫持者真的是好没面子。他毫不犹豫吞了一颗下去，胸腹之间顿时感觉一阵清凉，那种像是被热火炙烧的热辣辣的感觉顿时减轻了不少。他把另外一颗很小心地藏好。

“那么，我们就此再见了——不，最好是不要见了，就让我们就此告别吧。”两人相对苦笑，都明白，大家身份敌对，若是再见的话，肯定有一方是已经沦为俘虏或是阶下囚了。

“嗯，卡丹，你多保重。”紫川秀真诚地一鞠躬，抬起头时，卡丹纤细的背影已经没入了来路的树丛中。他忽然想起了一件事情，大声喊道：“卡丹，你还没回答呢，你为什么要救我？”

叫声回荡在清晨的树林，沉睡中的鸟鹊被惊起，发出哇哇的怪叫声，扑哧扑哧地从头顶飞过。隐约地，传来卡丹清脆的声音：“紫川宁。”

听到回答，紫川秀茫然若失，呆立原地。抬头望天，灰蒙蒙的天空，初升的太阳苍白无光。一连十几天的春雨连绵后，这是个很难得的晴朗天气。

帝国历七八〇年的三月十日，光明王诛杀紫川家叛徒雷洪后，在魔族公主卡丹的帮助下，他幸运地逃离了魔族的羽林大营。在哥吉查茂密的森林中，光明王告别卡丹公主，彼此都相信，这是永别了。

他们不知道，在未来的日子里，两个身份截然不同的人，命运中却有着千丝万缕的牵连，多次重合。当他们再次见面的时候，已经是在四年后的第六次恒川会战了……

此时的魔族大营中，一场可怕的风暴正在酝酿着。

第二天的凌晨时分，接到快马紧急禀告的魔神皇连夜从枫叶丹林赶来。看着一屋子盖着白色床单的尸首，还有大群呻吟的伤员，魔神皇震惊得说不出话来。好一阵子他才出声：“这，这，未免也太扯了吧？我们一共死了多少人？”

卡顿亲王犹豫了一下，还是说了实话：“二十二个。其中，有四个军团长，十一个团队长，七个贵族。”

“伤了多少？”

“重伤三十一个。就算能治好，他们也残废了。伤员中，地位最高的是平靖。至于轻伤员，”卡顿亲王摇摇头，“还没统计出来。”

与魔神皇一同到来的黑沙进来向魔神皇报告：“陛下，宫廷近卫旅已经封锁了会场，昨晚所有的目击者已经被软禁起来了。”

魔神皇点点头，表示同意。

黑沙又转过头惊讶地问亲王："平靖居然没死？"现在大家都已经知道了，紫川秀是专门为哥应星报仇而来。但是现在死了这么多不相干的魔族将领，本主雷洪却没死，这实在让人难以理解。

卡顿不知如何措辞是好，卡兰在一边帮他解释："虽然没死，但也不能说他活着了。"他压低了声音，"军医刚才报告，雷洪的手和脚全部被剁掉了，胸腹之间被戳了十几刀，肋骨、脊椎全部给砍断了，却偏偏没一刀是致命的。这真是奇迹了，看来紫川秀是故意留他口气的。平靖现在痛得昏过去又醒过来，他哭着求我给他一刀痛快的。"

魔族的将领们齐齐打了个寒战。如此冷血残忍的手段，纵然是在以残暴出名的魔族之中也不多见。想起刚才那一幕惊心动魄的杀戮，他们思之犹寒。

魔神皇的脸色越来越阴沉，压抑着声音说："紫川秀一个人来到我们大营，当着我们上千人的面，杀了投奔我们的雷洪，杀了我们二十几个高级将领，伤了三十几个，然后他拍拍屁股不说声多谢就走了，顺便还带走了朕的女儿！"

魔神皇怒不可遏，拍案而起："神族的军队都死光了吗？这么多的将军、勇士、高手……平时一个个在朕面前自吹如何英雄了得，竟然拿不下一个人类，救不回朕的女儿？"

一向平静淡泊的魔神皇这次大发雷霆，众人吓得面色惨白，心惊胆战。以卡顿亲王为首，所有昨晚有份参与宴会的将领齐齐跪下，匍匐在地。魔族勇敢的将领们此时恨不得自己能学会鸵鸟的本领，可以把头埋进沙里，等神皇的怒火风暴过了以后才重新露头。

"卡顿，你说，昨晚究竟是怎么一回事？"

被点到名的亲王心里大呼倒霉。他战战兢兢地汇报了昨晚的经过。到会场以后见到紫川秀，跟他聊了几句，罗斯总督嘲笑了他，他回答说要让大家看看"人类的忠诚"，大家还不清楚怎么回事呢，他突然把雷洪捅了一刀，负伤的雷洪想逃跑却被追上，砍得血肉横飞，自己下令大家群起而攻，却遭到紫川秀暴起伤人，因为事发突然仓促之下大家没有武器，被紫川秀杀得伤亡惨重……

屋子里一片沉寂，只剩下亲王平板的叙述声。亲王的描述基本上还是符合当晚实情的，只是他隐去了在事发当时自己惊慌之下命令关门的失误，把重点放在形容紫川秀是如何凶悍残忍，气焰嚣张。但是，"没有什么可以吓倒我们英勇的卡顿殿下！"

面对突发的事件，亲王殿下是那么镇定从容，指挥若定，号召众人团结抵挡，甚至还亲身上前，英勇应战，“与紫川秀大战三百个回合，最后使出拿手绝技打了他一掌，压倒了他的嚣张气焰，打得他落荒而逃”——当然了，其他的诸位将领，如雷欧、云浅雪、凌步虚等人，他们也是有一定功劳的，只是没我们卡顿殿下大就是了。

“父皇，儿臣所言，句句属实！昨晚在场的诸位将领都可以为我证实的。”

卡顿亲王语音刚落，地下匍匐的将领们纷纷抬起头来证明：“句句属实，句句属实！”

为了证明卡顿亲王的话，他们纷纷自称昨晚又是如何奋不顾身。雷欧举起了那只被紫川秀砍伤的胳膊，以此为证据骄傲地向魔神皇陛下证明自己的勇敢。其他人纷纷仿效，找出些十年前的旧伤疤、五年前的烧伤痕甚至脚指头上的鸡眼，也说是在昨晚的战斗中英勇负伤的，就连昨晚被追得满屋乱逃的罗斯总督也说自己是“诱敌深入，巧妙地用计谋消耗紫川秀的体力”。说到后来，大家越来越得意，越说越起劲，仿佛昨晚刚刚打了一个大胜仗，大家正在魔神皇陛下面前请功呢。

“扑哧！”卡兰皇子的一声轻笑打断了众人的自吹自擂，“大哥，死了这么多人，抓不住紫川秀，连妹妹也被劫持走了，开始我还以为是我们输了，听你们这么一说，我才明白过来，敢情还是我们赢了！”

卡顿勉强地回答：“卡兰，你不明白当时情形。紫川秀凶悍得很，手持锐利的刀子左砍右杀，我们这边的将领们都是来参加宴会的，仓促之下都没有武器，所以伤亡就很大了……”

“嗯，为什么不通知卫兵进来处理？我记得值勤的警卫队都是带武器在身的。”

“因为门被关了，警卫进不来……”

说到一半，卡顿亲王自知失言，急忙闭嘴，却见卡兰笑吟吟地追问：“那又是谁关的门？紫川秀吗？他还真有空啊，一人对你们上千人还有空顺手关门打狗。”

没有人回答。卡顿对卡兰怒目以视。杀得天昏地暗的那一阵，这个可恶的家伙不知躲哪里去了。危机刚过去了他就悠悠出现，大发感叹：“哎呀呀，这么好的菜肴给浪费了，真是可惜！啧啧！”让人怀疑他是不是刚才一直偷偷摸摸地躲在门后看热闹，现在就跑出来大加讽刺，故意揭自己短。

卡兰继续说：“有件事情我也不怎么明白，增援的羽林军士兵赶来的时候，整个营区应该已经被封锁，怎么还能让紫川秀给逃了呢？”

“这个不关我事的！”像是被谁在屁股上狠狠刺了一针，卡顿亲王急忙回答，“是云浅雪下令放走了他的！”

罗斯总督声泪俱下：“陛下，你可要为老臣做主啊！云浅雪叛国了！他与紫川秀勾结，故意放走了他！当老臣出来阻止的时候，他竟然下令把老臣捆了起来，在我脸上踹了一脚，甚至还威胁说要杀掉老臣呢！这是对我们整个鞑塔族的侮辱啊，陛下……”

魔神皇不耐烦地说：“这件事情等等再说——云浅雪，是你下令放走紫川秀的吗？”

云浅雪匍匐不敢抬头，轻声回答：“是的。”

“为什么？！”

从魔神皇压抑的问话中，云浅雪预感到风暴就在眼前。他小心翼翼地回答：“陛下，因为他当时劫持了卡丹殿下，如果我们不让步，他就要杀了公主。在那个时候，我只能以公主殿下的安全为重。”

“哼！”罗斯总督冷哼一声说，“他只是吓唬人的！害死了公主殿下，他自己也得没命。云浅雪，只有你这个蠢货会上他的当！”

云浅雪没有出声，现在争辩这个已经没有什么意义了。其实就是现在，他也没有把握自己是不是真的做对了。那双黝黑的眼睛，是个永远猜不透的谜。云浅雪不能想象，勇敢无畏和坚韧忍耐这两种可贵的品质，竟然可以几近完美地共存于一个人身上。

紫川秀是不是真的在吓唬人的呢？每个人都在想象着当时的情形，却没法得出结论。魔神皇摇摇头，问黑沙：“你怎么看，军师？”

“我认为，”黑沙依旧是那么不紧不慢的声调，“当时的情形，紫川秀已经是条亡命的疯狗，逼急了，反正都是一死，他什么事做不出来？罗斯阁下，您当时那样做，等于是逼着紫川秀下毒手啊！这个后果，不是您所能承担的了。云君以公主安全为重，是很明智的。”

罗斯总督额头出汗，不敢出声。

云浅雪轻轻地吐了口气，心头充满了感激。幸好在陛下身边，还有个明白事理的总军师在。他对陛下有着莫大的影响力，有他说一句话，自己小命算是保住了。

“陛下，我奇怪的是另外一件事情。根据刚才大家的说法，云浅雪和亲王殿下每人打了紫川秀一掌。你们当时都是用的什么掌力攻击他的呢？”

云浅雪低头回答：“暗黑掌力。”

卡顿亲王也回答说：“我用的是神魔功。”

“这就是我奇怪的地方了。”魔族总军师若有所思，“暗黑掌潜伏在内，神魔功爆发在外，两种掌力都是十分霸道的可怕武功，应该是中者立毙的。为什么紫川秀还能好好地劫持卡丹殿下，甚至还能出刀伤人呢？”

没有人能回答这个问题。罗斯总督嘲讽地说：“该不会是云浅雪被砍了一只胳膊后，以前的武功全部给废了吧？”

魔神皇拍拍手：“拿两块木头进来。”侍卫立即出去，找了两块五寸见方、一寸来厚的楠木板呈上。魔神皇吩咐：“把这个交给卡顿和云浅雪——你们两个，按照当时出掌的力道，击一掌看看。”

两人明白过来，同时出掌。砰的一声闷响，卡顿亲王打中的那块木板当即粉碎。一瞬间，坚固可比钢铁的楠木全部碎成了米粒大小的木屑，碎片四溅，威势惊人。

而云浅雪击出的一掌则轻柔无比，看起来就像手掌轻轻地在木板上拂过一般，没发出任何声音。一击之下，木板完好无损。

“哈！”罗斯总督幸灾乐祸说：“还说不是！云浅雪，你的武功真的给废了，难怪打上去像是给紫川秀挠痒似的……哈……”

话音刚落，罗斯的笑容突然僵住了。只见云浅雪轻轻一吹，看似完好的木板突然软了下来，散开了，变成了一条条丝带状的柳絮物，轻飘飘地飞舞起来。

屋子中都是武学好手，同时喝彩：“好！”大家都知道这个道理，武学之中，刚猛易练，阴力难成，尤其是魔族的体质比较适合那些刚猛的武功。云浅雪能将极其难练的阴力练到这个地步，那是非常不容易的。

魔神皇也点头嘉许：“很好！云浅雪，受伤以后，你的武功不退反进，掌力更加精纯，这很不容易。”

云浅雪低头应承：“陛下过奖了，微臣实在不敢当。”

黑沙点头说：“我们都看到了，卡顿殿下和羽林阁下二位的掌力都是如此犀利。这就无法解释了，为什么紫川秀可以没事的呢？”

一直没有出声的凌步虚突然说：“也许是他武功高强，护身气功厉害？”

“不可能的。”魔神皇摇头说，“我们的皇族绝学，本来就是在数千年来与人类的战争中，专门针对人类体质发展起来的武功。诸位也看到了，刚才云浅雪的暗黑掌力，就是以前战场上为克制人类的铁甲骑兵而设计的。就算紫川秀穿着厚厚一层铁甲，我们的皇族绝学也轻易穿透他的防御，直接破坏他的五脏六腑。管他再厉害的人类，只要中了，就一定死！”

既然魔神皇这位举世无双的武学大师这样肯定地发话了，再没有人怀疑。卡兰出声说：“父皇，照您这个说法，我看，就只剩下两种可能了。”

“你说说看。”

“第一，紫川秀不是人类。他来自不属于人类的另外一种高等种族，拥有极高的武力和智慧，外表上却和人类是一样的。所以，我们的皇族绝学对他无效。”

卡兰说得认真，却引起了屋子里一阵哄堂大笑。他的父亲笑得喘气，说：“怎么可能有这样的种族？”

“有的。”卡兰轻轻说，“我们不就是吗？”

笑声戛然而止。所有人都为卡兰的想法所震撼，紫川秀竟然是魔族的皇族出身！这个耸人听闻的念头，光是想一想就足以让人发疯了。有些人这才理解了，为什么外表斯文的卡兰竟然有着“疯狗兰”的绰号，他的大胆真是没有边际的。

好半天，才听到卡顿亲王出声反驳：“怎么可能……紫川秀的眼睛我们都看过了，明明是黑色的啊！”

“谁规定我们皇族就一定是蓝色眼睛的？”卡兰露出一丝狡黠的笑容，“何况，你们真的确定，紫川秀的眼睛是黑色的吗？”

“怎么不……”刚说了一半，卡顿停住了。他想起来了，在挥刀杀人的时候，有一段时间里，紫川秀的眼睛变得赤红赤红的，好像血一样红，望之让人恐惧。人类的眼睛可以变色吗？他打了个寒战，不做声了。

黑沙问卡兰：“那你认为的第二个可能是什么？”

“总军师，父皇说，我们的皇族绝学是从与人类数千年的作战中发展出来的。那我想，有没有可能，在这么长的时间里，人类那边也同样发展出了克制我们皇族绝学的武艺呢？”

这个想法还比较有道理。大家都把目光投向了魔神皇。关于武学上的问题，他是最有发言权的。魔神皇沉吟了下说：“可以克制暗黑掌的武功？人类是曾经有过这样的武功，不过……”他望向了总军师黑沙，“你来解释一下吧，军师。这事你比较清楚。”

黑沙点头：“陛下，您是不是想说，三百年前林氏家族的镇国武功，光明波纹？”

“正是。我记得，林氏家族正是以光明波纹起家的，依靠这套武功，他们屡败我族高手，建立光明帝国。”

“但是这套武功早已经失传了，陛下。”黑沙轻轻说，“早在三百年前就失传了。”

“为什么？”几条嗓子同时发问。

黑沙叹了口气：“这套武功虽然威力强大，但是练习的条件却非常苛刻，必须是具有光明林氏家族血统的，而且要人亲口传授——至于为什么这样，因为年代久远，其中奥妙，我们也难以知晓了。我只知道，林氏家族一直人丁不旺，所以这武功也一直流传不广。自最后一任光明皇帝林坚毅战死于蓝河之后，光明帝国覆没崩溃，这套武功就此失传了。”

“军师大人，但是林家血统还有人在啊。”

“林坚毅战死的时候，他的女儿林凤曦，也就是现在河丘林家的始祖，年纪还小，并没习得这项武功，所以武功就此失传了。至于后来的紫川家拣了光明帝国的一点招式皮毛拼凑起来，也说是波纹气功，把它视若珍宝，但骨子里，那已是完全不同的两码事了，二者威力根本不可同日而言。”

卡兰若有所思：“我记得紫川秀原名是林河……有没有可能，他是光明帝国林氏的嫡系呢？”

总军师笑了：“二殿下，您刚才没有听清楚，学习光明波纹，除了林氏血统外，还得有人亲口传授。就算紫川秀确是光明帝国的后裔，但是光明波纹最后一任传人林坚毅已经死了三百多年了，与林坚毅同时代的人也早已死光了，他哪里找人来亲口传授给他呢？”

“真的全部死光了吗？”卡兰反问一句。

黑沙笑了：“怎么可能有假？三百多年过去了，谁能不死？除非那个老怪物左加明了……”总军师突然停住了，好半天，他才慢慢地说：“二殿下，您的意思是……”

“嗯，就跟你想的一样。”卡兰一副无所谓的样子，嬉皮笑脸的表情与他所谈论话题的严肃性质根本不相称，“我是想说，与林坚毅同时代的，起码还有一个人活了下来。那个人，传说中与林坚毅有很深的渊源，又被称为人类空前绝后的第一高手。”

明白了卡兰的意思，在场的魔族高手无不心头震撼。对魔族而言，有一个不能说出口的忌讳名字，一个最深的可怕噩梦。让光明帝国最后也是最强的五十万皇家军团葬身沙场的强大魔族军队，却被一个人类所粉碎。就因为那一人一剑的存在，强大的魔族王国三百年不敢西进，空有强盛的军队和如云的名将。这是最大的耻辱了！

云浅雪低下了头，掩饰面上的激愤。他抑制不住地心头激荡。当时被杀的魔族军统帅云龙，正是云家的先辈。每一个云家子弟刚开始懂事就被告知了那段历史，家训就是杀掉左加明，为先祖报仇洗耻！对云家子弟而言，这个目标甚至超过了神族一统大陆的野心。不过二者其实也就是一回事，若不是那可怕的一人一剑，早在三百年前神族就完成了征服人类一统大陆的伟业。

魔神皇问："最近的这些年，有没有明王活动的消息和传闻？"

卡顿亲王回答："最近的这一百年来，已经很少有……有'那个人'出现的传闻了。甚至有传言说'那个人'已经死了，不然以'那个人'的性格，怎么会一百年没什么动静？"卡顿亲王说得吞吞吐吐的，他甚至不敢直言"左加明王"的名字。

众位魔族高手连忙纷纷赞同："对对对，那是不可能的！三百多年都过去了，'那个人'不可能还活着的。卡兰殿下，您太敏感了，老爱胡思乱想吓唬我们，哈哈哈哈哈……"笑声很响亮，有点像怕鬼的夜行人吹口哨给自己打气。

卡兰撇撇嘴，喃喃评论说："缺乏直视事实的基本勇气。"

"倒是有那么一个传闻，不过还没得到确认……"云浅雪若有所思，"两年前第三次恒川会战的时候，担任全军统帅的葛沙和他的副将云沈被来历不明的人类高手刺杀身亡。当时葛沙号称我族的第一猛将，能力敌千军，对上了那个人类高手却毫无抗拒之力，听说连一招也接不下就被砍下了脑袋。

"当时在场的还有葛沙的几千卫队，葛沙身死后，副将云沈立即命令部下上前围攻，但重重的防御层竟然挡不住对方的一冲，几乎是刚下完命令的同时，云沈也死了，同样的一击即毙。然后刺客远遁，几千卫队组成的包围圈竟然拦他不住。

"消息传开了，士兵都传说是左加明王来了！军心立即动荡，士兵纷纷丢下了武器逃跑，军官拦也拦不住——好像他们也没怎么拦，因为听说连军官自己都在害怕。结果远东军趁机杀过来，我军大败。也就是在那一仗中，卡丹殿下陷于敌手。那个神秘的人类刺客，身份至今没有查明。目击者们都说，那种雷霆般一击即杀的可怕武功，与传闻中左加明王的手段非常相像，所以他们才吓得不战自溃的。"

将领们听得入神。神族第一猛将战死，全军大败，公主被俘，可怕的左加明王重现人间……当时这些都是轰动一时的新闻。关于那一仗的传闻，他们也略有所闻，只是没有专门调查过的云浅雪了解得详尽。

黑沙突然想到了一件事情，问："云浅雪，那一仗中，人类方面的统军将领是谁？"

"啊？"云浅雪愣住了。调查时他的注意力都集中到那个决定胜负的神秘高手上面，至于对方将领的身份，在他看来，根本无关紧要。他支吾了一下，还是老实说："我没有留意过。很重要吗，军师大人？"

"我不知道，"黑沙淡淡说，"我随便问问的。"

云浅雪点头："我出去向资料官查一下。"征得魔神皇的同意后，他匆匆离开。

回来的时候，他的脸色灰白："陛下，军师，那一仗中人类方面的统帅我已经查清楚了。他是——"他吞了口口水，"紫川秀。"

一阵突如其来的可怕沉默笼罩着整个大厅。

魔神皇站起了身子，脸色冷峻："传令下去，动员王国在远东地区的所有部队，从现在开始，在整个远东范围内搜捕紫川秀！此次行动，由朕亲自指挥。一切以杀死紫川秀为最高目的，他已经负伤，这是难得的机会！必要时候，可以不必顾忌卡丹的性命。传谕官兵，有提紫川秀来见朕者，无论死活，朕立即封其为侯！"

"是！"魔族高手们肃立，轰然应答。

"陛下，我建议下达禁口令，禁止所有与会人员泄露关于三月十九日夜所发生的一切。"黑衣面纱的魔族总军师伫立一边说，没人能够透过面纱看清他的表情。即使最靠近他的人也听不见他的喃喃细语："难道，紫川秀就是……"

第六章　疯狗阴谋

天还没有完全透亮，位于哥吉查森林边上的羽林大营中，清晨的寂静被一遍又一遍的高声宣读声打破：“紧急命令，陛下有旨，立即出动，捉拿人类奸细紫川秀！”

没等从梦中被惊醒的魔族兵明白过来究竟发生了什么事情，军官已经冲了进来对着他们耳朵狂吼：“集合！快，穿衣服集合！”懵懂的魔族兵抓起武器跌跌撞撞地跑到空地上，没集合完毕，军官们就急不可耐地踢着他们屁股：“没来的不必等他们了！快，快！快！走！走！”他们倒不是害怕紫川秀逃跑了，只是怕抓紫川秀的大功给别的部队抢去了。

整个羽林大营像刚被捅了的蜂窝似的行动起来，大队大队的步兵不断地从营地开出，争先恐后地冲入了茂密的哥吉查森林中。脸色冷峻的步兵们手持锐利的长矛，在浓密的树荫下排成了一列又一列的散兵线，逐行逐行地清查树木、灌木丛、草丛、小路。稠密的树梢、茂密的草丛、长满野草的浅浅的沟堑、黝黑的山洞……每一个可能藏人的角落魔族兵们都没有放过，他们用长矛使劲地往里面乱戳乱扫，没有一处遗漏。

士兵们已经被告知，他们要搜寻的家伙是个高度危险的人物，特别擅长近身搏斗，为了防止第一线的长矛手不是对手，布置在第二道防线的魔族弓箭手全神贯注，稍有风吹草动他们就立即放箭，结果无数的野兔、山鸡、狐狸、松鼠遭了无妄之灾，成为魔族士兵的意外收获。

在森林的外围，大群的骑兵部队日夜来回巡逻，严密监视，连一只苍蝇也别想躲过他们的耳目。在这里，为了防止对手太强，而一般的魔族士兵不是对手，由精选出来的好手组成的精英队在外线随时待命，只要一接到警报信号，他们会立即赶到。

与此同时，红亮的霞光中，背后挂着金色小旗的信使骑兵亡命地奔驰，他们的马匹已经跑到口吐白沫了。他们将魔神皇的密令传达到遍布远东各地的王国军队。从东到西，从森林茂密的杜莎、得亚、伊里亚、古迪撒、伏伦……一直到最西边的瓦伦城下的伏名克等一十三个行省的广袤土地上，遍布远东的一百二十万魔族军队、六十万远东叛军接到了同一个命令："找到一个重伤的年轻人类。"附信的还有紫川秀的通缉画像，不知出于何种因素的考虑，魔族的总军师在命令中隐去了紫川秀的名字。

一个无比庞大的巨人开始行动了起来。

在丛林密布的杜莎行省，由雷欧统帅的宫廷近卫旅压阵，近三十万魔族精锐部队开始对整个行省范围内进行了搜查。紫川秀就是从杜莎行省开始逃跑，而且王国的上层认为，他受了伤，应该跑不了多远的，应该还没有脱离该行省的区域。再加上该行省也是魔神皇的驻驾所在，为了皇驾的安全，搜查得特别严密。魔族兵嚣张的铁蹄几乎把整个行省给翻了个遍。

加纳军团负责对得亚、伊里亚两行省的搜捕。这两个行省原来是人类在远东最后的据点，不少偏僻的地方还藏有不少没来得及撤退的人类居民。大本营认为，紫川秀有可能藏迹于此。为了彻底铲除紫川秀的藏身可能，再加上对魔族来说，人类长得都差不多，要辨认究竟哪一个是紫川秀比较困难了。加纳总督罗斯下令，见人类就杀，杀光为止。

帕伊军区是王国兵力最为强大的集团军群，所以他们负责的范围也最广，瓦格、古迪撒、伏伦、辛加等十行省都是他们的搜捕范围。为了解决兵力不足的问题，将近五十万的远东种族联合军也将与魔族正规军一起协同行动，参与搜捕。

凌步虚军团，也就是魔族王国的前锋集团，负责把守王国的最后一道防线。他们将严密封锁瓦伦要塞的东侧以及伏名克行省的区域。他们的任务是绝对不要让紫川秀进入瓦伦。

在纵横远东的主干道远东大公路上，由塞内亚第十一步骑旅负责封锁。骑兵们日夜巡逻。从杜莎到伏名克一千来里的路程上，步骑旅设立了近三百多个卡哨检查来往行人，而且在哨岗之间，一队又一队的骑兵来回梭巡。入夜，巡逻骑兵手上的火把组成了一条闪亮的长龙，这条蜿蜒巨龙从头到尾贯穿了整个远东大公路……

这是历史上最大规模的一次搜捕，庞大的魔族军队被彻底动员了。遵照魔神皇的指示，他们封锁了每一条道路、路口、渡口，搜查每一个村落、树林、山头，盘查每一个行人。照理说，在这样严密的搜寻下，是没有理由找不到一个重伤的人类的。魔族的将军们信心十足："即使要一根绣花针，我们也可以把它找出来！"

当天的下午，搜索行动就取得了巨大的进展。在哥吉查森林的外围，魔族搜索兵发现了被劫持的卡丹公主。当被发现的时候，公主正坐在一块石头上很无聊地数着手指，她不满地对救援的魔族队伍埋怨："怎么来得这么迟？有没有吃的，我饿死了。"

根据军医现场初步诊断，公主身体状况很好，安然无恙。消息传回，魔族大本营欢声雷动，指挥该搜索中队的魔族军官当即被越级提拔为团队长。

卡丹公主提供了宝贵的情报："我亲眼看见紫川秀往那跑了！"

大本营高度重视。根据卡丹的情报，他们重新调整了搜索的重点地区。大批的魔族士兵被调遣到了距离哥吉查约一千公里外的一个荒无人烟的荒漠地带，他们被告知："紫川秀就在这里面，找到他！"望着一望无际的沙漠，烈日炎炎，魔族兵绝望得要自杀。

一个星期过去了，他们没能找到紫川秀的下落。

两个星期过去了，紫川秀，这个神秘的人类就像凭空消失在了空气中。由开始的信心十足变得心下忐忑，再由忐忑不安变得彻底绝望，各路将军不得不接受这么一个残酷的事实：紫川秀过去，不，现在，不，将来也不大可能被他们找到了。

根据搜寻的常规来说，如果在第一周之内抓不到人，那以后成功的可能就很小了。有了一个星期的时间，搜捕对象可以已经逃得很远了，搜查的范围会变得难以确定，难度会成倍地增长的。而且即使在身受重伤的情况下，紫川秀都能逃脱这么严密的追捕了，那伤好以后，他更加不可能被找到了。

三个星期过去了，各路部队纷纷将结果反馈到枫叶丹林："很抱歉，陛下，没能发现紫川秀踪影。可以肯定，他肯定不在我部队的区域内……"

魔神皇不怒反笑，喃喃说："紫川秀啊，朕现在真的有点佩服你了，你究竟是怎么办到的呢？"

左右臣子不敢出声，生怕惹了心情不好的神皇。魔神皇环顾左右："说吧，你们都怎么看的呢？紫川秀究竟去了哪里？"

大家面面相觑。最后还是黑沙出声："陛下，搜寻没有找到他，只有三个可能。第一，他已经伤势发作死了，但是目前尸体还没有被我们发现。"

魔神皇点点头，问："其余两种可能呢？"

"第二种可能，他还活着，躲藏在远东的某处，正试图通过瓦伦要塞返回紫川家。第三种可能就是，他已经返回了紫川家。三种可能必居其一。"

大家都不出声地听着，有点不明白，这些分析看上去近似废话，好像没有一点用处。卡顿亲王有点不明白："军师，您的意思到底是……"

"殿下，如果是第一种情况的话，我们就不必操心了。我们所要准备的是，如何应对第二和第三种可能——特别是第三种可能，因为那是最坏的可能。"

"我明白军师的意思了！"卡顿亲王若有所悟，"我们立即派使者前去紫川家，要求他们把紫川秀给交出来！跟他们说，如果敢包庇紫川秀的话，我们就开战！"

黑沙摇摇头："不行。"他缓缓地说，"这几天，我一直在想一个问题，紫川秀为什么要那样杀雷洪？"

"啊？雷洪是杀哥应星的凶手，紫川秀为哥应星报仇，就杀了他……"

黑沙点头："是的。但是你们不觉得，紫川秀选择那样的动手方式，不是太奇怪了吗？"他环顾左右，声音透过厚厚的面纱低沉地传出来，"当时紫川秀已经取得了我们的信任，他已经可以自由出入我们各处军营了。他要杀雷洪，私下有的是机会，何必要挑选大庭广众之下那么危险的方式呢？而且还挑选在我们高手云集的庆祝会议上？难道，他就不知道这样很危险？"

众人都没想过这个问题，愣住了。

"想想看，孤身的一个人类，就在我们庆贺远东战争胜利的时候，单枪匹马地闯入我们神族的大本营里面，杀了他们的叛徒，还杀伤我们近百名的高级军官，而且最后他安然无恙地走了，我们竟然拿他没办法？！"黑沙的语调越来越高，"杀雷洪，不过是顺带的。打击我魔神王国的威信，那才是他的主要目的！陛下，这就是我当初建议下达禁口令的原因了。对于三月十九日晚上所发生的一切，绝对不能泄露出去，否则，我们神族，作为大陆最强种族，威信和尊严就会荡然无存，而由此带来的后果，将是灾难性的！"

"你说得对，军师。"魔神皇插话道，"这样的消息泄露到外面去，特别是泄露到人类那边去会造成的灾难，是怎么估计也不过高的。而另外一个方面，在我们国内，有人也将散布流言蜚语，要不了多久，就会变得不仅仅是流言蜚语而已。至于造成的影响，我让你们自己去想象。"

在场的所有高级官员和皇族一起点头，难得他们有这么意见统一的时候。他们都知道，维持国内秩序和统治与相信魔族军队的强大和不可战胜的信念是多么紧密地相联系着。一旦这个荣耀的神话出现了裂痕，那魔族王国的统治，尤其是对远东新领土的统治，将会陷入非常困难的境地。有人喃喃表示同意。回忆起可怕的毁家灭国的王权战争，八十年前那个恐怖的黑暗灭绝时代，谁都不认为魔神皇的估计有丝毫夸大。

黑沙接口说："所以，刚才亲王所言向紫川家要人，那是不可能的。如果那样做的话，我们就无法保守那个晚上的秘密了，人类那边会把紫川秀当成英雄偶像一样崇拜的，这件事只会让我们白白成为笑话。"

大家默默点头。黑沙说的完全是真理。神族现在面临着两难处境，如果要向紫川秀报复，就难以保持秘密，从而也就难以维护自身的尊严。

罗斯总督不满地嚷嚷说："难道我们就这样便宜了那条疯狗不成？"

没有人出声。想到眼看大敌紫川秀逍遥自在没法报仇，难以忍受的痛苦就像虫子一样啃咬着大家的心，心高气傲的魔族贵族们实在是咽不下这口气。

沉默中，卡兰阴阴地笑了下："当初考验紫川秀忠诚的时候，我们不是派他去跟紫川家的战俘演讲吗？这批战俘至今还在我们手上。紫川家一直要求用钱财来赎他们回去。如果我们把他们放回去的话，大家猜猜，会出现什么样的后果？"

罗斯总督第一个拍案叫绝："妙计，殿下！那样紫川家一定容不下这个叛徒，紫川秀会死在自己人手上的！"众人也纷纷赞成，好计谋！甚至就连卡顿亲王也不得不点点头，表示赞同。

黑沙长叹一声："好计谋，只是……"他摇摇头，不往下说了，"留待陛下圣裁吧。"

魔神皇沉吟道："计谋倒是很好……卡兰，既然是你自己提出的，就让你自己去实施吧！"说话时候面无表情，根本看不出他在想些什么。

卡兰肃然："是，父皇！"

犹如一阵冰寒突然从心头经过，云浅雪一阵颤抖。殿下，您的权谋真是太可怕了！最忠诚的战士却被污蔑成叛徒而死在自己人手上，那种痛苦和折磨，想必超出了想象。

云浅雪明白军师黑沙没说出口的评价：如此阴毒，非皇者堂堂气魄。不知为何，在望向自己再熟悉不过的同伴时，他第一次有了种陌生而畏惧的感觉。

七八〇年四月十一日，魔族对外发布正式人事公告：

"原远东地区总督长官平靖侯阁下因为身体不适，已经回到魔族王国本土休养了。新任总督人选已经确定由远东侯担任。他将接替原来的平靖侯，管辖二十三个远东行省，统帅六十万远东本土军队。鲁帝公爵任其副手。"

人事公告的下面有一行小字注释："远东侯，原名紫川秀。原为紫川家族副统领，后弃暗投明，加入我神族。吾皇陛下宽宏爱才，赐姓远东。"

同日，魔族宣布同意紫川家赎回远东战争中被俘的人类官兵。令负责交涉的人类官员喜出望外的是，魔族方面开出的赎金价格，比他们预想中的还要低得多……

四月十八日，帝都。

会议还没正式开始，气氛压抑，空气中荡漾着不安的波动，济济一堂的高级官员们，全都紧紧地抿紧了嘴唇，保持着死一般的沉默。就连历来是死对头的罗明海与帝林两人，也失去了开口吵架的兴致。一个是面无表情地板着脸，另外一个却灵巧地转动着手上的铅笔，目光死死地盯着屋顶的天花板，仿佛上面有一个仙女在跳舞。

家族刚刚失去了四分之一的领土，丢失了超过一百万的军队，蒙受了血淋淋的重创，正处于强敌的环绕之中，前有百万魔军兵临瓦伦城下，后有绝世名将流风霜虎视眈眈。曾经有过辉煌历史称霸大陆多达一百多年的紫川家族，正面临空前的危机。它正由全盛之时，一步步地走向衰亡。

现在，继远东副统领雷洪之后，连冠有紫川之姓的家族核心人物之一的紫川秀都公然地背叛了，这是个危险的信号，将家族的衰弱明明白白地昭示于天下人眼前，预示着分崩离析就在眼前。这个由盛而衰的全过程，每一步都是那么清晰，让人看得清清楚楚，又那么让人绝望且无能为力，仿佛是冥冥中自有天意在恶意地作弄着无辜的人们。

当紫川宁在李清陪同下进入会议室的时候，所有人都注意到了少女苍白的面色，流露同情的眼光。帝林不出声地与斯特林交换了个眼色，斯特林起身迎接紫川宁的到来。在满屋子陌生和猜疑的目光中，唯有斯特林熟悉而坚定的身影让紫川宁感觉到了一份慰藉。她向她叔叔总长紫川参星行礼问了个好后，快步来到斯特林跟前，还没出声，眼眶里已经满溢了泪水。斯特林不由得暗暗祈祷她不要当众哭出声来，或是一下子扑到自己怀里，不论别的，光是罗明海的冷笑声就够自己好受的了。

但幸好没有。紫川宁平静地问斯特林："中央统领，听说秀川阁下叛变了，有这样的事吗？"

斯特林很欣赏紫川宁的冷静和坚强，他也很正式地回答说："宁小姐，有一些这方面的流言，但还没能确认。"接着低声说："我不信！"坐他旁边的帝林也赞同地点着头。

紫川宁定定地看着斯特林坚毅而瘦削的面庞，目光中流露出感激。她不出声地在他俩的旁边坐了下来，心头突然一阵澎湃。世界上，也只有我们三个人是相信阿秀的了。我们是战友，为了维护阿秀的清白而并肩作战的战友。

看到家族的未来总长这么清晰地表明了立场，会议室里的其他人不安地交换了个眼神。罗明海冷冷地哼了下，却没有出声。边防军统领明辉在椅子上不安地扭动了下身子，也不看谁，看着面前的纸面无表情地说："人都来齐了——事情是这样的：我们从魔族那边赎回来的战俘向我们告发，说在魔族大营里面看见了紫川秀。瓦伦军法处托我带点材料过来，就放在大家的面前。"那神态，仿佛说的话与他一点关系没有。明辉是个很谨慎的人，紫川秀叛变的事情明摆着牵涉两大势力的争斗倾轧。对于以总统领罗明海为首的文官体系和以军方重将帝林、斯特林为首的军政体系，他哪方面都不敢得罪，只是把那些证词原原本本地记录了下来，却不敢加以任何评论。

大家也是面无表情地看着桌面上厚厚一沓的材料副本，除了紫川宁以外，没有人去翻动，也没有人出声。她手指发颤地只翻看了两页，马上就抬起了头，逼视着明辉："这不可能！这个证人在撒谎！"

明辉颤抖了一下，却没有出声。

这时罗明海出声说："小姐，下官也以为这确实很难置信。但是，那些被俘的我们紫川家族官兵，亲眼看见紫川秀穿着魔族的服饰，出现在魔族的杜莎魔族战俘营里面，宣布说自己已经投靠了魔神王国，并号召战俘们也跟着他走，不要再回紫川家了。"罗明海平板的语调里面含着几分幸灾乐祸的喜悦。

"紫川秀没有理由也没有动机那么做！在一个多月帕伊围城战斗中，他与我并肩作战，奋勇杀敌。在那么艰苦的情况下都没有动摇，证明了他对家族的忠诚是无可怀疑的。在解围以后他反而自己跑去投靠了魔族？这可能吗？"中央军统领斯特林平静地说。

罗明海反问："证人，也就是在场的被俘官兵，共有三万二千七百五十三人，他们都在撒谎？"

帝林微微一笑，轻描淡写地说："对，他们都在撒谎。"

这次轮到罗明海被气得面目通红说不出话来了，指着帝林叫："你——"他实在后悔，不应该在那个晚上放过帝林的，就算拼着连李清一起杀，也应该把帝林做掉。

紫川参星责备说："帝林，你身为执掌刑律的家族监察长官，在这种大事上不应该被私人感情所左右。你说我们的几万战俘都在撒谎，这根本是不可能的。"

"总长殿下，在下说的是很认真的。"帝林一本正经，一点也没有开玩笑的样子，"在下现在就可以列举出几个可能性来。"

"你说。"

"第一个可能，是魔族在使反间计。他们找了一个很像阿秀的人装成阿秀的样子，借我们战俘的口迷惑我们，让我们自毁长城。”

会议室中的众人交换了个眼神，微微点头。帝林的话不无道理。这里的每个人，或多或少都和紫川秀打过些交道，无论是敌是友，对他的为人都有不同程度的了解。比起相信紫川秀投诚叛变，魔族假扮陷害紫川秀，这个倒是更能让他们接受点。

却听幕僚长哥珊发言说：“这个我觉得不怎么可能。且不说魔族怎么就恰好找到一个和紫川秀这么像的人出来，我只是想说，如果魔族的目的是想使我们自毁名将的话，那他们陷害的对象不应该选择紫川秀。这里很矛盾。”

斯特林责问：“为什么？”

哥珊向斯特林微微颔首表示歉意，说出话来却还是那么直接：“在当前，魔族最忌讳、最想除之而后快的人，应该是斯特林统领您，还有监察长阁下二位。因为你们二位大人是我们家族最出名的一流名将，对魔族的威胁最大。如果魔族想设计陷害，那目标应该选择你们二人。至于紫川秀阁下，虽然他也是不错的将领，但——恕我直言，还轮不到他。”

紫川宁对哥珊怒目以视，这个老女人竟然敢这么蔑视自己的心上人！她正要发怒，旁边的帝林递过来一张字条：“不要急，到时候罚她去洗马桶。”尽管满腹忧思，紫川宁还是扑哧一声乐了。她知道，帝林所谓“到时候”是指到她接任总长亲政的时候。

她微笑着向帝林点了头，目光中表示“好主意”。后者微笑示意，接着发言：“还有第二个可能，就是这几万战俘全部被魔族收买了，他们故意陷害紫川秀！”

帝林目光坚定：“大家想想，我们该相信谁？是那位不管生死、自投绝地前去营救斯特林并且与之并肩作战坚守帕伊的英勇家族战士，还是那群意志不坚、做了魔族俘虏的投诚分子？不错，一方是有几万张嘴巴，另一方只有一人。但是从法律的角度上说，比起证人的数量，我们是不是更应该重视证人的质量呢？那是一群什么证人？全部是战败的俘虏和投降者，全部是给魔族洗过脑的家伙！这种人的话，我们能相信吗，诸位？”

帝林竟然可以一本正经地把这么荒谬的道理说得头头是道，大家都泛起啼笑皆非的感觉。斯特林强忍住笑，低声跟帝林说：“你还真能掰啊，大哥。”

罗明海冷冷道：“那你又如何解释，紫川秀一直停留在远东敌占区不肯归来呢？”

“嗯，这个有可能是魔族封锁了道路，紫川秀回不来；有可能是他发生了什么意外，扭了脚趾；有可能是他迷路了，忘记了回家该走哪条路；更有可能是他迷上了哪个妞，舍不得回来了。”说到最后一句时，帝林冲紫川宁歉意地笑笑，后者毫不介意地哈哈大笑。她已经明白帝林的用意了，他就是故意捣乱，把一个严肃的会议搞得乱七八糟，得不出任何有效结论。

“还有第三个可能，”帝林一脸严肃，“出于某种我们不知道的野心和目的，紫川秀阁下已经被这里的某个人暗中偷偷杀害了。为了掩盖他的罪行，此人伙同、收买归来的战俘，做出了假口供。至于那个人是谁呢？大家就不妨看看，这几天谁跑战俘营跑得最勤，又是慰问金又是许诺休假什么的，还说什么‘只要我当总统领一天，我是绝不会亏待你们的’……”

“放屁！”没等帝林讲完，罗明海已经勃然大怒地站了起来，“我身为家族总统领，难道去看望一下受伤的战士们也有罪吗？”

帝林哼哼冷笑了两声，却说：“我并没说那个阴谋家是谁，有人就这么激动了，可见这真是此地无银三百两了。”

罗明海更加怒不可遏，正要开骂，哥珊轻声说道：“紫川秀究竟有没有罪，我提议付诸表决。”

帝林心头一凛，知道哥珊已经看穿了自己的打算。会议的主题本来是“如何应付紫川秀的叛变”，但经过自己的努力，主题已经不知不觉地变成了“紫川秀有没有可能叛变”，自己已经成功地在与会人员心头种下了怀疑的阴影。拖下去，这就是自己的目的。却不料给哥珊快刀斩乱麻地破坏了。她要求直截了当地表决，省得自己和罗明海纠缠不休越扯越远然后大家都忘记原来想说什么了，最后疲倦不堪得不出任何结论。

果然紫川参星也出声同意说：“就表决吧，我们也没有很多时间磨蹭了。罗明海，你先说。”

罗明海点点头：“有罪。”

“皮古？”

“有罪。”

“斯特林？”

“无罪！”

“阿宁，你怎么看？”

“无罪。”

哥珊沉默了下，说：“紫川秀曾做过我部下，我觉得，他不像是会投降魔族的无耻小人。”

紫川宁等人喜出望外，但哥珊接下来的话已经打破了他们的希望：“但是，比起自己的感觉来，我更相信确凿的事实和证据。他有罪。”

“帝林，你怎么看？”

“无罪。”

“明辉，你呢？”

明辉犹豫不决。现在，这已经很明显是两个宗派之间的斗争，现在还看不出来究竟哪边的势力更大点。站在哪一边才能确保自己的安全呢？

他慢慢说：“有罪。”

紫川参星若有所思：“四票对三票。”他轻声说，“我自己一票赞成他有罪。”

“现在，可以确认，原副统领紫川秀已经背叛了我紫川家族，背叛了整个人类。他比雷洪更可恨，雷洪毕竟还是走投无路才投奔魔族的，而紫川秀却是自动叛逃的！他是我们整个家族、整个人类世界的耻辱！我，紫川参星，谨以紫川家的第七代总长的名义宣布，解除紫川秀在我家族的一切职务，剥夺他的紫川姓氏。传谕我家族上下军民，林河及其部队秀字营是我紫川家族的叛徒。悬赏十万，要他的人头！”

随着紫川参星铿锵的话，少女的脸色惨白如纸。

第六卷
潜伏生涯

第一章　法网柔情

七八〇年四月末的一个下午，天气晴朗，闷热。远东大公路上伏名克行省的路段上，一支魔族的巡逻队正在进行日常巡查。

前方的道路上尘土飞扬，蹄声清响，远远地，一支很大的队伍正在从东往西迎面而来。已经可以看清楚了，这是一支人类的军队。魔族兵们睁大了吃惊的眼睛，一个个发出惊呼："这是哪里来的人类部队？"

"我们的军队呢？"

二月远东战争结束以后，已经很长时间见不到曾经统治整个远东多达两百多年的紫川家族军队了，取而代之的是矮小而精悍的魔族队伍，突然见到大队的人类兵马，魔族们十分震惊。魔族队长一声命下："拿起武器，准备投入战斗！"

魔族士兵们轰然应诺，瞬间排列成了战斗队形，脚步忙而不乱，显示凌步虚部队不愧是魔神王国的精锐部队。魔族刚刚取得了远东战争的胜利，全军从上到下正意气昂扬。虽然对方人数众多，但他们却丝毫不放在眼里。魔族兵常常骄傲地说："一个魔神王国的战士，足可以消灭十个同等的人类士兵了！"

双方一点点接近了，人类部队远远地就举起了白旗，示意自己毫无敌意。魔族队长开始时还怀疑这其中是否有诈，等双方接近到可以互相看清楚队列的距离了，他的眼中露出鄙夷。这也叫军队？简直就比那群没经过训练的平头老百姓还不如。士兵衣裳不整，歪歪扭扭的队列，马蹄、脚步拖沓纷杂，队伍的旗帜无精打采地耷拉着，也看不到他们手上持有武器，感觉不到一丝军队应该有的剽悍和杀气。

队长释然，俨然明白是怎么回事了。听说神皇陛下已经与人类和谈了，同意放人类的战俘回家。这群家伙估计就是被放回去的战俘吧？真是一群可怜的倒霉蛋。

由于双方的语言不通，大家并没有进行过长的交流。魔族的巡逻队比画几个手势，询问人类军队的去向。人类方面也有一个很壮的军官出来交涉。他指手画脚，啊啊啊地嚷嚷几下。

白川奇怪道："罗杰什么时候学会魔族语了？他说的话我怎么一句也听不懂？"

魔族军官同样也听不懂。不过幸好他明白一件事，对方手指着西边，遥遥指着远方那座小山似的高高耸立的瓦伦要塞，又指指自己和身后的队伍。

"哦，成程！（原来如此！）"魔族军官明白了，这确实是一支人类的战俘队伍，正在返回瓦伦要塞。神族在远东战争中俘获了近十万的人类战俘。这几天来，这种返乡的队伍他们见得多了。

魔族队长回去跟部下们说了句什么，士兵们一下子全部哄然大笑起来，笑声放肆又轻蔑，很显然正在嘲笑这群人类的可怜样。听到魔族兵那狂妄的大笑，白川的嘴唇抿得紧紧的，却不做声。即使语言不通，她也可以猜出对方笑的是什么了，心头却泛起了一阵难忍的屈辱感，他们是战胜者，所以他们有权利去嘲笑。

队长转身，很潇洒地大手一挥，示意放行。人类军官点头哈腰地表示感谢，继续前行。

到夜幕降临繁星点点的时候，队伍到达了瓦伦要塞的周边城镇。这里，已经可以看到在夜幕中高高矗立的瓦伦城头和上面值勤哨岗的昏黄灯火。看到这座人类所建立的最强大的堡垒，秀字营的官兵们感到一阵温暖：我们就要回家了。

在通过前沿的壕沟时，黑暗中传来一个严厉的声音："是哪支部队？马上报告番号和来意！"不知怎的，这个严厉的喝问听在秀字营官兵们的耳朵里，简直有如天籁之音。一路上听的都是魔族那刺耳语言、粗鲁的盘问，现在第一次听到了人类的声音。自己已经来到了人类控制区了，终于安全了。

随着喝问，一个举着火把的高个人类军官从黑暗的壕沟里出来，他身着远东军的浅蓝色制服，证明他的身份是隶属于林冰将军统帅之下的瓦伦守备队的。在他身后，影影绰绰地立着无数的弓箭手，已经全部弓箭上弦，锐利的箭头在黑暗中反射金属特有的冰冷光芒。

"啊！终于到了！"罗杰疲惫不堪地跳下马，不理会那无数近在咫尺的利箭，大大咧咧地上前拍着远东军军官的肩头，"咳，伙计，那么紧张干什么？快叫你的人把弓箭收起来，不然误伤谁了可不好玩了。"

军官警惕地向后跳了一步离开罗杰，一手按在刀柄上，声音由于紧张变得有点变调了：“我重复一遍，说出你的部队番号和部队名称！还有，把你们的所有武器都交出来。”

“嘿，小伙子，你开什么玩笑，要我们交武器？老子现在很累了，没空跟你磨蹭。快让开路！老子可是旗本！还有啊，告诉你，我部下的脾气都是很坏的，他们最近心情又很不好，你最好还是不要惹我们。”

仿佛是为了印证罗杰的话，身后秀字营的士兵一阵不满地鼓噪。

“揍他！看他老实不！”

“再不让路，让他死！”

有人摩拳擦掌地上来想动手。他们已经走了整整八天，又累又饿，眼看目的地就在前方，却不能进去洗个澡吃顿热饭，实在叫他们难以忍受。

军官向后一跃，一声呼哨，后面的士兵一拥而上，锐利的刀枪箭矢前指，守备军的士兵们脸色冷峻。一片武器和脚步的铿锵声中，黑暗中，一个低沉的嗓音在一字一句地宣读着：“奉瓦伦司令部的命令，为防止魔族奸细，即日起，严查所有从远东回归进入瓦伦的部队。命令，所有的部队在进城之前必须先交出武器接受审查！违令者，军法处置！”

“军法处置！”守备军士兵齐齐吼叫一声，持着武器前进一步。

面对这突如其来的威严和杀气，秀字营的士兵们吓得连连后退。白川和明羽眼见事情不妙，赶紧上去拉开罗杰：“你怎么说话的？给我下去！”

明羽在一边给守备队的军官赔着笑脸：“误会，这都是误会！我们部队里怎么可能有魔族的奸细呢？我们部队可是家族的功勋部队呢，曾经陪着斯特林大人坚守帕伊一个多月……”

军官的脸色缓和了一点：“是吗？请问贵部的番号是……”

白川出声说：“哦，我们是新成立的部队，您可能还没听过……”

明羽赶紧顺手给军官发业务名片：“请多关照敝公司的生意，在下是明羽银行的总经理……”

“我们是秀字营的。我叫白川，在紫川秀大人麾下任职，官衔旗本。”

一瞬间，军官的笑容顿时在脸上凝住了，他那僵硬的表情，在火把光亮的映照下，显得十分怪异。仿佛所有的空气突然全部凝结，气氛十分压抑，周围没有一个人说话，大家都用不可思议的目光盯住白川，目光炯炯，仿佛她长了两个脑袋。

白川不明所以，她偷偷地捅捅明羽：“我说错什么话了吗？”

明羽：“好像没有……”

“那他们怎么这么看着我？难道他们这辈子就没见过美女吗？”白川感觉难以理解，却又暗暗窃喜。

足足过了五秒钟，军官才反应了过来。就像被蛇突然咬了一口似的，他整个人跳了起来：“你！你！你在这里等着！”指着白川，他匆匆忙忙地说，转身踉踉跄跄地走。走不到几步他又折回头，“你们几个，都不许离开，等着我回来！”

军官跌跌撞撞的背影消失在黑暗之中，远远近近同时响起了刺耳的警哨声，白川只觉得实在不明白。她向守备队的士兵们询问：“你们的长官怎么了？是不是有什么毛病啊……”

“不许过来！不许走近！再过来我们就放箭了！”士兵们大声地命令着，一个个战战兢兢藏在壕沟里面做好了备战准备。他们不断地挥舞着火把：“增援，增援，我们要求增援！”四面八方远远地无数火把围拢了过来，黑暗中到处是影绰的人影，锐利的兵器在黑暗中闪着光，一片忙乱的脚步声和武器碰撞的铿锵声中，不知哪里传来了嘶哑的叫声：“警戒！警戒！快调强弓团和宪兵队来！快！是秀字营来了！”

目瞪口呆地看着瓦伦守军如临大敌的表现，秀字营一行人惊呆了。明羽掉头结结巴巴地跟部下们说：“该不会是你们哪个，偷窃了林冰大人的内衣吧？罗杰，是不是你干的？这种事情你最拿手了！”

“笨蛋！那个女人凶得跟白川差不多了，我哪里敢！哎，该不会是你这采花大盗……”

“我的品位会那么差吗？”明羽很受侮辱的样子，“就她那货色，也就跟白川一个档次，我再怎么饥不择食也不会……哎呀，救命！”

“白川，干得好！砍了这小白脸，不用给我面子，我支持你！哇呀呀，救命！”

秀字营的士兵在一边无动于衷地观看他们的打斗，有人趁机吆喝起来：“快来买哦！一赔三，白川长官VS罗杰长官……一赔五，明羽长官今晚究竟会不会挂？快来买哦，最后一分钟，大家快看，明羽长官只剩一口气了，要买抓紧！死了就没得买了！”

士兵们蜂拥而上：“我买一千，明羽长官今晚一定会挂！”

一边戒备的瓦伦守备士兵惊讶得目瞪口呆。哪里有这样的部队？兵不像兵，官不像官。当着部下的面，几个带兵师团长大打出手，与他们印象中长官威严的形象大相径庭。

白川等人也是心下忐忑。闻风赶来的警备部队越来越多，与自己部下们保持着十几米的警戒距离，一个个刀出鞘箭上弦，目光中敌意十足，这可完全不像是迎接友军的架势啊！他们不明白，却又暗暗安慰自己，这一定是有什么误会，不要紧，瓦伦守备军的司令是林冰长官，她是认识自己的，只要见到她，什么事情都可以解决了。

等待中的时间过得特别慢，半个钟头的时间在此时的秀字营士兵看来，漫长得有如一个世纪。远处黑暗中出现了几个摇晃着的火把，正在一点点接近，慢慢地，可以看到火把下面模糊的身影了。刚才去报信的那个军官回来了，又带回来了几个更高级别的军官。白川等人有点失望，因为在其中他们没看到期待的林冰的身影。

不过他们很快就高兴了。一个年纪比较大点的军官，用温和的声音问：“你们就是秀字营吧？”

白川等人用力地点头。

“请问贵部的负责人是谁？”

“是我！”三个声音异口同声地回答。

彼此看了一眼，他们又一起异口同声地说：“是我！他们两个不算！”

“好了好了！”那个军官没想到会是这样的局面，打断了他们的吵闹，“这样吧，你们都跟我来吧，部队留在这里不要动。”

“去哪里？”三人又异口同声地问。

“林冰大人要见你们。”军官淡淡地说。

不到两年前，远东军还是家族的第一大军系，实力雄厚，名将如云，但是随着杨明华叛变以后的一连串灾难中，远东军实力大损，统领哥应星殉亡，一个副统领雷洪叛变，还有另外一个副统领罗波被免职。曾经耀眼一时的远东群星之中，只剩下了林冰一人。硕果仅存的她，对于出身远东军系统的白川、罗杰、明羽三人来说，有一种难以描述的亲切感和归属感。见到她，就不由得想起哥应星大人，想起远东军强将如云的那个时代，心头一阵温暖，就如在外漂泊的游子见到亲人一般。

白川还记得，上一次见到林冰还是在被调派往帝都以前，她也曾经出席了罗波为紫川秀举行的饯行酒宴。同为女性的自己，当时就被这闻名遐迩的远东重将几乎完美的优雅气质和风度而倾倒，暗暗把她作为自己模仿的榜样。上次从帝都开拔前往远东前线之时，只是匆匆经过瓦伦，并没有与她见面，不知不觉，一别已经是两年了。

“请坐吧。”屏开左右的护卫，林冰招呼几位“秀字营的负责人”，依旧是那么优雅的风度和气质，流逝的岁月几乎没能在她脸上留下任何痕迹，只给她平添了一种成熟的美感，令同为女性的白川自惭形秽，恨不得请教她有何美容秘方，可是看看旁边……

她狠狠地踩了罗杰一脚，让他把嘴巴合上，不然流下的口水都快把地毯给淹没了。三人呆头呆脑地坐下，一边担心自己风尘仆仆的衣服弄脏了会客厅名贵的真皮沙发，活像几个刚进城的乡巴佬。

“叫你们来，是想跟你们打听点事情……”林冰问。

三人鸡啄米似的点头。

林冰嫣然一笑，挑起了酒杯：“贵部长官紫川秀在哪里呢？他没有跟你们一起回来吗？”

三人摇头。

白川解释说：“回禀大人的话，秀川大人不在我们军中。他没跟我们一起回来。”

明羽补充说：“其实就在二月底，他就已经离开了，临走的时候交代我们前往杜拉密林中潜伏下来，说他很快就会回来和我们会合。”

“那他回来没有？”

三人一起摇头：“没有！”

“从二月底一直到四月中旬，我们等了一个多月，粮食都吃快光了，也还是等不到他。我们没办法，只得先撤退了。”

林冰的样子有点吃惊：“你是说，你们这两个多月一直都是躲藏在杜拉森林里的？就没和外界接触？一点不知道外面的消息？”

三人点头。看见林冰的神色如此郑重，他们隐隐有种不安的预感。白川问：“大人，刚才在城下，守备兵对我们的态度很奇怪……”

“这个等等再说，我们没很多时间了。”林冰打断了白川的说话。三人不解，什么叫作没很多时间了？没等他们提问，林冰的问话已经连珠炮似的轰了过来：“紫川秀去了哪里？分手是哪一天？在哪里？他走的时候跟你们说了什么？当时他的态度有没有异样？有没有鼓动你们跟他一起走？他有没有……”

白川等人给一个接一个的问题轰得晕头转向。当时帕伊战事结束以后，秀字营与斯特林的中央军部队分道扬镳，斯特林部队返回瓦伦要塞，秀字营则停留在了原地。此举让白川等人很是不解，紫川秀却不做解释，只是说：“过几天你们就会明白了！”想到自己的长官做事一向习惯出人意料，大家倒也没什么异议。

第三天，紫川秀召集军官们，声称自己有紧急事情要处理，要部队先行撤退往杜拉森林，他随后就到。几个熟悉的半兽人给大家领了路，帮助他们在杜拉茂密的丛林中安营扎寨。出乎意料，等待的时间长得超出了原来的估计。一个多月过去了，紫川秀还是没有出现，士兵们在树林里憋得慌，强烈要求返回家乡，白川等军官经过商议，最后还是决定不要再等下去了，直接返回瓦伦要塞。恰好这时候正碰上魔族王国释放紫川家战俘，结果一路的魔族守备部队都把他们当成了归国的紫川家战俘，都没怎么为难他们。当他们正庆幸一路顺利的时候，反而在自己人这边遇到了麻烦……

顺着林冰的问题，他们慢慢回忆。紫川秀当时说了什么话？有什么反常的举动？大家苦苦思索，一边说：“没有啊，当时大人笑得还是那么贼兮兮的，说话还是一样没头脑，分别以后大家才发现自己钱包不见了……基本上都是正常的。”

林冰哭笑不得：“我不是问你们这个！我是问你们，他有没有透露他要去哪里，做什么？有没有鼓动你们跟他一起走？”

“没有！”三人一起回答，“大人去了哪里，他根本就没跟我们说。我们也没问，反正他以前常常也是这样神神秘秘地失踪的，我们都习惯了。只是没想到，他这次失踪的时间那么长。”

白川奇怪：“林大人，您的说法有点奇怪。大人想要我们跟他一起走的话，根本不需要‘鼓动’啊！他是我们上司，下个命令给我们就行了嘛。”

她有点担心：“林大人，是不是我们不遵守命令犯了军法呢？可是我们实在也是没办法的啊，因为粮食都快吃完了，士兵们的情绪也很坏，一个个都想着回家……”

林冰仔细地听着，一边观察着面前三人的言谈举止。可是无论她怎么看，在面前三张年轻而朴实的面孔上找不到一丝撒谎的影子。尤其她是知道罗杰的直性子的，如果他撒谎的话，不可能骗得过自己的眼睛。那个年轻的女军官有些担忧的话语中，更是透出了一股质朴的真诚。他们更像三个大孩子，她的直觉告诉自己，他们不可能是在说谎的。但直觉里，紫川秀不也是个好人吗？结果他却投靠了魔族。平生第一次，林冰对自己灵敏的直觉产生了怀疑。

装扮成用人的女军官端着茶水进来，对林冰使了个眼神，暗示着房间屏风后面埋伏的敢死队已经准备就绪。林冰犹豫了一下，决定还是不要摔手上的杯子。三人停止了说话，一起望着林冰，目光中充满了不解与好奇，不明白究竟发生了什么事情。

林冰咳嗽一声，轻轻放下了手中的杯子。面对三人真诚毫无准备的清澈目光，就连老练的她也觉得接下来的话实在是难以启齿。

“我们没有很多时间，就长话短说好了。现在，监察厅驻瓦伦要塞的军法官正在往这里赶来，他是来逮捕你们的。”

开场白的效果是震撼性的。白川三人一下子呆住了，他们实在无法相信自己的耳朵。罗杰嚅动着嘴唇：“为……为什么？”

林冰同情地看了他一下，这个高大壮实的男子正控制不住地颤抖着。她问：“你们就真的一点也不知道？”

“知道……知道什么？大人？”

林冰沉吟了一下。他们的反应是装不来假的，特别是那种措手不及的震惊表情。现在，她真的可以肯定他们是无辜的了。但是，命令毕竟是命令，来得非常明确——紫川秀及其部队秀字营，都是我家族的叛徒，要他们性命。

林冰的神色冷峻：“有很可靠的消息，你们的长官紫川秀已经投靠了魔族。总长紫川参星殿下非常愤怒，已经对他，也对你们整个秀字营部队发出了格杀悬赏令。”

犹如天上突然打下一个霹雳，三人一下子从沙发上跳了起来。

罗杰嘶哑地说：“林长官，您刚才说的……说的是什么？秀川大人叛变了？怎么回事？”

“是的，紫川秀已经叛国投敌了。这是确切无误的消息。”

三人呆若木鸡。还没等他们从得知紫川秀叛变的震惊中恢复过来，更大的打击接踵而来。林冰环视一下瞬间变得惨白的几张脸，很干脆地接下去说：“你们已经不是我们紫川家的人了。我不能把一支有可能是魔族内应的部队放进瓦伦城来。这个风险太大了，虽然我觉得你们不像是叛徒，但我身为瓦伦要塞的镇守司令，我必须对我的职责负责。”

明羽结结巴巴地开口了：“可是，林大人，我们没有叛变啊，我们一点都不知道紫川秀叛变的事情……”

林冰叹了口气：“即使我放你们进来也是没用的，格杀令已经通告全国，从这里到帝都，任何一路家族军队都会毫不犹豫地杀掉你们去领赏的，整个人类世界都与你们为敌。我放你们走，已经算是违反了总长殿下的命令。三分钟后，瓦伦的军法官会带着军法处的宪兵行刑队过来的。你们最好在他到来之前离开。对不起，但我无能为力。”

林冰轻盈地站起身，示意谈话结束。她走到门边推开了门，却停住了脚步：“有件事情忘记跟你们说了。出了这个大门走廊往左边拐第二个楼梯口，有一条快捷的信道。军法官和行刑队是从走廊的右边过来的。”说完也不等答复，她已经出去了。

眼睁睁地看着门轻轻砰地一下关上，秀字营的三名军官呆住了，一个个你望我，我望你，却不知如何是好。这个巨变对他们来说实在是太突然了，前一分钟他们还认为自己是立功载誉归来的家族军官，下一分钟他们却已经变成了被追杀的叛徒。这个巨大的变化，他们实在反应不过来。

远远的走廊处响亮的急速脚步声打破了房间里的寂静，有一个很粗的嗓子在吆喝：“快，不要让秀字营的奸细跑了！”

白川第一个醒悟了过来，她跳起身来，朝发愣的罗杰和明羽屁股上每人一脚：“我们快走！”两人如梦初醒，踉踉跄跄地跟着白川冲出了门口。走廊里没有人，但不知哪里传来了混杂的急速脚步声，越来越接近。白川低叱一声：“快！走左边！”

在第二个楼梯口，他们下去，果然一路上并没有碰到拦截的宪兵。一路经过的军官和士兵看见三个身着旗本军衔的军官正在没命地夺路而冲，无不投来诧异的目光。幸好，没有人拦住他们。下了主楼，顺着来路他们一口气跑到了瓦伦的东城门，发现虽然已经是深夜了，东城门却还是敞开的。白川惊奇地发现，吊桥上负责守卫城门的军官和警卫哨兵对他们三个连夜出城、神色慌张的可疑人物居然一句话也没有问就放行，当他们经过的时候，他们统统转过了身子，连看都没看他们一眼，仿佛他们一个个学会了隐身术。

出得城门，同样顺利地通过了外围工事防线，他们又回到了刚才离开的地方。这时候，空地上只剩下了秀字营的士兵，刚才严阵以待的大群军队不知何时已经撤走了，空地上多了很多马车，没有任何标记。白川探头进去一看，里面装的都是粮食。一个士兵跟她说：“刚才不知道是谁送来的，也没留下名字。”白川点点头，心乱如麻。她知道这是林冰的一番好意。

明羽刚集合了部队，没等他把事情跟士兵们说清楚，瓦伦城门处响起一阵喧嚣，大批手持火把的军队从城门处涌出，气势汹汹地扑杀而来，一片高呼之声：“不要放走了秀字营的奸细！”呼声此起彼落。瓦伦军法处的宪兵部队出来追击了。

白川当机立断地跳上马：“秀字营，上马！各部队立即跟我向东撤退！”

明羽拦住了她：“你疯啦！东边是魔族的地盘！”

白川一脚踹倒了他：“我们没得选择！如果我们不走，军法处会把我们杀得一个不剩的！如果我们反抗，一旦开战，他们就更加有理由说我们是叛徒了。现在我们只要保全性命，事情总有水落石出的一天！”

白川高声向士兵们大声呼喊：“快，想活命的跟我走！”转身掉头往东边的黑暗中奔去。

士兵们不明所以，眼看着气势汹汹的大群人马杀来，一个个吓得赶紧上马，跟在白川的身后而去。

明羽呆立在原地，眼睛发直。当罗杰骑马经过他身边，喝问：“你还不走，想找死吗？”

“如果我们走了，他们不更当我们是投靠魔族的叛徒？我要跟他们解释清楚，我没有叛变啊！我明明是无辜的啊！”明羽的声音中已经带了哭腔。

罗杰呆了一下，回答：“就算是当叛徒也比当死人好啊！活下去，才有可能弄个水落石出，死了就什么也不用说了。”说完他也策马走了。

眼看着大片马蹄践踏碎泥轰隆从自己身边经过，明羽口中喃喃念叨几个字：“活下去？”掉头望去，黑暗中逼近的队伍中闪烁着一片刀刃的闪光，寒气逼人。明羽打了个寒战，大叫：“等等我啊！”他急忙跳上了自己的战马跟上队伍。

风在耳朵边吹鸣，两旁的树木在飞快地后退。回首望去，黑暗中的瓦伦要塞巍然耸立，默不作声地看着这悲惨的一幕。回望着身后黑暗中巍峨的要塞，不知不觉，白川的泪水已经盈眶。瓦伦啊瓦伦，什么时候，我才能再次堂堂正正地踏入你的大门呢？我还能不能再看到你呢？

站在城头看着秀字营的队伍迅速地撤退，没入东边的那一片黑暗之中，林冰轻轻舒了一口气，暗暗庆幸，秀字营的负责人还算冷静，没有当场与军法处冲突起来。

城道口处一个怒气冲冲的身影朝她走了过来。林冰转身，微笑：“怎么了？卢真大人，什么事这么生气啊！”

“林副统领，你干的好事！”瓦伦军法官大吼道，“你刚才放走了秀字营的奸细！”

林冰吃惊：“秀字营的奸细？在哪里？”她作势环顾左右，“没有啊！”扬声问左右随从军官们：“有谁看见秀字营的奸细啦？”

军官们纷纷回答：“没有！”“我没有看见。”一个个嘴角含笑。

卢真气得说不出话来，浑身哆嗦着：“你！你敢，我一定会上报的！”

林冰冷冷一笑：“请便。”

看着军法官怒气冲冲地离开，林冰的副手，阿特兰红衣旗本眼中流露忧虑之色。他趋前一步靠近林冰：“大人，您这样干，军法处是绝对不会罢休的。”

林冰轻笑：“不必担心这个蠢货。想动我这个级别的将领，必须得帝都监察厅同意。帝林应该明白，现在的情况下如果想守稳瓦伦要塞，就不能轻易动我。卢真这个笨蛋，急着想立功，却不动动脑子。自己的顶头上司帝林跟紫川秀是什么交情？你们就放心好了，帝都监察厅绝对不会追究这件事情的。”

第二章　旗本山贼

深夜，一支流亡的人类军队在远东大公路上从西往东前进。骑兵们神情沮丧，一个个无精打采的，连马蹄声也显得那么有气无力。在一个路口，队伍前面的女军官挥手示意大家停步。队伍慢慢地停止了下来。

“后面还有没有人追来？”白川问罗杰。

罗杰停住了马步，跳下来把耳朵贴在地上侧头倾听。过了一阵子他抬起头来：“没有。他们已经回去了。”

白川环顾左右，看到那夜幕中黑黝黝的一片丘陵和林木，喃喃说：“对，这里已经进入魔族的地盘了，军法处的人不敢追过来的。”

明羽从队伍的后面赶上来，哭丧着脸：“这下怎么办好！这下怎么办好！我们被当成叛徒了，有家也回不了！”

危险已经过去了，大家又想起了现在的处境，顿时觉得人心惶惶。队列骚动起来，士兵们也跟着吵吵嚷嚷：“就是，我们怎么办好？”

“都是那个该死的紫川秀害我们的！”

“闭上你的鸟嘴！”白川一声大喝。

明羽吓了一跳，赶紧收声。

白川沉重地喘了口气，吩咐传令兵说：“各部队到路边的树林里休息，做早饭。保持警戒，安排双倍哨岗，预警范围扩大一倍。通知，大队长以上级别的军官到我这里来集中。”

看到白川淡定自若地发布命令，周围六神无主的一群人就像找到了主心骨，也镇定下来。士兵服从地纷纷下马，炊事兵在林子里架起了锅炉准备做饭，其他的士兵忙着开始选地盘扎帐篷、找柴火、铺睡袋，给马匹喂粮草和水，准备吃早饭和休息。

白川也跳下了马，只觉得一身酸痛。漆黑的天边已经泛起了红晕，她才发现，不知不觉，原来已经黎明时分。她随便找了个树墩子坐下盘算着，这里应该距离瓦伦要塞有五十多里路，已经超出了紫川军的守备范围，却还没进入魔族西南大营的防区。这个地区正是两军势力范围之间的一个空白地带。白川苦笑，这就像自己和秀字营如今的处境一样，既不属于紫川家，也不属于魔族王国，却被两方同时视为敌人。

究竟该怎么办好？白川迷茫。刚才她虽然在众人面前表现得很有主见的样子，实际上她心里也很彷徨的。只是她知道，草草成军的秀字营部队本就是乌合之众，士兵们根本没什么纪律和忠诚观念的，如果这个时候没有一个有威望的人出来主持一下的话，大家会就此散掉的。只是可恨队伍里其他的两个将领明羽和罗杰实在不争气，一到关键时刻就软下了，不得已，自己只能以女流之身挑起了这副担子。

然而自己何必挑这副重担呢？秀字营散掉了不是更好吗？毕竟这支部队已经被家族总长视为叛军，现在已经臭名昭著了。何不让这个番号就此从世间消失，大家散伙自谋出路不更好吗？

白川实在不知道自己是为了什么这样做。她只能解释为有点舍不得，舍不得抛弃这些曾经一起并肩作战的朋友们，罗杰、明羽，还有秀字营那些年轻的士兵和军官，那些家伙虽然有点坏，有点下流，有点无耻，有点卑鄙，有点小气，有点色眯眯的，但还是……

还是……

白川的思维堵住了，她忽然发现自己找不出他们的任何优点。

不，白川轻轻地对自己说，应该说是舍不得自己的这一番心血。秀字营虽然说名义上是由紫川秀创建的，但实际上的操作的全过程，从招兵买马到筹备，制定纪律，购买马匹武器防具、管理、行军、作战……有哪一件事情没有凝结着自己的心血？眼看着从无到有，从小到大，眼看自己亲手组建的这第一支军队已经初见规模，这其中的过程，不知倾注了自己多少的心血和期待。

在这面旗帜下，身为弱质女子的自己毫不退缩，和同伴们一起浴血奋战，奋力抵挡着潮水般汹涌而来的魔族大军；为了捍卫这面旗帜，无数战士的鲜血染红了旗帜上的飘带；就是这面光荣的旗帜，曾经光荣地与中央军的黑鹰旗帜一起同样飘扬在帕伊城头，在铺天盖地的魔族军队的猛攻下，依然屹立不倒。草草成军的秀字营曾与伟大的中央军团并列，同样地被整个世界所瞩目。在那一刻，为自己是秀字营的一员，白川感到无上的光荣与骄傲。

现在，这个光荣的名字已经被玷污了，而且是被它的命名者所亵渎的，自己的梦想和心血也都被毁掉了。想到这里，白川忽然真的很恨很恨。她始终难以接受紫川秀已经叛变的事实。无论怎么想，那个有着坏坏笑容的、无忧无虑的爽朗上司都没有理由投诚魔族的。

嗒嗒的脚步声响起，有人向她走过来。她抬起头，是罗杰和明羽，后面还有秀字营的其他中层军官。大家一个个神情忧郁。白川站起来拍拍巴掌，问：“都来齐了吗？”

明羽代替大家回答：“十六个大队长，再加上我和罗杰，都在这了。”

“好，大家坐下吧。让我们讨论一下，究竟该怎么办吧。”

军官们围着一个篝火堆坐下来，一群人坐得密密麻麻。白川首先开口说：“情况大家可能还不怎么清楚，我详细说下吧。”

她从头开始介绍，从进入瓦伦要塞和林冰副统领谈话的过程，一一讲述给部下的军官们，最后以一句话结尾：“各位，我们已经被抛弃了。”

军官们大哗。他们异口同声地痛骂：“紫川秀那个浑蛋，这下害死我们了！”

许多围拢在周围旁听的士兵，也跟着七嘴八舌地叫嚷：“找到他，大家痛扁他一顿！”

等到乱七八糟的叫骂声告一段落，明羽拍拍巴掌：“好了好了，骂也没有用，现在要紧的是想想我们的去向和出路。大家有什么想法的，可以自由提出来。”

没有人出声。明羽又把话说了一遍：“随便讲，不要紧的。”

气氛凝重，军官们少有的神情肃然，一个个脸色苍白，但还是没有人出声回答明羽的话。明羽皱皱眉，指着他部下的一个大队长：“尤格，你来说说吧，都有些什么想法呢？”

尤格大队长站起来，挠挠脑袋，有点困窘：“这个，这个……我也不知道该怎么办的好。当然了，我最想的是回家，可是，这个，这个，我们已经回不去了。该怎么办，由大人你们下命令吧，我尤格是做小弟的，一定听老大的话。”

白川记起来了，在参军以前，这个人是地方上的流氓，专门收保护费的。

众位军官纷纷赞同：“对对，该怎么办，由白老大、罗老大、明老大你们三位拿主意就是了。现在阿秀龙头不在了，我们就跟你们了。”

看到这情形，白川不禁回想起了秀字营的第一次军务会议——参加会议的几乎是同样的人，当时也是陷入了困境，队伍快没粮草了，但队伍里却充满了欢乐和笑声，绝不像现在这副死气沉沉的样子。为什么会有这样的差别呢？就因为少了一个人。那个色眯眯的、整天无所事事、游手好闲没有一点尊严的紫川秀，他在的时候，没有人把他看在眼里，他可以被称为“史上最不被部下所尊重的上司”了，大家都说：“哪怕路上随便拣一条狗来当指挥都比他强得多。”

直到现在，白川才明白过来，其实那个看似无能的紫川秀，才是秀字营的真正灵魂和支柱。这时她才真正体会到领导这么一支流氓军团的为难。执行命令是一回事，但作为领袖，为部下八千多人的命运负责，那种精神上的重负不是一般人所能承受的。

她轻轻咳嗽一声清下嗓子，引得大家的目光都向她看来。她若无其事地说：“废话我就不多说了，现在我们有三条出路。第一，大家回瓦伦要塞去，放下武器向军法处投降，接受审查；第二，前方就是魔族的西南大营，大家向魔族那边投降；第三，我们就地解散，大家各谋出路，愿意去哪里的，我们都不勉强。你们喜欢哪一条？”

没有人出声。三条出路看起来都不像是什么美好的选择。白川点点头：“那我们就来表决吧，愿意回瓦伦向军法处投降的，请举手。”

军官们你看我，我看你，没有人举手，大家都在犹豫着。有一个军官问：“我们回去，军法处会怎么样对待我们？会不会杀了我们呢？”对于秀字营的官兵来说，“军事法庭”“军法审判”这些字眼，虽然他们并不怎么明白是什么意思，听起来却是挺吓人的。

白川沉默。她思量，如果是向林冰投降的话，自己这群人起码会得到正式的军事法庭审判，有机会当庭陈述辩解，自己也可以向总长进行书面报告，而且在正式法庭开始之前，也不会有性命之忧。

但是现在的问题是，军法审查不在林冰的权限以内，而瓦伦城的军法官卢真简直就是所有军法官最恶劣品质的典型化身，他心胸狭隘、自大狂妄又残酷无情，为了向帝都方面邀功，他很有可能根本不给自己说话的机会，直接割了脑袋就去领赏的。对，林冰肯定就是看到了这一点，不然，她应该会留自己下来接受军法审判的。

好半天她才叹了口气说：“我不知道。但总长确实是已经对我们下了格杀令。这是林副统领当面跟我们说的，她劝我们快走。”

军官们哗然。大家纷纷摇头：“我们不回去。”

明羽环视一下四周，没有人举手赞同。他犹豫地说：“那我们表决第二条出路，愿意向魔族方面投降的，请举手。”说到“投降”几个字的时候，他的嗓子就像是被什么堵住了一样，声音含含糊糊的。

“不用表决了！”白川一声低喝，“如果选择这样，我更宁愿回瓦伦去受死。”

“白川，你不要意气用事，这关系到大家的性命……”

白川霍地站起：“谁想叛国的，说！我现在就杀了他！”

不知是被白川咄咄逼人的气势所压倒，还是大家都对祖国怀有最坚定的忠诚（白川暗想，根据自己对这群家伙的了解来说，那简直是不可能的），也没有人出声。白川喘了口气，慢慢地坐下。这正是她最担心的事情。这支被祖国和希望所抛弃的军队走投无路之下，真的很有可能走上那条万劫不复的道路。

明羽无可奈何地说：“那我们只剩最后一个选择了，秀字营就此解散，大家各谋出路去吧。你们回去跟士兵们说一声，我们散伙了，愿意去哪就去哪吧。散会了，大家自己好好保重吧。”

虽然已经说散会了，但好半天了，没有人起身离开。有人问：“不表决吗？我反对这个提议。”

明羽苦笑：“这已经是最后的出路了，不用表决了。”

军官们一个个表情像是要哭出来了，他们已经习惯了在上司指挥下过团体生活，不用自己担心明天，无论死活，起码身边还有许多同样命运的伙伴，不会感到孤独。现在他们被祖国抛弃，在完全陌生的土地上漂荡，将要一个人孤立无助地面对那前途难测的未来，他们实在感到十分恐惧。

还是刚才的那个大队长怯生生地问：“白川长官，那你以后都不管我们了吗？那以后，谁来给我们下命令呢？”

军官们一窝蜂地吵起来了：“是啊！没人下命令，那我们怎么活啊？”

“白川长官，让我们跟你走吧！你叫我们干什么我们就干什么，我们一定会听话的！”

“你们不能就这样丢下我们不管啊！”

白川低下头捂住了脸，她不敢面对那一张张熟悉而热诚的面孔，是自己把他们从故乡骗到万里之外的远东来的。作为个人，他们有许多缺点和恶习，但为了捍卫祖国，这些人确实是为国家流过汗、流过血的。他们曾经冒死跟随自己直捣魔族腹地，与强大的魔族军团殊死鏖战。

现在在这种最困难的情况下，自己却想把他们抛下不管？

白川抬起头来，跟罗杰和明羽说：“不能把他们抛下。如今的环境下，如果我们抛下他们，他们唯一的出路就是去投敌了。”

罗杰也点头：“我看也是，确实不能这样做。”

明羽却反对说："远东已经是魔族占领区了，如果我们还保持着这么大一支部队，魔族是绝对容不下我们的。倒不如化整为零，目标小了，大家更好找出路活下去。不然你有什么好的办法吗？"

白川缓缓摇头："我不知道。法子我们可以慢慢想，但无论如何，队伍不能垮！"

听得白川的话，军官们轰然喝起彩来："白川老大，不愧是老大，豪气干云！"

"等下就开香堂饮血酒，白老大，我们跟定你了！"

"老大您一声吩咐，我王老五赴汤蹈火，在所不辞！"

"哪个敢不听白老大的话，我赵小七将他三刀六洞！"

听着部下们纷纷表忠，颂声如潮，三个旗本面面相觑。罗杰苦笑，小声说："天，我们带的都是一群什么兵？"

大家商议了半天，却没得出什么建设性的方法。有人不禁叹息说："如果阿秀长官在就好了，如果他在，随时都能想出十七八个点子的。"话没说完，他已经被人捂住了嘴巴。

大家都沉默下来了，想到那位已经失踪多时的前长官，大家都怀有一种奇怪的感情。这个玩世不恭的长官有一种奇特的魅力，尽管明知道他已经背叛了人类，还害得自己落到了这么凄惨的境地，但是说真的，大家都感觉自己没有办法去恨他。没有一个人咬牙切齿地发誓"一定要杀了他"，大家只是恨恨地骂："再见到他时，一定要痛扁他一顿！"

秀字营军官们以前是地痞流氓出身，干的就是那种"见不得人的勾当"，杀人放火、打家劫舍那是常事。现在虽然出来当了军官，但是见识和学问都有限。如果要他们打架砍人的话，比吃饭还容易，但若要他们正正经经想个主意，比杀了他们还难。

有人大声感慨："这样下去，还不如回去当强盗算了！"

白川眼睛一亮："当强盗？这倒是个好主意……"

看到白川在很认真地思考的样子，明羽害怕起来，连连摇头："白川，你该不会是真的想改行去做强盗吧？我们可是紫川家的正规军啊！"

"我呸！"罗杰骂道，"紫川家早把我们给甩了，现在谁还承认我们是正规军啊？"

出身黑道的部下们纷纷赞同，对对对，占山为王，大盘称金，大块吃肉，大碗喝酒，工作轻松，节假日长，喊一声"留下买路钱"就有大把大把的银子花，比当兵快意多了。

“对啊！”白川仿佛一下拿定了主意，理直气壮地说，“我们不是强盗，我们是专门打劫魔族的复仇游击队，是正义的！”

先哲早就告诉我们了，其实人心里都怀有种种的恶念，只是苦于师出无名。一旦找到一个冠冕堂皇的理由，就什么坏事都做得出来了。

大队长们积极献策：“我们先要挑一个地势险要的山头做基地，比如我看杜拉森林就很好，丛林茂密，我们又熟悉地形。”

“再起一个吓人的名字，比如说黑风寨、狼牙沟什么的……”

“……推举寨主首领，找面骷髅旗子当标志……”

“……定下帮规，立下刑堂，喝血酒歃血为盟……”

“接着就出去干活了，找几头肥羊……”

“还可以兼营副业，绑票、走私、收保护费……”

部下们说得头头是道，显得非常熟悉又有经验的样子，三个出身正规军的军官听得简直毛骨悚然。明羽战战兢兢地问：“可不可以打扰一下，你们以前究竟是干什么的？”

部下们非常憨厚地嘿嘿笑着，露出了洁白的牙齿：“大人，这个您就甭问了。”

四月二十七日的午夜。

魔族士兵小心翼翼地前进，火把在他们手中噼里啪啦地燃烧着，但火光能照明的地方却有限，整个树林里全部是茂密的桦树、荆林、山毛榉和橡树，树枝就像墙壁一样地包围着他们。平坦的地面上长满了绿苔和厚厚的杂草，人走在上面，几乎没什么响声。看不到什么小径，即使有，也早已经被茂密的荒草湮没，到处是乱蓬蓬的叶冬青、野李树、蕨草，密密麻麻而高大的荆棘，十步以外就看不到人。

士兵们轻轻拨开灌木林，悄无声息地一步步向前搜索，鸟儿在刺枪的上空啁啾。他们心中惴惴不安，害怕碰到自己要搜索的人。不到三天前，友军的一个中队发现了他。当增援的部队看到信号赶到的时候，五十多人的中队仅剩下十一个活人，个个身上带伤，要追赶的目标已经逃逸。这件事情在搜索的部队中引起了极大的恐慌，这说明了大家要追捕的对象绝非那种温顺的兔子。士兵们高度警惕，灌木丛里不时有飞起的雉鸠，每次都引得他们一阵惊恐。

忽然间，队列前面的纯种契卡猎狗狂烈地吠起来，对着前面一个黑黝黝的树丛。顿时间，所有的人紧张起来，他们似乎看见树丛里面动了下。士兵们相互打着手势，不用军官指挥，他们已经开始布置包围圈子了。队长害怕自己的力量太过单薄，向天射了两颗带火的箭矢，这是请示增援的信号。

火箭在黑暗的夜幕中划了一个耀眼的弧线轨迹，轻飘飘地落在茂密的树林中。弓箭兵偷偷地退到队伍的后面去，防止对手的突然袭击。握着利于近身作战的砍刀和刺枪的步兵站到了前列。大家都没有出声，寂静中，只听见风吹过树梢发出的轻轻的哗哗声，还有不知名的鸟在树丛中刺耳的叫声。

援军来得很快，窸窸窣窣的枝叶响动声中，一大群个子高大的半兽人扛着巨大的狼牙棒穿过密密麻麻的树林出现了。队长皱皱眉头，他没想到来的是远东联合军，对于这些围着兽皮呼哧呼哧喷着粗气的乡巴佬，他没有什么好感，对他们的战斗力，他也没有任何的期待——这其实也是魔族上下对他们盟军的普遍看法。

不过战力毕竟是战力，队长压抑了心中的不快，开始给半兽人们布置任务：一百人从左边过去，一百人从右边包抄，剩下的人从中间过去，为了稳妥起见，队长在每一个方向都布置了一些魔族的正规军。他不相信那些半兽人的作战能力。

“进去吧！”一声低喝，队伍前列的侦察兵放松了契卡猎狗的缰绳，猎狗低沉地呜呜咆哮着，第一个冲进了灌木丛林中。大批武装的士兵紧跟其后，形成了一个半圆形的包围圈。

在丛林中间的一块草地上，契卡狗狂暴地吠起来，用力地前扑，挖着草地上的浮土。士兵们追了过来，看到踩倒的草丛，淡淡的脚印，还有血迹斑斑的树枝和衣裳碎片。很显然，就在不久以前，目标曾经在这里停留过，他在这里包扎过伤口。

“他就在附近，而且受了伤，走不了多远的！”侦察兵断言道。队长不出声地点点头，想到了神皇陛下许诺下的大笔悬赏，他呼吸都急速起来了。这时他反倒暗暗庆幸了，好在和自己在一起的是远东的种族联合军而不是其他的魔族正规部队，如果有什么功劳和奖赏，那就都归自己了。

“快，放狗继续追！”队长回头望着后面慢吞吞地跟上来的半兽人部队，出声催促：“快，动作快点！”又对自己的部下们说：“大家加油，拿下了钦犯，每人赏五十个银币！”他在心里对自己说，当然是活着的人了。

契卡狼狗奔跑得越来越快，前面的侦察兵几乎都是被它拖着走的。大家开始跑动起来，只是林子里实在太暗了，很多人边跑边被那些坑洼、蔓藤绊倒，哎哟、哎哟的叫声连续不断。由于那大笔奖赏的动力，魔族兵跑得很快，冲在了队伍的最前面，而高大的半兽人则被落到后面，本来密集的队列被拉得很长很长，稀稀拉拉的一长串火把在黑暗的密林中跃动着。

狼狗的吠声越来越响，四面八方都响起了嘈杂的人声和口令，魔族的搜索兵在大声报告：“我听到里面有人声了！他就在里面！”火把也越来越明亮，他们正朝这个地方搜过来了。

这已经是逃亡的第三十一天了。魔族的搜捕行动仍旧在持续，紫川秀感觉自己就像是掉进了一张无边无际的网一样，无论怎么挣扎，都无法摆脱身后阴魂不散的搜捕者。

开始的时候，因为魔族反应的延误和卡丹的掩护，他争取到了宝贵的时间，将身后的追击者甩开了一段很大的距离，但是魔族方面迅速地发现了自己的失误，重新调整了搜索范围。他们采用快马和狼狗——那种经受过特别训练的纯种契卡狼狗，它们的嗅觉灵敏到可怕的地步，可以在五十步以内觉察哪怕最细微的一个气味分子。

紫川秀曾尝试过藏进沙地里、躲进隐蔽的山洞里、爬到树上，甚至在小溪里涉水前进——每次当他以为自己已经甩掉背后的追踪时，最多半天，背后又传来了大片的人声和喧哗，而且追得越来越紧了，越来越近了。在一次实在无路可逃的窘况中，紫川秀不得不与追捕者正面冲突，杀掉了几个追兵后夺路冲出，代价是自己身上多了四道深深的伤痕外加内伤发作吐血不止。魔族弓箭手的箭矢深深地射进了他的后背，拔下那带着倒钩和血肉的箭头时，紫川秀疼得几乎昏了过去。

日日夜夜不间断的逃亡与追击，这对双方都是一种意志和体力的残酷考验。但问题是一方拥有几乎无限的体力和援兵，随时可以把那些疲惫不堪的士兵换下而派上活蹦乱跳的生力军；而另一方却只有孤立无援的一人，没有食物，没有休息，没有睡眠，没有饮水……更重要的是，没有希望。他感觉自己像是落入了天罗地网中，不可能有挣脱的机会。

连续不断的逃亡，长达六十个小时无法睡眠，即使以他的超人意志也实在经受不住这种折磨。他原来打算是前去瓦格行省与白川等部下会合的，但几天前的慌不择路之下，他早已经迷失了方向，昏天暗地地跑了几天，连自己身在何处都不知道。

已经三天三夜没能合眼了，刚刚躺下不到五分钟，敌人就找上来了。他细心地听那一片人声和喧嚷，得出结论，敌人尚没有把包围圈合拢。也许是故意，也许是没来得及，自己还有唯一的逃生之路，穿过那密集的灌木林冲入林子的另外一边。

他艰辛地爬起来，活动自己麻木的双脚，使得它们变得活络起来。可以感觉得到，伤口又在流血了，但没有人给他包扎也没有东西可用来包扎。他站了起来，踉踉跄跄地走了几步，一头栽进了装满雨水的树坑里，又赶紧挣扎地爬了出来，浑身湿漉漉的。靴子早已经烂掉了，受伤的脚踩在遍布荆棘的地面上，那密密匝匝的枝条仿佛有意识地直往身上腐烂、发炎的伤口里钻，每一步都伴随着刺骨的疼痛。他不得不咬住自己的衣裳，免得喊出声来，面上肌肉抽搐着。即使是铁骨铮铮的英雄也难以忍受这样可怕的酷刑，每前进一步都要在尖锐的荆棘丛中留下淡淡的血迹。

身体疲惫到了极点，脚步拖沓，沉重得抬不起来，他只能扶着树一点点地往前挪，踉踉跄跄，跌跌爬爬。浑身的伤口都在火辣辣地痛。内伤又要发作了，胸腹之间连续不断的撕裂般地扭痛，口渴得要命，嘴唇已经干裂了。

面前的世界开始扭曲、变形，意识一点点模糊……他恐惧地发现，自己慢慢地失去了思考的能力，这正是意志开始崩溃的前兆。纯粹是一种下意识的反应，他只知道一件事情：跑，跑，跑，尽量往树林茂密的地方躲，不必考虑方向，只是想躲开背后阴魂不散的那一片人声和火光。他心底却有一个声音跟自己说：没用的，算了吧，躺下吧，不要再躲了，你逃不过的。头脑开始发昏，脚步软了下来。

“不，我决不放弃！”紫川秀猛地咬破舌头，在尖锐的疼痛刺激下，他清醒了很多。听到后面契卡狼犬凶狠的叫声，他忽然有了一个主意……

追到了一处空地上，前头的魔族兵停下了脚步。带路的契卡犬转来转去地兜圈子，不知所措地发出了呜呜声，可怜巴巴地看着它的主人。

“怎么回事？”队长气喘吁吁地赶上来，问。

“长官，”侦察兵一脸的不解，“我们好像追丢了。在这里，契卡犬已经找不到目标的气味了……”

“怎么可能？”队长睁大了眼睛，“不是说契卡犬是最灵敏的狼狗，没有任何东西能逃得掉它的追捕吗？”

“是的，长官，是的。”侦察兵非常困窘，“抱歉，长官。我也不知道怎么回事。这种事情我们从没遇见过的，它们从没失过手。”

队长正要发怒，后面的队列中传来一声拖得长长的凄惨叫声：“啊——”

大家脸上变色，这是他们同伴的声音。因为跑得不快，他被落在了队伍的后面。后面传来弓箭手们惊恐的叫声：“他在这里！他藏在树上了！快来人哪！”

大家立即掉头。

紫川秀苦笑，对那只坏了他性命的鸟儿苦笑。

危急之下，刚才他灵机一动，向前跑了将近一百米后，立即顺着原路返回，用尽全身力气爬上了一棵大树，藏进了树上茂密的枝叶中。他赌的是契卡狗会顺着他原来的痕迹追过去，等到一定距离后，智力不高的狼犬会忽然发现气味的踪迹突然消失，那他们就会失去他的踪迹。

屏住呼吸藏在茂密的树叶中，他眼睁睁地看着大群的狼狗和魔族兵狼奔兔脱地从自己藏身的树下跑过，看到了无数燃烧的火把光亮，甚至看到了魔族兵高举的刺枪尖顶上红褐的血迹和刀刃的反光。跟随在狂吠的狼犬后面，魔族兵急速地经过，没有发现自己的痕迹。

等到大队经过以后，紫川秀轻轻松了口气，稍稍伸展，放松下自己疲倦得几乎失去知觉的双脚。几天来毫不停息地逃跑，双脚没得到任何休息的机会，疲惫到麻木无知觉的地步了。这时他才发现耳朵边有点异样。不知什么时候起，自己身边来了一只花斑的雉鸠，它死命地在他身边扑打着，用厚厚的爪子撕打着自己，发出刺耳的嘶叫，哇哇！

紫川秀这才发现，刚才慌张之下，自己竟然趴在了一个鸟巢上，想来这就是那只雉鸠的窝了。他慌忙移开身子，却发现自己胸口一片潮湿，巢里的几个鸟蛋已经被压烂了，蛋黄蛋清什么的糊成一片，正一滴滴地往地上滴。失去爱子的雉鸠发出了愤怒的嘶鸣，拼命地用爪子抓他的脸部和手臂，翅膀扑打着，发出了很大的声响。

尖叫声忽然戛然而止，这引起了队伍最后面的一个魔族弓箭手的注意。他抬起头来望着茂密的大树，却险些被掉下来的死雉鸠砸个正着。他后退一步，蹲下翻看地上的死雉鸠，脖子上锐利的伤口，很明显是人为的。

魔族兵猛然站起，正要喊叫，猛然间，一道可怕的刀光忽然从天而降。

“啊——”长长的一声惨叫，血花飞溅，魔族兵根本连躲避的动作都来不及做，刀光就从头到脚地将他劈成了两半，他临死的惨叫撼动了整个树林。

那一刀透支了身体最后的体能，紫川秀连站都站不住了，一下子软倒在地，再也爬不起来了。他苦笑，看来天意真的是让自己死在这里的了。四面八方传来了魔族急速的脚步声和吆喝声，他躺在地上干脆闭上了眼睛，他疲倦得连睁开眼皮的力气都没有了，铺天盖地的黑暗慢慢地将他吞噬……

魔族队长喘着粗气赶到，看到一个衣裳褴褛、虚弱不堪的人类一动不动地躺在自己面前，好像已经昏迷过去了。他简直不敢相信自己的好运，拿出通缉令上的画像对照，对，就是他！他的眼前已经出现了一幅无比美丽的图画：封侯，晋升，重赏……队长欣喜若狂，但他还是保持了警惕心，这个家伙一动不动地躺那里，是不是有什么诡计？

毕竟，这是个非常危险的人物，旁边地上自己部下那具血淋淋的尸体已经充分地说明了这一点。自己可不要这么倒霉，奖赏没拿到，却先把性命给丢了。想到这里，他回头给半兽人们下命令：“你们几个，上去把他捆起来！”

队列肃然无声，个子高大的半兽人们一个个毫无表情地板着脸，没有人行动。队长把命令再重复了一遍："你们快把他捆起来！快，事情办好了，我给你们奖金！"

一个老半兽人出来很恭敬地向他鞠了个躬："请问大人，捆谁啊？"

队长诧异地看着他，破口大骂："你瞎了眼吗？上去抓住他，快！"心底里，他还是能为被称为大人感到喜滋滋的……

老半兽人恭敬地再鞠了一个躬："遵命，大人。"

他抄起背后的狼牙棍，不慌不忙地把棍子举了起来，一棒就把魔族队长的脑袋砸得粉碎，白色的脑浆和红色血花溅了一地。魔族的军官站立原地，带着一脸错愕、不敢相信的表情，好一阵子，他才慢慢地、慢慢地向前倾，整个身子沉重地砸进了草丛里，发出扑通一声闷响。

空地上死一般沉默，只听见鸟儿婉转的鸣叫声。盯着半兽人手上滴着血的棍子，魔族士兵黝黑的脸上写满了惊讶，眼睛睁得大大的，一个个呆若木鸡。一声恐怖的喊叫撕裂了林中的寂静："他们杀了队长！"像是非得喊一声来确认他们才敢相信眼前发生的是事实。

他们反应得太迟了。没等他们明白过来，身后的半兽人们已经纷纷抄起了狼牙棒、刺枪从后面朝他们杀去。他们几乎是同时毫无防备地被从背后过来的狼牙棒砸死、被刺枪刺穿，一时间，魔族士兵们死伤惨重，惨叫接二连三地响起，划破了密林深夜的寂静，猩红的鲜血溅上了青翠的草丛。

一个魔族长矛手灵活地一跳，躲开了背后狼牙棒凌厉的一击。他愤怒地骂道："你们在干什么？！"挥舞起了长矛自卫，挑伤了一个半兽人的胳膊，但几十个半兽人立即从四面八方围攻了上来，漫天挥舞的狼牙棒中，魔族兵被迅速砸成了肉酱。

最后一个站在外围的魔族兵见势不妙转身想逃跑，那个老半兽人头领一声令下，凄厉的风声响起，十几根锐利的刺枪带着可怕的劲头同时刺穿了他的身体，魔族士兵发出一声撕裂的惨叫，扑倒在地上。

不到一分钟时间，魔族王国帕伊军区第六十一团队第十五大队第三中队军官连士兵一共五十三人，连一个活口都没跑掉。见证这一事件的，除了凶手以外，就只有林中啁啾的鸟儿了，林子里又恢复了刚才的宁静。

那个老半兽人带着严肃的神色吩咐："四周看看，还有没有活着的？不能留下一个活口。"半兽人士兵们应答，纷纷查看，在那些受伤的魔族兵身上加了一刀，打死了那些失去主人的契卡狼狗。十几个人挑选了一块土质比较松软的地方开始挖坑，准备掩埋尸体。大家都做得非常认真，因为都知道，杀魔族士兵是非常严重的罪行，事情一旦泄露出去，不但他们个人，连他们的家人、村落，甚至他们的整个种族都会遭到魔族最残忍的报复，陷入灭顶之灾。

一个半兽人土医生小心翼翼地上前查看紫川秀的身体，过了一阵子，他抬起头来说："德伦叔，光明秀有几处外伤很严重，但不是致命的。现在关键是他太虚弱了，需要休息。"

德伦上前轻轻摇晃着紫川秀的肩头说："光明秀，光明秀，醒醒，快醒醒！"

紫川秀昏迷不醒。德伦无奈地摇摇头，起身吩咐那些年轻的半兽人："砍树和藤蔓，做一顶担架，我们把大人抬回去。"

一个带着稚气的半兽人少年不解地问："回去？回大营里？"

德伦瞪了他一眼："笨蛋，我们这样子能回军营吗？"他放柔了语气，"我是说回家，回我们自己的家乡。"

半兽人们发出了小声的欢呼。出来已经很久了，连续不断的残酷战争中，他们早就厌倦了接连不断的流血和厮杀，连梦里都在怀念着家园的故土和宁静的生活，期盼着可以回家的那一天。

他们七手八脚地搭了一个担架。医生给紫川秀的伤口做了简单的包扎后，他们轻轻地把紫川秀放了上去。老德伦亲自挑选了十几个精干的小伙子专门负责抬担架。出了林子后，他们找了几辆马车，外表伪装成运粮草的车子，却暗暗地把紫川秀藏在了里面的暗格里，上面堆上了一堆稻草。一行人开始沿着远东大公路，向瓦格行省前进。一路过来非常顺利，路上碰到的魔族巡逻队眼看这是半兽人的队伍，根本连查都不查就放行了。但德伦并没有因此而放心，他知道，最危险的关口还在前面……

黎明，在灰水河的瓦加渡口，一支半兽人的队伍出现在灰水河的东河岸。

河对岸黑暗中的魔族巡逻队喊叫发问："瓦度沙亚里？（什么人？）"

在队伍前前导的半兽人老德伦响应道："远东联合军571团队，奉命公干。"

对岸没了声音。吊桥的木板发出唧唧的怪声，几个魔族巡逻兵走了过来。其中一个浑身绿毛的塞内亚魔族军官对着老德伦呜哩哇啦地一顿盘问。老德伦很沉着地回答出了当日的口令和部队番号等内容后，那个塞内亚军官这才释然，却把怀疑的眼神投向了马车："那是什么东西？"

"粮草。"德伦很镇定地回答。他注意到了魔族军官眼中一闪而过的贪婪，想起一个可怕的可能，不由得恐慌起来。

"我得检查下看看。"果然，那个魔族军官嘟囔着说，仿佛有点不好意思，他又补充说：“这是神皇陛下的命令，我们正在搜捕一个逃犯。”

他没有注意到，这时候队伍前排的半兽人那恐惧的神色。

他一声令下，魔族兵开始跳上了前面的几辆马车，开始翻查起来。他们用刺枪穿透马车的车壁和粮草的袋子，把粮草都给粗鲁地倒了出来，细细检查有没有夹层，动作十分粗鲁，简直就像是存心破坏似的，不到一分钟时间，他们就把第一辆车给翻过了，接着走向第二辆，又是第三辆……

德伦额头上渗出了汗。幸好天还没有亮，不然魔族军官看到了非怀疑不可。按照这么彻底的搜查方法，连一只青蛙也躲不过去。当他们发现一个受伤的人类正躺在马车里的时候……德伦不敢想象下去了。他暗暗做个手势，示意大家做好准备。

他身后的半兽人们对视一眼，手已经握上了武器，只是心里十分担心，这里并非那种荒无人烟的丛林地带，在瓦加渡口的桥头，魔族就设有哨卡，附近更是驻扎有强大的兵力，自己并没有把握将他们一点痕迹不留地全部杀死。如果在这里开战，即使可打赢，但暴露后，魔族可怕的追击也将随即而来，天涯海角将再无自己可以容身的地方了。

魔族兵已经搜到了最后一辆马车，也就是紫川秀所躲藏的那辆，德伦满面堆笑地上前跟军官说：“长官辛苦了，一点小意思。”他偷偷地塞过去一小袋银币。

魔族军官的眼神一亮，慢悠悠地掂量钱袋的分量。德伦急得直跺脚，魔族兵已经举起了刺枪开始作势要刺进车厢里去了。

哧的一声清响，刺枪已经刺进去了一点，军官喊道：“不用检查了，放他们走吧！”

魔族兵们纷纷应诺，将刺进去了一小半的刺枪纷纷抽出。盯着他们手上的武器，德伦几乎屏住了呼吸，如果在刺枪上面哪怕沾有一滴血的话，魔族就会发现事情不妙了。只要有一个人叫一声“里面有人”，那整个哨卡都会被惊动，接着附近驻扎的大军也会赶来……

他长松了一口气，没有血迹，也没有魔族兵的叫声。前面阻拦的士兵已经让开了一条路，远东联合军571团队，又开始继续前进了。天刚刚微亮的黎明时分，队伍安然地渡过了灰水河。几乎所有人都同时松了口气！

第三章　荒诞打劫

紫川秀呻吟一声，从深深的噩梦中醒来，睁开眼睛的时候，周围一片黑暗，什么也看不见，身下是硬硬的木板，铺着一层柔软的东西，从那带有泥土芬芳的气味来判断，应该是新鲜的稻草。可以感觉到周围的世界在一阵阵有节奏地轻轻摇晃着，时而左，时而右，时而上，时而下，让人恶心。他只觉得头痛欲裂，嘴唇干裂，渴得要命，不自觉地呻吟一声，说："水。"

摇晃忽然停止了。轻轻咯吱一声，眼前突然出现了一条光亮。紫川秀眯起了眼睛，他在黑暗中太久了，还不能适应这突如其来的光亮。光亮处有个声音在关切地问："大人您好点了吗？"看不清是谁，递过来一杯水。

紫川秀抢过水来一口饮尽，清凉的液体进入干涸的喉咙里，他感觉一阵难以形容的舒畅。刚喝完，没等他开口问，那人又递过来一杯水，他咕噜咕噜地再次饮尽，感觉全身一下轻松了许多。

这时他才想起自己的处境，记得自己昏迷过去以前，看到的最后事物是一群魔族兵，他们张大的嘴巴和狰狞的面孔……他猛然警醒，那就是说，现在自己已经是被俘了？他下意识地反手一摸自己的身后，自己的随身佩刀"洗月"还在，暗暗舒展下手脚，也没有发现捆绑的铁链和绳索。紫川秀不自觉地冷笑一下，魔族兵真是太大意了，以为自己昏迷了就不加提防。只等自己体力再恢复多点，他可以把他们杀得一个不留。

那个声音的主人一直在旁边很耐心地等候。等紫川秀喝完了水，他才再次出声问："大人，您感觉怎么样？"

声音很耳熟，却听不出来是谁的。紫川秀猛然发现，对方用的是半兽人的语言，自己先前竟然一直没有反应过来！他一下子想起了这声音："德伦，是你吗？"

"呵呵，是我。"声音中带了一份喜悦，"光明秀，你终于清醒了！"紫川秀的眼睛已经慢慢可以适应光亮了，看到的是老半兽人那喜悦的笑脸。此时在紫川秀的眼里，老半兽人那丑陋的笑脸简直有如天仙一样可爱。明白自己并不是落在敌人手中的时候，他心头一阵狂喜，他不敢相信地问："我这是在哪里？"

"光明秀，你这是在我们的马车上，你足足睡了两天两夜了！你放心，你现在很安全。"

紫川秀一阵放松，呻吟一声，这时他才感觉到自己周身上下，没有一处地方不痛的，好像全身骨头都要碎了。老半兽人又递过来一杯水："光明秀，医生说了，你伤得很重。你继续休息，我给你拿点吃的。"

等了阵子他才回来，怀里抱着几个玉米棒子、烤熟的红薯，还有几片风干的肉片。老半兽人很不好意思地说："呵呵，大人，正在赶路，我们也没什么好东西，就将就着点吧。"

紫川秀颤抖着手接过了食物，他已经几天没吃东西了，奇怪的是，饿的感觉倒并不是十分强烈，连续不断的紧张逃亡已经使得他失去了食欲。但当烤红薯诱人的香味一传进他的鼻孔，似乎早已麻木、死亡了的胃口忽然一下子活了过来，他听到了自己喉咙里吞咽口水的声音。连皮都来不及剥，他两三口就把一个已经冷下来的烤红薯吞进了肚子里，接着是第二个、第三个……

德伦带着怜悯的神情在一边看着紫川秀进食，心里想着：光明秀，你真是受苦了。本来存在心里的一点怀疑，这下已经全部消失了。眼前这个饿得瘦骨嶙峋、伤痕累累、被魔族追赶不休的年轻人，不可能是魔族所宣传的什么"新任远东大总督"。这种惨状和一身血肉模糊的伤痕，是伪装不来的。

"大人，慢点吃。不要急。"生怕紫川秀吃得太急把肚子撑坏了，德伦赶紧把食物收了起来，只留下一个玉米棒子，"您慢慢吃，不要急。"

紫川秀点点头，轻轻打了个饱嗝。刚才吃得真是太急了，他也知道这对身体不好。久饿突然暴食过度，有时候甚至会有生命危险的。他压住了继续狼吞虎咽的强烈欲望，抬起头来问德伦："我们这是在哪里？我睡了多久？"

"大人，这里还是得亚行省的地域。你昏迷过去以前，是在辛加行省的森林里。你逃跑的时候，把方向搞错了，应该向西边跑的，但你却越跑越东。你已经休息两天了。我们正要带你回去布卢村养伤。"

“我们过灰水河没有？”

德伦明白紫川秀的意思，灰水河是远东第一大河，不可逾越的天堑，河上几个可以通行的渡口都有魔族的重兵把守，想过去必须得受到严密的盘查。他点头说：“你放心，光明秀，我们已经过河了。”

紫川秀长长地松了一口气，这原先是他最担心的一关，却在昏迷中不知不觉地度过了，又问：“我记得那个时候，周围有很多魔族兵包围了我，他们怎么肯让我走？”

德伦点点头，目光里透出阴冷，他做了个手势，右手在空气中虚切一下。

紫川秀什么都明白了。他点点头，明白自己欠下了老半兽人一辈子也报答不了的恩情。如今的情形下，干这种事情要冒着巨大的风险，如果稍有风声走漏，那后果绝对不堪设想。为了拯救自己，德伦实质上把他自己的性命、他的家庭甚至他整个村庄和部族的命运都给押上去了。

他低声说：“太冒险了，你们不该这样的。太冒险了。”

“大人，你不要担心。”德伦也压低了声量，“他们连一个活口都没跑掉，尸体我们也埋好了。”

紫川秀点点头，心里仍在忧虑。与人类的战争已经结束了，如今已经是和平的年代了。在这种没有战事的情况下无缘无故地有一个中队的魔族兵失踪了，他们的上司绝对不会善罢甘休，肯定是要追查的。德伦所带领的半兽人队伍也同样失踪了，到时候肯定要怀疑到他们头上的。想到这里，他再次轻声叹了口气：“太危险了，你们真的不应该这样的。”

德伦真诚地说：“光明秀，你是俺们佐伊族真正的朋友。为了朋友，我们不惜一切。”

紫川秀轻轻叹息一声，回避了德伦的视线。朋友吗？他在心里苦笑一下，其实对这群布卢村的半兽人，自己并没有什么友谊的感觉。当年对他们的恩惠不过一时的善心发作而已，出身帝都的自己，心底根本不曾把这群野蛮又粗鲁的乡下土包子当作可以与自己平起平坐的朋友。当初招降叛军的时候把他们当作可以利用的对象，而组建股份公司的时候简直就是以愚弄这群头脑简单的家伙为乐了。

但是在自己最需要的时候，却是他们屡次帮助了自己，帮忙招降叛军部队，在魔族进攻之前给了自己最宝贵的情报，掩护秀字营混进远东种族军里去，袭击了云浅雪部队，现在，为了掩护重伤的自己，在这种魔族势力强盛一时的情形下，他们竟然豁出了身家性命来袭击魔族的正规军。

这是一个重情谊的种族。他们不擅长表白，也不会把什么友情、忠诚等词句经常挂嘴上，只会憨厚地微笑着。长久以来他们饱受轻蔑，只要别人对他们有一点好，他们会默不作声地长久记心上，不声不响地奉献，甚至比你期待的还要多。

紫川秀暗暗发誓，将来自己若有出人头地的那一天，必定要好好地报答他们。

德伦误会了紫川秀的沉默："光明秀，你一定累了吧？这里有一壶水，一包干粮，我放在这里，你继续休息吧，到了地头我叫醒你。"

紫川秀点点头，正要休息，外面传来两声尖锐的呼哨，一长一短，接着又是一声短的，声音十分刺耳。德伦和紫川秀都听出来了，这是布卢村半兽人传递警报的信号。德伦更是明白，自己先前曾派了十几个人在队伍前面充当警戒斥候，他们肯定发现什么紧急的异常情况了。

难道魔族这么快就发现并追杀过来了？两人心里惊骇，却都不敢说出口。有急速的脚步声接近，马车外面有个半兽人大声报告："村长，德伦叔，有……"

"知道啦！我就出来！"德伦大声打断了报告，他勉强装出个笑容，"没什么大不了的，那些小毛孩老是喜欢大惊小怪的，真让人烦。光明秀，你好好休息。我去看看。"

紫川秀抬手轻轻拍拍他肩膀，微笑说："让他进来吧。让我也听听怎么回事，说不定可以出出主意呢。"

德伦犹豫一下。自己和外面的族人虽然说身体强壮力大无穷，在战场上杀来杀去那是家常便饭，但都比较迟钝，并不擅长应对突发事件。而眼前的这个光明秀是出了名的诡计多端的——哦，不，应该说是足智多谋的。他现在看来已经完全清醒了，由他来想主意一定比自己好很多的。

他出声喊道："德昆，你进来说吧！"

一个高大的年轻半兽人跳上了马车，紫川秀认得他也是和自己很熟的德昆，他是德伦的侄子——其实整个布卢村全村上下无论谁或远或近都有点亲戚关系的。小小的马车里居然容得下他那粗壮巨大的身躯，实在不能不让紫川秀啧啧称奇。他呼哧呼哧地喘着粗气，那硕大的鼻孔简直就跟个鼓风机出风口一般。他看到紫川秀已经醒来了，喜道："光明秀，你已经好了吗？"

紫川秀微笑地点头，问："外面是怎么回事？为什么发警报？"他知道跟这些半兽人不用什么客套感激打招呼什么的，他们没这个习惯，一说话就是直奔主题。

"光明秀，德伦叔，刚才德明家的小子，就是前哨的那个领队，他报告说，前面有人拦路打劫。他们挡住了我们的队伍不让过！"

两人都松了一口气，只要不是魔族军队就好，一般的那些小毛贼和强盗还比较好应付点。

德伦训斥道："你们是怎么搞的嘛！有人打劫，赶他们走就行了嘛，还用发警报？"

德昆苦着脸："德伦叔，你不知道，强盗足足有好几千呢！"

哦？紫川秀与德伦都吃了一惊。不久以前的远东虽说遍地草寇多如牛毛，但那多是被人类军队所击溃的远东种族军的残兵。自从魔族入主远东以后，为了确保他们后方粮道的通畅和安全，进行了多次大规模的清剿和收编，盗寇基本上已经被清肃一空了。现在竟然出现了数目多达几千的大匪帮，那确实是非常少见的。

紫川秀问："他们是哪个种族的？魔族？佐伊族？蛇族？龙族的？还是混合的？"

"都不是，光明秀。都不是。"德昆摇头晃脑地说，"他们是人类的。"

"咕咕咕咕！"前面传来四声规律的雉鸠叫声，山头上的一棵小树无风自动左右摇晃着。白川和罗杰都是精神一振，从树下吊着的网床上探出个脑袋看看究竟。

一个士兵快步跑过来："白长官，罗长官，山上的瞭望哨岗报告，有肥羊到了！好大一群半兽人，还有几辆马车，看来上面装的是粮草。"

白川吩咐："叫前哨把数目看清楚点，到底有多少人。还有，他们有没有武器，有没有打旗号，是不是军队，这些也要查清楚。"

"是！"士兵领命而去。

罗杰嘿嘿笑道："今天一直没有开张，谁知道一下子来了这么多！"

白川瞪了他一眼："别得意得太早。来得多没有用，关键是看你吃不吃得下！"

"咳，怎么可能吃不下呢！我们有几千人呢，而且都是埋伏好的，占有地理优势。"

"哼哼，万一来的是远东联合军的精锐团队，比如说像云省龙人团队、明斯克团队那种队伍，那时候你哭也来不及了！"

两人都不再出声了。清爽的风静静地从茂密的森林顶上吹过，夏日的阳光透过树梢斑斑点点地在地上投下光点。夏日的午后，是最容易让人瞌睡的时刻。森林外不远的远东大公路上，路面被晒得一片赤白，没有行人。森林里面静悄悄的，三五成群的秀字营士兵正倚靠在树下大打瞌睡，一个个睡得正甜，因为天气炎热，披甲都没穿身上，和武器放在一起。

不一会儿，传令士兵又跑了回来："报告大人，对方足有五六百人，没打旗帜，但有武器，队列整齐，很有秩序。"

两名旗本长官对视一眼，都看到了对方眼睛里的犹豫。真的是说中了，来的是远东叛军的正规军。这块骨头不好啃的。

白川低声说："怎么办？"她有点犹豫，相比于以前打劫的落单路人，正规军无论是实力还是抵抗意志上都要强上很多。虽然他们的人数不多，但一旦与他们正面冲突起来，无论输赢，自己一方都要付出巨大的代价。她实在不想损伤部下们的性命——为了有意义的事情还好说，但是如果为了打劫而送命，那死得实在太没价值了。

罗杰一咬牙："咱们今天还没开张呢！连一头肥羊也没抓到，今晚的晚饭还没着落呢！"

白川无言了。罗杰说的也是实话，现在已经是午后了，今天连一点生意都没有，再这样下去，今晚整个秀字营八千多人真的要喝西北风了。

她点头："那我们就试试！先礼后兵，最好能不动手，叫他们让几车粮草过来。"

罗杰走过去，一个个踢着士兵们的屁股："起来了，起来了，要干活了！"士兵们擦着惺忪的眼睛爬起来，赶紧穿好披甲拿起身边的武器，快步进入自己的埋伏岗位。大家摘了很多青翠的枝叶盖在自己身上，特别是在兵器的上面，以防止刀剑的金属反光被敌人察觉。弓箭手藏身于路边的沟壑里，那里杂草丛生，人一进去就看不见了。

眼看大家都已经进入了位置，白川回头望去，山上那棵消息树急速地摇晃两下，这意味着目标即将到来了。罗杰轻轻吹个口哨："呼！"

刹那间，士兵们的窃窃私语声统统停了下来，一片寂静。森林里只听见风吹过树梢，树林在有节奏地发出哗哗的轻响。

目标已经出现在林子外面的公路上了，远远地，可以清晰地看到他们的身影了。走在前头的是十几个侦察兵，他们距离队伍大概两百米，警惕性相当高，一边走一边探头探脑地向前方的大路张望，却不怎么留意两边的树林。这让白川很不解，战争已经结束了，紫川家已经不再统治远东了。远东叛军完全可以正大光明地行走了，何必那么鬼祟呢？

接着过来的是大部队。五百多名半兽人士兵排成四纵队前进。士兵们围着兽皮，身材高大，肩膀上扛着半兽人习惯使用的传统武器——沉重的狼牙棒和刺枪。队列只发出整齐的嗒嗒脚步声响，士兵的气质沉稳而冷峻，步履整齐，人数虽然不多，但整个队列却透出一种肃然。可以看出，他们并非那种草草成军的杂牌民团，而是一支经受过战火考验的精锐之师。她想找到他们的旗帜辨认一下是哪支部队的，却找不到他们的旗帜。

她注意到，在他们的队列中夹着几辆运粮草的车子，士兵们一边两列地将粮草车队保护在中间。这并不符合远东叛军的行军序列。一般来说，他们都是把粮草辎重队放在后军，跟在大队伍的后面。而这次他们好像非常重视这几车粮草似的，用主要兵力来重重保护，特别是最后一辆车子，除了外层的保护以外，里层还围着几十个剽悍的士兵，密密麻麻围在车子的四周，很显然就是专门护卫这辆车子的。白川暗想，这完全没有理由的啊！粮草车子再值钱也不至于这么珍贵吧?

她本来还想先礼后兵向对方讨几车粮草的，现在看来，对方对这几车粮草非常重视，大概是不可能妥协的。那，就只有动手一条路了？白川的心直往下面沉，对方虽说人数少点，但却十分精锐和强悍，恐怕不是秀字营这样散漫的杂牌部队吃得下的。

她轻轻向罗杰靠过去，轻声跟他说：“这次行动取消掉算了，对方不是好惹的，太冒险了。”

罗杰点头应是。他虽然勇敢，但并不愚蠢。像他们这种久经沙场的老兵，对手实力如何，一眼就可以看出来了。他也轻声说：“那我通知前面不要放拦木……”

“古离答木？（什么人？）”走在前面的半兽人侦察兵一声喝问，猛然转身，一甩手，一根刺枪已经闪电般向罗杰和白川藏身的草丛中射来。白川暗暗叫苦，她居然忘记了半兽人的听觉是出了名的灵敏，而罗杰又是出了名的大嗓门。这下，想不动手都不行了。

幸好罗杰的反应也算飞快，猛然拔刀，只听叮的一声清脆金属碰击的响声，刀枪碰撞飞溅出几点火花。刺枪的势头给打偏了，斜斜插入松软的泥土中。

那一下出手动作迅捷又干脆利落，罗杰面有得色，还想吹上两句：“我罗杰大爷武艺不凡……”白川急速说：“快躲！”抱住罗杰一个猛然翻身滚离开了那个草丛。只听见嗖嗖的风声不断，十几根刺枪同时激射而至，全部射进他们藏身的草丛里，劲头非常猛烈，矛头深深地插进了泥土里。

想起刚才那千钧一发的惊险，两人都是脸上变色。刚才只要稍有迟缓，现在两人绝对已经被刺穿了。白川奇怪对方怎么这么凶悍，他们简直就像时刻都在准备着与人厮杀拼命一样，问都不问就下了毒手。匆忙之间，她也没很多时间去想，就在这短短的一瞬间，场上情形已经发生了很大的变化。

十几个半兽人侦察兵高举着狼牙棒和尖锐的刺枪，恶狠狠地向惊魂未定的罗杰和白川扑杀而来，势头非常凶狠。白川顾不上淑女的风度了，还没来得及从地上站起来，几乎是连滚带爬地向后面踉跄后退。罗杰大叫："动手啊！"

事发仓促，大多数秀字营的士兵还反应不过来。只有几个弓箭手勉强地响应，急忙放箭。他们连瞄准都来不及，箭矢稀稀拉拉落在半兽人士兵的身边，既没有准头也没有力度，丝毫不构成任何威胁。前面埋伏的人类士兵不明所以，听到罗杰的喊声，以为是要动手了，急忙把绳索一砍，轰隆一声巨响，一棵高大的树干倒了下来，把整个道路给堵住了。

半兽人侦察兵们吓了一跳，居然有埋伏，还有弓箭手！他们赶紧停止追杀罗杰和白川，发出尖锐的连续呼哨，掉头往大部队方向跑去。白川注意到了，对方的反应相当迅速，这边一出现异常情况，那边的队伍立即围拢，围成一个圆形的防御圈。前面的几辆粮草车被放在外围当掩体，最后一辆却被半兽人们围在了中央重重保护。这更加坚定了白川的怀疑，那车上一定有什么要紧的东西，不然他们不会那么紧张的。

罗杰几乎是气急败坏地下命令："包围他们，快！包围他们！"随着命令声，藏身于密林、沟壑中的秀字营士兵纷纷现身，前面是手持盾牌和长矛的步兵，后面是半蹲着身子的弓箭手在瞄准。白川急忙叫道："先不要动手！"

眼看四面密密麻麻的都是敌人，自己已经陷入了埋伏之中，半兽人的队列中起了阵不安的骚动。白川满意地点了下头。这次出来的秀字营士兵全部是罗杰的部下，只有三千人不到，但这样突然现身的效果给了对方很大的震撼。隐藏在树林、草丛中的士兵若隐若现，给了对方一种风声鹤唳草木皆兵的错觉，仿佛有好几万的大军藏身于森林之中，而且对方在明处，自己在暗处，这给对方心理上增加了很大的压力。

半兽人一方处于劣势不敢动手，而秀字营一边却是因为指挥官不愿意进攻，双方一时僵持着。罗杰做个手势，事先安排好的一个人类弓箭手快步上前，躲在盾牌的后面用半兽人的语言喊话："你们听着，把粮草全部留下来，再交纳一万个银币的保护费，我们就放你们走。"

半兽人静悄悄的，没有任何响应。弓箭手又喊了第二次，白川冷笑着，做个手势示意他不用再喊了。她知道谈判的惯例历来是谁先出声要求交涉谁就落了下风。己方已经开出了价码，就看对方如何响应了。现在五百公里之内没有第二支魔族或者叛军的队伍，而他们除了罗杰的部队以外，还有明羽和自己的部下随时可以上来增援，自己这边正占着全面优势，不必急着交涉谈判。时间拖得越久，对方的心理压力就越大，对自己有利。

她下令："放一阵箭，吓唬他们一下。"

弓箭手们依令放箭，箭雨稀稀拉拉地落在对方面前的空地上。半兽人阵形又不安地骚动起来了，箭全部刻意地射在半兽人防御圈面前的空地上，这很明显是恫吓，表示说人类方面绝对有实力将毫无遮掩的半兽人队列全部消灭，现在只是给个最后警告而已。在这么严峻的威胁面前，她相信对方的指挥官一定会有所反应的。

果然，半兽人中有人用有点生硬的人类语言回答："请问你们是哪部分的？为什么要拦截我们？"

哪部分的？想到这个问题白川就一阵心酸，自己这群人究竟算是什么呢？曾经是一名家族军官的自己，现在已经被祖国所抛弃，被人们所不齿、唾弃，又不愿意投靠魔族，无依无靠。现在的秀字营，不过是一群四处飘荡、打家劫舍的亡命之徒罢了。想到这里，她怒上心头，跟喊话手说："让他们少废话，乖乖交钱！不然就让他们死！"

罗杰却说："报上我们的大名，让他们害怕一下也是好的。"

没等白川阻止，他已经扬起了鸭公般的嗓门叫起来了："你们听着，我们就是鼎鼎有名的秀字营军团！老子我就是军团指挥官罗杰大人！怎么样，怕了吧！哈哈哈哈哈……"为了显示自己信心十足胜券在握，罗杰放声大笑，昨晚喝下的野草汤在肚子里面咕噜咕噜地摇来晃去。

"哈哈哈哈哈哈哈哈……"没想到，一听完罗杰的介绍，半兽人阵营里顿时也爆发出了雷鸣般的笑声。半兽人士兵笑得前俯后仰，有很多人笑得一屁股坐倒在地，连武器都拿不稳掉落地上，而且笑声是那么放肆，那么毫无顾忌。防御圈队列一下子放松开来，半兽人士兵们纷纷从当掩护的马车后面走了出来，笑容满面。

人类被这个转变搞得莫名其妙。罗杰更是给笑得面红耳赤，他大吼道："你们在笑什么！"

一个半兽人从队列里出来，他径直向罗杰走了过来。前排手持盾牌和刺枪的士兵拦住了他："你想干什么？"几十把明晃晃的强弓和长矛立即瞄准了他。

半兽人高举双手，示意他身上没有带武器。白川点点头，扬声吩咐说："让他过来。"她猜他是来谈判的使者。半兽人走近，冲罗杰恭敬地行礼说："罗杰大人，好久不见了！哦，原来漂亮的白川小姐也在这里。"

罗杰和白川面面相觑，自己什么时候有这么个半兽人熟人了？白川试探地问："阁下是……"

"我叫德布，是瓦格行省马兰村的村长。我们村就在布卢村的旁边，布卢村村长德伦是我表哥的表哥的表哥的表哥。当年，我们曾一起投靠过你们秀字营的——你们都不记得了吗？”

白川和罗杰恍然。他们依稀记起了，当年确实是有个叫德伦的老半兽人和紫川秀交情很好的，至于他的那一堆亲戚……当时来投诚的人成千上万，自己哪里记得这许多！何况，在人类的眼里，每个半兽人长得都几乎一样：高大的个头、粗壮的躯体、浑身粗粗的黑色毛发，相貌——谁会仔细去看一个半兽人长得什么样，反正跟大猩猩差不多就是了。

虽说记不得，但大家这么一说，怎么也算是攀上了点交情。罗杰干咳一声：“嗯，我说，德布，事情是这样的，这个，嗯，这个……”他的脸红成一片，旁边白川更是羞得不敢抬头。堂堂正正的家族军官，现在竟然沦落到出来做强盗的地步。而且大家既然是认识的，再说什么“留下买路钱”之类的话就有点难为情了。

德布却很豪爽：“罗杰大人，当初在我们最困难的时候，秀字营帮助过我们，我们是绝对不会忘记朋友的。现在您如果有什么为难的，尽管跟我说就是了。我们一定尽力而为。”

罗杰松了口气，神色这才坦然起来：“哦，好的好的。不瞒你说，我们最近还真的有点为难了，我们的粮草有些不够了……”

没等罗杰说完，德布已经回头大声吆喝一声：“把粮车赶过来。”半兽人们轰然应答，把前面几辆装满粮草的车子赶过来，然后他们跳下车，把车子移交给了秀字营的士兵。白川注意到了，他们移交的只是外围的那几辆粮车，而中间那辆车子，他们依旧围得密密麻麻，死死地保护着。表面上看来，车子跟一般运粮的马车没什么两样，却封得严严实实，外面一点看不到里面。白川疑惑，这里面装的究竟是什么呢?

没等她想个明白，德布又递过一个沉甸甸的布袋给罗杰：“这里面是银币，可能不够一万，但也算是我们的一点心意，请不要嫌弃。”

哪里有嫌弃钱的道理！罗杰偷偷打开袋子看了一下，银光闪烁，分量沉甸甸的。他眉开眼笑，当时喊一万个银币，那完全是漫天开价等着对方就地还钱的。现在有这么多，已经令他们喜出望外了。他连声道谢。

白川却感到越来越疑惑。对方豪爽得实在太过分了。粮草被打劫了不说，还主动地送上钱财进贡。自己虽说对他们有一点小恩，但并不值得对方如此殷勤。那么，他们主动地送上钱财的目的是……

白川只想到了一个可能，他们是想隐瞒并保全更大的财富。

这并非没有可能。在刚刚结束不久的远东战争中，无数人倾家荡产家破人亡，但同样也有无数人在这场可怕的毁灭战争中一夜暴富。常常流传着这样的传说：某某叛军部队攻下了一座大城市，该部队在富裕无比的城市中大肆掠夺三天三夜，连部队里最低级的列兵都成百万富翁了。他们最后一把火烧掉了这个城市，而掠夺的黄金、白银、珠宝、名贵宝物等多得不计其数，足足装了一千辆马车才运走，这笔巨大的财富如今下落不明，谁能发现它就立即富可敌国了……

她突然出声问德布："那辆车上装的是什么？"她指着远处被半兽人士兵留下来的那辆马车问。就是这辆车子最为可疑了，对方保护得最为严密。

德布的眼中掠过一丝慌张，旋又恢复镇定，若无其事地道："哪辆马车？哦，是这个啊！没什么大不了的，不过是些喂马的干草和燕麦罢了。"

"真的吗？"白川的目光咄咄逼人。德布有点忍受不了了，避开了视线。这更加坚定了白川的怀疑，这辆车子上一定有鬼！

罗杰过来打圆场："哎呀，白川，你干什么呢！"他小声地跟白川说，"人家已经交了钱财和粮草，我们就不要再难为他了，放他们走吧！"

"笨蛋！"白川低声骂道，"你不要捡了芝麻丢了西瓜。"罗杰讪讪地退下。她转向德布，努力装出一副恶狠狠的样子逼问："车上是什么，嗯？"

德布很无可奈何的样子："白大人啊，我都跟您说了，是一些不值钱的粮草……"

"打开来看看！"白川的口气不由分说。

德布很不情愿，但是白川一声令下，秀字营士兵又再次将他们包围，亮出了明晃晃的刀剑，弓箭手再次弓箭上弦，那边的半兽人士兵眼看如此，也马上拿出武器戒备，与人类士兵对峙。气氛一时间变得剑拔弩张。

过了好一阵子，德布慢慢地、无奈地高举了双手："好好，我就打开。"看来他是权衡了局势，知道这种情况下与白川顶撞没什么好处。

"白大人，这里是树林，车子进不来，您跟我过去看好吗？"

白川一时间有点犹豫，到对方阵营中是否太危险了？罗杰已经出声了："德布，我跟你过去。"

他低声跟白川说："我过去就行了。部队得有个人指挥，你留下来。"看来他也觉察到这件事情的危险性，离开森林的掩蔽到开阔的公路上，如果对方突然翻脸的话，几百根锐利的刺枪同时射来，即使有左加明王的身手也难以全身而退。

白川心头一阵感动，她知道罗杰是体贴自己身为女性，故意把危险的工作抢了下来。大家虽然常常打打闹闹，但是不知不觉地在患难中，朝夕相处多日，几个同伴之间已经建立了极深厚的感情。她也不推辞，只是低声说："多加小心，有什么不对，赶紧叫一声。"同时叫过来一队盾牌刀手，低声地吩咐队长："你们跟罗杰旗本过去。记住了，要保护好罗杰旗本的安全，你自己也要多加小心。"

队长是个年轻的小伙子，他咬着牙点头："白川大人，哪怕死，我也要保护罗杰旗本安全回来。"又有点担心，"白大人，如果有什么情况，您得赶紧派人过来增援。"

白川点头。由德布在前面带路，罗杰和几十个刀盾手跟着出了森林，上了远东大公路朝半兽人的队列走过去。罗杰面无表情，走路时一顿一顿的，姿势僵硬，显出他内心的紧张。这种情绪也感染了与他同去的人类士兵，大家统统绷紧了弦，手用力地握在刀把上，将罗杰簇拥在中间，在外层竖起一面盾牌的墙壁把半兽人隔离开来。

在后面的密林中，三千多名人类士兵已经磨亮了兵器弓箭上弦，做好了开战的准备。所有人都在全神贯注注视着前面的一举一动，白川暗暗下定了决心：如果这群半兽人敢耍什么花样害了罗杰的话，哪怕损失再大，自己也要把他们杀得一个不剩。

相比于人类的紧张兮兮如临大敌，半兽人方面就显得非常轻松惬意了。他们的士兵们有的根本连兵器都没拿出来，笑呵呵地站在毫无遮掩的地方傻笑着，好像不知道等下如果冲突一起来，人类弓箭手会立即把他们射成筛子。看到罗杰和一群卫兵过来，他们都非常友好地让开一条路直到马车前，面上笑眯眯的，看不到一丝敌意。

白川心念一动，他们那副样子，倒像是幸灾乐祸等着看什么好戏似的。他们为什么这么自信呢？难道他们还有什么杀手锏没有使出来吗？她猛然明白过来了，他们的杀手锏一定就在那辆神秘的马车上面。上面说不定有什么可怕的毁灭性武器。

罗杰一行人在马车前站定。那个德布说了句什么，有个半兽人士兵上去把马车门打开。一下子，白川的心已经提到了嗓子眼上。图穷匕首现，敌人如果要发动攻击，就是现在了！她猛地站起来，想大叫："罗杰，快回头！"

但是在她行动之前，罗杰已经探头进马车里面了。

"啊！"罗杰一声大叫，居然整个人惊得在原地跳了起来。远远地，白川虽然不知道罗杰发生了什么事情，但她深知罗杰个性勇敢，多次经历出生入死，并不是那种容易大惊小怪的人。一定有什么古怪的事情发生了！

白川猛地站起来一挥手："所有人，跟我上！"没等部下们跟上来，她已经身先士卒地冲了上去，进入了半兽人的圈子里。

"到底是怎么回事？"她看到罗杰面色发白，瞠目结舌的样子，不禁问。

实在是太惊讶了，罗杰说不出话来。他只是指了下洞开的马车门……

扶着马车门上的把手，一个摇摇晃晃的身影从车门里探出个脑袋来，接着是整个身子从里面钻了出来。他形销骨立，脸色呈现失血过多的苍白，没有戴帽子，头发很长地披散在肩头，下巴和嘴角边长着很长的黑胡子，肩膀处包着多处血污不堪的布条，已经变得脏兮兮的，发出难闻的味道。身上的衣服肮脏又破烂，被刮成一条一条的，就像几块破烂的布随便地披在他身上。透过裤子的破洞裸露出满是淤结血斑、伤痕累累的膝盖，血肉模糊的脚掌从破烂的皮靴裂口处露出来，伤口还在流着血，在公路的泥地上留下了一丝殷红。

旁边有几个半兽人一把扶住了身子摇晃的他，将他轻轻地接了下来。他在泥地上踉跄一下，扶着马车的架梁站稳了。于是大家都看出来了，这个人现在非常虚弱。

从黑暗的车厢里忽然来到正午的阳光底下，他一下还适应不来，身子晃了一下，一手打起了眼帘，环视四周，看到围拢在周围的人群，他笑了。

白川倒吸一口冷气，退后一步，吃惊说："紫川秀！"先前她怎么样都无法把眼前这人与自己那洒脱不羁的俊俏上司联系到一起，直到他笑的时候，她才认出了他——紫川秀的笑容带有一种说不出的味道，有点困窘，又有点自嘲，但又带有那种新鲜阳光般的乐观，非常特别。

秀字营的士兵从各处走近来，认出眼前的人就是自己的旧上司，他们震惊不已，惊愕地看着他，小声议论纷纷："那个就是秀大人吗？"

"是他！真的是他！"

"他好像受伤了。"

白川有点犹豫，不知该如何称呼他。她迟疑地说："大人……"马上又觉得后悔了，他已经不是自己的长官了，他已经被剥夺了所有军职，从紫川家开除了出去，自己应该直呼其名紫川秀才对。不，就连紫川秀也不应该叫的，就叫他林河就好了。但不知为什么，话到了嘴边，出来的却依旧是那个称呼："大人，你，你受伤了？"声音中带有一丝掩饰不住的关怀。

紫川秀笑笑，说："不怎么严重。"他那明晰的笑容，仿佛已经洞察了白川的全部心理活动。她立即后悔了，自己是不是显得有点傻里傻气的，居然关心一个叛徒？

在一边的老半兽人德伦打圆场说："我们都有很多要谈的。咱们先到那个林子里面坐着说吧。光明秀的身体还很弱，老这么站着不行。"

大家都同意了。罗杰小声召集了部队里面大队长以上的军官过来。白川挥手把传令兵叫来："你马上跑步回大本营，把今天休息的明羽长官叫过来。叫他快点过来，我们这边有很重要的事情。"传令兵领命而去。

在半兽人的搀扶下，紫川秀来到了林子中间的一块空地上。他看看头顶，微笑着说：“就这里吧，倒也凉快。”首先盘膝坐下，背靠着一棵大树。

罗杰、白川和秀字营的军官们也默不作声地坐下了，围着他成了一个半圆的圈子。白川不出声地看着紫川秀，轻轻感慨，不过两个月没见面，他的变化是多么大啊！不但是外形上的变化，他的气质也变了很多。相比于往日的玩世不恭，现在的他，外表虚弱，肮脏，动作却很沉稳，气质恬淡，目光明澈。整个人就如同一潭不见底的水，平静却深不可测，这给了白川一种安宁祥和的感觉。她回忆起来了，在昔日的远东统领哥应星身上，自己也曾感受过同样的气质。

究竟什么样苦难的经历，会使人有这样的改变呢?

她觉得有点不对，猛然醒悟过来，这种坐法不跟以前开会时候一样吗？紫川秀在中间说，众人则恭敬地围绕着他。看来潜意识里，大家对他的那份尊敬，并没有因为身份的改变而变化。不一会儿，明羽带着部下几个军官匆忙地赶来，看到紫川秀，他同样吃惊得目瞪口呆。

一时间，大家心里都有很多疑问，却不知从何说起。其实细细一想，大家分别的时间不过两个多月，但是际遇之奇特，已经是恍如隔世了。

最后，还是罗杰先开口说话：“大人，这是怎么回事呢？他们说，你投靠了魔族。”

紫川秀奇道：“谁说的？”逃亡路程中，多日不与外界接触，他一点不知道魔族的阴谋。

“是瓦伦城的林冰长官说的，还说，总长阁下已经对你下发了格杀令，下令各路紫川军见你就格杀勿论。”

紫川秀微笑着说：“这是个误会，我并没有叛国。不过不要紧，只要我回去，总有办法可以解释清楚的。”他想，这一定是帝都方面听到了什么传言。但不要紧，只要自己本人回到了帝都，流言将不攻自破。另外，监察厅首脑帝林是自己兄弟，有他帮忙，这事情不难解决。

一直在一边旁听的德伦干咳一声：“光明秀，有件事情我们一直没敢跟你说，大概三个星期前，魔族大本营发出了正式公告，宣布说你将担任远东的大总督。”

明羽也说：“还有人说，你就要回去家族那里潜伏，准备帮魔族做内应，准备里应外合地拿下瓦伦……”看到紫川秀苍白的脸已经变得铁青，他不敢往下说了。

第四章　英雄末路

紫川秀痛苦地闭上了眼睛。他没想到，魔族的报复是如此毒辣，他们不但要消灭自己的肉体，还要整个地毁掉自己的灵魂和名誉。自己的后路已经给彻底断掉了，这下变成了魔族一边要追杀自己，紫川家也要杀自己。天下虽大，自己却再无容身之地。

这条计谋好不狠毒，是谁想出来的？皇太子卡顿？云浅雪？或者是那个神秘的军师黑沙？要不然就是魔神皇本人了。通过多日的接触，紫川秀已经知道了，魔族虽然能征善战，但他们的将领都是习惯直来直去的，并不善于权谋。能想出这么阴毒的计谋的，想来不出高层那区区数人。

“大人，大人，你没事吧？”

紫川秀从沉思中惊醒过来，看到的是白川关切的眼神。他心念一动，即使在这种众口铄金的情况下，他们还是肯称呼自己“大人”，这已经是很难得的了。他也明白了，罗杰他们之所以不能回家而沦落到要做强盗的地步，想必也是受了自己的牵连。

他叹了口气，问：“你们是怎么想的？也相信我投降了魔族吗？”

几个军官们对视一下，有点难为情的样子。最后还是白川回答：“我们是不相信的，可是大家都这么说……”她不好意思往下说了，又问：“究竟是怎么一回事？大人，您能跟我们说说吗？”

紫川秀点头：“我杀了叛军首领平靖侯——也就是人类的叛徒雷洪。”

“什么？”几人同时惊呼出声。

紫川秀肯定地点头，把这几个月的经历一五一十地说了一遍，但当说到晚宴上浴血的那一幕时，他只是轻描淡写地说："杀了雷洪后，我与他们的高手交手几下，受了点伤。我劫持了魔族的公主卡丹，他们不敢拦我，就让我出来了。"

众人听得入神，都知道紫川秀只是说得轻松，实质过程一定惊险无比。想当时魔族高手云集，数万精锐大军就在侧边，能在那种场合下杀了雷洪还劫持魔族公主，这其中的凶险和艰难，自然是非同小可。

这故事就是连半兽人们也是第一次听说的。德伦有点明白过来了："难怪魔神皇陛下要亲自发布通缉令抓你了……"他翻翻自己的兽皮，从里面找出一张还很新的羊皮纸来，上面用魔族文字写着"抓住此人者，无论死活，立即封侯"。下面附有紫川秀的画像。羊皮纸边上镶嵌的金边和鲜红的御印证实这确实是魔族皇帝亲自颁发的命令。

"当初还在军中的时候，这种通缉令和画像发了我们很多。"德伦苦笑，"大家都说，竟然要惊动魔族皇帝亲自下御批抓，不知这人干了什么惊天动地的事情？当时我们也奇怪，为什么要抓人，却不告诉我们名字？原来他们还有这个考虑啊，如果对外公布了名字，就无法诬陷光明秀了。"

德伦把通缉命令交给了罗杰，秀字营的军官们传阅着那张羊皮纸，一个个发出了啧啧的感叹，议论纷纷："原来是这样的啊！"

"看来他们是故意冤枉我们大人的。"

"魔族真够狠毒的啊！"

明羽轻轻扯了下白川和罗杰两人的衣角，两人会意地跟着他离开。三个带兵旗本躲在一棵大树后面商议对策。

罗杰问："怎么了？"

明羽急速地说："你们相信他的话吗？一个人进魔族大营去，杀了雷洪，然后拍拍屁股就出来了？"

"啊？为什么不信？"

"我是说，他说的话什么证明也没有！他说杀了雷洪，这根本是无法对证的事情，难道我们还能跑去跟魔神皇询问啊？"

罗杰："可是德伦说魔神皇通缉他啊，这证明他是无辜的了……"

"第一，德伦是叛军的人，他的话不能当证据。第二，他拿出来那个命令，说是魔神皇的御令，我们谁知道是真是假？第三，除了紫川秀以外，我们谁也看不懂魔族的文字，什么还不都是光凭他们一伙人自己说的？还有第四，如果他真的是魔族的奸细想混入我们紫川家的话，那准备这么点小道具还不是轻而易举的事情？"

白川不耐烦地说："明羽，你想说什么就直接点吧。"

明羽有点难以说出口："我是说，他什么证据也没有，有可能是在骗我们的。"

一阵难堪的沉默。

好半天，白川出声说："我觉得，这不像假的。他受那么重的伤，那么虚弱，那是伪装不出来的。何况他根本不可能预料到今天会碰到我们，怎么可能事先准备好道具来欺骗我们？"

明羽皱皱眉头："白川，你不要太轻易相信人了。"

白川柔声说："我不会随便轻易相信人，只是，我相信大人。"

白川像是在说服明羽，更像是在说服自己。并非出于理性的分析，她纯粹是基于女性的感性和直觉，她相信紫川秀是无辜的，相信那双清澈又明亮的眼神，相信那阳光般爽朗的笑容。

罗杰也开口说："我也觉得，大人不是那种人。我相信他。"

眼见两个同伴都这么说，明羽沉默了，好久，他忽然哑然失笑："作为军团幕僚参谋，想到一切最坏的可能，帮助长官决策时候参考，为你们提醒，那是我的职责和任务。现在，我的职责已经尽到了。其实，从我个人来说，我也是相信他的。只是，我们现在该怎么对待他好呢？"明羽欲言又止，大家明白他不好意思说出来的话，他毕竟是家族下了悬赏捉拿的叛徒。

罗杰想说什么，却停住了，最后说："白川，你拿主意好了，我听你的。"

白川暗暗感叹，其实大家都是同样的想法，却谁也不好意思说出口，都想让别人说出口。

她摇头："我也出不了什么好主意。只是有几个想法：第一，我始终相信大人是清白无辜的。"

罗杰和明羽一起点头。

白川忍住笑："第二，大家都推举我来当头，但是我觉得，我的才干和魄力都有限，实在是当不好这个家，前面该怎么走，我心里一点底没有……"

明羽试探地问："你的意思是想把位置还给他？"

"其实这位置本来就是他的，只不过是他不在的时候，我暂时接替一下而已。既然他现在已经回来了，那我就理所应当退位了，何况我是什么料，你们也是知道的。"

白川说的是真心话，她明白各人有各方面的才能，自己虽然被称为"能干白川"，而实际长处在于接受和执行命令。如果有人给自己一个命令，自己就往往能很好地完成，但说要独当一面全盘统筹的话，特别是在这种危机四伏的环境下，无论是经验、实力、威望等各个方面，自己都不足以统御全军。

罗杰点头赞同："就是啊！我也是觉得，还是以前在大人部下的时候过得踏实点。哪里像现在，一天三顿都吃不饱，明天该干什么也不知道，心里惶惶的，没底。"

白川问明羽："你看呢？你如果不愿意的话，我们不勉强的。"

明羽很勉为其难地说："本来我是不怎么愿意的，但是你们两个既然这样说了，那我又有什么办法呢？就先这样吧。"

白川暗暗骂一句：可恶的滑头！这家伙明明心里想的跟自己一样，却怕将来紫川家追究他为什么让一个叛徒担当首领，故意装出一副很不情愿的样子，好推卸责任，到时候他会这么说："我有什么办法啊，都是白川和罗杰这两个家伙同意的，我一个人反对也没用……"

"那么我们就这么定了？"

"对，就这么定了吧！"

根据正史的记载，帝国历七八〇年的四月末，在魔族公主卡丹和瓦格行省布卢村半兽人的帮助下，未来的光明王结束了被魔族所追杀的惨痛逃亡日子。在杜拉森林外，他又遇到了昔日的旧部——关于这些未来的开国元勋重将当时正在杜拉森林中干些什么勾当，历史学家们往往含糊其词。但帝国重臣白川统领阁下的回忆录——《在大人身边的日子》说的是：

罗杰统领在森林外围的远东大公路上搞法制宣传，主要宣讲《国家道路法》和《全民义务植树法》，他的宣讲通常是这样开头的："此路是我开，此树是我栽！"

大家又拼凑了几块木板做了条小船在附近的蓝河渡口经营水上运输业务，招牌上写："免费渡河。"等船到了河中央，明羽统领——对，就是现在当幕僚统领的人模狗样的那个家伙，他现在居然敢大言不惭地自称："是我第一个旗帜鲜明地拥戴光明王殿下的！"他呢，就向乘客提供免费套餐服务，问："你是想吃板刀面还是想吃馄饨面？"

……

至于以公正严明而被民众所爱戴，被人称为"无冕宰相"的白川统领本人在当时究竟干些什么，回忆录里并没有提到，但有一件事情很耐人寻味，每次光明王找白川统领借钱，一旦遭到拒绝，他就会喃喃自语像是在念什么咒语："七八〇年，四月……杜拉森林十字坡……一枝花黑店……人肉包子……"

“你要借多少？”白川统领已经拿出了钱包。

帝国历七八〇年的五月二日，经过十几天的跋涉，一行人到达瓦格行省的布卢村，也就是德伦等半兽人的家乡。一路上曾多次遭遇过魔族守备部队和巡逻士兵盘问，但都同样地由德伦出面应对，自称是“执行命令的远东军联合军分队”——当时的远东联合军中确实有很多跟随着雷洪一块儿叛变过去的人类士兵，这种半兽人与人类的混合部队是很正常的。

他们之所以可以顺利过关，还有一个重要的原因是那场空前规模的搜捕行动现在已经接近了尾声，高峰期过去了，各路的搜索部队松懈了下来。现在的远东刚刚平定，秩序还没有建立，诸事烦乱，要干的事情多着呢，魔族的巡逻队没空来细细检查一支外表看起来毫无破绽的盟军队伍。

布卢村位于瓦格行省东南的偏僻地区，背靠天险古奇山脉，地处山林地区，远离行省的首府，道路崎岖难行。

由于地理位置的偏僻，此地土地并不肥沃，物产也不丰富，再加上偏离远东大公路的主干道，不具有任何战略上的军事价值，常常被历代的统治者们所忽略，他们往往只派驻很少或者干脆就不派驻任何军队过去。就像以前的远东军，干脆就把紫川秀这样一个毫无经验的十来岁的毛头小子派了过去当驻军首领，可见历代统治者对于此地的不重视。

但也因为这一点，在这场持续了将近一年的远东战争中，无数曾经繁华一时的都市和肥沃的乡村在连绵不断的交战、争夺和反复易手过程中成了焦土和废墟，而布卢村连同周边的地区却奇迹般地幸存下来了。就在三个月以前，为了解救帕伊之围，紫川家可怕的毁灭将军帝林曾经过瓦格行省。他行军路线范围以内的几十个村落和乡镇，统统被夷为了平地，大军过后，身后只剩一片血海和废墟。唯一幸免的，只有躲藏在深山老林里的布卢村。

取得胜利以后，为了巩固新占领的领土，大批魔族军队进驻远东各地，几乎在所有的大城市和比较重要的乡镇中都派驻了守备部队，但却没有往布卢村派驻——偏远的布卢村不但被帝林的屠杀行动所忽略，同样也被魔族的远东指挥部忽略了。

山路太过崎岖，不能骑马，大家只得牵着马步行前进，足足走了一天一夜，即使那些身体强健的半兽人都感觉有点疲惫，秀字营的那群老爷兵更是够呛。

罗杰喘着粗气跑去问德伦：“老大，究竟还有多远才到啊？我的脚都出了水泡了！”

德伦呵呵地笑着："很快了，过了那个山头就是了！"

"不会吧？好像我昨天问你的时候也是这么说的吧？到底还有多少个山头啊！"

"真的很快了……过了这个山头，再过一个山头，再过一个山头，然后就……"

"就到了？"罗杰满怀希望地问。

"就只剩一百里路了！"

罗杰口吐白沫，一头栽倒在地。

紫川秀在一边好整以暇地教导部下们："你们这群家伙啊，平常不注意锻炼身体啊！走了那么点路就叫个不停，你看我，怎么就一点都不觉得累呢？"

白川暗暗骂道："废话了！要是像你这样还叫累，天下就没有轻松的事情了！"

这时候她不知多羡慕受伤的紫川秀了，因为山路崎岖马车上不来，一队半兽人做了担架轮流地扛他走。在别人走得汗流浃背的时候，这家伙喝着冰凉的饮料舒坦地躺在担架里悠然地打着扇，一边欣赏着路边群山苍翠的美景，一边还不忘大放厥词，让人恨得牙痒痒的。

在前面带队的半兽人德昆挥手示意休息。人类官兵如蒙大赦，一屁股坐到地上再也起不来了。反之那些半兽人还有余力欢蹦乱跳地到处去找水源、摘山果吃。

翻过一个又一个山头，天色渐渐暗了下来，罗杰已经累得没力气问德伦到底还有多远距离了。德伦却自动地跑过来跟他说："看到了吗？前面就是布卢村了。"

大家精神一振，抬起头来，前面的黑暗中远远地出现了许多亮点，半兽人向他们介绍："那就是村子里人家的灯光啦！"

午夜，当先头部队进村的时候，家家户户的看门狗一个劲地吠个不停，汇成一片大合唱。村里的人家给惊动了，开门出来查看，却高兴地发现是自己的子弟兵们回来了。一下子，整个村庄都醒过来了，他们纷纷出来迎接自己的亲人。

布卢村的半兽人们当初为了反抗紫川家的暴政，离家征战，大多数人已经快一年没有回来了，消息又不通，村子里的人都十分挂念。有些家庭盼望中的亲人终于平安归来了，整个家庭上下都洋溢着一片欢笑和快乐。而有些家庭，亲人们苦苦期盼，等来的只是一句："他已经在瓦伦城那里死掉了……"悲伤和绝望立即笼罩了整个家庭，老人老泪纵横，妇女则开始号啕大哭，而年幼的小半兽人则睁大了亮晶晶的眼睛，不明白为什么妈妈会失声痛哭。

他不知道，自己已经没有爸爸了。

秀字营的官兵远远地看着这一幕幕，心里被深深地震撼。征尘与热泪，原来无论哪个种族都一样的啊，并非只有人类才懂得悲伤和欢笑。

当村长德伦匆匆与家人见上一面，又跑回秀字营的队伍里跟紫川秀说："光明秀啊，你们怎么不进村呢？也过来一块儿吃点东西吧，弟兄们都挺累的了。"

几个带兵将领交换下目光，紫川秀干笑着说："我看，我们还是不进去了。我们就在村外面的那片林子里面宿营就是了。"

"对对对，我们就不进去了。"白川、罗杰等人纷纷赞同。他们肚子里虽然也挺饿的，但是听到那些惨遭丧夫之痛的妇女们的哭声和对紫川家的咒骂声，他们恨不得撒腿就跑，赶紧离开这个尴尬的地方。

"这样啊……"德伦有点不明白，怎么大老远过来了，光明秀居然连村门都不进呢？

"好吧。我送你们过去吧。"

在村外的林子里，秀字营一行人开始安营扎寨，士兵们开始把马拴起来，由于太累了，大家连警卫和岗哨都没有派，找了点枯枝和干柴燃起了篝火，取水的行军壶串在一起叮叮咚咚地响个不停，各中队值日的士兵提着它们跟着半兽人向导去水源那里打水。可以感觉到，大多数人的情绪都不佳，没有人像平时那样说笑了。

看到了那个偏僻、简陋的村庄，军官们都感觉有点失望。他们集中到了紫川秀那里。罗杰问出了大多数人的心声："大人啊，我们下一步该怎么办呢？"

"明天开始，我们就要在这里暂时扎根，找一块立足之地住下来了。"

白川问："大人，可是，刚才我观察了一下，这个村子的人口总数应该不过一千来人，要供养我们这么一支八千多人的大部队，恐怕是不怎么可能的吧？其实说如果要立足的话，在杜拉森林不是更好吗？在那里，起码我们还可以靠打劫魔族的粮草来维持生活。"

"杜拉森林并非长久之地。那里的位置太重要，也太危险了，就在远东大公路的周边，而且背靠蓝河渡口。现在魔族只是因为刚刚打完仗，事情太多还顾不上理会你们。一旦他们腾出手来，他们是绝不会允许有一股不服统管的人类势力在那里出没威胁着他们的远东大动脉的。如果你们再那样张扬地打劫，过不了一个月，魔族的镇压讨伐军就要开过来了。一旦他们封锁了公路，并在河面上布防，到时候，你们就是想跑都没路走——当初是谁那么笨决定把营地安在那儿的？"

三个旗本都面红耳赤不敢出声。白川听得悚然，暗暗自责，也感到奇怪，紫川秀这么一解释，事情就好像变得非常简单似的。可是当初自己怎么就没想到这个问题呢？罗杰和明羽两人更是一个劲地在说"赞同赞同""对，是个好主意"……

紫川秀和缓了语气："当然，杜拉森林的位置确实不错，非常适合打游击战。要是我们的力量再大点，或者魔族的力量再小点的话，在那里扎根倒是个不错的主意。但是现在，魔族势力正如日中天，我们还不能与他们正面对抗。我考虑过了，在布卢村建立基地有这么几个好处：第一，此地比较隐蔽，容易被魔族所忽略，如果我们注意隐蔽，在几年之内不让魔族发现那是完全有可能的，这段时间足够可以让我们在此发展、壮大的了；

“第二，从军事的角度上说，此地背靠古奇山麓，前面就是科加丛林，地形利于防守。距离这里不到五里有个无人居住的山谷，我们可以在那里扎根。魔族如果要进攻这里，他们必须要冒险经过外面的科加丛林，要跋涉几天几夜的山路——这种辛苦你们也刚刚体会到了。这种地形，无论敌人多么庞大的兵力也难以展开，纵然他们兵力多我十倍，我们只要战术运用恰当，完全可以以逸待劳地将他们击溃。即使有什么不利，我们也可以轻易地逃进古奇大山里，不用担心被魔族断后路；

“第三，也是最重要的一点，这里的民众与我们关系良好——当然，刚才的一幕你们也看到了，他们对紫川家是没什么好感，但是我与他们关系不错，在远东平叛的时候，秀字营也帮助过他们。半兽人是很懂得知恩图报的，所以，我们可以与他们放心合作。有他们这批耳目灵动的地头蛇在，魔族有任何风吹草动都瞒不过我们。

“第四，早在魔族刚开始进攻的时候，德伦已经提前向我报告了危险。那时候我就已经把秀字营的财产交给德伦他们帮我们保管了，他们把那批财富藏在村后面古奇山上的几个大洞穴里，其中很大一部分就是粮草，足够我们吃上半年了。

“弟兄们，这半年时间就是我们养精蓄锐、发展壮大的时候了。现在，我们要隐藏自己，在魔族势力的眼皮底下潜伏下来，一边训练军队扩充实力，积攒我们自己的每一分力量，等到时机转变的那一天，我们就顺势而崛起，让魔族看看我们的厉害！”

眼看自己的长官如此深谋远虑，已经做好了完全的准备，一众军官听得振奋，热血沸腾，一扫落难时候的颓气。大家纷纷发言，表示坚决支持秀川长官的英明决策，誓死跟随大人。

只有白川沉默不语，等到众军官纷纷离开的时候，她拖到了最后一个走，想说什么又有点犹豫。紫川秀抬起头来，惊讶：“白川，你还没走？夜已经很深了，明天还得干活呢。”

白川嫣然一笑，问：“大人，你的伤势可好些了吗？”

“嗯，差不多吧。白川，你想说什么就直说吧。”

“啊，没什么啊，我只是关心大人您的伤势……”

紫川秀微笑道：“有些人撒谎的时候就像额头上刻有字似的，非常好认。”

白川也微笑，问：“大人，您今天所说的，我有一件事情不明白。”

“你说好了。”

“大人您刚才说的那些……我只是有点不明白，窝在这么个小山村里面，纵然可以站住脚，那也只是苟活而已，难以有什么发展。我想知道，大人您这样做，目的到底是什么？”

紫川秀没有出声。

“大人，今天晚上您的说话中，只字不提如何返回家族的事情，其实以大人您跟家族监察总长帝林大人的交情，还有您与宁小姐的关系，我想，只要您回去了，洗清冤情，还您清白，这并不是很难的事情。”

紫川秀深深地凝视着白川，与刚才的那群人不同，眼前的无疑是个极聪慧的女子，自己的计划是瞒不过她的。他沉吟一下，低沉地说：“时光若能倒流，让我再选择一次的话，我还是要去杀雷洪。有些事情，是男子汉不能逃避的责任。虽然魔族的阴谋使得我身败名裂，但我并不后悔。去杀雷洪之前，我没敢跟我大哥斯特林说，不然他一定会阻止我的；同样，我也没敢跟你们说，是害怕机密泄露。没想到的是，会因此而连累了大家，连累了你，这个我真的没想到……”紫川秀慢慢地说，语调低沉，透出一股少见的真挚味道，显得非常内疚。

白川一时不知如何回答的好，想了一下，她轻轻地说：“哥大人也是我的救命恩人，杀雷洪为他报仇，并不是大人您一个人的责任，我也有份的。大人您一个人出生入死，承担那么沉重的责任，我们却不能为您分担丝毫，已经让我们几个当部下的很自责了。所以，连累什么的，这种话您就不要再说了——至于下面的弟兄们，他们也很佩服大人您的勇气，都赞扬大人您是条汉子。大人，您不过做了件该做的事情，没有人怪您的。”

紫川秀感激地望了白川一眼。这个平时看起来很凶的女孩子，没想到还有这么体贴和善解人意的一面。他点点头，继续说：“被家族冤枉和误解，在我而言，已经不是第一次了。如果我们现在就这样灰溜溜地回去的话，那就只能以戴罪之身接受审查。靠着我大哥和阿宁的庇护，你我也许可以保得性命在，但叛国者的屈辱和嫌疑，会让我们一辈子也抬不起头来的。”

真正的原因紫川秀忍住了没说出来：没混出什么名堂来，就这样灰溜溜、屈辱地回去，我怎么有脸去见阿宁？虽然他并不明白这个规律，古往今来，无数英雄好汉与他犯了同样的错误，他们血染疆场、建功立业，都只是为了那浅浅一笑。男人往往都是为了自己喜欢的女人而奋发图强的。但他却真的很想，有朝一日能以配得起紫川宁的身份和地位，满载功勋与荣耀，骄傲地出现在她面前。而现在这副屈辱的落魄样，他是宁愿死也不愿意回去见紫川宁。

“想洗清嫌疑的话，方法有很多，语言辩解只是其中一种，但也是最无力的一种。实力，也是一种辩解的方法。”紫川秀慢慢地说，一瞬间，他的眼神变得十分锐利，“我的命运，不想再让别人左右。我想要的，并不只是苟活而已。用一年到两年的时间，把秀字营训练成一支强悍的精锐部队，推翻魔族对远东的统治，光复远东全境，建立一个相对独立的远东自治政权，这就是我的计划。那时候，所有诬陷我们的流言蜚语，都将不攻自破。我们可以堂堂正正地昂首返回故乡。”

白川吃惊地睁大了眼睛，她没想到紫川秀的计划竟然是如此“远大”，或者说，是如此荒谬。现今，魔族正雄踞远东，他们拥有世界上最强大的军队，四百多个团队的庞大兵力正驻扎在远东，又有如云的名将，还有号称当世第一高手的魔神皇。这样可怕的实力，就是当世最大的两个人类势力——紫川家族与流风家族也不敢与之正面交锋。以秀字营八千多人的乌合之众就想击败强大的魔族王国？那简直比天方夜谭还要天方夜谭，白川即使在睡得最香甜的晚上都没有做过这样的美梦。

她很想放声大笑，却笑不出来。眼前的紫川秀，纤瘦、虚弱、疲惫，脸色呈现失血过多的苍白，但却散发出一种从没有过的凛然气质。白川心念一动，却无法把那种感觉具体地用语言描述出来。一瞬间，她想到了一个最恰当不过的词语：英气逼人。

她努力使自己跟上紫川秀的思路：“大人，想建立一支军队，并不是那么简单的事情。打家劫舍的盗贼团伙是一回事，但是一支纪律严明、装备精良的正规军队，需要大量武器、装备、粮草等物资的补给，需要一个稳定的后勤系统。我们缺乏一个可依靠的后勤基地。单靠布卢村的这些半兽人，是不成的。”

她跟自己说：他是个疯子，我更是，居然跟他讨论起具体实行的可能性起来。

紫川秀神秘地一笑：“刚才我没说，选择在这里搭寨，还有一个最主要的原因。在这个偏僻的村落后面，有一条秘密的山路可以通过古奇山脉。也就是说，不必经过瓦伦要塞，从这里可以与紫川家的内地交通。”

“什么？”白川霍地站起来，一脸不敢相信的震惊表情。

自古以来，人们就知道，古奇山脉号称不可逾越的天险，它分隔了家族内地和远东地区，瓦伦走廊是山脉唯一的缺口，而瓦伦要塞就坐落于此要道。只有通过它，人们才可以进出家族内地和远东——这几乎已经成为人们的一种惯性思维了。这种单一的险峻地形在战略上的意义是极其重要的，就因为古奇山脉只有一条道，紫川家才能够数次倚靠瓦伦可怕的坚墙厚壁阻挡魔族的大军。

现在，亘古不变的格局即将改变了。一旦魔族知道了这个秘密……

白川已经在脑海中想象出这么一幅可怕的情形：通过秘密的小路，魔族的主力大军在瓦伦防线的背后突然出现，他们蜂拥进入毫无防备的家族腹地，从瓦伦到帝都之间的每一个人类城市都将淹没在血泊与火海中……

看到白川的脸一下子变得煞白，紫川秀不出声地望着她，那无声的目光仿佛在问：现在你知道问题有多严重了吧？

白川坐下，又急切地问："有多少人知道这条道？村里的半兽人们知道吗？"

紫川秀带着欣赏的神色看着她。白川确实是个非常难得的优秀人才，非常无私。得知有第二条道的时候，她的第一反应不是庆幸自己终于可以回家了，而是为整个家族和人类的命运担心。

紫川秀轻轻摇头："村里的人不知道。你不必担心，事实上，世界上知道这个秘密信道的只有三个人。一个是我，一个是你，另外一个是……"他犹豫了下，说，"是一个绝对不会泄密的人。"

"没有那种人！"白川尖锐地说，"只有死人才是绝对不会泄密的。魔族的酷刑会让坚贞不屈的好汉变成一条软虫！"

"问题是，"紫川秀悠然地说，"这是一个连魔族也拿他没办法的人。"

"怎么可能有这样的人……"白川猛然停住话头，神情变得惶恐，"难道是'他'？"

紫川秀肯定地点头。

"真的是他？！"

"真的是他，他就在这附近的山林中隐居着，一直守护着那条秘密要道。"

白川长嘘一口气，喃喃说："我明白了。"

这时她才终于理解了紫川秀的用意，将秀字营的藏身之处设在这里，是绝对安全的。有"他"在这里，即使魔族的整路大军统统杀过来，也不必有任何担心。这时她才明白，为什么紫川秀一路上非常警惕和紧张，一到了布卢村却立即轻松起来，竟然连斥候也没有派就敢安心吩咐大家安营睡觉了，原来是因为强援就在周围。

震撼刚过去，白川的好奇心又起来了。想到传说中的"他"，她激动得心脏怦怦直跳。她不禁轻声问："大人，您好像已经很多年没有回布卢村了吧？您怎么知道'他'还在这里？'他'长得什么样？帅吗？一定很厉害吧？"

紫川秀淡淡说："他已经来了。"

震惊之下，白川不顾淑女的形象，整个人从椅子上跳了起来，吃惊道："在哪里？在哪里？"惊惶地左看右看，却不见任何人影。

紫川秀微笑道："你冷静下来，注意用耳朵听。"

周围静得出奇，空气中荡漾着奇异的波动，仿佛空气已经不再流动了，给人一种压抑的感觉。刚才一个劲地嘈杂不安的夏蝉，不知什么时候起，已经乖乖地闭上了嘴巴。远远的村中听不到任何犬吠声，河潭里的青蛙不做声了，甚至凉爽的夜风吹过针叶林所发出的那种特有的呜呜声，也停止了。

五月酷暑的晚上，一股压抑的阴寒使得白川不禁打了个寒战。她偷偷地向紫川秀挪近了一点。这时的她，虽然身处数千大军环绕下的中军帐篷中，却依旧感觉自己是无遮无掩的，心头泛起的那阵莫名的无力感，怎么也无法消除。

就好像有一双无形的手在后面推着似的，帐篷的帘子无风自动，一点一点地向里面敞开了，外面却看不到人影——若不是紫川秀温暖的手及时地环住她肩头，下一秒钟白川就要大叫"有鬼"了。她转身啪地打了紫川秀一个巴掌，骂道："流氓！"

扑的一声轻响，四支照明的火把同时熄灭了。一瞬间，帐篷里变得一片漆黑。

白川猛地抽出了马刀，叮的一声轻响，雪亮的刀光在黑暗中一闪而逝。

"白川，不要乱来！"紫川秀喝道。

忍住了一刀劈下去的冲动，白川持刀静静地立在黑暗中，努力想看清楚眼前的那一片黑暗。从光明到漆黑的整个过程太快了，她的眼睛还无法适应，眼前一片赤红。她使劲地揉着眼睛，想把眼前的黑暗看个清楚，却无法办到。只是隐约感觉在原来紫川秀所坐的位置，好像有个什么东西。黑暗中没有任何声音，死一般沉寂。

也不知过了多久，五秒钟，十秒钟……当她的眼睛慢慢开始适应那黑暗的时候，眼前又是突然一亮。她下意识地闭上了眼睛躲避那阵刺眼的光亮。

她马上又睁开了眼睛，四支照明的火把不知怎么的，竟然又在墙角噼里啪啦地燃烧着，散发出松木特有的清香。屋子里仍旧只有紫川秀和她二人，刚才究竟发生了什么？

一下子，白川猛地掀开帐篷帘子冲了出去，张望四处。外面空无一人，只有那连绵的帐篷。营地边上的林子里，知了在永不厌倦地嘶鸣着，远远的村中的狗在发出呜呜的怪叫，可以听到远近军营中，士兵们走路的脚步声、帐篷里聊天的窃窃私语声、巡逻哨兵武器的铿锵声。那股奇异的压力已经消失了，一切都恢复了正常。头顶，满天星斗灿烂。

几个士兵举着火把围着营地正在巡逻，经过主帅帐篷的时候，举手给她行了个军礼。白川怅然若失，心里知道“他”已经走了。她轻轻地还礼，又走了进来。

“他……走了？”

紫川秀依旧是半躺在卧铺上的姿势，微笑地看着白川。白川这才发现自己手上还提着马刀，脸上一红，当时纯粹是出于下意识的自卫反应，一下子拔出了刀子。自己到底想干什么？自己难道想跟人类历史上最杰出的超级高手交手？那岂不是荒谬？她赶紧把刀子入鞘，这才发现，面前的桌子上摆着一本薄薄的纸册子。白川拿起来，看到册子的封面上写着：玄天刀。

紫川秀微笑道：“他说，几百年来敢对他拔刀相向的，你还是第一个，这个小姑娘很有趣，所以特意送给你这个，让你好好练——你不要小看这个，这是他亲手抄写的。”

白川一阵狂喜。由“他”手里拿出来的武功，定然是非同小可的秘籍，这真是意外的巨大收获啊！她轻轻翻开了册子，略一浏览，一行行俊秀又挺拔的字迹映入眼帘。从字迹之中，她感受到了一种含而不发的英气，就如想象中他的人一样，孤高又狂傲。

“刀者，百兵之王。下者以力运刀，中者以气而御，上者以意运之。以天为刀，则为至高之境界……”

她觉得一阵眩晕，赶紧合上了封面。这本书的字里行间，仿佛蕴含着一种神秘的魔力，没看几行字，丹田中的真气就开始隐隐萌动，就像江河澎湃失去控制，竟然有点不听使唤的感觉了。她知道这种高深武功得静下心来，慢慢地修炼，一点都急躁不得的，心头充满了欢喜，只要耐心地修炼，假以时日，自己的高手梦有望实现了！

她又有点黯然，因为传说中的绝代高手刚才就在自己面前，自己竟然不能一睹“他”的风采，实在是终身的遗憾。

她轻轻地说：“太可惜了，我竟然没能见他一眼。”心里暗暗有点怪罪，他架子也太大了吧，看一眼也不会少一块肉。

洞察了她的心思，紫川秀摇头：“你不明白的，只是……”他不知道该如何说下去了，只是长长地叹息一声，想：其实他是个很不幸的人。

“刚才的事情，你不要说出去。现在，你还觉得我的想法是做梦吗？刚才‘他’答应了，他不参加我们的对外作战，但在这段时间里，他会尽力帮助我训练军队的。”

白川连连点头，事情既然有“他”参与，那就什么事情都有可能发生的。就是不用紫川秀吩咐，她也知道刚才所听到的是关系整个大陆命运的最大秘密，绝对会守口如瓶的。她非常高兴，又有点惶恐，小声地说：“大人，我不明白，你为什么要告诉我这些。这些都是非常重要的秘密。”

紫川秀安静地看了她一下：“我相信你。这是条非常危险的道路，在你走上去之前，你有权利知道，在前方等着你的是什么。”

听到“相信”二字，不知怎么的，白川竟然有了点流泪的冲动。她轻声说：“大人，我跟你走！”

紫川秀满意地点点头。他知道白川在军中的威望极高，争取到了她的支持，就等于争取到了秀字营的真正指挥权。

“现在，我们队伍中最大的问题不是粮食不足，也不是魔族的威胁，而是士兵们的军心。大家都感到对未来没什么信心，提不起精神来——这样的部队，是没有战斗力可言的。”

白川听得称是，紫川秀说得确实是一言中的，她也感觉到了，目前部队的精神状态确实很令人担忧。

“大人，您有什么办法？”

紫川秀淡淡地说：“给他们希望。”

第五章　脱胎换骨

第二天清晨，紫川秀召集秀字营全体集合讲话。清晨的雾霭中，八千多名士兵在林子边上排成了个方阵。士兵们安静肃立，队列整齐——这是秀字营有史以来秩序最好的一次集会了。一身戎装的紫川秀出现在众人面前。他虽然脸色苍白，但一身天蓝色的军官制服，肩膀上代表副统领军衔的银星灼灼闪亮，衬托他挺拔的身躯，显得英气勃勃。

看到长官少有地穿上了正式军服，神情肃然，部下们无不精神一振，预感到具有重大历史意义的事情就要发生了。

“弟兄们。”紫川秀脸色苍白，语调严肃而低沉，他并没有特意提高声量，但队列中的每一个人无论远近，都听得清清楚楚，低沉的话音回荡在空旷的平地上，远处群山响起阵阵轰隆的回声，“这些天所发生的一切，相信大家都已经知道了。总之，是我太过任意妄为，连累了你们。对此，我感到非常抱歉，在这里，请允许我谨向各位说一声‘对不起’。”

面对着士兵们，紫川秀深深地一鞠躬。士兵队列中一阵骚动，有人不安地挪动着身子。按照紫川家军队的传统，长官就和神一样，是绝对不会犯错误的。现在，副统领级别的高级军官居然向自己的部下们——那些最低等的列兵道歉？家族历史上从没有过这样的事情。

“纵使在这种最困窘的环境中，我看到了，大家对我的忠诚依旧没更改，这让我非常欣慰。在这里，我想问各位一个问题，你们最大的希望是什么？”

下面鸦雀无声，士兵们睁大了眼睛，不明白自己的长官是什么意思。白川三人面面相觑，他们也同样不明白紫川秀的意图。印象中，没有哪一个将领会对部下这样演讲的。

紫川秀随手指着前排一个穿黑色骑兵披风的高个子士兵：“你，出列！告诉我，你最希望得到的是什么？说实话！”

被叫出来的士兵手足无措，他第一次被近万人的目光这么注视着，结巴得几乎说不出话来：“大人……我……我我……”看着紫川秀那严厉的目光，他吓得浑身哆嗦。突然，仿佛突然福至心灵，他大声地开口了：“大人，我最大的希望就是早日消灭万恶的魔族侵略者，家族早日光复远东，我们伟大的总长殿下万寿无疆……”

紫川秀一脚把他踢得没影了。

第二个被叫到的士兵结结巴巴地说：“我祈祷世界充满和平，让人类充满爱，今年风调雨顺……”

紫川秀一拳把他打翻，叫罗杰过来：“挖个坑，把他给埋了。”

被叫到的第三个士兵是个很年轻的小伙子。看到自己两个前任的可怕下场，他几乎站也站不稳了。紫川秀恐吓地跟他说：“要讲实话！你的愿望是什么？”

士兵战战兢兢，脸上青一阵白一阵的，忽然鼓足了勇气，大声喊道：“我最希望的就是娶隔壁的阿花为妻！”

“哈哈哈哈哈！”“呵呵呵呵呵呵！”几千人哄地一下爆笑起来，大家笑得前俯后仰，就连站在前排的军官们也不禁莞尔。士兵的脸红得像那初升的太阳，不敢抬头。

紫川秀没有笑，他很严肃地看着那个小伙子，忽然问：“那你为什么不娶？”几千人的嘈杂笑声中，紫川秀声量并不高的问话声远远地传开来，就像在耳朵边上说话似的，每个人都听得非常清晰。

士兵依旧不敢抬头，低头说：“她家里人看不上我，嫌我穷，又没地位。后来，她嫁给了一个有钱的当官的。但她喜欢的人是我。”

笑声和嘈杂渐渐地低落下来了。听到了年轻士兵的讲话，大家都露出若有所思的神情。秀字营的绝大部分人都是地方上的小混混、地痞、流氓之类，他们生活在社会的最底层，没钱、没地位、没有一份正当的职业，也没有可以正当谋生的技能，很多人都曾有过同样惨痛的经历。

紫川秀同情地拍拍那个年轻士兵的肩膀，示意他退下，又问下一个士兵。这个家伙咧开了大嘴傻笑着：“大人，我最希望的是有钱！好多好多钱，多到堆满我的房间！”他张开两手比画着：“这么大一堆……”

“大人，我想要一座很大很漂亮的房子！”

“我的愿望是娶一个美女当老婆——不，是娶一大群美女当老婆！”

“我要当大官！当个旗本最好，看谁不顺眼，就拿鞭子教训他！”

士兵们兴奋起来了，一个刚说完另外一个又抢着说，越说越荒谬。有个傻乎乎的大兵说他最大的愿望是每天可以吃上二十个肥得流油的包子，大家笑得简直要发疯；还有个家伙只是吞吞吐吐说了半句：“我的愿望是……”任凭大家怎么威胁他也不肯再往下说了，只是一个劲地用色眯眯的眼神望着白川，结果白川大人少见地脸红了一下，当场就把他砍成了二十段。

大家乱七八糟地嚷嚷了一阵，紫川秀扬起了手示意安静，所有的嘈杂渐渐地平息了下来。

“弟兄们，你们的愿望和梦想我都听见了。你们想发财，想当官，想美女……不客气地说，以你们的条件，按照正常的努力，这是绝对不可能实现的。”

士兵们发出了一阵轻轻的笑声，这个他们自己何曾不知呢?

“但是，现在正有这么一个机会出现在你们面前。魔族已经侵占了远东，魔族与紫川家族之间，一场大战势不可免，这样的乱世中，正是有志男儿建立功勋的时候!回想三百年前，紫川云不正是从光明帝国的废墟中崛起的吗？谁能料定，在你们中间，就不会出现明日的高官重将呢？”

士兵们听得入神，一个个身子前倾，眼睛中射出渴望的光芒。几千人聚集的会场一片寂静，紫川秀声音显得特别响亮：“在一个庞大帝国的建立和它的崩溃中，同样都是可以获得大量财富的，而且后者来得更快！这正是千载难逢的好机会，我所需要你们付出的，只是勇气与胆略。只要你们够胆子跟我干，我紫川秀是绝对不会亏待你们的!

“当然，这中间有危险，魔族势力现在还很强大，战争会流血、会死人——但你们本来就一无所有，生活在社会的最底层，没人看得起你们，连条狗都比你们活得威风——”紫川秀提高了声量，“这样的生活，活着跟死了有什么两样？！我不能保证你们每个人都能活着回到家乡去，但是我可以保证，只要能回去的，每个人都将成为将军、军官，成为富豪、贵族，成为那些——”

他停住了话头，突然大吼一声：“你们想不想有大把大把的钞票？”

士兵齐声巨吼：“想！”巨大的声浪吓得树林中的鸟儿扑棱扑棱地飞起。

“你们想不想当将军、当统领、当旗本、当总督、当市长？”

“想！”

“你们想不想住那种漂亮的楼房，搂着一大堆女人坐轻便马车逛街？”

“想！”

紫川秀高声一呼：“受人尊重、有权有势、荣华富贵、身边美女如云——用你们原来那平庸、烦琐、贫穷的日子，来博取这样的生活，你们愿不愿意？”

士兵们听得热血沸腾。他们本来就是一无所有的亡命之徒，从不害怕失去，因为他们根本就没有可失去的。现在看到命运转变的一线契机，他们一起雷鸣般地怒吼：“我们愿意！”

紫川秀响亮地清叱一声：“听我的命令，服从我，跟我走！愿意的，请举起右手！”

一瞬间，八千多人全部举起了右手，一片密密麻麻的手臂举了起来，一眼望不到边际。士兵们激动得像狼崽子一样嗷嗷直叫：“跟着大人走，宁死不回头！”

“杀人放火，赴汤蹈火，只要大人您一句话！”

“大人，我们跟你，豁出这条命了！”

旗本们面面相觑，他们事先谁也不曾预料到今天会出现这样的场面，紫川秀居然只用那么简单的几句话，就把八千多人全部变成了他死心塌地的拥护者？他的煽动能力真是太可怕了。有人甚至在脑子里想起了这样的问题：优秀的部队指挥官，卓越的演说才能，可怕的煽动能力，对人性的深刻了解……这些才能聚在同一个人身上的话，那真是太危险了。

眼前的这个人，真的是自己所熟悉的那个嬉皮笑脸的色狼加财迷吗？

紫川秀转过头来望着几个旗本：“罗杰，你们几个呢？”话语并不高，却带着一种不容抗拒的威严。

白川的反应最为平静。她自己也不明白，为什么会一点惊讶也没有。什么时候起，自己所熟悉的那条鼻涕虫，已经成长到这一步了？也许在潜意识里，她早已经预感到了这一时刻的到来，脑子里在静静地翻转着一个念头：龙之潜，乃龙之必腾……

她向前走出一步，听到自己声音不高但却清晰地说：“我，白川·加纳明，在此发下血誓，终我一生一世，誓死效忠秀川大人。就像鲜血成灰永不能收回，我的誓言，也永远不能更改。对大人的忠诚，至死不渝！”抽出马刀来在自己的手腕上轻轻一割，轻轻平举手腕，任凭殷红的鲜血顺着白皙的玉手安静地滴落地面。

罗杰站出来与白川平行，大喝一声：“我，罗杰·罗严格，谨在此发誓，誓死忠于秀川大人，为了大人赴汤蹈火，在所不惜！”同样地以血宣誓。

明羽第三个出来，一割手腕，很简练地说：“我，明羽·德里安发誓，忠于大人，永不背叛！”

士兵们跟着大喝，八千把马刀高举，形成一片耀眼的金属光带，声音直冲击云霄：“生生世世，至死不渝，永不背叛！”

帝国历七八〇年的五月六日清晨，就在这一刻，后世历史上的最强军团秀字营，终于诞生了。谁也没有想到，在远东瓦格行省莽莽丛林中，一群乌合之众的热血效忠之声，居然有如此威力。在以后的日子里，这股震撼的呼声，穿越了茫茫的时空，传到了遥远的帝都，传到了冰天雪地的魔神堡，传到了炎热的远京，浩浩荡荡，一直传到了大陆的最尽头。整个大陆的历史，也就在这一刻开始了改变。

也从这一时刻开始，被后世的诗人所讴歌崇拜、被史学家记诸历史的伟大人物，开始了他生命中最辉煌的传奇。

斯特林统领抬头看看窗外，已经是一片漆黑万家灯火了，他惊讶地自言自语：“原来已经这么晚了！”把手头处理好的文件整理完毕，交给秘书，叮嘱他：“明天发统领处。”秘书领命而去。

今天的事情特多，一早起来，先是视察了帝都郊外的中央军新营地，接着又为装备和粮草的事情与后勤处的负责人交涉，接着又来了几个中央军的中层指挥官向他报告部队的整编情况。斯特林一一做了具体的指示。接着回到办公室，就开始处理堆积如山的大批文件。等到搞完的时候，没想到天已经大黑了。

斯特林从办公室出来，站立在门口的卫兵立即立正向他敬礼，喊：“大人！”

不像别的那些高级军官，他们往往是理都不理就昂着头径直走了，斯特林很礼貌地还礼，说：“辛苦了！”他看到了，一瞬间卫兵那感动的神情。

马车已经等候在军务处的门口，车夫跳下来快步走近，笑着说：“大人真是辛苦了，工作到这么晚——现在要回家吗？”

斯特林犹豫了一下，他还不想回家。他想起好久没见过帝林了，吩咐车夫说：“你自己回去吧。我去逛逛。”

“可是，大人，夫人吩咐我的，一定要接送您……”

想起这个斯特林就感到厌烦，李清关怀得实在太无微不至了，以至于斯特林竟然有一种喘不过气的窒息感觉。他挥手说：“你回家告诉夫人，我去监察总长家逛逛，告诉她吃饭不用等我了。”

听出斯特林的话语中已经带有了一丝愠意，车夫不敢多说什么了，点头哈腰地说：“是，是，我回去跟夫人说。大人，您不用我送您过去吗？”

“嗯，你去吧。我自己走过去就行了。”

车夫看着他一身戎装，欲言又止，最后还是小心翼翼地说了：“大人，依我看，如果您要走路去监察长大人家的话，最好穿便装，或者干脆就由我用马车送您过去好了。”

斯特林看了一下自己身上那平整洁净的深蓝色呢子制服，奇怪道：“军装怎么啦？”

车夫犹豫着，吞吞吐吐却不敢说话。斯特林不耐烦了：“好好好，你回去就是了。”挥手遣走了他。

晚上八点来钟，正是大城市夜生活刚开始，一天中最热闹的时段。繁华的街道，熙熙攘攘的人流从身边经过，两边装饰华丽、琳琅满目的陈列商品，五光十色的装饰和街灯，那种大城市特有的靡丽的、鲜活的生活气息扑面而来。

刚从一天繁重的办公室工作中解脱出来，漫步在帝都最繁华的大街上，斯特林不由精神一振，感觉一种久未有过的轻松和喜悦。他微笑着看着周围的热闹场面，享受这难得的轻松。

忽然，他发现点异样的情况，空气中似乎散发一阵对他的恶意波动。当自己走过的时候，周围的行人纷纷侧目。身为家族的高级将领，被别人注意和瞩目，对斯特林来说，那是常事了。但这次略有不同，在路人投来的目光中，不见往日常见的那种尊重和崇拜的感觉，倒显得非常厌恶，好像还带有点不屑和轻蔑。

斯特林很不自在，心里纳闷：这是怎么了？却不好扯住别人询问。

在路过一家水果店的时候，他记得帝林是最爱吃香蕉的，进去买了一袋。在交钱的时候，他随口问了下老板。

老板表情似笑非笑：“年轻人，你还是赶紧把这身衣服给脱了吧。”

“啊！”斯特林想起了车夫也说过同样的话，赶紧问：“为什么呢？”老板笑而不答。不管斯特林再怎么问，他再也不肯说了。

斯特林闷闷不乐地出来，刚走不到几步，听到后面有人喊：“咳，当兵的！”

斯特林闻声转身，迎面什么东西飞来，他一下躲闪不及，那东西正砸在他胸口，啪的一声，胸口湿了一片。

接着，又是第二个东西飞来，斯特林一闪，那东西没砸中，撞到了墙上，啪地又碎了，液体飞溅。斯特林这时看出来了，刚才用来砸自己的是个鸡蛋。

他抬起头来，看到滋事者，一个留长发、很年轻的小混混，就在前面不到十米的地方，正得意扬扬地望着自己。看到斯特林愤怒的样子，他掉头跟身边的几个同伴说：“看那当兵的，一副傻样！”几个小流氓一起放声哈哈大笑。

斯特林怒气冲冲，正想过去教训他们一顿，小流氓喊道：“当兵的，在帝都的大街上，可是保卫不了祖国的啊！有空逛街，不如去把远东抢回来啊！”

仿佛突然被天上的雷电击中一样，斯特林一下子僵住了。流氓的话语，就像一把尖刀似的狠狠地刺中了他的心脏。他失去了动弹的能力。刚才满腔的怒火，现在已经消失得无影无踪，剩下的只有羞愧难当。

过路的行人停下来，议论说：“正是！这叫什么军队啊！”

“被魔族打得落花流水，一个劲地跑，连武器和旗帜都丢光了！”

“丢了远东二十三行省不算，还得赔款！”

“靠我们老百姓出钱才把他们赎回来的，真是丢脸！”

“你就不害臊，还好意思穿军服上街！”

斯特林脸色苍白，浑身发冷似的哆嗦着。他一句话也说不出来，不敢，也无法与眼前的人争辩什么，推开了眼前的人群就走，耳边传来了人群的喊声：“看，那个当兵的想跑了！”

“他不敢跟我们顶嘴。”

“胆小鬼！”

眼前的世界开始天旋地转，迎面扑来的每一个人仿佛都在冲自己大吼：“胆小鬼！”

脑子里，一个巨大的声音在反复轰隆作响：“军队没有尽到自己的责任。军队辜负了人民。军队辜负了国家。这样的军队和军人，已经成了耻辱！”

他踉踉跄跄地跑进一个小巷，看看周围没有人，赶紧把制服给脱了下来，只穿着里面的白衬衣，找了个袋子把外套装了进去。他深深地呼吸一口气，努力平静了下来，只觉得心脏扑通扑通跳得厉害，就像小偷刚刚逃离了作案现场，原来想买给帝林的香蕉不知什么时候也丢了。现在他明白了，为什么一路过来都没看到有穿制服的军人上街了。仔细想了一下，他改变了方向。

门口的侍卫官恭敬地过来：“斯特林大人，您请进。总长在里间等您。”

斯特林点点头，整理一下衣裳，大步走进了总长的办公室，端端正正地行了一个军礼。紫川参星从宽大的办公桌的后面站起身来迎接，微笑着说：“斯特林，你来了！快坐下吧。”

斯特林道谢以后坐下。紫川参星笑眯眯地说：“往常你想见我，不是直接地就进来了？今天怎么这么隆重，还要让他们通报呢？”

斯特林微微欠身："下官往日疏忽了礼节，现在想起，实在不安。何况，现在下官的身份已经变化了，自然不能再像往日那么随便了。"

紫川参星微一思索，已经明白了斯特林的意思。那时候斯特林担任的是禁卫军副统领职务，以那个近臣的身份自然可以随便点。但是现在他已经是手握重兵的军方重臣了，以这个身份，如果再像往日那样随随便便地不宣而入的话，恐怕会引起诸多猜忌和怀疑。

紫川参星叹息："斯特林，你还是一样谨慎啊！你也不必太在意那群小人的言论了。不管你是什么身份，我是绝对相信你的。"

斯特林深深一低头，表示感谢总长殿下的垂爱。紫川参星在心头叹息不止。斯特林本来就端正谨慎，自从在远东归来后，他变得越加深沉冷峻，不苟言笑。那段痛苦的经历使得他改变了很多，那份沉稳和严肃简直就跟久经世事的老人差不了多少。

紫川参星自然知道，这其中的原因，除了远东战争的失败以外，恐怕还有与魔族公主卡丹之间那段刻骨铭心的感情纠葛。紫川参星希望他能早日解开这个心结，但也知道这种东西是谁也无法劝解的，只能等待时间的流水慢慢地冲淡伤痕。毕竟，他还年轻啊！

"嗯，斯特林，那你这么晚了，找我有事？"

斯特林点头道："是的，下官有一不情之请想请总长大人批准。"

"哦，什么事情，你说吧。"

"下官知道，自从哥应星大人逝世以后，远东统领一职还一直空缺着，并没有任命新人。本来说臣属是不应该提出非分要求的，但是，下官这次冒昧请总长大人恩准，将此职务授予下官。"

紫川参星有点惊讶。他沉思一下，问："斯特林，你可知道远东统领职务的分量和意义？"

"是的。长期以来，因为要抵御魔族的侵扰，以单一军团承担家族东面防线的全部防务，远东军是家族诸路军团中责任最为重大的。但也因为这个，历来远东军都是家族最重视的第一大军团，管辖地域最广泛，统帅兵力也最为强大，所以，历任远东统领都是由总长亲自指派最亲信的将领担任。在下冒昧，恳望总长能将此重任交托于我，我定会尽心努力，不负殿下重托。"

紫川参星叹息说："斯特林，若是一年以前，我会毫不犹豫地当即任命你。但是现在，情况已经大大不同了，远东二十三行省已经全部沦陷，现在的远东军，顶多只能管瓦伦要塞了。无论从权限还是掌握实力来说，这都远远比不上拱卫帝都的中央统领来得重要。何况，若说等级和重要程度，即使以前的远东统领位置都比不上你，你又何必舍重而拣轻呢？”

“殿下，这些情况我都清楚的。只是现在的瓦伦要塞已经成为我紫川家与魔族争战的最前线了，关系我家族存亡的最关键堡垒，却只有林冰副统领在坐镇。殿下，如此重任，在下担心，这是否对林冰阁下过于沉重了？如果有个什么疏忽闪失的话，魔族大军就将长驱直入了……”斯特林故意停住了话头。

紫川参星一时悚然，斯特林说的是道理，将举国命运交托给一个女性，是否过于冒险了？但他马上清醒过来，很显然，斯特林是在故意危言耸听的。他的目的不难猜到。在帕伊城被魔族围困，最后只能靠家族割地赔款才能把他救回来，他将其视为最大耻辱，急着与魔族重新开战一洗前耻。如果让他过去，恐怕上任不到三天他就会下令倾城而出与魔族决一死战了，这才叫真正的危险呢！相比之下，还是富有经验、善于忍耐的林冰来负责安全得多。

紫川参星打个哈哈：“哈哈，斯特林啊，你可是太小瞧林冰了！她可是哥应星一手带出来的学生啊，又戎马一生，经验丰富。你就放心好了，你说的那种情况不会出现的，或者说，你认为自己比她要强很多，瞧不起她？”

斯特林下意识地谦逊道：“下官当然不是这个意思了……”

“嗯，那就行了嘛！”紫川参星飞快地打断了斯特林的话头，“瓦伦城的守军都是远东军的旧部，一直是由林冰来带的，她最熟悉情况了，换一个新手过去，可能不是很好吧？再说了，我们这里也离不开你啊！新军的组建和中央军的整编，事情多着呢，你怎么走得开？”

“这个……”

“斯特林，我记起来了，你现在应该还是在新婚吧？怎么不好好陪陪李清？你这样做可不好啊！结婚不到几天你就过来了，李清那丫头会在背后骂我老头子刻薄的……哈哈哈，记得啊，一个月蜜月过完了再过来工作，不许提前，这是命令……哈哈哈……”

在紫川参星哈哈哈的爽朗笑声中，斯特林狼狈不堪地退出了办公室。他失望地叹了口气，看看时间，也还早。

帝林和林秀佳夫妇惊喜地欢迎斯特林。自从远东回来后，斯特林还是第一次到帝林家中拜访。帝林三两下就打发走了其他的客人，林秀佳刚生产完不到一个月，还是下床很快地做了几样精致的小菜送上来。斯特林不安地说：“太客气了，嫂子，你不应该起来的。”

帝林骂道：“你这么晚过来，还不就是为了我老婆炒的菜，现在又在这假惺惺说什么太客气了！斯特林，你这个家伙就是不好，喜欢假撇清！”

林秀佳语笑嫣然：“没什么的，你大哥帝林晚上睡得很晚，每晚都要吃点夜宵的。有你来陪陪他喝酒，他会高兴很多的。改天你也把李清带过来，让大家一块儿聚聚啊？”

斯特林笑笑，没有说什么。林秀佳知道这两兄弟见面一定有其他话要说，很快地告辞：“我去隔壁做点家务，有事你们叫我。”

看着林秀佳的身影离开书房，房门轻轻在她背后合上，斯特林打量着帝林朴素的书房，他不打算跟帝林说刚才的遭遇。这件事情，连重复一次都是种难以忍受的耻辱，他不想把这种难堪也带给帝林，强打精神笑了下：“嫂子真是贤惠，月子刚过就又操持家务了。”

帝林轻笑：“其实有时候我觉得她是自找的，家里明明有用人的，她还是不放心，非要自己动手下厨。”

“话是这么说，但嫂子的手艺，一般的用人怎么比得上？你吃惯了嫂子做的菜，再叫你去吃平常的，你准是意见一大堆。”斯特林斟起了酒杯，微笑道，“做爸爸了，感觉如何？”一个月前，林秀佳刚刚分娩，顺利生下一个儿子。当时斯特林正与李清度婚假在外地赶不回来，只是遣人送了一份贺礼。

帝林苦笑道：“百感交集啊！”他也斟起了酒杯与斯特林一碰，“一眨眼突然就成了人家的爸爸，一时间，还真是适应不过来。小家伙一天到晚闹个不停，真让人揪心。”他微笑地望着斯特林，“你呢？做人丈夫了，感觉又是怎样？”

斯特林神色淡淡的：“也就那样吧，就当是一份任务，完成了也就是了。”低头闷闷地喝酒。

帝林立即明白了，斯特林的家庭生活过得并不是很愉快。他用劝慰的口吻说：“你跟李清吵架了？刚结婚，两口子一下子难以适应，那也是常有的。李清这个女孩子我见过，她不像林秀佳，她是名门之后，个性是强了一点，也可能有点性子，你要多让着她点。”

“李清没什么不好。”斯特林沉沉地说，“学识、性格、相貌、才干……她样样都优秀，而且还是内务处的红衣旗本，在家里也没什么脾气，家务又勤快——嗯，没什么不好的。只是我配不起她罢了。”

帝林吃了一惊，正要细问，斯特林已经变换了话题：“刚才我去见总长了，我想换个职位干。”

“啊？”帝林更加吃惊了，“换个职位？换什么职位？”

“嗯，我想调任远东军统领。”

帝林更加吃惊了。他伸出手在斯特林面前晃来晃去的，问：“这是几根手指？”

“两根。大哥，你别闹，我很清醒的。”

“我看你就不怎么清醒！你应该也知道，远东军统领这个职务现在等于是只剩了一个空壳子，实质上就等于瓦伦总督罢了。你居然好好的中央军统领不干，想跑去守边疆！你知道吗？现在瓦伦军法处的头卢真天天给我打申请报告，他拼命地想调回帝都监察厅，哪怕是调回来扫地擦桌子他也愿意了！那里有什么好？又远，又偏僻，又危险，哪天魔族一旦攻过来，瓦伦就是首当其冲！这个地方就像个火山口，危险得烫屁股，多少人跑都来不及呢，你还主动地想过去？”

斯特林沉默不语，其实他就是希望和魔族开仗来一雪前耻，但说不出口，那样的话帝林就更把他当疯子来看了。帝林停止了训斥，忽然说：“我猜，总长一定没有答应你吧？”

斯特林惊讶：“你又怎么知道呢？”

帝林神秘地一笑，一副高深莫测状。他暗想：理由其实也非常简单，现在的帝都表面平静，暗地里却是波涛汹涌，形势紧张。自从上次遭罗明海伏击以后，自己与罗明海之间的矛盾已经相当尖锐，几乎到了你死我活的地步。两人各自掌握一定的武装实力，都有忠于自己的军队。在这种大规模的冲突一触即发的情形下，紫川参星怎么可能同意让自己在军方最得力也是最忠诚的大将离开帝都呢？一旦权力的平衡被打破，他也害怕局势失去控制啊！

帝林转换了话题，问：“你那边新军的整编，进行得如何了？”

斯特林皱皱眉头：“进度还算可以吧。民众倒是很热情，一个星期不到，报名参加自愿兵的就有几十万人——因为大家对魔族都很愤怒——但是资金却不怎么充足。我屡次向罗明海要钱，他都说现在财政困难，我们没那么多钱来扩充军队，等一两个月再说吧。大哥，你也知道的，这几十万人等着训练、吃饭、装备，我们哪能等啊！新任幕僚长哥珊倒是很配合，我一说她就拨了七千万过来，让我们暂时缓了口气。不过她说，再多的话，她也没权调拨了，得总统领签字才行的。”

帝林恨恨地骂道：“罗明海这个蠢货，他是故意为难你的，一点大局不顾！他都不知道，我们现在的局势有多紧张！我们刚刚战败，主力军队在远东全部丢得干干净净，家族正处于最虚弱的时候。东边那边的防御还好说，有古奇山脉帮我们阻拦魔族的大军，瓦伦要塞又易守难攻，形势还不怎么要紧。但那边的……”

帝林指指西方：“除了薄弱的边防军以外，原先布置在第二道防线的黑旗军已经在远东伤亡殆尽了，我们已经没有任何预备兵力了！而且从西部边境一直到帝都，地形全部是一马平川的平原地带，我们根本无险可守！快马全速的话，流风霜的轻骑兵不到一个星期就可以杀到帝都城下。到时候，我看罗明海这个老浑蛋拿什么去挡！斯特林，我给你看点东西。”

帝林从口袋里摸出一张纸，低声地读：“西部边境多伦湖一带，流风家军队侵入我地盘，我边防军第七十一师团巡逻队与之发生冲突。双方各有伤亡，我方阵亡七人，伤十一人，其中的一个伤者是小骑武士——嗯，事件发生在今天早上六点二十分，明辉统领向帝都紧急请示可否主动还击。一个星期后，你可以到军务处收发室去查证。那时候明辉的正式报告也应该到了。斯特林，现在统领处的军务基本上由你主持，你怎么看？”

斯特林不假思索地回答：“他们是在故意挑衅，想试探我们的底气！如果是我做主的话，我就让明辉狠狠地打，把他们的气焰压下去！欺负我紫川家无人了吗？”

“正是！”帝林一拍桌子，恨恨地骂道，“现在他们没过来，只是因为还不知道我们在远东战争中损失到底有多大，还不清楚我们底细。其实挡在他们面前的就只有一张纸！如果我们稍微示弱，他们马上就明白过来了，紫川家确实是伤亡惨重，那我们就全完蛋了！罗明海这个时候还跟我们过不去！”

两人都是紫川家的高层负责人，现在时局艰辛，外有强敌窥视，内有政敌牵制，肩头压力都十分重大。现在两个知己好兄弟聚在一起痛饮畅谈，痛快地骂了一阵，心情都大为爽快，感觉压力也轻松了很多。

斯特林忽然想到了什么，惊讶道：“不对，从这里到西部边境，即使快马奔驰不休息，起码也要五天！今天早上发生在那里的事情你怎么这么快就知道了？”

帝林高深地一笑，面有得色：“这就是我们监察厅的皇牌秘密武器了！只要是在我家族境内发生的事情，只要那里有监察厅或者军法处的分支机构的话，一天之内我就立即能得到消息，比总长紫川参星还快得多！”

斯特林一脸的不敢置信，感叹道：“太神奇了！这完全是奇迹，西部边境的消息，不到一天你就收到了，难道你的信使是在天上飞的……”

他眼睛一亮，说：“我想到了！你是用信鸽来传递消息的！”

鸽子有一种独特的本领，即使被带到千里之外也能准确地找到自己的家。这已经被人类所了解，当时有不少商人就把鸽子当作传递商务信息的工具。就有人提出过这样的设想：利用信鸽为传递工具，营建一个遍布全国的通信网络。这事情说起来容易，但实施起来却相当困难，存在资金、设备、人力和权限上的种种条件制约。大规模地把这种先进通信方式引进到军事和政治领域，构造了一个遍布全国的快速通信网络的，帝林还是第一人。后世的历史上，他因此而闻名。

帝林哈哈大笑："你才想到啊！如果是三弟在，恐怕我一说他就明白了！其实这件事情我从开始构思到实施总共也没多长时间。就是在上次远东战争期间，魔族势如破竹地过来，大家都给打蒙了，乱成一团，那时候我就想到了这个问题，靠骑兵信使通信太慢了又不安全，很容易被敌人拦截破坏。如果我们有一个更快的通信网络的话，那局面就完全不一样了。就拿上次远东战争来说吧，假如我们在边境上安置几个信鸽通信员，只要魔族大军一越境，他们就马上发报，那远东司令部起码就有了三天到五天的预警时间，何至于打得那么狼狈呢？"

斯特林听得连连点头。当时的情形他也清楚，虽说失败的主要原因是魔族军队兵力过于强大了，但是己方的指挥失误也是一个重要原因。部队各自为政，乱成一团，不但不知道敌人在哪里，就是连自己的友军在哪里也不知道。这样打法，如何不败？

他假想，假如当时有这个通信网的话，就完全是另外一个局面了——当然了，力量对比是敌强我弱，魔族方面是蓄谋已久、来势汹汹，要说取胜呢，那是很难的。但如果有准备的话，起码可以勉强守住几条重要防线，可以沿着灰水河、蓝河一线做内线防御，也可以更退缩一点……更稳妥点就干脆保全主力，全部退回瓦伦。最低程度，怎么样也不至于非得靠自己冒死突进吸引魔族注意力来拯救几百万民众啊！

斯特林由衷地赞叹说："真的，你这个创举，比二十个整编师团更有价值！大哥，你是个天才！"赞叹之余，他也在暗中心惊：建设这么巨大的一个工程，势必动用大量的人力、物力、资金，牵涉无数个部门的运转，而自己身为军务处的负责人，居然对此一点都不知情……不知怎么的，他竟然隐隐有了种恐惧的感觉。

他犹豫了下，问："你是怎么做到的？真的，这么大的工程，我们事先居然一点风声都没听到。"

帝林避而不答，轻描淡写说："咳，我们监察厅本身就是干情报和保密的，如果让你都知道了，那我们也不用混了。"他马上转换了话题，问："你有没有三弟的消息？"

一说起这个来，斯特林就烦心："没有。奇怪了，我已经拜托瓦伦的林冰阁下帮我留意了，她也答应了我，最近却没有什么消息过来。"

帝林："这个我倒是比你有更多的情报了。情报处的消息，魔族大本营统帅部发布了人事通告，说三弟即将代替雷洪就任远东大总督。”

斯特林点头：“这个我已经知道了，是上个月的事情吧？”

“哦，那还有一件事情你应该不知道吧？三天以前，白川等几个三弟的部下带着秀字营部队到瓦伦要塞请求进入，他们想回家，却被瓦伦的指挥官林冰拒绝了。”

斯特林精神一振：“他们在哪里？我要见他们！”

“我也想见他们，但没办法。被林冰拒绝以后，瓦伦的军法官卢真要杀他们，他们被吓走了，再也没回来过。”帝林狠狠地骂道，“卢真那个蠢货，净干蠢事，居然把这么重要的证人给吓跑了，还扬扬得意地向我来报告！我迟早把他派去当敢死队。”

“哦，”斯特林神色有点黯然，又问：“他们有没有说什么？有没有关于三弟的去向？他是不是真的……”他有点说不下去，“叛国”两字被咽了下去。

帝林摇头：“在离开以前，他们与林冰曾有过几分钟的接触交谈——这是卢真报告的，但是林冰本人却坚决不承认，说根本就没见过这几个人。我猜，她可能对我监察长官的身份有所顾忌，不敢说实话。这件事情，最好你出面跟她私下谈谈更好，你当初解瓦伦之围救了她和罗波，她欠你人情，可能会跟你说实话的。”

斯特林点头：“我明天就派信使去瓦伦。”

帝林端起杯子：“根据我的分析，阿秀很有可能是被魔族陷害的。”

斯特林平静地说：“其实从头到尾，我始终都不相信阿秀会叛变，他不是那种人。你找到什么新的证据了？”

“嗯，就是魔族的那个人事公告，太让人怀疑了。你想想，即使是阿秀真的投诚了魔族，那也不过是一两个月的事情。魔族怎么可能把远东大总督这么重要的位置交给一个新来乍到的投诚者，而不任命曾为他们立下汗马功劳的雷洪？阿秀有什么被魔族看中的呢？他既没钱又没有兵，根本无法跟雷洪那种手握重兵的老资历竞争的。顺便跟你说，上次我去谈判的时候见到了雷洪，这个家伙现在很嚣张，居然有资格到魔神皇面前晃来晃去的。这解释不通的，很有可能是魔族方面为迷惑我们放出来的烟幕弹。”

斯特林听得仔细，却感叹说：“你讲得很有道理，但这个只能算是一种间接的分析而已。”

“对，我知道，如果要说服总长和统领处的话，单靠上面那点理由是不够的。我们还需要更有力的证据，如果能绑架几个魔族的高级军官过来就好了。”

斯特林摇头：“且不说这种事情危险极大，如果魔族是故意陷害阿秀的话，那必定是极度的机密，一般的军队将领恐怕不知内情……”

帝林冷冷一笑：“知不知道内情不要紧，只要他们落到监察厅手里，要他说什么还不是全由我们？到时候证词随便编就是了。”

斯特林惊讶地睁大了眼睛，随即明白过来，觉得帝林的做法有点歪门邪道的味道了，但是细细一想，发现除此之外，又没有什么别的好法子，你总不可能抓魔神皇来证明紫川秀的无辜吧？

他摇头叹息道：“不管怎样，事情的真相总要阿秀出现才能明了。现在这么久没有阿秀的消息，我真的担心他已经……”他硬生生地吞下了那句不吉利的话。

帝林站起身来，在窗边仰望东边的天际，喃喃说：“老天保佑，希望他平安无事。”

东边的天际，一颗星正耀眼。

在安定了军心以后，秀字营的第一件任务就是确认名册。在基新行省招募的时候，秀字营的总兵力是八千四百多人。在经历了诸场战斗——清剿叛军残余、杜莎偷袭战、帕伊保卫战以后，秀字营兵力的战斗减员居然不到二百来人——相比于中央军的十五万大军只有不到五万可以回家的可怕伤亡率，秀字营的伤亡比例之低居于远东的诸路家族军队之首，几乎可以称得上奇迹了。大家说：“哪怕是做饭的厨子都没这么安全。”

其实仔细一追究，原因也并不怎么奇怪，自秀字营成立以来，根本就没打过一场实打实的硬仗。清剿叛军残余靠的是利诱和招降，与云浅雪部队的那一仗靠的是出其不意和放火偷袭，至于帕伊保卫战，每次魔族一上来，秀字营的痞子们就赶紧躲到了中央军防线的后面，一边卖力地大叫：“加油！加油！”

也因为这个，紫川秀看出了秀字营最大的弱点就是单兵作战能力的薄弱。这样的乌合之众，吓唬下盗贼还可以，如果真的遭遇了魔族的精锐团队，恐怕顶不到五分钟，八千人会一下子就灰飞烟灭了。他想出了一个办法。

他跑到军营里宣布：“等一下我们来娱乐一下，举行比武大赛，谁都可以参加，大家快来报名！”

士兵们懒洋洋地打了个呵欠，没有人理会他。大热的天，有这闲工夫，不如抓紧时间睡个午觉。

“冠军奖赏一百个银币，外加白川的贴身内衣一件！”他把声量压得低低的，“刚换下的！”

这还得了！深山老林里，士兵们早就憋得发慌了，一听到这个，鼻血都流出来了。哗啦一下子，几百士兵激动地一拥而上，大家齐齐嚷着："我参加！"

"给我报名！"

紫川秀悠然地扛着桌子过来登记名字，一个人忙不过来，他又把罗杰和明羽都给叫了过来帮忙。等这两个家伙明白是什么回事后，马上就举起了手："我也要参加！"

喧嚣吸引了附近几座军营的人，一看到这么热闹的情形，一大堆人拥挤在那里不知干什么，他们不问三七二十一就冲进人群里："给我报个名！管他做什么呢，反正这么多人参加的，准是好事！"

消息越传越开，整个秀字营的士兵都知道了，而且不知不觉地，消息在传递的过程中变成了："比武大赛的冠军奖赏一千个金币，还可以与白旗本共度良宵！"（事后白川追着紫川秀砍了四十公里。）几乎秀字营的全体人员都报了名。

那天真是盛况空前，人山人海。因为参赛人数太多了，紫川秀不得不分了几十个赛场进行小组赛和选拔赛，秀字营的各路豪杰各自施展拳脚，大打出手，只见一片拳风脚影，刀光剑影，端的是精彩无比，赛场外的观众席响起了如雷喝彩声。

裁判紫川秀困得打起了瞌睡，吩咐说："打完以后，活着的那个来叫醒我就是了。"

最有希望的种子选手明羽旗本艰难地闯过了五关，却因为体力不支在第六回合就给累得趴在了地上，他最后的遗言是一声大喝："究竟是谁编排的赛程表？怎么我的对手全部是那种身高超过两米三的大汉？"

树荫下，紫川秀裁判在大打呼噜，睡得正香，忽然打了个喷嚏。

罗杰旗本的运气也没比他好多少。他碰上的第一个对手善于使大力金刚指，敲断了他的两根肋骨；第二个据说是鹰爪门的高手，在他屁股上抓了个洞；第三个使无敌鸳鸯腿，踢断了他一根腿骨；第四个一看就知道是铁砂掌的高手了，手上的茧子厚得足足有半寸，只轻轻摸了下，罗杰当场就呕血不止。

罗杰明白过来了，怒气冲冲地跑下去质问紫川秀。

紫川秀安慰他说："你的下个对手是女的，手上功夫软得很，不用怕。"

等罗杰兴奋地回到擂台上的时候，紫川秀才懒洋洋地说："她练的是撩阴腿。"

"你怎么不早说！啊……"一声长长的惨叫之后，罗杰也被人抬了下来。

激烈的比赛一直进行到深夜。最后，一个浑身是血、伤痕累累的小个子士兵惨胜决赛对手，奇迹般地获得了胜利。紫川秀如约把银币和奖品发给了奄奄一息的他，顺便将他提升为中队长，并向大家宣布："以后这种比赛会常有的！谁都有机会！"

这次比武大赛给秀字营的安定留下了无数后患。秀字营的士兵原来大多是那些桀骜不驯的地痞流氓，他们最讲究的就是“面子”，现在众目睽睽之下给人打得落花流水，实在是终生的耻辱，他们想方设法地讨还这个场子。他们可不讲什么江湖道义的，偷袭、暗器、围攻、在饭菜里下蒙汗药、在暗处设陷阱……把卑鄙下流的招数全部给使了出来。连续几天的晚上，各个营地不断地传出惨叫，那些老兵就叹息说：“又一位好汉归了天。”

因为比武大赛是层层选拔的，张三输给了李四，李四又被王五打败了，最后王五被陈六一脚踹下了擂台。几乎每个人都打赢过一两个对手，又每个人都是别人的手下败将。要理清这些错综复杂的恩怨关系得一个师团的会计过来才行。人人都想报复别人，却忘记了自己也是别人报复的对象。失败者努力复仇，胜利者也不敢松懈，步步提防，生怕什么时候让人给黑了。一时间，整个大营里人人自危。为了自保，军中练武之风大盛。

恰在这个时候，大量的藏宝图莫名其妙地出现在军中各处：营地操场上、厨房空隙里、睡觉的枕头底下、餐台下、兵器库里，甚至上厕所用的草纸堆里都发现了。谁都不知道这些图到底是哪里来的。

这些藏宝图往往只有那么几句话——

“绝世武功藏于山上XX山洞里的大石头下！”（后面简略地画有地图）

“绝世武功藏在XX林子里第五棵松树的顶端！”

“绝世武功埋在村子里的大路距离门口二十米处下面！”

开始谁也没把这些藏宝图当回事，大家都以为这不过是个恶作剧罢了。直到有一个闲得无聊的士兵抱着“反正也没有损失姑且一试”的心理，按照地图的指引，他爬上了后山找到山洞，真的在里面找到了一本《飞龙枪谱》，里面记载的武功厉害无比，练习不到三天，他就把比赛时赢了他的对手——某身高超过两米的彪形大汉，全秀字营出名的勇士打得七窍流血，满地找牙，然后得意扬扬地走了。

消息传开了，整个大营沸腾了。前天还被人们当草纸用的藏宝图，现在一张张变得价值连城了。按照藏宝图的指引，在那些高山之巅、深渊之底、密林深处、半兽人藏白菜腌酸菜的地窖、猪圈的食槽下面、水潭里千年乌龟的背上……大家挖地三尺，找到了一大堆什么：《九阴真经初级教材》《九阳神功普及版》《小学义务教学二年级丛书：九阴白骨爪的七种练法》《降龙十八掌入门讲座》《中学生健身指南：螳螂拳》《如来神掌98版》《婚前卫生知识教育读本：玉女神功阴阳双修》……这些藏宝图和武功秘籍层出不穷，取之不竭，不但满足了人手一册的需要，有的人甚至有了几册，同时修炼几种武功。

大家简直乐不可支，想到在第二次比武大赛上自己扬眉吐气的情景，一个个疯了似的没日没夜地苦苦练习各种秘籍，进步一日千里。整个秀字营简直成了古往今来各种奇门绝技的集合大演示了。

被派去开荒种田的农垦兵不用牛不用犁，立桩站马一声大喝："降龙十八掌！"砰的一声巨响，只见尘土飞扬、飞沙走石，半亩地一下就开出来了。

派去传递消息的通信兵施展"凌波微步"和"八步追蝉"的轻功，一个个飞檐走壁、踏雪无痕地从房顶、树梢等半空飞过，吓得附近几个村的半兽人大叫："老婆，快出来看上帝！"

厨子炒菜的时候运铲如飞，手法中暗含独孤九剑之精髓，奥妙又神奇，炒出的菜没一根能吃的，不是焦了就是生了。

某天晚上，几个下流坯子前去偷窥白川大人出浴，结果全部被抓获。白川怒气冲冲地提着他们过来找紫川秀，说："秀川大人，把那本《葵花宝典》给他们练练！"刚才还宁死不屈的几条好汉当即就变成了软虫，连连磕头求饶……

大家武功越练越熟练，越练越上瘾，报复滋事的事件却少了，因为大家都知道，现在人人都有武艺，如果自己本领没到家就过去滋事的话，说不定对手比自己的武艺还要高强，那自己过去就是自取其辱了。

一个漆黑的夜晚，在布卢村的牛栏，两个鬼鬼祟祟的身影正在埋着什么。

"大人，您何必做得这么麻烦呢？您干脆把那武功秘籍发他们每人一册好了，何必这么麻烦，每天晚上都要出来鬼鬼祟祟做贼似的埋东西呢？"

"把位置记下了，等下回去画藏宝图——白川，如果我直接发给他们，那他们得来得就太容易了，他们是不会珍惜的，绝对不会像现在这么用心修炼的。一定要让他们费一点力气，他们才懂得珍惜！我这里还算好的了，你不看那些武侠小说，为了争夺一份武功秘籍，足足死了四五万人，结果发现是假的！"

"大人，您说的是什么？我听不怎么懂……"

"没事，我又把时空给混淆了——走吧，去下一个藏宝点。嗯，其他的地方都藏过了，不如把这本《碧天神功》藏在村里的茅房中怎么样？"

在强化军队作战能力的同时，紫川秀也不忘他赚钱的老本行。他派出德伦等半兽人带着粮食和食物到各地去换取那些珍贵的矿产：黄金、白银、金刚石、魔水晶……

恰好这一年远东庄稼收成不好，再加上天灾人祸等各种因素，远东各地普遍饥荒，粮价大幅度飙升，德伦等收购人员乘机提高粮价，一颗高纯度的二十克拉的蓝宝石居然只换到了不到一百公斤大米！各地的民众一边大骂德伦（他们不知道德伦的后面有个紫川秀）是吸血鬼，一边乖乖地来交易，没办法，宝石再漂亮也当不了饭吃。

等到各种珍贵的矿产送回了布卢村，紫川秀亲自挑选了一批绝对忠诚的士兵，由白川带领他们把矿产通过后山的秘密要道偷偷运回家族内地。

一个月后，当他们回来的时候，带来了大批的粮草和秀字营军队训练所急需的武器装备，有一万多精良的披甲、坚固的盾牌、五千把能射到三百步以外的强弓、近万捆上等的箭，还有五千多匹活蹦乱跳的优良战马。

对于那些帮助过他们的布卢村以及周边几个村落的半兽人，紫川秀十分慷慨，他分文不要就将足够一年用的粮食赠送给了他们。七八〇年，在远东的大饥荒中，几乎每一个村落都有大批穷苦的民众被饿死，唯有布卢村以及周边村落因为紫川秀的周济得以渡过难关。村民对紫川秀感恩戴德，一时间，“光明秀”之名传遍了周围几十个村镇。

整个瓦格行省都知道了，在布卢村有个救苦救难的“光明”大人。各村镇的村长和长老们屁颠屁颠地跑来布卢村求见“光明大人”，带来了他们村落里最珍贵的宝贝，求求大人行行好救救他们快被饿死的村民，哀哭之声日夜闻于军营。

好心肠的光明大人没办法，只得勉为其难地收下了他们进贡的各种珍宝，将一车车的粮食送给了他们。那些长老和村长感激不尽地离去，发誓说会一辈子记得光明大人的恩惠，只要大人有所差遣，全村上下水里来火里去，绝对不皱一下眉头！

罗杰吃得饱饱的，练习了上层武功浑身精力过剩却没什么事情可干，闲得无聊，他吵吵嚷嚷地要求找一份工作。于是紫川秀派他带着几个中队出去找点“外快”。

从这天起，魔族占领军的瓦格行省守备队有福气了，接二连三地，不断地有怪异事情发生：补给的粮车连续被劫；运送的道路桥梁被毁坏；派出去侦察的斥候部队竟然像藏进了地里，只有出去，没有回头的；晚上就听见大营边上的密林传出可怕的喊杀吼声，士兵们不敢睡觉；三个团队长级别的高级军官竟然在同一个晚上离奇地死了，找不到一点原因；甚至就连在大营门口值勤的哨兵也会不可思议地失踪，仿佛地上长了嘴，将他们一口吞了进去。

魔族士兵们纷纷猜测有鬼怪作祟！为了安定军心，占领军的司令请来了几个当地的巫师，他们都说这是因为风水不好，有妖孽在作怪。不奇怪，哪怕你上厕所忘了带纸他们都说这是有妖孽作怪。司令好酒好肉地招待了巫师们一顿，于是巫师们也很卖力地唱啊跳啊，在太阳底下舞了半天，搞得浑身大汗。

巫师们说：“行了，妖孽已经被驱赶走了！”

魔族大营加强了戒备，增派巡游。一连几天无事，大家都以为平安无事了，刚刚有点松懈，怪事又来了。半夜里军中莫名其妙地失火，烧掉了几百个帐篷和半个储粮仓库！一时间，人心慌乱，魔族士兵白天不敢歇息，夜里不敢睡，不敢出营门口，小股部队不敢离开大营超过五公里。士兵们没吃没睡，士气沮丧到了极点。无论士兵还是军官，大家一个个睁着红红的眼睛，走路时不断回头打量着自己的身后，人人自危。

明羽则负有另外一个使命。紫川秀指出，在刚刚结束的远东战争中，由于魔族军队进展得太过快速了，在远东各行省的偏远地区，很可能还存在着来不及撤退的人类有生力量。为了躲避魔族军队的搜捕，他们躲在了深山老林，沦落为占山为王的强盗，依靠打劫为生——说到这里，三个旗本一齐红了脸低下了头。

紫川秀认为，那些人类士兵虽然战败，但能在这么恶劣的环境下坚持这么久，与魔族兵交战多次，战斗力一定非同小可，而且对于和魔族作战以及丛林游击战，他们肯定也积累下了丰富的经验。这些分散的、不起眼的武装力量一旦被集结起来，那就将是一支很可观的力量，足可以攻城略地。这些人，对魔族的仇恨最深，最为强韧，将来可以充当秀字营的战斗核心主力。交托给明羽的任务就是尽量与他们联系上，把他们组织起来，周济他们武器、食物和药品，定下联系的方法，恩威并施，想办法让他们服从秀字营的指挥。

明羽领命而去。果然，在紫川秀着重指出的地方，像在原来黑旗军的西南大营驻地周围、杜莎行省、维斯度森林、得亚行省、伊里亚行省等各偏僻地方，他发现了很多紫川家的战败士兵。在魔族刚开始进攻的时候，他们就与上级失去了联系，没接到撤退的命令不敢后退，眼看不敌大股的魔族军队，他们往往几十人上百人一伙躲进了山林里继续作战，一直没与外界接触，甚至就连紫川家已经与魔族议和的消息也不知道。眼看一天天过去了，魔族势力越来越强大，统治越来越稳固，自己人却迟迟不见来，他们几乎绝望了。

这时候，明羽来了，他宣布说是奉副统领“光明大人”之命来收编他们的，奉命将他们整编重新投入与魔族的战斗中去。虽然那些士兵谁也不知道有这么个“光明大人”，但是他们久不与外界联系了，看到明羽一身深蓝色的紫川家军官制服，又说要与魔族重新开战，他们激动得眼泪直流，说：“我们终于等到这一天了！家族终于要反攻了！”问都不问就毫不犹豫跟明羽走了。

明羽出发的时候只有一个中队的人马，回来时足足有好几千——这还是因为他顾忌人数太多了一路上难以躲避魔族的巡逻，只带回了一小部分的人马。给其他的人留下了食品、药品和武器，吩咐他们潜伏在原地，等候命令。各地的游击队都说了，只等“光明大人”的命令一到，就马上出山跟魔族拼个你死我活！

紫川秀知道，在目前这种形势下，自己这个脆弱的小政权无论如何发展，都无法与强大的魔族军队正面抗衡。要保证自己的安全，最要紧的就是情报的封锁。为了隐蔽踪迹，他严厉禁止部队擅自出击。凡是负有特殊任务不得不离开布卢村的丛林地带的，都必须得到紫川秀的批准。经过紫川秀同意派出去的人员都具有高级忍者的水平，一个个行踪神秘，昼伏夜出，潜行如飞，魔族的巡逻队连他们的影子都摸不着。

相反，紫川秀却投下大量精力和物资来收集魔族的军事和政治情报。借助德伦等半兽人的力量，他建立了一个覆盖整个瓦格行省以及周边地区的高效率情报网络。在整个行省区域内，森林与森林之间，村落与村落之间，田庄与田庄之间，全部设有秀字营的情报传递网点。

秀字营的情报员无处不在，男人、女人、老人、孩子……一个路过的半兽人老农民，看起来呆头呆脑的，手中中空的棍子却藏着密码快信；路边嬉戏的孩子，一看魔族的士兵经过，会不出声地把山上的消息树放倒；房顶的炊烟，原来是用来传递警报的信号。

这些地下战士的消息非常灵通，他们收集情报的范围无所不包，能一直刺探到魔族守备队司令的书房，从整个行省魔族驻军的兵力情报到行省总督的衣服号码，他们统统了如指掌。而且，他们消息的传递也无比迅速，仿佛整个地区是一个共神经的有机体，只要一个地方有情况，一眨眼工夫，消息会马上传到几百里之外的布卢村。没到中午，布卢村的地下战士就可以知道魔族军驻军早餐的菜谱。

看着部队人数一天天地扩充，领地一天天扩大，呈现欣欣向荣的趋势，所有人都对未来充满了信心。特别是白川等高级军官，看到部队如今是如此昌盛，人心团结，对比起几个月前躲在杜拉森林里饥一顿饱一顿人心惶惶的情形，大家都感觉到当初选择跟随紫川秀真是一个明智的决定。想起紫川秀保证大家衣锦还乡的承诺，从上到下，秀字营的官兵们都像崇拜神一样地崇拜他。大家鼓足了干劲，准备跟魔族大干一场。

帝国历七八〇年的夏天，在所有人都没有发觉的情况下，除了魔族与紫川家之外，远东的一个第三势力开始悄悄地发展。以布卢村为中心辐射三百多公里以内，东到科加丛林，背靠天险古奇山脉，这就是他们的领地。

把人类的一部分在魔族的奴役下保存下来，紫川秀这一伟大的计划成功了。魔族的占领军司令部根本就不知道它的存在，就在这里，未来的光明王静静地、对魔族时刻保持警惕地扩张了自己的势力。一个即将震惊世界的强者，就将诞生了……